A ÁRVORE DOS ANJOS

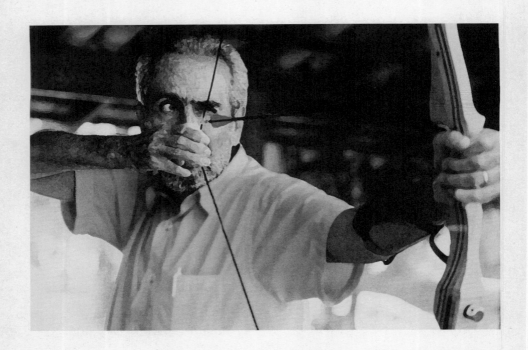

O Arqueiro

GERALDO JORDÃO PEREIRA (1938-2008) começou sua carreira aos 17 anos, quando foi trabalhar com seu pai, o célebre editor José Olympio, publicando obras marcantes como O menino do dedo verde, de Maurice Druon, e Minha vida, de Charles Chaplin.

Em 1976, fundou a Editora Salamandra com o propósito de formar uma nova geração de leitores e acabou criando um dos catálogos infantis mais premiados do Brasil. Em 1992, fugindo de sua linha editorial, lançou Muitas vidas, muitos mestres, de Brian Weiss, livro que deu origem à Editora Sextante.

Fã de histórias de suspense, Geraldo descobriu O Código Da Vinci antes mesmo de ele ser lançado nos Estados Unidos. A aposta em ficção, que não era o foco da Sextante, foi certeira: o título se transformou em um dos maiores fenômenos editoriais de todos os tempos.

Mas não foi só aos livros que se dedicou. Com seu desejo de ajudar o próximo, Geraldo desenvolveu diversos projetos sociais que se tornaram sua grande paixão.

Com a missão de publicar histórias empolgantes, tornar os livros cada vez mais acessíveis e despertar o amor pela leitura, a Editora Arqueiro é uma homenagem a esta figura extraordinária, capaz de enxergar mais além, mirar nas coisas verdadeiramente importantes e não perder o idealismo e a esperança diante dos desafios e contratempos da vida.

LUCINDA RILEY
A ÁRVORE DOS ANJOS

ARQUEIRO

Título original: *The Angel Tree*

Copyright © 2014 por Lucinda Riley
Copyright da tradução © 2017 por Editora Arqueiro Ltda.

Todos os direitos reservados. Nenhuma parte deste livro pode ser utilizada ou reproduzida sob quaisquer meios existentes sem autorização por escrito dos editores.

tradução: Vera Ribeiro

preparo de originais: Victor Almeida

revisão: Suelen Lopes e Pedro Staite

diagramação: Telma Ribeiro e Ana Paula Daudt Brandão

capa: Rodrigo Rodrigues

imagens de capa: © kosmenkod/Shutterstock (árvore);
© Elisabeth Ansley/Trevillion Images (mulher);
© Ilina Simeonova/Trevillion Images (paisagem)

impressão e acabamento: Associação Religiosa Imprensa da Fé

CIP-BRASIL. CATALOGAÇÃO NA PUBLICAÇÃO
SINDICATO NACIONAL DOS EDITORES DE LIVROS, RJ

R43a   Riley, Lucinda
           A árvore dos anjos/ Lucinda Riley; tradução de Vera Ribeiro.
           São Paulo: Arqueiro, 2017.
           496 p.; 16 x 23 cm.

           Tradução de: The Angel Tree
           ISBN 978-85-8041-711-1

           1. Ficção irlandesa. I. Ribeiro, Vera. II. Título.

17-40159   CDD: 828.99153
                                   CDU: 821.111(415)-3

Todos os direitos reservados, no Brasil, por
Editora Arqueiro Ltda.
Rua Artur de Azevedo, 1.767 – Conj. 177 – Pinheiros
05404-014 – São Paulo – SP
Tel.: (11) 2894-4987
E-mail: atendimento@editoraarqueiro.com.br
www.editoraarqueiro.com.br

Para minha irmã, Georgia

Véspera de Natal, 1985

*Solar Marchmont,
Monmouthshire, País de Gales*

1

Conduzindo o carro pela pista estreita, David Marchmont olhou de relance para a mulher sentada no banco do carona. A neve caía intensamente, tornando ainda mais precária a estrada já coberta de gelo.

– Vamos chegar bem na hora, Greta. A estrada estará um caos amanhã. O lugar parece familiar para você? – perguntou David, hesitante.

Greta se virou para ele. Sua pele de marfim não exibia rugas, embora ela tivesse 58 anos. A idade não diminuíra a vividez da cor de seus grandes olhos azuis, que, no entanto, já não brilhavam com a animação de antes.

– Sei que um dia morei aqui. Mas não consigo me lembrar, David. Desculpe.

– Não se preocupe. A propriedade está bem diferente, agora que foi restaurada.

Ele a consolou, sabendo quanto isso a afligia. Bem que ele gostaria de apagar da própria memória a visão macabra e devastadora da casa de sua infância depois do incêndio. Ainda conseguia se lembrar do cheiro pungente de madeira queimada.

– Sim, David, eu sei. Você comentou isso na semana passada, quando jantamos. Preparei costeletas de carneiro e tomamos uma garrafa de Sancerre – retrucou ela, em tom defensivo.

– Está certíssima – concordou David, sereno, ciente da necessidade de Greta de fornecer detalhes precisos dos acontecimentos, ainda que sua vida anterior ao acidente lhe fosse inacessível.

Enquanto passava com dificuldade pelos sulcos deixados por outras rodas no gelo da pista, ele se perguntou se teria sido uma boa ideia ter trazido Greta para passar o Natal ali. Ficou admirado quando ela aceitou o convite, depois de anos tentando persuadi-la a sair de seu apartamento em Mayfair.

Após três anos de reformas para devolver o solar a sua antiga glória, ele acreditara que era o momento certo. E, por alguma razão, ela também. Ao menos David sabia que a casa estaria aquecida e confortável, embora não imaginasse o que esperar em termos afetivos, dadas as circunstâncias.

– Já está anoitecendo – comentou Greta, em tom apático. – Mas ainda são três horas.

– É verdade. Espero que a luz perdure o bastante para podermos avistar Marchmont.

– Onde eu morei.

– Sim.

– Com Owen, meu marido, que era seu tio.

– Sim.

Greta havia gravado os detalhes do passado, como se fossem informações decoradas para uma prova. E David fora o professor, instruído pelos médicos que cuidavam de Greta a ficar longe de qualquer evento traumático, mas sempre mencionar nomes, datas e lugares que pudessem mexer com alguma coisa no subconsciente dela e fornecer a chave para a recuperação da memória perdida. Às vezes, quando ia visitá-la, David pensava identificar um lampejo de reconhecimento, mas não sabia ao certo se era por algo que tivesse dito ou por algo que ela realmente recordasse. Passados tantos anos, os médicos – que um dia haviam se mostrado seguros de que a memória de Greta voltaria – falavam em "amnésia seletiva", provocada pelo trauma. Na opinião deles, Greta *não queria* se lembrar dos fatos.

Com cuidado, David conduziu o carro pela curva traiçoeira da estrada, sabendo que em poucos segundos avistaria os portões que levavam a Marchmont. Embora fosse o proprietário legal e tivesse gastado uma fortuna na reforma da mansão, era como se fosse apenas seu zelador. Agora que a restauração estava quase concluída, Ava, a neta de Greta, e seu marido, Simon, tinham se mudado da casa de hóspedes e passado a residir no solar Marchmont. Quando David morresse, a propriedade passaria legalmente para Ava. O momento não poderia ser mais oportuno, visto que o casal esperava a chegada de seu primeiro filho, prevista para dali a algumas semanas. *Uma vida nova e inocente talvez represente o fim de uma história familiar desastrosa*, pensou David.

O que complicava mais a situação eram os acontecimentos ocorridos *depois* de Greta perder a memória... episódios dos quais ele a havia protegido, preocupado com o efeito que surtiriam nela. Se ela não conseguia se lembrar do começo de tudo, como poderia lidar com o fim?

No cômputo geral, isso significava que Ava, Simon e ele andavam na corda bamba durante as conversas com Greta, querendo avivar sua memória, mas constantemente apreensivos com o que se discutia na presença dela.

– Está vendo, Greta? – perguntou David, quando cruzou o portão e o solar Marchmont surgiu no horizonte.

De origem elisabetana, o solar se assentava, baixo e gracioso, na paisagem de encostas ondulantes que culminavam nos picos majestosos das Montanhas Negras, ao fundo. Mais abaixo, o rio Usk serpenteava pelo amplo vale e os campos de ambos os lados cintilavam com a neve recente. Os tijolos vermelhos das paredes centenárias se erguiam até os frontões triangulares da fachada, e as intricadas vidraças das janelas refletiam os últimos raios do sol de inverno.

Embora a madeira antiga e seca tivesse alimentado as chamas vorazes do incêndio, a estrutura do solar sobrevivera graças ao enorme aguaceiro que desabara cerca de uma hora depois de a primeira brasa ter se acendido.

A natureza salvou o solar Marchmont da destruição total.

– Ah, David, é muito mais bonito do que nas fotografias... – disse Greta. – E com a neve e tudo o mais, parece um cenário de cartão de Natal.

De fato, ao estacionar o carro o mais perto possível da porta de entrada, David viu por uma janela as luzes da árvore de Natal. A imagem destoava do clima austero e sombrio da casa de sua infância, gravada de forma indelével em sua memória, e ele experimentou uma sensação de euforia. Talvez o incêndio tivesse *mesmo* queimado o passado, tanto metafórica quanto fisicamente. David só queria que a mãe ainda estivesse viva para testemunhar a notável restauração do solar.

– Está lindo mesmo – concordou ele, abrindo a porta e fazendo uma chuva de neve cair do teto do carro. – Vamos entrar. Depois eu volto para pegar as malas e os presentes.

Contornou o carro para abrir a porta do carona e Greta saiu com cuidado, afundando as botas na neve. Ao erguer os olhos para a casa e baixá-los para os pés cobertos, teve uma lembrança repentina.

Eu já estive aqui.

Imóvel e desesperada, ela tentou se agarrar ao fragmento de lembrança. Mas ele já se esvaíra.

– Vamos, Greta, você vai morrer congelada aqui fora – disse David, oferecendo-lhe o braço.

Juntos, os dois caminharam os poucos metros até a porta principal do solar Marchmont. Depois de serem recebidos por Mary, que trabalhava na mansão havia mais de quarenta anos, David levou Greta ao quarto dela, deixando-a lá para tirar um cochilo. Imaginou que a tensão de sair de casa pela primeira vez em anos, somada à longa viagem, devia tê-la esgotado.

Em seguida, foi até a cozinha à procura de Mary. Ela estava na ilha central, abrindo a massa das tortinhas de frutas secas. David observou o cômodo, admirando as bancadas reluzentes de granito e os aparelhos polidos embutidos nas paredes. Durante a fase de planejamento para a restauração de Marchmont, a cozinha e os banheiros tinham sido as únicas concessões de David aos projetos modernos. Todos os outros cômodos foram modelados a partir da planta original – uma tarefa hercúlea, que envolvera semanas de pesquisa e dias debruçado sobre fotografias de arquivo em bibliotecas, bem como revolver suas próprias lembranças de quando era criança. Exércitos de artesãos locais foram empregados para garantir que tudo, das lajotas do piso até a mobília, se aproximasse o máximo possível do antigo solar Marchmont.

– Olá, patrão. – Mary levantou os olhos e abriu um sorriso. – Jack telefonou há dez minutos dizendo que o trem estava atrasado por causa da neve. Eles devem chegar daqui a mais ou menos uma hora. Ele levou o Land Rover, então vão voltar sem problemas.

– Foi muita gentileza dele se oferecer para buscá-la. Sei quanto é atarefado. E então, o que está achando das novas instalações, Mary?

– São uma maravilha. Tudo muito novo e moderno – respondeu ela, com seu suave sotaque galês. – Nem acredito que seja a mesma casa. Anda tão quentinho aqui que nem preciso acender as lareiras.

– E o seu apartamento é confortável?

Huw, o marido de Mary, havia falecido alguns anos antes. Por isso, David pediu que incorporassem um conjunto de cômodos para Mary no sótão espaçoso. Depois do que tinha acontecido, ele se sentia mais seguro tendo alguém permanentemente no local, para o caso de Ava e Simon viajarem.

– Ah, sim, obrigada. Tem uma vista maravilhosa do vale. Como está Greta? Para ser sincera, fiquei admirada quando você me contou que ela viria no Natal. Nunca pensei que eu viveria para ver esse dia. O que ela achou?

– Ela não falou muito – respondeu David, sem saber direito se Mary se referia à reação de Greta às reformas ou ao seu retorno à mansão depois de tantos anos. – No momento, está descansando.

– Você deve ter notado que eu a levei para o antigo quarto dela, para ver se isso mexe com sua memória. Se bem que agora ele está tão diferente que nem eu o reconheci. Acha mesmo que ela não sabe quem eu sou? Passamos por muitas coisas juntas.

– Por favor, procure não se aborrecer por isso, Mary.

– Bem, talvez seja melhor ela não se lembrar de certos detalhes – retrucou Mary, em tom amargo.

– É – concordou David, com um suspiro. – Tenho certeza de que este será um Natal bem estranho.

– Pode apostar. Eu continuo procurando a sua mãe pela casa. – Mary conteve o choro. – É claro que é pior para você, patrão.

– Bem, vai demorar um pouco para todos nós nos acostumarmos. Mas, pelo menos, temos a Ava e o Simon com o bebê a caminho para nos ajudar a atravessar esta fase. – David envolveu os ombros de Mary com um braço, consolando-a. – Agora, posso experimentar uma das suas deliciosas tortinhas de frutas?

Vinte minutos depois, Ava e Simon chegaram e se juntaram a David na sala de estar, que recendia a tinta fresca e à fumaça da enorme lareira de pedra.

– Ava, você está com uma aparência maravilhosa, esbanjando saúde – comentou David, dando-lhe um abraço e trocando um aperto de mão com Simon.

– Bom, eu virei um balão neste último mês. Vou parir um jogador de rúgbi, tenho certeza disso – retrucou Ava, com um olhar afetuoso para Simon.

– Querem que eu peça a Mary para nos trazer um bule de chá? – perguntou David.

– Eu pedirei – respondeu Simon. – Ava, querida, fique sentada, converse com seu tio e ponha os pés para cima. – Ele se virou para David e explicou: – Ela foi chamada no meio da noite para cuidar de uma vaca em trabalho de parto.

David deu de ombros, aflito, e saiu da sala.

– Só espero que haja alguém para cuidar de *mim* quando eu estiver em trabalho de parto – retrucou Ava, com um risinho, e afundou numa das poltronas recém-estofadas. – Simon vive me chateando para eu diminuir o ritmo, mas sou veterinária. Não posso deixar meus pacientes morrerem, posso? Quer dizer, a parteira não me deixaria morrer, não é?

– Não, Ava, mas você vai ter um bebê daqui a seis semanas, e o Simon fica com medo de você se esforçar demais, só isso.

– Quando meu substituto chegar à clínica, depois do Natal, as coisas ficarão muito mais fáceis. Porém, até lá, não posso prometer que não serei chamada para aquecer ovelhas sofrendo de hipotermia. Os lavradores fizeram um bom trabalho ao trazê-las das colinas antes que o mau tempo se instalasse, mas há sempre uma ou outra que é deixada para trás. Enfim, tio David, como você está?

Ava sempre o chamara de "tio", embora, na verdade, fossem primos de segundo grau.

– Vou muito bem, obrigado. Gravei meu programa de Natal em outubro e, de lá para cá, bem... – David enrubesceu. – Estou escrevendo minha biografia.

– É mesmo? Será uma leitura interessante.

– Minha vida certamente é, mas é aí que está o problema. Há algumas partes que não posso contar.

– Não... – A expressão de Ava se tornou séria. – Sendo bem franca, fico surpresa por você ter concordado em escrevê-la. Quer dizer, você sempre manteve sua vida privada totalmente fora dos holofotes.

– É, mas infelizmente um desses jornalistas da imprensa marrom resolveu que vai escrever a versão não autorizada, de modo que achei melhor esclarecer os fatos primeiro. Tanto quanto me é possível nessas circunstâncias.

– Entendi. Nesse caso, faz sentido que queira escrevê-la. – Ava suspirou. – Nossa! Ter uma estrela de cinema como mãe e um comediante famoso como primo me fez execrar a ideia de celebridade. Você não vai mencionar nada sobre... o que aconteceu comigo, vai, tio David? Eu morreria se você fizesse isso. Especialmente depois da última vez, quando me colocaram na primeira página do *Daily Mail* com Cheska.

– É claro que não, Ava. Estou fazendo o máximo para deixar a família fora disso. O problema é que, assim, não sobra muita coisa para contar. Não houve drogas, colapsos nervosos, problemas com a bebida nem libertinagens na minha vida, logo seria uma leitura muito enfadonha. – David suspirou e deu um sorriso irônico. – Por falar em mulheres, Tor deve chegar daqui a pouco.

– Fico contente por ela vir, tio David. Gosto muito dela. E, quanto mais numerosos formos neste Natal, melhor.

– Bem, finalmente conseguimos fazer sua avó se juntar a nós.

– Onde está ela?

– Lá em cima, descansando.

– E como ela está?

– Na mesma. Mas fico muito orgulhoso por ela ter sido corajosa para vir aqui. – Os faróis de um carro piscaram do lado de fora e David acrescentou: – Deve ser Tor. Vou ajudá-la com a bagagem.

Depois que David saiu da sala, Ava passou a refletir sobre o relacionamento duradouro e leal que ele mantinha com Greta. Ava sabia que os dois se conheciam fazia séculos, mas se perguntava o que havia nela, exatamente, que tanto o atraía. A tia-avó de Ava, LJ, mãe de David, falecera havia poucos meses e dissera que seu filho sempre havia amado Greta. Supreendentemente, Greta ainda parecia muito jovem, quase como se sua perda de memória tivesse apagado os sinais físicos de 58 anos de vida, que normalmente se manifestavam no rosto como um mapa afetivo.

Ava detestava admitir, mas achava a avó muito vazia e infantil. Nas poucas ocasiões em que estivera com Greta, tivera a sensação de conversar com um ovo de Fabergé perfeitamente elaborado, mas oco. Por outro lado, talvez qualquer profundidade e personalidade que um dia ela houvesse possuído tivessem sido apagadas pelo acidente. Greta vivia como uma reclusa, raras vezes se aventurando a sair de seu apartamento. Pelo que Ava sabia, essa era a primeira vez que Greta se ausentava de casa por mais de algumas horas.

Tinha consciência de que não devia julgar a avó, visto que não a conhecia antes do acidente. Ao mesmo tempo, admitia que sempre a havia comparado com LJ, cujo espírito indomável e gosto pela vida faziam Greta parecer, mesmo depois de tudo que lhe acontecera, fraca e insossa. *E agora*, pensou Ava, *Greta está aqui para o Natal, e LJ não.*

Engoliu em seco, ciente de que a tia-avó não iria gostar de vê-la triste.

"É preciso fazer força e dar o melhor de si", sempre dizia ela quando acontecia uma tragédia. Ava não podia deixar de desejar de todo o coração que LJ tivesse ficado entre eles um pouquinho mais, para poder ver o nascimento do bebê. Pelo menos vivera para assistir a seu casamento com Simon, e tinha morrido sabendo que Marchmont e Ava estavam seguros.

David voltou para a sala com Tor.

– Olá, Ava. Feliz Natal e tudo o mais. Nossa, estou com frio. Que viagem! – contou Tor, caminhando para a lareira crepitante e aquecendo as mãos.

– Chegou bem na hora. Jack me contou que cancelaram todos os outros trens de Abergavenny esta noite – informou David.

– É, devo admitir que não gostei da ideia de passar o Natal numa pensão em Newport – declarou Tor, em tom seco. – E a casa está maravilhosa, Ava. Você e Simon devem estar encantados.

– Estamos – confirmou Ava. – É linda, e estamos muito agradecidos a você, tio David. Nunca teríamos recursos para fazer a reforma.

– Bem, como você sabe, um dia ela passará para você, de qualquer jeito. Ah, Simon – disse David, levantando os olhos quando o rapaz entrou. – Um lindo bule de chá. É justamente do que precisávamos!

Greta acordou do cochilo, desorientada e incapaz de lembrar onde estava. Entrando em pânico, tateou em busca de um interruptor em meio à escuridão e acendeu a luz. O cheiro forte de tinta fresca mexeu com sua memória conforme ela se levantava e admirava o quarto recém-decorado.

O solar Marchmont. A casa de que tanto ouvira David falar, por anos e anos. Mary, a empregada, havia explicado que esse fora o seu quarto um dia e que tinha sido nele que sua filha, Cheska, viera ao mundo.

Greta foi até a janela. A neve continuava a cair. Ela tentou entrar em contato com a lembrança fugaz que fora atiçada quando chegara à propriedade, e suspirou de desespero quando a mente teimosa se recusou a revelar seus segredos.

Depois de se refrescar no elegante banheiro no interior da suíte, ela vestiu uma blusa nova de seda. Acrescentando uma camada de batom aos lábios, fitou-se no espelho, temerosa de deixar o refúgio de seu quarto.

Precisou usar toda a sua força de vontade para tomar a decisão de se encontrar com a família no Natal. Tanto que, depois de aceitar o convite e de ver a expressão atônita de David, Greta sofrera alguns ataques de pânico, que a tinham deixado insone, suando frio e trêmula até altas horas da madrugada. Seu médico chegou a lhe receitar betabloqueadores e sedativos. Com a ajuda dos remédios, além do desejo de não querer passar mais um Natal desolador sozinha, Greta conseguiu fazer as malas, entrar no carro de David e chegar ali.

Talvez os médicos discordassem de sua motivação; em seu jargão pseudopsicológico de praxe, diriam que talvez ela estivesse finalmente pronta, que enfim seu subconsciente a julgasse forte o bastante para enfrentar o regresso. E, com certeza, desde o momento em que tomara a decisão, ela vinha tendo sonhos vívidos pela primeira vez desde o acidente. Nenhum deles fazia sentido, é claro, mas o choque de ter o que os médicos denominariam de flashback, ao descer do carro e olhar para o solar Marchmont, poucas horas antes, dava certa credibilidade à análise deles.

Greta sabia que ainda havia muito a enfrentar. O "convívio social", para começo de conversa. Entre os que se reuniriam ali para a temporada festiva, havia uma pessoa com quem ela temia particularmente conviver: Tor, a namorada de David.

Apesar de tê-la encontrado ocasionalmente, quando David levava a companheira para um chá no apartamento de Greta em Mayfair, ela nunca havia passado mais de algumas horas com a tal mulher. Embora Tor tivesse sido afável e cortês, parecendo se interessar pelo que a anfitriã tinha a dizer, Greta se sentira tratada com condescendência, como se fosse algum tipo de velhota senil e deficiente mental.

Fitou-se outra vez no espelho. Podia ser muitas coisas, mas certamente não era isso.

Tor era professora da Universidade de Oxford. Intelectual, independente, atraente dependendo de como se olhassem, pensava Greta, que depois se repreendia por zombar de uma rival.

Dito em termos simples: Tor era tudo o que Greta não era, mas fazia David feliz, e Greta sabia que deveria ficar feliz por ele.

Pelo menos David dissera que Ava estaria lá com o marido, Simon. Ava, sua neta.

Se havia uma coisa na perda da memória que a aborrecia particularmente era Ava. Carne de sua carne, filha de sua filha... No entanto, apesar de tê-la visto periodicamente nas duas últimas décadas e de realmente gostar muito dela, sentia-se culpada por não conseguir se ligar à neta. Mesmo não tendo nenhuma lembrança do nascimento da menina, não deveria sentir naturalmente um laço afetivo mais profundo com ela? Ava e LJ desconfiavam de que ela se lembrava de mais coisas do que dizia. Mas, apesar dos anos de sessões com psicólogos, hipnotizadores e praticantes de qualquer outra forma de tratamento para a perda de memória, nada surtia efeito. Greta se sentia como mera espectadora do resto da humanidade.

A maior proximidade que tinha era com seu querido David, que estava ao seu lado quando Greta finalmente abriu os olhos, depois de nove meses em coma, e que havia passado os últimos 24 anos cuidando dela de todas as maneiras possíveis. Se não fosse por ele, Greta teria perdido qualquer esperança muitos anos antes.

David contara que eles haviam se conhecido fazia quarenta anos, logo depois da guerra, quando Greta tinha 18 e trabalhava em Londres, no Teatro Windmill. Um dia ela lhe explicara que seus pais haviam morrido na Blitz londrina, mas nunca mencionara nenhum outro parente. David falou que os dois tinham sido muito amigos, e Greta concluiu que o relacionamento deles nunca fora nada além disso. Ainda mais quando David informou que, logo depois de eles se conhecerem, Greta havia se casado com um homem chamado Owen, tio dele e antigo senhor de Marchmont.

Ao longo dos anos, Greta não se cansara de desejar que a amizade descrita por David tivesse sido algo mais. Amava-o profundamente, não pelo que ele tinha sido em sua vida antes do acidente, mas por tudo que significava para ela agora. Greta sabia que seus sentimentos não eram correspondidos e não tinha razão alguma para crer que seriam um dia. David era um comediante bem-sucedido e ainda extremamente atraente. Além disso, nos últimos seis anos, estivera com Tor, que vivia pendurada em seu braço nos eventos beneficentes e nas cerimônias de premiação.

Em seus momentos mais sombrios, Greta tinha a sensação de ser pouco mais que uma responsabilidade, de que David meramente cumpria um dever, por causa de seu bom coração e do parentesco por afinidade. Quando ela enfim recebera alta do hospital, depois de dezoito meses, e voltara para casa, David tinha sido sua única visita regular. A culpa de Greta por depender dele havia aumentado com os anos e, embora ele afirmasse que não era transtorno algum, Greta sempre tentava não ser um fardo, e por isso era comum fingir que estava ocupada.

Afastou-se da janela, sabendo que precisava reunir coragem para descer e se juntar aos familiares. Abriu a porta do quarto, caminhou pelo corredor e parou no alto da magnífica escada de carvalho, cujo corrimão entalhado e requintado emitia um brilho suave à luz do lustre no teto. Ao olhar para a enorme árvore de Natal que se erguia no saguão abaixo, sentiu o aroma fresco e delicado do pinheiro e, mais uma vez, alguma coisa se agitou dentro dela. Greta fechou os olhos e respirou fundo, como os médicos sugeriram uma vez que ela fizesse, na tentativa de encorajar a chegada da tênue lembrança.

No dia de Natal, os residentes do solar Marchmont acordaram com um idílico cenário de neve. No almoço, saborearam um ganso assado com legumes colhidos na propriedade. Em seguida, reuniram-se na sala, diante da lareira, para abrir os presentes.

– Ah, vovó! – exclamou Ava, ao desembrulhar um cobertor branco e macio de bebê. – Isto vai ser muito útil. Obrigada.

– Tor e eu gostaríamos muito de comprar um carrinho de bebê. Como nenhum de nós faz a menor ideia de qual dessas engenhocas modernas que os pais usam hoje em dia é a melhor, preenchemos um cheque para você – falou David, entregando-o a Ava.

– Isso é mais do que generoso, David – disse Simon, enchendo seu copo.

Greta se comoveu com o presente de Ava: uma fotografia emoldurada das duas, tirada quando ela ainda estava hospitalizada e a neta era bebê.

– É para você se lembrar do que vem por aí – disse Ava, com um sorriso. – Puxa vida, você vai ser bisavó!

– Vou mesmo, não é? – Greta deu um risinho diante dessa ideia.

– E não parece nem um dia mais velha do que na primeira vez que a vi – comentou David, galante.

Greta se sentou no sofá, satisfeita em observar sua família. Talvez fosse o efeito do vinho no almoço, porém, para quebrar a monotonia, não se sentia indesejada.

Depois de abertos os presentes, Simon insistiu em levar Ava para descansar um pouco, enquanto David e Tor saíram para dar uma volta. David convidou Greta para acompanhá-los, mas, com muito tato, ela declinou. Os dois precisavam de um momento juntos, e três era sempre demais. Ela passou um tempo sentada junto à lareira, cochilando, contente. Ao despertar, viu que o sol já estava baixo, mas ainda brilhava sobre a neve cintilante.

Levantou num impulso, percebendo que um pouco de ar puro também lhe faria bem. Chamou Mary e perguntou se haveria botas e um casacão grosso que pudesse pegar emprestados.

Cinco minutos depois, usando botas de cano alto e uma velha jaqueta, saiu caminhando pela neve, inspirando o maravilhoso ar puro e frio. Fez uma pausa, pensando em que rumo tomar, torcendo para que algum instinto a guiasse, e resolveu dar um passeio pelo bosque. Enquanto andava, contemplou o azul do céu e uma súbita alegria a invadiu, diante da beleza da cena. Foi uma sensação tão inusitada e rara que por pouco ela não saltitou ao ziguezaguear por entre as árvores.

Chegando a uma clareira, viu um abeto majestoso que se erguia no centro e o verde vivo de seus galhos frondosos, carregados de neve, contrastando com as faias altas e nuas que compunham o resto do bosque. Caminhou até lá e notou que havia uma lápide abaixo dele, com a inscrição coberta de neve. Imaginando se tratar da sepultura de um bicho de estimação da família, Greta se curvou e afastou os flocos endurecidos e gelados com a mão enluvada.

>JONATHAN (JONNY) MARCHMONT
>Filho amado de Owen e Greta
>Irmão de Francesca
>N. 2 de junho de 1946
>F. 6 de junho de 1949
>Que Deus guie Seu anjinho para o céu

Greta leu e releu a inscrição, depois caiu de joelhos na neve, o coração em disparada. Jonny... As palavras na lápide diziam que essa criança morta era *seu* filho...

Ela sabia que Francesca – Cheska – era sua filha, mas nunca houvera qualquer referência a um menino. A inscrição dizia que ele tinha morrido com apenas 3 anos...

Já chorando de frustração e choque, Greta tornou a erguer os olhos e viu que o céu começava a escurecer. Olhou ao redor, desamparada, como se as árvores pudessem lhe dar respostas. Ajoelhada, ouviu ao longe o som de um cão latindo. Um eco de outro momento criou uma imagem em sua mente; ela já estivera naquele lugar uma vez e tinha ouvido um cão... Sim, sim...

Virou-se e se concentrou na sepultura.

– Jonny... meu filho... Por favor, deixe-me lembrar. Pelo amor de Deus, quero me lembrar do que aconteceu! – gritou, quase sufocada pelas lágrimas.

O som dos latidos esmaeceu e Greta fechou os olhos. No mesmo instante, veio-lhe a imagem vívida de um bebezinho envolto por seus braços, aninhado em seu peito.

– Jonny, meu querido Jonny...

Enquanto o sol mergulhava entre as árvores e no vale, mais abaixo, anunciando a chegada da noite, os braços de Greta se abriram para enlaçar a lápide, e ela finalmente começou a lembrar...

Greta

Londres, outubro de 1945

2

O camarim apertado do Teatro Windmill recendia a perfume Leichner nº 5. Não havia espelhos suficientes, por isso as garotas se empurravam em busca de espaço, a fim de passar batom, ajeitar o cabelo em ondas perfeitas no alto da cabeça e fixar os complexos penteados com borrifadas de água com açúcar.

– O lado bom de estarmos seminuas é que não temos que nos preocupar com meias-calças desfiadas – disse uma morena atraente, checando sua imagem no espelho e ajeitando habilmente os seios para obter um efeito melhor no decote cavado do traje de lantejoulas.

– É, mas o sabão carbólico não deixa a pele exatamente com um frescor de margarida depois de esfregar o rosto para tirar a maquiagem, não é, Doris? – retrucou outra garota.

Houve uma batida firme à porta e um ràpaz espiou o interior do camarim, com aparente indiferença em relação aos corpos em trajes mínimos diante de seus olhos.

– Cinco minutos, senhoras! – gritou antes de se retirar.

– Ora, que seja – disse Doris, levantando-se. – Mais uma rebolada, mais um xelim. Só dou graças por não haver mais bombardeios aéreos. Dava um frio desgraçado ficar sentada naquela droga de subsolo com pouco mais que a roupa de baixo. Vamos lá, meninas, vamos dar à nossa plateia alguma coisa com que sonhar.

Greta Simpson nunca se atrasava. Mas, nesse dia, havia dormido demais, até depois das dez, mesmo tendo que estar no teatro às onze horas. Valera a pena correr os 800 metros até o ponto de ônibus, pensou ela com ar sonhador, olhando-se no espelho. A noite anterior com Max, dançando madrugada adentro e passeando de mãos dadas pelos jardins do Embankment enquanto o sol nascia sobre Londres, fizera tudo valer a pena. Greta suspirou ao se lembrar de seus beijos apaixonados.

Fazia quatro semanas que ela o conhecera na boate Feldman's. Em geral, Greta ficava cansada demais depois de se apresentar em cinco espetáculos no Windmill, mas Doris implorou para que ela a acompanhasse em seu aniversário de 21 anos. As duas eram completos opostos: Greta era calada e reservada, Doris era insolente e apimentada, com seu espalhafatoso sotaque do leste de Londres. Ainda assim, eram amigas e Greta não quisera decepcioná-la.

A dupla se dera o luxo de pegar um táxi para percorrer a curta distância até a Oxford Street. A Feldman's, a casa de jazz mais popular da cidade, estava abarrotada de militares ingleses e norte-americanos, além da nata da sociedade londrina.

Doris arranjou uma mesa de canto e pediu um coquetel de gim com vermute doce para cada uma. Greta deu uma espiada em volta e pensou em como o clima de Londres tinha mudado desde o Dia da Vitória na Europa, apenas cinco meses antes. O sentimento de euforia permeava o ar. Um novo governo trabalhista fora eleito em julho, capitaneado por Clement Attlee. Seu lema resumia as novas esperanças do povo britânico: "Enfrentemos o futuro."

Greta se sentiu zonza de repente ao tomar um gole do coquetel e absorver o clima da boate. Após seis longos anos, a guerra havia terminado. Ela sorriu. Era jovem e bonita, e o momento era de animação e recomeços. E Deus sabe quanto uma dessas coisas lhe faria bem...

Olhando em volta, reparou em um rapaz bonito, parado no bar com um grupo de soldados norte-americanos. Greta fez um comentário sobre ele para Doris.

– É, e deve ser bom de cama. Todos os ianques são – brincou Doris, captando a atenção de um dos homens do grupo e lhe dando um sorriso atrevido.

Não era segredo que Doris era liberal em seus afetos. Cinco minutos depois, um garçom chegou à mesa delas com uma garrafa de champanhe.

– Com os cumprimentos dos cavalheiros ali no bar.

– É fácil quando a gente sabe o caminho, querida – cochichou Doris para Greta enquanto o garçom servia o champanhe. – Esta noite não vai custar um penny a nenhuma de nós.

Deu uma piscadela conspiratória e instruiu o garçom a dizer aos "cavalheiros" que se aproximassem. Duas horas depois, ligeiramente bêbada de champanhe, Greta se viu dançando nos braços de Max. Descobriu que ele era oficial administrativo e trabalhava em Whitehall.

– Quase todos os rapazes estão voltando para casa, que é para onde irei daqui a algumas semanas – explicou Max. – Só temos que pôr umas coisas em ordem antes. Puxa, vou sentir saudade de Londres. É uma cidade e tanto.

Max pareceu surpreso quando Greta disse que trabalhava no ramo de "show business".

– Quer dizer que você se apresenta no palco, é atriz? – indagou, com uma expressão carrancuda.

Greta logo intuiu que aquilo não o impressionaria e modificou rapidamente sua história.

– Trabalho como recepcionista de um agente teatral – acrescentou às pressas.

– Ah, sim. – As feições de Max relaxaram de imediato. – O ramo do entretenimento certamente não combina com você, Greta. Você é o que minha mãe chamaria de uma "verdadeira dama".

Meia hora depois, Greta se esquivou dos braços de Max e disse que precisava ir para casa. Ele assentiu polidamente e a conduziu até o lado de fora para chamar um táxi.

– Foi uma noite maravilhosa – disse, ajudando-a a entrar no veículo. – Posso vê-la de novo?

– Sim – respondeu ela.

– Ótimo. Eu poderia encontrá-la aqui amanhã à noite, o que acha?

– Sim, mas vou trabalhar até dez e meia da noite. Tenho que assistir a um espetáculo de um de nossos clientes – mentiu.

– Certo, estarei à sua espera aqui às onze horas. Boa noite, Greta, não se atrase amanhã.

– Não vou me atrasar.

Enquanto o táxi a levava para casa, Greta sentiu uma mescla de emoções conflitantes. Seu lado racional lhe dizia que seria uma tolice começar um relacionamento com um homem que só passaria mais algumas semanas em Londres, mas Max parecia um cavalheiro, e isso era um contraste muito agradável com a plateia masculina, quase sempre turbulenta, que frequentava o Windmill.

Sentada no táxi, ela teceu reflexões sombrias sobre as circunstâncias que a tinham feito ir parar em Windmill, quatro meses antes. Em todas as revistas e jornais que tinha lido quando era adolescente, "as garotas do Windmill" sempre pareciam muito glamourosas, com seus belos trajes em meio a um leque de risonhas celebridades britânicas que as acompanhavam em suas fotos. Obrigada a se retirar às pressas do mundo totalmente diferente em que tinha vivido, ela encontrara no Windmill seu primeiro porto seguro ao chegar a Londres.

A realidade, como sabia agora, era muito diferente...

Já de volta à pensão e deitada em sua cama humilde, com um cardigã por cima do pijama para afastar a friagem outonal do quarto sem aquecimento, Greta se deu conta de que Max era seu passaporte para a liberdade. E decidiu que faria o que fosse necessário para convencê-lo de que era a garota dos seus sonhos.

Como planejado, Max e Greta se encontraram na boate Feldman's na noite seguinte e, a partir de então, se viram em quase todas as outras noites. Apesar das advertências de Doris sobre os ianques só pensarem em sexo, Max sempre se portava como um perfeito cavalheiro. Dias antes, levara Greta a um jantar dançante no Savoy. Sentada à mesa do grandioso salão de dança, ouvindo Roberto Inglez e Sua Orquestra, ela concluiu que adorava ser levada a restaurantes de luxo por seu belo e rico oficial norte-americano. E foi aprendendo a amá-lo.

Ao longo das conversas, Greta começou a perceber que Max tinha levado uma vida muito privilegiada, mas um tanto protegida, até chegar a Londres. Ele contou que nascera na Carolina do Sul, filho único de pais abastados, e que morava nos arredores da cidade de Charleston. Greta abafou um arquejo quando ele mostrou uma fotografia da elegante mansão de colunas brancas onde sua família morava. O pai era dono de várias empresas lucrativas no extremo sul dos Estados Unidos, inclusive de uma grande fábrica de automóveis que parecia ter se saído muito bem durante a guerra. Quando voltasse para casa, Max trabalharia nos negócios da família.

Pelas flores, pelos presentes e pelas refeições dispendiosas, Greta sabia que Max tinha dinheiro de sobra. Assim, quando o rapaz começou a falar no "nosso" futuro, um lampejo de esperança de que talvez eles tivessem mesmo um futuro começou a se acender em seu coração.

Max a levaria para jantar no Dorchester à noite e tinha pedido que ela usasse algo especial. Ele deveria embarcar para os Estados Unidos dali a uns dois dias e, vez após outra, comentou da saudade que ia sentir dela. Talvez ele pudesse voltar a Londres para visitá-la ou, quem sabe, talvez Greta pudesse economizar para fazer uma viagem e ir encontrá-lo...

Seu devaneio romântico foi interrompido por uma leve batida à porta. Ela ergueu os olhos no momento em que um rosto conhecido e amável apareceu na fresta entreaberta.

– Já está pronta, Greta? – perguntou David Marchmont.

Como sempre, Greta foi pega de surpresa por sua pronúncia inglesa classuda, tão destoante da persona que ele exibia no palco. Além de trabalhar como assistente do contrarregra, David era comediante no Windmill, apresentando-se sob o nome de "O galês" e fazendo seu número com um carregado sotaque do País de Gales.

– Pode me dar dois minutos? – pediu ela, ante a lembrança do que teria que fazer.

– Não mais que isso, receio. Vou levá-la aos bastidores e arrumar seus adereços. – David franziu de leve a testa ao olhá-la. – Tem certeza de que está bem? Você parece pálida.

– Estou bem, galês – mentiu Greta, sentindo o coração acelerar. – Saio num segundo.

Quando ele fechou a porta, a jovem deu um longo suspiro, aplicando os últimos retoques na maquiagem.

O trabalho no Windmill era muito mais difícil do que ela imaginara. Faziam cinco apresentações por dia e, quando não estavam em cena, ensaiavam. Todas sabiam que a maioria dos homens na plateia não ia ver os comediantes nem os outros números do espetáculo de variedades, mas só ficar de queixo caído diante das belíssimas garotas que desfilavam pelo palco em trajes reveladores.

Greta fez uma careta e deu uma olhadela cheia de culpa para seu casaco vermelho-cereja, de corte impecável, pendurado num gancho ao lado da porta. Não conseguira resistir a ele, num desvario dispendioso de compras, na ânsia de ter a melhor aparência possível para Max. O casaco vermelho era um símbolo vivíssimo dos problemas de dinheiro que a tinham levado ao ponto em que estava, prestes a aparecer praticamente nua diante de centenas de homens de olhar lascivo.

Dias antes, quando o Sr. Van Damm lhe pedira para se apresentar no ousado número do Windmill intitulado *tableaux vivants* – que implicava ficar imóvel numa pose elegante enquanto as outras garotas andavam ao redor dela –, Greta havia hesitado ao pensar que precisaria se despir quase completamente. Algumas lantejoulas para cobrir o bico dos seios e um fio dental minúsculo seriam tudo de que ela disporia para proteger seu recato. Mas, incentivada por Doris, que aparecia nos *tableaux* havia mais de um ano, e pela lembrança do aluguel atrasado, ela concordara com relutância.

Estremeceu com a ideia do que Max – que ela descobrira ser de uma devota família de batistas – pensaria de sua progressão na carreira. Mas precisava desesperadamente do dinheiro extra que ganharia com a apresentação nos *tableaux*.

Olhando de relance o relógio da parede, Greta percebeu que era melhor se apressar. O espetáculo já havia começado e ela teria que fazer sua entrada grandiosa em menos de dez minutos. Abriu a gaveta da penteadeira e tomou um gole apressado do frasco de bebida que Doris guardava ali, torcendo para que a confiança trazida pelo álcool a ajudasse a prosseguir com seu número até o fim. Houve outra batida à porta.

– Detesto apressá-la, mas está na hora – chamou David do outro lado.

Com uma última olhadela no espelho, Greta saiu para a penumbra do corredor, apertando protetoramente o roupão junto ao corpo. Ao ver sua expressão apreensiva, David se aproximou e, com delicadeza, segurou as mãos dela.

– Sei que você está nervosa, Greta, mas tudo vai ficar bem.

– É mesmo?

– É só imaginar que você é modelo de um pintor num ateliê em Paris, posando para um belo quadro. Eu soube que lá elas tiram a roupa num piscar de olhos – brincou, tentando animar Greta.

– Obrigada. Não sei o que eu faria sem você.

Deu-lhe um sorriso agradecido e deixou que ele a conduzisse pelo corredor até o palco.

Passadas sete horas e três apresentações, Greta estava de volta ao camarim. Seu *tableau vivant* fora um sucesso estrondoso e, graças à orientação de David, ela conseguira vencer seus temores e manter a cabeça erguida sob as luzes brilhantes.

– Bem, o pior já passou. A primeira vez é sempre mais difícil – disse Doris, com uma piscadela.

As duas estavam sentadas lado a lado, Greta retirando a maquiagem e Doris retocando a dela, nos preparativos para o espetáculo noturno.

– Agora é só se concentrar em ficar linda esta noite. A que horas vai se encontrar com o seu americano? – perguntou Doris.

– Às oito, no Dorchester.

– Uau! Isso que é vida de luxo. – Doris sorriu para Greta pelo espelho, antes de se levantar e pegar o enfeite de plumas da cabeça. – Bem, vou para a ribalta mais uma vez, enquanto você saracoteia feito a Cinderela, com o seu belo príncipe. – Deu-lhe um apertão no ombro e acrescentou: – Divirta-se, querida.

– Obrigada – disse Greta, enquanto Doris se retirava do camarim.

Greta sabia que dera sorte ao conseguir a noite de folga. Tivera que prometer ao Sr. Van Damm que faria hora extra na semana seguinte. Num estado de acentuada empolgação, pôs o novo vestido que havia comprado com os xelins a mais que a recente promoção lhe trouxera e tornou a se maquiar cuidadosamente, antes de vestir o belo casaco vermelho e disparar para fora do teatro.

Max a esperava no saguão do Dorchester.

– Você está linda demais. Devo ser o sujeito mais sortudo de Londres.

Ele lhe ofereceu o braço e os dois se encaminharam lentamente para o restaurante. Só depois de terminarem a sobremesa foi que Max fez a pergunta que ela ansiara ouvir de seus lábios:

– Você quer se casar comigo?

– Ah, Max, faz tão pouco tempo que nos conhecemos! Tem certeza de que deseja isso?

– *Sim!* Sei o que é amor quando o sinto. Para você, será uma vida diferente em Charleston, mas será boa. Nunca lhe faltará nada. Eu juro. Por favor, Greta, diga que sim e eu passarei o resto da minha vida me empenhando ao máximo em fazê-la feliz.

Greta olhou para o belo e sincero rosto de Max e deu a resposta que ambos queriam ouvir.

– Sinto muito por ainda não ter um anel – acrescentou ele, segurando ternamente a mão esquerda de Greta –, mas quero que use o anel de noivado que foi da minha avó quando chegarmos aos Estados Unidos.

Greta retribuiu o sorriso, extasiada.

– Tudo que importa é ficarmos juntos.

Durante o café, eles discutiram os planos para o futuro. Max embarcaria dali a dois dias e Greta o seguiria, assim que tivesse pedido demissão e embalado seus poucos pertences. Mais tarde, na pista de dança, zonzo de romance e euforia, Max a puxou para mais perto.

– Greta, eu vou entender se for impróprio, mas, como acabamos de ficar noivos e nos resta tão pouco tempo antes do meu embarque, você viria comigo para o hotel? Juro que não vou comprometê-la, mas, pelo menos, poderemos conversar com privacidade...

Greta percebeu que ele enrubescia. Pelo que já haviam conversado, ela supôs que ele ainda fosse virgem. Já que ia ser seu marido, com certeza um beijo e umas carícias não fariam mal, não é?

Mais tarde, em seu hotel em St. James, Max a tomou nos braços e começou a beijá-la. Greta sentiu a excitação crescente do rapaz e a sua também.

– Posso? – arriscou ele, os dedos hesitando sobre os três botões nas costas de Greta.

Ela pensou que, horas antes, havia aparecido quase nua diante de homens que nem sequer conhecia. Por que se envergonharia de oferecer a dádiva de sua inocência e fazer amor com o homem com quem ia se casar?

No dia seguinte, sentada no camarim do Windmill, prendendo o cabelo com um par de grampos, ela não pôde deixar de se sentir tensa. Estaria tomando a decisão certa ao se casar com Max?

Aparecer nas telas de cinema fora sua ambição desde sempre, e sua mãe não fizera nada para desestimulá-la. Também obcecada, ela chegara a dar à única filha o nome da lendária Garbo. Além de levá-la a incontáveis matinês no Odeon, em Manchester, ela pagara por aulas de dicção e teatro para a filha.

Mas, sem dúvida, ponderou Greta, se seu destino fosse uma carreira cinematográfica, alguém já a teria descoberto a essa altura, não? Viviam aparecendo diretores no teatro para dar uma olhada nas famosas garotas do Windmill. Nos quatro meses de Greta no teatro, duas de suas amigas tinham sido levadas para se tornarem estrelas iniciantes nos estúdios Rank. Todas viviam a esperança do dia em que alguém bateria à porta do camarim e transmitiria a mensagem de que um cavalheiro de um estúdio de cinema "gostaria de dar uma palavrinha".

Greta balançou a cabeça e se preparou para deixar o camarim. Como poderia pensar em não se casar com Max? Se permanecesse em Londres, talvez ela ainda estivesse no Windmill dali a dois, três ou quatro anos, suportando a degradação e endividada até o pescoço. Com tantos rapazes mortos na guerra, ela sabia que tivera sorte ao encontrar um homem que parecia amá-la e que, pelo que tinha dito, também poderia lhe dar uma vida de segurança e conforto.

Era o último dia de Max em Londres. Ele deveria zarpar para os Estados Unidos na manhã seguinte. À noite, os dois se encontrariam no Hotel Mayfair para jantar e finalizar os planos referentes à passagem de Greta. Passariam então uma última noite juntos e ele partiria para seu navio ao amanhecer. Embora fosse sentir saudade, seria um alívio acabar com as mentiras sobre o que realmente fazia para se sustentar. Detestava mentir para Max, inventar histórias sobre trabalhar até tarde no escritório para o patrão exigente.

– Greta, meu bem! A cortina está quase subindo! – chamou David, rompendo seu devaneio.

– Fique calmo, estou indo! – disse ela, dando-lhe um sorriso e o seguindo pelo corredor mal iluminado em direção ao palco.

– Estive pensando, Greta, se você gostaria de tomar um drinque depois do espetáculo – murmurou David, parado atrás dela nos bastidores. – Acabei de conversar com o Sr. Van Damm, e ele vai me dar um espaço regular no show. Estou com vontade de comemorar!

– Ah, que notícia maravilhosa! – exclamou Greta, sinceramente emocionada por ele. – Você merece. Tem talento de verdade – acrescentou, esticando-se na ponta dos pés para abraçá-lo.

Com quase 1,85 metro, o cabelo louro desgrenhado e alegres olhos verdes, David sempre lhe parecera atraente, e Greta desconfiava que o rapaz tinha uma queda por ela. Às vezes saíam juntos para comer alguma coisa e ele ensaiava novas piadas com ela para seu número como "O galês". Greta se sentiu ligeiramente culpada por ainda não ter contado para ele que ficara noiva.

– Obrigado. E que tal o drinque?

– Desculpe. Hoje não posso.

– Então, talvez na semana que vem?

– Sim, na semana que vem.

– Greta! É a nossa vez! – chamou Doris.

– Desculpe, tenho que ir.

David a viu desaparecer em direção ao palco e deu um suspiro. Os dois haviam compartilhado algumas ótimas noites, porém, justo quando ele começava a achar que talvez a moça retribuísse seus sentimentos, Greta dera para desmarcar os encontros. David sabia por quê. Ela vinha saindo com um rico oficial norte-americano. E como um comediante mal remunerado, decidido a introduzir sua forma de riso num mundo que tivera tão pouco disso nos anos anteriores, poderia ter alguma chance de competir com um belo norte-americano de farda? David deu de ombros. Depois que esse ianque fosse embora... bem, ele ia esperar com paciência.

Max Landers se sentou e, constrangido, correu os olhos pela plateia ruidosa e totalmente masculina. Não queria estar ali, mas os rapazes de seu escritório em Whitehall, decididos a celebrar a última noite que passariam em Londres e já um pouco bêbados, tinham insistido e afirmavam que o show do Windmill era algo que não deveriam perder.

Max não deu ouvidos aos comediantes nem aos cantores. Em vez disso, ficou contando os minutos até poder fugir dali para ir ao encontro da sua querida garota, a sua Greta, um pouco mais tarde. Seria difícil para ela vê-lo partir na manhã seguinte e, é claro, ele teria de preparar o terreno com seus pais, que queriam que ele se casasse com Anna-Mae, sua namorada de escola em sua terra natal. Ele era apenas um garoto ao partir, mas agora era um homem, e um homem apaixonado. Além disso, Greta era uma verdadeira dama inglesa e ele estava certo de que o charme dela os conquistaria.

Mal levantou os olhos quando soaram os aplausos e a cortina desceu.

– Ei! – Seu amigo Bart lhe deu um leve soco no braço, e Max se sobressaltou. – Você tem que ver o próximo ato. Foi para isso que viemos – acrescentou, desenhando com as mãos as formas de um corpo feminino. – Parece que a coisa é quente mesmo, cara.

Max assentiu.

– Tá, Bart.

A cortina tornou a subir, entre aplausos estrondosos e o som de assobios agudos. Max ergueu o olhar para as moças praticamente nuas no palco à sua frente. *Que tipo de mulher faria uma coisa dessas?*, perguntou-se. Em sua opinião, eram pouco melhores que prostitutas.

– Ei, elas não são fantásticas? – exclamou Bart, os olhos brilhando de desejo. – Olhe para aquela garota do meio. Caramba! Quase não tem uma peça de roupa, mas que sorrisinho bonito!

Max olhou para a moça, que se mantinha tão imóvel que era quase como se fosse uma estátua. Era um pouquinho parecida com... Ele se inclinou para a frente e a olhou de novo.

– Meu Deus do céu! – exclamou entre dentes, o coração batendo acelerado enquanto examinava os grandes olhos azuis que miravam a distância, acima da plateia, a boca delicada e a densa cabeleira loura, presa no alto da cabeça.

Max mal suportou olhar para os conhecidos seios fartos, com seus bicos levantados, que meia dúzia de lantejoulas quase não escondiam, ou para a curva suave e sedutora da barriga, que descia até as partes mais íntimas... Sem sombra de dúvida, era sua Greta. Max se virou e viu Bart contemplando com ar faminto o corpo de sua noiva.

Percebeu que ia vomitar. Levantou-se e saiu às pressas da plateia.

Greta tirou o terceiro cigarro da cigarreira de prata que Max lhe dera e o acendeu, consultando o relógio pela enésima vez. Ele estava mais de uma hora atrasado. Onde diabo se metera? O garçom continuou a lhe lançar olhares suspeitos ao vê-la sentada sozinha a uma mesa do bar. Greta sabia exatamente o que ele estava pensando.

Terminou o cigarro e o apagou, tornando a consultar o relógio. Se Max não aparecesse até meia-noite, ela iria para casa e o esperaria lá. O rapaz sabia onde ela morava – já a havia buscado em duas ocasiões na pensão – e Greta tinha certeza de que ele lhe daria uma boa razão para não ter aparecido.

A meia-noite chegou e se foi, o bar se esvaziou.

Greta se levantou devagar e também foi embora. Ao chegar em casa, decepcionou-se por não ver Max esperando do lado de fora. Entrou, seguiu para o pequeno fogão e pôs água para ferver na chaleira.

– Não entre em pânico – disse a si mesma, mexendo na xícara uma quantidade minúscula do precioso café solúvel que Max lhe dera. – Ele vai aparecer.

Sentou-se na beirada da cama, sobressaltando-se a cada ruído de passos diante da casa, torcendo para que se detivessem e subissem os degraus da entrada. Não queria mudar de roupa nem tirar a maquiagem, para o caso de a campainha tocar. Por fim, às três horas da manhã, tremendo de frio e medo, deitou-se na cama, sentindo as lágrimas brotarem ao fitar o papel de parede úmido e descascado.

O pânico crescia. Não fazia ideia de como entrar em contato com Max. Seu navio ia partir de Southampton e Greta sabia que ele tinha de se apresentar lá às dez horas da manhã. E se não a procurasse antes disso? Ela nem ao menos tinha seu endereço nos Estados Unidos. Max prometera dar todos os detalhes durante o jantar, sobre a passagem dela e a viagem posterior.

O amanhecer levou as estrelas embora, assim como os sonhos de Greta de uma vida nova. Max não viria; àquela altura, decerto estava a caminho de Southampton. Ela chegou ao Windmill na manhã seguinte sentindo-se entorpecida e exausta.

– O que houve, meu bem? Seu soldado navegou para o pôr do sol e deixou a coitadinha para trás? – provocou Doris.

– Deixe-me em paz! – exclamou Greta, ríspida. – E, de qualquer modo, você sabe que ele não é soldado, é oficial.

– Não precisa ser malcriada, foi só uma pergunta. – Doris a fitou, claramente ofendida. – Ele gostou do show de ontem?

– Ele... O que você quer dizer?

– Seu namorado estava na plateia ontem à noite. – Doris desviou o olhar e se concentrou na aplicação do delineador. – Presumi que você o tinha convidado – acrescentou, em tom mordaz.

Greta engoliu em seco, imersa no conflito entre o desejo de esconder que não soubera da presença de Max no teatro e o de se certificar de que Doris estava dizendo a verdade.

– Sim, eu... É claro que o convidei. Mas nunca olho para a plateia. Onde ele estava sentado?

– Ah, do lado esquerdo. Eu o notei porque, logo depois que a cortina subiu e nós, as *jolies mesdames*, aparecemos, ele se levantou e saiu.

Doris deu de ombros.

Nessa noite, mais tarde, Greta entrou em seu quarto tendo a certeza de que nunca mais teria notícias de Max Landers.

3

Oito semanas depois, Greta se deu conta de que Max lhe deixara um presente para que nunca se esquecesse do romance breve, embora intenso, que tiveram: ela estava grávida.

Arrasada, cruzou a entrada dos artistas no Windmill. Sentia-se péssima, depois de passar o início da manhã lutando contra o enjoo e correndo até o banheiro, pensando no que fazer. O crescimento da barriga acabaria com o seu emprego no Windmill em questão de semanas.

Ela não dormira nada na noite anterior. O medo havia lhe tirado o sono. Virara de um lado para outro, considerara a ideia de voltar para casa. Mas, no fundo do coração, sabia que jamais seria uma alternativa.

Obrigou-se a se concentrar na situação atual. Sentada diante do espelho do camarim, foi tomada pelo desespero. Tudo teria dado certo se ela tivesse saído do Windmill para os braços de um marido norte-americano rico, mas agora, na melhor das hipóteses, seu destino seria os abrigos que lidavam com mulheres em seu estado. Embora a administração fosse bondosa, as regras morais estabelecidas para as garotas do Windmill não podiam ser violadas. E estar grávida sem se casar era o pior pecado que uma garota podia cometer.

Sua vida estava arruinada. Todos os seus planos de um futuro casamento ou de uma carreira no cinema estariam acabados se ela tivesse esse filho. A não ser... Encarou seu reflexo apavorado no espelho, mas percebeu que não havia outra solução. Teria de pedir a Doris o endereço de um "Sr. Quebra-galho". Isso seria mais justo, não é? Greta não tinha nada a oferecer a uma criança: nem casa nem dinheiro nem pai.

A cortina desceu e as garotas voltaram cansadas para o camarim.

– Doris – cochichou Greta –, posso falar com você?

– É claro, meu bem.

Greta esperou as outras entrarem no camarim para falar. Com toda a calma possível, pediu o endereço de que precisava. Os olhos brilhantes de Doris a examinaram de perto.

– Ai, ai, ai. O americano deixou um presente de despedida, não foi?

Greta baixou a cabeça e fez que sim. Doris deu um suspiro e pôs a mão no braço dela, solidária. Sabia ser dura feito pedra de vez em quando, mas por trás daquela impetuosidade batia um coração de ouro.

– É claro que darei o endereço, querida. Mas vai custar caro, você sabe.

– Quanto?

– Depende. Diga que você é minha amiga, e pode ser que ele cobre mais barato.

Greta tornou a estremecer. Doris falava como se ela fosse apenas fazer um permanente no cabelo.

– É seguro? – arriscou-se a perguntar.

– Bem, eu fiz dois e ainda estou aqui para contar a história, mas ouvi falar de uns casos pavorosos – respondeu Doris. – Depois que ele acabar, vá para casa e fique deitada até parar o sangramento. Se não parar, vá depressa para um hospital. Venha, eu vou escrever o endereço. Dê uma passada por lá amanhã que ele marca um horário para você. Quer que eu vá junto?

– Não, vai ficar tudo bem. Obrigada, Doris – disse Greta, agradecida.

– Sem problema. Temos que cuidar umas das outras, não é? E lembre-se, querida, você não é a primeira e não será a última.

Logo cedo, na manhã seguinte, Greta pegou um ônibus na Edgware Street para Cricklewood. Achou a via em que morava o Sr. Quebra-galho e foi caminhando devagar. Parada diante do portão, olhou de relance para uma casinha de tijolos vermelhos. Respirou fundo, entrou e bateu à porta da frente. Um momento depois, viu se agitar uma cortina de *voile* e, em seguida, ouviu um trinco se abrir.

– Pois não?

Um homem diminuto, de inquietante semelhança com as imagens de Rumpelstiltskin dos livros da infância de Greta, veio atender.

– Olá. Eu... hum... A Doris me mandou.

– Certo, certo.

O homem abriu mais a porta, para deixar Greta passar, e ela entrou num vestíbulo pequeno e encardido.

– Espere aqui, por favor. Estou terminando de atender uma paciente – disse ele, apontando para uma saleta quase sem móveis.

Greta se sentou em uma poltrona manchada e, franzindo o nariz para o cheiro de gato e de tapete velho, pegou um exemplar surrado da revista *Woman* e folheou as páginas. Flagrou-se olhando para um molde de tricô para um casaquinho de bebê e fechou abruptamente a revista. Afundou mais na poltrona e se pôs a fitar o teto, com o coração batendo com força.

Minutos depois, ouviu um gemido baixo vindo de um cômodo próximo. Engoliu em seco ao ver o homem voltar para a saleta de entrada e fechar a porta.

– E então, senhorita, em que posso ajudá-la?

Era uma pergunta boba, os dois sabiam. O gemido continuou audível, apesar da porta fechada. Greta se sentiu esgotada.

– A Doris disse que talvez o senhor possa resolver o meu... problema.

– Talvez. – O homem a olhou atentamente, levando a mão à cabeça e alisando as poucas mechas castanhas e sebosas que cobriam a careca. – Com quanto tempo você está?

– Umas oito semanas, acho.

– Isso é ótimo. Ótimo – disse o homem.

– Quanto vai custar, por favor?

– Bem, normalmente cobro 3 guinéus, mas, como você é amiga da Doris, faço por 2.

Greta cravou as unhas na poltrona e assentiu.

– Ótimo. Bem, se não se importar em esperar mais ou menos meia hora, posso encaixá-la imediatamente. Não há hora melhor do que agora, não é? – perguntou, encolhendo os ombros.

– Vou poder trabalhar amanhã?

– Isso vai depender. Algumas moças perdem muito sangue, outras, quase nada.

Houve uma batida à porta e uma mulher de ar severo enfiou a cabeça na saleta. Ignorando Greta, fez sinal para o homem.

– Com licença, preciso dar uma olhada na minha paciente.

O homem se levantou e saiu bruscamente da sala. Greta pôs a cabeça entre as mãos. *Algumas moças perdem muito sangue, outras, quase nada.* Levantou-se, saiu aos tropeços da sombria saleta de entrada e correu pelo corredor. Puxou o trinco enferrujado da porta, virou a lingueta e a abriu.

– Moça, moça! Aonde você vai?

Greta bateu a porta ao sair e fugiu pela rua, com a visão embotada pelas lágrimas.

À noite, depois do espetáculo, Doris se aproximou, meio furtiva:

– Esteve com ele?

Greta fez que sim.

– E quando vai... você sabe?

– Eu... marquei para a semana que vem.

Doris deu-lhe um tapinha no ombro.

– Você vai ficar boa, querida. Eu sei que vai.

Greta ficou sentada, sem se mexer, até as outras garotas saírem do camarim. Quando o lugar ficou vazio, baixou a cabeça na mesa e chorou. O som da mulher que ela ouvira gemendo a havia perseguido desde a saída daquela casa deprimente. E, mesmo sabendo que se condenava a uma insegurança terrível, ela compreendeu que não conseguiria fazer um aborto.

Não ouviu a batida leve à porta do camarim e teve um violento sobressalto ao sentir que alguém colocava a mão em seu ombro.

– Ei, calma! Sou só eu! David! O galês! Não tive intenção de assustá-la. Só estava conferindo se vocês já tinham ido embora. O que houve, Greta?

Ela ergueu os olhos para o rosto bondoso de David, que a observava pelo espelho com ar solidário, e procurou algo para enxugar o nariz que escorria. Comoveu-se com a preocupação dele, especialmente por saber que mal lhe dera uma olhadela de relance desde que tinha conhecido Max. Um lenço imaculadamente limpo foi posto em sua mão.

– Pronto, tome. Quer que eu vá embora? – perguntou David, parado atrás dela.

– Sim, hum, não. Ah, David... – desatou a chorar. – Estou numa enrascada tão grande!

– Então, por que não me conta? Isso vai fazê-la se sentir melhor, garanto.

Greta se virou para ele, assentindo:

– Não mereço compaixão – choramingou.

– Agora você está dizendo bobagens. Venha cá. Deixa eu dar um abraço em você. – Seus braços fortes envolveram os ombros de Greta e ele a abraçou até os soluços se tornarem pouco mais que vagos arquejos. Em seguida, começou a limpar sua maquiagem borrada pelas lágrimas. – Está nervosa mesmo, não é? Bem, como dizia a minha velha babá, nada nunca é tão ruim quanto parece.

Greta se afastou dele, subitamente constrangida.

– Sinto muito por isto. Agora está tudo bem, de verdade.

Ele a fitou, sem se deixar convencer.

– Já jantou? Você podia afogar as mágoas comendo um bom prato de torta de carne com purê de batata. Descobri que isso sempre ajuda nas questões do coração. Suponho que sejam a fonte do seu problema.

– O problema está um pouco abaixo do coração, na verdade – resmungou Greta, que imediatamente se arrependeu do que tinha dito.

David fez o melhor que pôde para não deixar transparecer no rosto suas verdadeiras emoções.

– Entendo. Aquele ianque deu o fora e a deixou, não é?

– Sim, mas... – Greta o olhou, atônita. – Como você soube dele?

– Greta, você trabalha num teatro. Todos, desde o porteiro até o diretor, sabem da vida de todo mundo. Nem uma freira conseguiria guardar um segredo neste lugar.

– Sinto muito não ter falado dele com você. Deveria ter falado, mas...

– O que passou, passou. Agora, vou esperar lá fora enquanto você troca de roupa, depois vou levá-la para jantar.

– Mas eu...

– Sim?

Greta lhe lançou um sorriso desanimado.

– Obrigada por ser tão bom.

– É para isso que servem os amigos, não é?

Ele a levou à lanchonete de praxe, do outro lado da rua, em frente ao teatro. Greta descobriu que estava faminta e devorou sua torta de carne com purê enquanto contava a David suas aflições.

– E, então, peguei o endereço com a Doris e fui procurá-lo hoje de manhã. Mas você não faz ideia de como é aquilo. O tal Sr. Quebra-galho... as unhas dele eram sujas. Eu não posso... não posso...

– Entendo. – Ele a acalmou. – E o seu "noivo" não sabe que você está grávida?

– Não. Ele embarcou na manhã seguinte à noite em que foi ao Windmill e me viu nua no palco. Não tenho o endereço dele nos Estados Unidos. Mesmo que tivesse, dificilmente ele me aceitaria de volta, não é? Ele vem de uma família muito tradicional.

– Sabe em que lugar dos Estados Unidos ele vive?

– Sim, numa cidade chamada Charleston. Fica ao sul, ao que parece. Ah, eu estava tão empolgada com a ideia de ver as luzes brilhantes de Nova York.

– Greta, se Max mora onde você disse, duvido que algum dia você chegasse sequer a ver Nova York. Fica a mais de 1.200 quilômetros de Charleston, quase tão distante quanto Londres da Itália. Os Estados Unidos são um país imenso.

– Eu sei, mas todos os norte-americanos que conheci parecem muito avançados, e não todos cheios de convenções como nós, ingleses. Acho que eu me daria bem lá.

David a fitou com as emoções divididas, uma mistura conflitante de irritação e compaixão pela ingenuidade dela.

– Bem, se isso a faz se sentir melhor, minha querida menina, a cidade para onde você estava prestes a se mudar fica bem no centro do que é conhecido como o Cinturão da Bíblia. Os habitantes de lá são adeptos tão rígidos das Sagradas Escrituras que fazem até a moral das mais devotas almas inglesas parecer relapsa.

– Max chegou a dizer que era batista – ponderou Greta.

– Pois então, aí está. Sei que não serve de consolo, mas, sinceramente, Greta, Charleston é tão distante da atmosfera de Nova York quanto a casa da minha família, nas encostas silvestres das montanhas galesas, fica longe de Londres. Você seria um peixe fora d'água por lá, especialmente depois da vida que levou aqui. Pessoalmente, acho que você teve sorte de escapar.

– Pode ser. – Greta compreendeu que ele estava tentando consolá-la, mas todo mundo sabia que os Estados Unidos eram o Novo Mundo, a terra da oportunidade, onde quer que se morasse. – Mas, se você diz que eles têm uma moral tão rigorosa, por que Max... bem, você sabe...

Greta enrubesceu.

– Talvez ele tenha achado que podia flexibilizar um pouco as regras, se vocês estavam noivos, prestes a se casar – sugeriu ele, sem jeito.

– Pensei que Max me amasse de verdade. Se ele não tivesse me pedido em casamento, eu nunca, nunca teria...

A voz de Greta se extinguiu diante do constrangimento. David estendeu a mão até a dela e a apertou.

– Sei que você não teria – disse, em tom gentil.

– Não sou como Doris, de verdade. Max... ele foi o primeiro. – As lágrimas tornaram a brotar em seus olhos. – Por que a minha vida sempre parece dar errado?

– Será, Greta? Você quer falar disso?

– Não. – Ela se apressou em responder. – Só estou sendo complacente comigo mesma, sentindo pena de mim por ter cometido um erro tão grande.

Enquanto via Greta forçar um sorriso, David se perguntou o que a teria levado – uma moça obviamente instruída, e cuja dicção lhe dizia ter recebido uma educação esmerada – a parar no Windmill. Greta destoava do resto das moças, o que, para ser franco, tinha sido a razão de ele se sentir atraído pela jovem. Entretanto, era óbvio que esse não era o momento para fazer perguntas, de modo que ele mudou de assunto.

– Você quer o bebê, Greta?

– Para ser sincera, não sei. Estou confusa e com medo. E envergonhada. Acreditei mesmo que Max me amava. Por que é que eu fui...? Quando eu estava naquela casa pavorosa, esperando para falar com o tal Quebra-galho de Doris, não fugi só por ter sentido medo do procedimento. Fiquei pensando nesta coisa miúda dentro de mim. Depois, na volta para casa, passei por duas ou três mães empurrando carrinhos com seus bebês. E isso me fez pensar que, por minúsculo que seja, ele está vivo, não está?

– Sim, Greta, está.

– Nesse caso, não posso cometer um assassinato por um erro que cometi, não é? Negar ao bebê o direito dele à vida. Não sou religiosa, mas acho que nunca me perdoaria por matá-lo. Por outro lado, que futuro pode haver para qualquer um de nós, se eu o trouxer ao mundo? Nenhum homem jamais vai tornar a olhar para mim. Uma garota do Windmill e grávida aos 18 anos. Está longe de ser um bom histórico, não é?

– Bem, sugiro que você deixe a decisão para depois de uma boa noite de sono. O mais importante é que você não está sozinha. E... é bem possível que eu tenha condição de fazer alguma coisa, de lhe garantir um teto, se você decidir levar a gravidez adiante. Esse tal de Sr. Quebra-galho não parece mesmo ser grande coisa, certo? Você poderia acabar sendo morta e matando o bebê, e nós não queremos isto, não é?

– Não, mas ainda não me convenci de que eu tenha alguma alternativa.

– Acredite, Greta, há sempre uma alternativa. Que tal falar com o Sr. Van Damm? Tenho certeza de que ele já teve de lidar com esse tipo de coisa.

– Ah, não! Eu não poderia fazer isso! Sei que ele é boa pessoa, mas o Sr. Van Damm espera que suas garotas sejam mais puras que a pureza. Ele é terrivelmente protetor quando o assunto é a imagem do Windmill. Amanhã mesmo eu seria posta no olho da rua.

– Calma, foi só uma ideia – retrucou ele, levantando-se para pagar a conta. – Agora, vou colocá-la num táxi. Vá para casa e descanse. Você está exausta.

– Não. Posso pegar o ônibus, juro.

– Eu insisto.

Enquanto chamava o táxi na porta da lanchonete, ele pôs algumas moedas na mão de Greta, levando o indicador aos lábios dela ao vê-la recomeçar a protestar.

– Por favor, vou ficar preocupado se você não aceitar. Tenha bons sonhos, Greta, e não se preocupe. Agora estou aqui.

– Obrigada por ser tão bondoso.

Ao acenar para o táxi que se afastava, David se perguntou por que estava tentando ajudar Greta, mas a resposta era simples. A despeito do que a moça pudesse ter feito, ele sabia que a amava desde o momento em que pusera os olhos nela.

4

Na manhã seguinte, os dois se sentaram outra vez na lanchonete em frente ao Windmill. Greta havia conseguido escapar do ensaio matinal para se encontrar com David, alegando que se sentia meio zonza e precisava de um pouco de ar, o que não deixava de ser verdade.

– Você está pálida – disse David. – Está passando bem?

Greta bebeu um grande gole do chá e acrescentou mais um torrão de açúcar.

– Estou cansada, só isso.

– Não é de admirar. Tome, coma metade do meu sanduíche.

– Não, obrigada. – O simples cheiro do sanduíche a deixava nauseada. – Mais tarde eu como alguma coisa.

– Pois trate de comer. Bom, e então? – perguntou, fitando-a com expectativa.

– Decidi que não posso levar adiante o... procedimento, o que não me deixa alternativa. Vou ter o bebê e arcar com as consequências.

– Certo – disse David, balançando a cabeça devagar. – Bem, agora que você tomou sua decisão, vou lhe dizer como eu poderia ajudar. O que você precisa é de um lar, um pouco de sossego e privacidade até o bebê nascer. Não é?

– Sim, mas...

– Fique quieta e escute o que tenho a dizer. Disponho de um chalé em Monmouthshire, na fronteira com o País de Gales. Andei pensando que você poderia passar uns tempos lá. Já esteve nessa região, alguma vez?

– Não, nunca.

– Bem, então não vai saber como o lugar é especial. – David sorriu. – O chalé fica numa propriedade enorme, chamada Marchmont. Fica perto das Montanhas Negras, num lindo vale, não muito longe da cidade de Abergavenny.

– Que nome engraçado – disse Greta, conseguindo exibir um sorriso.

– Imagino que a pessoa se acostume com a língua quando cresce por lá. Enfim, trabalhando em Londres, não preciso do chalé neste momento. Minha mãe também mora na propriedade. Telefonei para ela ontem à noite, e ela se propôs a dar uma olhada em você. Grande parte da terra é cultivada, de modo que haverá produtos agrícolas frescos em quantidade suficiente para alimentá-la durante o inverno que vem por aí. O chalé é pequeno, mas é limpo e acolhedor. Significaria a possibilidade de você sair do Windmill, ter o bebê e, se quiser, voltar para Londres sem que ninguém fique sabendo. Bem, é isto. O que acha?

– Parece ótimo, mas...

– Greta, tudo que posso fazer é oferecer uma alternativa – disse ele, ao perceber a dúvida e o medo nos olhos dela. – E, sim, lá é muito diferente de Londres. Não há luzes brilhantes, não há nada para fazer à noite e pode ser que você se sinta sozinha. Mas, pelo menos, estará segura e aquecida.

– Essa... hum... propriedade é o lugar onde você foi criado, não é?

– Sim, embora eu tenha morado no colégio interno desde os 11 anos e, depois disso, na universidade. Aí veio a guerra e viajei com meu regimento, de modo que não tenho voltado lá com a frequência que gostaria. Mas, Greta, você nunca viu nada mais lindo do que o pôr do sol em Marchmont. Temos mais de 200 hectares, a casa é cercada por bosques que abrigam uma flora interminável, assim como um número infindável de pássaros, e há um rio cheio de salmões que passa direto por ela. É mesmo um lugar muito bonito.

Um lampejo de esperança em seu futuro, antes destruído, começou a brilhar na mente de Greta.

– Sua mãe não se importa de eu ficar lá? Ela... ela sabe do bebê?

– Sim, ela sabe, mas não se preocupe, Greta. Minha mãe é uma pessoa impossível de chocar e tem a mente muito aberta. E, para ser sincero, acho que ela vai gostar de ter companhia. A casa principal da propriedade foi usada como clínica para convalescentes durante a guerra e, depois que toda a equipe e os pacientes foram embora, ela sente falta da atividade.

– É realmente muita bondade sua, mas eu não gostaria de abusar. Tenho pouquíssimo dinheiro para pagar pelo aluguel. Nenhum, na verdade.

– Você não tem que pagar nada. Estaria lá como minha hóspede – respondeu ele. – Como eu disse, o chalé está vazio, e é seu, se você quiser.

– Você é mesmo muito generoso. Se eu aceitasse sua oferta – disse ela, devagar, consciente de que, se seu destino não fosse o chalé, seria um abrigo para mães solteiras –, quando poderia ir?

– Quando você quiser.

Dois dias depois, Greta foi dizer ao Sr. Van Damm que estava deixando o Windmill. Quando ele perguntou por quê, apesar de sua forte suspeita, Greta disse apenas que sua mãe não passava bem e que tinha de voltar para casa, a fim de cuidar dela.

Saiu do escritório apreensiva, mas se sentindo melhor por haver tomado uma decisão. Mais tarde, no mesmo dia, informou à dona da pensão que ia deixar seu quarto no fim da semana, e passou seus últimos dias no teatro tentando não se preocupar com o futuro. Todas as garotas assinaram um cartão para ela e Doris lhe deu um abraço de despedida, ao mesmo tempo lhe entregando discretamente um pequeno pacote com um minúsculo par de sapatos.

Greta não demorou muito para embalar seus poucos pertences em duas malas pequenas. Pagou à senhoria e se despediu do quarto que tinha sido seu lar nos seis meses anteriores.

David a acompanhou até a estação Paddington, numa enevoada manhã de dezembro, para embarcá-la na longa viagem até Abergavenny.

– Ah, David, eu queria muito que você pudesse ir comigo – disse ela, debruçando-se da janela para o amigo parado na plataforma.

– Você estará totalmente segura, Greta. Confie em mim. Eu não faria nada para prejudicá-la, faria?

– Sua mãe vai me buscar na estação? – perguntou Greta pela terceira vez, ansiosa.

– Sim, ela estará lá. Ah, um conselho: procure se lembrar de se referir a mim como David. Ela não gosta do meu apelido no Windmill – disse ele, com um risinho. – E vou visitá-la assim que puder, prometo. Agora, isto é uma coisinha para você – acrescentou, pondo um envelope na mão dela quando o guarda apitou. – Adeus, minha querida. Faça boa viagem e cuide bem de vocês dois.

Ao dar um beijo em cada face de Greta, David pensou que ela parecia uma refugiada sendo despachada para um local desconhecido.

Greta acenou até ele virar um pontinho na plataforma, depois foi para seu vagão e se sentou em meio a um grupo de soldados. Eles fumavam e conversavam animadamente sobre amigos e parentes. O contraste entre Greta e eles era de uma pungência quase insuportável: eles voltando para seus entes queridos, ela numa jornada para o desconhecido. Abriu o envelope que David pusera em sua mão. Continha algum dinheiro e um bilhete explicando que era para qualquer emergência.

Enquanto via as construções conhecidas de Londres darem lugar a campos ondulantes, seu medo começou a crescer. Greta se consolou com a ideia de que, se a mãe de David se revelasse uma louca e o chalé não passasse de um galinheiro, agora ela tinha dinheiro suficiente para regressar a Londres e reelaborar seus planos. À medida que o trem seguia para o oeste, parando em numerosas estações, os soldados foram aos poucos desembarcando, sendo recebidos nas plataformas por pais, esposas e namoradas radiantes.

Só restava um punhado de passageiros quando ela fez a baldeação para outro trem em Newport, até que acabou ficando sozinha no vagão. Começou a relaxar ao contemplar a desconhecida paisagem galesa pela janela. Quando o sol se aproximou do poente, ela se deu conta de uma mudança sutil no cenário: era mais dramático do que tudo o que ela já tinha visto na Inglaterra. No horizonte crepuscular surgiam montanhas com os picos nevados conforme o trem se aproximava de Abergavenny.

Passava das cinco da tarde. O céu estava negro como breu quando enfim o trem parou em seu destino. Greta tirou as malas do suporte acima do assento, endireitou o chapéu e saltou na plataforma. O vento era gelado e ela puxou mais o casaco para proteger o corpo. Insegura, foi andando para a saída, olhando ao redor, à procura de alguém que pudesse estar esperando por ela. Sentou-se num banco fora da pequena estação e viu os passageiros de outros vagões do trem cumprimentarem as pessoas que os esperavam, partindo em seguida.

Passados dez minutos, o estreito vestíbulo da estação estava quase deserto. Depois de tremer no banco por mais alguns minutos, Greta se levantou e voltou para o relativo calor da estação. Um funcionário ainda trabalhava no guichê e ela deu uma batida leve no vidro.

– Com licença, senhor.
– Pois não, *fach*?
– Sabe me dizer a que horas sai o próximo trem para Londres?

O funcionário balançou a cabeça.

– Hoje não há mais trens. O próximo sairá amanhã de manhã.
– Ah.

Greta mordeu o lábio ao sentir que as lágrimas começavam a arder em seus olhos.

– Sinto muito, moça. Tem algum lugar para ficar hoje à noite?
– Bem, uma pessoa deveria vir me encontrar e me levar para um lugar chamado Marchmont.

O funcionário esfregou a testa.

– Olhe, isso fica a uns bons quilômetros daqui. Não dá para ir a pé. E hoje o Tom do Táxi está lá em Monmouth com a senhora dele.
– Ai, meu Deus.
– Não entre em pânico. Ainda fico aqui por cerca de meia hora – disse o funcionário, em tom gentil.

Greta assentiu e refez o caminho para o banco.

– Ai, meu Deus – sussurrou, depois bafejou as mãos, na tentativa de impedir que ficassem dormentes.

Ouviu então o som de um carro que se aproximava. Uma buzina alta agrediu seus ouvidos e os faróis brilhantes ofuscaram seus olhos. Depois que o motor barulhento do veículo à sua frente silenciou, uma voz feminina exclamou:

– Olá, você aí! Você é a Greta Simpson?

Greta tentou discernir a figura sentada ao volante do carro de capota arriada. Os olhos da motorista estavam escondidos por enormes óculos de proteção, com armação de couro.

– Sim. A senhora é a mãe do galês... de David Marchmont?
– Sou. Pois então, entre aqui, depressa. Desculpe o atraso. Furou um pneu da droga do carro e tive que trocá-lo no escuro.
– Hum, está bem. – Greta se levantou do banco, pegou as malas e as arrastou para o carro.

– Jogue isso no banco de trás, meu bem, ponha estes óculos e pegue a manta de viagem. Pode ficar meio frio se o calhambeque passar de 30 quilômetros por hora.

Greta aceitou os óculos e o cobertor. Depois de algumas engasgadas, o motor ganhou vida, ruidoso, e a motorista saiu rapidamente de marcha a ré do átrio da estação, por pouco não acertando um poste de luz.

– Pensei que a senhora não viria – comentou Greta, quando o carro pegou a estrada e acelerou, numa velocidade assustadora.

– Desculpe, minha cara. Não consigo escutar uma palavra nesta barulheira! – gritou a motorista.

Greta passou a meia hora seguinte com os olhos bem fechados e os punhos cerrados, os nós dos dedos brancos de tensão. Por fim, o carro reduziu a velocidade e parou bruscamente, por pouco não a lançando no capô, por cima do para-brisa estreito.

– Seja boazinha e abra esses portões, está bem?

Greta desceu do carro, trêmula. Caminhou à frente dos faróis e abriu os dois lados de um enorme portão de ferro batido. Na parede de um dos lados havia uma placa de bronze decorada, na qual fora gravada MARCHMONT. O carro passou e Greta fechou o portão.

– Anime-se, meu bem. Estamos quase chegando – gritou a motorista em meio ao ronco do motor.

Greta voltou correndo para o carro e as duas seguiram pela alameda cheia de marcas de rodas.

– Pronto, aqui vamos nós. Este é o Chalé das Cotovias. – O carro parou com um tremor e a motorista desceu, pegando as malas de Greta no banco de trás. – Lar, doce lar.

Ao saltar, Greta observou a mulher, que foi andando por um atalho de árvores. Seguindo-a, nervosa, deu um suspiro de alívio quando um pequeno chalé surgiu à frente. Lamparinas a óleo iluminavam o interior, emitindo um suave brilho amarelo. A mulher abriu a porta da frente e as duas entraram.

– Pois então. – A mulher tirou os óculos de proteção e se virou para Greta. – É isto. Você acha que vai ser suficiente?

Foi a primeira oportunidade que Greta teve de estudar sua companheira, e o que a impressionou de imediato foi a semelhança da mulher com seu filho. Ela era muito alta, de membros longilíneos, olhos verdes penetrantes e cabelo meio grisalho, despenteado pelo vento, com um corte curto e sóbrio. A roupa, bombachas de veludo cotelê, botas de couro até os joelhos e jaqueta de tweed feita sob medida, era meio masculina, mas estranhamente elegante.

Greta esquadrinhou rapidamente o interior aconchegante do chalé, olhando com gratidão para a lareira e suas brasas ardentes.

– Sim. É encantador.

– Ótimo. Meio rudimentar, eu sei. A eletricidade ainda não foi instalada. Estávamos para instalá-la quando eclodiu a guerra. A casinha fica do lado de fora e há uma banheira de metal na cozinha, para os domingos e feriados, mas o diabo da coisa demora tanto para encher que é mais fácil usar a pia.

A mulher foi até a lareira, pegou um atiçador, remexeu as brasas e jogou no fogo mais três pedaços da lenha empilhada num cesto ao lado da lareira.

– Pronto. Eu o acendi antes de ir buscar você. O óleo para os lampiões fica numa lata na casinha. A lenha fica no galpão dos fundos. Deixei leite, pão fresco e queijo na despensa, para a sua ceia. Tenho certeza de que você deve estar morta de sede. Ponha a chaleira no fogão que ela ferve em dois tempos. E não se esqueça de enchê-lo de lenha todas as manhãs. É um bicho faminto, se bem me lembro. Agora, tenho que ir andando. Perdemos uma ovelha, sabe? Deve ter caído numa vala. David disse que você é uma garota bem independente, mas dou uma passada para vê-la amanhã, quando estiver mais à vontade. Eu sou Laura-Jane Marchmont, aliás – estendeu a mão para Greta –, mas todos me chamam de LJ. Você deve fazer o mesmo. Boa noite.

A porta bateu e ela se foi.

Greta balançou a cabeça, confusa, deu um suspiro e afundou na poltrona puída, mas confortável, diante do fogo. Estava com fome e ansiava por uma xícara de chá, mas primeiro precisava se sentar por alguns minutos e se recuperar da provação do dia.

Fixou os olhos na lareira, pensando na mulher que acabara de sair. O que quer que tivesse imaginado sobre a mãe do galês, não tinha nada a ver com Laura-Jane Marchmont. Na verdade, Greta havia pensado em uma viúva camponesa sem sofisticação, de rosto rechonchudo e rosado e quadris largos.

Correu os olhos por sua nova casa. A sala era acolhedora, com um teto charmoso e um grande recanto da lareira que ocupava uma parede inteira. O mobiliário era mínimo: apenas a poltrona, uma ou outra mesinha e uma estante meio torta, com pilhas desarrumadas de livros. Greta abriu a porta fechada com trinco e desceu dois degraus de pedra para a pequena cozinha.

Havia uma pia, um guarda-louça galês cheio de pratos e outras peças de louça, uma mesa de pinho escovado com duas cadeiras e um armário de mantimentos, onde ela descobriu pão fresco, um pedaço de queijo, manteiga, algumas latas de sopa e meia dúzia de maçãs. Abriu a porta dos fundos e achou o lavatório, à sua esquerda.

Uma escada rangente saía da cozinha e levava a uma porta no alto, que dava acesso ao quarto. De pé-direito baixo, o cômodo era quase inteiramente ocupado por uma cama resistente, de ferro batido, coberta por uma alegre colcha de retalhos. Um candeeiro a óleo emitia um brilho caloroso e cheio de sombras. Greta fitou a cama com olhos desejosos, mas sabia que, tanto pelo bem do bebê quanto pelo seu, precisava comer alguma coisa antes de dormir.

Após uma ceia composta de pão, sopa e queijo diante da lareira, ela bocejou. Fez sua higiene na pia da cozinha da melhor maneira que pôde, e se deu conta de que, no futuro, teria que usar a chaleira, se quisesse dispor de água quente. Em seguida, tiritando de frio, pegou suas malas e finalmente subiu a escada.

Colocando a camisola e um pulôver por cima, afastou a colcha e, agradecida, afundou na cama confortável. Fechou os olhos e esperou que o sono a tomasse. O silêncio, após seu quarto barulhento em Londres, era ensurdecedor. A exaustão finalmente a dominou e ela mergulhou num sono sem sonhos.

5

Greta acordou na manhã seguinte ao som de dois pombos arrulhando junto à janela. Sentindo-se desorientada, pegou o relógio e viu que passava das dez horas. Levantou-se da cama e abriu as cortinas.

O céu tinha um tom azul-claro e a geada da noite anterior derretera com o sol de inverno, deixando um orvalho pesado. Mais à frente ficava um vale, onde as encostas eram cobertas por um bosque denso e cujas árvores agora estavam desfolhadas. Pelo som de água correndo, devia haver um riacho por perto. Do outro lado do rio que dividia a base do vale, Greta avistou campinas ondulantes, povoadas por pontinhos brancos que deviam ser ovelhas. E mais ao longe, à esquerda, dominando o vale, erguia-se uma casa baixa de tijolos vermelhos, cercada por vastos gramados. Suas muitas janelas de mainel reluziam ao sol, e Greta viu fumaça subindo de duas das quatro chaminés majestosas. Presumiu que aquele devia ser o solar Marchmont. À direita da mansão havia celeiros e outras construções externas.

A visão da serena paisagem natural a seu redor encheu Greta de um prazer inesperado. Ela se vestiu depressa, ansiosa para sair e explorar a região. Enquanto descia a escada, ouviu uma batida à porta da frente e se apressou para abri-la.

– Bom dia. Tudo certo? Dormiu bem?

– Olá, LJ – disse Greta, acanhada. – Está tudo bem, obrigada. Acabei de acordar.

– Caramba! Estou de pé desde as cinco da manhã, cuidando daquela bendita ovelha. Ela caiu *mesmo* numa vala, e os homens levaram horas para tirá-la de lá. Mas parece que vai se recuperar. Bem, precisamos bater um papo sobre a logística da sua estada aqui, então, que tal passar lá em casa logo mais e jantar comigo? – sugeriu LJ.

– Seria esplêndido, mas não quero incomodá-la.

– Não há incômodo algum. Para ser franca, será bom ter um pouquinho de companhia feminina.

– Você mora naquele casarão ali? – indagou Greta.

– Morava, minha cara. Hoje moro na casa de hóspedes, junto ao portão principal. Ela me serve muito bem. É só sair daqui, virar à direita e seguir a trilha. Deve dar uma vigorosa caminhada de uns cinco minutos. Há um lampião de querosene na despensa. Você vai precisar dele. Fica escuro demais por aqui, como você viu ontem à noite. Tenho que ir. Vejo você às sete.

– Sim, vou esperar ansiosa. Obrigada.

LJ sorriu para Greta, fez meia-volta e deu um adeusinho enquanto marchava em passo acelerado pela trilha.

Greta passou o dia organizando a nova casa. Desfez as malas e saiu para uma caminhada, seguindo o som da água corrente. Após algum tempo, encontrou o riacho e se ajoelhou para tomar um gole da água límpida e cintilante. O ar era revigorante e frio, mas o sol brilhava e as folhas caídas formavam um tapete natural para se andar. Ela chegou em casa cansada, mas com um toque cor-de-rosa nas faces normalmente pálidas. Trocou de roupa, vestindo sua melhor saia com jaqueta, na expectativa do jantar com LJ.

Às cinco para as sete, Greta bateu à porta da casa de hóspedes. À tênue luz da lua, pôde ver que se tratava de uma modesta mas elegante construção de tijolos vermelhos, cuja arquitetura do telhado triangular tinha elementos do próprio solar Marchmont. O jardinzinho da frente tinha uma aparência imaculada.

LJ abriu a porta segundos depois.

– Pontual. Gosto disso. Entre, querida.

Pegou o lampião a querosene que Greta carregava e o apagou, antes de ajudar a convidada a tirar o casaco. Greta a seguiu pelo vestíbulo e entrou numa sala de estar formal, mas de uma desordem tranquilizadora.

– Sente-se, minha cara. Uma bebida?

– Sim, por favor. Qualquer coisa leve, obrigada.

– Vou preparar um coquetelzinho de gim para você. Não fará mal algum ao bebê. Eu mesma bebia feito uma esponja quando estava esperando o David, e olhe só o tamanho dele! Não demoro um segundo.

Saiu da sala e Greta se sentou numa cadeira perto da lareira. Deu uma olhada em volta e reparou no guarda-louça de mogno, cheio de peças de porcelana que pareciam caras e fotos emolduradas de cenas de caçada. Era óbvio que os móveis da sala eram valiosos, mas já tinham passado por dias melhores.

– Pronto, aqui estamos. – LJ entregou um copo cheio a Greta e se sentou na poltrona em frente a ela. – Bem-vinda a Marchmont, minha cara. Espero que seja feliz enquanto estiver conosco.

E então tomou um grande gole de seu gim, enquanto Greta bebericava o dela, hesitante.

– Obrigada. É muita bondade sua me receber aqui. Não sei o que eu teria feito, se não fosse o seu filho – murmurou, timidamente.

– Ele sempre teve o coração mole para donzelas em apuros.

– O número do galês é um sucesso no Windmill – disse Greta. – O Sr. Van Damm acabou de lhe dar um número fixo no show. É muito engraçado.

– Bem, posso pedir um favor? Enquanto estiver aqui, procure se lembrar de chamar meu filho pelo nome adequado de batismo, sim? Acho que ofende minha sensibilidade ouvir esse apelido, que é extremamente pouco imaginativo. Sobretudo porque, para começar, ele é apenas metade galês.

– É claro. Desculpe-me, LJ. O pai dele é galês, suponho.

– Sim. Como você talvez tenha adivinhado, sou tão inglesa quanto você. É uma pena o David mal ter conhecido o pai. Robin, meu marido, morreu num acidente de equitação quando David tinha 12 anos.

– Ah, sinto muito – murmurou Greta.

– Eu também senti, minha cara, mas a morte faz parte da vida.

Greta bebeu outro golinho do coquetel de gim.

– Hoje de manhã você disse que antes morava na mansão, não é?

– Morávamos, sim. David nasceu lá. Quando a casa foi requisitada como clínica de recuperação durante a guerra, eu me mudei para a casa de hóspedes. Concluí que ela me convinha muito mais e nunca me mudei de volta, especialmente depois que... – LJ parou de repente. – Agora quem mora lá é o irmão do meu marido.

– Sei. Parece um lugar lindo – arriscou Greta, percebendo a tensão de LJ.
– Acho que sim. Mas é enorme, e as despesas de manutenção são um pesadelo. Custou uma fortuna instalar eletricidade. Como tem dez quartos grandes, funcionou muito bem como clínica. Houve uma ocasião em que abrigou vinte oficiais e uma equipe de oito enfermeiras.
– E você ajuda a administrar o patrimônio? – perguntou Greta.
– Não, agora não. Depois que o meu marido morreu, sim, ajudei. Eu cuidava da manutenção do lugar, e posso dizer que dá muito trabalho. Owen, o irmão de Robin, estava no Quênia, mas voltou para casa quando a guerra eclodiu e, naturalmente, encarregou-se da administração de tudo. A fazenda produzia leite e carne para o Ministério da Agricultura, o que significava que éramos autossuficientes por aqui. O racionamento mal chegou a nos afetar. Todo mundo botava a mão na massa! Eu trabalhava na fazenda do alvorecer ao crepúsculo. Depois, quando a casa foi requisitada como clínica de recuperação, passei a trabalhar com a equipe médica. Sei que deveria sentir alívio por a guerra ter acabado, mas bem que gostava de toda aquela atividade. Agora sinto como se tivessem me aposentado – disse ela, com um suspiro.
– Mas você ainda ajuda na fazenda?
– Por enquanto, sim. Alguns rapazes aqui da região ainda não voltaram, de modo que o capataz da fazenda está sempre com escassez de pessoal. Eles me pegam para ajudar a ordenhar as vacas ou para caçar ovelhas perdidas, quando necessário. Hoje em dia, a gente tem que fazer a terra render. O leite e a carne que produzimos trazem renda suficiente para manter a fazenda funcionando. Agora, chega de falar de mim. Fale-me de você.
– Não há muita coisa a dizer, na verdade. Eu trabalhava com o galês... o David no teatro, e nós nos tornamos amigos.
– Então você era uma das Garotas do Windmill?
Greta enrubesceu e fez que sim.
– Era, mas só por alguns meses.
– Não precisa se envergonhar, minha cara. As mulheres têm que ganhar seu sustento de algum modo e, até que o mundo acorde e enxergue a força que há em nós, a gente tem que se virar como pode. Veja o meu caso, por exemplo. O típico modelo da inglesa da alta classe. Eu tinha até um "excelentíssima" antes do meu nome. Por ser menina, tinha de ficar em casa, aprendendo a fazer ponto de cruz, enquanto meus irmãos, que na minha

opinião não somavam um único cérebro decente juntos, eram educados em Eton e Oxford. Um deles é um bêbado e conseguiu dilapidar o dinheiro da família em questão de anos, e o outro conseguiu morrer baleado quando caçava na África.

– Ah, meu Deus, lamento muito saber disso.

– Não lamente. Ele mereceu – retrucou LJ, em tom brusco. – Passei os últimos trinta anos em Marchmont, trabalhando em uma ou outra função, e esta tem sido a época mais feliz da minha vida. Bem, parece que voltamos a falar de mim. A culpa é minha. Vivo fazendo digressões. É um dos meus maus hábitos, acho. Estávamos falando de você. Não quero parecer grosseira, mas qual é exatamente a sua relação com David?

O nariz aquilino de LJ chegava quase a tremer de curiosidade.

– Somos bons amigos. É só isso, de verdade.

– Seria impertinência minha sugerir que, segundo a minha impressão, David está bastante interessado em você? Afinal, não é como se ele saísse por aí emprestando o chalé a toda garota desgarrada que conhece.

– Como já disse, somos apenas bons amigos. – Greta enrubesceu. – David me ajudou porque eu não tinha mais ninguém.

– E a sua família?

– Eu... eles morreram na Blitz.

Era mentira, mas LJ não teria como saber.

– Entendo. Pobrezinha. E o bebê?

– O pai é um oficial norte-americano. Pensei que ele me amasse e...

LJ meneou a cabeça.

– Bem, isso aconteceu ao longo dos séculos, e vai continuar a acontecer por toda a eternidade. Há muitas mulheres que têm bem menos sorte que você, minha cara. Pelo menos você tem um teto graças ao meu filho.

– E serei eternamente grata por isso – respondeu Greta, subitamente parecendo chorosa.

– Bom, você não se importa se comermos aqui, não é? – indagou LJ, mudando de assunto. – A sala de jantar é uma desgraça de fria e escura. Só serve para ser usada em velórios, a meu ver.

– Não me incomodo nem um pouco.

– Ótimo. Nesse caso, vou buscar nosso jantar.

LJ voltou logo depois, trazendo dois pratos cheios de um saboroso guisado de carne com purê de batatas na manteiga.

– Isto está maravilhoso – disse Greta, atacando vorazmente a comida. – O que comíamos em casa durante a guerra era um horror.

– Ouvi dizer que aqueles ovos em pó eram terríveis – disse LJ, arqueando as sobrancelhas. – Bem, aqui não vão lhe faltar alimentos frescos. Temos ovelhas aos montes, aves domésticas, aves de caça, além de legumes e verduras cultivados aqui mesmo. Sem falar nos laticínios, é claro.

– Santo Deus! Eu estava faminta! – comentou Greta, minutos depois, ao pôr a faca e o garfo juntos no prato vazio.

– É a combinação do ar puro com a gravidez. Agora, venha me ajudar a lavar os pratos. Tenho horror de descer de manhã e encontrar louça suja.

Greta pegou sua bandeja e foi para a cozinha atrás de LJ.

– Por falar em comida, vou levar ovos, leite, legumes e carne para você toda semana. Se quiser mais alguma coisa, pode pegar o ônibus e ir a Crickhowell, que é o vilarejo mais próximo. Eles não têm um estoque incrível, mas há uma boa loja de lãs por lá. Talvez possa tricotar algo para o bebê... e para você mesma, aliás. Vai precisar de roupas mais quentes, porque o inverno aqui é rigoroso.

LJ olhou de relance para a jaqueta e a saia finas de Greta.

– Não sei fazer tricô, LJ.

– Bem, nesse caso, vou ensiná-la. Durante a guerra, devo ter tricotado uns cem suéteres para nossos rapazes. São incríveis as coisas que a gente aprende a fazer quando bate a necessidade. E David tem uma pilha de livros que deverão mantê-la ocupada. Acabei de ler *A revolução dos bichos*, daquele sujeito, o George Orwell. Maravilha de livro. Posso emprestá-lo, se quiser.

Greta assentiu, animada. Sempre fora uma leitora ávida. As duas voltaram para a sala, tomaram chocolate quente e ouviram o noticiário das nove pelo rádio.

– Isto é como uma tábua de salvação para nós, apesar de parecer mais uma caixa feiosa de pedaços de metal – disse LJ. – Fiquei viciada no programa do Tommy Handley. David o idolatra.

– Posso perguntar por que David saiu de Marchmont para trabalhar em Londres? Se eu tivesse nascido aqui, certamente não iria embora.

LJ deu um suspiro.

– Bem, para começar, na verdade David deixou Marchmont há muito tempo. Foi aluno interno do colégio Winchester e estava cursando o último ano em Oxford quando eclodiu a guerra. Embora não precisasse, ele se alistou. Foi ferido alguns meses depois, em Dunquerque. Uma vez recuperado, foi mandado para o centro de decodificação de Bletchley Park e, segundo disseram, andou trabalhando numas coisas altamente sigilosas por lá. David é um rapaz inteligente. Tem um currículo acadêmico admirável. É uma pena não ter tido a oportunidade de concluir os estudos e obter o diploma, ou não ter decidido seguir uma carreira em que pudesse usar o cérebro.

– Bem, eu vi David se apresentar. O jeito de ele enunciar suas falas é maravilhoso. Creio que a pessoa tem que ser muito inteligente para ser um bom comediante – disse Greta, na defensiva.

– É, bem, não é exatamente o que se escolheria para um filho único, mas ele sonha com as luzes da ribalta desde pequeno. Só Deus sabe de onde tirou isso. Não há muitos artistas na família do pai dele nem na minha – comentou LJ, com uma fungadela. – Cheguei a me perguntar se a temporada no Exército poderia fazê-lo mudar de ideia, mas não. Oito meses depois, ele foi liberado das suas obrigações. Chegou em casa e me disse que estava de partida para Londres, para tentar a sorte no palco.

– Bem, se serve de consolo, ele está indo extremamente bem. No Windmill, todos acham que ele vai longe.

– É um consolo, sim. Quando você tiver o seu filho, daqui a uns meses, vai compreender a agonia de ser mãe. Ainda que eu tivesse outros planos para David quando ele era menor, só dou graças por ele ter saído vivo da guerra para ir atrás dos seus sonhos. Agora, a minha preocupação principal é que ele seja feliz.

LJ deu um bocejo repentino.

– Desculpe-me. Depois do desastre da noite de ontem com a ovelha, estou exausta. Peço desculpas por mandá-la embora, mas tenho que acordar cedo para ordenhar as vacas. Tudo bem se você voltar para casa sozinha?

– Vou ficar ótima – prometeu Greta.

– Que bom. Darei uma passada para vê-la sempre que puder. Se precisar de alguma coisa, estou sempre em algum lugar por aí.

LJ foi até o vestíbulo e pegou o casaco de Greta no corrimão. Abaixou-se e apanhou um par de botas de borracha de cano alto.

– Tome, leve isto. É provável que elas sejam grandes demais para você, mas esses sapatos da cidade que está usando não vão durar muito aqui.

Greta vestiu o casaco e pegou as botas.

– Muito obrigada pelo jantar. É mesmo muita bondade sua cuidar de mim desse jeito.

– Sempre fui maluca pelo meu querido David. – O rosto de LJ se abrandou e ela tornou a acender o lampião, entregando-o a Greta. – Seu bebê nascerá em breve e você logo vai entender o que sinto. Boa noite, Greta.

– Boa noite.

LJ permaneceu à porta e observou a moça seguir seu caminho com cuidado. Fechou a porta, absorta em seus pensamentos, e foi se sentar em sua poltrona favorita junto à lareira, tentando descobrir por que se sentia tão inquieta.

Quando David telefonara explicando que queria que Greta se hospedasse no chalé, LJ ouvira a animação na voz do filho ao lhe falar da moça. Talvez esperasse que a gratidão de Greta resvalasse para algo mais, que um dia ela retribuísse seus sentimentos. Greta parecia ser uma boa moça, mas LJ percebeu que ela não estava apaixonada por seu filho.

Ao subir a escada para se deitar, LJ rezou para que o seu precioso David não viesse a se arrepender de seu ato generoso.

Tinha um forte pressentimento de que a chegada de Greta a Marchmont mudaria o destino de David. E, por alguma razão desconhecida, também o dela.

6

Depois de uma semana morando em Marchmont e com a aproximação do Natal, Greta compreendeu que o tédio seria seu maior inimigo nos meses seguintes. A introspecção nunca foi algo que a atraiu; na verdade, causava-lhe medo. A ideia de ter longas horas para contemplar sua vida e a confusão em que a havia transformado não lhe dava o menor prazer. Mas ali, sem nada para fazer senão ler – vários dos livros eram clássicos de Charles Dickens e Thomas Hardy, cujas histórias trágicas só serviam para espelhar sua própria tristeza –, ela se descobriu consultando o relógio e torcendo para o tempo passar.

Gastava horas pensando em Max. Onde ele estaria? O que estaria fazendo? Chegou até a pensar em tentar localizá-lo, mas não havia sentido nisso. Max não iria querê-la de volta.

Sentia saudade dele. Não dos presentes, não da vida que poderia ter tido, mas do homem em si. De seu sotaque sulista suave e arrastado, seu riso, a gentileza de seu toque ao fazer amor com ela...

Na parte da tarde, ela havia adquirido o costume de dar um longo passeio, apenas para sair do chalé. Passava pela casa de hóspedes, rezando para que sua ocupante a visse da janela e saísse para conversar. Dias antes, LJ levara mantimentos, um par de agulhas de tricô e um punhado de lã. Sentara-se pacientemente com Greta por uma hora, ensinando-lhe os pontos básicos, mas desde então Greta não a vira, e partia sozinha para suas caminhadas pelo bosque.

E então, na véspera, LJ havia aparecido com uma cesta repleta de iguarias natalinas.

– Estou de partida para a casa da minha irmã, em Gloucestershire, daqui a mais ou menos uma hora. Volto bem cedinho na manhã do dia 26 – informou, com seu jeito brusco de praxe. – Este lote deve mantê-la alimentada, e pedi para Mervyn, um lavrador da fazenda, deixar pão fresco e leite aqui enquanto eu estiver fora. Feliz Natal, minha cara menina. Há uma previsão de neve para amanhã. Portanto, trate de manter sua lareira bem atiçada.

Ao ver LJ partir, a sensação de isolamento de Greta aumentou. Quando a neve prevista por ela começou a cair, na véspera do Natal, nem mesmo o prazer de uma torta de carne feita em casa e de um copinho de xerez adocicado, trazido na cesta, conseguiram animá-la.

– Estamos completamente sozinhos, pequeno – cochichou ela para sua barriga quando os sinos da capela próxima badalaram à meia-noite. – Feliz Natal.

No dia de Natal, Greta abriu as cortinas para uma cena de conto de fadas. A paisagem mudara. Os galhos das árvores estavam cobertos pela neve branca e pura, como se alguém houvesse salpicado açúcar de confeiteiro neles. O chão do bosque, com um ou outro graveto escuro rompendo a superfície perfeita da neve, assemelhava-se a um tapete de arminho. Uma camada grossa de cristais de gelo acrescentava destaques cintilantes ao cenário idílico à medida que o sol matinal ia surgindo acima do vale congelado.

Ao descer a escada, Greta considerou que, em qualquer outro Natal, teria ficado encantada por ter nevado, mas, ao reacender o fogo e pôr a chaleira para ferver, concluiu que nunca se sentira tão infeliz.

Mais tarde, ao cozinhar e comer o frango que LJ lhe deixara, e depois de acabar com o restante da torta de carne – seu apetite parecia insaciável nos últimos dias –, ela refletiu sobre os Natais anteriores e como tinham sido diferentes.

Sem nada que a distraísse e incapaz de impedir a enxurrada de lembranças, ela vestiu o casaco, pôs o chapéu, calçou as botas de borracha e partiu para sua caminhada vespertina.

Ao abrir a porta dos fundos, Greta sentiu a neve sob os pés e a respiração se cristalizar no ar congelante. Enquanto caminhava pelo bosque, sentiu uma breve melhora em seu humor quando se deu conta da magia do ambiente que a cercava, parando a fim de examinar os desenhos congelados e reluzentes nos troncos das árvores e nos galhos caídos.

Talvez, pensou, a razão de se sentir tão abatida estivesse no fato de estar fazendo um ano que surgira o problema que havia precipitado sua mudança repentina para Londres.

Greta teve uma infância feliz como filha única, morava num subúrbio respeitável de Manchester. Mas então, em um dia terrível, seu pai saiu em seu Ford preto e nunca mais voltou. Ela tinha apenas 13 anos. Em meio a soluços histéricos, sua mãe explicou que ele havia morrido no bombardeio alemão da Bolsa de Valores de Manchester. Uma semana depois, Greta assistiu ao sepultamento do que restara do seu amado pai.

Nos dois anos seguintes, num clima de tensão enquanto a guerra continuava a campear, sua mãe caíra em depressão profunda, às vezes passando dias a fio na cama, e Greta se concentrava com determinação nos deveres da escola e enfiava a cara nos livros. A única outra coisa que lhe trazia algum consolo era o cinema, ao qual antes a mãe a levava regularmente. O mundo da fantasia, no qual todos eram bonitos e quase todas as histórias tinham um final feliz, proporcionava um abençoado alívio da realidade. Greta havia decidido que, quando crescesse, seria atriz.

Aos 15 anos, sua situação mudou. Uma noite, sua mãe chegou em casa num enorme carro, acompanhada por um homem grisalho e acima do peso. Ele seria seu novo pai. Três meses depois, as duas se mudaram para a mansão do padrasto, em Altrincham, uma das cidades mais cobiçadas do condado de Cheshire. Sua mãe, aliviada por ter achado outro homem para cuidar dela, voltou a ser como antes e, mais uma vez, a casa da família se encheu de visitas e de risadas. Durante algum tempo, Greta se sentiu feliz.

O padrasto, um industrial de Manchester brusco mas rico, era uma figura distante, a quem, no início, Greta raramente via. Mas, à medida que ela foi amadurecendo e se tornando uma moça, as atenções dele começaram a se desviar da esposa para a enteada, que era jovem e mais bonita. Tornou-se um hábito dele procurar Greta toda vez que os dois estavam sozinhos em casa. A gota d'água aconteceu no Natal do ano anterior, quando, em uma festa em casa, enquanto a mãe de Greta recebia os convidados no térreo, o padrasto foi procurá-la no andar de cima.

Greta estremeceu à lembrança do hálito fedorento do homem, de seu corpo pesado, imprensando-a contra uma parede, das mãos tateando em busca dos seios dela, os lábios molhados procurando sua boca.

Nessa ocasião, por sorte, o som de passos subindo a escada tinha impedido que ele fosse mais longe, e Greta correra para seu quarto, apavorada, rezando para que o incidente não houvesse passado de uma mera exceção motivada pela bebida.

Não foi o caso. Greta passou os meses seguintes fazendo tudo o que podia para evitar as investidas do padrasto. Numa noite quente de junho, ele irrompeu quarto adentro no momento em que ela tirava as meias, pronta para se deitar. Agarrando-a por trás, jogou-a no colchão e tapou-lhe a boca com uma das mãos, impedindo-a de gritar. De algum modo, Greta conseguiu mover o joelho para cima e, quando o homem afastou o corpo do dela para abrir os botões da calça, ela conseguiu acertar uma joelhada forte em suas partes íntimas.

Com um urro, o padrasto rolou para fora da cama e saiu cambaleando pela porta, gritando obscenidades.

Ciente de que não teria alternativa, Greta arrumou uma mala e, assim que a casa ficou em silêncio, planejou sua fuga. Lembrou-se de que, um dia, o padrasto a tinha convidado a entrar em seu estúdio e insistido que ela sentasse em seu colo. Revoltada, mas não querendo deixá-lo com raiva, a menina havia obedecido. O padrasto abrira uma gaveta, tirara uma chave, abrira o cofre e lhe mostrara um colar de diamantes, dizendo que seria seu um dia, se ela fosse boazinha. Greta notara que o cofre tinha pilhas de dinheiro.

Assim, na fatídica noite, ela tirou a chave do esconderijo, abriu o cofre e pegou um maço grande de notas. Em seguida, saiu de casa, andou até a estação ferroviária de Altrincham e ficou sentada na plataforma até a chegada do trem das cinco horas, que a levou para Manchester. De lá, pegou o trem para Londres e foi direto ao Windmill procurar emprego.

Greta olhou para o céu, que escurecia depressa, perguntando-se se algum dia a mãe teria tentado encontrá-la. Às vezes pensava em escrever para ela, mas como poderia explicar sua partida repentina? Mesmo que a mãe acreditasse, o que ela duvidava, Greta sabia que a verdade a deixaria arrasada.

Estava tomada pela tristeza quando parou numa clareira, percebendo de repente que não sabia onde estava. Parada entre as árvores altas, procurou um marco, alguma coisa que a guiasse de volta para casa. Mas tudo que era familiar estava mascarado pela capa branca de neve.

– Ai, meu Deus – murmurou ela, aflita para se localizar.

Levantando a gola para se proteger do frio, tentava freneticamente decidir que direção tomar, e então ouviu latidos nas imediações. Parou, olhou para trás e viu um enorme cão de caça negro avançando em sua direção.

65

Paralisada de medo, viu-o chegar mais perto, sem reduzir a velocidade. Com grande esforço, Greta conseguiu fazer o corpo reagir, deu meia-volta e saiu correndo o mais rápido que pôde.

– Ai, meu Deus! Ai, meu Deus! – gritou, ouvindo a respiração arfante do animal.

A luz do dia havia quase desaparecido e Greta não enxergava com clareza para onde estava indo. Enquanto as botas grandes demais lutavam para se manter em contato com a neve, Greta tropeçou e caiu, batendo com a cabeça na base de uma árvore.

O mundo à sua volta enegreceu.

Ela acordou sentindo um hálito quente em seu rosto e uma língua áspera lambendo sua bochecha. Ao abrir os olhos e se deparar com um enorme cachorro, soltou um grito agudo.

– Morgan! Morgan! Junto!

O cachorro se afastou de Greta no mesmo instante e, obedientemente, correu para o lado de uma figura alta, que andava na direção dela. Greta tentou se sentar, mas ficou tonta. Ela fechou os olhos e desabou com um gemido.

– Você está bem?

Era uma voz masculina grave.

– Eu... – Greta abriu os olhos mais uma vez e viu um homem de pé a seu lado. – Eu não sei – murmurou, e desatou a tremer de forma incontrolável.

O homem se curvou.

– Você caiu? Está com um corte feio na testa.

Ele estendeu a mão e afastou o cabelo dela. Examinou o corte, procurou um lenço e o usou para limpar o sangue.

– Sim. Esse cachorro estava me perseguindo. Pensei que fosse me matar!

– Morgan? Matar você? Duvido muito. Estava chegando perto para dar boas-vindas, de maneira meio abrutalhada talvez – disse o homem, com certa rispidez. – Você consegue andar? Vou levá-la até a minha casa para secá-la e examinar direito esse ferimento. Está escuro demais aqui.

Greta se esforçou para se levantar, mas, ao fazer pressão sobre o tornozelo direito, a dor a fez gritar.

– Certo. Terei que carregá-la. Passe os braços em volta do meu pescoço.

O homem se ajoelhou ao lado dela e Greta obedeceu. Ele a ergueu do chão sem dificuldade.

– Segure firme. Você logo estará num lugar aquecido.

Greta escondeu o rosto no ombro de seu salvador. Tamanha era sua fraqueza que ela mal conseguiu se impedir de desmaiar outra vez. Dez minutos depois, abriu os olhos e viu que haviam saído do bosque e caminhavam para as luzes brilhantes da mansão. Chegaram ao pórtico da entrada e o homem abriu com o ombro a grande porta de carvalho.

– Mary! Mary! Onde está você, mulher? – gritou ele, ao cruzar o saguão cavernoso.

Em meio à dor, Greta viu a enorme árvore de Natal posicionada na base da imponente escadaria elisabetana. A luz das velas, refletida nos delicados enfeites de vidro, criou uma dança hipnotizante diante de seus olhos, e o maravilhoso aroma de pinho perfumou o ar. O homem a carregou para uma sala espaçosa, onde o fogo ardia na grade de uma enorme lareira de pedra. Ele a colocou gentilmente em um dos dois grandes sofás de veludo dispostos em torno da lareira.

– Desculpe, Sr. Owen. O senhor me chamou? – perguntou uma jovem rotunda e de avental à porta da sala.

– Sim! Vá buscar água quente, uma toalha, um cobertor e um copo grande de conhaque.

– Sim, senhor. É claro, senhor – respondeu Mary, saindo da sala.

Ele tirou o casaco e o jogou numa cadeira, depois começou a atiçar o fogo. O calor não tardou a chegar até Greta, que observou o homem em silêncio enquanto tentava controlar seus tremores. Ele não era tão alto quanto lhe parecera inicialmente. O rosto era marcado pelo tempo, mas bonito, além de muito bronzeado e com uma cabeleira farta, ondulada e grisalha. Ele usava roupas práticas para circular ao ar livre: calças de algodão e paletó de tweed, com um suéter de gola alta por baixo. Greta deduziu que ele devia ter 50 e poucos anos.

– Aqui está, senhor – disse Mary, que voltara correndo para a sala com os itens solicitados. Colocou tudo no chão, ao lado do sofá. – Vou passar na biblioteca agora para buscar o conhaque, senhor.

– Obrigado, Mary.

O homem se ajoelhou ao lado de Greta e molhou uma ponta da toalha na água.

– Vamos limpar esse machucado. Depois Mary pode arranjar uma roupa seca para você. – Ele tocou de leve no corte da testa e Greta se retraiu. – Você não é uma caçadora, é? Não parece.

– Não.

– Mesmo assim, é uma invasora. Estava numa propriedade particular.

Ele lavou na água a toalha manchada de sangue e a pressionou mais uma vez na têmpora de Greta.

– Eu não estava invadindo... Moro nesta propriedade.

Uma das grossas sobrancelhas do homem se arqueou.

– É mesmo?

– Sim, no Chalé das Cotovias. Ele pertence a David Marchmont, e ele me deixou ocupá-lo durante algum tempo.

– Entendo. Namorada dele?

– Não, nada disso. – Greta se apressou em esclarecer.

– Bem, eu gostaria muito que Laura-Jane me contasse quando o filho dela oferece um dos chalés de Marchmont a uma jovem errante. Aliás, sou Owen Marchmont, tio de David. Dono desta propriedade.

– Nesse caso, lamento que não soubesse da minha presença aqui.

– A culpa não é sua, mas é típico – resmungou Owen. – Ah, aqui está o conhaque. Obrigado, Mary. Ache uma roupa seca para esta jovem e depois a ajude a tirar a molhada. Volto daqui a pouco para dar uma olhada nesse tornozelo.

Depois que Owen saiu, Greta se recostou no braço do sofá com a cabeça latejando, mas se sentia restabelecida. Correu os olhos pela sala graciosa e confortável e viu que era adornada por uma mistura eclética de móveis antigos e de bom gosto. O antigo piso de pedra era suavizado por vários tapetes desbotados, e cortinas de seda cor de ameixa emolduravam os janelões. O teto era sustentado por uma enorme viga, e das paredes revestidas por painéis de carvalho pendiam quadros a óleo.

Mary voltou e ajudou Greta a se despir, envolvendo-a em seguida com um grosso cobertor de lã.

– Obrigada – disse Greta quando a moça lhe entregou o copo de conhaque. – Lamento pelo incômodo.

– Agora, descanse, *fach*. Levou um tombo feio. O Sr. Owen já vai voltar para examinar seu tornozelo – afirmou Mary em tom bondoso, tornando a se retirar.

Minutos depois, Owen entrou na sala e se aproximou de Greta.

– Está melhor? – perguntou.

– Acho que sim – respondeu ela, insegura, tomando um gole do conhaque.

– Vamos dar uma olhada. – O homem se sentou no sofá e examinou o tornozelo dela. – Está muito inchado, mas duvido que haja uma fratura. Meu palpite é que foi uma entorse feia. O único tratamento para isso é repouso. Levando em conta a neve, receio que tenha de passar a noite aqui. Você levou uma pancada feia e, no momento, não convém fazer qualquer esforço com esse tornozelo.

– Ah, não, senhor, eu... eu não quero abusar. Eu...

– Bobagem! Temos nove quartos vazios, e Mary só tem que se preocupar comigo. Vou mandá-la acender a lareira de algum dos quartos vagos. Está com fome?

Greta meneou a cabeça. Ainda se sentia enjoada.

Owen tocou a sineta para chamar a criada. Quando ela reapareceu, deu-lhe novas instruções e foi se sentar numa poltrona de frente para Greta.

– Bem, este é um rumo interessante dos acontecimentos no dia de Natal. Meus convidados saíram há umas duas horas, depois do almoço, e agora parece que tenho outra. O que afinal estava fazendo no bosque, minha cara, quando já caía a noite? Você estava muito longe do Chalé das Cotovias quando Morgan a encontrou. Poderia ter morrido congelada lá fora.

– Eu... eu me perdi – admitiu Greta.

– Bem, no cômputo final, apesar do tornozelo torcido, acho que você deu sorte de escapar.

– Sim. Muito obrigada por me resgatar – disse ela, abafando um bocejo.

– Certo. Pelo jeito, está na hora de colocá-la na cama. Vamos levá-la lá para cima, está bem?

Quinze minutos depois, Greta usava um pijama limpo de Owen e fora instalada numa cama grande, confortável, com um dossel. A cama e o quarto em si, com suas pesadas cortinas de damasco, tapetes orientais e requintados móveis de nogueira, fizeram-na pensar em aposentos de uma rainha.

– Qualquer problema, toque a sineta e Mary virá atendê-la. Boa noite, Srta...?

– Simpson, Greta Simpson. E realmente lamento muito por causar todo o transtorno. Tenho certeza de que amanhã estarei boa.

– É claro. E, por favor, me chame de Owen.

Ele deu um meio sorriso quase sem jeito e se retirou do quarto. Depois de Mary lhe entregar uma caneca de chocolate quente, da qual Greta só conseguiu beber alguns goles, uma onda de exaustão a dominou. Ela fechou os olhos e dormiu.

Mary bateu à porta na manhã seguinte e entrou em silêncio no quarto. Depôs uma bandeja com o café da manhã e abriu as cortinas.

– Bom dia, senhorita. Como se sente hoje? – perguntou, enquanto Greta se mexia na cama grande e se espreguiçava.

– Na verdade, fazia tempo que não dormia tão bem – respondeu, com um leve sorriso, observando Mary se curvar para acender o fogo. – Preciso usar o toalete – disse, afastando as cobertas e se levantando da cama. – Ai! – exclamou, apoiando-se no colchão quando uma fisgada excruciante de dor lhe subiu pelo tornozelo.

– Ai, ai, ai, senhorita. – Em um instante, Mary se pôs ao lado dela e a ajudou a voltar para a cama. Examinou o tornozelo, que adquirira uma sinistra coloração roxo-escura durante a noite. – Eu a ajudo a ir ao toalete, mas acho melhor pedir ao patrão para chamar o Dr. Evans.

Pouco tempo depois, Owen se levantou da escrivaninha, estendeu a mão para o médico e o cumprimentou.

– Obrigado por ter vindo tão depressa, Dr. Evans. E então, como está a nossa convidada?

– Fiz um exame minucioso, e o ferimento da cabeça não é tão ruim quanto parece, mas o tornozelo da moça sofreu uma entorse séria. Eu sugeriria repouso absoluto, pelo menos nos próximos dias. Especialmente no estado dela – acrescentou o Dr. Evans.

– E que estado seria esse?

– Pela minha estimativa, a jovem está com pouco menos de três meses de gravidez. Eu não gostaria que ela se arriscasse a levar outro tombo e prejudicasse o filho, sobretudo no clima atual. Sugiro que ela fique de cama. Retorno daqui a dois dias para avaliar o progresso dela.

O rosto de Owen se manteve impassível.

– Obrigado. Espero poder contar com a sua discrição neste assunto.

– É claro.

Depois que o Dr. Evans se foi, Owen subiu a escada e caminhou pelo corredor até o quarto de Greta. Bateu de leve e abriu a porta. Viu que ela cochilava e a observou junto aos pés da cama. Parecia vulnerável e pequena deitada ali, e Owen se deu conta de que ela mesma era pouco mais que uma criança.

Foi até uma poltrona junto à janela e se sentou, pensando nas circunstâncias que tinham levado Greta à propriedade. Olhou para fora, contemplando Marchmont, que, no pé em que estavam as coisas, passaria para as mãos do sobrinho quando ele morresse.

Dez minutos depois, Owen se retirou do quarto, desceu e saiu pela porta da frente.

LJ estava no galpão, ordenhando a última vaca. Ouviu passos e ergueu a cabeça. Franziu a testa quando viu quem era.

– Olá, Owen. A central de mexericos de Marchmont me disse que você está acolhendo uma hóspede inesperada. Como vai a paciente?

– Receio que não esteja com o tornozelo muito bom. O médico recomendou repouso absoluto, de modo que ela vai permanecer no solar por mais alguns dias. Dificilmente poderia voltar para o chalé sozinha neste momento. A pobrezinha mal consegue ficar de pé.

– Ora, ora – disse LJ, suspirando. – Sinto muito por isso.

– Presumo que você saiba... do estado dela, não?

– Sim, é claro que sei.

– O filho é de David?

– Deus nos livre, não! Um soldado a deixou na pior e David se dispôs a ajudá-la. Ela não tem outro lugar para ir.

– Sei. É muito generoso da parte dele.

– Sim. David é um menino generoso.

– Quer dizer que ela não tem outros familiares?

– Parece que não – respondeu LJ, em tom seco, e se levantou. – Agora, se você me der licença...

– É claro. Eu a informarei sobre a saúde dela. A jovem é bonitinha, não é?
– É, acho que sim.
– Até logo, Laura-Jane.
Owen se virou e saiu para o quintal.

LJ olhou para ele, confusa com suas perguntas. Pegou o balde, quase transbordando de leite fresco, e descartou a conversa, considerando-a apenas mais um exemplo da complexa personalidade de Owen Marchmont.

Só mais tarde naquela noite, quando ainda estava acordada de madrugada, algo incomum, LJ se deu conta do significado do que Owen dissera sobre Greta.

– Não, certamente não – gemeu, horrorizada com a ideia que lhe veio à cabeça.

7

Quatro dias se passaram até Greta poder caminhar sem ajuda pelo quarto. Confortavelmente acomodada na ampla cama, com sua vista encantadora do vale e com Mary cuidando de todas as suas necessidades, ela começou a se sentir satisfeita com aquilo.

Owen passava em seu quarto todas as tardes e, ao descobrir o amor da jovem pelos livros, sentava-se e lia para ela. Greta achava a presença dele reconfortante e adorava o som de sua voz grave.

Quando Owen terminou *O morro dos ventos uivantes* e fechou o livro, percebeu que havia lágrimas nos olhos dela.

– Minha cara Greta, o que houve?

– Desculpe. É uma história linda. Digo, amar alguém dessa maneira e, mesmo assim, nunca ser capaz de...

Owen se levantou e deu um tapinha delicado na mão dela.

– É – assentiu, comovido com a maneira como o livro a emocionara –, mas é só uma história. Amanhã começaremos *David Copperfield*. É um dos meus favoritos.

Deu-lhe um sorriso e saiu do quarto.

Greta se recostou nos travesseiros e pensou em como seria maravilhoso se não tivesse que voltar para a solidão do pequeno e frio chalé. Sentia-se abrigada num casulo. Perguntou-se por que Owen não era casado. Era culto, inteligente e, mesmo com a passagem dos anos, ainda atraente. Ela imaginou como seria ser esposa dele, senhora dessa casa e da propriedade dos Marchmont, segura e garantida pelo resto da vida. Mas isso era um sonho, é claro. Ela era uma mulher sem um vintém, esperando um filho ilegítimo, e logo teria de voltar a encarar a realidade.

Na tarde seguinte, depois de Owen ler um trecho de *David Copperfield* para ela, Greta se espreguiçou e suspirou fundo.

– O que foi? – perguntou ele.

– É só que... bem, você tem sido muito gentil, mas realmente não posso abusar mais da sua hospitalidade. A neve está derretendo, meu tornozelo está melhor e tenho que voltar para o Chalé das Cotovias.

– Bobagem! Estou gostando da sua companhia. A casa andou mais ou menos deserta desde a partida do nosso último oficial, faz alguns meses. E aquele chalé do meu sobrinho é úmido, frio e, a meu ver, totalmente inadequado. Como você vai subir a escada para se deitar à noite?

– Tenho certeza de que posso dar um jeito.

– Eu insisto que fique pelo menos por mais uma semana, até tornar a se firmar com os pés de modo seguro, por assim dizer. Afinal, foi culpa minha. O mínimo que posso fazer é oferecer minha hospitalidade.

– Se você tem certeza, Owen – retrucou Greta, tentando esconder a euforia pela estadia prolongada.

– Absoluta. É um prazer tê-la aqui. – Owen abriu um sorriso caloroso e se levantou. – Bem, vou deixá-la descansar. – Caminhou até a porta, parou e então se virou. – E, se você se sentir com força suficiente, talvez queira me dar o prazer de jantar comigo lá embaixo.

– Eu... eu adoraria. Obrigada, Owen.

– Então, até as oito.

Um pouco mais tarde, Greta desfrutou do luxo de um banho quente de banheira. Em seguida, sentou-se diante da penteadeira do quarto e fez o que pôde para arrumar o cabelo com elegância. Sem maquiagem e com as faces coradas pelo banho, parecia mais jovem.

Chegou à sala de estar vinte minutos depois, usando uma blusa recém-lavada, uma saia de lã buclê, e apoiada numa muleta que Owen havia conseguido para ela.

– Boa noite, Greta. – Ele se levantou para oferecer o braço e ajudá-la a chegar a uma poltrona. – Permita-me dizer que você está com uma ótima aparência.

– Obrigada. Estou bem melhor. Sinto-me um pouquinho como uma impostora, passando o dia inteiro de cama.

– Posso oferecer um drinque antes do jantar?

– Não, obrigada. Acho que, com o estômago vazio, o álcool me subiria direto à cabeça.

– Então, talvez um vinhozinho durante o jantar.

– Sim.

A sala estava fria e Greta estendeu as mãos na direção do fogo.

– Está com frio, minha cara? Mandei Mary acender a lareira mais cedo, mas não uso esta sala com frequência. Acho a biblioteca muito mais prática quando estou sozinho.

– Não, estou bem, de verdade.

– Um cigarro?

Owen lhe estendeu uma cigarreira de prata.

– Obrigada. – Greta tirou um e Owen o acendeu.

– Então, fale-me um pouco de você.

– Não há muito que contar – disse ela, dando uma tragada nervosa.

– Laura-Jane me disse que você trabalhava com David num teatro, em Londres. Você é atriz?

– Eu... sim, sou.

– Nunca tive muito tempo para o teatro. Na verdade, sou um tipo mais chegado à vida ao ar livre. Mas, diga-me, em que peças você se apresentou?

– Bem, eu não era propriamente uma atriz. Era mais uma... dançarina.

– Comédia musical, não é? Gosto muito daquele Noël Coward. Algumas das suas canções são muito agradáveis. Quer dizer que você estava em Londres durante a guerra?

– Sim – mentiu Greta.

– Deve ter sido terrível quando lançaram aquelas bombas.

Greta repetiu com desenvoltura a descrição dos acontecimentos feita por Doris.

– Sim. Mas são nesses momentos que as pessoas se unem. Eu me lembro do dia em que eu e um grupo de pessoas ficamos presas e fomos obrigadas a passar a noite na plataforma da estação do metrô do Piccadilly Circus.

– O grande espírito britânico. Foi ele que nos fez vencer a guerra. E agora, vamos jantar?

Owen a ajudou a chegar à sala de jantar, que, como os demais cômodos que ela conhecera até então, era lindamente decorada, com arandelas cintilantes adornando as paredes e uma mesa comprida e extremamente polida.

Dois lugares tinham sido postos numa das extremidades. Owen puxou uma cadeira para Greta e ela se sentou.

– Esta casa é linda, mas é muito grande. Você não acha solitário morar aqui sozinho? – perguntou ela.

– Sim, especialmente depois que me acostumei a vê-la cheia de pacientes e enfermeiras. No inverno, o lugar também tem umas correntes de ar infernais. Aquecê-la custa uma fortuna, mas não gosto do frio. Morei no Quênia antes da guerra. O clima de lá combinava muito mais comigo.

– Vai voltar para lá? – Greta se arriscou a perguntar.

– Não. Resolvi me desfazer da fazenda quando vim embora. Além disso, já tinha deixado Marchmont nas mãos de Laura-Jane por tempo suficiente. Achei que tinha de cumprir meu dever.

Os dois levantaram a cabeça quando Mary entrou na sala.

– Ah, a sopa. Mary, quer servir o vinho, por favor?

– Sim, senhor, com certeza.

Owen esperou Mary servi-los e se retirar, e então disse:

– Não quero ser indiscreto, mas por que uma jovenzinha bonita como você trocou Londres pelas terras incultas de Monmouthshire?

– Ah, é uma longa história – respondeu Greta, evasiva, apanhando a taça.

– Não há pressa. Temos a noite inteira.

– Bem – disse Greta, ao se dar conta de que não se safaria sem uma explicação. – Eu estava cansada de Londres e precisava de uma mudança. David me ofereceu o chalé e resolvi aceitar a oferta, para dar a mim mesma tempo para pensar.

– Entendo. – Owen a observou tomar a sopa, sabendo muito bem que ela estava mentindo. – Diga-me se eu estiver sendo indiscreto, mas houve algum rapaz envolvido?

Greta baixou a colher ruidosamente, concluindo que era inútil negar.

– Sim.

– Ah, bem. A perda dele é o meu ganho. O sujeito devia ser cego.

Greta fitou a tigela de sopa com os olhos marejados. Soltou a respiração devagar.

– E há outra razão.

Owen não disse nada, apenas aguardou que ela falasse.

– Estou grávida.

– Entendo.

– Se quiser que eu vá embora...

Greta tirou o lenço de dentro da manga e enxugou o nariz.

– Passou, passou, minha cara. Por favor, não se aborreça. Creio que o que você me disse é uma razão ainda maior para que receba cuidados neste momento.

Ela o olhou com completa surpresa.

– Você não ficou chocado?

– Greta, posso morar no meio do nada, mas já vi um pouco da vida. É muito triste, mas essas coisas acontecem. Especialmente em tempos de guerra.

– Era um oficial norte-americano – sussurrou Greta, como se, de algum modo, isso melhorasse a situação.

– Ele sabe do bebê?

– Não. E jamais saberá. Ele... ele me pediu em casamento. Aceitei, mas depois, bem, ele voltou para os Estados Unidos, sem nem ao menos se despedir.

– Entendo.

– Se David não tivesse me ajudado, não sei o que eu faria.

– Vocês dois...?

– De maneira alguma – respondeu Greta com firmeza. – Somos apenas amigos. David foi muito generoso.

– E quais são os seus planos para o futuro?

– Não faço a menor ideia. Para ser franca, desde que me mudei para cá tenho tentado não pensar nisso.

– E a sua família? – perguntou Owen.

Mary voltou, carregando uma bandeja de prata com rosbife, e a colocou no aparador antes de retirar as tigelas de sopa.

– Não tenho família. Meus pais morreram na Blitz.

Greta baixou os olhos, para o caso de Owen conseguir ler neles a mentira.

– Lamento saber disso. Mas é óbvio que você recebeu uma boa educação. O seu conhecimento de literatura, por exemplo, é grande.

– Sim, sempre adorei ler. Tive sorte. Antes de meus pais morrerem, frequentei uma escola particular para meninas.

Ao menos isso era verdade.

– Quer dizer que, agora, você está realmente sozinha no mundo, não é, minha cara? – Hesitante, Owen estendeu a mão e cobriu a de Greta. – Bem, não se preocupe. Prometo fazer o melhor possível para cuidar de você.

À medida que a noite avançou e a conversa se distanciou do passado, Greta começou a relaxar. Depois do jantar, os dois voltaram para a sala de visitas e ela se sentou junto ao fogo, afagando a cabeça de Morgan, um labrador negro, deitado ao lado da lareira. Owen tomou um uísque e falou de sua vida no Quênia. Contou que possuía uma grande fazenda perto de Nyeri, na região do planalto central, e que adorava a paisagem agreste e a população do lugar.

– Mas me cansei das farras dos meus vizinhos expatriados de lá. Embora o "Vale Feliz", como era conhecido, ficasse no meio do nada, eles certamente encontravam maneiras de se divertir, se entende o que quero dizer. – Owen arqueou uma sobrancelha. – Eu era presa fácil para certas predadoras, por ser solteiro. Fiquei satisfeito por voltar para algum tipo de normalidade moral por aqui.

– Você nunca se casou?

– Bem, houve alguém, muito tempo atrás. Estávamos noivos, mas... – Owen suspirou. – Enfim, a verdade é que nunca senti o desejo de propor casamento a mais ninguém desde então. E, além disso, quem haveria de querer um velho rabugento como eu?

Eu quero. A ideia saltou na cabeça de Greta, mas ela a reprimiu. O vinho e o calor do fogo a estavam deixando sonolenta, e ela bocejou.

– Hora de ir para a cama, mocinha. Você parece exausta. Vou chamar Mary para ajudá-la a ir até seu quarto – disse Owen, tocando a sineta.

– Estou, sim, sinto muito. Faz algum tempo que não fico acordada até tão tarde.

– Não se desculpe, e obrigado por ser uma companhia tão agradável. Espero que não tenha ficado entediada.

– Não, de modo algum.

Greta se levantou quando Mary entrou na sala.

– Nesse caso, acharia possível jantar comigo de novo amanhã?

– É claro que sim. Obrigada, Owen. Boa noite.

– Greta?

– Sim?

– Apenas se lembre de que não está mais sozinha.

– Obrigada.

Ao subir a escada devagar com Mary e, depois, enquanto a empregada a ajudava a se deitar, Greta tentou entender o que havia acontecido. Estivera convencida de que, no minuto em que contasse a Owen que estava esperando um filho, ele mudaria de atitude a seu respeito. No entanto, ao se acomodar sob os lençóis, deu-se conta de que, à sua maneira brusca, Owen estivera flertando com ela. Não era possível que estivesse interessado nela agora que sabia a verdade.

O Ano-Novo veio e passou, e Greta jantou com Owen todas as noites. Agora que seu tornozelo havia melhorado, em vez de ler para ela à tarde, ele a levava para pequenas caminhadas pelas terras da propriedade dos Marchmont.

A seu modo antiquado, Owen a cortejava. Greta não conseguia compreender. Afinal, dificilmente o ilustre senhor de Marchmont se casaria com uma mulher que estava esperando um filho de outro homem.

No entanto, a despeito de seus sinceros protestos de que devia voltar para o Chalé das Cotovias, quando já estava na mansão fazia quase um mês, Greta teve certeza de que Owen não queria que ela fosse embora.

Uma noite, depois do jantar, eles estavam sentados na sala, conversando sobre *David Copperfield*. Owen fechou o livro e o silêncio se instaurou. De repente, ele assumiu uma expressão séria.

– Greta. Há uma coisa que quero perguntar.

– Não é nada ruim, é?

– Não... espero que não, pelo menos. Bem, a questão, minha querida Greta, é que me afeiçoei a você no breve período da sua estada aqui. Você me devolveu uma energia e uma animação que eu julgava terem passado fazia muito tempo. Em suma, tenho pavor de que você se vá. Assim... a pergunta que tenho a fazer é: você me daria a honra de se casar comigo?

Greta o olhou fixamente, boquiaberta.

– É claro que entenderei se for impossível contemplar a ideia de ser mulher de um homem tão mais velho. Mas me parece que você necessita de coisas que posso oferecer. Um pai para seu filho e um ambiente seguro e tranquilo em que você e o bebê possam florescer.

Greta conseguiu recobrar a fala.

– Eu... quer dizer que você se disporia a criar como seu o filho que vou ter?

– É claro. Não há necessidade de ninguém saber que ele não é meu, certo?

– Mas e LJ? E David? Eles sabem a verdade.

– Não se preocupe com eles. – Owen balançou a mão, como se descartasse o problema. – E então, o que me diz, minha cara Greta?

Ela permaneceu calada.

– Você está se perguntando por que eu gostaria de fazer isto, não é?

– Sim, Owen, estou.

– Seria muito simplista se eu respondesse que a sua presença aqui me fez perceber como eu estava sozinho? Que sinto por você uma afeição que antes eu não julgava possível? Marchmont precisa de juventude... de vida. Ou vai definhar comigo. Por outro lado, creio que podemos dar um ao outro o que falta em nossas respectivas vidas.

– Sim, mas...

– Não espero que você se decida neste momento. Apenas pense nisto. Volte para o Chalé das Cotovias, se quiser.

– Sim. Não... Eu... – Greta esfregou a testa. – Você me daria licença, Owen? Estou me sentindo terrivelmente cansada.

– É claro.

Levantaram-se. Owen segurou a mão dela e a beijou de leve.

– Pense com carinho na minha proposta, minha cara jovem. Seja qual for sua decisão, foi um prazer recebê-la aqui. Boa noite.

Greta se deitou na cama, analisando a proposta de Owen. Se a aceitasse, seu filho teria um pai e ambos escapariam do estigma que perseguia os filhos ilegítimos e suas mães. Ela seria a dona de uma bela casa e nunca mais teria de se preocupar em saber de onde viria a próxima refeição.

A única coisa que não teria era um homem a quem amasse. Embora Owen fosse gentil, atencioso e atraente, Greta não se encantava com a ideia de dividir a cama com ele.

Mas, se dissesse não, restaria voltar para o chalé e enfrentar a situação de ter seu filho sozinha. E, depois disso, o que poderia acontecer? Que chance haveria, no futuro, de ela encontrar o verdadeiro amor? E como sustentaria seu filho?

A imagem de Max passou por sua lembrança. Ela balançou a cabeça. Ele jamais voltaria, e Greta tinha de providenciar uma vida para ela e o filho.

Perguntou-se o que diriam David e LJ. Torceu para que compreendessem. No momento, ela não estava em condições de levar em conta os sentimentos de outras pessoas.

– Não há mais ninguém para cuidar de nós, há? – perguntou, fazendo carinho na barriga.

Na noite seguinte, Greta desceu para jantar e disse a Owen que aceitava sua proposta de casamento.

※

Dois dias depois, Mary entrou esbaforida na sala de jantar, no momento em que Owen tomava seu café da manhã e lia o *The Times*.

– Com licença, senhor, a Sra. Marchmont está aqui para vê-lo.

– Peça para ela esperar até eu terminar o meu caf...

– Acho que isto não pode esperar, Owen – retrucou LJ, passando por Mary.

Owen deu um resmungo.

– Muito bem. Obrigado, Mary. Feche a porta ao sair, sim?

– Sim, senhor.

Mary se retirou e LJ permaneceu na outra ponta da mesa, fuzilando-o com o olhar. Owen limpou calmamente a boca num guardanapo e dobrou com capricho o jornal.

– Vamos conversar, então. O que vem a ser o assunto que não pode esperar?

– Você sabe muito bem. – A voz de LJ mal passava de um sussurro.

– Você está aborrecida porque vou me casar com Greta?

LJ suspirou fundo.

– Owen, não tenho a pretensão de participar dos seus pensamentos particulares nem sou sua guardiã, mas, pelo amor de Deus, você não sabe nada sobre essa moça!

Owen começou a passar manteiga em uma torrada.

– Sei tudo que preciso saber.

– É mesmo? Quer dizer que fica satisfeito com a ideia de a nova senhora de Marchmont ser uma mulher que ganhava a vida desfilando pelo palco do Windmill, praticamente nua?

– Fiz minhas investigações e estou ciente do que ela fazia antes de vir para cá. Simplesmente me sinto grato por ter achado alguém que me deu o tipo de felicidade que eu acreditava que nunca mais encontraria.

– Está apaixonado por ela? Ou será que apenas ficou cego diante daquele lindo rostinho?

— Como você já deixou implícito, Laura-Jane, isto realmente não é da sua conta.

— É da minha conta, sim, se significa que o filho ilegítimo de Greta vai herdar Marchmont no lugar do *meu filho*! — A voz de LJ tremia. — Se isso é para me castigar, você conseguiu!

— Bem, *seu filho* certamente não tem demonstrado grande interesse pelo lugar, não é?

— É dele por direito, Owen, e você sabe disso.

— Receio que não seja verdade, Laura-Jane. Marchmont ficará para qualquer filho que *eu* possa ter. E ninguém, além de você e David, sabe que o filho da Greta não é meu. Pode haver alguma especulação de que a criança tenha sido concebida fora do casamento e de que essa seja a razão da cerimônia às pressas, mas não vai passar disso.

— Você acha? — As mãos de LJ tremiam enquanto ela tentava manter a raiva sob controle. — Então espera que eu fique parada, vendo a herança do meu filho ser passada para o filho bastardo de um soldado?

— Seria a sua palavra contra a nossa. Se quiser levar o caso aos tribunais, fique à vontade — retrucou Owen, calmamente. — Esse é o tipo de escândalo que os jornais adoram. Pode estar certa de que nossas reputações seriam arrastadas pela lama, porém, faça o que achar que deve.

— Como você pôde fazer isso com David, Owen? Afinal...

— *Você* não sabe como *eu* posso fazer isto? — perguntou ele, com uma risada desdenhosa. — Basta retroceder a memória para trinta anos atrás, minha cara Laura-Jane, e se lembrar do que *você fez comigo*.

LJ se calou, encarando-o. Por fim, deu um suspiro.

— Isso é uma vingança?

— Não, embora você mesma tenha causado esse problema. Se não tivesse se casado com meu irmão caçula quando eu estava fora, lutando pelo rei e pela nação, *nós* poderíamos ter tido um filho, e esta situação nunca teria surgido.

— Owen, você passou cinco anos fora, e durante três deles todos nós acreditávamos que tivesse morrido!

— Nesse caso, você não deveria ter esperado por mim? Afinal, eu a havia pedido em casamento antes de partir. Você tinha aceitado minha proposta. Chegou até a usar meu anel de noivado! Já imaginou o que eu senti, ao voltar daquele odioso campo de prisioneiros de guerra em Ingolstadt e descobrir que minha noiva estava casada com o meu irmão e morando na casa da minha família? E não só isso. Você estava grávida dele. Santo Deus, Laura-Jane! A guerra quase me destruiu, mas a única coisa que me manteve vivo foi pensar que você estava aqui à minha espera.

– Você acha que não me culpei mil vezes pelo que fiz? – rebateu LJ, torcendo as mãos em desespero. – Mas é a mim que você deve odiar, não meu filho, não David. Ele não merece ser tratado desse modo. Você nunca suportou olhar para ele!

– Não, e nunca suportarei.

– Bem, você pode achar que eu o traí, mas não parece que fui suficientemente castigada ao viver com a minha culpa e vendo o que você sentia por David? E agora isto!

– Então, por que você continua aqui?

– Está pedindo que eu vá embora?

Owen deu um risinho e balançou a cabeça.

– Não, Laura-Jane. Não me ponha no papel do grande vilão. Marchmont é a sua casa, tanto quanto é a minha. E, lembre-se, foi sua a decisão de sair do solar e se mudar para a casa de hóspedes quando voltei do Quênia.

Laura-Jane pôs a cabeça entre as mãos, cansada.

– Por favor, Owen, não negue a David a herança que é dele por direito em nome do seu desejo de me castigar. Você sabe que eu jamais o combateria publicamente. Portanto, deixo o assunto por conta da sua consciência. É injusto negar a herança de David. E entregar Marchmont a uma criança que não tem uma gota de sangue dos Marchmont nas veias parece ser um preço muito alto a pagar pela vingança. – LJ se levantou, devagar. – Não tenho mais nada a dizer, exceto que concluí que você tem razão. Devo sair de Marchmont. Vou embora até o fim da semana. Como você assinalou, não há nada para me manter aqui, especialmente agora.

– Como quiser.

– E você não respondeu à minha pergunta. Está apaixonado por Greta?

Owen a olhou e, apenas por um instante, hesitou.

– Sim.

– Adeus, Owen.

Ele a viu se retirar altivamente da sala, sem olhar para trás. Ainda era possível ver em seu andar o ar de elegância que tanto o havia fascinado quando ela tinha 16 anos. Laura-Jane fora uma bela mulher naquela época, e ele a amara muito.

Owen se levantou, foi até a janela e a viu se afastar da casa. Mais uma vez, sentiu uma fisgada de arrependimento. Tinha ido para o Quênia para fugir da dor da traição dela, incapaz de assistir à união do irmão com sua ex-noiva. Quando soube que Robin havia morrido num acidente de equitação, o mais fácil teria sido voltar a Marchmont e pedir que LJ se casasse com ele. Mas o orgulho não lhe permitira fazer isso. Então, ele havia permanecido longe até a guerra obrigá-lo a voltar.

Mesmo assim, a ideia de ela sair de Marchmont o encheu de tristeza. Deveria correr atrás de LJ e confessar que, depois de todos esses anos, continuava a amá-la? Que a razão de nunca ter se casado era que, mesmo depois do que fizera, era ela, e unicamente ela, que ele desejava?

Vá agora mesmo, depressa! Diga isso a ela, antes que seja tarde demais!, exortou uma voz interior. *Esqueça Greta e vá atrás da Laura-Jane. Aproveite ao máximo os anos que restam...*

Owen desabou numa poltrona junto à janela. Choramingou e balançou a cabeça, sabendo que, não importava o que o coração lhe dissesse, o orgulho que havia dominado e destruído sua vida até esse momento lhe negaria mais uma vez a liberdade de buscar a mulher que amava.

8

A carreira de David como comediante estava começando a decolar. Seu contrato no Windmill tinha sido prorrogado e a receptividade da plateia crescia na mesma proporção que sua confiança. Ele passara a contar com o trabalho de um bom agente, que tinha visto seu número certa noite e achado que ele estava destinado a coisas maiores.

A renda regular do Windmill o levou a se mudar do seu quarto no Swiss Cottage para um apartamento de quarto e sala no SoHo, mais perto do teatro. Por outro lado, a mudança e o horário exigente no trabalho impossibilitaram a planejada viagem para visitar a mãe e Greta em Marchmont. Mas ele estava decidido a ir no fim de semana.

Ao se levantar e se vestir, arrumando cuidadosamente a cama e guardando um par de meias e uma gravata que estavam espalhados, ele sentiu o coração bater um pouco mais depressa que o normal. Ele era esperado na BBC em Portland Place, a fim de gravar seu primeiro esquete para um programa de comédia que iria ao ar às sextas-feiras, às sete horas da noite – o horário nobre do rádio. O programa introduzia novos talentos, e David sabia que muitos grandes nomes o haviam usado como trampolim para a fama e a fortuna.

Entrou na cozinha minúscula e pôs a chaleira no fogão. Ouviu o clique da caixa do correio e foi até o corredor da entrada buscar sua correspondência. De volta à cozinha, examinou o envelope, surpreso. Não havia como confundir a letra de sua mãe, mas o carimbo do correio era de Stroud, não de Monmouth.

Enquanto preparava o bule de chá, ele se sentou diante da pequena mesa e começou a ler.

Lansdow Street nº 72,
Stroud, Gloucestershire

7 de fevereiro de 1946
Meu querido David,

Sei que você já deve ter visto que não estou escrevendo de Marchmont, mas da casa da minha irmã Dorothy. Indo direto ao ponto, mudei-me da casa de hóspedes e estou temporariamente morando aqui, até decidir o que fazer. Não vou incomodá-lo com os detalhes, mas basta dizer que concluí que é hora de seguir em frente, de recomeçar. Enfim, não se preocupe comigo, por favor. Estou bem, e Dorothy me recebeu de maneira extremamente confortável. Com a morte de William, no ano passado, ela fica perdida nesta casa enorme, e ao que parece fazemos companhia uma à outra. Talvez eu fique aqui, talvez não. O tempo dirá, mas não voltarei para Marchmont.

Meu querido menino, tenho algumas novidades. Owen ficou bem caidinho por sua amiga Greta; posteriormente, propôs-lhe casamento e ela aceitou. Eu diria que tivemos certo entrevero por causa disso. De todo modo, espero que esta notícia não perturbe você de maneira muito profunda. Temo que os seus sentimentos por Greta sejam mais que os de um amigo. No entanto, depois de analisá-la de longe, tenho a convicção de que ela fez o melhor por si e pelo filho. Fomos convidados para o casamento e o seu convite segue anexado. Não vou comparecer.

Espero realmente que encontre tempo para me visitar, ou quem sabe eu pegue o trem e vá visitá-lo em Londres.

Torço para que esteja tudo bem com você. Não deixe de escrever, se tiver tempo.

Todo o meu amor para você,
Mamãe

David releu a carta, balançando a cabeça, incrédulo.
Greta se casando com Owen? Experimentou a sensação pouco familiar de lágrimas querendo aflorar dos olhos. Compreendeu o motivo, é claro.

Owen podia dar a Greta tudo de que ela precisava. Mas não era possível que ela tivesse se apaixonado por ele. Owen tinha idade suficiente para ser pai dela. David se criticou duramente por não ter deixado mais claros seus sentimentos. Se o tivesse feito, talvez fosse ele a conduzi-la ao altar. Agora, era provável que a tivesse perdido para sempre.

E, quanto à mãe sair de Marchmont... David não pôde deixar de se perguntar se teria sido por causa do casamento. Sabia quanto ela adorava sua vida lá e o que seria preciso para que se despedisse da mansão. A mãe não se entendia bem com Owen, o relacionamento deles era frio e distante, mas sempre atribuíra isso a um choque de personalidades.

Consultou o relógio e serviu-se de mais uma xícara de chá. Enquanto a bebia, uma ideia lhe passou pela cabeça. Se Greta ia se casar com Owen e o tio ia assumir o bebê, isso significava que um dia o filho dela herdaria Marchmont? David supôs que sim.

Surpreendentemente, esse fato teve muito pouca importância para ele. Desde pequeno, sempre soubera que seu futuro não era na residência da família. Pretendia adquirir qualquer bem material que ambicionasse com seus próprios esforços e talento. Mesmo assim, tinha plena consciência de quanto significava para a mãe que ele herdasse a propriedade. A ideia do filho de um pai norte-americano desconhecido reivindicar o que LJ julgava ser de David por direito seria intragável para ela.

David deu um suspiro profundo. Uma ida a Marchmont, nessas circunstâncias, não parecia fazer muito sentido, de modo que ele resolveu que visitaria Gloucestershire nesse fim de semana, ou talvez se encontrasse com a mãe em Londres, em território mais neutro.

– Diabo! – exclamou, ao perceber subitamente que só tinha quinze minutos para chegar a Portland Place.

Vestiu o sobretudo às pressas, enfiou a carta no bolso e saiu correndo, batendo a porta com força.

Owen Jonathan Marchmont se casou com Greta Harriet Simpson dez semanas depois da primeira vez que pôs os olhos nela no bosque. Num dia cinzento de março, eles trocaram votos matrimoniais na capela da propriedade, perante uma pequena congregação.

87

Greta não convidou ninguém. Tinha recebido de David uma carta muito gentil, declinando o convite de casamento enviado por seu futuro marido, mas desejando-lhe tudo de bom no futuro. LJ também não esteve presente. Mudara-se da casa de hóspedes um mês antes, sem se despedir. Sentindo certa culpa, por saber que devia ter sido o anúncio do noivado que precipitara a partida de LJ, Greta também não pôde evitar certa sensação de alívio. A presença e a desaprovação evidentes de LJ só serviriam para inquietá-la.

Com a partida de LJ, Greta estava decidida a se esquecer do passado. O casamento significava um novo começo, uma chance de aguardar o futuro com grande expectativa. Postada no altar ao lado de Owen, ela rezou de todo coração para que isso acontecesse. O vestido de noiva, estilo império, feito de brocado, tinha sido deliberadamente talhado para ser longo e solto. Seria necessário um olhar muito aguçado para perceber o volume de seu ventre. E, desse momento em diante, pensou ela, ao ser conduzida por Owen para fora da igreja, a criança que ela esperava pertencia a ele.

No almoço de casamento, realizado no solar Marchmont, Greta observou os convidados tomando champanhe e conversando, e se sentiu estranhamente distante das comemorações. Owen tinha convidado três oficiais de seu antigo regimento no Exército, além do Dr. Evans, uns dois primos distantes e quatro fazendeiros locais. O Sr. Glenwilliam, advogado de Owen, tinha sido o padrinho do noivo.

Embora os convidados falassem muito gentilmente com Greta, era quase palpável a surpresa por Owen estar se casando depois de tanto tempo. E, o mais instigante, casando com uma noiva tão jovem. Greta sabia que, quando o bebê nascesse, em menos de nove meses depois do casamento, todos meneariam a cabeça, como se compreendessem.

– Está tudo bem, querida? – perguntou Owen, entregando-lhe uma taça de champanhe.

– Sim, obrigada.

– Ótimo. Vou só dizer algumas palavras, agradecer aos convidados por comparecerem, esse tipo de coisa.

– É claro.

Seu marido ficou em pé. Os convidados pararam de conversar e se voltaram para ele.

– Senhoras e senhores, muito obrigado por terem se juntado a mim e a minha esposa nesta alegre ocasião. Alguns de vocês talvez tenham se surpreendido ao receber nosso convite, mas, agora que conheceram Greta, certamente entenderam por que lhe propus casamento. Levei quase seis décadas para subir ao altar e gostaria apenas de dizer quanto me sinto grato a minha nova esposa por ter aceitado minha proposta. Nem sei lhes dizer de quanta coragem precisei para fazer o pedido! – brincou. – Antes de encerrar, gostaria apenas de agradecer ao Morgan, meu labrador, por ter nos apresentado, para começo de conversa. Ainda há vida nesse cão idoso, não é mesmo?

Houve uma salva de palmas quando o Sr. Glenwilliam ergueu sua taça para o brinde.

– Aos noivos!
– Aos noivos!

Greta bebeu um golinho do champanhe e sorriu para Owen, seu protetor e salvador. Os convidados se foram no fim da tarde, e Greta e Owen se sentaram diante da lareira da sala de estar, bebendo o resto do champanhe.

– Bem, Sra. Marchmont, como é ser uma mulher casada?
– Exaustivo!
– É claro, querida. O dia deve ter sido desgastante para você. Por que não sobe um pouquinho? Mandarei Mary levar-lhe a ceia na cama.

Owen percebeu prontamente a surpresa no rosto de Greta.

– Minha querida, em seu estado atual, acho que não seria justo eu esperar que você... consumasse nossa união. Sugiro que, por enquanto, sejam mantidos os arranjos da hora de dormir. Quando estiver... desimpedida, bem, voltaremos a pensar no assunto.

– Se é assim que deseja, Owen – retrucou ela, com sono.
– É. Agora, trate de subir.

Greta se levantou e foi até ele, curvou-se e lhe deu um beijo no rosto.

– Boa noite. E obrigada pelo casamento encantador.
– Também foi um prazer para mim. Boa noite, Greta.

Quando ela saiu da sala, Owen serviu uma dose de uísque e se sentou, contemplando melancolicamente o fogo. Tudo em que conseguira pensar mais cedo, ao se postar no altar e pôr a aliança no dedo de Greta, era que deveria ser Laura-Jane a seu lado fazendo juramentos solenes por toda a eternidade.

Desde que ela saíra de Marchmont, Owen sentia uma saudade terrível. Perguntou a si mesmo, não pela primeira vez, se casar-se com Greta tinha sido a decisão correta.

Mas não havia volta, e Owen prometeu a si mesmo que nunca revelaria a Greta a verdade de seus sentimentos. Ela teria tudo de que necessitasse.

Menos o coração do marido.

Enquanto os últimos vestígios de neve finalmente derretiam e abril trazia os primeiros perfumes frescos da primavera, Greta via sua barriguinha, antes miúda, crescer. Passou a se sentir muito desconfortável e a ter dificuldade para dormir. Também notou que seus tornozelos inchavam e que ela ficava sem fôlego com muita rapidez. Percebendo seu incômodo, Owen insistiu em chamar o Dr. Evans.

O médico a examinou com delicadeza, palpando-lhe o ventre e auscultando-a com um instrumento que parecia uma corneta acústica.

– Está tudo bem? – perguntou Greta, ansiosa, enquanto ele ia guardando os instrumentos em sua maleta.

– Ah, sim, perfeitamente bem. Mas espero que a senhora esteja preparada para uma trabalheira dupla dentro de uns dois meses. Creio que está esperando gêmeos, Sra. Marchmont. É por isso que tem sentido tanto desconforto. Acredito que o melhor será agir com muita calma de agora em diante. E, por ora, eu recomendaria repouso absoluto, até controlarmos o edema em seus tornozelos. A senhora é muito miúda, Sra. Marchmont, e dois bebês são muita coisa para seu corpo enfrentar. Fique de cama e descanse. Não há razão para esperarmos problema, já que os batimentos cardíacos dos bebês estão fortes e a senhora goza de boa saúde. Talvez seja melhor transferi-la para o centro de saúde rural nas últimas semanas de gestação, mas analisaremos melhor o caso quando chegarmos mais perto da hora do parto. Vou descer e dar a boa notícia ao pai – acrescentou. Embora ele lhe desse um sorriso bondoso, Greta percebeu a sugestão de ironia em seus olhos. – Darei uma passada para vê-la novamente, dentro de alguns dias.

– Obrigada, doutor.

Greta se recostou e deu um suspiro de alívio. Se em algum momento tinha havido alguma dúvida em sua mente quanto à sensatez do casamento com Owen, ela acabara de ser eliminada. Gêmeos! Dois bebês para alimentar, vestir e cuidar. Só Deus sabe o que aconteceria com os três se ela estivesse sozinha.

Passados dez minutos, houve uma batida à porta. Owen atravessou o quarto, sentou-se na cama e segurou as mãos dela.

– O médico me contou a novidade, querida. Agora, você tem que se cuidar e repousar. Pedirei que Mary traga todas as refeições no quarto.

– Desculpe-me, Owen.

Greta desviou o rosto.

– Por que está se desculpando?

– É só que você tem sido muito bom. E tenho certeza de que não esperava duas crianças pequenas sob o seu teto.

– Ora, vamos. Você me fez a maior de todas as gentilezas ao se casar comigo. Gêmeos, não é? Eles vão animar esta velha casa! E agora temos o dobro de chances de ganhar um menino. – Deu-lhe um beijo na face. – Tenho que ir a Abergavenny. Quer que eu leia alguma coisa para você mais tarde?

– Sim, se tiver tempo. Além disso, Owen, seria possível você me trazer uns moldes de tricô e umas lãs? Quero tentar tricotar umas roupas para os bebês. Mary disse que me ajudaria.

– Que ótima ideia. Pelo menos isso a manterá ocupada.

Quando Owen saiu, Greta pensou no que ele tinha dito. Não era a primeira vez que dava indícios de como ficaria contente se a criança fosse um menino. Era o que todos os homens queriam, ela supôs.

– Por favor, meu Deus – murmurou –, permita que eu tenha um varão.

Greta entrou em trabalho de parto no meio de uma madrugada, um mês antes da data prevista. Dr. Evans foi chamado, assim como a parteira local, Megan. O médico parecia ansioso para levá-la ao hospital, mas, quando chegou, percebeu que ela não estava em condições de ser transferida.

Cinco horas depois, Greta deu à luz uma menina minúscula, que pesava pouco mais de 2,25 quilos. Passados mais vinte minutos, chegou um menino de 2 quilos. Exausta, Greta aninhou sua filhinha junto ao peito, vendo o Dr. Evans dar tapinhas no minúsculo bumbum de seu filho.

– Vamos, vamos – murmurava ele, até que aquela coisinha miúda tossiu e soltou um grito agudo.

Dr. Evans limpou o bebê, embrulhou-o numa manta e o entregou a Greta.

– Pronto, aqui estão, Sra. Marchmont. Dois lindos bebês.

Greta sentiu as lágrimas correrem pelas faces ao fitar os seres humanos perfeitamente bem formados que trouxera ao mundo. Sentiu-se inundar por um sentimento tão intenso de ternura que chegou a perder o fôlego.

– Eles estão bem? – perguntou, ansiosa.

– Estão ótimos, Sra. Marchmont, mas, depois que a senhora os aninhar um pouco, vou levar os dois para fazer uma verificação completa. O menino é muito pequeno e precisará de cuidados adicionais. Vou sugerir a seu marido que empregue uma enfermeira para ajudá-la durante as próximas semanas. Agora a senhora precisa descansar um pouco. Megan ficará para acompanhá-la e vai arrumá-la.

Com relutância, Greta entregou o menino e depois a menina ao Dr. Evans.

– Não demore demais com eles, sim? – pediu e, em seguida, encostou-se nos travesseiros e trincou os dentes enquanto a parteira começava a suturá-la.

Mais tarde, quando estava quase pegando no sono, experimentou uma sensação áspera no rosto. Abriu os olhos e viu Owen sorrindo.

– Ah, minha grande menina valente! Como você é esperta! Temos um filho lindo.

– E uma filha.

– É claro.

– Poderíamos chamar o menino de Jonathan, ou Jonny, para encurtar, em homenagem a mim e a meu pai? – pediu.

– Sim, é claro. E quanto à menina?

– Pensei em deixar você escolher.

– Francesca Rose – disse Greta, baixinho. – Cheska, para encurtar.

– O que for do seu agrado, querida.

– Como estão os bebês?

– Ótimos. Ambos dormindo tranquilamente no berço.

– Posso vê-los?

– Agora, não. Você precisa descansar. Ordens do médico.

– Está bem, mas que seja logo, por favor.

– Sim, é claro.

Owen a beijou na testa e saiu do quarto.

Greta não viu o filho nas 48 horas seguintes. Fraca demais para sair da cama, implorou à babá contratada por Owen que lhe trouxesse Jonny, mas ela se recusou, trazendo apenas Cheska.

– Ele está doente? – perguntou Greta, agitada.

– Não. Ele só está com uma febrícula, e o médico não quer que o tirem do lugar.

– Mas sou a mãe dele. Tenho que vê-lo! Ele precisa de mim!

Greta desabou sobre os travesseiros com um grito de frustração.

– Tudo a seu tempo, Sra. Marchmont – disse a enfermeira, em tom brusco.

À noite, Greta conseguiu se sentar com o tronco ereto e se levantar da cama. Cambaleou pelo corredor até o quarto das crianças, onde encontrou Owen segurando no colo o filho, que choramingava. Cheska dormia tranquila em seu berço.

– O que está fazendo fora da cama? – perguntou Owen, com a testa franzida.

– Eu queria ver meu filho. Ele está bem? A babá não quis me dizer nada. Não me deixam nem mesmo lhe dar sua mamadeira.

Greta estendeu as mãos para o bebê, mas Owen o embalou com ar protetor.

– Não, Greta. Você está muito fraca. Pode deixá-lo cair. Ele teve uma ligeira febre, mas o médico disse que já passou. Minha querida, por que não volta para a cama? Você precisa descansar.

– Não! Quero segurar Jonny. – Greta estendeu os braços para o marido e quase arrancou o bebê de seu colo. Olhou para o filho. Tinha se esquecido de como era franzino, e notou que suas bochechas miúdas estavam meio ruborizadas. – Vou levá-lo para a cama comigo – declarou, em tom firme.

– Ora, Sra. Marchmont, não seja boba. O bebê está sendo bem cuidado e a senhora precisa recuperar as forças – disse a enfermeira, irrompendo quarto adentro atrás dela.

– Mas eu...

De repente, toda a combatividade se esvaiu de Greta. Ela deixou a enfermeira tirar Jonny de seus braços e devolvê-lo ao berço, enquanto Owen a levava de volta para o quarto, como se escoltasse uma criança pirracenta. Uma vez na cama, Greta desatou em soluços incontroláveis.

– Vou chamar a enfermeira para ver você, querida – disse Owen, visivelmente embaraçado com o estado emocional da mulher, e saiu abruptamente do quarto.

– Pronto, passou, Sra. Marchmont. Todas as mães de primeira viagem se sentem assim. Tome. Isto vai acalmá-la e ajudá-la a dormir.

A enfermeira lhe entregou um comprimido e um copo com água. Mas o sono não veio. Greta ficou deitada, fitando a escuridão, relembrando o olhar ferozmente protetor de Owen quando ela pediu para segurar seu filho.

Não pela primeira vez, Greta se perguntou se teria sido apenas isso que ele havia esperado ao se casar com ela. Um herdeiro para Marchmont.

E agora ela dera o que ele queria.

Nos dias seguintes, Greta recuperou as forças e o equilíbrio. Começou a participar ativamente do cuidado dos filhos, embora não recusasse ajuda da enfermeira. Assistiu satisfeita ao fortalecimento dos dois, dia após dia. Sua vida se transformou num longo ciclo, formado por amamentar, trocar fraldas e dormir quando era possível. Mary e a babá estavam ali para ajudar, mas ela queria fazer o máximo que pudesse.

Seus pensamentos já não se concentravam em suas próprias necessidades. A cada choro ou gemido, lá estava ela ao lado dos bebês, acalmando, alimentando e protegendo os filhos. Percebeu que nunca tinha sido mais feliz. Sua vida assumira um novo e maravilhoso sentido, simplesmente por precisarem dela. Greta era a guardiã daqueles dois minúsculos seres humanos. Em vez de se ressentir do desafio, deleitou-se, e os gêmeos desabrocharam sob seus ternos cuidados.

Owen aparecia no quarto das crianças todos os dias às duas horas da tarde, pontual como um relógio. Mal dirigia um olhar a Cheska, mas pegava Jonny no colo e fugia com ele por uma ou duas horas. Às vezes Greta encontrava o menino equilibrado nos joelhos de Owen na biblioteca, ou dava uma espiada fora da casa e via o marido empurrando o carrinho grande e pesado pelo cascalho, com Morgan caminhando ao lado.

– Ele mal repara em você, não é, meu amor? – Greta beijou a cabeça loura da filha, o cabelo fino como uma penugem. – Bem, não se incomode. Mamãe ama você. Mamãe a ama muito.

Com o passar dos meses, Greta começou a pensar mais na estranha relação que tinha com o marido. De manhã, ficava presa com os gêmeos, enquanto Owen saía pela propriedade ou ia à cidade a trabalho. Ele passava pelo menos duas horas com Jonny todas as tardes, enquanto ela ficava com Cheska, de modo que, durante o dia, marido e mulher se viam muito pouco. À noite, ainda jantavam juntos, sentados à longa mesa polida da sala de jantar, mas Greta notou que a conversa estava ficando mais formal. O único assunto que realmente tinham em comum eram os filhos. Os olhos de Owen se iluminavam quando ele contava alguma história de Jonny, de como ele puxava o rabo de Morgan ou dava gritinhos de prazer quando lhe faziam cócegas. Depois disso, vinham longos silêncios. Greta costumava se recolher logo depois do jantar, exausta por conta do dia cansativo e agradecida pelo fato de, até aquele momento, Owen não haver sugerido mudanças nos arranjos da hora de dormir.

Às vezes, na madrugada, quando ficava no quarto das crianças zelando por Jonny, que parecia se resfriar com regularidade, Greta ficava remoendo ideias sobre a estranha situação de seu casamento. Acreditava que não conhecia Owen melhor do que no dia em que haviam se encontrado pela primeira vez. Ele continuava gentil e atencioso, porém ela se sentia mais como uma sobrinha tratada com indulgência do que como esposa. Havia até começado a se indagar se não teria casado com o pai que havia perdido e de quem sentira toda aquela falta terrível quando era mais nova.

Muitas vezes, sonhava que estava envolta por braços jovens e fortes, mas, ao acordar, decidia que a falta deles era um pequeno sacrifício a ser feito. Seus filhos tinham pai e todos se abrigavam sob um teto, e nunca lhes faltaria nada material pelo resto da vida. Os anseios privados de Greta não eram prioridade.

Passou-se um ano, depois outro. Greta se deleitou ao ver Jonny e Cheska dizerem suas primeiras palavras e darem os primeiros passos. Os gêmeos eram muito unidos, comunicando-se em sua própria linguagem indecifrável e se contentando em brincar juntos durante horas.

A brincadeira principal era João e Maria, na qual os dois fingiam ser os irmãos do conto de fadas. Imaginavam que, numa clareira dos bosques de

Marchmont, ficava a fabulosa casa de pão de mel da bruxa. Corriam para Greta, gritando com uma mistura de medo e animação, ao chegarem ao final da história, Jonny segurando firme a mão de Cheska.

Greta achava que o riso dos filhos era o som mais bonito do mundo. Adorava ver como Jonny era protetor em relação à irmã, e como Cheska era igualmente atenciosa com seu irmão mais frágil quando ele pegava uma de suas tosses ou resfriados.

O relacionamento entre Owen e Jonny também cresceu e floresceu. Jonny abria um sorriso radiante para o "Pa", como o chamava, quando ele entrava no quarto das crianças, e então levantava os braços para ser aninhado no colo. Muitas vezes, Greta via da janela o marido e o filho desaparecerem no bosque, a mãozinha do menino segurando com firmeza a de Owen, e as pernas lutando para acompanhar o ritmo do pai. Se Greta se ressentia do evidente favoritismo, não demonstrava. Em vez disso, construiu um vínculo com sua filha angelical, de cabelos dourados.

Ocasionalmente, havia visitas: o Sr. Glenwilliam vinha jantar na casa com sua mulher, e, vez ou outra, Jack Wallace, o administrador da fazenda, juntava-se a eles no almoço de domingo. Alguns camaradas de Owen, da época do Exército, foram passar um fim de semana lá, mas Greta sempre soubera que o marido não era muito bom no convívio social.

A amizade de Greta com Mary cresceu a passos largos, embora fossem patroa e criada. Mary lhe confidenciou que Huw Jones, um jovem lavrador da propriedade, a vinha cortejando havia alguns meses. Confessou que ele a beijara no último encontro dos dois e contou como tinha sido gostoso. Greta sentia pontadas repentinas de inveja, por Mary ter um pretendente jovem. Era frequente as duas folhearem o exemplar semanal da revista *Picturegoer*, da qual Greta fizera uma assinatura, ou rirem das travessuras dos gêmeos. Greta dava graças a Deus pela presença de Mary. Ela era sua única companhia feminina e jovem.

9

– Meu filho querido! Que maravilha ver você!

LJ se esticou e beijou o filho nas bochechas.

– É bom vê-la também, mamãe. Então, vamos lá?

– Sim. Mas tem certeza de que pode arcar com isto?

LJ olhou em volta para a recepção do Hotel Savoy, enquanto passavam para o Grill Room.

– Toda a certeza. As coisas têm corrido muito bem para mim. Esperei muito tempo para poder fazer isto – respondeu David, com um sorriso.

LJ observou, com uma mistura de surpresa e orgulho, quando o *maître* cumprimentou seu filho de maneira calorosa e os conduziu a uma mesa isolada num canto do salão.

– Você vem sempre aqui, David?

– Leon, meu agente, sempre me traz aqui para almoçar. E, então, vamos tomar um champanhe, mãe?

– Tem certeza, David? Deve ser assustadoramente caro – disse LJ, acomodando-se à mesa.

David chamou um garçom.

– Queremos uma garrafa de Veuve Clicquot, por favor. Hoje é dia de comemoração.

– De quê, meu amor?

– A BBC finalmente decidiu me dar meu próprio programa de rádio.

– Ah, David! – LJ juntou as mãos, encantada. – Que coisa absolutamente maravilhosa! Fico tão feliz por você.

– Obrigado, mãe. Meu programa irá ao ar às segundas-feiras, entre seis e sete da noite. Serei o apresentador e receberemos comediantes e cantores diferentes, toda semana.

– Você *realmente* deve estar ganhando muito bem, se pode oferecer um almoço regado a champanhe no Savoy Grill.

– Não é na BBC, eu poderia acrescentar, até porque ninguém jamais enriqueceu trabalhando para lá – retrucou David, com ironia. – São todas as outras coisas que estou começando a fazer. Elas me garantem uma boa soma. Leon acha que talvez eu tenha conseguido um pequeno papel num filme do estúdio Sheperton, e há também o Windmill e...

– Você ainda tem que trabalhar lá, meu querido David? É só que a ideia de, bem... você sabe que nunca fui tremendamente a favor...

– Por enquanto, sim. Lembre-se: eles me deram emprego quando ninguém mais queria dar, mamãe. De qualquer modo, quero tomar minhas precauções, pelo menos até contar com pelo menos seis meses de trabalho seguro, e até o programa de rádio mostrar que vai dar certo. Mas você não vai gostar do nome do programa.

– Não vou? Qual é?

– *As piadas do galês*.

– Nossa! Esse apelido infeliz pegou mesmo, não é? Bem, para mim você será sempre David, meu menino querido.

O champanhe chegou e o garçom serviu as duas taças. David ergueu a dele.

– A você, mamãe. Por todo o seu apoio.

– Seu bobo! Eu não fiz nada. Você fez tudo sozinho.

– Mãe, você fez muito. Na primeira vez que eu disse que queria ser comediante, você não zombou de mim, por mais ridículo que aquilo possa ter parecido na época. Quando parti para Londres depois da guerra para tentar a sorte, você não me censurou por ser irresponsável.

– Bem, fico encantada por tudo ter corrido tão bem. A você, meu querido! – LJ bebeu um gole do champanhe, mas depois seu rosto ficou sério. – David, você pensou melhor na situação entre Greta e Owen? Você sabe tão bem quanto eu que esse embuste deles é pouco menos que um crime. Os dois lesaram você, tirando a herança que é seu direito legítimo. Tenho certeza de que, se você decidisse mover um processo na justiça, teria uma causa muito sólida. Afinal, aqueles bebês nasceram menos de seis meses depois que Owen pôs os olhos em Greta pela primeira vez. E o Dr. Evans deve saber a verdade. Foi ele quem fez o parto, afinal!

– Não, mamãe – disse David, em tom firme. – Nós dois sabemos que o Dr. Evans nunca deporia contra Owen. Eles se conhecem há anos. Além disso, com a minha carreira finalmente encaminhada, um escândalo desses poderia destruí-la antes mesmo de ela começar. Estou muito contente levando a minha vida. A melhor coisa que fiz foi sair de Marchmont. Tenho tudo de que preciso bem aqui. Como vão Owen e Greta?

– Não faço a mínima ideia. Não tive contato com Owen desde que saí de lá. Mary me escreve uma carta ou outra, mas faz meses que também não tenho notícias dela. Sinceramente, David, não entendo como você pode aceitar tudo isso com tanta calma. Sei que não consigo – murmurou ela, bebendo uma golada de champanhe.

– Talvez seja porque nunca esperei herdar Marchmont. Quando era pequeno, percebi que Owen não gostava de mim. Só nunca entendi por quê.

LJ cerrou os dentes. Nunca havia falado com o filho de sua relação com Owen nem explicado a antipatia do tio por ele. E não pretendia fazê-lo agora.

– Não sei mesmo, David. Eu me limito a dizer que toda essa situação é realmente repugnante. E, então, vamos fazer o pedido? Estou faminta.

Os dois saborearam um almoço de sopa de lagosta seguida por costela de carneiro e salada de frutas, e conversaram durante a refeição sobre o formato do programa de rádio de David.

– E quanto a companhias femininas? Arranjou alguma nova mocinha abandonada e desamparada recentemente? – perguntou LJ, arqueando uma sobrancelha.

– Não, mamãe, estou ocupado demais com a minha carreira no momento. E como vai a sua vida em Gloucestershire?

– Bem, nunca fui muito chegada a bridge e fofocas banais dos subúrbios, mas não posso me queixar.

– Admita, mamãe – disse David, encarando-a –, você sente falta de Marchmont, não é?

– Talvez. Veja bem, não são muitas as mulheres da minha idade que sentiriam falta de se levantar às cinco da manhã para ordenhar vacas, mas aquilo me dava um objetivo. Descobri que todo esse tempo ocioso que tenho agora faz o dia se arrastar. Posso estar envelhecendo um pouco, mas ainda não cheguei à senilidade. Quer dizer, Dorothy é muito boa gente. – LJ fez uma pausa e suspirou. – É, diabo! Eu sinto *mesmo* uma saudade danada daquele lugar. Sinto falta de acordar de manhã e ver a neblina nos cumes das montanhas e de ouvir o som do riacho lá adiante. Aquilo lá é lindíssimo e...

A voz dela se extinguiu e David pôde ver lágrimas em seus olhos.

– Sinto muito, mãe – disse ele, estendendo a mão e cobrindo a dela. – Escute, eu poderia tomar providências para lutar por Marchmont, se aquilo significa tanto para você. Perdoe-me por ser egoísta. Aquele lugar era mais o seu lar do que o meu, e agora você o perdeu... tudo porque mandei Greta para lá.

– Santo Deus, David, não se culpe por ter ajudado uma mocinha em apuros. Ninguém poderia ter previsto o que iria acontecer. E, de qualquer modo – LJ tirou um lenço da bolsa e enxugou disfarçadamente as lágrimas –, não me dê ouvidos. Tomei champanhe demais e estou sendo apenas uma velha boba, olhando para o passado.

– Tem certeza de que não pode voltar para Marchmont, mamãe?

– Jamais. – LJ encarou o filho, o olhar subitamente duro. – Agora, preciso mesmo pegar o trem. Já passa das três horas e Dorothy fica em pânico quando não chego na hora.

– É claro. – David fez sinal para pedir a conta, detestando ver a aflição da mãe. – Foi maravilhoso estar com você.

Cinco minutos depois, acompanhou-a até o lado de fora e a pôs num táxi.

– Por favor, cuide-se – disse, dando-lhe um beijo.

– É claro que vou me cuidar. Não se preocupe comigo, querido. Sou muito dura na queda.

David viu o táxi se afastar, sentindo-se vagamente triste. Ao longo dos anos, muitas vezes tivera a impressão de que havia algo escondido na frieza da relação que a mãe mantinha com Owen.

Ele só não fazia ideia do que era.

10

Na tarde do terceiro aniversário dos gêmeos, Greta ofereceu um chá na varanda. Owen, Jonny, Cheska e ela passaram duas horas comendo sanduíches e bolo de chocolate, depois brincaram de cabra-cega e esconde-esconde no bosque.

Na hora de dormir, Greta pôs a mão na testa de Jonny, já que suas bochechas pareciam rosadas demais. Amassou meio comprimido de aspirina num pouco de suco e lhe deu. Isso costumava resolver a questão, fazendo baixar a febre. Jonny estava com uma tosse incômoda, herança de um episódio de bronquite uma semana antes, mas tinha parecido bastante animado à tarde.

Greta mencionou sua apreensão a Owen durante o jantar, depois que Jonny finalmente adormeceu.

– Foi agitação demais, aposto – comentou o marido, com um sorriso afetuoso. – Logo ele vai se animar. Vou levá-lo para brincar com o triciclo novo amanhã. Ele está se tornando um belo rapazinho resistente. Nos próximos meses, vou colocá-lo em cima de um pônei.

Apesar das palavras tranquilizadoras do marido, Greta não conseguiu se acalmar após se deitar na cama. Embora estivesse acostumada a lidar com as frequentes doenças do filho, sua intuição materna dizia que aquilo era diferente. Andando na ponta dos pés, ela foi ao quarto das crianças e encontrou Jonny virando de um lado para outro no berço. A tosse havia se tornado grave e rouca. Ao pôr a mão na testa do filho, Greta sentiu de imediato que ele estava ardendo em febre. Tirou-lhe a roupa e passou delicadamente uma esponja fria por seu corpo, mas isso não surtiu efeito. Greta observou o filho por um tempo, tentando conter o pânico. Afinal, Jonny já tivera febre muitas vezes e ela não queria ter uma reação exagerada. No entanto, uma hora depois, quando se debruçou mais uma vez para sentir a testa do menino, Jonny não abriu os olhos ao contato de sua mão. Em vez disso, ficou tossindo e murmurando coisas incoerentes.

– Jonny está passando muito mal, eu sei que está! – exclamou ela, saindo às pressas para o quarto de Owen.

O marido acordou de imediato, os olhos carregados de medo.

– O que houve com ele?

– Não sei ao certo – disse Greta, abafando um soluço –, mas nunca o vi tão mal. Chame o Dr. Evans, por favor. Agora mesmo!

Quarenta minutos depois, o médico estava debruçado sobre o berço de Jonny. Mediu a temperatura e auscultou com o estetoscópio a respiração fraca do menino.

– O que é, doutor? – perguntou Greta.

– Jonny está com uma forte bronquite, e é bem possível que esteja virando pneumonia.

– Ele vai ficar bom, não vai? – perguntou Owen, o rosto pálido de medo.

– Sugiro que o levemos para o hospital em Abergavenny. Desconfio que seus pulmões estão se enchendo de líquido.

– Ah, meu Deus – murmurou Owen, angustiado.

– Vamos procurar não entrar em pânico. Estou apenas tomando precauções. Pode levá-lo em seu carro, Sr. Marchmont? Será mais rápido que chamarmos a ambulância. Vou telefonar para o hospital e avisar que vocês estão chegando com Jonny. Eu os encontrarei lá.

Owen assentiu, enquanto Greta pegava o filho. Os três desceram depressa a escada para chegar ao carro. No trajeto para o hospital abraçando o filho doente, Greta viu as mãos do marido tremendo enquanto dirigia até Abergavenny.

O estado de Jonny se agravou seriamente nas 48 horas seguintes. Apesar dos esforços dos médicos e das enfermeiras, Greta, desamparada, ouviu a luta do filho a cada inspiração, à medida que ele ia ficando mais fraco. A mãe achou que seu coração ia se partir de desespero. Owen permaneceu sentado, em silêncio, do outro lado da cama de Jonny, sem que nenhum dos dois pudesse oferecer qualquer consolo ao outro.

Jonny morreu às quatro horas da manhã, três dias depois de seu terceiro aniversário.

Greta o segurou no colo pela última vez, examinando cada ínfimo detalhe do seu amado rosto: os lábios perfeitos e os ossos malares altos, tão parecidos com os do pai.

O casal voltou para casa em silêncio, arrasado demais para falar. Greta foi direto ao quarto das crianças e abraçou Cheska, chorando com o rosto em seu cabelo.

– Ah, minha querida, minha querida... Por que ele? Por que ele?

Mais tarde, nesse dia, Greta desceu trôpega, à procura de Owen. Encontrou-o na biblioteca. A seu lado havia uma garrafa de uísque. Ele segurava a cabeça entre as mãos, chorando, com soluços roucos, graves, terríveis.

– Não, Owen, por favor... não.

Greta se aproximou dele e pôs os braços em torno dos seus ombros.

– Eu... Eu o amava muito. Sabia que ele não era meu, mas, desde o primeiro momento em que o peguei no colo, eu... – Owen encolheu os ombros, arrasado. – Foi como se ele fosse meu filho.

– E era seu filho. Ele amava você, Owen. Nenhum pai poderia ter feito mais que você.

– Ter que vê-lo morrer sofrendo tanto... – Owen tornou a afundar a cabeça entre as mãos. – Nem acredito que ele se foi. Por que ele? Ainda nem tinha vivido, e aqui estou eu, com 59 anos. Deveria ter sido eu, Greta! – exclamou, erguendo os olhos para ela. – Qual será minha razão de viver agora?

Greta suspirou fundo.

– Você tem Cheska.

Greta torceu para que o enterro trouxesse alguma forma de desfecho para ela e o marido. Owen parecia ter envelhecido dez anos em dez dias e, junto ao túmulo, ela teve de ampará-lo enquanto os dois viam o pequeno caixão baixar à sepultura.

Ela havia sugerido a Owen e ao vigário que sepultassem Jonny na clareira do bosque em que ele adorava brincar com a irmã.

– Prefiro pensar nele entre as árvores em vez de cercado por velhos ossos num cemitério – acrescentara.

– Como quiser – murmurara Owen. – Ele se foi. Não faz diferença para mim onde vai ficar agora.

Cheska não compreendia para onde tinha ido o irmão. "Cadê o Jonny?", perguntava, os enormes olhos azuis se enchendo de lágrimas. "Cadê ele?"

Greta balançava a cabeça e tentava explicar que Jonny estava no céu. Ele agora era um anjo, que olhava para eles lá do alto, de uma nuvem grande e fofa. Por fim, dias depois do funeral, Greta levou a filha até o bosque. Ela havia plantado um pequeno abeto para marcar a sepultura de Jonny até que a lápide fosse erigida.

– Esta árvore é especial – explicou Greta. – Jonny adorava este lugar, e é aqui que ele vem brincar com seus amigos anjos.

– Ah – disse Cheska, andando devagar até a árvore e tocando em um de seus delicados galhos. – Jonny está aqui?

– Está, querida. As pessoas que amamos nunca nos deixam.

– É a árvore dos anjos – murmurou Cheska, de repente. – Ele está aqui, mamãe. Ele está aqui. Está vendo ele nos galhos?

E, pela primeira vez em semanas, Greta viu Cheska sorrir.

Por mais arrasada que estivesse, Greta sabia que tinha de manter alguma aparência de normalidade pelo bem da filha. Owen, por outro lado, começara a beber regularmente, e muito. Ela sentia o cheiro de álcool em seu hálito no café da manhã. Na hora do jantar, ele mal conseguia se sentar ereto na cadeira. Passado o sofrimento inicial, ele ficara taciturno e retraído, e era impossível manter com ele qualquer tipo de conversa racional. Greta começou a fazer as refeições vespertinas e noturnas em seu quarto, na esperança de que Owen viesse a se recompor com o tempo. Mas, à medida que os meses se arrastaram e o outono chegou, ficou claro para ela que o estado do marido se deteriorava.

Certa manhã, ela ouviu um grito no corredor, correu e encontrou Mary do lado de fora do quarto de Owen, com a mão na face inchada.

– O que aconteceu? – perguntou Greta, em sobressalto.

– O patrão atirou um livro em mim. Reclamou que o ovo não estava do jeito que ele gosta. Mas eu juro que estava!

– Coloque uma compressa no rosto, Mary. Eu cuidarei do meu marido.

Greta bateu à porta e entrou no quarto de Owen.

– O que você quer? – gritou ele, agressivo.

Estava sentado numa poltrona, com Morgan a seus pés. A bandeja do café da manhã não tinha sido tocada e ele servia um copo de uísque de uma garrafa quase vazia.

– Não acha que é um pouco cedo para isso? – disse Greta, apontando para o copo, enquanto notava como Owen parecia magro.

– Cuide da porcaria da sua vida, está bem? Então um homem não pode tomar uma bebida na própria casa quando tem vontade?

– Mary está muito nervosa. Vai ficar com uma mancha roxa feia no rosto. Você a atingiu com um livro, Owen.

Ele manteve o olhar distante, ignorando-a.

– Não acha que devemos conversar? Você não está bem.

– É claro que estou bem! – berrou ele, esvaziando o copo e estendendo a mão para a garrafa.

– Acho que você já bebeu bastante por hoje, Owen – insistiu ela, em voz baixa, caminhando em direção ao marido.

– Ah, é mesmo? E o que lhe dá o direito de julgar a minha vida?

– Nada, eu... Só não gosto de ver você assim, só isso.

– Bem, a culpa é sua mesmo. – Owen voltou a afundar na poltrona. – Se eu não tivesse casado com você e acolhido os seus dois filhos bastardos, não precisaria beber, não é?

– Owen, por favor! – exclamou Greta, horrorizada. – Não chame Jonny de bastardo! Você o amava.

– *Amava?* – Ele se inclinou para a frente e segurou os pulsos de Greta. – E por que eu havia de amar um moleque ianque ilegítimo?

Ele começou a sacudir Greta, primeiro devagar, depois com mais força. Morgan começou a rosnar.

– Pare! Você está me machucando! Pare!

– Parar por quê? – trovejou Owen. Soltou um dos pulsos de Greta e a esbofeteou com força. – Você é só uma putinha boba, não é? Não é?

– Pare!

Greta conseguiu se soltar e correu para a porta, as lágrimas de choque escorrendo pelo rosto. Owen a fitou, os olhos embotados pelo álcool.

E então, desatou a rir. Foi um som duro, cruel, que fez Greta sair correndo do cômodo e entrar em seu quarto. Desabou na cama e pôs a cabeça entre as mãos, em desespero.

O comportamento de Owen foi piorando sistematicamente. Seus momentos de lucidez se tornaram raros. A presença de Greta parecia acender dentro dele uma chama de ódio, e a única pessoa que ele permitia que se aproximasse era Mary.

Após várias pequenas agressões físicas, Greta chamou o Dr. Evans, receando que a situação estivesse fugindo do controle. O médico foi expulso do quarto de Owen por uma saraivada de livros, copos e qualquer outra coisa que o marido tivesse conseguido alcançar.

– Ele precisa de ajuda, Sra. Marchmont – declarou, enquanto Greta lhe oferecia uma xícara de café. – A morte de Jonny o fez entrar em depressão e ele está tentando encontrar consolo na bebida. Ele quase morreu na Primeira Guerra, a senhora sabe: teve um caso grave de neurose pós-traumática ao regressar à Inglaterra, antes de viajar para o Quênia. Eu me pergunto se esse luto atual terá mexido em antigas feridas.

– Mas o que eu posso fazer? – Greta esfregou a testa, agitada. – Ele me agride toda vez que me vê, e estou começando a temer pela segurança de Cheska. Ele não come, só bebe.

– Há algum lugar onde a senhora possa passar algum tempo? Algum parente? Talvez, se a senhora partisse, isso poderia assustá-lo o bastante para fazê-lo pôr a cabeça no lugar.

– Não, não tenho nenhum lugar para ir. E, de qualquer modo, dificilmente eu poderia deixá-lo como está, não é?

– Mary parece se sair admiravelmente bem. Parece ser a única pessoa capaz de lidar com ele. É claro que o que realmente precisamos fazer é mandá-lo para algum lugar que possa ajudá-lo, mas...

– Ele não sairia de Marchmont nem em um milhão de anos.

– Bem, nesse caso, o último recurso seria interná-lo numa instituição apropriada, mas teríamos de recorrer à justiça e obter a concordância do juiz. Na minha opinião, ele não está louco, é apenas um bêbado deprimido. Eu gostaria que houvesse algo mais que eu pudesse fazer. Preocupo-me com a segurança da senhora e de sua filha. Procure pensar em algum lugar para ir, e não hesite em me chamar, se precisar de ajuda ou orientação.

– Farei isso, Dr. Evans, obrigada.

Noite após noite, ouvindo o som dos roncos altos que emanavam do quarto de Owen, Greta jurava a si mesma que arrumaria a mala e iria embora com Cheska. Mas, quando rompia a aurora, a realidade a atingia. Para onde poderia ir? Ela não possuía nada: não tinha dinheiro nem casa. Tudo estava ali, com Owen.

Por fim, não foram os abusos físicos e mentais do marido que levaram Greta a se decidir. Uma tarde, quando ela enfiou a cabeça pela porta do quarto das crianças, para ver se Cheska ainda tirava seu cochilo, viu que a cama da filha estava vazia.

– Cheska! Cheska! – chamou.

Não houve resposta. Ela correu e já ia batendo à porta do quarto de Owen, quando ouviu risinhos vindos lá de dentro. Da maneira mais silenciosa que pôde, Greta girou a maçaneta da porta.

O que viu ao espiar pela fresta a fez estremecer de horror. Owen estava sentado em sua poltrona, com Cheska alegremente empoleirada em seu colo, e lia uma história para ela. Era uma cena de plena satisfação.

A não ser pelo fato de Cheska estar vestida da cabeça aos pés com as roupas do irmão morto.

11

Greta voltou a Londres com Cheska numa tarde fria e nebulosa de outubro, e percebeu que fazia quase quatro anos desde que partiu da cidade. Levava consigo uma mala com algumas roupas para ela e a filha e 50 libras, o dinheiro que David lhe dera por ocasião de sua partida de Londres, mais 20 libras que ela havia tirado da carteira de Owen.

Depois de encontrar Cheska com a roupa de Jonny, Greta finalmente se dera conta de que precisava ir embora. Em seguida, vieram os dias de angústia em que ela havia confidenciado seus planos a Mary, culpada por deixá-la sozinha com o marido, mas ciente de que não tinha escolha.

– Você deve ir, Sra. Greta, pelo bem de Cheska, ou então pelo seu. Eu cuido do patrão. Se ele atirar coisas em mim, eu me abaixo! – dissera Mary, com um sorriso corajoso. – E o Dr. Evans está a apenas um telefonema de distância, não é?

Owen estivera em seu quarto, como de praxe, dando início a sua viagem diária para o alheamento da embriaguez. Greta tinha batido a sua porta e dito que ia levar Cheska para fazer compras em Abergavenny, e talvez passasse o dia inteiro fora. Ele a fitara com seus olhos opacos e Greta chegara até a duvidar de que a tivesse ouvido. Huw, namorado de Mary, havia concordado em levá-las de carro à estação de Abergavenny. Greta lhe agradecera profusamente, comprara duas passagens de trem para Londres e embarcara no vagão.

Conforme o trem corria para longe do País de Gales e da ruína daquele casamento, Greta olhava fixamente pela janela, entorpecida. Apesar de não fazer ideia de onde ela e a filha dormiriam naquela noite, qualquer coisa parecia melhor do que viver no medo constante de seu marido cada vez mais instável.

Ela não podia titubear. Cheska se encostou nela, com uma boneca de pano embaixo do braço, e Greta enlaçou a filha de modo protetor. Apesar de saber que voltava a Londres com pouco mais do que tinha levado ao partir, sentiu-se surpreendentemente forte e destemida.

Quando enfim o trem parou na estação de Paddington, ela desceu na plataforma, batalhando para carregar Cheska, sonolenta e confusa, e a mala das duas. Foi até o ponto de táxi e pediu a um motorista que as levasse ao Hotel Basil Street, em Knightsbridge. Estivera lá uma vez com Max, e sabia que era um hotel respeitável, embora caro.

Acostumada com a silenciosa tranquilidade de Marchmont, Greta sentiu o barulho das ruas movimentadas de Londres trovejar em seus ouvidos ao pagar pela corrida e entrar no saguão do hotel. No entanto, ao menos a atmosfera antiquada do lugar a reconfortou. Elas foram conduzidas a um quarto, com duas camas separadas, e Greta pediu dois sanduíches e um bule de chá.

– Pronto, querida – disse a Cheska, sentando-a diante de uma mesinha de centro. – Queijo com tomate. O seu favorito.

– Não quero! Não quero!

Cheska balançou a cabeça e começou a chorar. Greta desistiu rapidamente de tentar convencer a menina a comer. Em vez disso, desfez a mala e pôs um pijama na filha.

– Pronto, querida. Não é uma beleza ficar num hotel em Londres e dividir um quarto com a mamãe?

– Quero ir para casa – choramingou Cheska.

– Bem, por que não se deita na cama e deixa a mamãe ler para você?

Isso pareceu animá-la, então Greta leu uma história de *Contos de fada dos irmãos Grimm*, o livro favorito da filha – e, refletiu, desolada, também o favorito do filho –, até que as pálpebras de Cheska baixaram e finalmente se fecharam.

Greta passou um longo tempo sentada na beira da cama, estudando a filha. As maçãs altas do rosto, o nariz arrebitado e os lábios de botão de rosa eram emoldurados por um rosto em forma de coração. O cabelo dourado e fino caía em cachos perfeitos sobre os ombros. Os cílios compridos e escuros descansavam sobre a pele imaculada e sem marcas. Dormindo, ela parecia um anjo.

Greta se sentiu inundar por uma enorme onda de amor. Cheska sempre fora controlada, parecendo aceitar sem questionamento o jeito de Owen se alvoroçar em demonstrações de afeto a Jonny e de ignorá-la. Embora Greta ainda batalhasse todos os dias contra a tristeza pela morte do filho, odiava a parte dela que se sentia quase agradecida por ter sido ele a ser levado, e não sua adorada filha.

Greta se despiu e beijou de leve a face da menina.

– Boa noite, meu amor. Durma bem.

Deitou-se em sua própria cama e apagou a luz.

Apesar da determinação de Greta, os primeiros dias em Londres foram difíceis. A prioridade era encontrar um lugar para as duas morarem, mas Cheska logo se cansou de ser arrastada de um apartamento para outro e ficou irritadiça e mal-humorada. Greta não gostava dos olhares desconfiados das senhorias em potencial quando ela lhes explicava que era viúva. Supunha que já deveria ter se acostumado com o estigma de mãe solteira.

Após três dias de buscas, encontrou um lugar limpo e claro no andar superior de uma casa muito próxima do lugar onde havia morado antes de fugir para o País de Gales. A Kendal Street ficava pertinho da Edgware Street, e Greta experimentou uma sensação de segurança por se mudar de novo para uma área que já conhecia. A outra vantagem era a senhoria, que pareceu muito solidária quando Greta lhe contou que o pai da Cheska havia morrido logo depois da guerra.

– Perdi meu marido e meu filho, Sra. Simpson. Uma coisa terrível – lamentou-se a mulher. – São muitas crianças crescendo sem pais. Por sorte, meu marido me deixou esta casa, que me garante o sustento. É uma moradia calma. Temos duas senhoras idosas no térreo. Sua filhinha é uma menina comportada, não é?

– Ah, sim, muito comportada. Não é, Cheska?

Cheska fez que sim e abriu um largo sorriso para a senhoria.

– Que gracinha! Quando gostaria de se mudar para cá? – indagou a mulher, obviamente encantada.

– O mais cedo possível.

Greta entregou o depósito e um mês de aluguel. Fez a mudança dois dias depois e puxou uma das camas de solteiro para a sala, para que Cheska pudesse ter seu próprio quarto e não fosse perturbada durante a noite.

Na primeira noite no apartamento, Greta pôs Cheska para dormir e foi para sua combinação de sala e quarto, onde afundou numa poltrona. Depois dos amplos espaços da mansão de Marchmont, sentiu uma terrível claustrofobia. Porém, era o melhor que podia fazer no momento. O dinheiro que tinha já estava minguando e ela sabia que em breve precisaria encontrar um novo emprego.

Pegou o exemplar do *Evening News* e deu uma rápida olhada nos anúncios. Assinalou as possibilidades a lápis. Triste com a falta de vagas adequadas e com seu despreparo para qualquer uma delas, foi até a cozinha, preparou uma xícara de chá e acendeu um cigarro. Seu emprego no Windmill estava longe de ser o tipo de coisa que poderia falar com um potencial empregador, e ela realmente não queria voltar ao teatro, já que os horários penosos significariam deixar Cheska sozinha por longos períodos. O ideal seria algum tipo de trabalho administrativo num escritório do centro financeiro ou do West End. Depois que arranjasse um emprego, teria que pôr um anúncio para contratar uma babá que cuidasse de Cheska enquanto estivesse trabalhando.

No dia seguinte, Greta comprou uma barra de chocolate para Cheska, a arrastou para um telefone público e marcou entrevistas. Mentiu descaradamente, dizendo aos potenciais empregadores que, sim, sabia datilografar e tinha experiência no serviço de escritório. Depois de marcar duas entrevistas para a manhã seguinte, viu-se com um problema: o que fazer com Cheska enquanto estivesse lá. Voltou para casa puxando a filha pela mão e se sentindo desanimada. No vestíbulo, uma senhora idosa catava as folhas que tinham entrado no imóvel.

– Olá, meu bem. Você é nova aqui?

– Sim. Acabamos de nos mudar para o apartamento do último andar. Meu nome é Greta Simpson e esta é minha filha, Cheska.

Os olhos da senhora pousaram na garotinha.

– Andou comendo chocolate, meu bem?

Cheska fez que sim, com ar tímido.

– Vamos ver. – A senhora puxou um lenço do bolso e limpou o rosto de Cheska. Surpreendentemente, a menininha não reclamou. – Pronto. Assim está melhor, não é? Eu sou Mabel Brierley, aliás. Moro no número dois. Seu marido está trabalhando, não é?

– Sou viúva, na verdade.

– Eu também, minha cara. Morreu na guerra, foi?

– Sim, bem, logo depois. Foi ferido durante os desembarques na Normandia e nunca mais se recuperou.

– Ah, sinto muito. Perdi o meu na Primeira Guerra Mundial. São tempos trágicos estes em que vivemos, não é?

– Sim – concordou Greta, com expressão sombria.

– Quando quiser uma xícara de chá e um pouco de companhia, é só falar. É bom ter uma coisinha linda como você por perto.

Inclinou-se, sorrindo, e fez um afago no queixo de Cheska.

Ao ver a filha retribuir o sorriso de Mabel, Greta resolveu agarrar a oportunidade.

– Eu gostaria de saber, Sra. Brierley, se conhece alguém que por acaso poderia tomar conta de Cheska por algumas horas, amanhã de manhã. Tenho uma entrevista de emprego e não posso levá-la comigo.

– Bem, deixe-me pensar – disse Mabel, coçando a cabeça. – Não, eu não diria que conheço. A não ser... Creio que eu poderia cuidar dela, desde que não demore demais.

– Ah, a senhora faria isso? Eu ficaria muito grata, e volto na hora do almoço. E vou lhe pagar, é claro.

– Então está combinado. Nós, viúvas, temos que nos ajudar, não é? A que horas seria?

– Posso descer com ela às nove horas?

– Perfeito. Então, até amanhã.

Aliviada, Greta subiu para seu apartamento com Cheska no colo.

Usando o único terninho que levara consigo para Londres, Greta deixou Cheska na casa de Mabel na manhã seguinte. A menina choramingou quando a mãe explicou que tinha que sair um pouquinho, mas voltaria na hora do almoço.

– Não se preocupe, Sra. Simpson. Cheska e eu vamos ficar bem. – Mabel a tranquilizou.

Greta saiu antes de ver as lágrimas que fatalmente cairiam e pegou um ônibus em direção a Old Street, para sua primeira entrevista. Era um cargo de auxiliar de escritório num banco, executando tarefas simples, como arquivar papéis, combinadas com um pouquinho de datilografia. Greta ficou nervosa e suas mentiras não estavam bem treinadas. Saiu da entrevista com o gerente do escritório certa de que não teria notícias dele.

A entrevista seguinte foi para o cargo de assistente de vendas no balcão de perfumes da Swan & Edgar, em Piccadilly. Sua chefe em potencial era uma mulher na casa dos 40, de feições severas, elegantemente trajada com um terno masculino. Perguntou se Greta tinha algum dependente e, dessa vez, Greta mentiu com mais desenvoltura, porém ainda saiu da loja sabendo que seria um milagre se o cargo lhe fosse oferecido. Triste, foi andando pela rua até uma banca de revistas para comprar um jornal.

Todos os dias, durante uma semana, Greta deixou Cheska na casa de Mabel e passou as manhãs comparecendo a entrevistas. Começou a se dar conta de que o desemprego maciço do pós-guerra, problema que antes lhe parecera muito distante, vinha surtindo um efeito acentuado em suas perspectivas de arranjar trabalho. Mas Greta seguiu firme, pois a ideia de voltar para o País de Gales e para Owen não era uma alternativa.

Na sexta-feira, como de praxe, ela levou Cheska à casa de Mabel e partiu no ônibus para Mayfair. Não se sentia otimista em relação à entrevista, que era para o cargo de recepcionista de um escritório de advocacia. Na véspera, um possível empregador a submetera a um teste de datilografia, no qual ela se mostrara um completo fiasco.

Respirando fundo, tocou a campainha ao lado da imponente porta preta da entrada.

– Pois não, em que posso ajudá-la?

A mulher que abriu a porta era jovem e exibia um sorriso amistoso.

– Tenho uma entrevista marcada para as onze e meia com o Sr. Pickering.

– Certo. Venha comigo.

Greta acompanhou a moça e foi levada até a recepção. A sala tinha paredes revestidas de painéis de carvalho, um carpete grosso e poltronas de couro.

A moça apontou uma das poltronas.

– Sente-se, por favor. Vou dizer ao Sr. Pickering que você chegou.

– Obrigada.

Greta viu a moça abrir uma porta ao fundo da sala e desaparecer, fechando-a. Perguntou a si mesma se valeria a pena ficar ali. Num escritório requintado como aquele, tinha certeza de que eles iriam querer alguém com anos de experiência.

– Greta Simpson?

Greta se levantou e estendeu a mão para um homem alto e muito atraente, que calculou ter uns 30 e poucos anos, estava impecavelmente vestido com terno de risca de giz. Tinha penetrantes olhos azuis e uma farta cabeleira negra, com ligeiras entradas.

– Sim. Como vai?

O Sr. Pickering pegou sua mão e a apertou com firmeza.

– Muito bem, obrigado. Quer me acompanhar, por favor?

– É claro.

Greta o seguiu até a porta no fundo da sala, que o homem manteve aberta para que ela passasse.

– Por aqui. – Sr. Pickering a conduziu ao interior de um escritório amplo e desarrumado. A escrivaninha estava carregada de papéis e havia livros pesados de direito nas prateleiras da estante atrás dela. – Sente-se, Sra. Simpson. Peço desculpas pela desordem, mas receio que este seja o único ambiente em que consigo trabalhar. – Deu um sorriso agradável, ao se sentar atrás da escrivaninha. – Então, fale-me um pouco sobre você.

Greta desfiou sua história, mas sem mencionar Cheska.

– Certo. Alguma experiência no trabalho em escritório?

Após uma semana de mentiras, ela resolveu falar com franqueza.

– Não, mas estou extremamente disposta e ansiosa para aprender.

Sr. Pickering bateu com a ponta de um lápis na escrivaninha.

– Bem, a posição que estamos oferecendo não é realmente um cargo técnico. Lidamos com algumas pessoas muito ricas e importantes, e gostamos de nos certificar de que elas sejam bem tratadas desde o minuto em que entram no edifício. Esperamos que a senhora receba nossos clientes, ofereça-lhes chá e, acima de tudo, seja discreta. A maioria dos clientes vem nos ver por estar com algum tipo de problema pessoal. O telefone na mesa da recepção seria responsabilidade sua, assim como o controle da agenda de meus compromissos e do meu sócio, Sr. Sallis. Temos ainda Moira, nossa secretária, que cuida com muita eficiência da datilografia e da administração do escritório, mas a senhora ocasionalmente teria que ajudá-la. Estaria substituindo a Sra. Forbes, a quem conheceu na recepção. Lamentamos perdê-la, mas ela vai ter um bebê no Ano-Novo. A senhora... hum... não tem nenhum plano nessa área, tem, Sra. Simpson?

Greta conseguiu fazer um ar adequadamente chocado.

– Na minha atual situação de viúva, não é uma alternativa.

– Ótimo. A continuidade é fundamental, sabe? Os clientes gostam de estabelecer uma relação. E estou certo de que, com seu rosto bonito, a senhora será capaz de encantá-los. E então, gostaria de fazer uma tentativa? Começando na segunda-feira?

– Eu...

Greta ficou tão surpresa que não conseguiu pensar no que dizer.

– Ou prefere ir para casa e pensar no assunto?

– Não, não – disse ela, depressa. – Eu adoraria. Aceito o emprego.

– Excelente. A senhora será perfeita. – O Sr. Pickering se levantou. – Peço desculpas, mas tenho um compromisso no almoço. Se quiser mais alguma informação, converse com Sally... digo, com a Sra. Forbes. Ela dará todos os detalhes. O salário é de 250 libras por ano. É aceitável?

– Ah, sim, com certeza. – Greta se levantou e estendeu a mão por cima da escrivaninha. – Muito obrigada, Sr. Pickering. Não vou decepcioná-lo, prometo.

– Tenho certeza de que não. Tenha um bom dia, Sra. Simpson.

Ao sair do escritório e entrar na recepção, Greta foi tomada por uma onda de euforia. Nem três semanas em Londres, e ela havia conseguido um lugar para morar e um meio de se sustentar com a filha.

– Como foi? – perguntou Sally.

– Ele me ofereceu o cargo. Começo na segunda-feira.

– Graças a Deus! Ele entrevistou uma porção de moças, sabe? Estava começando a achar que teria meu bebê nesta escrivaninha. Ninguém parecia ser suficientemente encantadora, entende o que quero dizer?

– Acho que sim. Você gostou de trabalhar aqui? – perguntou Greta.

– Muito. É fácil trabalhar com o Sr. Pickering. E o velho... desculpe, o Sr. Sallis, o sócio majoritário, é uma doçura. Mas apenas tome cuidado com Veronica. É a filha do Sr. Sallis. Ela é casada com o Sr. Pickering, uma perfeita megera! Aparece aqui de vez em quando, a caminho de algum lugar luxuoso para almoçar. Manda no marido com mão de ferro. É o verdadeiro poder por trás do trono. Se ela não gostar de você, estará na rua. Minha antecessora saiu daqui por causa dela.

– Entendo.

– Mas não se preocupe! Sua Majestade não nos brinda com sua presença com muita frequência, graças a Deus. Há alguma outra coisa que queira saber enquanto está aqui?

Greta fez algumas perguntas, às quais Sally respondeu com detalhes, e em seguida consultou o relógio.

– Ai, ai, ai, não percebi que era tão tarde! Preciso ir andando.

– Bem, foi um prazer conhecê-la. Vou ficar alguns dias aqui, depois que você começar, para ensinar o caminho das pedras, mas tenho certeza de que você se sairá bem.

– Obrigada. Para quando é o seu bebê? – Greta conseguiu se deter por pouco, antes de enveredar por uma conversa solidária sobre os últimos e desgastantes meses da gravidez. – Até segunda. Boa tarde.

Correu para a rua e se deu o luxo de pegar um táxi, ansiosa para chegar em casa o mais rápido possível. Decidiu perguntar a Mabel se ela estaria interessada em cuidar permanentemente de Cheska durante o dia. Se não estivesse, ela teria de pôr um anúncio na banca do jornaleiro local.

Ao chegar em casa, uma Cheska risonha, com o rostinho sujo de chocolate, saiu correndo do apartamento de Mabel para recebê-la.

– Olá, querida. – Greta levantou a filha no colo. – Você se divertiu?

– Fizemos bolinhos, mamãe. – Cheska se aninhou na mãe.

– Ela foi boazinha? – perguntou Greta a Mabel, que havia aparecido à porta.

– É uma anjinha. A senhora tem uma menininha adorável, Sra. Simpson.

– Ora, por favor, chame-me de Greta. Você tem cinco minutos livres, Mabel? Há uma coisa que quero perguntar.

– Sim. Entre, meu bem, por favor. Acabei de fazer um chá.

Greta entrou com Cheska no apartamento de Mabel, que era cheio de móveis pesados e antigos. Tinha um vago aroma de violetas e desinfetante.

Mabel a fez se sentar na sala e foi buscar uma bandeja, na qual havia um bule de chá coberto por um abafador tricotado em cores vivas, xícaras e um prato de bolinhos queimados.

– Pronto – disse Mabel, passando a Greta uma xícara de chá forte. – E então, o que você queria perguntar, meu bem?

– Bem, hoje de manhã, consegui arranjar um emprego num escritório de advocacia em Mayfair.

– Ora, ora, que moça inteligente! Eu mesma nunca aprendi a ler nem escrever. Naquela época, as mulheres não aprendiam, sabe?

– Bem, o problema é que eu tenho Cheska. Preciso ganhar meu sustento, mas é óbvio que não posso levá-la comigo.

– Não. É claro que não.

– Então, fiquei pensando se a senhora teria interesse em cuidar dela regularmente. Eu a remuneraria, é claro.

– Bom, deixe-me ver. De quantas horas nós estamos falando?

– Eu teria de sair às oito e meia e não estaria de volta antes das seis.

– Cinco dias por semana?

– Sim.

– Bem, podemos fazer uma tentativa, não é? – Mabel sorriu para Cheska, que, toda contente, comia um bolinho no colo da mãe. – Gosto da companhia dela.

Em seguida, as duas combinaram uma remuneração de 15 xelins por semana.

– Fica ótimo assim – disse Mabel. – Qualquer trocadinho extra cai bem hoje em dia. A pensão do meu marido só cobre, e bem mal, o aluguel e a comida.

– Bem, fico muito agradecida, de verdade. Mas hoje não devemos tomar mais o seu tempo, de qualquer modo. Venha, Cheska, vamos almoçar.

Greta se levantou.

– Você sabe o que precisa fazer, não é, querida? – disse Mabel, enquanto as levava à porta da frente.

– O quê?

– Arranjar um novo marido. Tenho certeza de que uma moça bonita como você poderia achar um bom moço rico para se casar, e para cuidar de vocês duas. Não está certo uma mãe ter que trabalhar fora.

– É muita bondade sua, Mabel, mas acho que nenhum homem estaria interessado em uma viúva com uma filha – disse Greta, com um sorriso pesaroso. – Até segunda.

– Sim, querida. Cuidem-se.

Ao subir para o apartamento com Cheska no colo, Greta pensou no que Mabel dissera. Mesmo que pudesse, duvidava que algum dia voltasse a se casar.

12

Greta e Cheska passaram uma agradável tarde de sábado fazendo compras no West End. As butiques elegantes costumavam ser raras no País de Gales. Em Marchmont, tudo de que ela precisava eram roupas quentes e práticas.

Agora, as lojas pareciam abarrotadas do tipo de roupas que Greta não via desde antes da guerra. Cheska ficou fascinada com as enormes lojas de departamento, correndo atrás da mãe com uma expressão de deslumbramento. Greta comprou dois vestidos e três blusas para o trabalho, além de um suéter e uma saia xadrez para Cheska.

No domingo à noite, Greta contou à filha que teria de sair para trabalhar, para que as duas pudessem comer coisas gostosas e usar vestidos bonitos. Explicou com carinho que Mabel cuidaria dela durante o dia, mas que a mamãe voltaria para casa e a poria na cama à noite. Cheska pareceu aceitar isso sem maior objeção.

– Eu gosto da Mabel. Ela é boazinha e me dá chocolate.

Na manhã seguinte, Greta a deixou no apartamento da vizinha. A garotinha ficou com ela sem choramingar. Aliviada, Greta pegou o ônibus para o trabalho.

No fim da primeira semana, começou a gostar do emprego. Os clientes eram simpáticos e amáveis. Moira, a secretária de meia-idade, era muito prestativa. Terence, o contínuo, era um garoto do East End que tinha uma tirada espirituosa para cada ocasião. Greta raramente via o Sr. Sallis, que só ia ao escritório três vezes por semana. Quanto ao Sr. Pickering, ou estava trancado com um cliente, ou saindo apressado para um compromisso no almoço. Para alívio de Greta, a temida Veronica nunca apareceu.

Cheska parecia muito feliz com sua nova rotina, e, embora chegasse em casa cansada, Greta sempre arranjava energia para preparar um bom jantar, depois lia para a filha durante uma hora, antes de dormir.

Nos fins de semana, ainda que o dinheiro fosse muito curto, Greta fazia um esforço especial para organizar programas agradáveis. Às vezes, elas visitavam a loja de brinquedos e depois tomavam chá. Em uma ocasião, ela levou Cheska ao jardim zoológico de Londres para ver os leões e os tigres.

Greta se surpreendeu com a facilidade com que as duas se adaptaram à nova vida na cidade. Cheska raramente mencionava Marchmont e os horários apertados significavam muito menos tempo para Greta pensar na perda do seu precioso filho. Sentia uma pontada de culpa toda vez que recebia uma carta mal escrita de Mary contando sobre o declínio contínuo de Owen. O Dr. Evans havia tentado interná-lo num hospital, mas ele se recusara a ir. Morgan, seu adorado labrador, tinha morrido recentemente, e isto parecia ter levado Owen a novas e frequentes bebedeiras. Ele estava doente demais para cuidar da propriedade, e o Sr. Glenwilliam, seu advogado, havia assumido a administração de Marchmont.

Estoicamente, Mary dizia a Greta que não se preocupasse, que ela fizera o que era certo para Cheska ao ir embora. Greta se perguntava quando Mary iria se demitir, especialmente depois de ela ter mencionado que Huw lhe pedira em casamento. Os dois estavam noivos e economizando para a cerimônia. Mary parecia ainda estar lidando com o comportamento imprevisível do patrão só por conta disso.

Fazia um mês que Greta começara a trabalhar quando teve o primeiro contato com a esposa do Sr. Pickering. Havia acabado de voltar do intervalo de almoço e de se sentar diante da escrivaninha, quando uma mulher elegante, com um luxuoso casaco de pele e um chapéu combinando, cruzou a porta e entrou na recepção sem tocar a campainha.

– Boa tarde, senhora. Em que posso servi-la? – perguntou Greta, com um sorriso no rosto.

– Quem é você?

Os olhos penetrantes da mulher a esquadrinharam.

– Sou a Sra. Simpson. Substituí a Sra. Forbes há algumas semanas. A senhora tem hora marcada? – perguntou Greta, em tom gentil.

– Não creio que eu precise marcar hora para ver meu marido ou meu pai.

– Não, é claro que não. Peço desculpas, Sra. Pickering. Qual dos dois gostaria de ver?

– Não se incomode. Eu mesma os encontrarei. – Veronica Pickering baixou os olhos para as mãos de Greta. – E creio que você precisa arranjar uma lixa. Essas unhas estão sujas e maltratadas. Não podemos deixar nossa clientela pensar que empregamos gentinha, não é?

A mulher lançou um último olhar condescendente para Greta, deu-lhe as costas e cruzou imperiosamente a porta que levava ao escritório do marido.

Greta olhou para suas unhas limpas e impecáveis, embora não pintadas, e mordeu o lábio. Em seguida, chegou um cliente à recepção e ela cuidou de preparar um chá e conversar com ele. Dez minutos depois, a Sra. Pickering emergiu na recepção, com o marido atrás.

– Anote as ligações para o Sr. Pickering, Griselda. Vamos sair para comprar um presente de Natal para mim, não é, meu bem?

– Sim, querida. Volto às quatro horas, Greta.

– Certo, Sr. Pickering.

Enquanto os dois caminhavam para a porta da frente, Veronica Pickering se virou para o marido.

– Não sei se me agrada o sotaque dessa sua secretária, meu caro James. Não ensinam mais o inglês-padrão nas escolas hoje em dia?

Greta cerrou os dentes enquanto a porta se fechava. O encontro com Veronica Pickering a deixou inquieta pelo resto do dia. O Sr. Pickering não retornou ao escritório e ela só voltou a vê-lo na manhã seguinte. Ele parou junto à escrivaninha, ao entrar na recepção.

– Bom dia, Greta.

– Bom dia, senhor.

– Eu só queria pedir desculpas por minha mulher. É o jeito dela. Não leve a sério nada do que ela diz. Nós, digo, o Sr. Sallis e eu, estamos muito satisfeitos com o seu trabalho.

– Obrigada, senhor.

– Ótimo. Então continue assim.

O Sr. Pickering sorriu-lhe com aquele jeito meigo e Greta se perguntou por que diabo teria casado com uma mulher tão horripilante.

Depois desse dia, tornou-se comum o Sr. Pickering fazer uma pausa para conversar com Greta, ao passar por sua escrivaninha, como que para lhe garantir que não compartilhava da opinião que a esposa fazia dela. Numa dessas conversas, Greta perguntou se poderia ter uma máquina de escrever, para poder ajudar quando houvesse alguma correspondência extra. Assim, com a ajuda de Moira, ela começou a aprender a datilografar.

Faltavam apenas alguns dias para o Natal e Greta estava ansiosa por sua semana de folga. Já gastara dinheiro demais em presentes para Cheska, por não querer que sua filhinha achasse que fora esquecida pelo Papai Noel. Além disso, tinha reservado dois lugares no Teatro Scala para assistir a Margaret Lockwood em *Peter Pan*. Estava decidida a garantir que o primeiro Natal das duas sem Owen e Jonny fosse o mais feliz que as circunstâncias podiam permitir.

– Papai Noel vai saber onde eu estou, não é, mamãe? – perguntou Cheska, ansiosa, enquanto Greta ajeitava as cobertas na cama, na hora de dormir.

– É claro que vai, querida. Escrevi para o Polo Norte e contei a ele que mudamos de endereço. Na semana que vem, vamos sair para comprar uma árvore e uma porção de enfeites para pendurar nela. O que acha?

– Oba!

Cheska sorriu de prazer e se aninhou embaixo das cobertas.

Moira pegou uma gripe e foi mandada para casa na tarde seguinte. Assim, o Sr. Pickering começou a entregar a Greta pilhas de material para datilografar.

– Peço desculpas, Greta, mas há inúmeras pendências para resolver antes de fecharmos o escritório no Natal. O Sr. Sallis já foi para o interior, de modo que tenho que fazer tudo. Você não teria, por acaso, a possibilidade de trabalhar até mais tarde amanhã à noite, teria? Pagaremos as horas extras, é claro.

– Sim, acho que será possível – respondeu ela.

Nessa noite, perguntou a Mabel se ela poderia dar o lanche a Cheska na noite seguinte, pô-la na cama e lhe fazer companhia até que ela chegasse.

– Eu ficaria muito grata, Mabel. Vi uma boneca linda na Hamleys, que eu adoraria comprar para ela, e o dinheiro extra pagará pelo brinquedo. E você vai almoçar conosco no Natal, não é? Cheska perguntou se você poderia vir. Ela a adora, você sabe.

– Nesse caso, é um prazer ajudar. Desde que não vire um hábito – respondeu Mabel.

Na noite seguinte, passava das sete horas quando a última carta foi cuidadosamente datilografada e estava pronta para ser assinada pelo Sr. Pickering. Greta pegou toda a correspondência e bateu à porta dele.

– Entre!

– Aqui está, Sr. Pickering. Tudo pronto – disse Greta, pondo as cartas na escrivaninha.

– Obrigado, Greta. Você é mesmo uma maravilha. Não sei o que teria feito sem você. – Rabiscou sua assinatura ao pé de cada carta e as devolveu a ela. – Bem, acho que por hoje é só. Agora, que tal um drinque como pagamento por toda essa trabalheira e para comemorar o Natal?

– Eu adoraria, mas...

Greta já ia dizendo que tinha de voltar para casa, por causa de Cheska, mas conseguiu se conter.

– Podemos dar um pulo ao Athenaeum – disse o Sr. Pickering, já pegando o sobretudo. – Não posso demorar. Vou me encontrar com Veronica daqui a uma hora, para irmos a uma festa.

Greta sabia que devia dizer não e ir direto para casa, mas fazia muito tempo que não ia a lugar nenhum à noite. Além disso, gostava do Sr. Pickering.

– Então, está bem – concordou.

– Ótimo. Pegue o seu casaco e eu a encontro lá na frente.

– Está bem, mas preciso pôr estas cartas nos envelopes ainda.

– É claro. No caminho nós as mandaremos pelo correio.

Passados dez minutos, os dois caminhavam por Piccadilly em direção ao Athenaeum. O bar estava cheio, mas eles conseguiram encontrar lugares, e o Sr. Pickering pediu dois coquetéis de gim com angostura.

– E, então, o que vai fazer no Natal, Greta? – perguntou-lhe, acendendo um cigarro. – Ah, por favor, me chame de James, agora que estamos fora do horário de trabalho.

– Bem, nada de especial – respondeu ela.

– Vai passar com a família?

– Hummm, sim.

As bebidas chegaram e Greta tomou um gole.

– Eles moram em Londres, não é?

– Sim. E o seu Natal?

– Ah, o de praxe. Faremos uma festa amanhã na nossa casa de Londres e depois iremos para a casa do Sr. e da Sra. Sallis, em Sussex, onde ficaremos até o Ano-Novo.

– Você não parece muito encantado com a ideia de ir para a casa dos seus sogros – arriscou Greta.

– Não? Ai, meu Deus. É o que Veronica vive dizendo.

– Não gosta do Natal?

– Quando era pequeno, gostava, mas hoje em dia parece ser apenas uma rodada prolongada de encontros sociais com gente que não me agrada nem um pouco. Imagino que seria diferente se tivéssemos filhos. Quer dizer, o Natal é uma data destinada a crianças, não acha?

– Sim – concordou Greta. – Você... digo, você e a Sra. Pickering planejam ter filhos?

– Eu gostaria de ser pai um dia, mas minha mulher está longe de ser do tipo maternal – queixou-se James. – Mas, enfim, me fale mais de você.

– Não há muito o que falar.

– Com certeza uma jovem tão atraente e inteligente como você deve ter um homem a tiracolo, não?

– Não. No momento, estou sozinha.

– Isso me parece muito difícil de acreditar. Digo, se eu fosse solteiro, teria dificuldade de resistir a você.

Bebeu um gole do coquetel e a fitou por sobre a borda do copo. Meio aérea, devido ao álcool, Greta enrubesceu e se deu conta de estar gostando da atenção.

– O que você fez durante a guerra? – perguntou Greta.

– Tenho asma, de modo que fui rejeitado pelo Exército. Assim, trabalhei no Ministério da Defesa, em Whitehall, e estudei à noite para meus exames da Ordem dos Advogados. O Sr. Sallis me tornou sócio logo depois que fui aprovado – respondeu James.

– O fato de ser genro do Sr. Sallis o ajudou?

– É claro, mas a verdade é que também sou um advogado muito bom.

Ele sorriu, acolhendo com bom humor o comentário incisivo de Greta.

– Ah, disso eu não duvido, nem por um momento. Como você conheceu sua esposa?

– Numa festa, pouco antes da guerra. Eu tinha acabado de voltar de Cambridge. Veronica pôs os olhos em mim e... Para ser sincero, Greta, não tive a menor chance.

Houve um breve silêncio enquanto Greta digeria essa informação.

– Acho que ela não gosta muito de mim. Ela me acusou de ser desleixada e de falar com sotaque.

– É apenas inveja, Greta. Veronica já não é tão jovem e se ressente de qualquer um que seja. Em especial, de uma pessoa tão encantadora como você. Agora, receio ter que deixá-la. Os coquetéis da recepção começarão a ser servidos em quinze minutos e eu posso me atrasar. – James pagou a conta e entregou algumas moedas a Greta. – Tome, pegue um táxi para casa, sim?

Os dois se levantaram, atravessaram o saguão e saíram pela entrada principal.

– Gostei disto – disse ele. – Quem sabe você queira jantar comigo uma noite?

– Talvez.

– Bem, por ora, feliz Natal, Greta.

– Para você também, James.

Ele lhe deu um adeusinho enquanto seguia com passos rápidos pela calçada. O porteiro do hotel chamou um táxi para Greta e ela entrou. Enquanto o carro partia, ela se permitiu relembrar a conversa. Achava James atraente e não tinha dúvida de que o sentimento era recíproco. Fazia muito tempo desde que ela estivera na companhia de um homem que a elogiasse. Por alguns segundos, Greta imaginou James tomando-a nos braços e a beijando... e então se deteve, abruptamente.

Era loucura até mesmo pensar no assunto. Ele era casado. E não era só isso: era seu patrão. Mesmo assim, deitada na cama sozinha, naquela noite, com o corpo ardendo de desejo por ele, soube que sucumbiria à tentação muito em breve.

13

Durante as festas natalinas, Greta lutou para se esquecer de sua atração por James e se concentrou em oferecer o melhor Natal possível à filha. O rosto de Cheska, na manhã de Natal, era a imagem da felicidade ao desembrulhar seus numerosos presentes, inclusive a boneca da Hamleys, cujos olhos abriam e fechavam. Mabel subiu para compartilhar o pequeno frango assado, e o dia foi animadíssimo. Contudo, depois de Cheska se deitar e Mabel ir embora, Greta se sentiu inundar por um vazio. Contemplou as estrelas e sussurrou uma mensagem para o filho perdido:

– *Feliz Natal, Jonny, onde você estiver.*

No dia 26, ela levou Cheska para assistir a *Peter Pan* no Teatro Scala.

– Vocês acreditam em fadas? – gritou Peter Pan.

Cheska pulou da cadeira, em sua ânsia de salvar Sininho.

– Sim! Sim! – gritou, com todas as outras crianças no teatro.

Greta passou mais tempo observando o rosto da filha do que o palco. A visão alegrou seu coração e fez todos os sacrifícios valerem a pena.

Quando ela retornou ao trabalho, depois do Ano-Novo, James ainda não tinha voltado do interior. Uma semana depois, quando ele entrou na recepção, o coração dela quase parou.

– Olá, Greta. Feliz Ano-Novo! – disse ele, depois cruzou a porta de seu escritório e a fechou.

Desanimada, Greta passou aquela tarde se perguntando se teria imaginado o comportamento dele no Athenaeum. Passados mais dez dias, o telefone tocou em sua mesa.

– Alô, Greta, é o James. O Sr. Jarvis já chegou?

– Não, ele acabou de telefonar para dizer que vai chegar um pouquinho atrasado.

– Muito bem. Ah, a propósito, você vai fazer alguma coisa hoje à noite?
– Não.
– Então, deixe-me levá-la para aquele jantar que prometi.
– Seria esplêndido.
– Ótimo. Tenho uma reunião às seis, então espere por mim aqui até ela acabar.

Com o coração palpitando, Greta deu um rápido telefonema para Mabel, que se disse disposta a servir de babá. Terminada a reunião de James, eles se encontraram e, juntos, dobraram a esquina da Jermyn Street.

Uma vez sentados no restaurante acolhedor, à luz de velas, os dois receberam grandes cardápios com capa de couro.

– Vamos tomar uma garrafa de Sancerre, por favor. E o prato especial do dia, obrigado – disse ao garçom. – É sempre a melhor escolha a fazer aqui – acrescentou com um sorriso, depois que o garçom se afastou. – E tenho uma coisa para você. – Remexeu no bolso do paletó e tirou um embrulho numa linda embalagem. – Um presentinho atrasado de Natal.

– Puxa, James, você realmente não deveria ter feito isso.

– Bobagem. Vamos, abra-o.

Dentro da caixa estava uma echarpe de seda com uma estampa de cores radiantes.

– É linda, obrigada.

Conversaram no jantar. A princípio, Greta apenas ouvia. Conforme o delicioso vinho penetrava em seu organismo, ela começou a relaxar, mesmo sabendo que precisava se manter lúcida, dada a rede de mentiras que havia contado a James no intuito de conseguir o emprego.

– E, então, o seu Natal foi agradável? – perguntou Greta.

– Sim, foi... ótimo. Embora um pouco formal demais para mim.

– E Veronica vai bem?

– Sim. Ainda está em Sussex com os pais. A Sra. Sallis não está bem de saúde. Tenho a impressão de que talvez o Sr. Sallis logo se aposente, e então assumirei o escritório.

– Deve ser uma boa notícia para você.

– Sim. Em muitos aspectos, a firma está presa na Idade Média. Precisa se modernizar, mas minhas mãos estão atadas no momento.

Ao escutá-lo, Greta intuiu que James não estava particularmente feliz com seu quinhão. Havia nele algo triste, algo que lhe despertava grande atração.

– Greta, se você já tiver terminado seu café, gostaria de conhecer minha casa para um último drinque?

Sabendo que deveria recusar o convite, mas desesperada para dizer sim, ela consultou o relógio. Já eram dez horas. Tinha jurado a Mabel que estaria em casa antes das onze.

– É longe?

– Não, fica a cinco minutos daqui.

Quando chegaram, James abriu a porta da frente e acendeu as luzes do vestíbulo.

– Pronto, deixe-me guardar seu casaco – ofereceu-se.

Ele conduziu Greta a uma imponente sala de estar, elegantemente decorada com poucos móveis, entre os quais três sofás de couro creme que rodeavam uma grande lareira, acima da qual pendia um quadro moderno de cores vivas.

– Sente-se. Vou servir um conhaque para nós.

– Sua casa é um encanto, James – disse Greta enquanto ele pegava o decantador numa bandeja.

– É. Geoffrey... quer dizer, o Sr. Sallis nos deu este imóvel como presente de casamento. Não é o meu estilo de decoração. Eu preferiria algo um pouco mais acolhedor, mas é isto que agrada a Veronica.

James se sentou muito mais perto de Greta do que seria necessário, dada a vastidão do sofá. Após dez minutos de conversa trivial, durante os quais o olhar de James não a deixou, Greta se levantou do sofá. A impropriedade daquela situação, sem falar na inegável tensão sexual, a estava deixando nervosa.

– Obrigada pelo jantar, mas preciso ir para casa.

– É claro. Esta noite me agradou imensamente e eu gostaria de repetir a dose – disse ele, também se levantando e segurando as mãos de Greta. – Gostaria muito.

Em seguida, inclinou-se e deu um beijo suave em seus lábios.

Greta sentiu os braços dele a envolverem pela cintura e puxando-a para perto. Depois de algum tempo, começou a retribuir o beijo, sentindo-se perpassar por um ardor havia muito esquecido.

James começou a desabotoar o casaco do *tailleur* de Greta. Sua mão descobriu o caminho por baixo da blusa e seus dedos se fecharam em torno do seio dela.

– Ah, meu Deus... Sonhei com isto desde que pus os olhos em você pela primeira vez – murmurou ele, puxando-a para o tapete.

※

Era quase meia-noite quando Greta chamou um táxi, preparando-se para os resmungos mal-humorados de Mabel quando chegasse em casa. Por sorte, Mabel havia cochilado numa poltrona e estava roncando alto. Greta a sacudiu de leve para acordá-la e, ainda grogue de sono, a mulher não fez nenhuma reclamação sobre a demora. Greta deu uma espiada em Cheska, que dormia serenamente com a nova boneca a tiracolo. Depois, despiu-se pela segunda vez naquela noite e se deitou na cama.

O perfume de James ainda perdurava em sua pele, e seu corpo estava relaxado, saciado. Deitada ali, insone, ela decidiu que lidaria com esse romance como a mulher madura que era, conseguindo o que precisava e usando James tal como era usada por ele. Não se tornaria dependente nem se apaixonaria pelo patrão.

Quando enfim mergulhou no sono, seus lábios se curvaram em um sorrisinho de satisfação.

※

Numa ensolarada manhã de junho, Greta se deu conta de que seu caso com James já durava quase seis meses. Não era mais possível negar que ele se tornara parte de sua vida e que, se deixasse de participar dela, o vazio seria imenso. Eles se encontravam toda vez que Veronica se ausentava, algo frequente.

Nos últimos tempos, Greta afirmou que aquilo que os dois vinham fazendo era errado e que deviam acabar com a relação. Nessas ocasiões, James tornava a confessar sua infelicidade com Veronica e começava a falar de um futuro para os dois. Ele abriria um escritório em Wiltshire, onde poderiam recomeçar do zero. Ele só precisava encontrar o momento certo para falar com Veronica. Mas ia fazê-lo, com certeza. E logo.

Apesar de seus receios iniciais, Greta começou a acreditar. Era muito sedutora a ideia de ter um homem para cuidar dela e de Cheska – e estava certa de que James não se importaria com a presença da menina, pois tinha dito que adorava crianças.

Apesar de ter jurado a si mesma que manteria o coração trancado, aos poucos a determinação dela foi se desgastando. Greta estava apaixonada.

Veronica estava agachada na sala, procurando um brinco caro que acabara de cair no chão. James e ela estavam prestes a sair para um jantar e ela não conseguia achar a joia. Enfiou a mão embaixo do sofá e tateou. Seus dedos tocaram numa coisa macia e ela puxou o objeto. Era a echarpe de seda que o marido lhe dera no Natal. *Que estranho*, pensou com seus botões. Tinha certeza de tê-la dobrado e guardado na gaveta horas antes. Pegou a echarpe, colocou-a no sofá e continuou a procurar o brinco desaparecido.

Na manhã seguinte, abriu sua gaveta e viu a echarpe exatamente onde achava que a tinha posto na véspera. Desceu para a sala, pegou e cheirou a que havia encontrado embaixo do sofá. Perfume barato.

Veronica soube exatamente a quem pertencia a echarpe.

Greta ergueu os olhos quando ela cruzou a porta.

– Bom dia, Sra. Pickering, como vai? – perguntou, no tom mais cordial que podia.

– Na verdade, só estou dando uma passada para devolver uma coisa sua. – Veronica tirou do bolso do casaco a echarpe de seda e a deixou cair na mesa de Greta. – É sua, não é?

Greta se sentiu enrubescer.

– Quer saber onde a encontrei? Embaixo do sofá da minha sala de estar. –Veronica falava em voz baixa, fria. – Há quanto tempo isso está acontecendo? Você se dá conta de que não é a primeira, certo? É só mais uma, numa longa fila de rameirinhas vulgares que satisfazem a vaidade do meu marido.

– Engano seu! Não é nada disso. E, seja como for, não importa que a senhora saiba. Ele ia lhe contar hoje à noite, de qualquer modo.

– É mesmo? Ia me contar o quê, exatamente? – zombou Veronica. – Que vai me deixar por sua causa?

– Sim.

– Foi o que ele disse? É o que costuma fazer. Bem, deixe-me contar uma coisa, minha cara. Ele *nunca* me deixará. Precisa demais de mim. Não tem um centavo, sabia? Entrou no casamento sem nada. Agora, sugiro que você pegue suas coisas e saia imediatamente deste escritório. Não há razão para não podermos lidar com isto de modo civilizado, não é?

– A senhora não pode tomar essa decisão! Eu trabalho para James.

Greta se reanimou, enquanto era tomada pela raiva.

– Sim, minha cara, mas, quando meu pai se aposentar, vai passar este escritório para James e para mim. Seremos os donos, e tenho certeza de que ele apoiará minha decisão quando lhe disser que quero você fora daqui.

– Nós dois vamos embora mesmo. Ele me ama. Nós temos planos!

– É mesmo? – Veronica arqueou uma sobrancelha perfeitamente desenhada. – Bem, nesse caso, que tal irmos ao escritório dele e perguntar sobre esses planos?

Greta a acompanhou até o escritório de James, que fez um ar de susto ao ver as duas entrarem.

– Olá, querida. Olá, Greta. Em que posso servi-las?

– Bem, o problema é que descobri que vocês estão tendo um casinho sórdido pelas minhas costas. Expliquei a Greta que o melhor que ela pode fazer é sair em silêncio, mas ela insistiu em ouvir isto de você. – Veronica parecia perfeitamente calma, quase entediada. – Diga logo, querido, para podermos ir almoçar.

Greta estudou a expressão de James e se perguntou por que ele não dizia nada. Seus olhares se cruzaram e ela viu tristeza no dele.

Quando ele virou o rosto, ela soube que havia perdido.

– Eu... acho melhor você ir embora, Greta. Pagaremos o restante da semana, é claro.

– Você não vai fazer nada disso! – disse Veronica, em tom ríspido. – Greta brincou com fogo e agora tem que se queimar. Não acho justo termos a obrigação de pagar alguma coisa a ela. Concorda comigo, querido?

James olhou para a esposa e, por um segundo, Greta viu a incerteza nos olhos dele. Em seguida, a expressão se desfez e todo o corpo dele pareceu arriar. James assentiu, com ar tristonho.

Greta saiu do escritório, pegou o casaco e a bolsa e deixou o edifício.

14

Greta passou a tarde perambulando pelo Green Park, incapaz de ir para casa e enfrentar Cheska, ou as perguntas de Mabel sobre a razão de estar chegando cedo. Sentou-se em um banco sob o sol de junho e observou as pessoas ao redor: babás conversando enquanto empurravam seus carrinhos de bebê, homens de negócios carregando maletas, jovens casais passeando de mãos dadas.

– Ah, meu Deus – gemeu, baixando a cabeça entre as mãos.

Desde que Max a abandonara, nunca se sentira tão sozinha. E sabia que a culpa era toda sua. Deveria ter imaginado, desde o começo, que seu caso amoroso com James nunca poderia ter um final feliz.

Perguntou-se por que parecia fadada a escolher sempre o homem errado. Outras mulheres conseguiam encontrar companheiros para a vida inteira, por que ela não podia fazer o mesmo? Com certeza não tinha feito nada tão grave que merecesse esse tipo de azar, não é? No entanto, ela queria saber: não era sua própria fraqueza que vivia colocando-a nessa situação? Ela parecia uma mariposa, atraída de modo incorrigível para uma chama de vela que inevitavelmente a destruiria.

Ficou sentada, o olhar perdido no horizonte. A ideia de ter que arranjar outro emprego, sem qualquer esperança real de um dia encontrar o amor e a segurança pela qual ansiava, pareceu impossível naquele momento. Mas era preciso se controlar. Ela sabia que precisava continuar na luta, se não por seu próprio bem, pelo de sua filha.

Nunca mais amaria outra pessoa. Nunca mais deixaria outro homem se aproximar o bastante para causar uma devastação em sua vida. De agora em diante, todo amor seria unicamente para Cheska.

Levantou-se e foi vagando na direção de Piccadilly. Atravessou a rua e tomou a direção do Teatro Windmill, perguntando a si mesma se deveria entrar lá e implorar por um emprego, em vez de embarcar em outra rodada de entrevistas inúteis. Se não ia receber pagamento algum por sua última semana de trabalho, tinha de ganhar prontamente algum dinheiro. Sim, era a melhor solução. Ninguém pediria referências, não seriam feitas perguntas. Greta abriu a porta da entrada dos artistas e perguntou ao porteiro se poderia falar com o Sr. Van Damm.

Quinze minutos depois, estava do lado de fora, sentindo-se ainda mais triste. O Sr. Van Damm sentia muito, mas não tinha nenhuma vaga. Havia anotado o novo endereço dela e prometido entrar em contato assim que aparecesse alguma coisa, mas ela sabia que não havia esperança. Estava cinco anos mais velha e o gerente sabia que Greta tinha uma filha, graças à rede de boatos do teatro.

Desconsolada, parou junto à entrada dos artistas e ficou olhando para o grupo de prostitutas que conversavam à porta de um prédio, do outro lado da Archer Street. Reconheceu alguns rostos da época em que trabalhava no Windmill. Sempre havia olhado com desdém para essas mulheres, mas teria mesmo sido melhor do que elas? Afinal, entregara-se de graça a James, mas tinha exercido a mesma função: satisfazer uma necessidade.

– Greta! Greta, é você, não é?

A mão em seu ombro vinha de trás. Ela ouviu a voz familiar e se virou.

– Galês! – Seu rosto se iluminou. – Quer dizer... David.

Deu um risinho, mesmo contra sua vontade.

– Achei que a tinha visto sair do escritório do Sr. Van Damm e vim correndo atrás de você. O que está fazendo aqui?

– Eu... bem, na verdade, estava tentando conseguir meu antigo emprego de volta.

– Sei. Mamãe me contou que você deixou Owen há alguns meses, mas não fazíamos ideia de para onde tinha ido. Estávamos preocupados com você e sua garotinha. Escute, tem tempo para uma xícara de chá?

Greta consultou o relógio. Faltavam dez para as quatro. Ela ainda dispunha de umas duas horas antes de precisar chegar em casa.

– Sim, mas com uma condição – respondeu ela.

– O que você quiser – disse ele, com um sorriso.

– Que você não conte a sua mãe nem a *ninguém* que me viu.

– Negócio fechado.

David ofereceu-lhe o braço e os dois seguiram pela rua com ar de camaradagem até um café próximo. Enquanto ele se ocupava pedindo um bule de chá para os dois, Greta acendeu um cigarro e se perguntou o que David saberia sobre sua partida de Marchmont.

– E, então, onde tem se escondido, desde que chegou a Londres? – perguntou ele.

– Perto de onde eu morava, na verdade. Cheska e eu dividimos um pequeno apartamento.

– Sei. Pelo que entendi, você deixou Owen por causa do problema dele.

– Foi. Quando Jonny morreu, ele desmoronou completamente.

– Fiquei desolado ao saber da morte do garotinho.

– Foi... terrível. – Greta sentiu um nó na garganta. – Quando Owen se tornou violento, realmente não vi alternativa. Eu me senti culpada por deixá-lo naquele estado, mas o que poderia fazer?

– Bem, para começar, poderia ter me procurado quando chegou a Londres.

– Ah, David! Depois de tudo o que você fez para me ajudar, eu não podia pedir mais nada.

– Pois devia. Ouvi dizer que meu tio já nem sabe que dia é hoje. Glenwilliam, o advogado, telefonou para me contar que ele levou um tombo, depois de um porre, e agora está confinado a uma cadeira de rodas, com uma fratura na bacia.

– Ah, meu Deus, que coisa horrível! – Greta olhou fixo para sua xícara de chá, com ar de culpa. – Eu deveria ter ficado lá, não é?

– Não, Greta. Você fez o que era certo. Pelo que Glenwilliam disse, você e Cheska não tinham escolha. Como tem sobrevivido, em termos financeiros?

– Eu tenho... *tinha* um emprego até hoje de manhã, mas houve um desentendimento com meu patrão e saí de lá. Foi por isso que estive no Windmill, para ver se eles teriam alguma coisa para me oferecer.

David a estudou do outro lado da mesa. Embora Greta ainda fosse tão linda quanto ele se lembrava, percebeu que estava com os olhos vermelhos devido ao choro e parecia exausta.

– Pobrezinha. Você deveria mesmo ter me procurado. Sabe que eu a teria ajudado.

– É extremamente gentil você dizer isso, mas...

– Você achou que eu estaria zangado por você ter se casado com o meu tio.

– Sim.

– Bem, antes de irmos adiante, quero dizer que não a censuro nem um pouco pelo que você fez. Embora não tenha a pretensão de saber quais foram os seus sentimentos pelo tio Owen.

– Eu não o amava, David, se é a isso que se refere. Estava desesperada, e ele foi muito bom para mim no começo – respondeu Greta, com franqueza. – Mas desconfio que ele também estava me usando. Owen só se casou comigo porque queria um herdeiro para Marchmont.

– Infelizmente, creio que há certa verdade no que você está dizendo. A ideia de passar Marchmont para mim nunca foi algo que o deixasse feliz – disse David, com um sorriso irônico.

– Você precisa acreditar que eu não sabia de nada disso quando ele começou a me cortejar. Tenho certeza de que sua mãe saiu de Marchmont porque eu ia me casar com ele. Também me senti muito mal com isso.

– Bem, sempre achei que havia algo que a mamãe não me contou sobre a relação dela com meu tio. Mas, se isto fizer você se sentir melhor, ela está perfeitamente feliz morando com a irmã em Gloucestershire.

– David, sinto muitíssimo por todos os problemas que causei a você e a sua família. Vocês foram tão gentis em me ajudar, e eu pareço só ter levado desgraça para todos. Ai, meu Deus, por que eu sempre choro quando estou com você?

– Não sei se devo entender isso como um elogio ou um insulto. Tome. – Ele entregou um lenço para ela. – Agora, passando para assuntos mais alegres, quando é que vou conhecer... – David coçou a cabeça. – Minha prima, suponho. Você acha que Cheska é minha prima "de segundo grau"? Eu sempre quis ter um parente "de segundo grau"!

Greta deu um risinho e assoou o nariz.

– David, você não sabe como é bom vê-lo.

– Digo o mesmo, Greta. E, então, o que vai fazer para ganhar dinheiro, agora que perdeu o emprego?

– Tentar arranjar outro. Mas, enfim, conte-me como vão as coisas.

– Muito bem, na verdade. A próxima semana será a última do meu trabalho no Windmill. Agora tenho meu programa de rádio na BBC e, no mês que vem, começo a rodar o meu primeiro filme. Tenho um pequeno papel muito simpático, encenando um trapaceiro azarado nos jogos de cartas. Sempre fui um horror jogando Snap – acrescentou, com um sorriso.

– Puxa vida, que maravilha!

– Não posso me queixar, com certeza. Escute, por que você não leva Cheska para almoçar no meu apartamento, no domingo? Eu adoraria conhecê-la. Meu agente também vai. Vamos comemorar minha saída do Windmill e o início da filmagem.

– Nós adoraríamos ir, se não for incomodar.

– Não é incômodo algum. – Ele rabiscou o endereço num pedaço de papel. – Fica pertinho daqui. Também anotei meu telefone. Se precisar de alguma coisa, Greta, por favor, ligue para mim. Afinal, somos da mesma família... de um jeito meio esquisito.

– Obrigada. Então, vejo você no domingo? – Greta se levantou. – Tenho que ir andando. A senhora que cuida de Cheska fica preocupada quando me atraso.

– É claro. Até logo.

Depois de pagar a conta, David atravessou a rua e se dirigiu à entrada dos artistas. Ao chegar a seu camarim, percebeu que estava assobiando. Olhou para seu reflexo no espelho e viu nos olhos um brilho que certamente não era causado pelo sucesso de sua carreira.

Era por causa de Greta.

O destino a mandara de volta, quando ele achava tê-la perdido para sempre.

E, dessa vez, David não a deixaria ir embora.

No domingo, Greta arrumou Cheska com seu melhor vestido, um azul, e pôs uma fita em seus cachos louros.

– Quem nós vamos visitar, mamãe? – perguntou a filha, ao saírem do apartamento.

– Seu tio David. Ele é um comediante famoso, o que significa que é muito engraçado. E está prestes a fazer um filme.

Os enormes e vívidos olhos azuis de Cheska estavam arregalados de expectativa quando elas entraram no ônibus. Saltaram em Seven Dials. De lá, seguiram a pé pela Floral Street até o endereço dado por David.

– Entrem, entrem! – Ele as recebeu à porta com um cumprimento caloroso. Curvou-se e fitou Cheska nos olhos. – Olá, sou o seu primo David, possivelmente de segundo grau... – Deu uma piscadela para Greta. – Mas, que tal você me chamar de tio? É bonita essa sua boneca. Como é o nome dela?

– Rebeca – respondeu Cheska, tímida.

– Rebeca, a Boneca. Combina muito com ela. Sabe, você é linda, igualzinha a sua mamãe. – Estendeu os braços para Cheska e a levantou no colo. – Sigam-me.

Os três entraram em uma sala clara e arejada, onde um homem de meia--idade estava sentado, tomando uísque.

– Esta é a minha prima, Cheska, e a mãe dela, Greta. E este é Leon Bronowski, meu agente.

O homem se levantou e estendeu a mão para ela.

– Muito prazer – disse, com um leve sotaque.

David acomodou Cheska no sofá e pegou o casaco de Greta.

– O que posso oferecer a vocês duas para beber?

– Um gim seria ótimo, e um refresco de frutas para Cheska, se tiver.

David foi à cozinha providenciar as bebidas.

– O senhor descobriu David no Windmill, Sr. Bronowski? – perguntou Greta, sentando-se.

– Por favor, me chame de Leon. E a resposta é sim. Ele é um jovem muito talentoso, e acho que vai longe. Ele me contou que você trabalhou lá com ele.

– Sim, embora hoje dê a impressão de ter sido há um século.

– Aquilo é um raro celeiro de novos talentos. Muitas moças do corpo de baile tornaram-se atrizes de sucesso no cinema. Também era essa a sua intenção, suponho.

– A chegada de Cheska barrou meus planos, mas é claro que eu havia sonhado com isso. Não é o que toda moça sonha?

Leon assentiu, pensativo, enquanto observava Cheska.

– É claro.

O anfitrião voltou com dois copos.

– Obrigada. Um brinde a você, David. Meus parabéns. Você deve estar muito animado com o filme – disse Greta, levantando seu copo.

– Estou. Mas o mérito é todo de Leon. Se não fosse ele, provavelmente eu ainda estaria batalhando feito um escravo no Windmill, à espera da minha primeira grande oportunidade. Agora, me deem licença, porque preciso dar uma olhada no carneiro.

Pouco depois, David serviu um assado muito saboroso, que os quatro comeram à mesa que ficava num canto da sala. Greta sentiu uma onda de orgulho ao ver Cheska sentada em silêncio, conforme David e Leon discutiam as últimas fofocas do meio artístico.

Enquanto tomavam café após a refeição, mais uma vez o olhar de Leon pousou na menina, que tinha saído da mesa e estava sentada com as pernas cruzadas junto à lareira, folheando seu livro ilustrado favorito, *Contos de fada dos irmãos Grimm,* que Greta havia trazido.

– Ela é sempre boazinha assim? – perguntou Leon.

– Quase sempre. Ela tem seus momentos, como toda criança.

– É muito bonita. Ela me lembra um querubim, com essa nuvem dourada de cachos e esses olhos maravilhosos – refletiu Leon. – Já pensou em colocá-la no cinema?

– Não. Ela é muito pequena, não acha?

– Quantos anos ela tem?

– Quatro.

– Bem, Greta, a razão de eu perguntar é que o diretor do filme que David está fazendo vem procurando uma menina para fazer o papel da filha da heroína. Não é um grande papel, só duas ou três cenas. Cheska se parece com Jane Fuller, que faz o papel da mãe.

– Jane Fuller é linda – disse Greta.

– Sabe, Leon, você tem razão – concordou David.

Os três se voltaram para Cheska, que levantou os olhos e deu um sorriso meigo para eles.

– Greta, posso mencionar ao diretor que conheço uma garotinha que poderia ser a pessoa certa para o papel?

– Não sei. – Greta olhou para David. – O que você acha?

– Bem, se Cheska fizesse mesmo o papel, o tio David estaria lá no set para ficar de olho nela, não é, meu docinho? – disse, com uma piscadela para a menina.

– Pense nisso, Greta. Tenho certeza de que eu poderia lhe arranjar um cargo de acompanhante dela. O salário é bom e você poderia se certificar de que ela fosse bem cuidada. É claro que, na verdade, tudo isto depende de Charles Day, o diretor. Talvez ele já tenha escolhido uma criança.

– Bem, suponho que não faça mal esse homem conhecer Cheska. Presumo que ela também seria paga, não é? Não que isto seja importante, é claro. – Greta se apressou a acrescentar.

– Com certeza. Que tal eu dar um telefonema para Charles de manhã, para ver se ele já escolheu alguém para o papel? Se não tiver escolhido, marco um horário para vocês duas irem conversar com ele.

– Claro, por que não? – concordou Greta.

– Aqui está o meu cartão. Ligue para mim amanhã, ao meio-dia, que eu devo ter alguma notícia. Agora, sinto muito ter que deixar tão cedo essa companhia encantadora, mas preciso ir ao Dorchester me encontrar com outro cliente. O almoço estava excelente, como sempre, David. – Ele foi até onde estava Cheska e se ajoelhou junto dela. Estendeu a mão, que ela apertou com ar solene. – Até logo.

– Até logo, senhor – respondeu a menina.

Leon se levantou e deu um risinho.

– Ela seria capaz de derreter o coração mais insensível. Acho que você talvez tenha mesmo uma estrelinha nas mãos, Greta. Até logo a todos.

Greta e David levaram a louça suja para a pequena cozinha. David a lavou, Greta e Cheska a enxugaram. Voltaram para a sala e Cheska se sentou no colo de David ao ser chamada por ele, pôs o dedo na boca e pegou prontamente no sono.

Greta se sentou no tapete e o observou contemplando a filha dela com ar amoroso. O vinho tomado no almoço, combinado com a umidade do dia, deixara-a sonolenta e relaxada. Ela bocejou e se espreguiçou como um gato, sentindo-se incomumente serena.

– Esse seu apartamento é um encanto, David. Ninguém diria que fica bem no centro de Londres – comentou.

Olhou-o com ar intrigado ao ficar sem resposta.

– Desculpe, Greta, eu estava em outro mundo. O que foi que você disse?

– Nada de importante. Só mencionei como é tranquilo aqui.

– É mesmo, não é? Se bem que estou pensando em me mudar. Tenho algum dinheiro no banco e o meu contador me aconselhou a investi-lo num imóvel. Este aqui é apenas alugado. Talvez eu procure um lugar nos arredores de Londres. O fato de ter crescido em Marchmont me causa certa ânsia por mais espaço externo.

– Se eu tivesse dinheiro, compraria um apartamento grande em Mayfair, com duas colunas do lado de fora e um lance de escada conduzindo à porta da frente – disse Greta, com ar sonhador. – Agora, acho que tenho que levar Cheska para casa, ela precisa de um banho.

– Deixe-me levar vocês, Greta. Cheska está cansada – sugeriu David, enquanto a menina abria os olhos sonolentos.

– Muito obrigado, David.

– Quer entrar para tomar um café? – perguntou Greta, quando David parou o carro na frente de seu prédio, quinze minutos depois. – Não é tão luxuosa quanto a sua casa, mas...

– Não, obrigado. Tenho que dar uma passada no roteiro do programa de amanhã à noite. Escute-o no rádio, se puder.

– É claro que vou escutar – disse ela, envergonhada demais para admitir que não podia comprar um rádio. – Vamos, querida – acrescentou, dirigindo-se a Cheska.

– Boa noite, Cheska – disse David, curvando-se para lhe dar um beijo no rosto.

– Boa noite, tio David. Obrigada pela comida gostosa.

– Sempre que quiser, docinho. Foi um prazer tê-la como convidada. Telefone para mim quando souber se vamos trabalhar juntos – acrescentou, dirigindo-se a Greta.

– Eu ligo, e obrigada, David. Fazia séculos que eu não me divertia tanto.

– Se precisar de alguma coisa, você sabe onde me encontrar.

Greta fez que sim com a cabeça, agradecida, e desapareceu no interior da casa.

15

No dia seguinte, ao meio-dia, Greta ligou de um telefone público para o escritório de Leon.

Passara grande parte da noite anterior perguntando a si mesma se era certo deixar Cheska participar de um filme sendo tão pequena. Mas, se a menina realmente conseguisse esse papel, ela poderia passar muito mais tempo com a filha do que se estivesse trabalhando fora. E sabia como os filmes podiam pagar bem.

– Greta, obrigado por ligar – disse Leon. – Combinei uma reunião para você e Cheska com Charles Day, o diretor, amanhã às dez horas da manhã. Se você me der seu endereço, mandarei o motorista passar aí às nove para levá-las aos estúdios Shepperton. É uma viagem e tanto de transporte público.

– É muita gentileza sua, Leon.

– Não é nada, minha cara. E posso entrar em contato com você quando souber o resultado?

– Você terá que usar o número da minha vizinha. Estou sem telefone no momento.

– Certo. – Leon anotou o telefone de Mabel e o endereço. – Se tudo correr bem, acho que você poderá se dar o luxo de mandar instalar um telefone. Vai precisar dele. Ponha o melhor vestido em Cheska.

Greta desligou sentindo um calafrio de empolgação. Cheska estava pacientemente de pé, esperando a mãe terminar a conversa. Ela pegou a filha no colo e a abraçou.

– Que tal irmos tomar nosso chá?

– Sim, mamãe! – respondeu Cheska, e seus olhos se iluminaram. – Podemos comer bolo também?

Greta levantou bem cedo de manhã. Enquanto Cheska dormia, lavou o cabelo e fez um penteado, depois vestiu seu melhor terninho de trabalho. Acordou Cheska, preparou-lhe o café e a arrumou com o vestido azul.

– Aonde vamos, mamãe?

Cheska havia captado a empolgação de Greta, bem como o fato de estar usando seu melhor vestido. A campainha tocou.

– Vamos de carro conversar com um moço bonzinho. Talvez ele queira pôr você em um filme, querida.

– Como a Shirley Temple?

– Sim, meu bem.

As duas se acomodaram no banco traseiro de uma limusine preta, e os olhos de Cheska se arregalaram ao ver o interior de couro macio. Enquanto seguia pelas ruas de Londres e em direção aos subúrbios arborizados de Surrey, a garotinha ouviu atentamente a mãe lhe dizer que ela precisava se comportar muito, muito bem.

A própria Greta se sentiu uma estrela quando o carro parou nos portões da Rainbow Pictures e o motorista informou os nomes delas ao segurança. Ele as liberou com um aceno e Greta observou tudo, fascinada. Pensou em como havia sonhado, um dia, em receber um telefonema para comparecer a um teste ali, e sentiu um arrepio percorrer seu corpo.

O motorista parou diante da recepção.

– Vou ficar aqui até a senhora terminar. Boa sorte, moça.

Tocou a aba do chapéu e sorriu para Cheska, quando as duas desceram. Greta segurou a mão da filha e cruzou a porta de entrada, explicando à recepcionista quem elas eram.

– Por favor, sente-se ali, Sra. Simpson. A secretária do Sr. Day virá buscá-las daqui a pouco – disse a recepcionista, apontando para um sofá.

– Obrigada.

Greta levou Cheska à pequena sala de espera e examinou as fotos de vários filmes famosos que decoravam as paredes. Sabia que não devia alimentar esperanças nem dá-las a Cheska. Após algum tempo, uma jovem elegante, segurando uma prancheta, saiu de um elevador e caminhou na direção delas.

– Sra. Simpson e Cheska?

– Sim.

– Queiram me acompanhar, por favor.

Greta alisou às pressas os cachinhos da filha e apertou a mão dela, antes de entrarem num amplo escritório, dominado por uma escrivaninha grande, atrás da qual estava um homem de uns 35 anos.

– A Sra. Simpson e Cheska, senhor – anunciou a secretária.

– Obrigado, Janet. – O homem se levantou. – Sra. Simpson, é um prazer conhecê-la. Sou Charles Day, o diretor de *Cavalo negro*. Sente-se, por favor.

Apontou para duas cadeiras que ficavam diante de sua escrivaninha. Greta sentou Cheska numa delas e se acomodou na outra.

– E essa é Cheska, imagino.

– Como vai o senhor? – disse Cheska, com sua vozinha graciosa.

Os olhos dele brilharam, divertindo-se.

– Vou muito bem, obrigado. Bem, mocinha, você sabe por que está aqui?

– Sei, sim. É para fazer um filme e usar vestidos bonitos como a Shirley Temple.

– Isso mesmo. E você gostaria de fazer isso?

– Ah, sim, senhor.

Charles voltou a atenção para Greta.

– Leon Bronowski estava absolutamente certo. A sua filha se parece mesmo com Jane Fuller. Você pode se virar e olhar para a mamãe, Cheska? – perguntou.

Ela fez o que ele pediu e Charles a estudou.

– Há uma semelhança de perfil também. Ótimo, ótimo. Bem, Sra. Simpson, o Sr. Bronowski disse que a senhora se disporia a ser acompanhante da sua filha, não?

– Sim, com certeza.

– Embora devamos iniciar as filmagens em uma semana, a contar de segunda-feira, as cenas de Cheska só serão filmadas umas duas semanas depois. Faríamos um contrato de um mês com ela, mas é óbvio que não a faríamos trabalhar mais que algumas horas por dia. Isto está de acordo com seus planos?

Greta assentiu.

– Sim, parece ótimo.

– Excelente. O Sr. Bronowski me disse que Cheska se comporta como um anjo.

– Sim, ela é uma menina boazinha.

– Bem, isso é um ponto muito positivo. Não há nada pior do que um pirralho mimado, tendo ataques de pirraça quando as câmeras estão em ação. Tempo é dinheiro. Você é uma menina boazinha, Cheska?

– Acho que sou, sim, senhor.

– E eu também acho que é. Se pusermos você nesse filme grandão, você tem que prometer se comportar às mil maravilhas.

– Sim, senhor, eu prometo.

– Certo. Acho que já vi tudo de que precisava, Sra. Simpson. Vamos entrevistar mais duas meninas hoje de manhã, e entro em contato com Leon quando tiver tomado minha decisão. Muito obrigado por ter feito todo esse trajeto para vir me encontrar. Foi um prazer conhecê-las.

– Obrigada, Sr. Day. – Greta se levantou. – Vamos, querida.

Cheska deslizou da cadeira e, por sua própria iniciativa, ergueu-se na ponta dos pés para alcançar a escrivaninha grande. Estendeu a mão e Charles a apertou, sorrindo.

– Até logo, senhor – disse ela, depois fez meia-volta e saiu da sala atrás da mãe.

– Charles Day no telefone para falar com você, Leon.

– Obrigado, Bárbara. Alô?

– Leon, é o Charles. A menina que você me mandou hoje é incrível. Se ela também souber representar, teremos uma Shirley Temple inglesa nas mãos.

– É uma graça, não é?

– Adorável. Além de parecer um anjo, ela tem aquela vulnerabilidade maravilhosa de Margaret O'Brien ou de Elizabeth Taylor quando eram pequenas. Nem é preciso dizer que a queremos para o papel. Embora seja pequeno, dará ao estúdio a chance de ver como a menina se sai diante da câmera. Já assinou contrato com ela?

– Não. Estava esperando notícias suas.

– Então, não espere mais. Posso estar enganado, mas Cheska tem jeito de estrela, e você sabe como isso é raro no nosso meio. Vejo um futuro brilhante para ela.

– Sem dúvida.

– Precisaremos mudar o sobrenome dela. Simpson é insosso demais.

– Certo. Vou pôr a cabeça para funcionar.

Percebendo a empolgação na voz de Charles Day, Leon discutiu os termos do contrato e conseguiu arrancar um cachê generoso para Cheska e para Greta, como sua acompanhante. Desligou o telefone sentindo aquele tipo de vibração que só experimentava quando era comprovado o seu faro para o talento.

Mabel bateu à porta de Greta, às quatro e meia daquela tarde, esbaforida por ter subido a escada depressa.

– Tem um tal de Leon Bronosk... uma pessoa no telefone para você.

– Obrigada, Mabel. Pode dar uma olhadinha em Cheska por alguns minutos, enquanto falo com ele?

Ela desceu apressada ao apartamento de Mabel e pegou o telefone.

– Alô?

– Greta, é o Leon. Charles Day acabou de ligar e quer Cheska para o papel.

– Ah, que maravilha!

– Fico feliz por você estar contente. Charles ficou muito impressionado com ela. Considerou que Cheska pode ser um verdadeiro achado.

– Você tem certeza de que isso não fará mal à minha menina, Leon? Quer dizer, ela é muito pequena.

– Bem, Shirley Temple era menor ainda quando apareceu no primeiro filme. Além disso, apesar de Charles ter gostado dela, é um erro nos deixarmos levar pelo entusiasmo até vermos como ela fica na telona. A câmera gosta ou não gosta das pessoas. Teremos de esperar para ver se será amiga ou inimiga dela.

– É claro.

– Bom, acho que você vai ficar satisfeita com o cachê que consegui para vocês. Se ela se sair bem, pode ser que a Rainbow Pictures queira assinar um contrato de longo prazo com ela. Aí nós vamos conversar de verdade. Por enquanto, o que acha de 500 libras?

Parecem dois anos de trabalho árduo em meu antigo emprego, pensou Greta.

– Ótimo – disse ela, num gritinho agudo. – Obrigada.

– Muito bem. E você também receberá 10 libras por dia como acompanhante de Cheska. Pode vir ao meu escritório na sexta-feira de manhã? Vou precisar que assine o contrato por ela. Ah, Greta, Charles quer trocar o sobrenome dela por algo mais glamouroso. Você vê algum problema nisso?

– Não, de modo algum.

Simpson não é o verdadeiro sobrenome de Cheska mesmo, pensou.

– Certo. Então, vejo você na sexta-feira. Até logo.

Greta pôs o fone no gancho, fez uma dancinha de animação e subiu em disparada, para contar a novidade à filha.

– Quer dizer que vamos estrelar um filme, hein? Fofinha, em breve você vai ser chique demais pra conversar com gente como eu.

Mabel sorriu para Cheska e apertou de leve sua bochecha, de modo afetuoso. David chegou um pouco depois, com uma grande barra de chocolate para Cheska e uma garrafa de champanhe para Greta.

– Então, quem é a menina mais talentosa que eu conheço? – perguntou, pegando Cheska no colo e dando um abraço apertado nela. – Eu sabia que ela ia conseguir, Greta. Ela é mesmo um anjinho, não é, minha boneca?

– Sim, tio David.

Cheska meneou a cabeça com ar sério e os adultos riram.

– Hora de ir para a cama, mocinha. Você ainda não é a Elizabeth Taylor, sabia?

Greta piscou para David.

Depois que a menina foi posta na cama e David lhe contou uma história, fazendo a encenação de todos os personagens, o que gerou ondas de risadas no quarto, Greta e David se sentaram na sala apertada e tomaram champanhe.

– Estou fazendo a coisa certa, não é? – perguntou Greta.

– São só alguns dias de filmagem, Greta. Se Cheska detestar a experiência, nunca mais terá que fazer isso. Meu palpite é que ela será absurdamente mimada pelo resto do elenco e vai se divertir muito. E, sejamos francos, o dinheiro será uma mão na roda para vocês.

David não deixara de notar o aspecto precário do apartamento nem o fato de que a saia e a blusa de Greta pareciam claramente surradas.

– Será, sim, embora eu sinta uma culpa terrível por Cheska ter de ganhá-lo para nós.

– Bem, pelo menos você estará mais presente, em vez de deixá-la com sua vizinha o dia inteiro.

– É, acho que sim.

– Ótimo. Agora, pare de se preocupar e beba outra taça de champanhe.

Greta chegou com Cheska ao escritório de Leon, na Golden Square, às onze e meia da manhã de sexta-feira. Olhava as fotografias na parede do escritório espaçoso quando as duas foram convidadas a entrar e se sentar.

– Aquele é você com Jane Fuller, não é?

– Sim, no set do primeiro filme dela, há dez anos – respondeu Leon. – Agora, vamos ao que interessa.

Greta o ouviu explicar que ele administraria a carreira de Cheska e receberia dez por cento do que ela ganhasse. Assinou no local indicado e ele sorriu.

– Certo, agora só nos resta pensar em um novo sobrenome para ela. Se não sugerirmos nada, o estúdio vai escolher algum, e acho que o direito de escolha é seu. Que tal os sobrenomes de família? Qual era o sobrenome de solteira da sua mãe?

– Hammond.

– Cheska Hammond. Gostei. Vamos submetê-lo ao estúdio e ver o que acham. Bem, acho que isto é tudo. – Leon se levantou, em sinal de que a reunião estava encerrada. – Entro em contato assim que souber a data oficial para ela ser chamada. Obrigado por ter vindo, Greta. Tenho certeza de que Cheska nos deixará orgulhosos.

– Sim, Sr. Leon – respondeu Cheska. – Até logo.

Três semanas depois, a menina ficou diante da câmera pela primeira vez. Greta ficou rondando fora do set e observou a filha sentada no colo de Jane Fuller.

– Certo, silêncio no estúdio! – gritou Charles. – Muito bem, vamos testar Cheska com uma fala. Cheska, quando eu disser "Gravando!", será que você pode abraçar o pescoço de Jane e dizer "Eu amo você, mamãe"?

– Sim, Sr. Day.

– Boa menina. Muito bem. Vamos fazer uma tomada.

Fez-se silêncio no estúdio.

– Cena dez, tomada um. – A claquete se fechou e Charles abriu um sorriso animador para Cheska. – Gravando!

Cheska passou os braços em volta do pescoço elegante de Jane Fuller.

– Eu amo você, mamãe – disse, olhando para a atriz, enquanto a câmera dava um close em seu rostinho.

Greta assistiu à cena com lágrimas nos olhos.

– E eu amo você, Cheska – murmurou ela.

Charles Day assistiu à cena com um dos altos executivos da Rainbow Pictures. Cheska Hammond era a atriz infantil mais natural e cativante que os dois já tinham visto.

– Ela consegue decorar falas? – perguntou o executivo.

– Hoje, pelo menos, ela conseguiu – respondeu Charles.

– Certo, arranje todas as falas curtas que puder, de uma linha só, sem ofender Jane, é claro. Não queremos que ela saiba que suas cenas estão sendo roubadas por uma menina de 4 anos – disse, com um risinho.

Trecho da revista *Picturegoer Monthly*, março de 1951:

> *Cavalo negro é o novo lançamento da Rainbow Pictures. Seu diretor, Charles Day, tem sido considerado o Selznick inglês, e a aclamação se justifica pelo que só se pode descrever como um filme emocionante e convincente.*
>
> *Jane Fuller e Roger Curtis estrelam a película, ambos com excelente desempenho como um casal separado, enquanto o comediante David (O galês) Marchmont faz sua estreia no cinema, e acrescenta um toque de humor sensível a seu papel de um trapaceiro.*
>
> *Mas as breves aparições de Cheska Hammond, de apenas 4 anos, como filha do casal, são de roubar a cena. Dizem que seu papel foi*

ampliado assim que Charles Day percebeu o potencial da menina. A Rainbow Pictures fechou contrato para três filmes com ela, e o próximo já está em produção.

Assista a Cavalo negro; *garanto que não sobrarão olhos secos no cinema quando a última e tocante cena com a Srta. Hammond surgir na tela. Prevejo para ela um futuro brilhante.*

Natal, 1985

*Solar Marchmont,
Monmouthshire, País de Gales*

16

– Mary, você viu Greta? – perguntou David, ao entrar na cozinha e encontrar a empregada terminando de colocar as fatias de peru e presunto na salada.

– A última vez que a vi foi há algumas horas, quando ela me pediu botas e um casaco, para poder dar um passeio. Vai ver já voltou e está no quarto, tirando um cochilo.

– É provável.

– Quer que eu sirva a ceia agora ou mais tarde? – perguntou Mary.

David consultou o relógio e viu que eram quase sete e meia.

– Por que você não deixa a comida aqui, em vez de levar tudo para a sala? Nós podemos nos servir sem problemas. Você teve um dia cansativo, Mary. Descanse um pouco.

– Tem certeza?

– Tenho.

– Então está bem, patrão – disse ela, agradecida. – E obrigada pelo meu casaco de caxemira. Nunca tive nada tão luxuoso.

– Você merece, Mary. Não sei o que esta família faria sem você – respondeu David, com um sorriso, antes de sair da cozinha para subir e dar uma olhada em Greta.

Ele bateu à porta do quarto. Como não houve resposta, abriu-a de mansinho.

– Greta? Greta?

O quarto estava às escuras. David tateou a parede para encontrar o interruptor. Não havia ninguém lá e, a julgar pela cama arrumada, Greta não havia subido para tirar um cochilo. O coração de David se sobressaltou. Ele vasculhou todos os quartos do segundo andar e perguntou a Ava se ela tinha visto a avó. Não tinha, de modo que David também procurou no térreo.

– Perdeu alguma coisa, David? – Tor ergueu os olhos da biografia de Mao Tsé-tung que ele lhe dera de presente de Natal.

– Sim. Greta. Ela saiu mais cedo para dar uma volta e ainda não voltou.

– Quer que eu o ajude a procurá-la?

– Não, lá fora está muito frio. Tenho certeza de que ela não deve ter ido longe. Volto daqui a pouco.

David abriu a porta da frente, sem deixar transparecer na conversa de Tor o medo que sentia. Se Greta estava do lado de fora desde meados da tarde, talvez perdida, poderia estar morrendo congelada a essa hora.

Ele acendeu a lanterna que tinha levado e foi andando com dificuldade pela neve.

– Pense, David, pense... Aonde ela pode ter ido? – murmurou consigo mesmo.

"A qualquer lugar" era a resposta. Greta não se lembrava de Marchmont, era improvável que houvesse um lugar específico aonde quisesse ir. Depois de verificar os jardins da frente e dos fundos, ele resolveu andar pelo bosque. Era um lugar tão bom quanto qualquer outro para procurar.

Lembrou-se então de que, no começo de tudo, Greta tinha chegado ao solar Marchmont num dia de Natal, e de que havia torcido o tornozelo no bosque. Foi tomado por uma sensação de *déjà-vu* ao caminhar por entre as árvores, iluminando com a lanterna a cintilante paisagem de conto de fadas que o cercava, e que desmentia o perigo que Greta poderia estar correndo, se ainda estivesse em algum lugar ali fora.

Ao chegar à clareira em que ficava a sepultura de Jonny, ele chamou Greta e, para seu alívio, ouviu um grito débil em resposta.

– Greta, você está bem? Continue falando comigo que vou seguir na direção da sua voz!

Passados alguns momentos, a luz da lanterna a captou; ela vinha tropeçando pela neve em direção a ele. David correu ao seu encontro e viu que ela tremia incontrolavelmente, e tinha as faces riscadas por filetes de rímel.

– Mas o que você está fazendo aqui, querida? – perguntou David, ao colocar seu grosso casaco nos ombros dela e envolvendo-a nos braços para tentar aquecê-la.

– David! Eu lembrei! Eu me lembrei de tudo sobre os meus pais e Jonny, e da razão por que vim para Marchmont, e...

Em soluços, ela desabou nos braços dele.

Levantando-a no colo, David a carregou pelo bosque, de volta à casa. No trajeto, Greta continuou explicando o que sabia, em uma corrente desconexa de palavras.

– Lembrei do soldado americano e do trabalho no Windmill, e por que acabei vindo para cá e... Ah, meu Deus, David, consigo me lembrar de tudo! Quer dizer, até Marchmont e a morte de Jonny.

– Certo – disse David, entrando com ela na cozinha, onde Tor, Ava e Simon estavam se servindo para jantar. – Greta se perdeu no bosque e vou levá-la para seu quarto, para que ela tome um banho quente. Tor, você pode encher uma bolsa de água quente, por favor, e fazer uma xícara de chá forte e doce?

– É claro. Mais alguma coisa?

– Por enquanto, não. Vamos deixá-la aquecida. Talvez ela tenha uma notícia maravilhosa para todos nós mais tarde.

No andar de cima, ele a ajudou como pôde, depois se retirou e fechou a porta do banheiro. Ao dar meia-volta, se deparou com Tor parada no quarto, segurando o chá.

– O que aconteceu, David? Você parecia quase eufórico quando voltou com Greta. Não é exatamente a reação que eu esperaria, depois de se resgatar uma pessoa que podia ter morrido de hipotermia.

– Tor – disse ele, mantendo a voz em um sussurro, para que Greta não o ouvisse –, ainda não sei os detalhes, mas Greta se lembrou de tudo. De algumas coisas, pelo menos. Não é maravilhoso?

Tor viu que David estava com lágrimas nos olhos.

– É, sim. Um verdadeiro milagre de Natal.

– Deve ter sido a volta a Marchmont que fez isso. Deus do céu, se ao menos eu tivesse conseguido convencê-la a vir aqui anos atrás...

– Bem, talvez ela não estivesse pronta. De qualquer modo, mal posso esperar para saber de tudo. É incrível ela não ter morrido congelada lá fora. Você deve tê-la encontrado na hora certa.

– Acho que ela estava tão cheia de adrenalina que continuou andando, o que provavelmente a salvou. Mas, enfim, desça e coma um pouco. É melhor eu esperar por ela aqui.

Tor assentiu e saiu do quarto. David se sentou na cama e, dez minutos depois, Greta saiu do banheiro de roupão.

– Já parou de tremer? – perguntou ele, estudando a expressão dela para tentar avaliar como se sentia.

– Ah, sim. Não estou com o menor frio!

– E como você *está*?

– Não sei... Não tenho certeza. Eu... me lembrei de mais algumas coisas no banho, e o que preciso fazer é tentar colocá-las em algum tipo de ordem. Você pode me ajudar, David?

– É claro que posso.

– Mas não hoje. Vou ficar aqui no quarto e tentar juntar os pedaços um pouco mais. Desça e fique com a família. A última coisa que quero é estragar o Natal de todo mundo, ou ser uma chata, o que, infelizmente, já me tornei.

– Não seja boba, Greta! Esse é um momento importantíssimo para você. Eu deveria ficar aqui, não acha?

– Não, David. Preciso ficar sozinha.

Quando ela enunciou essas palavras, os dois se entreolharam e compreenderam o significado.

– Está bem. Tem chá ali, ao lado da cama, e uma bolsa de água quente em cima dela. Quer que eu traga uma bandeja com a ceia? Seria bom você comer alguma coisa.

– Por enquanto, não, obrigada. Ah, David, estou chocada e confusa neste momento, mas isso não é incrível?

David olhou para seus cativantes olhos azuis e, pela primeira vez em 24 anos, os viu brilhando, cheios de vida.

– É, sim, Greta.

Na manhã seguinte, Greta desceu para o café da manhã e foi abraçada e parabenizada pela família.

– Peço desculpas por tudo ter acontecido de maneira tão dramática – disse, com ar de culpa, olhando para Tor.

– Você sabe o que desencadeou a lembrança? – perguntou Ava, fascinada não só com o que havia acontecido, mas também com a visível mudança física na avó. Era como se ela tivesse passado anos congelada e, agora que se iniciara o degelo, seus olhos cintilavam e suas faces tinham um toque rosado.

– Tive uma pequena recordação quando desci do carro, na véspera de Natal, e outra quando olhei do patamar da escada, lá em cima, e vi a árvore de Natal no saguão. Saí para dar uma volta no bosque, a esmo, porque não conseguia me lembrar aonde devia ir, e me apanhei junto à sepultura de Jonny. Talvez alguma coisa tenha me levado até lá, mas isso foi apenas o começo. Por favor, não me perguntem agora o que eu lembro ou não lembro, porque está tudo meio confuso na minha cabeça. Mas hoje de manhã, pelo menos, quando vi Mary, eu soube exatamente quem ela era. E também quanto ela foi boa comigo quando cheguei a Marchmont pela primeira vez. E você, David, é claro.

– Você já chegou até mim, vovó?

– Dê tempo a ela, Ava. – David a repreendeu de leve, ao ver um lampejo momentâneo de medo cruzar o rosto de Greta. – Tenho certeza de que, agora que a porteira se abriu, as lembranças continuarão a voltar.

– Talvez você deva consultar um psicoterapeuta, Greta – comentou Tor. – Não entendo muito dessas coisas, mas a situação deve ser meio atordoante para você.

– Obrigada. Por enquanto, estou lidando bem com isso. Agora, vou dar uma caminhada, enquanto ainda há sol. Juro que, desta vez, não vou me perder – acrescentou, com um sorriso irônico.

David já ia se oferecer para acompanhá-la, mas pensou melhor.

– Eu disse que ajudaria Mary a preparar o almoço. Ela parece exausta – disse Tor, levantando-se também. – Proponho darmos a ela o resto do dia de folga. Com certeza podemos cuidar das coisas sem ela.

– E, se ninguém se importa – disse Simon –, vou para o meu estúdio. Ainda tenho que escrever duas músicas para o novo disco de Roger.

– É claro que ninguém se incomoda, querido – disse Ava. – Fique lá quanto tempo quiser.

– E você, trate de descansar.

Simon beijou a esposa e se retirou da sala.

– Quer dizer que o estúdio está indo bem? – perguntou David.

– Muito bem. Simon está quase morando por lá – respondeu Ava, rindo. – Sei que estou sempre agradecendo, tio David, mas foi mesmo inspiradora a sua ideia de reformar um dos galpões para ele. Todos os artistas adoram o lugar, por causa da tranquilidade. E a casa de hóspedes vai servir esplendidamente de acomodação, agora que Simon e eu nos mudamos de lá. Ele vai lhe pagar tudo, você sabe, e é provável que seja antes do que você imagina. O estúdio está com todos os horários reservados pelos próximos seis meses.

– O que, para *você*, deve ser uma bênção e uma desgraça.

– É – concordou Ava, reconfortada pela sensibilidade intuitiva do tio. – Eu bem que gostaria de ter Simon comigo nos próximos meses, mas a vida é assim. A boa notícia é que ele está feliz. E você também deve estar, dada a revelação natalina da vovó.

– Para ser sincero, ainda estou lutando para absorver tudo. Depois de tantos anos, é um choque e tanto.

– Pela primeira vez tive um vislumbre de quem ela era antes do acidente. E concordo com Tor: ela devia consultar alguém. Sei que a vovó está animada neste momento, mas, se as lembranças começarem mesmo a voltar, será um período difícil. Especialmente por conta do que ela ainda vai recordar – disse Ava, em voz baixa.

– Eu sei – concordou David –, mas ao menos ela está aqui conosco e todos podemos apoiá-la.

– Ela alega ter se lembrado de tudo até sua vida em Marchmont. E houve uns momentos difíceis naquela fase. Saber de repente que você teve um filho que morreu aos 3 anos já é suficientemente terrível. – Ava estremeceu e pôs uma mão protetora na barriga. – Mas o resto... bem, só espero que ela consiga enfrentar.

– Sim, mas é melhor assim, não acha?

– Bem, a questão é que, mesmo que ela se lembre de tudo da noite do acidente, talvez nunca precisasse saber da verdade, não é?

– Entendo o que você quer dizer, Ava – concordou David –, e acho que a resposta é que todos teremos que pagar para ver, como dizem. O que eu sei com certeza sobre Greta é que ela é uma sobrevivente. Se há alguém capaz de lidar com isso, é ela. Não se preocupe com a sua avó. Cuidarei dela. Concentre-se em cuidar de si mesma. Muito bem, vou enfrentar a estrada com o Land Rover e ver se consigo chegar à cidade e comprar um exemplar do *Telegraph*.

Ava se perguntou se seria a única do grupo a perceber o que David sentia por Greta. Pelo bem de Tor, torceu para que fosse.

Mais tarde, David entrou na sala de estar e encontrou Greta sozinha, olhando para as brasas que se apagavam na lareira.

– Posso ficar com você? Todos os outros saíram ou foram tirar um cochilo.

– Você bem que podia avivar esse fogo para mim – respondeu ela, com um sorriso.

– É claro. Como está se sentindo? – perguntou ele, enquanto se ocupava com a lenha e o atiçador.

– Realmente não sei.

– Isso é normal. – David se sentou e observou o fogo reacender alegremente na lareira. – Estou aqui para escutar e ajudá-la no que eu puder.

– Eu sei, David – disse ela, agradecida. – E tenho uma pergunta para você: por que você não me contou sobre Jonny?

– Os médicos me mandaram não dizer nada que pudesse traumatizá-la. Desculpe, talvez eu devesse ter falado, mas...

– Não peça desculpas. Sei que você estava tentando me proteger. Como pode imaginar, fico meio assustada ao pensar no que mais tenho que recordar. Por outro lado, você foi maravilhoso comigo. Eu me lembrei do que fez por mim quando eu estava grávida e desesperada. Obrigada.

– Não precisa agradecer.

– A verdade é que, além de ter que reviver todo o luto pelo filho que perdi, fui tomada por mais lembranças quando estive no túmulo de Jonny. Sobre... depois.

– Como o quê?

– Cheska. David, você pode me ajudar a me lembrar, mesmo que seja doloroso? Preciso juntar todas as peças. Porque, até aqui, nada faz sentido. Você entende?

– Acho que sim – respondeu ele, cauteloso. – Mas você não acha que deveria deixar tudo acontecer naturalmente? Digo, talvez devêssemos ouvir a orientação de um profissional sobre o que é melhor para você.

– Passei anos lidando com psiquiatras. Conheço minha psique muito melhor que qualquer outra pessoa. Se eu não achasse que poderia lidar com a situação, não lhe pediria para preencher as lacunas. Acredite, já posso contar uma grande parte da história. Por exemplo, sei que Owen era alcoólatra e que tive que sair de Marchmont com Cheska. Fui para Londres e me lembro de boa parte do que aconteceu por lá, de coisas que fiz e das quais não posso dizer que me orgulho. Mas, se você pudesse me contar, e estou falando da verdade absoluta, isso realmente me ajudaria. Por favor, David. Preciso saber.

– Se você acha mesmo que está em condições para isso...

– Desde que você me jure que contará tudo. Sem restrições. Só assim poderei acreditar que isso é real, e não a minha imaginação me pregando peças. Toda a verdade, por favor – pediu Greta. – É a única maneira.

David gostaria de poder tomar uma dose de uísque, mas, como eram apenas três horas da tarde, resistiu. Greta devia ter intuído sua relutância, porque acrescentou:

– E eu já sei que há coisas terríveis, de modo que não há necessidade de ficar preocupado com a possibilidade de me chocar.

– Então, está bem. – David capitulou, com um suspiro. – Você se lembra de ter ido para Londres. Também se lembra de eu ter arranjado um teste para Cheska, para ela fazer seu primeiro filme?

– Lembro, sim. Comece daí, David, porque é nesse ponto que tudo começa a ficar obscuro...

Cheska

Londres, junho de 1956

17

Havia ocasiões em que Cheska sonhava. Era sempre o mesmo sonho, e ela acordava trêmula de medo. O sonho se passava num bosque grande e escuro, repleto de árvores altas. Havia um garotinho muito parecido com ela, com quem Cheska brincava de esconde-esconde por entre as árvores. Às vezes também havia um homem mais velho, que sempre queria abraçar o menininho, mas nunca a procurava.

Depois, o sonho mudava e já era noite. O homem mais velho, cujo hálito tinha um cheiro pavoroso, forçava-a a olhar para o menino dentro de um caixão. O rosto do garotinho estava branco, os lábios cinzentos, e Cheska sabia que ele estava morto.

Então, o homem tirava as roupas do menino, virava-se para ela e, quando a menina menos esperava, era *ela* quem usava aquelas mesmas roupas. Cheiravam a mofo, e uma aranha grande subia pela frente do paletó para o rosto dela. Cheska se virava e se deparava com os olhos gelados do menino, que parecia sair da sombra de um pinheirinho, com o corpo tremendo de frio e estendendo a mão em sua direção...

Cheska acordava gritando e procurava o abajur na mesa de cabeceira. Depois de acendê-lo, sentava-se ereta na cama, olhando em volta para o quarto familiar e aconchegante, se certificando de que tudo continuava exatamente como quando ela fora dormir. Pegava Rebeca, que costumava ficar no chão, ao lado da cama, e a abraçava, pondo o dedo na boca, com um sentimento de culpa. A mamãe sempre lhe dizia que, se ela continuasse com esse hábito, ia ficar dentuça e sua carreira de estrela famosa do cinema estaria acabada.

Por fim, após o pesadelo, ela voltava a contemplar o lindo dossel de renda acima dela. Seus olhos se fechavam e ela tornava a pegar no sono.

Não contava esse sonho para a mãe. Tinha certeza de que ela diria que era bobagem, que os mortos não podiam voltar à vida. Mas Cheska sabia que podiam.

Na tenra idade de 10 anos, Cheska Hammond era um dos rostos mais conhecidos da Grã-Bretanha. Acabara de concluir seu sétimo filme e, nos três anteriores, seu nome havia figurado acima do título. Os críticos de cinema a haviam apelidado de "Anjo", logo no início de sua carreira. O novo filme deveria estrear dali a quatro semanas, e a mãe tinha prometido comprar-lhe um casaco branco de pele para ela usar na estreia, no Cine Odeon da Leicester Square.

Cheska sabia que devia gostar das estreias de seus filmes, mas elas a assustavam. Sempre havia muita gente do lado de fora do cinema e uns homens grandes tinham de escoltá-la muito depressa para dentro, em meio à multidão agitada. Uma vez, uma senhora a havia agarrado pelo braço e tentado puxá-la para longe de sua mãe. Mais tarde, ela soube que a mulher tinha sido levada pela polícia.

Mamãe sempre repetia quanto ela era uma menina de sorte: tinha todo o dinheiro necessário, um belo apartamento em Mayfair e fãs dedicados que a adoravam. Cheska supunha ter essa sorte, mas, na verdade, não conhecia nada diferente.

Durante a gravação de seu último filme, *A garotinha perdida*, que se passava em um orfanato, Cheska fizera amizade com uma das crianças que faziam papéis de coadjuvantes. A menina, Melody, falava com um sotaque engraçado e contou sobre seus irmãos e irmãs. Ela dormia na cama com a irmã, porque não havia espaço suficiente para camas separadas no apartamentinho de East London. Melody falou das travessuras terríveis que seus quatro irmãos aprontavam e das grandes comemorações do Natal em família que faziam. Cheska escutava, fascinada, pensando nos almoços festivos e elegantes – mas muito chatos – que a mãe e ela costumavam compartilhar com Leon e o tio David.

Melody a apresentou a algumas outras meninas e Cheska descobriu que todas frequentavam a escola de teatro e tinham aulas juntas. Parecia divertido. Cheska tinha um professor velho e rabugento, chamado Sr. Benny, que lhe dava aulas sempre que os compromissos de filmagem permitiam. Sentava-se com ele em seu camarim, no estúdio, ou na sala de casa, escrevendo pilhas de contas de somar e aprendendo de cor uns poemas lúgubres.

Melody dividiu seus chicletes com ela e as duas fizeram uma competição atrás de um dos painéis do cenário, para ver quem fazia a maior bola. Cheska achava Melody a melhor pessoa que já havia conhecido. Tinha perguntado à mamãe se também poderia frequentar a escola de teatro com as outras crianças, mas Greta respondera que ela não precisava disso. As escolas de teatro ensinavam as pessoas a serem estrelas, mas ela, Cheska, já era uma.

Um dia, Melody perguntou se ela gostaria de tomar chá em sua casa. Cheska ficara toda empolgada, mas a mãe não permitiu. Quando ela quis saber o motivo, Greta a olhou do jeito que fazia quando Cheska sabia que ela já havia tomado uma decisão. De acordo com a mãe, estrelas de cinema como Cheska não podiam fazer amizade com gente tão comum como Melody.

Cheska não sabia ao certo o que era "comum", mas sabia que era isso que queria ser quando crescesse. A participação de Melody no filme tinha acabado e ela voltara para a escola. As duas haviam trocado endereços e prometido se escrever. Cheska escreveu numerosas cartas e as deu à mãe para pôr no correio, mas nunca recebeu resposta. Sentia saudade de Melody. Tinha sido sua primeira amiga em toda a vida.

– Vamos, querida, hora de acordar.

A voz da mãe irrompeu em seus sonhos.

– Hoje teremos um dia cheio. Almoço com Leon ao meio-dia, depois uma passada na Harrods para buscar seu casaco novo. Vai ser divertido, não?

Cheska assentiu, em um aceno murcho.

– Agora – disse a mãe, caminhando para o grande armário embutido que ocupava uma parede inteira do seu enorme quarto –, que vestido você quer usar no almoço?

Cheska deu um suspiro. Os almoços com Leon eram demorados e chatos. Eles iam sempre ao Savoy, e Cheska tinha que ficar calada enquanto a mamãe e Leon discutiam assuntos importantes de trabalho. Viu a mãe abrir uma porta do armário e revelar uma seleção de trinta vestidos de festa, todos feitos à mão para ela com a mais fina seda, organdi e tafetá, e cuidadosamente envoltos em polietileno. A mãe puxou um deles.

– Que tal este? Você ainda não o usou, e é muito bonito.

Cheska olhou para o vestido cor-de-rosa, com suas camadas de anáguas de filó aparecendo por baixo da saia. Detestava usar esses vestidos. O filó dava coceira nas pernas e deixava marcas vermelhas na cintura.

– Você tem um par de sapatilhas que vai combinar lindamente com ele – comentou Greta, estendendo o vestido na cama de Cheska e voltando ao armário para procurá-las.

Cheska fechou os olhos e pensou em como seria dispor do dia inteiro para brincar. A requintada casa de bonecas estava no chão do seu quarto, mas ela nunca parecia ter tempo para desfrutar do brinquedo. Quando estava gravando filmes, era levada de carro para o estúdio às seis horas da manhã e raras vezes voltava para casa antes das seis e meia da tarde, quando era hora do chá e do banho. Depois disso, tinha que terminar seus deveres de casa e ensaiar suas falas com a mamãe, para estar com o texto perfeitamente decorado para o dia seguinte. Mamãe tinha dito que era um pecado gravíssimo esquecer uma fala durante uma tomada e, até esse dia, Cheska nunca tivera um "branco", como acontecia com inúmeros atores adultos.

– Ande, ande, mocinha! Seu mingau vai esfriar.

Greta afastou as cobertas da filha e a menina desceu da cama. Ela enfiou os braços nas mangas do robe que a mãe segurava e saiu do quarto. Sentou-se no seu lugar de praxe à mesa grande e polida, num canto da sala de estar, e inspecionou a tigela de mingau à sua frente.

– Tenho que comer isso, mamãe? Você sabe que eu detesto. Melody me disse que a mãe dela nunca manda ela tomar café da manhã e...

– Francamente – disse Greta, sentando-se de frente para a filha. – É só isso que eu escuto: "Melody isto", "Melody aquilo". Você tem que tomar o mingau. Com a sua vida atarefada, é importante começar o dia de barriga cheia.

– Mas é gosmento!

Cheska remexeu a mistura grossa com a colher, pegou um grumo e o deixou cair outra vez na tigela.

– Pare com isso, mocinha! Você está se portando como uma menininha cheia de vontades. Não é tão estrela que eu não possa deitá-la no meu colo e dar umas boas palmadas. Agora, coma!

Infeliz, Cheska começou a comer seu mingau.

– Acabei – disse, após algum tempo. – Posso sair da mesa, por favor?

– Vá se vestir, que já, já vou lá escovar o seu cabelo.

– Sim, mamãe.

Greta viu a filha se levantar e sair da sala. Sorriu com benevolência para a figura que se afastava. Afora um ou outro pequeno acesso de birra, que era aceitável em uma menina em idade de crescimento, Cheska realmente se comportava como um anjo. Greta tinha certeza de que seus modos impecáveis e seu refinamento haviam contribuído para que ela ascendesse à fama que tinha agora.

Cheska era estrela por ter um rosto lindo e fotogênico, além do talento como atriz, mas também por Greta haver instilado na filha a ideia de que ela devia ser cem por cento disciplinada e profissional no trabalho. Podia ter sido o dinheiro de Cheska que havia comprado o apartamento amplo e elegantemente mobiliado de Mayfair, assim como os armários abarrotados de roupas, mas fora Greta quem tinha guiado e moldado a carreira da filha. No começo, tivera que se munir de coragem para ser mais assertiva ao se encontrar com executivos ou diretores do estúdio, mas, instigada pelo medo de voltar à vida que as duas levavam antes, aprendera depressa. De modo geral, tinha se surpreendido com sua excelente adaptação ao papel de gestora de Cheska.

Era Greta quem tomava as decisões sobre os roteiros que a filha devia aceitar, ciente do tipo de filme que a apresentaria com maior proveito, e seu instinto sempre se mostrara certeiro. Ela também se tornara perita em fechar os melhores negócios em termos financeiros. Mandava Leon voltar e pedir mais dinheiro, dizendo não estar disposta a assinar o contrato em nome de Cheska a menos que o estúdio oferecesse o que ela queria. Seguiam-se alguns dias de tensão, mas o estúdio acabava concordando. Cheska era um bem valioso que eles queriam conservar a qualquer preço.

Seu jeito implacável de negociar havia tornado sua filha riquíssima. As duas viviam muito bem e podiam comprar o que lhes desse na telha, embora não gastassem nem de longe o que era pago a Cheska. É que Greta investia criteriosamente o restante do dinheiro da filha, cuidando do futuro da menina.

Seu passado difícil agora era uma lembrança distante. Greta havia dedicado a vida à carreira da filha. Se tinha se tornado mais durona nesse processo, isso era tão ruim assim? Pelo menos as pessoas já não a ignoravam nem a espezinhavam, como haviam feito antes. Ela ainda vivia momentos pessoais de dúvida e pesar pelo rumo solitário que sua vida pessoal tomara, mas, para o mundo externo, ela era agora uma força a ser respeitada. Controlava um dos bens mais valiosos do cenário cinematográfico britânico.

Era a mãe do "Anjo"!

Às vezes sentia uma pontada de culpa, quando David questionava se ela achava que Cheska era feliz. Colocava-se na defensiva e respondia que era claro que sim. Que garotinha não seria feliz com o volume de atenção e adulação que ela recebia? Afinal, David também não era uma grande estrela, e não tinha gostado de alcançar seu objetivo? David meneava a cabeça devagar e pedia desculpas por ter questionado o julgamento dela.

Greta pegou uma revista de cinema na mesa e folheou as páginas, até chegar ao enorme anúncio sobre *A garotinha perdida*. Sorriu ao ver o rosto vulnerável da filha. Na foto, ela segurava com força um ursinho de pelúcia puído e de roupa esfarrapada. Sim, isso atrairia multidões. E foi algo que lhe trouxe uma lembrança: ela teria uma reunião, mais tarde, com a Sra. Stevens, que dirigia o fã-clube de Cheska. Tinham que decidir qual foto do novo filme usariam para enviar ao exército de fãs.

Greta fechou a revista com um suspiro. Não era de admirar que não houvesse nenhum homem em sua vida. Organizar a agenda de uma estrela de cinema famosa era um trabalho intenso.

Cheska era a vida dela, e agora não havia como voltar atrás.

18

David se levantou ao raiar do dia. Não importava a que horas se deitasse, ele sempre acordava às seis e meia em ponto.

Nesse dia, estava livre como um pássaro. Seu espetáculo no Palladium tinha se encerrado fazia uma semana, o programa de rádio estava no período de férias de verão, e ele não precisaria escrever nenhum material novo por uns dois meses.

Espiou pela janela a manhã ensolarada e teve uma súbita pontada de saudade da zona rural. Embora o jardim de sua bela casa em Hampstead fosse grande, tinha um aspecto sintético. Não era nada comparado com Marchmont. Não havia nada rústico nem perigoso na paisagem ou no clima. O morador de Londres vivia esterilizado, correndo o risco de perder seus instintos básicos.

Talvez conviesse tirar um longo período de férias nesse verão. Ele fora convidado para a casa de veraneio de um amigo no sul da França, mas não queria ficar longe de Greta.

Abriu a porta-janela e saiu para o jardim. Com as mãos nos bolsos, passeou pelas aleias, admirando os canteiros bem cuidados, onde rosas e lobélias ofereciam uma profusão de cores, em contraste com a macia grama verde-esmeralda.

Ele era um homem inteligente, racional, mas sabia que sua lógica fugia pela janela quando o assunto era Greta. Nos últimos seis anos, os dois se viam com regularidade. Era frequente David ir ao apartamento delas, aos domingos, para almoçar com Greta e sua querida Cheska. Às vezes, levava Greta ao teatro, seguido por um jantar.

O tempo havia passado e os dois tinham resvalado para uma relação de quase irmãos. David funcionava como uma caixa de ressonância para a carreira de Cheska e era visto como um amigo muito querido. O momento de modificar a relação entre eles nunca parecia chegar. Em todos os anos desde que Greta reaparecera em sua vida, ele ainda não tinha reunido coragem para lhe dizer que a amava.

David suspirou, enquanto retirava uma flor murcha de uma das roseiras. Podia ao menos se consolar com o fato de ela não ter outro homem. É claro que, na prática, ainda era casada com Owen, muito embora não tivesse havido nenhum contato entre os dois nos últimos sete anos. Além disso, sabia que toda a energia e amor de Greta iam para Cheska. Simplesmente não havia espaço para mais ninguém.

A obsessão dela com a filha o preocupava. Greta estava vivendo por meio da menina, o que era nocivo não apenas para ela, mas também para Cheska. Muitas vezes, ao olhar para o corpo mirrado e o rosto pálido da garota, ele temia por seu futuro. A vida que levava em sua bolha de fama certamente não era saudável para uma criança. David sentia culpa por ter incentivado Greta a deixar a filha fazer seu primeiro filme, mas como podia saber que ela ia se tornar uma estrela de tanto sucesso? Na ocasião, ele havia pensado que aquilo seria apenas uma pequena diversão e um dinheirinho extra.

Quando as visitava em casa para o almoço de domingo, Cheska sempre estava em um de seus vestidos formais de festa, que Greta insistia que usasse. Sentava-se à mesa com um ar tão constrangido que David tinha vontade de pegá-la no colo e levá-la para a pracinha ou o parque mais próximos. Queria ver a menina soltar aquele cabelo imaculado, sujar o vestido bonito e, acima de tudo, gritar de empolgação, como era próprio das crianças.

Às vezes, David perguntava delicadamente a Greta se ela não achava que Cheska deveria brincar com outras crianças, já que passava tanto tempo na companhia de adultos. Greta balançava a cabeça com firmeza e dizia que os compromissos da filha não permitiam essas atividades.

David não dizia mais nada. Entendia que a vida de Greta não tinha sido fácil, e ela estava apenas tentando fazer o melhor pela filha. Não havia dúvida de que a menina era amada. Além disso, David detestava a expressão no rosto de Greta quando a questionava.

Caminhando de volta para casa, decidiu que era melhor ir para o sul da França, afinal. Precisava de férias e, até que conseguisse reunir coragem para dizer a Greta o que sentia, era ridículo fazer sua vida girar em torno dela.

Ouviu o telefone tocar no estúdio e correu para atender.

– Alô?

– David, é a mamãe.

– Oi, mãe. Que bom ouvir sua voz.

– É, bom, eu sempre digo que só uso este treco para dar más notícias – disse LJ, em tom tristonho.

– O que houve?

– É o seu tio Owen. O Dr. Evans me ligou agora há pouco. Faz algum tempo que Owen anda doente, você sabe, mas ele piorou muito neste último mês. Ao que parece, ele quer me ver.

– E você vai?

– Bem, tenho a impressão de que preciso ir. Andei pensando e, caso não esteja muito ocupado, queria que fosse comigo, para me dar apoio moral. Acha que poderia me buscar de carro na estação de Paddington e me levar até lá? Peço muitas desculpas, mas não sei se consigo voltar a Marchmont sozinha.

– É claro, mamãe. Não tenho nada para fazer nas próximas semanas, de qualquer modo.

– Obrigada, David. Fico extremamente grata. Seria possível irmos amanhã? Pelo que o médico disse, Owen não tem muito tempo de vida.

– Entendo. Devo falar com Greta?

– *Não* – respondeu ela de maneira ríspida. – Owen não pediu para vê-la. Não se deve mexer em casa de marimbondo.

Os dois falaram sobre os horários dos trens e David combinou que a encontraria às dez e meia, seguindo de lá para o País de Gales. Pôs o fone no gancho e se sentou à escrivaninha, imerso em seus pensamentos.

Achava que Greta devia ser informada da doença de Owen. Afinal, ainda era legalmente casada com ele. No entanto, não queria criar caso, quando era evidente que sua mãe estava nervosa com a ideia de voltar a Marchmont e se encontrar com o tio dele. Ao se levantar da escrivaninha, David se perguntou o que teria sido dito a Cheska sobre seu pai.

A longa viagem para o País de Gales foi facilitada pelo bom tempo e pelo trânsito tranquilo. David e LJ foram conversando durante todo o trajeto.

– Parece estranho voltar, não é, David? – perguntou ela, ao seguirem pela estrada sinuosa do vale, ladeada por viçosos campos em aclive no último trecho da viagem para Marchmont.

– Sim. Para você, faz mais de dez anos, não é?

– Mas é incrível como a gente se adapta. Eu me tornei um grande pilar da comunidade de Stroud e uma ótima jogadora de bridge, ainda por cima. Se você não pode vencê-los, junte-se a eles, este é o meu lema – acrescentou, em tom seco.

– Bem, com certeza parece combinar com você. Está mesmo com uma ótima aparência.

– Quando se dispõe de tempo, ele parece fazer bem à aparência.

Fez-se silêncio entre os dois ao saírem da estrada do vale e começarem a subir a rua estreita em direção a Marchmont. Quando passaram pelo portão e a casa despontou no horizonte, LJ deu um suspiro. Na tarde cálida de junho, as janelas cintilavam à luz forte do sol, parecendo acolhê-la de braços abertos em sua volta para casa.

David parou o carro diante do solar e desligou o motor. No mesmo instante, a porta da frente se abriu e Mary veio correndo.

– Patrão! Que maravilha vê-lo aqui depois de tantos anos! Nunca perco o seu programa no rádio! E olhe que você não parece nem um dia mais velho, *bach*.

– Olá, Mary – disse David, dando-lhe um abraço caloroso. – É muita gentileza sua dizer isso, mas acho que ganhei uns quilinhos desde aquela época. Você sabe que nunca fui de recusar um biscoito ou uma fatia de bolo.

– Deixe disso. Você está muito bem – respondeu Mary.

LJ desceu do carro e o contornou para cumprimentá-la.

– Como vai, minha querida?

– Muito bem, obrigada, Sra. Marchmont. Melhor ainda por vê-la de volta ao seu lugar.

Os três caminharam para a porta da frente. Ao entrar no vestíbulo, David pôde sentir a tensão da mãe.

– A viagem foi longa, Mary. Será que você arranjaria um chá para a gente, antes de minha mãe falar com o Sr. Marchmont?

– É claro, patrãozinho. No momento, o Dr. Evans está com ele. O patrão teve uma noite difícil. Se quiserem ir para a sala de estar, aviso ao médico que vocês chegaram e levo o chá.

Enquanto Mary desaparecia no segundo andar, David e LJ atravessaram o vestíbulo e entraram na sala de estar.

– Santo Deus, como está bolorento isto aqui. Será que Mary nunca areja essas salas? E os móveis parecem não ser limpos há meses.

– Eu diria que ela não deve ter muito tempo para as tarefas domésticas, tendo que cuidar de Owen.

Mas LJ tinha razão: a sala graciosa, que recordava como sempre imaculada, com os móveis cuidadosamente lustrados, agora parecia maltrapilha.

– Ela foi muito boa gente, por ter ficado com ele.

LJ foi até uma das portas, abriu o trinco e a escancarou. Os dois foram para a varanda e respiraram ar fresco.

– Me dê uma mãozinha, sim? Se tirarmos o pó destas cadeiras, poderemos tomar nosso chá aqui. Lá dentro está deprimente, um horror.

LJ estava levantando uma cadeira enferrujada de ferro batido quando Mary entrou com o chá, minutos depois.

– É só deixar aí que nos serviremos, meu bem – disse LJ, instruindo Mary.

– Ótimo, Sra. Marchmont. Já avisei ao Dr. Evans que vocês chegaram.

– Obrigada. Pode sugerir a ele que nos acompanhe em uma xícara de chá?

– Posso, sim, senhora – disse Mary, e voltou para dentro de casa.

Os dois bebericaram o chá em silêncio.

– Como é que eu pude deixar isto? – murmurou LJ, contemplando a paisagem idílica.

Abaixo do arvoredo que cobria as encostas suaves dos morros, a luz do sol cintilava na superfície vítrea do rio, em seus meandros preguiçosos pelo vale.

– Sei o que você quer dizer. – David deu um suspiro e fez um carinho na mão da mãe. – O som da água corrente sempre me faz lembrar minha infância.

Os dois se viraram ao ouvir passos.

– Por favor, não se levantem. Laura-Jane, David. Obrigado por terem vindo tão depressa.

Com o cabelo agora rajado por fios grisalhos, o Dr. Evans sorriu para eles. LJ lhe serviu uma xícara de chá e ele se sentou.

– E então, como Owen está, doutor?

– Receio que não esteja nada bem. Sei que vocês estão cientes de que, há alguns anos, o Sr. Marchmont tem tido um problema sério com a bebida.

Pedi repetidas vezes para ele parar, mas, infelizmente, ele ignorou minha orientação. Sofreu inúmeras quedas ao longo dos anos e, agora, o fígado está parando de funcionar.

– Quanto tempo ele tem?

David observou a mãe atentamente. O rosto dela não deixava transparecer o menor indício de emoção; como sempre, ela estava sendo prática. Mas David notou que suas mãos se contorciam sem parar no colo.

– Para ser sincero, Sra. Marchmont, fico admirado por ele ter durado tanto. Uma semana, talvez duas... Sinto muito, mas é isto. Eu poderia transferi-lo para um hospital, mas eles não teriam muito o que fazer. Além disso, ele se recusa categoricamente a sair de Marchmont.

– Sim. Bem, obrigada por ser tão franco conosco. O senhor sabe que eu prefiro assim.

– Ele sabe que você chegou, Laura-Jane, e quer vê-la o mais cedo possível. No momento, está lúcido. Sugiro ir lá quanto antes.

– Pois bem. – LJ se levantou e David a viu respirar fundo. – Mostre o caminho.

Minutos depois, ela entrou na penumbra do quarto de Owen. Deitado em sua cama, ele era um velho frágil e encolhido. Estava com os olhos fechados, a respiração fraca. LJ parou junto à cama, fitando o rosto do homem a quem um dia tinha amado. Pensou em quantas vezes, no passado, sempre havia imaginado um dia em que os dois teriam a chance de acertar as coisas um com o outro; seriam trocados pedidos de desculpas e as mágoas, exorcizadas. Agora, o caráter final da situação a deixou horrorizada. Não restava futuro algum.

As mãos de LJ cobriram sua boca, sufocando as lágrimas. Os olhos de Owen se abriram. Ela se sentou na beirada da cama e inclinou a cabeça para ele, a fim de que o homem pudesse vê-la.

Owen ergueu uma das mãos trêmulas e a tocou no braço.

– Per... perdão...

LJ segurou a mão dele, levou-a a boca e a beijou, mas não respondeu.

– Eu... preciso explicar. – Owen parecia lutar não apenas fisicamente, mas mentalmente, para enunciar as palavras. – Eu... eu amo você. Sempre amei... Nunca amei mais ninguém. – Uma lágrima desceu pela face. – O ciúme... uma coisa terrível... eu queria machucar você... Perdão.

– Owen, seu velho bobo, eu achava que você detestava até a simples visão de mim! Foi por isso que saí de Marchmont – respondeu ela, perplexa com o que ele acabara de dizer.

– Eu queria castigar você por ter se casado com o meu irmão. Quis pedir que se casasse comigo quando ele morreu... mas o orgulho... não consegui, entende?

LJ ficou com o coração apertado.

– Ah, meu Deus, Owen, por que você não me disse? Todos esses anos desperdiçados, anos que podiam ter sido tão felizes! Fui eu a razão de você ir para o Quênia?

– Não suportei ver você carregando o filho do meu irmão. Preciso me desculpar com David. Não foi culpa dele.

– Sabia que vivi um verdadeiro inferno quando chegou a carta do Ministério da Guerra, avisando que você havia desaparecido em combate? Esperei três longos anos, rezando para você estar vivo. Mas todos me diziam que eu tinha que levar minha vida adiante. Sua família queria que eu me casasse com Robin. O que mais eu podia fazer? – perguntou LJ, em desespero. – Você sabe que eu nunca o amei como amava você. Tem que acreditar em mim, Owen. Ah, meu Deus, se ao menos você tivesse voltado e me pedido em casamento quando Robin morreu. Eu teria aceitado na mesma hora.

– Eu queria, mas... – O rosto de Owen se contorceu de dor. – Enfrentei a morte muitas vezes, na guerra, mas agora estou com medo, muito medo. – Apertou a mão dela. – Você fica comigo até o fim, por favor? Preciso de você, Laura-Jane.

Seriam estes últimos dias o suficiente para compensar a vida inteira que eles haviam perdido? Nunca, mas era tudo o que tinham.

– Sim, meu amor – disse ela, em voz baixa. – Ficarei com você até o fim.

19

Greta estava no banho quando o telefone tocou.

– Droga! – exclamou. Pegou uma toalha, saiu correndo até a sala e tirou o fone do gancho. – Alô?

– Sou eu, David. Estou incomodando?

– Não, é que eu estava no banho, só isso.

– Receio ter más notícias. Estou ligando de Marchmont. Owen faleceu.

– Sinto muito, David.

Greta mordeu o lábio, sem saber o que dizer.

– O enterro será aqui em Marchmont, na quinta-feira à tarde. Estou avisando porque achei que talvez você quisesse vir.

– Hummm... Obrigada, David, mas acho que não vou poder. Nesse dia Cheska tem uma sessão de fotos.

– Eu compreendo, Greta, mas mesmo que você não venha ao funeral, terá que vir para a leitura do testamento. Antes de morrer, Owen insistiu na sua presença. Pelo que ele disse à minha mãe, acho que pode ser vantajoso para você.

– Tenho que ir? Digo, não precisamos de mais dinheiro do que temos e, para ser sincera, não faço muita questão de voltar a Marchmont.

– Foi exatamente assim que mamãe e eu nos sentimos ao chegarmos aqui, há duas semanas. O lugar guarda lembranças desagradáveis para todos nós. Mas, agora que passei um tempo aqui, mesmo nestas circunstâncias, vou ficar triste ao voltar para Londres. A gente se esquece de como isto aqui é lindo.

– Para falar sem rodeios, David, eu fico nervosa. E quanto a Cheska? Ela nunca fez perguntas, de modo que eu nunca disse nada sobre Owen. Eu nunca soube o que dizer.

– Nesse caso, talvez seja hora de você dar uns esclarecimentos, Greta. Afinal, um dia ela vai perguntar. E, de todo modo, seria bom para Cheska sair de Londres.

– Acho que sim – concordou Greta, mas não pareceu convencida.

– Escute, Greta, sei como você se sente, mas, do ponto de vista legal, você ainda é mulher de Owen. Para todos os efeitos, Cheska é filha dele. O advogado não lerá o testamento sem a sua presença, o que significa que, se você se recusar a vir aqui, mamãe e eu teremos que ir a Londres. Minha mãe esteve cuidando de Owen quase ininterruptamente nessas duas últimas semanas, e está exausta. Eu preferiria que tudo pudesse ser resolvido com rapidez, para que ela possa começar a se recuperar.

– Ela me quer aí?

– Ela acha que você deve vir, sim.

Greta suspirou.

– Então está bem. Acho que podemos cancelar a sessão de fotos de Cheska. O enterro será só para a família, não é?

– Sim.

– A que horas vai começar?

– Às três e meia.

– Vou pedir ao estúdio que arranje um carro para nos levar. Sairemos na quinta-feira, de manhã cedo.

– Como quiser. E, Greta...

– Sim?

– Não se preocupe. Eu estarei aqui.

– Obrigada, David.

Greta desligou o telefone, perambulou até o armário de bebidas e se serviu de uma pequena dose de uísque, da garrafa que guardava para David em suas visitas. Ainda enrolada na toalha, sentou-se no sofá e se perguntou que diabo deveria dizer a Cheska sobre Owen. E sobre Marchmont.

– Querida, eu... eu recebi um telefonema ontem à noite. – Greta observou a filha comendo seu mingau. – Temo que tenha sido uma notícia ruim.

– Puxa, mamãe. O que houve?

– Teremos que viajar amanhã e ficar fora uns dias. Querida, seu pai faleceu.

Cheska pareceu surpresa.

– Eu não sabia que tinha pai. Como era o nome dele?

– Owen Marchmont.

– Ah. E por que ele morreu?

– Porque era muito mais velho que eu, para começar, e ficou doente. E você sabe que todo mundo morre quando fica velho. Há mais alguma coisa que queira me perguntar sobre ele?

– Onde ele mora... quer dizer, onde o meu pai morava?

– No País de Gales, de onde vem o tio David. É um lugar lindo. Ele morava numa bonita casa, e é para lá que vamos.

O rosto de Cheska se iluminou.

– Tio David também vai estar lá?

– Vai. E é melhor comprarmos roupas novas para você. Marchmont não é lugar para vestidos de festa.

– Posso ter um macacão igual aos que a Melody usava?

– Vamos ver.

– Obrigada, mamãe. – Cheska escorregou de sua cadeira à mesa e abraçou a mãe, numa demonstração inesperada de afeto. – Você está triste porque o papai morreu?

– É claro. As pessoas sempre ficam tristes quando outras morrem.

– Sim. Nos meus filmes elas sempre ficam. Vou esperar no meu quarto para você escovar o meu cabelo.

– Boa menina.

Greta viu a filha sair da sala e se deu conta de que precisaria de toda a sua coragem para enfrentar o passado, pelo bem das duas.

Na noite anterior ao funeral, David estava examinando alguns livros antigos da biblioteca quando sua mãe apareceu à porta.

– Estou quase terminando de ajudar Mary com a comida para amanhã. Podemos beber alguma coisa juntos, daqui a uns vinte minutos? Eu... preciso conversar com você, David.

– É claro.

LJ deu um sorriso desanimado e saiu da sala. David foi inspecionar o conteúdo do armário de bebidas. Havia muitas garrafas, mas estavam todas vazias. Bem no fundo, ele achou e apanhou um restinho de uísque. Pegou dois copos e serviu essa sobra, dividindo-a entre os dois.

A mãe e ele haviam encontrado garrafas vazias de uísque pela casa toda, escondidas atrás de sofás, dentro de armários e embaixo da cama de Owen, a ponto de David se surpreender por seu tio ter durado tanto. Acomodou-se numa poltrona com seu copo e ficou à espera da mãe.

– Então é isto, David. – LJ suspirou fundo. Havia passado quinze minutos falando, explicando ao filho, pela primeira vez, por que Owen sempre se ressentira tanto dele. – Você não deve achar que não amei seu pai, porque o amei. Fiquei arrasada quando Robin morreu. Mas Owen e eu... – LJ fez uma pausa. – Ele foi meu primeiro amor, e acho que esse tipo de amor nunca morre de verdade.

David se surpreendeu ao descobrir que não tinha ficado chocado com o que a mãe lhe contara, apenas triste.

– Por que Owen não pediu você em casamento quando o papai morreu?

– Orgulho. Acho que tudo se resume a falta de comunicação. – LJ deixou o olhar se perder na distância. – Owen levou quarenta anos para me dizer que ainda me amava. Desperdiçou uma vida inteira. – Balançou a cabeça, entristecida. – No fim, pelo menos, passamos duas preciosas semanas juntos, o que me traz algum consolo.

– Quer dizer que uma das razões de Owen pedir Greta em casamento foi para magoar você?

– Sim, sem dúvida. E a ideia de você herdar Marchmont era simplesmente demais para ele.

– E o que acontecerá com Marchmont agora? Vai para Greta? Afinal, legalmente, ela é mulher dele.

– Owen se recusou a discutir isso, de modo que teremos de esperar pela leitura do testamento. Não faço ideia do que ele possa ter decidido.

– Por que a vida é tão complicada?

– Ah, meu filho, eu me fiz essa pergunta várias vezes nos últimos quarenta anos. Se há uma coisa que a vida me ensinou, é que não se deve desperdiçar um só dia. E, o mais importante, se você ama alguém, pelo amor de Deus, trate de dizer o que sente. – Fixou um olhar firme no filho. – Não quero ver você sofrer o que eu sofri.

David fez a gentileza de enrubescer.

– Não, é claro que não.

– Agora, me dê licença, mas vou me recolher. Amanhã será um dia cansativo, e essas duas últimas semanas estão cobrando seu preço. – LJ se levantou e beijou David na testa. – Boa noite, meu menino. Durma bem.

David a observou sair da sala e ficou pensando no que ela acabara de lhe dizer. O amor podia alterar o destino e controlar vidas. Como tinha controlado a dele.

Mamãe tinha razão: a vida era muito curta.

E ela poderia apenas dizer não.

20

Pelo vidro traseiro da limusine do estúdio, Cheska viu a silhueta das construções de Londres desaparecer e ser substituída por verdes campinas. Ficou sentada em silêncio, olhando pela janela, até que o zumbido regular do motor do carro a fez cochilar.

– Querida, estamos quase chegando.

Cheska sentiu a mãe sacudi-la de leve e abriu os olhos.

– Aqui é Marchmont, Cheska – disse Greta, quando o carro se aproximou da casa.

A porta da frente se abriu e David apareceu, andando em passos rápidos em direção ao carro.

– Olá, benzinho – disse, levantando Cheska nos braços.

– Meu pai morava aqui? – sussurrou ela para o tio, levantando os olhos espantados para a enorme mansão.

– Morava, sim. Olá, Greta. – Ele a beijou nas duas faces e a olhou, admirado. O vestidinho evasê preto e curto lhe acentuava a figura esguia, e seu novo corte de cabelo à la Hepburn combinava com seus traços delicados.
– Você está maravilhosa.

– Obrigada. Você também está muito elegante.

– Gosto muito deste terno, mas, infelizmente, só chego a usá-lo em ocasiões lúgubres como esta.

O motorista havia tirado a bagagem de Greta da mala do carro e estava parado, aguardando novas instruções.

– Obrigada pela viagem agradabilíssima – disse Greta, virando-se para ele. – Quer tomar um chá antes da partida?

– Não, obrigado. Vou visitar meu primo em Penarth. Tenham uma estada agradável, a senhora e Cheska.

David notou quanto Greta havia se acostumado a lidar com os funcionários. Muito distante da jovem nervosa e insegura que ele havia despachado em um trem para Marchmont.

– Vamos entrar – disse ele. – Mamãe está esperando para vê-la.

Greta pegou a mão de Cheska e seguiu David em direção à porta de entrada.

– Foi aqui que você nasceu, querida – explicou.

– Nossa! – exclamou Cheska. – É grande como o palácio de Buckingham!

– Quase – respondeu David, com uma piscadela para Greta por cima da cabeça de Cheska.

– São ovelhas de verdade? – indagou Cheska, indicando os pontos brancos na encosta envolta em brumas, a alguma distância dali.

– São, sim.

– Puxa! Será que eu posso ir lá para vê-las de perto?

– Tenho certeza de que podemos providenciar isso.

David sorriu. Nervosa, Greta seguiu os dois para o interior da casa. Quando chegaram à sala de visitas, LJ se levantou. Seu cabelo ficara branco como a neve com o passar dos anos, mas sua postura continuava ereta e ela não exibia nenhum outro sinal de idade avançada.

– Greta! Que prazer vê-la!

LJ se aproximou e deu-lhe um beijo em cada face.

– A viagem foi um horror?

– Não, foi ótima, obrigada – respondeu Greta, agradecida pela recepção generosa de LJ.

– E esta deve ser Cheska – disse LJ, estendendo a mão para a menina, que pôs seus dedinhos na palma de LJ.

– Muito prazer em conhecê-la – respondeu Cheska, com ar solene, enquanto as duas trocavam um aperto de mãos.

– Que bons modos – disse LJ, em tom de aprovação. – Bem, os carros vão chegar às três horas, o que nos dá cerca de meia hora. Tenho certeza de que você gostaria de se refrescar um pouco depois da viagem, minha cara. Eu a instalei no seu antigo quarto. – Voltou a atenção para a menina e perguntou: – Está com fome, Cheska?

– Estou, sim. Nós não almoçamos.

– Bem, por que não vai à cozinha para conhecer Mary, que mal pode esperar para ver como você cresceu?

– Sim, por favor.

– Está certo. – LJ ofereceu-lhe a mão, que Cheska segurou alegremente.

As duas desapareceram da sala e Greta ouviu a filha conversando com LJ enquanto ela a conduzia pelo corredor. Subiu a escada para o quarto em que seus dois filhos tinham nascido.

Conforme as lembranças de Jonny começaram a invadir aos poucos sua consciência, Greta estremeceu. Retornar a Marchmont era extremamente inquietante. Quanto mais depressa aquilo acabasse, melhor.

Cheska viu o caixão ser baixado à sepultura. Achou que deveria ficar triste. Quando parara ao lado do túmulo do pai em seu último filme, o diretor tinha pedido para ela chorar.

Na verdade, ela não entendia o que era morrer. Sabia apenas que nunca mais seria possível ver aquela pessoa e que ela ia para um lugar chamado céu, e ficava morando numa nuvem fofa com Deus. Olhou para a mãe e notou que ela não estava chorando. Mirava o horizonte distante, em vez de baixar os olhos para o buraco escuro e grande.

Ver o caixão fez Cheska se lembrar do pesadelo que sempre tinha. Ela desviou os olhos e apoiou a cabeça no braço da mãe, torcendo para aquilo tudo acabar logo e elas poderem ir para casa.

– Acho que está na hora de ir para a cama, mocinha.

Cheska estava toda satisfeita, sentada no colo de David na biblioteca.

– Está bem, mamãe.

– Que tal eu ir lá em cima, quando a mamãe tiver preparado você para dormir, e contar uma das minhas histórias especiais?

– Ah, sim, por favor, tio David!

– Pois então, está certo. Eu a vejo daqui a um minuto.

– Boa noite, tia LJ – disse Cheska, descendo do colo de David e beijando a tia na face.

– Boa noite, meu amor. Durma bem e sonhe com os anjos.

– Está bem – disse Cheska, com um risinho, saindo da sala atrás de Greta.

– Gostei daqui, mamãe, e a tia LJ é muito boazinha. Gostei de ter outro parente. Você acha que ela é muito velha? – indagou, enquanto subiam a escada.

– Não, não muito.

– Mais velha que o papai?

– Um pouco mais moça, provavelmente. – Greta a conduziu pelo corredor até o antigo quarto das crianças, torcendo para que a filha não intuísse sua própria apreensão ante a ideia de entrar no cômodo em que, um dia, havia passado inúmeras horas com os gêmeos. – Chegamos, benzinho – disse, em tom animado, forçando um sorriso. – Viu? Era aqui que você dormia quando bebê. Cheska, o que houve?

Olhou para a filha, que havia parado à porta do quarto. A cor se esvaíra do seu rosto.

– Eu... Mamãe, não posso dormir com você hoje, em vez de ficar aqui?

– Agora você é uma menina crescida e, de qualquer modo, esse é um quarto muito aconchegante. Olhe, esta é uma das suas antigas bonecas.

Cheska permaneceu no vão da porta, rígida.

– Não dificulte as coisas, Cheska. A mamãe teve um dia muito cansativo. Vista seu pijama.

– Mamãe, me deixe dormir com você, *por favor*. Não gosto daqui.

– Bem, por que você não troca de roupa, como uma boa menina, e se deita na cama e deixa o tio David subir para lhe contar uma história? Depois, se você continuar não querendo dormir aqui, pode ir para a minha cama. Que tal?

Cheska assentiu e deu um passo hesitante para o interior do quarto. Com um suspiro de alívio, Greta a ajudou a se despir. Em seguida, ajeitou-a sob as cobertas na cama estreita e se sentou a seu lado.

– Pronto. É apenas quarto.

Mas Cheska olhava fixo para alguma coisa atrás da mãe.

– Mamãe, por que há dois berços ali? Um deles era do meu irmão?

Greta se virou e os viu. Sem querer afligir a filha, sufocou suas emoções.

– Sim, é isso mesmo.

– Por que eles ainda estão aqui?

– Ah, imagino que Mary se esqueceu de levá-los para outro lugar, depois que fomos embora.

– Por que fomos embora?

Greta deu um suspiro, inclinou-se e beijou a filha na testa.

– Amanhã contarei, querida.

– Não vá embora até o tio David chegar, mamãe, *por favor*.

– Está bem, meu amor.

– Essa é a minha menina favorita, toda encolhidinha na cama?

David apareceu na soleira da porta. Cheska conseguiu dar um sorriso enquanto a mãe se levantava.

– Boa noite, querida. David, não conte histórias assustadoras. Ela está meio nervosa – murmurou Greta, ao passar por ele na saída do quarto.

– É claro que não. Vou contar a Cheska tudo sobre o famoso gnomo galês chamado Shuni, que mora na caverna dele, numa encosta de montanha a não muitos quilômetros desta casa.

Greta viu David se sentar na beirada da cama. Ficou um momento à porta, ouvindo-o começar a história, antes de descer. À medida que David prosseguiu, o rosto de Cheska foi relaxando e ela riu da voz engraçada que o tio usava para fazer o gnomo.

– E todos viveram...

– Felizes para sempre!

– Isso mesmo. Pronto, acho que está na hora de você dormir um pouco.

– Tio David?

– Sim, minha querida.

– Por que só as pessoas más morrem nos contos de fadas e nos filmes?

– Porque é assim que acontece nas histórias desse tipo. O bem vive e o mal morre.

– Meu pai era mau?

– Não, amoreco.

– Então, por que ele morreu?

– Porque ele era uma pessoa de verdade, não de mentirinha.

– Ah. Tio David?

– Sim?

– Fantasmas existem?

– Não, os fantasmas também só existem nos contos de fadas. Durma bem, Cheska.

David a beijou de leve na face e foi andando até a porta.

– Não feche a porta, por favor!

– Não vou fechar. A mamãe vai passar aqui mais tarde, para dar uma olhada em você.

David desceu e se juntou a LJ e Greta na biblioteca.

– Não sei se foi uma ideia muito boa deixar Cheska vir ao funeral – comentou, com um suspiro. – Ela acabou de me fazer umas perguntas estranhíssimas.

– Ela fez um enorme estardalhaço na hora de dormir, o que é muito incomum – retrucou Greta. – Ela já dormiu em hotéis e se deitou em camas estranhas sem reclamar. Mesmo assim, ela é só uma garotinha. Não sei se realmente entendeu o que aconteceu hoje.

– Ela já não é tão pequena. Vai entrar na adolescência daqui a três anos – observou LJ.

– Imagino que eu pense nela como mais nova do que é – concordou Greta. – Em geral, ela faz o papel de meninas de 7 ou 8 anos, na tela.

– Greta, você acha que Cheska entende a diferença entre a fantasia dos seus filmes e a realidade? – perguntou David, com delicadeza.

– É claro que entende! Por que está perguntando isso?

– Ah, foi só uma coisa que ela disse lá em cima, só isso.

– Não importa o que tenha sido. Eu não daria muita importância. Com a viagem e o enterro, estamos exaustas. – Greta se levantou. – Acho que vou subir para tomar um banho.

– Não vai querer jantar, meu bem? – perguntou LJ.

– Não, obrigada. Ainda estou satisfeita com os sanduíches que comi à tarde. Boa noite.

Saiu da sala com passos rápidos, e David deu um suspiro ao se virar para a mãe.

– Eu a deixei nervosa. Ela detesta que critiquem Cheska.

– Mas ela é uma criança estranha, não?

– Como assim, mamãe?

David se sentou numa poltrona de couro.

– Acho que me expressei mal. Ela tem uma *vida estranha*.

– Ah, sim.

– Pessoalmente, acho que todo esse disparate de cinema não é maneira de criar uma criança pequena. Ela precisa correr por aí, respirar ar puro, pôr um pouco de cor naquelas bochechas e um pouco de carne naquele corpinho miúdo.

– Greta diz que ela gosta de fazer filmes.

– Bem, pois a mim parece que Cheska não tem muita escolha, ou, na verdade, não conhece nada diferente.

– Tenho certeza de que Greta não a mandaria fazer nada que a deixasse infeliz.

– Talvez não – respondeu LJ, bufando. – Coitadinha da menina. Até dias atrás, parece que ela nem sequer sabia que tinha pai, muito menos que ele não era seu parente consanguíneo.

– Ora, vamos, mamãe.

– Greta parece não ter dito quase nada à menina sobre o passado dela – continuou LJ, ignorando o apelo do filho. – Por exemplo, o que ela sabe do irmão gêmeo, se é que sabe alguma coisa?

– Não tenho certeza, na verdade. Olhe, mamãe, procure entender. Greta disse pouca coisa a Cheska sobre o passado por achar que era melhor assim. Quando se mudaram para Londres, foi em circunstâncias extremamente difíceis, e é óbvio que ela queria um novo começo. De nada adiantava contar a Cheska o que havia acontecido, enquanto ela não tivesse idade suficiente para compreender.

– Você vive defendendo Greta – disse LJ em voz baixa. – Não parece perceber como ela se tornou irascível desde que saiu de Marchmont. Ela era uma alma muito meiga e gentil.

– Bem, se ela ficou irascível, foi porque teve de enfrentar muita coisa. Está longe de ser culpa dela.

– Viu, David? Você está fazendo de novo. Sei por experiência própria que manter o coração trancado num canto, só por ele ter sido ferido no passado, não é a resposta. E, em termos mais diretos, também não é resposta jogar todo o amor armazenado em um filho. Enfim, tenho uma sugestão para você: por que não pede para as duas passarem algum tempo aqui? Se, como estamos presumindo, Owen tiver deixado a propriedade para Greta, ela precisará de tempo para definir algumas coisas. E isso também daria a Cheska a oportunidade de passar alguns dias vivendo como uma menina normal.

– Duvido que Greta fique aqui por mais tempo que o necessário – respondeu David. – Vamos esperar para ver o que acontece amanhã.

– Bem, se ela for mesmo a herdeira, dados os sentimentos óbvios que você nutre por ela, casar com Greta seria a solução perfeita. Ela precisa de um marido, você precisa de uma esposa, e a pequena Cheska precisa de um pai e de uma vida mais estável. E Marchmont precisa de um homem que a administre, de preferência um homem que tenha laços consanguíneos com este lugar.

– Você está tramando coisas, mãe. Pare com isso. – David a alertou. – Não tenho o menor desejo de administrar Marchmont.

LJ viu a raiva nos olhos do filho e percebeu que tinha ido longe demais.

– Desculpe-me, David. Só quero vê-lo feliz.

– E eu a você. Agora, chega desta conversa – disse, em tom firme. – Vamos jantar.

Cheska estava tendo o sonho de novo. *Ele* estava lá de novo, perto dela... o menino parecido com ela. Tinha o rosto muito pálido e cochichava coisas que ela não conseguia entender. Cheska sabia que só precisava acordar e acender a luz, para ver seu quarto aconchegante e fazer o pesadelo desaparecer. Sua mão procurou o abajur na mesinha ao lado da cama, mas não encontrou nada. Desesperada, procurou em volta, tateando o ar, com o coração martelando.

– Por favor, por favor – gemeu, mas, à medida que a vista foi se acostumando com o cinza opaco das primeiras horas da manhã, não foram as sombras reconfortantes do seu quarto que ela viu. Foi o quarto do seu sonho.

Cheska começou a gritar.

– *Mamãe! Mamãe!*

Sabia que deveria levantar da cama e sair do quarto, mas estava aterrorizada demais para se mexer. Aqueles contornos fantasmagóricos iam estender suas mãos mortas e pegajosas, e...

Uma luz se acendeu e sua mãe apareceu à porta. Cheska pulou da cama, atravessou o quarto correndo e se atirou nos braços de Greta.

– Mamãe, mamãe! Quero sair daqui! Quero ir embora!

– Ora, vamos, querida, o que houve?

Cheska empurrou Greta para fora do quarto, para o corredor, e bateu com força a porta.

– Não me faça voltar lá para dentro, *por favor*! – implorou.

– Está bem, querida. Fique calma. Venha para a cama da mamãe e me conte o que a assustou. – Conduziu Cheska pelo corredor até seu quarto. Sentou-a na cama e a menina afundou o rosto em seu pijama. – Você teve um pesadelo, querida?

– Sim. – A menina olhou para a mãe com um medo autêntico nos olhos. – Mas não era sonho. Era real. Ele está vivo naquele quarto.

– Quem?

Cheska balançou a cabeça e enterrou o rosto no peito de Greta.

– Ora, vamos, querida – disse Greta, afagando delicadamente o cabelo da filha. – Todo mundo tem pesadelos. Eles não são reais. É apenas nossa imaginação pregando peças bobas enquanto a gente dorme, só isso.

– Não, não. Era de verdade. – A voz de Cheska estava abafada. – Quero ir para casa.

– Vamos para casa amanhã, eu juro. Agora, que tal a gente se aninhar na minha cama? Está friozinho e você vai pegar um resfriado.

Greta puxou Cheska para baixo das cobertas com ela e a abraçou.

– Pronto. Está se sentindo melhor?

– Um pouquinho.

– Ninguém vai machucar você enquanto a mamãe estiver aqui – cantarolou Greta, enquanto os braços da filha iam escorregando aos poucos do seu pescoço.

Ela também se deitou, inquieta com a reação da filha no quarto das crianças, e se perguntando até que ponto ela realmente se lembrava de Jonny. *Não tem importância*, disse a si mesma com firmeza; amanhã, neste horário, as duas estariam em segurança em Londres, e ela poderia novamente fechar a cortina protetora em volta do passado.

21

– Tem certeza de que não se importa de cuidar de Cheska? – perguntou Greta a Mary, no dia seguinte.

Ela olhou para a filha, à procura de novos sinais de angústia.

– É claro que não me importo. Olhe só, a gente vai se divertir muito, não é, *fach*?

Cheska, sentada num banquinho diante da mesa grande da cozinha, com farinha de trigo até os cotovelos, por causa da massa que estava ajudando Mary a fazer, meneou a cabeça.

– Não vou demorar. Tem certeza de que você vai ficar bem?

– Tenho, mamãe – disse Cheska, com um toque de exasperação na voz.

– Então, até logo.

Greta saiu da cozinha, aliviada por ver que a filha não tinha nem levantado os olhos à sua saída. David e LJ a esperavam no carro.

– Como ela está? – perguntou LJ, que tinha ouvido os gritos da menina na noite anterior.

– Perfeitamente bem. Acho que foi só um pesadelo muito ruim. Hoje de manhã, ela parecia ter se esquecido de tudo.

– Bem, tenho certeza de que ela vai se divertir às mil maravilhas com Mary. Certo, vamos embora.

David dirigiu os poucos quilômetros que levavam a Monmouth e, em seguida, os três caminharam pela pitoresca rua principal até o escritório do Sr. Glenwilliam, num silêncio tenso.

– Olá, Greta, David, Sra. Marchmont – disse o Sr. Glenwilliam, apertando a mão de cada um. – Obrigado pela ceia maravilhosa de ontem, depois do enterro. Se todos tiverem a bondade de entrar no meu escritório, poderemos cuidar dos negócios.

Eles o seguiram e se acomodaram. Glenwilliam abriu um cofre grande, retirou dele um rolo grosso de documentos, atado com uma fita vermelha, sentou-se atrás da escrivaninha e desamarrou a fita.

– Devo comentar que, por insistência de Owen, fui visitá-lo há aproximadamente seis semanas, para redigir um novo testamento, que anula qualquer outro que ele possa ter escrito antes. Embora estivesse extremamente doente, posso confirmar que não estava bêbado nem perturbado na ocasião, e, portanto, tinha o corpo e a mente sãos. Owen foi muito claro sobre o conteúdo deste testamento. Deu uma indicação da delicadeza da situação. – O Sr. Glenwilliam tossiu, nervoso, e continuou: – Acho que o melhor é lê-lo. Em seguida, poderemos discutir qualquer ponto que surja.

– Pois então, vamos em frente – disse LJ, falando por todos.

O Sr. Glenwilliam pigarreou e começou a ler:

Eu, Owen Marchmont, em pleno uso e posse de minhas faculdades mentais e físicas, declaro que este é meu testamento definitivo, minha vontade final. Deixo toda a propriedade de Marchmont para Laura-Jane Marchmont, sob a única e exclusiva condição de que ela viva o resto de seus dias em Marchmont. Quando do seu falecimento, ela poderá dispor da propriedade como lhe aprouver, embora eu ficasse satisfeito se ela a deixasse para David Robin Marchmont, meu sobrinho.

Os valores em dinheiro na conta bancária de Marchmont também passarão para Laura-Jane Marchmont, para a manutenção e administração da propriedade. Da minha conta bancária pessoal, lego as seguintes somas:

Para minha filha, Francesca Rose Marchmont, sob a condição de que ela visite Marchmont pelo menos uma vez por ano, até completar 21 anos de idade, a soma de 50 mil libras esterlinas, a serem mantidas para ela num fundo fiduciário até a sua maioridade. Esse fundo fiduciário deverá ser administrado por Laura-Jane Marchmont.

Para David Robin Marchmont, deixo a soma de 10 mil libras esterlinas.

Para minha mulher, Greta, a soma de 10 mil libras esterlinas. Para Mary-Jane Goughy, em reconhecimento pelos cuidados que ela me prestou durante meus últimos anos de vida, deixo a soma de 5 mil libras esterlinas, além do arrendamento perpétuo do Chalé do Rio, na propriedade de Marchmont.

O Sr. Glenwilliam continuou, fornecendo os nomes dos que receberiam mais algumas pequenas doações, porém as três pessoas no escritório já não estavam escutando, cada qual imersa em seus próprios pensamentos.

LJ lutava contra um nó na garganta. Nunca chorava em público. David observava a mãe, pensando que finalmente se fizera justiça. Greta sentia alívio por tudo ter acabado e ela finalmente poderia voltar para Londres com Cheska 60 mil libras mais ricas, e só ter que suportar uma visita curta a Marchmont uma vez por ano.

O Sr. Glenwilliam terminou a leitura e tirou os óculos.

– Uma última coisa: Owen deixou uma carta pessoal para você, Greta. Tome. – Passou o envelope por cima da escrivaninha. – Alguma pergunta?

Greta sabia que ele estava esperando ouvi-la protestar que, por lei, Marchmont deveria ter ido para ela, mas ela permaneceu calada.

– Sr. Glenwilliam, seria possível o senhor nos dar alguns minutos a sós? – perguntou LJ em voz baixa.

– É claro.

O advogado se retirou da sala e LJ se virou para Greta.

– Minha cara, existem todas as probabilidades de você provar que Owen não estava em seu juízo perfeito quando redigiu esse testamento. Afinal, você é a viúva dele. Se quiser contestar o testamento, nem o David nem eu a impediríamos, não é, David?

– É claro que não.

– Não, LJ. Owen fez o que era certo e melhor para todos. Na verdade, eu me sinto aliviada. Cheska e eu temos uma vida nova em Londres. Você sabe tão bem quanto eu que ela não é filha consanguínea de Owen e que o casamento foi um fracasso. Nessas circunstâncias, Owen foi extremamente generoso conosco. Fico apenas muito contente por estar tudo acabado.

LJ a olhou com um novo sentimento de respeito.

– Greta, sejamos francas. Todos nós sabemos por que você se casou com Owen. Além do fato de gostar dele, claro – apressou-se a acrescentar. – E talvez sinta alguma culpa por isso.

– Sinto, sim – concordou Greta.

– Do mesmo modo, você é uma mulher inteligente, e estou certa de que percebeu que isso também conveio a Owen. O casamento de vocês renovou o entusiasmo dele pela vida e, o que era mais importante para ele, deu-lhe um herdeiro para Marchmont, caso Jonny tivesse permanecido vivo. Portanto, como vê, você realmente não deve mais se sentir culpada nem achar que existe algum ressentimento da minha parte. Em certa medida, você foi um peão inocente num jogo do qual não tinha nenhum conhecimento.

– Não precisa dizer mais nada, LJ. Estou feliz por você ficar com a propriedade. Eu não saberia nem por onde começar, em matéria de cuidar dela.

– Tem certeza, Greta? Você deve saber que vou deixar Marchmont para David no meu testamento, não é? A propriedade é dele por direito.

– Com certeza.

– Então está bem. Marchmont e eu lhe daremos as boas-vindas em qualquer ocasião em que você queira nos visitar. É óbvio que Owen estava aflito para que você e Cheska não perdessem o contato conosco.

– Obrigada, LJ. Vou me lembrar disso.

David chamou o Sr. Glenwilliam de volta ao escritório.

– Está tudo em ordem? – perguntou ele.

– Sim. Greta decidiu que não quer contestar o testamento – respondeu David.

O Sr. Glenwilliam pareceu aliviado.

– Bem, obviamente há algumas providências legais que tenho de finalizar, e haverá impostos a pagar sobre os valores legados por Owen. Sra. Marchmont, será preciso que a senhora volte para assinar alguns documentos, quando eles forem liberados E estarei aqui para oferecer a assistência de que a senhora precisar, no tocante à futura administração da propriedade. Como a senhora sabe, faz um bom tempo que cuido do aspecto comercial das questões.

– Obrigada. Sou grata por toda a sua ajuda, passada e presente.

– É um prazer – disse o Sr. Glenwilliam, meneando a cabeça quando os três se levantaram e se retiraram do seu escritório.

– Mamãe, mamãe, adivinhe! Mary me levou para andar no campo e eu fiz carinho numa ovelha!

Cheska estava extasiada quando Mary a levou para a sala de visitas, depois que os outros retornaram de Monmouth.

– Que encanto!
– E o lavrador disse que eu posso ajudar a ordenhar as vacas, amanhã de manhã. Mas tenho de acordar às cinco horas.
– Mas, querida, vamos voltar para Londres hoje à tarde.
– Ah...
A expressão de Cheska foi de pura decepção.
– Pensei que você quisesse ir para casa, não?
– Quero... – Cheska mordeu o lábio. – Mas será que não podemos ficar só mais um dia?
– Deveríamos voltar, Cheska. Temos aquela sessão de fotos na segunda-feira, e você não pode parecer cansada.
– Só mais um dia. Por favor, mamãe.
– Por que vocês não passam um tempo aqui, minha querida? Acho que faria um bem enorme às duas. Olhe para a cor das bochechas de Cheska. E o David e eu gostaríamos muito de tê-las conosco mais um pouquinho.
Greta estava perplexa com a mudança abrupta no estado de ânimo da filha.
– Desde que não haja bobagens logo à noite, na hora de dormir, mocinha.
– Prometo, mamãe. Obrigada!
Cheska correu para a mãe, deu-lhe um abraço e a beijou no rosto.
– Certo, então, está resolvido – disse LJ. – Agora, preciso achar Mary e lhe dar a boa notícia sobre o Chalé do Rio e a herança dela. Estou certa de que isso vai deixar o noivo e Mary muito felizes. Ele espera pela moça há anos. Torço para que ela finalmente o transforme num homem decente. David, vá providenciar algo para bebermos. Estou morta de sede!

Nessa noite, Greta se deitou na cama depois de ver que Cheska dormia relaxadamente no quarto ao lado. Tinha decidido que não seria sensato voltar a pôr a filha no quarto das crianças, depois da perturbação da noite anterior.
Em seguida, abriu a carta de Owen.

Marchmont, Monmouthshire
2 de maio de 1956

Minha cara Greta,

Escrevo esta carta sabendo que você só a lerá depois que eu estiver morto, o que é uma ideia bem estranha. Mas agora você conhece o conteúdo do meu testamento, e achei que lhe devia uma explicação.

Deixei Marchmont para Laura-Jane não só por ela ter verdadeiro amor pela propriedade, mas também porque eu devia isto a ela e a David. Depois de muito refletir, concluí que, mesmo que eu a deixasse para você, a propriedade seria mais um fardo que um prazer, e você acabaria por vendê-la, o que partiria meu coração. E o de Laura-Jane.

Compreendo que as coisas não foram fáceis enquanto você morou aqui, e que isto se deveu, em parte, ao meu imperdoável comportamento, pelo qual realmente peço desculpas. Eu era um homem fraco e você foi colocada em algo que havia acontecido muitos anos antes. Espero que consiga ter a generosidade de me perdoar e que, por meio desse perdão, passe a ver Marchmont como um lugar de abrigo, um refúgio para você e Cheska, longe da sua vida agitada de Londres.

Você precisa acreditar que eu sentia muito carinho por você e pelas crianças, apesar de elas não serem meus filhos. Você, Jonny e Cheska me deram uma nova vontade de viver, e por isso sou muito grato. Peço desculpas pelo fato de minha tristeza com a morte de Jonny ter posto fim àquele período. Simplesmente não fiquei ao seu lado para lhe dar apoio, e reconheço que tive um comportamento egoísta.

Por favor, diga a Cheska que eu a amava como se fosse minha filha. Mary me disse que a viu num filme e que ela se tornou uma estrela. Orgulho-me de ter sido o pai dela de fato, mesmo que tenha sido por um curto período. A única coisa que me consola, deitado aqui, à beira da morte, é saber que logo verei o meu amado Jonny.

Desejo a vocês duas uma vida longa e feliz.
Owen

Greta dobrou a carta, recolocou-a no envelope e o guardou na bolsa. Sentiu uma onda de emoção nascer, mas a afastou com firmeza. Max, Owen, James... todos faziam parte de seu passado. Ela não podia permitir que a comovessem agora.

22

Cheska ficou deitada de costas, olhando para os galhos grandes do carvalho que pendiam sobre ela, circundados por um perfeito céu azul. Ela deu um suspiro satisfeito. Os estúdios de cinema pareciam distantes, ali não havia ninguém que a reconhecesse e, no que pareceu ser a primeira vez em sua curta vida, ela pôde ficar completamente sozinha e livre. Sentia-se segura ali. O sonho não tinha voltado desde que ela deixara o quarto.

Sentou-se e contemplou o horizonte. Na varanda, podia ver a mãe e o tio David almoçando. Agora fazia uma semana que estavam em Marchmont, resultado de suas súplicas insistentes para que mamãe a deixasse ficar mais tempo. Tornou a se deitar e pensou em como seria maravilhoso se a mamãe e o tio David se apaixonassem, casassem e ficassem morando ali para sempre. Aí ela poderia ajudar a ordenhar as vacas todas as manhãs, tomar café na cozinha com Mary e frequentar a escola local com outras crianças.

Mas isso era um sonho. Cheska sabia que, no dia seguinte, teriam de voltar para Londres. Levantou-se, conferiu mais uma vez se a mãe não estava à sua procura e saiu perambulando em direção ao bosque, com as mãos enfiadas nos bolsos do macacão novo. Ouviu os pássaros cantarem e se perguntou por que a sua música soava tão mais doce que a dos pássaros londrinos.

Andar por entre as árvores a fez se lembrar do cenário de *João e Maria*, um filme em que ela atuara no ano anterior e que a mãe tinha dito que fora um grande sucesso de Natal. Ao se embrenhar mais fundo pelo bosque, ela se perguntou se haveria uma bruxa malvada numa casa com cobertura de doces, esperando para comê-la, mas, ao aparecer uma clareira cercada de árvores, tudo que viu foi um belo abeto, com um pedaço de pedra embaixo.

Indo na direção dela, Cheska percebeu que era uma lápide e estremeceu ao pensar na pessoa que estaria embaixo da terra. Ajoelhou-se diante da pedra. A inscrição em relevo era decorada a ouro e muito nítida.

Jonathan (Jonny) Marchmont
Filho amado de Owen e Greta
Irmão de Francesca
N. 2 de junho de 1946
F. 6 de junho de 1949
Que Deus guie Seu anjinho para o céu

Cheska deixou escapar um arquejo. Jonny...

Lembranças fugazes, que ela não conseguia propriamente reter, passaram por sua cabeça. Jonny... Jonny...

E, então, ouviu alguém sussurrar:

– *Cheska, Cheska...*

Era a voz do menino do seu sonho. O menino morto, deitado no caixão. O que se aproximara dela no quarto das crianças, naquela primeira noite em Marchmont.

– *Cheska, Cheska... venha brincar comigo.*

– *Não!*

Cheska se levantou e tampou os ouvidos, depois saiu correndo do bosque, o mais depressa que as pernas conseguiam.

– Greta, já que esta é sua última noite, pensei em levá-la para jantar em Monmouth – sugeriu David, enquanto eles tomavam café, sentados na varanda.

Greta tivera a atenção desviada ao ver a filha correr em direção a eles.

– Eu... Minha nossa, Cheska parece que está fugindo de um leão faminto!

Ela chegou, muito arfante, e se atirou nos braços da mãe.

– O que foi, querida?

Cheska olhou para Greta e balançou a cabeça com firmeza.

– Nada. Estou bem. Desculpe, mamãe. Posso falar com Mary na cozinha? Ela disse que eu podia ajudar a fazer um bolo, para a gente levar para casa, em Londres.

– Sim, é claro que pode. Cheska?
– Sim, mamãe?
– Tem certeza de que está tudo bem?
– Sim, mamãe.

A menina fez um sinal afirmativo com a cabeça e desapareceu no interior da casa.

O Griffin Arms estava banhado na luz suave de velas quando David e Greta entraram no restaurante. Foram conduzidos a uma mesa de canto, sob antigos caibros, decorada com reluzentes talheres de prata e taças de cristal.

– Senhor, senhora, posso oferecer uma bebida? – perguntou o *maître*.

– Sim, uma garrafa do seu melhor champanhe, por favor – respondeu David.

– Muito bem, cavalheiro – disse o *maître*, enquanto lhes entregava o cardápio. – Eu recomendaria o camarão graúdo, que está fresquinho, pescado hoje, e também o cordeiro. E, se me permite dizer, senhor, gostei muito do seu último filme.

– Obrigado. É muita gentileza sua – disse David, sem graça, como sempre ao ser reconhecido.

Depois de fazer o pedido do que o *maître* havia recomendado, os dois ficaram tomando champanhe e conversando sobre LJ e Marchmont.

– É uma pena Cheska ter que voltar para Londres amanhã. Ela parece ter desabrochado nesses últimos dias – comentou David.

– É, com certeza isto fez bem a ela, mas não podemos decepcionar o seu público, não é?

– Suponho que não – murmurou David, torcendo para que Greta estivesse ironizando, mas percebendo que não estava. – Ah, por falar nisso, hoje de manhã li no *Telegraph* que Marilyn Monroe e Arthur Miller se casaram. Estão a caminho de Londres, porque ela vai fazer um filme com Larry Olivier.

– É mesmo? Eles parecem um casal peculiar – disse Greta, enquanto o garçom chegava com os camarões. – Parece que agora todo mundo está se casando. Você viu o casamento de Grace Kelly com o príncipe Rainier, na televisão, no começo do ano? Cheska ficou deslumbrada.

Durante o jantar, David estava tão nervoso que, embora normalmente fosse bom de garfo, mal tocou na comida, chegando até a recusar a sobremesa. Greta comeu morangos frescos, enquanto ele bebericava o resto do champanhe. Ao pedir o café e dois conhaques, ele se deu conta de que o tempo estava se esgotando. Era agora ou nunca.

– Greta, eu... bem, quero lhe fazer uma pergunta.
– Está bem. O que é? – disse ela, com um sorriso intrigado.
– A questão é...

David tinha ensaiado mentalmente, incontáveis vezes, as frases que deveria dizer a seguir, mas, agora que precisava mesmo dizê-las em voz alta, não conseguia se lembrar de uma única palavra.

– Bem, a... hummm... a questão é que eu... eu amo você, Greta. Sempre amei e sempre amarei. Nunca haverá mais ninguém para mim. Você quer... digo, você poderia... pensar em se casar comigo?

Perplexa, Greta o encarou, assimilando sua expressão séria e suas faces enrubescidas. Viu que seus olhos bondosos estavam cheios de esperança. Engoliu em seco e pegou um cigarro. David era seu melhor amigo. Sim, ela o amava com muito carinho, mas não da maneira que ele desejava. Greta havia jurado a si mesma que nunca mais amaria desse jeito.

– A questão, Greta – prosseguiu ele, atrapalhado –, é que acho que você precisa de alguém que cuide de você. E Cheska precisa de um pai. Marchmont é a sua casa, por direito, e você não vê que, se nos casássemos, um dia ela seria nossa, e isto meio que consertaria as coisas? É claro que não teríamos de morar lá agora. Vocês poderiam se mudar para minha casa em Hampstead e...

David fez uma pausa quando Greta ergueu a mão espalmada.

– Pare, David, por favor, pare. Ah, mal consigo suportar isto!

Ela pôs a cabeça entre as mãos e começou a chorar.

– Greta, não chore, por favor. A última coisa que eu quero é perturbá-la.
– David, meu querido David... – Greta acabou levantando os olhos para ele e usou o lenço que ele lhe estendia para secar as lágrimas. Sabia que qualquer coisa que dissesse a seguir o magoaria de forma terrível. – Deixe-me tentar explicar. Quando conheci Max, já se vão todos esses anos, e ele me engravidou, eu era moça o bastante para catar os cacos, com a sua ajuda, e recomeçar. Depois, fui para Marchmont e me casei com Owen, simplesmente por estar sozinha, amedrontada e prestes a me tornar mãe. Precisava de segurança e, durante um tempo, isso foi o que Owen me deu.

Mas durou pouco, e confiar em Owen quase destruiu Cheska e a mim. Fugimos, voltamos para Londres e eu me apaixonei pelo meu patrão, que era casado. Talvez tivessem sido os anos com Owen que me fizeram ansiar por um pouco de romance, um pouco de satisfação física. – Ante suas próprias palavras, Greta enrubesceu. – Owen e eu nunca consumamos o casamento, sabe? Além disso, James... era esse o nome dele... falava em deixar a esposa para ficar comigo e, estupidamente, comecei a acreditar. Aí a mulher dele soube da nossa aventura e descobri que ele era um homem fraco e egoísta, que nunca tinha sido digno do meu amor, para começo de conversa. De quebra, perdi meu emprego. Aliás, isso foi justamente no dia em que reencontrei você em frente ao Teatro Windmill.

– Entendo – disse David, lutando para digerir tudo que Greta havia acabado de contar.

– Enfim – Greta fez uma pausa, a testa franzida de concentração –, foi depois desse episódio horroroso com James que fiz um juramento: nunca mais me deixaria ficar íntima de homem algum, pelo menos no sentido romântico. Tudo o que os homens fizeram foi me trazer sofrimento e desgosto. E, nesses últimos seis anos, fui mais feliz, em alguns sentidos, do que em qualquer outra época. Minha vida é Cheska, e não há espaço para um marido no meu coração.

– Entendo.

– Você deve saber que tenho profunda estima por você, David, mais que por qualquer outra pessoa no mundo, exceto Cheska, mas nunca poderia me casar com você. Teria medo de que tudo desse errado. Além disso, acho que não sei mais amar dessa maneira. Você me entende?

– Entendo que você foi profundamente magoada, mas *eu* nunca a magoei. Eu a amo, Greta. Você tem que acreditar nisto.

– Acredito, David. Você tem sido maravilhoso comigo. Mas seria um erro aceitar sua proposta, porque meu coração está fechado. E acho que isso nunca mudará.

– Você disse que a sua vida é Cheska. Um dia, ela também terá sua própria vida. E aí, o que você vai fazer? – perguntou ele em voz baixa.

– Cheska sempre precisará de mim – declarou Greta, em tom firme. – David, estou boquiaberta com a sua proposta. Eu não fazia ideia dos seus sentimentos. E, se algum dia eu *pensasse* em casamento, você seria o único homem que consideraria. Mas não estou pensando. E, infelizmente, nunca estarei.

David permaneceu em silêncio, arrasado. Seus sonhos tinham sido destroçados e não haveria uma segunda chance.

– Eu deveria ter me casado com você anos atrás, quando você estava grávida.

– Não, não deveria. Você não percebe, David? Temos uma coisa muito melhor do que o casamento. Temos a amizade. Só espero que ela não desapareça depois desta noite. Não vai desaparecer, vai?

David segurou a mão dela por cima da mesa, desejando estar prestes a pôr em seu dedo o anel que levava no bolso, e deu um sorrisinho triste.

– É claro que não, Greta.

Pouco depois, os dois saíram do restaurante e foram caminhando para o carro em silêncio.

LJ pensou ouvir vozes lá em cima. Saiu da biblioteca, deixando os livros contábeis da propriedade de Marchmont, e subiu para dar uma espiada no quarto de Cheska. A cama estava vazia. LJ bateu à porta do banheiro, abriu-a e viu que estava às escuras. Apertando o passo, deu uma olhada no quarto de Greta e nos outros quartos ao longo do corredor, até chegar ao das crianças. A porta estava fechada, mas ela ouviu uma risada aguda lá dentro. Abriu a porta devagar.

Prendeu a respiração e levou a mão à boca.

Cheska estava sentada no chão, de costas para a porta. Parecia falar com alguém enquanto arrancava a cabeça de um velho urso de pelúcia e começava a retirar o estofo. Torceu o braço do ursinho até decepá-lo por completo. Em seguida, pegou a cabeça e se pôs a arrancar os dois olhos de botão. Um deles se soltou na sua mão, ela enfiou o dedo pelo buraco deixado pelo botão perdido, e riu. Foi um som de dar calafrios.

LJ ficou ali parada, horrorizada com a visão de tamanha violência. Acabou entrando devagar no quarto e se postou diante da menina. Cheska não pareceu notá-la. Ainda tentando arrancar o olho restante do ursinho, agora resmungava consigo mesma.

LJ viu os olhos vidrados da menina, que dava a impressão de estar numa espécie de transe. Abaixou-se.

– Cheska – murmurou. – Cheska!

A menina se sobressaltou, levantou a cabeça para ela e seus olhos se desanuviaram.

– Está na hora de dormir, mamãe? – perguntou.

– Não é a mamãe, é a tia LJ. O que você fez com o pobre ursinho?

– Acho que agora quero ir dormir. Estou cansada, e o meu amigo também. Ele também vai se deitar.

Largou o que restava do urso de pelúcia e estendeu os braços para LJ, que, com esforço, pegou-a no colo. A cabeça de Cheska descansou no ombro da tia e seus olhos se fecharam prontamente. LJ a carregou pelo corredor e a pôs na cama. A menina não se mexeu quando LJ fechou a porta, ao sair.

Ela voltou ao quarto das crianças e, com desagrado, recolheu os pedaços de estofo e do material que antes fora um brinquedo infantil adorado. Levou os restos para a cozinha e os colocou na lata de lixo.

Foi se sentar na biblioteca, rezando para que Greta aceitasse a proposta de seu filho. Quando David dissera que finalmente ia se munir de coragem para fazer o pedido, LJ deu a ele de presente o anel de noivado que havia recebido de Robin. Era uma herança de família, de modo que era adequado que o homem da geração seguinte dos Marchmont o desse à noiva escolhida.

Ainda que Greta nunca viesse a ser a primeira escolha de LJ para seu filho, não havia dúvida de que ele a amava e de que precisava de uma esposa. E Cheska não só necessitava de um pai, como também precisava de algum tipo de normalidade em seu estranho mundo artificial. E, depois do que LJ acabara de testemunhar, talvez precisasse também de ajuda psicológica.

Mais tarde, LJ ouviu a porta da frente se abrir. David entrou na biblioteca e ela se levantou, examinando sua expressão com ansiedade. Ele deu um sorriso tristonho e encolheu de leve os ombros. LJ se aproximou do filho e o abraçou.

– Sinto muito.

– Bem, pelo menos fiz o pedido. Era tudo o que podia fazer.

– Onde está Greta?

– Foi se deitar. Cheska e ela vão viajar amanhã bem cedo.

– Eu queria dar uma palavrinha com Greta sobre uma coisa que vi Cheska fazendo.

– Se aquela menina fez alguma travessura, que bom para ela. Está na hora de ela começar a ter vontade própria – retrucou David. – Não conte a Greta, mamãe. Ela não vai acreditar em você, e isso só causará tensão.

– Não foi propriamente uma travessura, mas uma coisa estranha. Para ser sincera, acho que talvez essa menina esteja meio perturbada.

– Como você disse, Cheska só precisa ter permissão para agir como uma criança normal, de vez em quando. A maioria das crianças faz coisas estranhas. Por mim, deixe para lá, está bem? Quero que Greta volte a Marchmont, e criticar sua preciosa filha não vai contribuir para que isso aconteça.

– Se você insiste. – LJ suspirou.

– Obrigado, mãe.

– Existem outras mulheres no mundo.

– Talvez. Mas nenhuma como Greta. – David beijou-lhe a testa com delicadeza. – Boa noite, mamãe.

23

A mudança em Cheska foi tão lenta e sutil que, quando ela se aproximou dos 13 anos, a mãe não soube identificar exatamente quando havia começado. Nos dois anos e meio depois da morte de Owen, Greta viu a filha se transformar aos poucos de uma menininha feliz em uma criança taciturna e introvertida, cujo sorriso era reservado apenas para as câmeras.

Cheska se distanciou da mãe, não mais respondendo a seus carinhos e demonstrando pouca afeição. Às vezes, no meio da noite, Greta a ouvia falar sozinha e gemer. Caminhava sorrateiramente pelo corredor e abria a porta de Cheska, que se mexia de leve, virava para o outro lado e se calava. Em inúmeras ocasiões, Greta perguntava se estava tudo bem, se havia alguma coisa que ela quisesse conversar com a mamãe, mas a menina apenas balançava a cabeça. Um amigo dela é que estava infeliz. Greta perguntava quem era esse amigo, mas Cheska dava de ombros e não dizia nada.

Greta se lembrava de ter um amigo imaginário quando era pequena, para ajudá-la a passar suas horas solitárias de filha única. Concluiu que teria de esperar que a filha deixasse isso para trás. A menina era bastante saudável, comia e dormia bem... mas o brilho havia desaparecido de seus olhos.

Ninguém mais pareceu notar a mudança, e Greta ficou satisfeita por ver que a testa continuamente franzida e a fala monossilábica de Cheska desapareciam quando ela chegava ao estúdio.

Fisicamente, Cheska também estava mudando. O desabrochar de sua feminilidade havia disparado alarmes na cabeça de Greta. Ela começou a insistir que a filha usasse coletes grossos e justos, que lhe achatavam os seios. Os cravos ou espinhas ocasionais que apareciam no nariz ou no queixo eram tratados com antisséptico e cobertos por um corretivo. O chocolate e os alimentos gordurosos foram retirados de sua dieta.

Apesar de Leon garantir que não havia razão para que Cheska não fizesse a transição de estrela mirim para adulta, Greta sabia que, quanto mais Cheska continuasse apta a fazer papéis de menininhas inocentes, mais agradaria ao público.

Para celebrar os 13 anos da filha, Greta resolveu fazer uma festa de aniversário em casa. Convidou o elenco do último filme de Cheska, além de David, Leon e Charles Day, o principal diretor da menina. Contratou um serviço de bufê e a festa deveria ser fotografada para a *Movie Week*. Dias antes, Greta levara a filha para comprar um novo vestido de cetim, e o pendurara no guarda-roupa, junto com a vasta coleção de Cheska.

Na manhã do aniversário, Greta a acordou levando o desjejum na cama.

– Feliz aniversário, querida. Eu trouxe suco de laranja e uma daquelas tortas de que você tanto gosta, só desta vez!

– Obrigada, mamãe – disse Cheska, sentando-se.

– Está tudo bem com você, querida? Você está muito pálida.

– Não dormi muito bem, só isso.

– Não faz mal, isto vai animá-la. – Greta foi até a porta e pegou algo no corredor. Voltou para junto da cama, balançando uma caixa grande, embrulhada em papel de presente, e a pôs diante da filha. – Vamos, abra.

Cheska rasgou o papel e abriu a caixa. Dentro havia uma enorme boneca.

– Não é linda? Você reconhece o rosto? E a roupa? Mandei fazê-la especialmente para você.

Cheska assentiu, sem entusiasmo.

– É você no papel da Melissa, do seu último filme! Dei ao artista uma fotografia sua, para ele poder copiar suas feições. Creio que ele fez um trabalho maravilhoso, não acha?

Cheska permaneceu em silêncio, olhando fixamente para a boneca.

– Você gostou, não?

– Sim, mamãe. Muito obrigada – respondeu ela, como convinha.

– Agora, tome o seu café. Tenho que dar uma saída para buscar uma coisinha especial para a festa de hoje à tarde. Não vou demorar. Por que você não toma um banho quando terminar o café?

Cheska assentiu. Quando ouviu a porta da frente se fechar, jogou a boneca no chão, enterrou o rosto no travesseiro e chorou. Queria muito um rádio, mas, apesar das semanas de dicas, a mãe lhe dera uma boneca idiota, um presente de bebê. E ela já *não era* um bebê, embora sua mãe parecesse não entender isso.

Cheska se sentou e olhou para o vestido de cetim pendurado na porta do armário. Era um lindo vestido... para um bebê. A voz que ela ouvira em Marchmont pela primeira vez recomeçou a sussurrar em sua cabeça.

Greta buscou o bolo de aniversário na Fortnum & Mason e o levou com cuidado para o táxi. No curto trajeto para casa, repassou a lista mental de tudo que tinha de fazer antes que os convidados começassem a chegar, às quatro horas.

Abriu a porta de entrada do apartamento, foi depressa à cozinha e guardou o bolo num armário, longe de olhares curiosos.

– Querida, cheguei!

Não houve resposta. Greta bateu à porta do banheiro. Isso era uma coisa que Cheska começara a fazer com frequência. Não havia nada que detestasse mais do que a entrada intempestiva da mãe quando estava nua.

– Posso entrar? – Sem receber resposta, Greta girou a maçaneta da porta, abriu-a e viu que o banheiro estava vazio. – Pensei que você fosse tomar banho! – gritou, voltando pelo corredor e abrindo a porta do quarto da filha. – Temos uma porção de coisas para fazer antes da...

Parou no meio da frase ante a visão com que seus olhos se depararam.

Sentada no chão, sua filha segurava uma tesoura, em meio a uma cascata amarfanhada de cetim, seda e tule. Enquanto Greta olhava, Cheska levantou o resto de seu lindo vestido de festa e continuou a cortar o tecido delicado em tiras, dando risinhos ao picotá-lo.

– Que diabo você pensa que está fazendo? – Greta marchou adiante, para confrontar a filha. – Me dê essa tesoura! *Já!*

Cheska levantou a cabeça, com o olhar vazio.

– Me dê essa tesoura! – repetiu Greta, tirando-a da mão de Cheska, que continuou a encará-la com o rosto inexpressivo.

Greta se abaixou, os olhos cheios de lágrimas. Olhou para a porta aberta do armário. Esquadrinhando o quarto, notou os restos retalhados do que tinha sido uma coleção maravilhosa de vestidos, caídos numa pilha ao lado da cama.

– Por quê, Cheska? Por quê? – perguntou, mas a menina não fez nada além de fitá-la com a mesma expressão vazia. Greta a segurou pelos ombros e a sacudiu com força. – Responda!

O ato físico pareceu arrancar Cheska do transe. Ela fitou os olhos da mãe, enquanto o medo inundava seu olhar. Em seguida, olhou de relance para os vestidos destruídos, parecendo ver pela primeira vez o que tinha feito.

– Por quê? *Por quê?*

Greta continuou a sacudi-la. Cheska desatou a chorar, em soluços terríveis, sufocantes. Afundou no peito da mãe, mas Greta não a abraçou.

– Foi ele, o meu amigo. Ele me mandou fazer isso. Desculpe. Desculpe, desculpe.

Cheska repetia as palavras sem parar.

– Quem é *ele*? – perguntou Greta.

– Não posso dizer. Prometi a ele que não contaria!

– Mas, Cheska, como é que ele pode ser seu amigo, se manda você fazer coisas desse tipo?

A menina, porém, só balançou a cabeça e resmungou no ombro da mãe:

– Minha cabeça está doendo muito.

– Tudo bem, tudo bem. A mamãe não está mais zangada. Tudo vai ficar bem. Agora, fique calma. Vamos limpar essa bagunça. Temos que aprontar você para sua festa.

Greta correu até a cozinha e voltou com uma braçada de sacos de lixo, nos quais começou a enfiar os restos patéticos do guarda-roupa da filha. Teria de ligar para o serviço de lavagem a seco e perguntar se eles poderiam entregar um dos outros vestidos, para que Cheska o usasse na festa.

Quando estendeu a mão para catar do chão a última peça retalhada, Greta soltou um arquejo ao se deparar com a cabeça da boneca que dera de aniversário à filha. Ela fora arrancada do suporte do pescoço e o cabelo tinha sido brutalmente picotado.

Greta viu um braço saindo de baixo da cama. Lentamente, foi percorrendo o piso, as lágrimas rolando pelas faces, recolhendo os pedaços da boneca desmembrada. Colocou-os por cima dos vestidos rasgados nos sacos de lixo, depois tornou a cair de joelhos, a cabeça entre as mãos.

Nesse momento percebeu: Cheska precisava desesperadamente de ajuda.

– E então, doutor?

Greta se remexeu nervosamente em sua cadeira, no elegante consultório da Harley Street.

– Bem, a boa notícia é que Cheska está com a saúde física perfeita.

– Graças a Deus – murmurou Greta.

Havia imaginado toda sorte de coisas terríveis, enquanto esperava o médico terminar seu exame.

– No entanto, eu diria que o... o estado psicológico não está tão bom neste momento.

– O que o senhor quer dizer?

– Bem, Sra. Simpson, fiz algumas perguntas sobre esse tal amigo imaginário. Ela me disse que conversa com ele o tempo todo, especialmente à noite. Ao que parece, é ele quem pede para fazer essas... coisas desagradáveis. Ela também me disse que tem pesadelos e sofre de dores de cabeça muito fortes.

– Sim – falou Greta, impaciente –, mas o que está causando esses problemas?

– É possível, Sra. Simpson, que a imaginação esteja pregando peças nela, por ela viver continuamente sob um nível muito alto de tensão. Afinal, ela está em evidência sob os holofotes desde os 4 anos. Mas, pela conversa com Cheska e ouvindo o que a senhora me contou, há também indícios de que sua filha possa estar sofrendo de uma doença chamada esquizofrenia. Por isso, vou encaminhá-la a um psiquiatra capaz de fazer uma avaliação apropriada.

– Ah, meu Deus! – Greta já tinha ouvido esse termo e sabia exatamente o que significava. – O senhor está me dizendo que ela pode estar louca?

– A esquizofrenia é uma doença, Sra. Simpson. Não nos referimos a ela como loucura nos tempos atuais – advertiu o médico. – Além disso, Cheska precisa de uma avaliação profissional, para que seja possível confirmar qualquer diagnóstico potencial. Lembre que ela também está tentando lidar com a entrada na puberdade, uma época inquietante para muitas mocinhas. No entanto, a única coisa que eu recomendaria, sem hesitação, é que ela tire imediatamente uma licença. Leve-a para um lugar tranquilo por alguns meses. Dê-lhe tempo para relaxar e crescer, longe dos olhos do público.

– Mas, doutor, ela acabou de assinar um novo contrato para dois filmes. Deve começar a gravação do primeiro dentro de duas semanas. Não pode simplesmente tirar alguns meses de licença. Além do mais, ela adora isso. É a nossa vida... a vida *dela*.

– Sra. Simpson, a senhora está me pagando para recomendar o tratamento adequado, e é isto que sugiro. Agora, vou entrar em contato com meu colega e marcar um horário para a senhora e para Cheska. Enquanto isso, vou receitar uns tranquilizantes leves. Só devem ser usados se Cheska parecer particularmente aflita. Eles a acalmarão, mas não deverão afetar sua capacidade de funcionar normalmente.

– O senhor acha mesmo que ela deve consultar um psiquiatra? – perguntou Greta. – Talvez tenham sido apenas o crescimento e o excesso de trabalho que acarretaram esse comportamento.

– Acho. Talvez Cheska precise de uma medicação adicional, como a clorpromazina. Aqui está a receita dos tranquilizantes. Quer que eu diga a Cheska o que acabei de lhe dizer?

– Não, obrigada, doutor. Eu mesma explicarei a ela.

– Está bem. E lembre-se, Sra. Simpson, até que ela consulte o psiquiatra, a ordem é repouso absoluto. Entrarei em contato quando confirmar o horário da consulta.

– Sim. Obrigada, doutor. Até mais.

Pálida, Greta saiu da sala e buscou Cheska. As duas saíram na Harley Street e Greta chamou um táxi.

– O que o médico disse, mamãe? – perguntou Cheska em voz baixa, enquanto o motorista as levava para casa.

Greta apertou a mão da filha.

– Absolutamente nada, querida. Disse que você está com a saúde perfeita.

– Mas e as minhas dores de cabeça? E os... os sonhos esquisitos?

– O médico disse que você anda trabalhando demais, só isso. Não há nada com que se preocupar. Ele me deu a receita de uns comprimidos que vão ajudá-la a relaxar. Também disse que seria bom você tirar um período de férias. Por isso, estive pensando que poderíamos passar umas duas semanas em Marchmont.

O rosto de Cheska se iluminou.

– Puxa, seria maravilhoso! O tio David vai estar lá?

– Duvido, mas podemos ficar com a tia LJ e Mary, e você pode descansar e se preparar para o começo do seu novo filme.

– Sim, mamãe.

Greta olhou de relance para Cheska e sentiu alívio ao ver que os olhos da filha pareciam mais vivos do que tinham se mostrado em dias.

À noite, depois de dar um comprimido à filha e pô-la para dormir, Greta se sentou na sala de estar com uma pequena dose de uísque. O médico havia telefonado mais cedo, confirmando a consulta de Cheska com o psiquiatra para dali a dois dias. Greta havia agradecido e garantido que compareceria à consulta. Mas já tinha decidido levar a filha para Marchmont no dia seguinte e ver como ela se portaria depois do período de descanso. Adiar o filme seguinte estava fora de cogitação, embora o contrato o permitisse. Era regra da fama: longe dos olhos significava longe do coração, especialmente nesse ponto da carreira de Cheska, na transição para a adolescência. Qualquer ausência prolongada da telona liquidaria por completo a carreira dela.

Quanto à possibilidade de Cheska ser esquizofrênica – o que, aos olhos de Greta, ainda era o mesmo que ser louca –, bem, a simples ideia era ridícula. Sua filha perfeita, talentosa, linda, uma grande estrela...

A pobrezinha precisava descansar um pouco, só isso. E Greta se certificaria de que ela tivesse esse descanso.

Cheska voltou mais calma de sua pausa de duas semanas em Marchmont, revigorada e tomando dois tranquilizantes por dia. Embora parecesse um pouco mais calada do que o normal, as dores de cabeça e os pesadelos haviam cessado. Greta telefonou para o médico da Harley Street para pedir uma nova receita de tranquilizantes. Ele se recusou a fornecê-la enquanto Cheska não consultasse o psiquiatra. Greta explicou que, depois das duas semanas de férias, a filha parecia estar muito melhor, e ela realmente não queria inquietá-la com novos exames. O médico se manteve firme, alegando que os tranquilizantes, por mais leves que fossem, eram apenas uma medida temporária, e não podiam ser tomados a longo prazo.

Irritada, Greta ligou para seu próprio médico e marcou uma consulta. Na mesma semana, dias depois, foi ao consultório dele e disse que estava sofrendo de tensão e ansiedade. Pediu uma receita dos mesmos tranquilizantes que Cheska havia tomado, explicando que uma amiga os recomendara. O médico fez a receita imediatamente, sem maiores perguntas.

Passada uma semana, Cheska estava no set de seu novo filme. Greta aumentou a dose da medicação da filha para três comprimidos por dia.

Cheska estava sentada em seu camarim, lendo um artigo sobre Bobby Cross, a mais recente sensação pop entre os britânicos. Gostava mais dele que de Cliff Richard, embora, desde que comprara sua vitrola, "Living Doll" praticamente não tivesse saído do prato. Tocou sonhadoramente na imagem do rosto de Bobby, perguntando a si mesma se algum dia conseguiria convencer a mãe a deixá-la assistir a um show do cantor.

Baixou a revista com um suspiro e pegou a grande pilha de correspondência dos fãs que Greta lhe deixara, para que desse uma espiada. Pegou ao acaso uma carta e a leu:

> St. Benet Street, nº 5
> Longmeadow
> Cheshire
>
> Cara Srta. Hammond,
>
> Escrevo para dizer quanto gostei do seu filme A garotinha perdida. Ele me fez rir e chorar, e eu a considero a estrela mais bonita e talentosa do cinema. O que mais gostei foi de o filme ter tido um final feliz e de você haver encontrado o pai perdido há tanto tempo.

Mande-me uma fotografia autografada, por favor.
Cordialmente,
Miriam Maverly (53 anos)

Cheska depôs a carta e fitou seu reflexo no espelho. As coisas andavam melhores desde que ela começara a tomar os comprimidos. As dores de cabeça e a voz que a perseguia nos sonhos haviam desaparecido.

Mas agora ela não sentia nada. Era quase como se não fosse real, apenas se fizesse passar por uma pessoa viva e pulsante. Havia dentro dela uma apatia que lhe dava a impressão de estar olhando para si mesma e para os outros de certa distância.

Tocou o rosto, sentiu seu calor e isto a consolou um pouco. Suspirou profundamente. Tinha milhares de fãs que a adoravam e uma carreira de sucesso que lhe proporcionava privilégios com que os outros podiam apenas sonhar. Quase todas as pessoas passavam a vida tentando alcançar o que ela já tinha desde os 4 anos. Aos 13, porém, ela se sentia velha. Tudo parecia inútil.

Houve uma batida à porta.

– Estão prontos para você, Srta. Hammond.

– Já vou.

Levantou-se, pronta para enfrentar uma hora de ilusão que parecia muito mais real do que sua própria vida. Ao sair do camarim, Cheska se perguntou se sua vida teria um final feliz.

24

Leon recepcionou Greta e Cheska em seu escritório e as beijou calorosamente.

– Vocês estão lindas. Sentem-se e fiquem à vontade. Bem, Cheska, você sabe que sua mãe e eu temos conversado muito sobre o caminho que sua carreira deverá tomar de agora em diante. E concordamos que, como você está com 15 anos, temos que mudar a percepção que o público tem de você.

– Sim, Leon – disse Cheska, com ar entediado.

– Como sabe, a transição de atriz infantil para estrela adulta pode ser repleta de dificuldades, mas acho que a Rainbow Pictures encontrou o veículo exato para ajudá-la a seguir seu caminho.

Leon sorriu e empurrou um roteiro por cima da escrivaninha. Cheska o pegou e olhou para o título: *Por favor, professor, eu amo você*. O roteiro foi arrancado de suas mãos pela mãe, antes que ela tivesse tempo de virar a primeira página.

Greta fuzilou Leon com os olhos.

– Pensei que havíamos concordado que você me mostraria os roteiros primeiro, não foi?

– Mil desculpas, Greta, mas este acabou de chegar ao escritório, ontem à noite.

– De quem é? – perguntou ela, ríspida.

– Peter Booth. Um novo roteirista. A Rainbow Pictures tem grandes expectativas para ele.

– Cheska faria o papel principal?

– É claro – garantiu ele. – E a boa notícia é que Charles fechou contrato com Bobby Cross para contracenar com ela. Seria o primeiro filme dele.

– Mas Cheska continuaria a encabeçar o cartaz?

– Na pior das hipóteses, tenho certeza de que daríamos um jeito de ela dividir o cartaz com Bobby – respondeu Leon. – O importante, Greta, é que esse filme conquistará um exército de novos fãs para ela. Todas as adolescentes vão ver Bobby Cross no cinema, e os namorados delas se apaixonarão por Cheska. O roteiro é maravilhoso, totalmente diferente de tudo o que ela já fez. E, de quebra, você ganhará o seu primeiro beijo na tela – acrescentou Leon, com uma piscadela para Cheska.

– Você quer dizer que eu teria que beijar Bobby Cross?

Cheska enrubesceu e seus olhos se iluminaram.

– Sim, e mais de uma vez, acho eu.

– Leon, há um palavrão aqui. Isso tem que sair – disse Greta, folheando o roteiro.

– Greta, estamos em 1961. Você precisa entender que o mundo está mudando e que nós, da indústria cinematográfica, temos que espelhar essa mudança. *Um gosto de mel*, no qual Rita Tushingham aparece grávida, sem aliança, será lançado dentro de algumas semanas...

– Francamente, Leon! Não na frente de Cheska!

– Está bem, está bem. Desculpe, mas o que estou tentando dizer é que as adolescentes já não andam presas à barra da saia da mãe, sentadinhas em casa, aprendendo a cozinhar, até aparecer o marido certo. No ano que vem, a MGM vai lançar a versão cinematográfica de *Lolita*. Alan Bates está estrelando *Ainda resta uma esperança*. A Rainbow Pictures quer se manter atualizada, acompanhando as mudanças. Hoje o público que lota os cinemas são os jovens. Os dramalhões, os filmes de guerra e os dramas de época estão ultrapassados. A garotada quer se identificar com o que vê na tela.

– Obrigada pelo sermão, Leon – disse Greta. – Estou perfeitamente a par de como as coisas estão mudando. Ainda não cheguei à senilidade. Agora, esse filme é sobre o quê?

– É sobre uma estudante adolescente que se apaixona por seu jovem e belo professor de música. Eles fogem juntos e o professor cria uma banda. Enquanto isso, são perseguidos em todo o país pelas autoridades...

– Isso é ridículo! Cheska só tem 15 anos! – interrompeu Greta, furiosa.

– Calma, Greta. A personagem do filme tem 16 anos e, quando ele estrear no próximo verão, Cheska terá a mesma idade. Além disso, o tema pode parecer meio picante, mas, afora um beijo ou outro, não há nenhuma outra... coisa física. É um filme essencialmente leve, para divertir, todas as músicas vão ser escritas por Bobby Cross. Seria filmado em cenários externos, para dar aquele toque de realidade que é muito popular no momento.

– Parece ótimo, não acha, mamãe? – disse Cheska, ansiosa, em tom meio desesperado.

– Vou levar o roteiro para casa e lê-lo, Cheska. Depois decidimos – respondeu Greta, com firmeza.

– Bem, não demore muito. Como sabemos, a carreira de Cheska está em um ponto crucial. Há uma porção de outras jovenzinhas bonitas por aí que o estúdio já contratou.

– Mas nenhuma tem o exército de fãs de Cheska. É isso que prende os bumbuns às cadeiras do cinema – relembrou Greta. – Vamos, Cheska, temos que ir para casa.

Levantou-se e fez sinal para que a filha fizesse o mesmo.

– Até logo, doçura.

– Até logo, Leon – respondeu Cheska, tristonha, saindo do escritório atrás da mãe.

Depois que as duas saíram, Leon se reclinou na cadeira e refletiu sobre como se passara a reunião. Sempre admirara Greta pela maneira como havia orientado Cheska. Nos últimos tempos, porém, ela se tornara cada vez mais dominadora. Sem dúvida, Cheska tinha uma fama enorme, mas seus admiradores vinham sobretudo da geração mais velha. Ela já não era uma garotinha, de modo que tinha perdido as qualidades inatas de inocência que a haviam transformado numa estrela infantil tão poderosa. A renda da bilheteria de seu último filme foi menor que a do anterior, e fazia nove meses que não lhe ofereciam roteiro algum. Agora, Cheska precisava convencer a Rainbow Pictures e todo um público novo de que ainda valia a pena pagar para vê-la. Greta simplesmente teria de perceber que a balança do poder havia mudado e que ela já não podia mais ditar as regras.

Leon se sentia aliviado, ao menos, pelo fato de Cheska vir passando de menina encantadora para uma bela jovem. Sua magreza, combinada com o cabelo louro esvoaçante e os traços finíssimos, faria qualquer adolescente espinhento babar por ela. O futuro de Cheska estaria em sua capacidade de crescer e atrair os homens.

Leon se perguntou se a mãe dela deixaria isso acontecer.

– *Por favor*, mamãe. Eu adorei o roteiro! Achei bacana.

– Não use essa palavra boba, Cheska.

Estavam sentadas à mesa, tomando o café da manhã. Cheska tinha lido o roteiro na cama, na noite anterior. As poucas horas de sono que tivera foram repletas de sonhos em que beijava Bobby Cross. Pela primeira vez em anos, ela se sentiu empolgada.

– Não sei, Cheska. Também li o roteiro, e não acho que seus fãs vão gostar de vê-la de minissaia e cílios postiços.

– Mas, mamãe, não posso mais fazer papéis de menininhas. Estou muito velha, até os críticos começaram a dizer isso.

– É, mas talvez devamos dar uma olhada em outros roteiros, antes de decidir. Pelo amor de Deus, há uma cena em que o seu personagem sai do quarto usando roupa de baixo!

– E daí? Não tenho vergonha do meu corpo. É mais natural andar nua do que usar roupas, você sabe – acrescentou Cheska, numa citação direta de um artigo que lera recentemente numa revista.

– Por favor, Cheska! Você pode achar que é adulta, mas ainda não fez 16 anos, e a minha opinião ainda serve para alguma coisa!

– Mãe, há garotas não muito mais velhas que eu morando sozinhas, namorando e... e... outras coisas mais!

– E o que você entende de namorados, mocinha?

– Só sei que outras garotas têm namorados e que eu quero fazer esse filme!

Cheska se levantou da mesa, foi para seu quarto e bateu a porta com força. Greta fez uma anotação mental de que precisava telefonar para o médico e pedir outra receita de tranquilizantes. Depois, foi até o telefone e discou o número de Leon.

– Olá, Leon, é a Greta. Li o roteiro e estou apreensiva com ele. Quero que as cenas com a personagem seminua sejam retiradas, e as gírias também. Depois pensamos no assunto.

– Nada feito, Greta. Ou Cheska aceita o papel como está, ou não aceita.

– Bem, neste caso, a resposta é não. Você não pode procurar outros roteiros para ela?

– Greta, preciso deixar uma coisa clara para você: no que diz respeito ao estúdio, é esse ou nada. Devo dizer para eles começarem a fazer o teste com outras garotas para o papel?

Greta se calou. Tinha sido colocada contra a parede e sabia disso.

– E Cheska? – perguntou Leon. – Ela quer fazer o papel?

– Sim, mas com grandes reservas.

Reservas uma ova, pensou Leon. Tinha visto a animação nos olhos de Cheska, ao mencionar Bobby Cross.

– Bem, deixe-me ligar para Charles e dizer que Cheska vai aceitar o papel, antes que ele perca a paciência e escolha outra pessoa. Depois podemos resolver os detalhes. Vamos lá, Greta, trabalhamos juntos há muito tempo, e você deve saber que esta é uma oportunidade de ouro para ela.

Houve uma longa pausa do outro lado da linha.

– Está bem.

– Maravilha! Você não vai se arrepender, eu juro.

– Espero que tenha razão – murmurou Greta, ao pôr o fone no gancho, e foi contar a novidade a Cheska.

A expressão de felicidade no rosto da filha era algo que Greta não via em muito, muito tempo.

– Obrigada, mamãe. Sei que é a coisa certa para fazermos. Estou muito feliz!

E isso, pelo menos, alegrou Greta.

– Certo, tudo pronto. – A maquiadora tirou o lenço de papel que envolvia o pescoço de Cheska. – Estarão prontos para você dentro de uns quinze minutos. Quer um café?

– Não, obrigada.

Cheska olhou para seu reflexo no espelho. Seu rosto tinha sido coberto de base e as pálpebras, contornadas por delineador. Os cílios postiços e a sombra azul destacavam seus olhos. Os lábios foram pintados com batom cor-de-rosa, acentuando os dentes brancos como pérolas. A cabeça parecia estranhamente leve, pelo tanto que ela estava acostumada com o cabelo comprido, que fora cortado num estilo pajem e agora pendia logo acima dos ombros.

Cheska estava usando um blazer escolar tradicional, saia e gravata, mas a bainha da saia pregueada ficava uns 10 centímetros acima dos joelhos, fazendo suas longas pernas se afunilarem até as meias soquete e os sapatos.

Ela deu um risinho. Mamãe daria um chilique quando a visse. Mas ela não se importava. Sentia-se maravilhosa. A assistente de direção entrou na sala para levá-la ao set.

– Você está linda, Cheska. – A garota sorriu. – Mal posso acreditar que é você.

Cheska a acompanhou, saindo da sala, descendo o corredor e entrando no amplo salão da escola.

– Sabe que cena vamos gravar primeiro?

– Sei. – Os olhos de Cheska correram pelo salão, em busca de um vislumbre de Bobby Cross. – É a cena da reunião diária do corpo discente em que o novo professor de música é apresentado às alunas.

– Isso mesmo. Sente-se aí, Cheska, que nós a chamaremos quando estivermos prontos.

A sala estava cheia de garotas conversando, todas vestindo o mesmo uniforme de Cheska. Fez-se um silêncio repentino quando as portas do salão se abriram e Bobby Cross entrou, acompanhado por Charles Day. Cheska se virou junto com as outras e prendeu a respiração, ao vê-lo em carne e osso pela primeira vez. Era mais bonito na vida real do que em qualquer uma de suas fotos. O cabelo louro-escuro estava penteado para cima, formando um topete, e os olhos castanhos eram emoldurados por cílios longos e curvos. O corpo esguio estava coberto por um sóbrio terno cinza.

– Olá, garotas, como vão? – cumprimentou Bobby, ao mesmo tempo que lançara seu famoso sorriso.

Um suspiro coletivo ecoou pelo salão.

– Venha conhecer Cheska Hammond, a estrela que vai contracenar com você – disse Charles Day.

Cheska ficou hipnotizada enquanto Bobby caminhava em sua direção.

– Olá, querida. Vamos nos divertir fazendo este filme, não é?

Ela conseguiu assentir e murmurar um sim.

Cheska sentiu o sangue subir para as faces quando os olhos de Bobby percorreram seu corpo, das meias soquete para cima, e pousaram significativamente na curva dos seus seios. Ele se virou para Charles Day.

– Acho que todos os meus sonhos viraram realidade!

– Olá. Eu sou a mãe de Cheska, Greta Simpson. É um prazer conhecê-lo.

Greta passou pela filha com um leve empurrão e estendeu gentilmente a mão para Bobby.

– Olá – respondeu Bobby, ignorando a mão. – Vejo você no set – disse, com uma piscadela para Cheska, e deu meia-volta para se afastar com Charles. – Aquele dragão vai ficar acompanhando a filha gostosa? Vai estragar toda a minha diversão – disse a Charles Day, alto o bastante para que as duas o ouvissem.

O rosto de Greta se manteve impassível. Cheska poderia se enfiar num buraco no chão, mas houve um prazer misturado com o constrangimento.

– Muito bem, todos aí – disse Charles Day, batendo palmas. – Vamos trabalhar.

– Mamãe, de agora em diante, quero ir sozinha para o estúdio.

Recém-saída do banho e pronta para ir dormir, Cheska tinha se juntado a Greta na sala de estar. A mãe ergueu os olhos da revista que estava lendo, com uma expressão gélida no rosto.

– E por que quer fazer isso?

– Porque tenho quase 16 anos e não preciso mais de uma acompanhante.

– Mas, Cheska, sempre fui com você! Você precisa de alguém ao seu lado, para resolver qualquer problema que possa surgir. Você sabe disso.

Cheska se sentou no sofá ao lado da mãe e segurou a mão dela.

– Mamãe, por favor, não pense que não quero você lá, mas nenhuma das outras garotas do filme leva a mãe... Eu me sinto como um bebê, e as pessoas riem de mim.

– Isso não é verdade.

– Mas você passou todos esses anos cuidando de mim – respondeu Cheska, experimentando outra tática. – Você só tem 34 anos. Com certeza, deve querer algum tempo para você mesma, não? Além disso, tenho que aprender a andar com meus próprios pés.

– É muita gentileza sua pensar em mim, mas adoro ir aos estúdios. É a minha vida, tanto quanto a sua.

– Bem, você ficaria terrivelmente aborrecida se eu tentasse fazer isso sozinha, por alguns dias, para ver como me saio?

– Mas, e quando vierem as filmagens externas? Você vai precisar de alguém lá para cuidar de você.

– Talvez. Ah, por favor, me deixe tentar, mamãe. É muito importante para mim.

Greta hesitou, vendo os olhos suplicantes da filha.

– Está bem. Se é o que deseja. Mas só por uns dois dias.

– Obrigada, mamãe – agradeceu Cheska, dando-lhe um raro abraço. – Agora, vou me deitar. Amanhã será um dia cansativo. Boa noite.

Deu um beijo no rosto da mãe e saiu da sala.

Às oito horas da manhã seguinte, Greta viu a filha sair no carro do estúdio. Tomou um banho demorado e vagaroso, depois zanzou pela casa, fazendo as camas e arrumando a cozinha, embora tivessem uma faxineira. Fez café e se deu conta de que mal passava das dez horas. Tomou o café e se perguntou o que poderia fazer para passar o tempo até Cheska chegar. Poderia fazer compras, mas, sem a filha para experimentar roupas, não pareceu uma opção atraente. Resolveu telefonar para David e ver se ele estaria com tempo livre para almoçar.

Apesar de ter rezado para que o relacionamento dos dois não se modificasse depois da proposta dele, David havia mudado. Era inevitável. Nos anos decorridos desde então, os dois haviam mantido contato, mas sem se encontrarem com a frequência de antes. David vivia sempre ocupado e era muito requisitado; agora tinha seu próprio programa noturno na ITV, a nova rede comercial de televisão, e se tornara um nome imensamente conhecido. Apesar de sentir falta dele, Greta compreendia. Ele tinha que encontrar seu próprio futuro, conhecer outras mulheres.

Nesse dia, porém, Greta precisava dele. Tirou o fone do gancho e discou o número. David atendeu prontamente.

– Alô?

– David, é a Greta.

– Greta! – A voz foi calorosa. – Como vai?

– Muito bem, obrigada.

– E Cheska?

– Vai bem. Começou o filme novo há alguns dias.

– É mesmo? E você não está com ela?

– Hummm, não, hoje não. Eu tinha umas coisas para fazer e Cheska me deu o dia de folga. Fiquei pensando se você gostaria de se encontrar comigo para almoçar. Tenho que ir ao centro da cidade, fazer umas comprinhas. Poderíamos ir ao Savoy. A convite meu.

– Ah, Greta, eu adoraria, mas devo dizer que já tenho um compromisso marcado.

– Não se preocupe. Quem sabe na semana que vem?

– Puxa vida, receio que eu não possa. Estou muito ocupado com o programa de televisão no momento, mas adoraria me encontrar com você quando as coisas se acalmarem um pouco. Posso ligar para você mais para o fim da semana?

– Está bem.

– Ótimo. Desculpe-me por sair correndo, mas o carro do estúdio acabou de chegar. Até logo, Greta.

– Certo, até logo, David.

Greta pôs o fone no gancho, foi devagar até a janela e olhou para a rua lá embaixo. Tornou a consultar o relógio e viu que eram apenas quinze para as onze. Sem Cheska, ela não tinha nada.

E sabia que a estava perdendo.

25

Cheska passou as duas semanas seguintes numa névoa de amor e confusão.

A maioria de suas cenas era com Bobby Cross. Ele adorava conversar, flertava muito e a tratava como adulta. Cheska ansiava por responder com tiradas espirituosas, mas se via totalmente muda quando os dois ficavam juntos à espera de uma tomada. Ao contrário das outras garotas, que retribuíam o flerte, Cheska não fazia ideia do que dizer nem de como agir.

Agora que tinha liberdade durante o dia, as noites em casa com a mãe eram incômodas. Quando ela voltava ao apartamento, depois de um dia de filmagem, Greta a esperava, ansiosa, e ela era obrigada a passar a noite contando todos os detalhes do dia. Um jantar delicioso era colocado à sua frente e ela fazia o melhor possível para comer, apesar de ter tido um almoço farto no set.

O clima era claustrofóbico, e ela sempre dava graças quando chegava a hora de se deitar e ela podia fechar a porta e adormecer, sonhando com Bobby.

– Muito bem, pessoal. Por hoje, é só. Na segunda-feira, de manhã cedo, nós nos encontramos no saguão do Grand Hotel, em Brighton. Se vocês ainda não finalizaram seus arranjos de viagem, falem com Zoe. Ela tem todos os detalhes.

– Vai ser divertido, não?

– Como disse? – perguntou Cheska, virando-se para Bobby.

– Eu disse que Brighton será divertido. Vamos ficar hospedados no mesmo hotel, você sabe – fez Bobby, com uma piscadela.

– Sim – disse ela, enrubescendo.

Nesse momento, Zoe se aproximou dos dois.

– Bem, Cheska, reservei um quarto de casal para você e para sua mãe. O carro vai buscá-las no domingo à tarde, às quatro horas.

Cheska se virou e viu Bobby franzindo a testa.

– Hummm, não, Zoe, não vou precisar de um quarto de casal. Minha mãe não vai comigo.

Olhou para Bobby, que abriu um sorriso de aprovação.

– Até domingo à noite, querida.

– Está bem – disse Zoe. – Qualquer problema, você tem meu número.

Mais tarde, naquela noite, Greta e Cheska tiveram sua primeira grande discussão. Cheska foi irredutível. Queria ir para Brighton sozinha; sua mãe, com igual veemência, disse que iria com ela.

– Você é muito nova para ficar sozinha numa cidade estranha, Cheska! Sinto muito, mas não irá sozinha e ponto final.

– Mãe, você não entende que não sou mais um bebê? Por que não quer me deixar crescer? Se eu não puder ir sozinha, então não vou, e pronto!

Irrompeu em prantos, saiu correndo da sala e bateu a porta do quarto ao entrar. Desesperada, Greta tirou o fone do gancho e discou o número de Leon. Ele a escutou, solidário, enquanto ela explicava o problema.

– A questão, Leon, é que Cheska é muito nova para ficar hospedada sozinha. Ela se acha muito adulta, mas não é. Diz que se recusa a ir se eu insistir em acompanhá-la.

– Greta, entendo a sua preocupação, mas Brighton está longe de ser o fim do universo, não é? Fica apenas a uma hora de Londres, e Cheska estará num hotel cheio de gente do elenco e da equipe de filmagem. Aliás, na semana que vem estarei lá, de modo que posso dar uma olhada nela. É provável que isso seja só um chilique de adolescente. Se fosse você, eu a deixaria ir sozinha e descobriria quanto sente a sua falta. E, para ser franco, pelo bem do filme, queremos Cheska o mais contente e relaxada possível. Charles disse que ela tem tido um desempenho excelente.

– Está bem – acabou concordando Greta. – Vou dizer a ela que pode ir sozinha. Mas quero que você me prometa que ela vai para a cama às dez horas, todas as noites. Nada de saídas noturnas. Sei como podem ser algumas festas durante as filmagens.

– Prometo. Greta, procure não se preocupar. Cheska ficará perfeitamente bem. Ah, a propósito, você poderia encaixar um horário para almoçarmos em algum momento das próximas duas semanas? Recebi um telefonema muito interessante de um produtor americano. Ele trabalha em Los Angeles, mas é amigo de Charles e esteve aqui nos últimos dias. Acha que Cheska poderia fazer um tremendo sucesso em Hollywood.

– Bem, tenho umas coisas marcadas na semana que vem – mentiu Greta, querendo manter as aparências –, mas poderíamos combinar na segunda-feira seguinte.

– Ótimo, ótimo – retrucou Leon. – Vamos nos encontrar no Ivy. E não se preocupe, cuidarei de Cheska para você.

Ele desligou e ficou imaginando o que Greta faria sozinha enquanto Cheska estivesse fora.

Cheska se sentou na banheira de sua suíte no Grand Hotel, em Brighton, ensaboando as pernas e se sentindo infeliz e deprimida. A filmagem do dia tinha sido um pesadelo. Eles haviam tentado filmar a cena da praia de Brighton em que Bobby e ela trocavam o primeiro beijo. O tempo estivera horroroso e ela havia ficado tão nervosa com a cena que errara várias vezes as suas falas.

No fim, com o tempo piorando e os ânimos acirrados, Charles Day tinha encerrado mais cedo o trabalho do dia.

– Não se preocupe – dissera Charles, mais cedo, quando voltavam pelo passeio para o hotel. – Amanhã tentamos de novo, depois de uma boa noite de sono, está bem?

Cheska tinha assentido, subido correndo para a suíte e se atirado na cama, em prantos.

– "Ah, Jimmy, não é maravilhoso? Nunca me senti tão feliz!" – Cheska ficou repetindo o trecho simples de fala que levava ao beijo, enquanto saía da banheira e se enxugava.

O resto do elenco e o pessoal da equipe técnica estavam jantando lá embaixo, mas ela não sentiu vontade de acompanhá-los. Estava envergonhada demais. Resolveu pedir uns sanduíches ao serviço de quarto e dormir cedo.

O telefone do quarto tocou e ela saiu do banheiro para atender.
– Alô?
– Querida, é a mamãe. Como você está?
– Bem.
– Como foi a filmagem de hoje?
– Ótima.
– Que bom. Você tem comido?
– É claro que sim!
– Não precisa gritar, Cheska. Só estou preocupada com você.
– Mamãe, faz só um dia que estou fora.
– Não está se sentindo sozinha demais?
– Não. Agora tenho que desligar e preparar meu texto para amanhã.
– Sim, é claro. Desde que esteja bem.
– Estou.
– Ah, e, Cheska, não se esqueça de tomar seus comprimidos, sim?
– Não vou esquecer, mamãe. Boa noite.
Cheska desligou e se deixou cair na cama, irritada.

Charles Day estava tomando uma bebida com Bobby no bar do hotel. À medida que conversavam, eram constantemente interrompidos por adolescentes ruborizadas, que estendiam pedaços de papel para Bobby autografar.
– O problema é que não existe a menor química entre você e Cheska Hammond, no momento. É o primeiro papel adulto que ela faz, e está tendo problemas. Todas as vezes que você tentou beijá-la hoje, diante das câmeras, ela pareceu ficar apavorada.
– É, ela precisa relaxar – concordou Bobby.
– A ideia toda do filme é a tensão sexual entre vocês dois. Se isto não tomar a plateia de assalto, o filme vira fumaça. Pode ser que amanhã ela esteja mais calma. Cheska é uma grande atriz, mas está acostumada a fazer o papel da garotinha perdida, não da gatinha sensual.
– Aposto que ela é uma safadinha por trás daquele recato todo – resmungou Bobby. – Escute, precisamos gravar essa cena da praia amanhã?
Charles encolheu os ombros.
– Acho que poderíamos remarcar mais para o fim da semana. Por quê?

– Você me dá uns dias que eu resolvo esse seu probleminha, está bem?

– Está bem, mas vá com cuidado. Cheska é inocente. A mãe a manteve trancafiada até agora.

– Luvas de pelica, parceiro, luvas de pelica – murmurou Bobby, rindo.

Às nove e meia, o telefone tornou a tocar no quarto de Cheska.

– Alô?

– Cheska, é o Bobby. Onde você andou se escondendo a noite toda?

– Ah... – Ela engoliu em seco, de puro susto, ao som da voz dele. – Estava cansada, só isso.

– Bem, agora que já descansou um pouquinho, trate de vir para cá. Vou levá-la a uma festa.

– Bem, eu... Eu estou de camisola, eu...

– Por mim, tudo bem. Venha vestida assim. Vejo você daqui a dez minutos no bar. Tchau.

A linha ficou muda.

– Ei, boneca! Adorei o visual.

Bobby estava em pé no bar, com alguns membros da equipe, quando Cheska desceu. Ela enrubesceu com o comentário sobre sua jardineira de veludo cotelê com a malha de lã.

– Eu estava com frio – disse, baixinho.

– Venha cá – disse Bobby, abrindo-lhe os braços. – Aqueço você num instante. Não vou devorá-la, juro.

Relutante, Cheska chegou mais perto, e ele a puxou para junto de si.

– Você não deveria esconder esse corpão – cochichou, roçando o nariz na orelha dela. – Bem, você já conhece Ben, nosso eletricista, comumente conhecido como Faísca, e Jimmy, ou Bum, que capta os nossos tons melodiosos nos seus microfones.

– Opa – disse Faísca, meneando a cabeça e acendendo um cigarro.

– Bebida? – perguntou Bobby.

– Hummm, uma Coca, por favor.

– Uma Coca, por favor, com uma pitada de rum para esquentar a moça – disse Bobby ao *barman*.

– Ah, não, eu acho...

– Vamos lá, Cheska, experimente. Agora você é uma menina crescida.

Bobby entregou o copo para ela e puxou uma banqueta. Meio sem jeito, Cheska se sentou enquanto ele conversava com Faísca e Bum.

– Tudo bem, criança? – disse Bobby, com um sorriso.

– Sim, tudo.

– Ótimo. Beba e vamos partir para outra. Tem um casaco?

– No meu quarto.

– Se estiver com frio, pode me usar, ok?

Bobby a ajudou a descer da banqueta e os dois seguiram Faísca e Bum, cruzando o saguão do hotel e saindo na noite fria. Bobby pôs o braço em volta dela e foram andando pela beira-mar.

– Aonde vamos? – perguntou Cheska.

– A uma boate que conheço. Você vai gostar. Quando eu era um cantor desconhecido, o dono me deu uma chance. O lugar é demais.

Uns 100 metros adiante, Cheska desceu um lance de escada atrás de Bobby. O lugar estava lotado de gente jovem, dançando ao som de Elvis Presley, as músicas eram tocadas por uma banda num palco pequeno.

– Sente-se aí que eu vou buscar uma bebida – disse Bobby, apontando uma mesa de canto e partindo lentamente em direção ao bar, na companhia de Bum.

Cheska se sentou e Faísca ficou a seu lado. Ele começou a enrolar um baseado.

– Fuma? – ofereceu a Cheska.

– Não, obrigada.

Faísca deu de ombros. Tragou o baseado, soltando a fumaça devagar pelo nariz. Meneou a cabeça satisfeito.

– Essa é da boa, é da boa.

Bobby voltou com as bebidas e se sentou ao lado de Cheska.

– Tudo bem, querida?

Ela fez que sim, de olhos arregalados, e pegou seu drinque. Bobby pôs um braço possessivo em volta dos ombros dela.

– Sabe, eu estava esperando uma chance de ficarmos juntos.

– Estava? – perguntou Cheska, surpresa.

– É. Você é uma das meninas mais bonitas que eu já vi em anos. Ande – puxou-a para que ficasse de pé –, vamos dançar.

Quando entraram na pista de dança abarrotada, a banda começou a tocar uma música encantadora.

– O nome dessa é "Moon River", é da trilha sonora daquele filme novo, *Bonequinha de luxo*. Eu soube que a versão que vão lançar aqui, no mês que vem, vai ser um sucesso monstruoso. – Bobby abraçou Cheska e cantarolou a letra em seu ouvido. – Talvez eu a leve para ver o filme. Aquela Audrey Hepburn é muito legal.

Terminada a música, eles se separaram e aplaudiram.

– Está se divertindo? – perguntou ele.

– Sim, obrigada.

– Senhoras e senhores – anunciou uma voz repentina ao microfone. – Tenho certeza de que todos vocês notaram que temos uma estrela entre nós. Eu me orgulho em dizer que foi exatamente nesta boate que Bobby Cross teve sua primeira chance. Bobby, quer ter a gentileza de retribuir o favor agora, subir aqui e cantar para nós?

O público aplaudiu, enquanto Bobby acenava modestamente e caminhava em direção ao palco. Ele pegou o microfone e Cheska voltou para a mesa.

– Obrigado, senhoras e senhores. Eu gostaria de cantar a minha nova música, " A loucura do amor", que dedico a uma amiga, a encantadora Srta. Cheska Hammond.

Pendurando no ombro uma guitarra emprestada, Bobby começou a cantar a balada lenta, olhando diretamente para ela. Cheska ouviu, hipnotizada, incapaz de romper o contato visual. Terminada a canção, houve sonoros aplausos e pedidos por outra música.

Bobby seguiu com outro de seus sucessos, uma música de ritmo animado, que logo fez a pista de dança encher.

Cheska pegou sua bebida e Bobby piscou para ela. Estaria interessado nela? Com certeza agia como se estivesse. Ela deu um risinho, sentindo crescer no peito uma sensação deliciosa de felicidade.

Bobby se aproximou e a tirou para dançar.

– Está se divertindo, doçura?

– Estou, sim, Bobby. Este lugar é demais.

– É, sim. – As mãos dele lhe acariciaram suavemente a cintura. – E você é linda, sabia?

Após algumas danças divinas, Bobby a apresentou a Bill, o dono da boate.

– Eu me lembro de ter ido vê-la em *A garotinha perdida*. Cresceu um pouquinho desde então, não foi? – comentou, em tom de aprovação.

– Cresceu, sim, com certeza – confirmou Bobby, deslizando a mão pelas costas dela.

A boate havia começado a esvaziar e, quando Cheska e Bobby voltaram para a mesa, Bum e Faísca tinham sumido.

– Devem ter arranjado duas garotas e caído fora – comentou Bobby, levando Cheska pela mão na subida da escada, em direção à saída da boate.

O vento ganhara força nesse intervalo e açoitou o cabelo de Cheska, transformando-o numa juba rebelde em volta do seu rosto.

– Ande, vamos enfrentar a caminhada de volta ao hotel. Adoro quando o tempo fica tempestuoso assim. – Bobby a puxou para o outro lado da rua e se debruçou na mureta que dava para a praia. – Essas ondas são muito poderosas. A gente pode achar que controla as coisas, mas ninguém pode deter isso – afirmou, apontando para a massa escura das ondas que quebravam.

Cheska estremeceu sem querer, por causa do vento gelado, mas também pela empolgação.

– Desculpe, menina. Tome. – Ele tirou o paletó e o pôs sobre os ombros de Cheska. Levantou o queixo dela em sua direção. – Sabe, você é linda mesmo. Dá para entender por que, no filme, Jimmy se dispõe a jogar tudo para o alto por você. Já foi beijada?

– Não.

– Bem, pois me dê a honra de ser o primeiro.

Bobby encostou os lábios nos dela e os tocou delicadamente. Cheska sentiu a tensão do corpo relaxar, à medida que ele foi abrindo sua boca. Hesitante, deixou a própria língua tocar a dele e, percebendo que não era preciso fazer muito mais que isso, relaxou e começou a aproveitar.

Bobby finalmente se afastou.

– Você aprende depressa – brincou, enquanto a envolvia nos braços. – Romântico, não é? Sozinhos numa praia deserta, no meio da noite, com o vento uivando e o mar rebentando em ondas. A gente nunca esquece o primeiro beijo, Cheska.

– Onde foi o seu?

– Não consigo me lembrar! – Ele riu. – Vamos. Amanhã estaremos os dois de cama se não entrarmos agora mesmo! Entenda, se eu estivesse aninhado do seu lado, não me incomodaria nem um pouco.

Voltaram correndo para o calor do hotel e Bobby escoltou Cheska até sua suíte.

– Você sabe que eu gostaria de entrar com você, mas não quero apressá-la. Jantamos amanhã à noite? – perguntou, dando-lhe um beijo suave na testa.

Cheska só conseguiu assentir em silêncio.

– Boa noite. Durma bem.

Com um adeusinho, ele desapareceu pelo corredor. De volta ao quarto, Cheska tornou a vestir a camisola. Ao se sentar para escovar o cabelo, olhou para o tranquilizante e o copo d'água na mesinha de cabeceira.

Não ia tomá-lo. Sentia-se fabulosa nessa noite e não queria nada que embotasse essa sensação. Deitou-se na cama fria e pôs a cabeça embaixo dos lençóis, para tentar se aquecer, revivendo cada segundo da noite maravilhosa que acabara de acontecer.

26

– Muito bem, Bobby, quero que você gire Cheska no ar, levantando-a nos braços. Cheska, você joga a cabeça para trás e ri, depois olha Bobby nos olhos. Bobby, você se inclina e a beija.

Parados na praia gelada, varrida pelo vento, Bobby deu uma piscadela para Cheska.

– Certo, vamos gravar essa tomada antes que caia a chuva – disse Charles, olhando para o céu.

– Tudo bem com você, amoreco? Venha cá – disse Bobby, abraçando-a.

Cheska relaxou em seus braços. Estava com os pés dormentes e o vento fazia seus olhos lacrimejarem, porém nunca se sentira mais feliz.

– Cena cinco. Tomada um.

A claquete bateu.

– Ação! – gritou Charles.

Bobby levantou Cheska do chão e a fez rodopiar, segurando-a nos braços. Ela jogou a cabeça para trás, rindo, e olhou nos olhos dele. Bobby deu um sorriso e aproximou os lábios dos dela. Cheska estremeceu sem querer quando ele a beijou. Envolveu o pescoço dele com os braços e fechou os olhos.

– Corta! Eu disse "corta"! Podem se afastar!

Charles riu, e Bobby e Cheska enfim se separaram. Cheska enrubesceu. Quase toda a equipe sorria. Ela olhou de relance para Leon, parado atrás da câmera. Ele deu uma piscadela para ela e fez sinal de positivo com o polegar.

– Vou dar uma conferida ainda, mas, se estiver tudo bem, esta cena está fechada. Vocês dois fizeram um ótimo trabalho – disse Charles. – Cheska, por hoje você terminou. Volte para o hotel, direto para um banho quente. Não quero aquele seu agente me processando por negligência.

– Vou levá-la de volta ao hotel, para ter certeza de que ela fará exatamente isso – disse Leon.

Pôs o braço sobre o ombro de Cheska e a conduziu para longe. Ela virou para trás e deu um adeusinho de despedida a Bobby.

– Até logo, amoreco – gritou Bobby, antes de se virar para Charles com um sorriso. – Eu disse que resolveria, não disse? Não que não tenha sido um processo prazeroso.

– Obrigado, mas tome cuidado. Com a sua... situação, não queremos ninguém aborrecido.

– Discrição é comigo mesmo, Charles. Você sabe disso.

– Só estou dizendo que é óbvio para todo mundo que Cheska está caída por você, e não queremos nenhum acesso de raiva atrasando a produção.

– Vou tratá-la como um bibelô de porcelana nas próximas semanas, juro.

Bobby acenou com a cabeça para Charles e saiu andando pela praia, em direção à barraca de maquiagem.

– Charles está encantado com você – disse Leon, andando com ela à beira-mar, a caminho do hotel. – Disse que tem sido seu melhor desempenho até hoje. Contei a sua mãe que recebi um telefonema de um produtor americano. Se este filme for o sucesso que todos esperam, acho que Hollywood vai chamar você.

– Mas eu achava que Hollywood não tinha interesse em mim.

– Não tinha, quando você era uma *criança*. Eles já têm sua própria safra de estrelas infantis. Mas, agora que você amadureceu, a história é outra. Veja a grande estrela em que Liz Taylor se transformou por lá. Sua mãe está providenciando os passaportes para vocês e estou ajudando a obter os vistos. Quando terminar a gravação deste filme, vamos levá-la de avião para lá.

– Leon – disse Cheska, afastando o cabelo do rosto. – Não vou para casa neste fim de semana.

– Certo. Já falou com sua mãe?

– Não. Eu estava pensando, bem... será que você falaria com ela? Para dizer que estamos com o cronograma meio atrasado, ou coisa assim, e que temos de fazer umas filmagens extras no sábado e no domingo?

– Quer que eu minta por você, Cheska?

A atriz parou de andar e virou de frente para ele.

– Ah, por favor, Leon! Você sabe como é a minha mãe! É tão superprotetora que eu mal consigo respirar.

– Presumo que a verdadeira razão de você querer ficar em Brighton tenha a ver com seu colega protagonista, não é?

– Mais ou menos. Só achei que seria interessante ter um fim de semana inteiro só para mim, pela primeira vez em toda a minha vida.

Leon olhou para sua cliente, pensativo. Agora que Greta não estava presente para falar por ela e organizar tudo, a personalidade de Cheska começava aos poucos a se afirmar. A química entre Bobby e ela era óbvia. Moralmente, Leon sabia que deveria contar a verdade, alertá-la para a fria em que estava se metendo e tentar afastá-la. Mas, debatendo com seus botões, o pior que poderia acontecer era ela passar um tempo cuidando de um coração partido, não é? Todo mundo tinha que se apaixonar pela primeira vez. Além disso, a vida particular dela não era mesmo da sua conta.

– Está bem, Cheska. Vou falar com a sua mãe por você.

– Enfim, Cheska me pediu para mandar um beijo e pedir desculpas. Disse que estará com você na semana que vem.

– Ela não perguntou se eu queria ir para Brighton? – indagou Greta, acendendo nervosamente um cigarro. Era um hábito que havia retomado recentemente, por puro tédio.

– Para ser sincero, o tempo aqui está horroroso e tem bagunçado toda a programação do filme. Nos próximos dias, eles vão passar a maior parte do tempo em externas, e também gravando umas cenas noturnas. – As mentiras fluíam da boca de Leon. – Se eu fosse você, ficaria em recintos fechados em Londres.

– Acho que você está certo. Só me jure que a minha menina está bem e que você está de olho nela.

– Ela está ótima, Greta. E tendo um desempenho esplêndido. E então, vejo você no Ivy, na segunda-feira?

– Sim, obrigada, Leon. Até logo.

Greta desligou e escutou o silêncio do apartamento, quebrado apenas pelo tique-taque do relógio na cornija da lareira. Os dias anteriores tinham parecido intermináveis. Somente a ideia da chegada de Cheska mantivera o bom humor dela. Greta havia preparado uma torta de carne com purê, o prato predileto da filha, e sentiu seu aroma sedutor emanando da cozinha. Olhou para a mesa, já posta para duas pessoas.

Não tinha amigas a quem telefonar, nada para fazer e nenhum lugar aonde ir. Por um momento, sua mente se voltou para David. Talvez tivesse sido loucura recusar o pedido de casamento feito por ele, para dedicar a vida à carreira de Cheska. Ela poderia ter encontrado sua própria felicidade. *Não*, disse a si mesma com firmeza: havia optado por fechar essa porta, que nunca mais seria aberta outra vez.

Só restava a Greta enfrentar a dura realidade: Cheska a estava tornando desnecessária, após quase dezesseis anos de serviços dedicados. Parecia que, mais uma vez, estava inteiramente só.

– Ah, querida, se você soubesse quanto eu queria fazer isto – sussurrou Bobby no ouvido de Cheska, enquanto retirava a última peça de roupa de seu corpo jovem e esguio. – Deixe-me olhar para você.

Bobby se ajoelhou acima dela na cama do hotel, assimilando os contornos recém-desenvolvidos de seus quadris, sua cintura e seus seios, enquanto a luz suave lançava sombras dançantes sobre sua pele leitosa. Normalmente, ele preferia um pouco mais de carne em suas mulheres, mas, apesar disso, o corpo adolescente de Cheska era uma visão sedutora.

Ela lhe deu um sorriso tímido enquanto ele tirava a camisa, as calças e a roupa de baixo. Bobby se curvou sobre ela e lambeu sua orelha.

– Vamos bem devagar.

Cheska fechou os olhos quando a língua de Bobby desceu de sua orelha para o pescoço. Sentiu os dentes dele mordiscarem de leve sua pele, enquanto sua mão descia para acariciar um seio, depois o outro.

Atordoada, perguntou-se se o que estava deixando Bobby fazer era terrivelmente errado, mas o corpo lhe dizia que era a coisa mais natural do mundo. Bobby estendeu a mão para pegar alguma coisa na mesa de cabeceira.

– Tenho que mantê-la segura, querida – disse. – Então, está pronta?

Enquanto ele posicionava o corpo sobre o dela, Cheska levantou a cabeça.

– Bobby?

– Sim?

– Você... você me ama?

– É claro que amo. Você é muito linda.

Beijou-a então na boca, com força, e, ao corresponder ao beijo, Cheska o sentiu penetrá-la. Soltou um arquejo alto ao ser rasgada por uma dor aguda.

– Daqui em diante melhora, você vai ver. – Ele a acalmou. – Ah, você é muito gostosa.

Cheska observou o rosto de Bobby, apenas centímetros acima do seu, e ele começou a se mexer mais depressa, os braços musculosos nas laterais do corpo dela. E então, com um gemido súbito, ele rolou de lado e caiu sobre os travesseiros junto dela.

Cheska ficou observando as chamas bruxuleantes da lareira e se perguntando se o que acabara de sentir era o que deveria ser. Uma das mãos de Bobby alisou seu seio.

– Tudo bem? Você está muito calada.

– Acho que sim.

– Não se preocupe. A primeira vez é sempre a pior, mas a noite é uma criança, e eu vou mostrar de verdade o que é fazer amor.

Cheska chegou ao set na manhã de segunda-feira com a sensação de ter passado por um tornado e sido lançada na terra de Oz.

Tinha o corpo coberto por pequenas manchas roxas, resultado dos choques de cotovelos e joelhos nos momentos de paixão. Depois de passar 48 horas na cama com Bobby, estava com o corpo dolorido e sensível, as pernas bambas, parecendo gelatina.

– Oi, Cheska. Foi bom o fim de semana? – Charles notou os olhos dançantes e a cor rosada da atriz.

– Ah, foi. O melhor fim de semana da minha vida.

27

– Vou voltar tarde, mamãe. Estamos filmando umas cenas noturnas. Tchau – disse Cheska, de longe, abrindo a porta da frente para sair do apartamento e batendo-a com força ao sair, antes que Greta tivesse chance de responder.

Deu um suspiro de alívio ao se acomodar no assento macio de couro cor de manteiga do automóvel do estúdio, que estava à sua espera. Depois da liberdade que tinha experimentado em Brighton, voltar para Londres e para sua mãe trazia uma sensação mais claustrofóbica do que nunca. Ela mal podia esperar para sair de manhã. Bobby havia arranjado para eles uma pequena pousada em Bethnal Green, perto da escola usada como locação do filme. Os dois desapareciam, ao término da gravação do dia, para fazer amor. Em geral, Cheska apenas dizia à mãe que a gravação tinha se atrasado. Mentir para ela acabou se tornando uma tarefa perfeitamente natural.

Meia hora depois, o carro parou no portão da escola. Cheska verificou seu reflexo no espelho retrovisor e saltou, o coração em disparada na expectativa de rever Bobby.

– Não seria maravilhoso se pudéssemos ficar juntos a noite toda, como fizemos em Brighton? – murmurou Cheska.

– É – respondeu Bobby, jogando-lhe a roupa de baixo, enquanto ela permanecia deitada na cama. – Tenho que ir andando.

– Para onde?

– Ah, vou encontrar umas pessoas.

– Posso ir com você?

— Hoje não. De qualquer jeito, sua mãe vai devorá-la no café da manhã se você não chegar em casa até as dez.

— Podemos sair juntos em uma outra noite? Para ir a uma boate, você sabe.

Cheska saiu com relutância dos lençóis amarrotados e começou a se vestir.

— Talvez.

— Quando?

— Logo.

Bobby pareceu irritado.

— A filmagem está quase no fim. Só falta uma semana. E depois, o que vamos fazer?

— Vamos bolar alguma coisa. Ande, Cheska. Já passa das nove e meia.

— Desculpe, Bobby.

Ela o seguiu obedientemente, saindo do quarto e descendo a escada.

— Até amanhã — disse o cantor, beijando-a no rosto enquanto fazia sinal para um táxi para ela, já na rua.

— Amo você — murmurou Cheska, antes de entrar no carro.

— Eu também. Tchau, baby.

Cheska acenou para ele pela janela traseira do táxi e se perguntou aonde Bobby estaria indo. Conhecia muito pouco sobre ele, nem ao menos sabia onde morava. Mas logo saberia tudo a respeito do rapaz, compartilharia por completo a sua vida, em vez de ser apenas uma pequena parte dela.

Tinha certeza de que Bobby ia pedi-la em casamento. Afinal, em seus filmes, quando duas pessoas se apaixonavam, o casamento era sempre o passo seguinte.

Ao chegar ao apartamento, girou a chave na fechadura, torcendo para que a mãe já tivesse ido dormir. Com um suspiro, viu que as luzes da sala ainda estavam acesas. Greta estava no sofá, de camisola, vendo televisão.

— Olá, mamãe.

Greta deu um sorriso tenso.

— Noite cansativa?

— Sim. — Cheska bocejou. — Você se importa se eu for direto para a cama? Estou exausta.

— Venha se sentar aqui enquanto eu lhe faço uma xícara de chá. Há uma coisa que quero falar com você.

Cheska deu um suspiro, enquanto a mãe foi à cozinha encher a chaleira. Sentou-se no sofá e desejou que o dia seguinte não fosse fim de semana. Isso significava dois dias inteiros sem ver Bobby.

Greta voltou à sala, carregando uma bandeja com um bule de chá, uma jarra de leite e duas xícaras. Sentou-se e serviu o leite e o chá, com gestos muito lentos e deliberados.

– Pronto, aqui está. Isto deve aquecê-la, depois de uma longa noite na friagem.

– Sim. Estava gelado.

Cheska estremeceu e bebericou o chá.

– É estranho, porque hoje recebi um telefonema de Charles Day. Mais ou menos às sete da noite.

– Ah, foi? Sobre o quê?

– Uma mudança de horário na semana que vem. Parece que a atriz que faz o papel da sua mãe pegou uma infecção intestinal e eles querem deixar as cenas dela para o fim da semana, para ela ter tempo de se recuperar.

– Ah.

– Estranho, não acha?

Greta bebericou o chá.

– O quê?

– Que Charles Day tenha tido que telefonar para lhe dizer uma coisa, quando deveria estar dirigindo você numa cena exatamente na mesma hora.

– Ah, bom, a questão é que o próprio Charles também não estava passando muito bem hoje, e por isso o assistente ficou na direção – mentiu Cheska, frenética.

– É mesmo? E quanto às duas últimas semanas? Perguntei para Charles se você vinha filmando à noite e ele disse que não. Então, Cheska, se você não estava no set, onde diabo você *estava*?

– Só saí – respondeu Cheska, em voz baixa.

– "Só saí." Posso perguntar com quem?

– Gente do filme. Amigos, mamãe, você sabe.

– E será que "gente" por acaso inclui Bobby Cross?

– Às vezes.

– Não se *atreva* a mentir para mim, Cheska! Você está insultando a minha inteligência!

– Não estou mentindo, mamãe.

– Por favor, Cheska. Já é suficientemente ruim que, por sua causa, eu tenha feito papel de boba no telefone com Charles Day, mas continuar a mentir na minha cara?

– Está bem, mamãe! – Cheska se levantou. – Sim, eu estava com Bobby! Eu o amo e ele me ama, e um dia nós vamos nos casar! Não contei isso antes porque sabia que nem em um milhão de anos você me deixaria ter uma coisa corriqueira como um namorado!

– Namorado? O Sr. Cross está longe de me parecer que se enquadra nessa categoria, não acha? Deve ser pelo menos dez anos mais velho que você, Cheska!

– Que importância tem a idade? E o meu pai? Você me disse que ele era muito mais velho. Quando se ama alguém, isso não faz diferença, faz?

Cheska cuspiu as palavras como se fossem veneno.

– Vamos ficar calmas, sim? – Greta passou a mão na testa, tentando controlar a raiva. – Escute, querida, por favor entenda que estou magoada por você não ter me dito o que estava fazendo. Achava que sempre dizíamos a verdade uma à outra, não é?

– Mas será que você não consegue ver que estou crescendo? Não posso ter alguns segredos?

– Sei disso. Reconheço que você tem que levar sua vida e que, de agora em diante, só posso desempenhar um pequeno papel nela.

– Ora, por favor! Não venha tentar fazer com que eu me sinta culpada! Vou dormir.

Cheska começou a andar em direção à porta.

– Desculpe. Não foi minha intenção que isto soasse assim – Greta se apressou a dizer, ciente de que, independentemente do que pudesse sentir, ela estava correndo o risco de perder a filha por completo, se não mudasse de tática.

Forçou um sorriso.

– Por que você não me fala de Bobby?

Cheska estancou o passo e fez meia-volta, os olhos se enchendo de ternura ao som daquele nome.

– O que você quer saber dele?

– Ora, como ele é, as coisas que vocês fazem juntos. Compreendo que você está crescendo e quero ser sua amiga, além de sua mãe.

– Bem – começou ela, hesitante, mas, ante o sorriso animador da mãe, abriu-se e falou de Bobby, trazendo à tona tudo o que sentia.

– Quer dizer que Bobby foi a razão de você ter ficado em Brighton no fim de semana?

– Foi. Sinto muito mesmo, mamãe. Só queríamos passar um tempo juntos, só isso.

– Leon sabia?

– Hummm, na verdade, não – respondeu Cheska, evasiva. – Não ponha a culpa nele. Fui eu que pedi para ele telefonar.

– Quer dizer que você acha que está apaixonada por Bobby?

– Ah, sim, isso é fato.

– E acha que ele está apaixonado por você?

– Tenho certeza.

– Cheska, você não está... não está dormindo com ele, está?

– É claro que não! – Os anos de experiência de Cheska diante das câmeras entraram em ação, e ela conseguiu parecer convenientemente horrorizada.

– Bem, já é alguma coisa. Os homens são criaturas estranhas, sabe? Tenho certeza de que Bobby não é assim, é claro, mas você precisa saber que alguns deles só estão atrás de uma coisa. Sei que o mundo mudou, mas continua a ser melhor esperar um pouco, até você ter certeza.

– É claro, mamãe.

– Você me contará se Bobby lhe pedir para dormir com ele?

Cheska enrubesceu e baixou os olhos.

– Sim.

– Nunca chegamos realmente a discutir a realidade da vida, mas imagino que a esta altura você saiba como tudo... funciona. E o que pode acontecer, se você não tomar cuidado. Se acontecesse... se acontecesse alguma coisa com você, isto poderia destruir seu futuro. Venha sentar perto de mim, querida. – Deu um tapinha no sofá a seu lado e envolveu a filha nos braços, afagando-lhe o cabelo. – Eu me lembro bem do meu primeiro amor. Acho que a gente nunca se esquece.

– Bobby disse alguma coisa assim. Quem foi o seu?

– Foi um oficial do Exército americano, que esteve aqui em Londres durante a guerra. Fiquei arrasada quando ele foi embora, achei que nunca me recuperaria. É claro que me recuperei, com o tempo. O tio David me ajudou muito.

– Você ama o tio David? Você costumava sair sempre com ele, mas agora não tem saído.

– Amo, sim, Cheska. Nós nos conhecemos há muito, muito tempo. Mas somos grandes amigos, o que também é muito importante.

– Como um irmão, você diz?

– É, acho que sim. Para ser sincera, os homens e eu nunca fomos uma boa combinação. Eles me causaram mais problemas do que me trouxeram felicidade. O amor é uma coisa muito estranha, Cheska. Ele pode modificar sua vida e levá-la a fazer coisas que, à luz fria do dia, você saberia que estavam erradas.

– "A loucura do amor" – murmurou Cheska. – Essa é a nova música de Bobby.

– E espero que você possa entender que não quero vê-la trilhar o mesmo caminho que trilhei. Quer um conselho? Apaixone-se, com certeza, mas guarde sempre alguma coisa para si mesma. Construa o seu futuro, sem depender de homem algum. Agora, acho que está na hora de você ir para a cama.

Cheska levantou do colo da mãe, sentando-se.

– Obrigada, mamãe, por ser tão... compreensiva. Desculpe eu ter mentido para você.

– Eu sei, querida. Só quero que você se lembre de que sou sua amiga, não sua inimiga. E estarei sempre aqui, se houver alguma coisa de que você queira falar.

Num impulso, Cheska deu um abraço nela.

– Amo você, mamãe.

– Também amo você. Agora, para a cama!

– Então, boa noite.

Cheska levantou do sofá.

– Ah, a propósito, nossos passaportes chegaram hoje de manhã, e Leon está providenciando os vistos para os Estados Unidos. Será empolgante visitar Hollywood, não é?

– Sim – respondeu Cheska, sem muita animação.

– Boa noite, querida. E não se esqueça de tomar o seu comprimido.

– Não vou esquecer.

Greta viu a filha sair da sala. Fechou os olhos, aliviada, sentindo-se mais calma do que em muitas semanas. Era imperativo que Cheska confiasse nela. Quando a relação com Bobby Cross chegasse ao fim, como Greta sabia que chegaria, ela estaria ali para recolher os cacos. Seria para ela que Cheska voltaria, em busca de consolo.

Onde era seu lugar.

Depois de jogar o comprimido no vaso sanitário e puxar a descarga, Cheska ficou deitada na cama, pensando no que sua mãe tinha dito. Fora a conversa mais adulta que já tivera com ela. Sorriu. Em vez de separá-las mais, Bobby as havia aproximado. Ela gostou dessa ideia. E tinha certeza de que, quando os dois se casassem, apesar de ela ter de morar com Bobby, não haveria razão alguma para que sua mãe não pudesse ser uma parte importante do futuro do casal.

Mas uma parte da conversa a inquietou: "Guarde sempre alguma coisa para si mesma..." Suspirou e se virou de lado. Isso era algo que não poderia fazer. Bobby a tinha por inteiro. Se amanhã ele lhe pedisse para desistir da carreira e se mudar com ele para o outro lado do mundo, ela iria de bom grado.

Bobby Cross era seu destino. Ele a tinha de corpo e alma.

28

Na noite de domingo, Cheska teve a mesma gastrenterite que havia afetado a atriz que interpretava sua mãe no filme. Ela passou a maior parte da noite no banheiro, com uma violenta diarreia.

Às sete horas da manhã de segunda-feira, quando estava de cama, sentindo-se fraca e infeliz, Greta entrou em seu quarto.

– Liguei para Charles e disse que hoje você está se sentindo mal demais para trabalhar. Ele mandou lembranças e disse para você não se preocupar. Nos próximos dois dias eles vão gravar as cenas em que sua personagem não está presente.

– Ah, mas...

Os olhos de Cheska se encheram de lágrimas diante da ideia de não ver Bobby por mais 48 horas.

– Pronto, passou, querida. Não precisa chorar. Você pode tomar seu comprimido?

Greta ofereceu-o à filha com um copo d'água. Cheska balançou a cabeça e virou o rosto para o outro lado, infelicíssima. Greta ajeitou suas cobertas e afastou o cabelo embaraçado de sua testa.

– Procure dormir um pouco, querida. Tenho certeza de que isso vai passar tão depressa quanto surgiu.

No dia seguinte, Cheska já se sentia melhor e, na quarta-feira, disse à mãe que estava bem o bastante para retornar ao trabalho.

– Mas faz dois dias que você não come nada. Acho que deveria ficar de cama por pelo menos mais um dia.

– Não, mamãe, eu vou. A filmagem deve terminar na sexta, e eles já tiveram de mudar a programação por minha causa. Sou profissional, lembra? Foi isso que você me ensinou.

Greta não pôde discordar, de modo que a filha se levantou da cama e se vestiu. Por pior que se sentisse fisicamente, a tensão de passar outro dia sem ver Bobby era muito pior. Ela se perguntou como poderia suportar a situação, quando a filmagem terminasse e ela deixasse de vê-lo todos os dias.

Fez as filmagens do dia aos trancos e barrancos, sentindo-se zonza e fraca, até que Charles se aproximou, pôs o braço em volta de seus ombros e avisou que ia mandá-la para casa.

– Descanse, querida. Podemos gravar umas externas com Bobby.

Cheska olhou para Bobby, que estava rindo com uma das moças da maquiagem. Tinha torcido para que ele sugerisse que os dois dessem uma escapulida juntos, porém ele mal havia falado com ela. Cheska o viu passar o braço em volta da moça e se afastar. Correu para alcançá-lo.

– Bobby, Bobby!

O rapaz parou e se virou para ela.

– Olá, Cheska. Nossa, você está com uma aparência horrível.

– Estou bem. Vamos à pousada hoje à noite?

– Pensei que Charles a tivesse mandado para casa, não?

– Ele mandou, mas posso me encontrar com você depois.

– E me passar sua doença? Acho que não. – Ele deu um risinho. – Desculpe, não foi isso que quis dizer. Vá para casa e fique encolhidinha na cama.

– Então, que tal amanhã à noite?

– Bem, parece que amanhã vamos gravar durante boa parte da noite, para compensar o tempo perdido. Mas temos a festa de final da filmagem na sexta-feira. Nos veremos lá, está bem?

– Está bem.

Cheska ficou arrasada. Na festa, eles estariam cercados por todo o resto do elenco e da equipe, o que não era exatamente o que ela havia desejado.

– Tchau, querida – disse Bobby, com um adeusinho displicente enquanto se afastava.

Todas as cenas de Cheska terminaram na sexta-feira ao meio-dia. Charles a abraçou e a elogiou imensamente. Ela ficou pelo set para almoçar, para o caso de Bobby aparecer, mas ele havia sumido. Com um suspiro, Cheska saiu do set e entrou no carro que estava à sua espera.

– Para casa, senhorita? – perguntou o motorista.

– Sim... hummm... não. Pode me levar ao West End, por favor?

– É claro.

O chofer ligou o motor e os dois partiram. Cheska foi olhando pela janela, ao passarem pela Regent Street. Os consumidores estavam agasalhados com roupas quentes, para se proteger da tarde fria de outubro.

– Chegamos. Cuide-se, Cheska.

– Obrigada – disse Cheska, descendo do carro. – E agora, por onde começamos? – murmurou consigo mesma.

Olhou a vitrine de uma loja e concluiu que era um lugar tão bom quanto qualquer outro.

Uma hora e meia depois, ela andava trôpega sob o peso das sacolas que carregava. Tinha vivido uma experiência maravilhosa, comprando seus primeiros jeans, um par de calças xadrez de esqui, de cores vivas, que se ajustavam a seus quadris esbeltos, e dois suéteres de gola rulê. Na Mary Quant, tinha comprado um vestido fantástico para usar na festa à noite – um pretinho justo, parecido com o que ela vira Audrey Hepburn usar no material de divulgação de *Bonequinha de luxo*.

Cheska chamou um táxi, pensando no que sua mãe diria de suas compras, e foi para casa.

– Bem, o que acha? – Cheska entrou na sala e rodopiou diante da mãe.

Greta engoliu em seco. Sua filha estava estonteante. O vestidinho preto realçava seu corpo encantador, e seu cabelo, preso no alto, dava-lhe um ar a mais de elegância.

– Você está absolutamente linda, meu amor, mas precisa de uma joia. Espere aqui.

Greta se levantou e desapareceu em seu quarto, de onde voltou com um colar de pérolas.

– Pronto – disse, prendendo a joia no pescoço da filha. – Você tem um casaco? Vai morrer de frio com esse vestido.

– Sim, mamãe.

– Onde é a festa?

– No Village, na Lower Sloane Street.

– É um lugar que está na moda, não? Bem, divirta-se muito. A que horas você volta?

– Não sei. Mas tarde. Não me espere acordada. Até logo, mamãe.

– Até logo, querida.

Greta trincou os dentes ao ouvir a porta da entrada fechar. Enfrentaria mais uma noite solitária e tornou a pensar em como era difícil ver a filha se transformar em uma adulta.

Durante os longos dias solitários em que Cheska estivera trabalhando, Greta havia encontrado muito tempo para pensar. E grande parte dele tinha sido gasta analisando seus verdadeiros sentimentos por David.

Tudo havia começado na noite em que Cheska lhe fizera confidências sobre Bobby e perguntara se ela amava David. Desde então, Greta havia rememorado a relação que os dois tinham compartilhado. Antes do pedido de casamento, David era uma parte muito importante de sua vida. E Greta tinha de admitir que sentira uma falta terrível dele nos últimos cinco anos. David sempre estivera a seu lado, dando apoio sem exigir nada, e ela subestimou o valor dele e de sua bondade.

Quando ele a pedira em casamento, Greta estava no auge, com Cheska preenchendo sua vida. Isso, somado a sua decisão de não deixar nenhum homem se aproximar de seu coração, tinha provocado sua firme recusa.

Será que sentia saudade de David simplesmente por Cheska ter se afastado? Ou realmente sentia falta *dele*? Pensou nos momentos que os dois haviam passado juntos ao longo dos anos. David não só lhe oferecera atenção e conselhos sensatos, como sempre tivera a capacidade de animá-la. Greta se sentia melhor quando estava com ele. Sim, tinha saudade da leveza que ele havia introduzido em sua vida.

Ela também havia começado a ter uma imagem mais clara de si mesma do que nos anos anteriores: de sua determinação inflexível de fazer de Cheska uma estrela, de controlá-la e administrar sua carreira, em detrimento de qualquer outra coisa. Com o coração isolado, Greta se tornara uma pessoa mais fria. Toda a meiguice que antes a levara a ter problemas desaparecera. Embora isto significasse ficar a salvo de qualquer outra mágoa, também significava viver raros momentos de alegria. Ela tentou se lembrar da última vez que tinha rido para valer, e não conseguiu.

David a fazia rir. A convicção dele de que qualquer situação, por pior que fosse, tinha sempre um toque de humor era o antídoto perfeito para a tendência dela à seriedade.

Quando começou a despertar de seu torpor afetivo, Greta se deu conta de como sempre havia considerado o amor uma loucura passional – exatamente o que Cheska sentia nesse momento por Bobby Cross. Mas Greta via com muita clareza que o que sua filha estava vivenciando era uma paixão.

No passado, ela também se sentira assim. Quando pensava em David, no entanto, isso despertava um conjunto de afetos totalmente diferente: era uma sensação maravilhosa e cálida que a invadia, e que a fazia se sentir satisfeita, segura e amada. Não havia encenação, como tinha ocorrido com outros homens; com David, Greta era simplesmente ela mesma. Ele a conhecia por dentro e por fora, com todos os seus defeitos, e ainda assim a amava.

Mas... Greta fechou os olhos. Será que sentia aquele friozinho na barriga ao pensar nele? Os dois nunca haviam sequer se beijado. Ela pensou no que tinha sentido ao vê-lo na televisão recentemente: notara como ele parecia ter ficado mais bonito, mas talvez sempre tivesse sido assim e ela apenas não houvesse notado, focando sempre em seus próprios dramas.

Lembrou-se da pontada de ciúme que sentira de repente, fazia algumas semanas, ao vê-lo numa foto no jornal numa estreia, conduzindo uma bela atriz pelo braço. A vida de Greta era vazia desde o dia em que dissera *não*. Fazia anos que era infeliz. Ocupar-se com a carreira de Cheska tinha disfarçado as carências, mas agora...

Ela suspirou, levantou-se e foi à cozinha preparar seu leite maltado de todas as noites. Imaginou David ali, em sua companhia, fazendo piada de alguma coisa, tomando-a nos braços, beijando-a...

Sentiu um friozinho na barriga ao pensar nisso.

– Ai, meu Deus – murmurou –, o que foi que eu fiz?

O vestido surtiu exatamente o efeito que Cheska havia esperado. Quando ela desceu a escada de madeira para o bar, todas as cabeças do recinto se viraram para olhá-la. Quando chegou à base da escada, Bobby estava à sua espera. Levantou-a nos braços, num rodopio, e deu um beijo em seu rosto.

– Você está um arraso! – As mãos dele deslizaram pelo corpo de Cheska. – Minha garotinha está crescendo, não é? – murmurou, cheirando seu pescoço. – Ande, vamos arranjar uma bebida para você.

Pelo restante da noite, Bobby foi tão atencioso quanto naquela primeira semana em Brighton. Não saiu do lado dela, segurando sua mão quando os dois se deslocavam de um grupo de pessoas para outro. Cheska tomou todos os drinques oferecidos e até tentou fumar um baseado. Tossiu e se atrapalhou, enquanto Bobby ria de suas tentativas.

– Você se acostuma.

Cheska avistou a maquiadora com quem ele estivera conversando mais cedo e notou que a moça os observava enquanto estavam juntos na pista de dança. Sentiu uma enorme satisfação ao ver a decepção nos olhos dela.

– Vou sentir sua falta – murmurou Bobby, balançando ao som da música, com o corpo colado no de Cheska.

– Como assim? – perguntou ela, afastando-se.

– Estou falando de sentir falta de vê-la todos os dias no set.

– Também vou. Mas podemos continuar a nos encontrar com frequência, não podemos, Bobby?

– É claro que sim. Se bem que tenho que me ausentar, benzinho. Só por umas semanas.

– Você vai para onde?

– França. Vou fazer umas apresentações por lá. A gravadora quer melhorar meu perfil na Europa continental.

– Ah. – Havia lágrimas nos olhos de Cheska. – Quando você volta?

– Antes do Natal, espero.

– Posso ir com você?

– Não é uma boa ideia. Vou estar muito ocupado, viajando de uma cidade para outra. Você ia morrer de tédio.

– Eu não me importaria, desde que estivesse com você.

Cheska encostou a cabeça no ombro dele e sentiu o aroma conhecido e pungente de sua loção.

– Ei, já que vamos passar um tempo sem nos encontrarmos, que tal um... presente rapidinho de despedida?

As mãos de Bobby deslizaram pelos contornos do corpo dela.

– Onde? – perguntou Cheska, zonza com o álcool e a excitação.

– Venha comigo.

Bobby a tirou da pista de dança e do salão, seguindo por um corredor na penumbra. Abriu uma porta e a conduziu para um pequeno escritório, trancou a porta ao entrar, agarrou Cheska e a imprensou contra uma parede. Beijou-a, suspendendo seu vestido com uma das mãos, enquanto a outra acariciava seu seio.

– Você é sensacional – gemeu ele, afastando as pernas de Cheska e a penetrando com força.

– Bobby, não devíamos usar uma...?

– Está tudo sob controle. Não se preocupe.

Quando Bobby a suspendeu, as pernas de Cheska saíram do chão e se enroscaram nos quadris dele.

– Não é uma delícia? – cantarolou Bobby, mexendo-se ritmicamente dentro dela.

Se foi o álcool, o risco de ser surpreendida ou simplesmente o fato de estar com Bobby, Cheska não saberia dizer, mas nunca se sentira tão feliz, livre e desinibida. Uma enorme onda de exultação tomou conta de seu corpo. Ela gemeu de êxtase, movendo-se em harmonia com a penetração dele, o corpo implorando para relaxar. Gritou de prazer quando os dois gozaram juntos.

Arfantes, caíram no chão poeirento.

– Amo você, Bobby – murmurou ela.

– Desculpe por isso, perdi o controle. – Bobby baixou os olhos para ela e alisou seu cabelo para trás. – Não era para ser assim, mas, cara, você é uma das garotas mais sensuais que já conheci.

– O que você quer dizer com "não era para ser assim"?

– Nada, querida. – Bobby se levantou, colocou a camisa para dentro das calças e fechou o cinto. – Eu só estava querendo dizer que não esperava me amarrar na minha protagonista. Vamos.

Ele a levantou do chão e destrancou a porta, enquanto Cheska endireitava o vestido às pressas.

– Bobby, você vai me telefonar quando voltar da França, não vai?

– É claro que vou. – Ele deu um beijo na ponta do nariz dela. – Agora, tenho que ir andando. Um amigo vai tocar numa banda em outra boate.

Prometi encontrar com umas pessoas lá e dar uma sacada no ambiente. Tchau, doçura. Foi um enorme prazer.

– Mas, Bobby, não dei o número do meu tele...

Só que ele seguiu pelo corredor e entrou na aglomeração, antes que ela conseguisse terminar a frase. Em segundos, a euforia de Cheska se evaporou. Ela foi para o toalete, entrou num dos cubículos, baixou a tampa do vaso sanitário e se sentou, com a cabeça entre as mãos.

As lágrimas escorreram pelo seu rosto enquanto ela imaginava as semanas seguintes sem ver Bobby. Como seria possível suportá-las?

29

Greta levou muito mais tempo que de hábito se arrumando para se encontrar com David no Savoy. Nas semanas anteriores, ao ver Cheska zanzando pelo apartamento numa tristeza deplorável, com saudade de Bobby Cross, se sentira cada vez mais segura de seus sentimentos por David.

Ela o amava, *sim*, como dissera a Cheska. E agora, desde aqueles primeiros friozinhos na barriga, sabia que também o queria de outra maneira.

– Ele passou anos bem diante do meu nariz e não enxerguei – censurou seu reflexo no espelho. – Sua burra, burra!

Ao deixar o coração emergir de seu presídio, Greta começara a imaginar, hesitante, a vida que poderia ter tido com David: como a descontração e a comodidade que os dois sempre haviam compartilhado poderiam se tornar a satisfação íntima que tanto faltava em sua vida. Como esse convívio teria sido repleto de amor, cheio de companheirismo e intimidade física. Como seria bom ter David para protegê-la, apoiá-la e usufruir as coisas simples da vida com ela, em vez de lutar desafiadoramente para fazer tudo sozinha.

– Será que é tarde demais? – perguntou para sua imagem no espelho.

Ela não sabia. Tudo o que podia fazer era perguntar a ele.

David se levantou ao vê-la entrar no Grill Room. Sorriu quando ela se aproximou e lhe deu um beijo caloroso.

– Como vai, Greta? É um prazer enorme vê-la. Você está maravilhosa.

– Ah, obrigada. Você também – respondeu ela, nervosa.

– Foi muito difícil chegar aqui? Ontem, Londres foi quase toda paralisada pela fumaça e pela neblina.

– Vim a pé. Pegar um táxi era impossível. Se bem que eu nunca deveria ter calçado esses sapatos novos. Meus pés estão me matando.

Greta apontou para os sapatos de ponta fina e couro de crocodilo, que Cheska havia comprado para ela num surto consumista desenfreado.

– Dizem que amanhã de manhã deve desanuviar – comentou David, enquanto os dois se sentavam.

– Vamos esperar que sim.

– Você está bem? Está parecendo meio estressada.

– Não, estou, hummm, estou ótima. – Greta percebeu que precisaria de umas duas taças de vinho para conseguir reunir a coragem de falar sobre suas revelações recentes. – Só tenho tido uns probleminhas com Cheska.

– Ela não está doente, está?

David fez sinal para um garçom e pediu uma garrafa de Chablis.

– Não, não está doente. Bem, pelo menos acho que não.

– O senhor gostaria de fazer o pedido? – perguntou polidamente o garçom. – A sopa de hoje é de tomate com manjericão.

Greta olhou de relance para o cardápio.

– Vou querer a sopa e o linguado, por favor.

– Ótima escolha. Quero a mesma coisa, por favor.

O garçom assentiu e os deixou a sós.

– E qual é o problema, exatamente?

– A-M-O-R – soletrou Greta. – Um caso particularmente grave de primeiro amor.

– Sei – disse David. – Tenho de admitir que acho difícil pensar em Cheska vivendo emoções adultas. Ainda penso nela como uma criança.

– Bem, ela cresceu muito depressa nos últimos meses. Desde que terminou a filmagem de *Por favor, professor, eu amo você*, ela circula pela casa feito uma alma penada. Recusa-se a fazer qualquer coisa, exceto ficar no quarto e ouvir aquela nova música idiota de Bobby Cross.

– Ah, "A loucura do amor"? É boa, não?

– Bem, se você a ouvisse cinquenta vezes por dia, talvez deixasse de gostar dela.

Greta arqueou as sobrancelhas e David riu, enquanto o garçom chegava com o vinho. Abriu-o e serviu duas taças. Greta bebeu um gole grande da sua.

– E esses sentimentos são retribuídos pelo rapaz em questão?

– Não sei. Ele está viajando há algumas semanas. A saudade é a responsável pelo comportamento de Cheska. Talvez não seja exatamente o que eu tinha em mente como primeiro namorado para a minha filha, mas, para ser sincera, qualquer coisa é melhor do que vê-la tão infeliz. Ela diz ter certeza de que um dia ele vai querer se casar com ela.

– Entendo. E ele é sério?

– Quem sabe? Cheska acha que sim, mas é claro que toda essa ideia é ridícula. Ela ainda nem tem 16 anos, pelo amor de Deus. E ele é um homem adulto.

– Quem é ele, exatamente?

– Ah, desculpe, pensei que eu tivesse dito. É o coprotagonista no filme com ela, e o intérprete daquela música horrorosa, o Bobby Cross.

Greta viu David franzir a testa.

– Ai, ai, ai, ai, ai, ai – disse ele, suspirando.

– David, o que houve? Conhece esse homem?

– Bem, eu não o incluiria entre os meus amigos, mas já fomos apresentados. Ele foi convidado do meu programa de televisão e esteve numas duas festas de Leon, que cuida da carreira dele no cinema. Por acaso, sei também que ele é *casado*.

– Ah, meu Deus! – Greta engoliu em seco e passou a mão pela testa. – Tem certeza? Estou certa de que Cheska não sabe.

– Não me surpreende. É um segredo bem guardado, assim como os dois filhos pequenos dele.

Todas as ideias referentes ao que ela estivera tão ansiosa para dizer a David recuaram para um plano distante. Greta tornou a pegar sua taça e notou que estava com as mãos trêmulas.

– David, estou sem fala...

– Sinto muito, Greta, mas é melhor você saber. E Cheska também precisa saber. Bobby se casou muito novo, antes de se tornar uma estrela. Quando seus discos começaram a vender, a gravadora sugeriu que a mulher e os filhos nunca fossem mencionados. Queria que as jovens fãs do rapaz achassem que ele estava disponível.

– Mas vi inúmeras fotografias de Bobby nos jornais com modelos e atrizes! Simplesmente não entendo.

– Bobby e a mulher têm um "acordo". É óbvio que ele ficou riquíssimo, e ela adora a vida confortável, longe dos holofotes da mídia. Não se incomoda que ele saia com outras mulheres, desde que nunca se divorcie dela. Ela é católica fervorosa, sabe, e disse ao marido que, se algum dia ele tentar se divorciar, põe a boca no trombone e conta tudo para a imprensa. É o que se poderia chamar de um pacto faustiano.

– Meu Deus, David! Se ao menos eu soubesse disso antes, poderia ter... Então Leon sabia de tudo isso sobre Bobby?

– É claro que sim.

– Que canalha! – Era raro Greta xingar alguém, mas estava fora de si, de tão furiosa. – Como é que ele pôde fazer isso?

O garçom chegou para servir a sopa. Os dois se mantiveram calados enquanto ele organizava tudo. Depois que se retirou, Greta prosseguiu:

– Leon sabia do relacionamento de Cheska com Bobby. Na verdade, incentivou essa relação. Cheska admitiu que pediu para ele me telefonar e mentir sobre a razão de ela permanecer em Brighton no fim de semana. Devia saber que ela estava com Bobby.

– Mas por que Leon faria isso? Ele sabe que Cheska não chegou à maioridade.

– Não sei, David, a menos que tenha sido para fazer picuinha comigo. Ele sempre se ressentiu de Cheska dar ouvidos a mim, e não a ele. Suponho que tenha visto nisso um modo de se colocar entre mim e ela. De se tornar confidente dela, seu cúmplice no crime. Ele me dá nojo!

– Não sei o que dizer, Greta. Se for verdade que ele incentivou esse romance, isso é imperdoável. Ela é tão inocente, sem a menor experiência para lidar com homens. E, com certeza, não para lidar com alguém tão confiante quanto o Sr. Cross. Quando vai contar para Cheska?

– O mais depressa possível. Há um produtor em Los Angeles que quer que ela vá aos Estados Unidos para fazer um teste para um filme, mas Cheska se recusou a pensar no assunto enquanto não tiver notícias de Bobby. Ela está obcecada, David. Acredita mesmo que o homem vai se casar com ela e que os dois viverão felizes para sempre.

– Também sei que Bobby teve alguns casos, mas nunca são mais do que isso. Ele não pode correr o risco de que a mulher dê com a língua nos dentes. Isso o desmascararia.

– Bem, pelo menos Cheska não foi *tão* longe assim. Perguntei se ela estava dormindo com Bobby e ela me assegurou que não.

– E você acreditou?

– Ela me jurou. David, acho que estamos lidando apenas com um tipo de paixonite juvenil. Ou, pelo menos, assim espero.

– Vá com cuidado, Greta. Como você já disse, Cheska está completamente apaixonada. E o primeiro amor pode superar qualquer código moral que você tenha instilado nela. Cheska sempre foi emocionalmente frágil e...

– Como assim, "emocionalmente frágil"?

– Bem, ela é muito jovem e vulnerável: uma presa fácil para um Casanova experiente como o Sr. Cross.

– Exatamente – murmurou Greta. – Olhe, Cheska vem se encontrar comigo aqui à tardinha para um drinque antes de irmos ao teatro. Vou dar a notícia, mas duvido que ela acredite em mim. Você poderia se encontrar conosco? Ela sempre gostou muito de você.

– É claro, se você acha que isso ajudaria. Tenho que ir à Bush House depois do almoço, para me encontrar com o produtor do meu programa de rádio, mas é muito perto daqui. Posso estar de volta às quinze para as seis.

– Muito obrigada. Acho que não consigo fazer isso sozinha.

Greta estendeu a mão sobre a mesa e a ofereceu a ele. E, apesar de anos tentando se livrar dos sentimentos que nutria por ela, por ter concluído que essa era uma estrada que não levaria a lugar algum, o fato de ela estar de novo recorrendo a ele para pedir ajuda o fez segurar sua mão e apertá-la com força.

Sentir o contato da mão dele na sua reacendeu a lembrança do que Greta tinha ido ali para dizer a David.

– Na verdade, David, há outra coisa sobre a qual eu queria... conversar com você.

– É mesmo? Diga.

– Eu... – Greta deu um suspiro. – Na verdade, com o que você acabou de me dizer, não é o momento, mas será que podemos nos encontrar de novo para almoçar, no começo da semana que vem?

– É claro que sim. Há alguma coisa errada?

– Não, com certeza não "errada". É só que... – Greta encolheu os ombros. – Juro que explico na semana que vem, depois de resolvermos esse problema da Cheska. E então? – Ela se recompôs e abriu um sorriso débil. – Como está indo o seriado na televisão?

Cheska se sentou na sala de espera, nervosa. Pegou uma revista da pilha, na mesinha de centro arranhada, e a folheou distraída.

As últimas semanas tinham sido pavorosas. Ela não tivera notícias de Bobby desde a noite da festa, há quase dois meses. Compreendia que ele estava ocupado na França, mas o mínimo que podia fazer seria telefonar para dar um oi. Ela havia comido o pão que o diabo amassou, imaginando toda sorte de situações: Bobby com outras garotas, Bobby não a amando mais, Bobby morto... A única coisa que a consolava era ouvi-lo cantar para ela na vitrola, tal como ele fizera naquela noite em Brighton. O Natal estava chegando. Com certeza, ele voltaria à Inglaterra, certo?

Além disso, a voz tinha voltado, atormentando-a quando estava acordada e assombrando seus sonhos quando ela conseguia dormir: *Bobby foi embora... Bobby foi embora... Ele já não ama você...*

Cheska se perguntou se isso era causado por ter parado de tomar os comprimidos. Ela vinha experimentando as terríveis dores de cabeça, e escutava a voz, mas achava que não era culpa da falta do remédio. Era tudo por causa da ausência de Bobby.

Além disso, sua menstruação tinha parado de vir. Na primeira vez, ela havia ignorado a questão, mas, quando tornara a acontecer na semana anterior, Cheska soubera que tinha de consultar um médico. Podia ser que estivesse morrendo e, se fosse assim, precisava dizer isso a Bobby.

Quatro dias antes, tinha marcado uma consulta com uma médica diferente da que costumava atendê-la. A Dra. Ferguson, uma mulher de meia-idade, conduzira Cheska ao seu consultório e a enchera de perguntas, algumas das quais a tinham feito enrubescer. As perguntas faziam Cheska se dar conta de quão pouco sabia sobre o funcionamento do próprio corpo. A Dra. Ferguson também tinha feito um exame clínico minucioso, colhido amostras de sangue e sugerido que ela fizesse um teste de gravidez. Cheska tinha soltado um arquejo horrorizado, mas concordara. Desde então, passara as noites rolando de um lado para outro na cama, pensando no que poderia lhe acontecer.

Quando conseguia dormir, tinha pesadelos e ouvia a voz. Sabia que a única coisa que poderia fazer aquilo tudo desaparecer era Bobby. Ele a faria melhorar.

Depois que a mãe saiu para almoçar com David, Cheska ficou andando de um lado para outro em seu quarto. Tinha hora marcada com a médica às duas e meia, para receber os resultados dos exames, porém estava com a mente tão confusa que não conseguia parar quieta nem por um segundo.

E então havia acontecido uma coisa apavorante. Ela se aproximara do espelho para pentear o cabelo. Mas seu reflexo não estava lá.

Ela ficara invisível.

Contendo os soluços, saiu às pressas do apartamento e foi direto até o consultório da médica, sem se atrever a procurar sua imagem em nenhuma das vitrines por que passou.

– Cheska Hammond? – A recepcionista finalmente chamou seu nome e ela se levantou. Por ter chegado muito cedo, havia passado quase uma hora na sala de espera. – A Dra. Ferguson vai recebê-la agora.

Com o coração em disparada, Cheska atravessou o corredor até o consultório e bateu à porta.

– Olá, Dra. Ferguson – disse, ao entrar na sala.

– Olá, Cheska. Sente-se, por favor. Bem, estou com os resultados dos exames que fizemos há alguns dias. Você vai ficar contente em saber que não está doente nem à beira da morte. Mas os exames confirmaram o que eu tinha imaginado. Você está grávida.

Cheska irrompeu em lágrimas.

– Pronto, passou, está tudo bem. – A Dra. Ferguson entregou um lenço de papel para ela. – Você não é casada, certo?

– Não.

– Mas tem um namorado firme?

– Sim.

– Acha que, quando souber da notícia, ele estará disposto a agir direito com você? É óbvio que seria muito melhor, para você e o bebê, se isso acontecesse.

– Eu... eu tenho que ter o bebê?

– Bem, sim. Talvez você não saiba, minha cara, mas o aborto é ilegal na Grã-Bretanha. Receio que você não tenha escolha.

Cheska engoliu as lágrimas, sem conseguir compreender o que a médica dizia. Mas então... começou a se imaginar contando a Bobby que estava carregando um filho dele. Um filho *dos dois*, concebido por amor. Como podia duvidar de que ele se casaria com ela? Sentiu-se tomar por uma calma repentina. Seus batimentos cardíacos se normalizaram e ela sorriu para a médica.

– Sim, tenho certeza de que ele ficará do meu lado e se casará comigo.

– Bem, ao menos isso é uma boa notícia. Agora, o que sugiro é que você fale com ele, depois volte aqui para podermos reservar uma vaga num hospital local para o parto. Você tem outros familiares?

– Moro com a minha mãe.

– Nesse caso, eu também contaria a ela. É melhor ter alguém do seu lado nessas situações. No começo, talvez ela fique chocada, mas tenho certeza de que a apoiará.

– Sim, doutora, obrigada. – Cheska se levantou da cadeira. – Até logo.

Saiu do consultório atordoada e seguiu pela rua movimentada. O nevoeiro ainda era muito denso e o trânsito estava parado.

Cheska precisava ir a algum lugar e pensar. Subiu a Piccadilly, passou pelo labirinto das ruas do SoHo e entrou na primeira cafeteria que encontrou. Depois de pedir um café, enfiou a mão na bolsa, pegou um maço de cigarros e acendeu um deles. Era a marca que Bobby fumava e um hábito que ela havia adquirido recentemente. O cheiro da fumaça evocou a reconfortante lembrança dele. Cheska procurou o pó compacto e o tirou da bolsa.

– Por favor, meu Deus, permita que eu esteja aqui, por favor – pediu, antes de abri-lo.

Soltou um suspiro de alívio quando viu suas feições a fitá-la. Estava tudo bem, tudo bem. Ela não era invisível, afinal. Devia ter sido a preocupação da consulta com a médica.

O café chegou. Enquanto o tomava, ela se assegurou de que o bebê era a melhor coisa que podia ter acontecido. Agora Bobby se casaria com ela. Uma visão fascinante dos três surgiu em sua mente, e ela sorriu. Depois, com certa hesitação, apalpou a barriga. Ali estava uma parte de Bobby, um lembrete vivo e pulsante do modo como ele a havia amado e continuaria a amá-la no futuro.

Cheska sabia que tinha de pensar nas questões práticas. Resolveu que daria a notícia à mãe quando estivessem tomando uma bebida no Savoy, à noitinha, pois sabia que Greta não faria uma cena num hotel. Ela garantiria à mãe que Bobby e ela se casariam o mais depressa possível. Greta talvez se zangasse por ela ter mentido, mas Cheska tinha certeza de que a mãe a perdoaria, quando soubesse que seria avó e teria um lindo bebê para amar. O teste em Hollywood teria que ser indefinidamente adiado, mas o que era uma bobagem de um filme comparado ao amor?

A primeira coisa que precisava fazer era ligar para Leon e pegar o número do telefone de Bobby na França. Terminando a xícara de café, ela se dirigiu aos fundos da cafeteria, procurou o telefone e discou o número de Leon.

– Olá, Cheska, que prazer ouvi-la. Já decidiu quando vai aos Estados Unidos?

– Não, não exatamente, Leon.

– Na verdade, você não pode deixar passar muito mais tempo. Eles não vão esperá-la para sempre, você sabe.

– Eu sei. Escute, Leon. Estou telefonando porque preciso entrar em contato com Bobby.

– Que Bobby?

– Bobby Cross, é claro – disse Cheska, irritada. – Você tem o número do telefone dele na França?

– Na França?

Leon pareceu surpreso.

– Sim. É lá que ele está, não é?

– Ah... sim. É claro que é.

– Eu realmente preciso falar com ele.

– Entendo. Vamos fazer o seguinte: por que você não deixa isso comigo? Ele... tem se deslocado muito no momento, mas, na próxima vez que me ligar, digo para entrar em contato com você.

– Está bem, mas, por favor, Leon, diga a ele que é urgente.

– Pode deixar. Está tudo bem com você, não é, Cheska?

– Ah, sim, tudo ótimo. Até logo.

Ela desligou e consultou o relógio. Tinha vinte minutos para chegar ao Savoy.

30

Greta estava sentada no bar, tomando um gim-tônica e fumando um cigarro. Passara a última hora tentando pensar na maneira exata de contar a terrível notícia sobre Bobby Cross.

Viu a filha chegar e seu coração quase parou. Notou como os homens espalhados em torno do bar acompanharam o avanço de Cheska pelo salão. Ela estava mesmo amadurecendo e se tornando uma moça belíssima, e não havia motivo para não superar a revelação, ir adiante e escolher o homem que quisesse. Esse pensamento deu coragem a Greta.

– Olá, mamãe – disse Cheska, sentando-se de frente para ela.

Greta notou que os olhos da filha estavam um pouco brilhantes demais e que havia uma cor ruborizada em suas faces normalmente pálidas.

– Foi bom o almoço com o tio David? – perguntou Cheska.

– Muito agradável. Aliás, daqui a pouco ele virá se encontrar conosco para tomarmos um drinque.

– Ah. Será um prazer vê-lo.

– Quer que eu peça alguma coisa para você?

– Um suco de laranja, por favor.

– Certo.

Greta fez o pedido ao garçom e se virou para a filha, sem saber por onde começar, mas então Cheska falou.

– Mamãe, eu... tenho uma coisa para contar. Sei que você vai ficar meio aborrecida, mas quero que saiba que, no final, vai dar tudo certo.

– É mesmo? O que é?

– Bem, hoje à tarde, descobri que Bobby e eu estamos esperando um filho. – As palavras saíram num jorro embolado e Cheska continuou depressa, antes que Greta tivesse chance de responder. – Por favor, mamãe, não fique zangada comigo. Sei que menti para você sobre o tipo de relação que tivemos, mas eu sabia que você ficaria muito preocupada. O bebê foi meio que um erro, mas, agora que aconteceu, estou muito feliz. É realmente o que eu quero, e Bobby vai ficar nas nuvens. Tenho certeza de que vai querer se casar comigo o mais rápido possível.

Cheska viu o rosto da mãe empalidecer.

– Eu... Ah, Cheska.

Uma lágrima solitária rolou por sua face.

– Mamãe, não chore, por favor. Vai ficar tudo bem, de verdade.

– Com licença, querida. Preciso dar um pulo ao toalete.

Greta se levantou, cruzou depressa o bar e desceu a escada para o refúgio dos toaletes. Fechou a porta de um dos cubículos e a náusea lhe subiu à boca.

Quando acabou de vomitar, ela se encostou na porta, ofegante. Tinha feito *tudo* para cuidar da filha, para que Cheska tivesse o tipo de amor, de segurança financeira e de carreira que ela própria nunca havia conquistado. Ainda assim, depois de todos os seus esforços, a história se repetia. Cheska estava grávida de um homem que não a amava e nunca se casaria com ela.

– Por quê? Por quê? – gemeu Greta.

– Mamãe, mamãe? Você está aí? Está tudo bem?

– Sim, querida, estou bem.

Greta endireitou o corpo com esforço e puxou a descarga. Respirou fundo, ciente de que tinha de ser forte pela filha. A situação era recuperável, mas ela precisava pensar depressa. Estampando um sorriso no rosto, abriu a porta. Cheska estava de pé, torcendo as mãos, como sempre fazia quando ficava nervosa ou perturbada. Greta foi até a pia, lavou as mãos e tornou a passar batom nos lábios. Cheska a observou em silêncio.

– Desculpe, querida. Acho que deve ter sido o susto que tomei com o que você me contou. Fiquei meio tonta, mas agora estou bem. Vamos tomar nossas bebidas, sim? Temos muitas coisas a conversar.

Saíram juntas e voltaram para o bar. Greta tomou um gole grande do gim, torcendo para que David se apressasse.

– Mamãe, por favor, diga que não está zangada comigo. Não quero mesmo que você fique nervosa. Eu não estou. Estou feliz.

Greta balançou a cabeça, cansada.

– Não, querida. Não estou zangada, só muito preocupada com você.

– Pois não fique. Como eu disse, vai dar tudo certo.

– Você contou a novidade para Bobby?

– Não, ainda não. Ele ainda está na França, mas telefonei para Leon, mais cedo, e Bobby vai me ligar assim que puder. Ele vai ficar emocionado. E isso quer dizer apenas que teremos de nos casar mais depressa do que havíamos planejado.

– Bobby pediu você em casamento, Cheska?

– Não exatamente com essas palavras, mas sei que é isso que ele quer. Ele me ama, mamãe. Pense só, você vai ser avó!

Greta conseguiu manter uma expressão serena, mas, por dentro, seu coração se dilacerava. Ela examinou o rosto compenetrado da filha e se perguntou se ela teria mesmo algum tipo de problema afetivo. Será que a culpa era dela própria, como mãe, por ter protegido Cheska da realidade de maneira tão feroz? Fosse qual fosse a razão, a ingenuidade da filha era mesmo de estarrecer. Cheska presumia, como sempre acontecia em seus filmes, que sua vida teria um final feliz.

Greta não podia mais esperar. Respirou fundo e segurou a mão da filha.

– Querida, preciso contar uma coisa. Sei que você pode não acreditar em mim, por isso o tio David virá aqui confirmar que não estou mentindo para você. Com a notícia que você acabou de me dar, é ainda mais importante que saiba a verdade.

Greta viu que a expressão de Cheska já havia endurecido. A tensão transparecia nos cantos de sua boca.

– Que "verdade"? – perguntou ela.

– Quero que saiba que eu a amo mais do que a qualquer outra coisa no mundo, e que nunca faria nada para magoá-la. Eu daria qualquer coisa para protegê-la disto, Cheska, mas não posso. Você pediu para ser tratada como adulta e agora precisa ter a coragem de se comportar como tal. Compreende o que estou dizendo?

– Sim, mamãe. Só me diga o que é, por favor. Você está doente?

– De certo modo, eu gostaria que fosse simples assim. Lembre-se de que estou do seu lado e vou ajudá-la de todas as maneiras que puder.

– Fale logo o que é, mamãe, por favor!

– Cheska, minha querida, Bobby Cross é casado. Já faz anos. E tem dois filhos pequenos...

Cheska olhou fixamente para a mãe, em silêncio, com o rosto inexpressivo.

– O tio David me disse isso hoje, no almoço – continuou Greta. – Ao que parece, é um dos segredos mais bem guardados do mundo do entretenimento. Mulher e filhos não seriam bons para a imagem dele de ídolo, por isso nunca saiu nada sobre eles na imprensa. Mesmo que Bobby quisesse casar com você, ele não poderia, porque a mulher dele se recusaria a conceder o divórcio. O que ele fez com você é imperdoável, Cheska, mas o tio David disse que você não foi a primeira e, com certeza, não será a última. Juro que é verdade, meu bem.

Greta fez uma pausa e tentou avaliar a reação da filha. Cheska já não estava olhando para a mãe. Seu olhar estava perdido.

– Querida, por favor, acredite em mim quando digo que, embora a situação seja difícil, não é o fim do mundo. Podemos resolver o seu problema, Cheska. Existem maneiras e recursos. Depois, podemos ir aos Estados Unidos e fazer o teste. Quando o seu filme for lançado lá, todos os estúdios vão correr atrás de você para contratá-la. Você logo se esquecerá de Bobby e...

– NÃO! NÃO! NÃO! Não estou escutando você, não estou escutando. Você está mentindo para mim!

Cheska tampou os ouvidos e se pôs a balançar a cabeça de um lado para outro. As pessoas começavam a olhar de relance na direção delas.

– Querida, por favor, procure manter a calma. Juro que estou dizendo a verdade. Por que eu mentiria?

Cheska tirou as mãos dos ouvidos e olhou para a mãe.

– Porque você não suporta a ideia de me perder, é por isso. Porque você quer que eu seja a sua menininha para sempre, quer me guardar toda para você. Não quer que eu tenha a minha própria vida com Bobby nem com qualquer outro homem. Bom, não vai funcionar, mamãe. Eu amo Bobby, vou me casar com ele e ter o filho dele. E, se você não puder lidar com isto, o problema é seu, não meu!

Greta estremeceu ao ver o rosto da filha se crispar numa carranca medonha, sua rara beleza eliminada pela expressão maníaca.

– Querida, me escute. Compreendo que você esteja transtornada, mas...

– Transtornada? Não! Não estou transtornada! Só estou com pena de *você*, só isso. Está com medo de passar o resto da vida sozinha, não é?

– Já chega! – O controle de Greta desmoronou sob a enxurrada de amargura da filha. – Quer que eu conte uma coisa sobre a minha vidinha "solitária"? Eu tinha 18 anos quando engravidei. Seu pai era um oficial norte-americano que embarcou num navio para os Estados Unidos sem nem sequer dizer adeus, me deixando na mão. Eu não tinha um centavo nem para onde ir, mas seu tio David me salvou da miséria e me mandou para o País de Gales. Lá conheci Owen Marchmont e me casei com ele, para dar um pai aos meus filhos. Quando Owen começou a beber, eu trouxe você para Londres e batalhei para termos um teto. A única coisa que sempre tentei fazer foi dar para você o que nunca tive. Foi tudo por você, Cheska. Não quero nada em troca, mas peço, sim, que tenha a decência de acreditar no que estou dizendo!

Cheska abriu um lento sorriso, mas seu olhar penetrante estava carregado de veneno.

– Como espera que eu acredite no que me contou quando você passou todos esses anos mentindo para mim sobre o meu verdadeiro pai?

Greta desmoronou. Com gestos lentos, ela pegou a bolsa, abriu-a e tirou o dinheiro para pagar a conta.

– Estou indo embora. Sugiro que espere pelo seu tio David e o faça confirmar o que acabei de dizer. Não posso fazer nada além de garantir que estarei sempre aqui para apoiá-la, se você quiser, que a amo muito e que sempre procurei fazer o que era melhor para você. – Levantou-se. – Até logo, Cheska.

Cheska viu a mãe se retirar do bar. E a voz iniciou seus cochichos insidiosos. *Ela está mentindo, está mentindo... Bobby ama você... ama você... Ela odeia você, odeia você, quer destruí-la...*

Cheska balançou a cabeça, fechou os olhos, tornou a abri-los. Tudo que viu foram nebulosos matizes coloridos de roxo.

Levantou-se e seguiu a mãe, atravessando o saguão, e saiu do hotel.

David foi andando depressa pela Strand, ao sair da Bush House. A reunião havia se estendido e ele estava atrasado para o encontro com Greta e Cheska. O nevoeiro continuava pavoroso, porém ao menos não tão denso quanto antes. Enquanto se dirigia ao Savoy, ele se perguntou se Greta teria falado com Cheska sobre Bobby Cross. Parou na calçada do hotel, forçando a vista na neblina gelada e rodopiante, à procura de uma brecha no trânsito para poder atravessar.

Antes que pudesse se mexer, ouviu o som de pneus patinando na rua molhada, uma pancada ruidosa e um grito lancinante. O trânsito parou. Costurando por entre os carros parados, David atravessou a rua. Uma pequena aglomeração se formara do outro lado, à frente de um carro. Todos olhavam para uma pessoa caída no chão.

– Ah, meu Deus!

– Ela morreu?

– Alguém chame uma ambulância!

– Ela deve ter tropeçado e caído. Num minuto estava em pé na calçada, no seguinte...

– Não vi direito e...

Um instante antes de chegar ao círculo de pessoas, David tropeçou num objeto caído no chão. Ajoelhou-se e o pegou. Deu um gemido ao reconhecer o sapato sofisticado de couro de crocodilo.

– Não... *por favor*!

Abrindo caminho pela aglomeração, ajoelhou-se ao lado do corpo contorcido, que jazia muito quieto. Inclinou o rosto de Greta na direção do seu e viu que nele não havia marcas, apenas uma mancha de sujeira e um ligeiro arranhão na face, onde ela batera no chão. Verificou o pulso, cuja fraqueza indicava que a vida dela se esvaía aos poucos.

– Greta, minha querida Greta – murmurou baixinho em seu ouvido, encostando a face na dela. – Por favor, não me deixe. Amo você, amo você...

Não saberia dizer quanto tempo levou para a ambulância parar do seu lado, com as luzes piscando.

– Desculpe, meu senhor, será que podemos dar uma olhada nela? – disse o socorrista da ambulância.

– O pulso dela está fraco, mas... por favor, tome cuidado – gritou David.

– Agora deixe por nossa conta, moço. Quer se afastar, por favor?

Desesperado, David se levantou, sabendo que seria de pouca ajuda. Ficou observando a distância, enquanto Greta era delicadamente colocada numa maca. Em seguida, viu Cheska, sozinha sob um poste de luz, a poucos passos dali. Foi até lá.

– Cheska – disse, baixinho, mas ela não reagiu. – Cheska. – Pôs um braço sobre os ombros da jovem. – Está tudo bem. O tio David está aqui.

Cheska levantou o rosto para ele, os olhos registrando um vislumbre de reconhecimento.

– O que aconteceu? Eu... – Balançou de leve a cabeça e olhou em volta, como se tentasse lembrar onde estava. – Cadê a mamãe?

Os olhos de Cheska vasculharam a rua, em desespero.

– Cheska, eu...

David apontou para a ambulância. Cheska se afastou dele e correu para lá. Greta estava deitada na maca, enquanto os paramédicos se preparavam para colocá-la dentro do veículo. Seu rosto tinha a cor e a aparência vítrea de porcelana branca. Cheska deu um grito, jogou-se sobre a maca e abraçou o corpo inerte da mãe.

– Mamãe! Mamãe! Foi sem querer, foi sem querer! Ah, meu Deus! Não!

David se postou atrás de Cheska, ouvindo-a murmurar coisas junto ao peito de Greta, enquanto soluçava histericamente. Ajoelhou-se e tentou puxá-la, mas ela continuou agarrada à mãe, enunciando palavras abafadas.

– Venha, Cheska. Venha, meu bem. Temos de deixar que eles levem sua mãe para o hospital.

Cheska se virou para David com uma expressão de pura angústia no rosto. E então desmaiou nos braços dele.

31

Nos dias posteriores ao acidente, David se dividiu entre Greta, na unidade de tratamento intensivo, e Cheska, numa enfermaria feminina do Hospital St. Thomas, imerso numa angústia infernal.

Depois de Cheska desmaiar na rua, naquela noite terrível, David não tivera escolha senão ficar com ela, apesar de sua frenética preocupação com Greta. Um dos socorristas da ambulância ficara para trás a fim de atender Cheska, mas, ao ser examinada, ela voltou a si e desatou a gritar a plenos pulmões, resmungando incoerências sobre fantasmas, bruxas e caixões. Debateu-se violentamente contra David quando ele tentou acalmá-la. Por fim, o paramédico a sedou, enquanto aguardava a chegada de outra ambulância.

Depois de ver Cheska instalada e dormindo na enfermaria, David perguntou à enfermeira onde encontraria Greta. Com o coração nas mãos, pegou o elevador para a UTI, sem saber se ela estava viva ou morta. Foi informado de que ela estava em coma e de que seu estado era grave, mas estável. As visitas estavam fora de cogitação.

Durante horas, ele não pôde fazer nada além de andar pelo corredor, fazendo perguntas ansiosas a vários membros da equipe médica.

Passaram-se dois dias, durante os quais os médicos se mantiveram calados sobre o estado dela, até o deixarem entrar para vê-la. Sua primeira visão de Greta, que estava ligada a uma profusão de aparelhos, com tubos saindo da boca e do nariz, o rosto inchado e com manchas roxas, o levou às lágrimas.

– Por favor, fique boa, minha querida – murmurou repetidamente no ouvido dela, sentado à cabeceira da cama. – Por favor, Greta, volte para mim.

– Ah, Sr. Marchmont. – O médico se levantou e apertou a mão de David. – Sou o Dr. Neville. Sente-se, por favor. O senhor é parente de Greta?

– Sou, sim, suponho, por laços de casamento. Ela é também uma grande amiga.

– Nesse caso, posso contar o que sabemos até agora. Ao ser atropelada pelo carro, ela sofreu uma fratura grave no fêmur e um traumatismo craniano, que a fez entrar em coma. É óbvio que o trauma encefálico é o que mais preocupa, especialmente por ela ainda não haver recuperado a consciência.

– Mas, com certeza, ela acabará acordando, não é?

– Estamos fazendo exames, mas receio que ainda não haja nada conclusivo a relatar. Se não encontrarmos nenhuma pista, talvez a transfiramos para a unidade de traumatismo cranioencefálico do Hospital Addenbrooke, na Universidade de Cambridge, para uma melhor avaliação.

– E qual é o prognóstico no estágio atual, doutor?

– Os sinais vitais são animadores e estamos confiantes de que não há hemorragia interna. Quanto ao coma, bem... só o tempo dirá. Sinto muito.

David saiu do consultório médico com emoções conflitantes. Sentiu-se aliviado por Greta estar fora de perigo, mas arrasado diante das possibilidades que o médico havia descrito. Não sabia o que era pior, se a ideia de que talvez ela nunca mais acordasse, ou a ideia de que, se acordasse, poderia estar com o cérebro tão lesionado que a vida seria insustentável.

Durante a tarde, cansado, ele subiu para o outro andar, para sua visita diária a Cheska. Como sempre, ela não o reconheceu, mas continuou imóvel na cama, olhos cravados num ponto do teto.

David tentou de tudo para provocar alguma reação nela, mas não teve sucesso. Aqueles olhos vidrados e fixos o perseguiam, toda vez que ele fechava os seus, para roubar uns minutos de sono na sala de espera das visitas. O psiquiatra do hospital explicou que Cheska estava catatônica, devido ao trauma afetivo sofrido quando testemunhou o acidente da mãe.

Na semana seguinte, ainda em coma, Greta foi transferida para o Hospital Addenbrooke. David foi informado de que seria melhor os médicos passarem alguns dias avaliando a paciente, antes que ele viajasse para visitá-la. Telefonariam se houvesse alguma novidade.

Debilitado pela falta de sono e pelo desgaste físico de cuidar das duas mulheres que amava, David foi para casa pela primeira vez em dias e dormiu durante 24 horas. Quando voltou descansado para visitar Cheska, o médico encarregado o chamou para seu consultório.

– Sente-se, por favor, Sr. Marchmont.

– Obrigado.

– Eu queria conversar sobre Cheska. Tínhamos presumido, quando ela foi internada, que o choque de ver o acidente da mãe passaria aos poucos. Infelizmente, isso não aconteceu. Somos uma enfermaria clínica, Sr. Marchmont, e não lidamos com casos desse tipo. Chamei nosso psiquiatra residente para avaliá-la e ele acha que ela precisa ser transferida para uma unidade psiquiátrica especializada. Sobretudo considerando as circunstâncias.

– Que circunstâncias?

– Cheska está com mais de dois meses de gravidez.

– Ah, meu Deus! – gemeu David, perguntando a si mesmo quanto mais poderia aguentar.

– Presumi que o senhor não soubesse e, em termos formais, estou violando as regras de sigilo dos pacientes ao fazer essa revelação, mas, como a mãe dela está... incapacitada, o senhor é o parente mais próximo. Achei que era importante deixá-lo a par do panorama completo.

– É claro – respondeu David, abatido.

– Considerando-se que Cheska é um rosto famoso, eu sugeriria uma clínica particular discreta.

– Esse tipo de instituição é mesmo necessário? – perguntou David, cansado.

– Achamos que ela deve ficar sob supervisão médica durante a gestação.

– Entendo.

– Diga-me para que parte do país preferiria mandá-la, e peço ao nosso psiquiatra que dê alguns telefonemas para os estabelecimentos adequados.

– Obrigado.

David saiu do consultório e foi andando devagar pelo corredor, de volta para a cabeceira de Cheska. Ela estava sentada em sua cadeira, olhando pela janela. David se ajoelhou diante dela e segurou sua mão.

– Cheska, você devia ter me contado que está grávida.

Nada.

– O filho de Bobby.

Foi o instinto que o levou a dizer essas palavras. Cheska inclinou de leve a cabeça na direção dele. De repente, deu um sorriso.

– O filho de Bobby – repetiu.

David pôs a cabeça entre as mãos e chorou de alívio.

– Leon está? – perguntou David à recepcionista, enquanto caminhava, decidido, para a porta fechada do escritório.

– Está, mas...

Leon pôs o fone no gancho quando David entrou sem bater.

– Olá, David. Feliz Natal! Como vão Greta e Cheska?

David se aproximou e pôs as duas mãos na escrivaninha. Inclinou-se para a frente, usando na plenitude sua estatura e sua compleição imponentes.

– Um pouco melhores, mas não graças a você. Quero que me diga se você sabia que Cheska estava tendo um caso com Bobby Cross. E, se sabia, por que não lhe avisou do estado civil dele?

Leon se encolheu na cadeira. David, sempre tão bem-humorado e gentil, decididamente parecia ameaçador.

– Eu... eu...

– Então, você sabia?

– Sim, eu tinha uma vaga ideia de que havia alguma coisa acontecendo.

– Ora, deixe disso, Leon! Greta me contou que você ligou para ela e disse que Cheska teria de passar o fim de semana em Brighton. Cheska admitiu para a mãe que não havia filmagem nenhuma na ocasião. Você deu cobertura a ela, Leon. Por quê, pelo amor de Deus? Logo você, que sabe como é o Bobby!

– Está bem, está bem! Sente-se, David, por favor. Você parece um marginal vindo a toda desse jeito para cima de mim.

David permaneceu de pé e cruzou os braços.

– Quero saber por quê – repetiu.

– Escute, juro que não incentivei ativamente a relação, mesmo sabendo que Charles Day queria isso, por causa do filme. Cheska vinha tendo problemas para fazer a transição daqueles papéis de menininha que havia representado, e Charles achou que um romance agradável com o coprotagonista não faria mal nenhum a ela. Na verdade, ia ajudá-la a amadurecer um pouco. E ele estava certo, porque o desempenho dela definitivamente melhorou. Cheska está fantástica no filme!

David o fitou, enojado.

– Então está me dizendo que, para conseguir algumas cenas decentes, você ajudou Charles a empurrar uma adolescente emocionalmente imatura e legalmente menor de idade para os braços de um homem casado cuja reputação é ainda pior do que o seu senso moral? Pelo amor de Deus, Leon! Sei que os negócios vêm sempre em primeiro lugar para você, mas não tinha percebido que você era completamente desumano!

– Ora, vamos! Foi só um romancezinho, só isso. É provável que eles tenham trocado um beijo e mais nada. É claro, ela ainda não é propriamente maior de idade, mas você está no ramo do entretenimento há tempo suficiente para saber que esse tipo de coisa vive acontecendo. O que eu podia fazer? Proibir Cheska de se encontrar com Bobby? A coisa já tinha começado muito antes de eu chegar a Brighton. Tenho certeza de que não houve nenhum prejuízo grave.

– Nenhum prejuízo grave? – David balançou a cabeça, em desespero. – Como é que você pode ser tão ingênuo? Cheska se apaixonou por Bobby.

– Ela supera isso. Todo mundo sofre de amor pelo menos uma vez na vida.

– Não é tão simples assim, Leon. Cheska está hospitalizada, em estado catatônico, porque a mãe contou a ela que Bobby Cross é casado.

Leon se inclinou para a frente.

– Sabe, o problema de Cheska sempre foi esse. Ela foi tão paparicada e protegida por Greta que nunca teve de enfrentar a realidade nem tomar suas próprias decisões...

– Não se *atreva* a falar assim de Greta!

David tornou a se debruçar ameaçadoramente sobre a escrivaninha, com as mãos comichando para agarrar Leon pelo pescoço e arrancar de seu rosto o sorriso convencido.

– Sinto muito, David, sinto mesmo. Foi uma irresponsabilidade, dadas as circunstâncias. O que eu estava tentando dizer é que Cheska está crescendo. Terá que enfrentar experiências e aprender a lidar com elas, como qualquer outra pessoa. Passou por uma fase ruim nessas últimas semanas, mas vai superar Bobby. Tenho certeza de que vai.

– Ela poderia superar isso, é claro, se por acaso não estivesse grávida dele.

– Ah, meu Deus!

David finalmente se sentou. O silêncio tomou a sala, enquanto Leon assimilava a barbaridade do que tinha acabado de ouvir.

– Sinto muito, David. Eu só... Nunca pensei...

– Tenho certeza de que pensou, Leon. E optou por ignorar as possibilidades, porque isso lhe convinha.

– Ela vai ter o bebê?

– Cheska não está em condições de tomar uma decisão racional neste momento. Daqui a dois dias, será transferida para uma clínica particular perto de Monmouth, onde poderá se recuperar adequadamente e em paz.

– Entendo. Vou dar uma palavrinha com Charles Day para ver se o estúdio cobre as despesas dessa clínica, enquanto Cheska se recupera. Nessas circunstâncias, é o mínimo que podem fazer.

– Pouco me importa isso, mas quero que você entre em contato com esse idiota desse seu cliente e conte a ele a novidade. Você sabe que ele pode ser processado pelo que fez com a minha sobrinha, não sabe?

– Caramba, David! Com certeza você não levaria as coisas tão longe, não é? Isso destruiria tanto a reputação de Bobby quanto a de Cheska.

– Onde está aquele merdinha nojento?

– Em algum lugar no exterior, de férias com... a mulher e os filhos. – Leon baixou os olhos, constrangido. – Ele nunca diz a ninguém aonde vai. Nem mesmo a mim.

– Quando ele volta?

– Em algum dia do mês que vem. Ele tem uma gravação marcada de um disco, antes de começar os ensaios para a próxima temporada no Palladium.

– Você não mentiria para mim, não é, Leon?

– Santo Deus, David! É só lembrar que Cheska também é minha cliente e que, aliás, vale muito mais para mim do que Bobby. Sem falar em você, é claro. Quando ele voltar, juro que contarei tudo. Mas eu não teria muita esperança. Quer dizer, grávida ou não, Cheska está melhor sem ele. Ela poderia dar o bebê para adoção ou alguma coisa assim, não é?

– Já estamos pensando de novo nos negócios, Leon? – rebateu David com desdém.

– Olhe, juro que faço qualquer coisa para ajudar. Estou tão horrorizado quanto você. E como vai Greta?

– Ainda na mesma.

Os olhos de David se encheram de uma dor repentina.

– Bem, dê lembranças minhas a ela, por favor.

– Ela não vai retribuir, Leon, como você deve imaginar.

– O que dizem os médicos?

– Estou longe de achar que você está interessado, de modo que não vou perder meu tempo para responder. – Levantou-se. – Mas tenho uma última coisa a dizer: estou dispensando os seus serviços como meu agente, com efeito imediato.

Deu as costas e saiu da sala antes que Leon pudesse responder.

No dia anterior à véspera de Natal, Cheska foi transferida de ambulância para o Hospital Psiquiátrico Medlin, nos arredores de Monmouth, a poucos quilômetros da cidade. David a acompanhou de carro e, ao chegar, encontrou LJ à sua espera na recepção. Depois de uma longa conversa por telefone, na qual ela ficara aflita para apoiar o filho do modo que fosse possível, LJ havia insistido em supervisionar o atendimento de Cheska, enquanto David se concentraria em ficar com Greta.

O Hospital Medlin poderia ser um hotel. Era um belo prédio georgiano, situado num ótimo terreno, e o saguão de entrada e outras salas de uso comum tinham todo o jeito de uma elegante casa de campo. Os quartos dos pacientes eram pequenos, mas decorados com bom gosto e aconchegantes. Depois de se certificar de que Cheska estava o mais confortável possível, David e LJ a deixaram com uma enfermeira em seu quarto e acompanharam a recepcionista, que os conduziu ao consultório do chefe da psiquiatria.

– Boa tarde. Meu nome é John Cox. – O médico de cabelos grisalhos deu um sorriso caloroso ao apertar as mãos de David e LJ. – Sentem-se, por favor. Bem, estou com as anotações do prontuário do hospital sobre Cheska, mas quero obter algumas informações. Vocês se importam?

– De modo algum – respondeu David, com um aceno tranquilizador para sua mãe.

– Certo. Onde ela nasceu?

David respondeu às perguntas da melhor forma possível, achando doloroso rememorar o passado.

– Quer dizer que ela começou a trabalhar como atriz aos 4 anos? – perguntou o Dr. Cox.

– Sim. Pessoalmente, nunca aprovei isso – disse LJ, bufando.

– Verdade. É muita pressão para uma criança tão pequena. Digam-me, ela teve algum problema de natureza semelhante antes desse, do qual um de vocês tenha conhecimento?

LJ mordeu o lábio antes de responder.

– Bem, houve uma ocasião... – Hesitou ao ver a expressão intrigada no rosto de David, mas resolveu que precisava continuar. – Cheska veio passar uns dias comigo em Marchmont, quando ainda era muito pequena. Uma noite, eu a encontrei no antigo quarto das crianças, mutilando um ursinho de pelúcia.

– Ora, mamãe – interrompeu David. – Não acha que "mutilando" é meio forte? Você nunca mencionou isso e, com certeza, todas as crianças, de vez em quando, são descuidadas com seus brinquedos, não é?

– Você não viu o rosto dela, David – disse LJ em voz baixa. – Era quase... maníaco.

O psiquiatra assentiu e fez anotações em seu bloco, antes de prosseguir.

– Então, pelas anotações do hospital sobre Cheska, entendo que ela presenciou o acidente da mãe, certo?

– Sim, achamos que sim – respondeu David. – No mínimo, ela chegou ao local apenas alguns instantes depois.

– Sei. Ela se lembra de alguma coisa sobre essa noite?

– Para ser franco, não sei – disse David. – Ela não pronunciou uma única palavra nos primeiros dias após o acidente, e, depois que recomeçou a falar, nunca o mencionou. Não quisemos tocar no assunto, por medo de que isso a perturbasse. A mãe dela ainda está em coma.

– Bem, muitas vezes é melhor ser franco com pacientes como Cheska. Se o assunto vier à tona, não há necessidade de evitar falar da mãe dela, dentro de limites razoáveis, é claro.

David e LJ assentiram.

– Há alguma outra coisa que queiram acrescentar e que lhes pareça que pode ser útil?

– Bem, é óbvio que o senhor sabe que Cheska está grávida. E muito apaixonada pelo pai da criança. Infelizmente, porém, é muito improvável que algum dia ele arque com essa responsabilidade – acrescentou David.

– Pobre Cheska. Não admira que esteja enfrentando problemas. Bem, eu agradeço muito, Sr. e Sra. Marchmont, por todas as informações. Cheska fará uma hora de terapia diariamente. É preciso que eu fique apto a julgar a capacidade de apreensão da realidade que ela tem. Os senhores acham que ela reconhece que está grávida, por exemplo?

– Com certeza – confirmou David.

– Bem, já é um passo na direção certa. Deixem por minha conta e vamos ver como tudo se desenrola.

– Aonde você vai? Não vai me deixar aqui, não é?

Uma expressão de pavor cruzou o rosto de Cheska quando David lhe deu um beijo na bochecha. John Cox estava discretamente parado alguns metros atrás de David, fazendo questão de observar o diálogo.

– Os médicos querem que você permaneça aqui, para poderem ficar de olho em você e no bebê – disse David, delicadamente. – Só vou me ausentar um pouquinho, juro.

– Mas quero ir para casa com você. É Natal, tio David! – Os olhos de Cheska se encheram de lágrimas. – Não me deixe, por favor, não me deixe.

– Pronto, pronto, passou. Não há nada com que se inquietar. LJ vai visitá-la todos os dias. Também virei, sempre que puder.

– Prometa.

– Prometo, benzinho. – David fez uma pausa, ponderando mentalmente a sensatez do que estava prestes a dizer. – Cheska, antes de eu ir embora, se houver alguma coisa que você queira me perguntar sobre a sua mãe, você... – David parou no meio da frase, ao ver que o rosto de Cheska não se alterou à menção de Greta. Ela meramente o fitou por um momento, com uma expressão vazia, depois se virou para olhar pela janela. – Bem, até logo, querida. Logo, logo nos veremos.

– Até logo, tio David – respondeu ela por cima do ombro.

David se retirou do quarto, seguido de perto pelo Dr. Cox.

– Não se preocupe, Sr. Marchmont. Embora essa pequena cena possa ter sido inquietante, creio que é um tanto animadora. O fato de ela poder expressar ao menos alguma emoção, como se inquietar com a sua partida, é um passo positivo.

– Mas me sinto muito cruel por abandoná-la aqui.

– Por favor, não se preocupe. Tenho certeza de que ela se adaptará muito depressa. Este é realmente o melhor lugar para Cheska, e o senhor deve confiar em nós. Vá para casa e procure passar um Natal relaxante, e depois voltaremos a conversar.

※

Era o começo da noite quando David e LJ chegaram a Marchmont. Completamente exausto, tanto física quanto emocionalmente, ele havia sucumbido à sugestão da mãe de passar ao menos o Natal com ela.

– Sente-se, David, que vou preparar uma bebida forte para nós.

David a observou enquanto ela servia o uísque.

– Pronto. – Ela pôs o copo nas mãos do filho e foi atiçar o fogo.

– Saúde, e feliz Natal. Como sempre, você está maravilhosa, mãe. Mais moça do que eu – brincou David.

– Acho que é o lugar que me mantém ativa. É tanta coisa a ser feita que não tenho tempo para envelhecer.

– Tem certeza de que pode arcar com as visitas a Cheska, mamãe?

– É claro, querido. E Mary disse que também vai.

– Mas, e quando ela der à luz, daqui a uns meses, e tiver que cuidar de uma coisinha minúscula, que dependerá dela para todas as suas necessidades? Ela não é capaz de cuidar de si, muito menos de assumir a responsabilidade por uma criança. E, com Greta do jeito que está, bem...

– Sim, isso também tem me preocupado. Mas o que podemos fazer, além de rezar para que Cheska comece a se recuperar? Ela ainda tem um bom tempo de gestação pela frente.

– Ela parece um fantasma. Muito pálida, e com aquela expressão horrível, o olhar vidrado. Ela é muito frágil, mãe. E não mencionou Greta uma única vez. Fez uma expressão completamente vazia quando me referi à mãe dela, pouco antes de sairmos do hospital.

– Bem, como admiti àquele psiquiatra hoje à tarde, não consigo deixar de me perguntar se tudo isso faz parte de um problema mental muito maior, em vez de ser apenas o choque do acidente de Greta.

– Acho que não. Cheska sempre foi muito estável. Foi o centro das atenções por anos quando outras pessoas, muito mais maduras, sucumbiriam sob pressão.

– Pode ser, mas você não acha que isso poderia ser parte do problema? Digo, o que é a realidade para ela? E lidar com toda essa fama, numa idade tão tenra... Você sabe que nunca aprovei que ela fizesse todos aqueles filmes. Ela me parece ter perdido completamente a infância.

– Sim, mas Greta só queria o melhor para ela, você sabe – respondeu David, na defensiva, como sempre diante de qualquer crítica a Greta.

– E quanto ao pai do bebê, esse tal Bobby Cross?

– Na noite do acidente, Greta ia contar a Cheska que ele era casado. Se disse ou não, só Cheska sabe. Leon vai entrar em contato com Bobby, mas, para ser sincero, acho que é inútil. Tenho certeza de que John Cox vai abordar esse assunto com ela. Aí talvez fiquemos sabendo de mais alguma coisa.

– Quais são os seus planos para os próximos dias? – perguntou LJ, mudando de assunto.

– Tenho que ir embora amanhã para visitar Greta em Cambridge – respondeu ele, encolhendo os ombros. – O neurologista dela telefonou, dizendo que não encontrou nada em nenhum dos exames.

– Quer dizer que não há nenhuma mudança?

– Ao que parece, não.

– Bem, precisa partir tão cedo? Não quero parecer insensível, David, mas a pobre mulher está em coma. Está em boas mãos no Addenbrooke e, além disso, nem de longe está em condições de sentir sua falta por mais alguns dias. Você precisa de uma folga disso tudo. É demais para você.

– Não, mãe – rebateu David, baixinho. – O que preciso é estar com a mulher que amo.

32

John Cox abriu um sorriso, do outro lado da mesa.
– E então, Cheska, como está hoje?
– Bem – respondeu ela.
– Ótimo, ótimo.
– Mas preferiria ir para casa.
– Para Marchmont?
– Sim.
– Quer dizer que você considera Marchmont a sua casa, e não o apartamento em que morava com sua mãe em Londres?
Cheska olhou friamente para uma estatueta numa prateleira e não respondeu nada.
– Quer conversar sobre sua mãe, Cheska?
– Uma vez fiz um filme em que havia um psiquiatra.
– É mesmo?
– É. Ele tentava fazer as pessoas acreditarem que seu irmão era louco, para poder trancá-lo num hospício e roubar todo o dinheiro dele.
– Mas os filmes não são reais, Cheska. Ninguém está tentando dizer que você é louca. Estou tentando ajudá-la.
– Isso é o que o psiquiatra do filme dizia.
– Então, vamos falar do bebê. Você sabe que vai ter um bebê, não sabe?
– É claro que sei! – rebateu ela.
– Como se sente sobre isso?
– Muito contente.
– Tem certeza?
– Sim.
Ela se remexeu e olhou pela janela.

– Bem, então você sabe que precisa se cuidar muito bem. Nada de pular refeições. O bebê depende de você para ajudá-lo a crescer.

– Sim.

– Como se sente por ter o bebê sozinha, sem pai? – perguntou ele, em tom delicado.

– Mas o meu bebê tem pai – rebateu ela, confiante. – Vamos nos casar, assim que ele voltar da França.

– Entendo. Como se chama o seu... namorado?

– Bobby Cross. Ele é um cantor muito famoso, você sabe.

– O que a sua mãe acha da ideia de vocês se casarem?

Cheska tornou a ignorar a pergunta.

– Está bem. Acho que por hoje basta. Vejo você amanhã. Ah, a propósito, você terá uma visita hoje à tarde. Seu tio vem visitá-la.

O rosto dela se iluminou com um sorriso autêntico.

– Ah, que ótimo! Ele vem me levar de volta para Marchmont?

– Não, hoje não. Mas em breve, prometo.

Ele apertou um botão na escrivaninha e uma enfermeira apareceu à porta. Cheska se levantou.

– Até logo – disse, e saiu da sala atrás da enfermeira.

Na mesma tarde, David chegou ao consultório de John Cox.

– Como ela está? – perguntou.

– Está muito melhor. Com certeza, muito mais receptiva do que há duas semanas. Parece estar reparando muito mais no mundo que a cerca. Mas ainda se recusa a falar da mãe. É difícil avaliar se ela acha que Greta está viva ou morta. Ela continua em coma?

– Sim. No momento, não há sinal de mudança.

– Deve ser muito difícil para o senhor.

– Vou levando – respondeu David depressa, sem querer se submeter à análise do seu estado de espírito por um psiquiatra. – Nestas circunstâncias, talvez seja melhor não pressionar Cheska a respeito da mãe. Afinal, mesmo que ela admitisse se lembrar do acidente, ver Greta do jeito que ela está, ligada a aparelhos para se manter viva, dificilmente traria algum consolo à filha.

– Concordo – disse o Dr. Cox, com um suspiro. – Cheska também me disse, hoje de manhã, que Bobby Cross e ela vão se casar, assim que ele voltar da França.

– Isso significa que Greta não contou nada a ela antes do acidente.

– Quem saberia dizer? Sugiro que o nosso próximo passo seja ajudá-la a atravessar a gravidez e continuar daí.

David bateu à porta de Cheska.

– Entre.

Encontrou-a sentada numa poltrona junto à janela.

– Olá, meu bem, como vai?

Cheska se virou para ele e sorriu.

– Olá, tio David. Veio me levar para casa?

Ele se aproximou e a beijou no rosto.

– Agora você está voltando a agir normalmente.

– Ah, estou bem. Só quero saber quando posso ir para casa, só isso. Bobby deve estar querendo saber onde estou. – O rosto de Cheska se fechou de repente. – Sabe, tive um sonho, tio David. Foi terrível. Alguém me dizia que Bobby não me amava mais, que era casado e tinha filhos. Foi um sonho, não foi, tio David? – perguntou, os olhos fixos no rosto dele, em desespero, buscando uma confirmação. – Bobby me ama, não é?

David engoliu em seco, depois assentiu.

– Como poderia não amar você? Agora, me dê um abraço apertado. – Envolveu-a nos braços e sentiu quanto ela estava frágil. – Ei, você está ficando magrela, mocinha. Tem que ganhar peso.

– Eu sei. Desculpe. Diga ao Bobby que prometo comer de agora em diante. E o casamento, tio David? Realmente devíamos nos casar antes da chegada do bebê.

– Aqui é um lugar muito agradável, não? – David foi até a janela, aflito para mudar de assunto, porque não sabia o que responder. – Os jardins são lindos. Você devia dar um passeio. O ar puro faria bem a vocês dois.

– Sim, acho uma boa ideia – disse Cheska, seguindo o olhar de David. – Mas algumas pessoas aqui são completamente loucas. À noite, quando tento dormir, escuto pessoas gemendo. É um horror. Eu estaria muito melhor em Marchmont.

– Quanto melhor você cuidar de si e fizer o que o Dr. Cox mandar, mais depressa poderei levá-la para casa. Quer que eu traga alguma coisa?

– Acho que uma televisão seria bom. Fico meio entediada, sem ter nada para fazer.

– Vou ver o que posso providenciar.

– Obrigada. Tio David, eu estou doente? Não me sinto doente.

– Não, você não está doente. Só teve um... um choque terrível, que a deixou meio enfraquecida, só isso.

O rosto de Cheska empalideceu.

– Eu... eu fico muito confusa às vezes. Tenho uma porção de pesadelos pavorosos e às vezes não consigo lembrar o que é real e o que foi sonho. Às vezes, acho que devo estar louca. Não estou louca, estou? Por favor, me diga que não estou louca – pediu, com os olhos marejados.

David se ajoelhou a seu lado e lhe fez um afago suave no rosto.

– É claro que não, benzinho. Você passou muito tempo vivendo sob muita pressão, só isso. A razão de estar aqui é poder descansar e ter um pouco de sossego. Você não tem nada com que se preocupar, exceto cuidar de si mesma e do bebê. Promete que vai fazer isso?

– Vou tentar. Só fico com muito medo. Eu me sinto... sozinha.

– Mas você não está sozinha, Cheska. Você tem o bebê, vivendo dentro de você. – David olhou para o relógio ao lado da cama. – Agora tenho que ir andando, meu bem. Venho visitá-la na semana que vem.

– Está bem. Amo você, tio David – disse, lançando os braços em volta dele. – Você não me acha uma pessoa má, acha?

– Não, Cheska, não acho. Até logo.

David deu um beijo em sua testa e saiu do quarto.

No trajeto de volta para Londres, analisou a conversa entre os dois. Não havia dúvida de que Cheska estava melhor do que antes e, em alguns momentos, parecia bem normal. Mas aquela fantasia sobre Bobby o deixava com o estômago embrulhado.

Quatro horas depois de deixar Cheska, David estava de volta à cabeceira da mãe dela.

Depois de sua vigília semanal ao lado de Greta, David chegou a Hampstead. O inverno se transformara em verão, mas ele mal tinha notado a mudança das estações. Agora fazia quase seis meses desde o acidente. Ele havia cancelado a maioria dos compromissos de trabalho, mantendo apenas o programa de rádio das noites de sexta-feira, para poder passar o resto da semana com Greta. Os médicos do Hospital Addenbrooke estavam perplexos, agora que os exames tinham comprovado que não havia sinal de lesões permanentes. Tudo que podiam sugerir era que David falasse com Greta e lesse para ela, na esperança de que isso viesse a instigar uma resposta. Era o que ele vinha fazendo de bom grado, mas sem resultado.

O telefone estava tocando na hora em que David abriu a porta da entrada, e ele correu para atender.

– Alô?

– Olá, David, é o Leon. Como vai Cheska?

– Melhor, apesar de você – respondeu David, em tom frio.

– E Greta?

– Na mesma. O que exatamente você quer, Leon? Você já não me representa, e é só pelo fato de Cheska não estar bem que ainda não sugeri que ela também o despeça.

– Escute, não podemos deixar o passado para trás? Achei que você devia saber que falei com Bobby e ele me pareceu sinceramente chocado. Confessou que Cheska e ele tiveram um pequeno romance, mas nada tão íntimo que gerasse um filho. Ele jura que é impossível ser o pai. E que não fazia ideia de que ela era realmente tão nova.

– Você acreditou nele?

– Uma ova! Mas o que se pode fazer? Ele nega qualquer responsabilidade.

David cerrou os dentes:

– Se algum dia eu tornar a ficar cara a cara com aquele safado, vou assar os ovos dele num espeto! Você perguntou se ele ia visitar Cheska?

– Perguntei, e ele disse que não. Achou que deixaria as coisas piores do que já estão. Diz que ela exagerou, perdeu a medida das coisas, e que o que eles tiveram foi só um breve romance sem compromisso.

– Não esperava nada muito diferente dele, mas ainda é um tremendo choque ouvir as mentiras descaradas desse sujeito.

– O homem não tem moral, nunca teve. Escute, há uma coisa que precisamos discutir. Falei com Charles Day por telefone. Ele queria saber se

Cheska está bem o bastante para comparecer à pré-estreia de *Por favor, professor, eu amo você*.

– E o que você disse?

– Que achava difícil. É claro que não entrei em maiores detalhes sobre a situação dela. Charles acha que ela teve um colapso nervoso por causa do choque do acidente da mãe. Não sabe nada sobre a criança.

– Bem, Cheska não está em condições de ir a lugar nenhum. E, mesmo que estivesse, presumo que Bobby Cross deva ir à estreia, não? Leon, como é que você pode até mesmo sugerir isso?

– Está bem, está bem. Falo para Charles que ela está muito mal para comparecer, e mando-o dizer aos jornais que ela está com um resfriado. Mas é uma pena. Eles acham que o filme vai estourar dos dois lados do Atlântico.

– Sim, *é* uma pena, Leon. Mas, afinal, se certas pessoas não tivessem manipulado Cheska, nada disso teria acontecido, não é?

– Eu sei, David, o que posso dizer? Sinto muito. Sinto muito mesmo.

– Bem, da próxima vez que você vir Bobby, diga-lhe para ficar longe de mim. Ou não respondo pelos meus atos.

Ao bater com o telefone, David percebeu que estava no limite de sua resistência, em termos físicos, mentais e afetivos. Ficar sentado à cabeceira de Greta, dia após dia, fazendo o que os médicos pediam e tentando reavivar a memória dela, sem obter reação alguma, estava acabando com ele.

David estava começando a perder a esperança.

33

Os meses passaram lentamente para Cheska. Em alguns dias, ela acordava cheia de energia, pensando em Bobby e no bebê. Em outros, mergulhava num abismo de tristeza. LJ ia vê-la quase todo dia, mas gostava de falar do clima e dos cordeiros que nasciam na fazenda, quando tudo o que Cheska desejava era falar de Bobby. Às vezes David também aparecia, e ela sempre lhe perguntava quando poderia sair de Medlin; sabia que era um hospital de gente louca. Havia tentado conversar com outros pacientes, quando eles faziam as refeições juntos na sala de jantar, mas ou eles não respondiam, ou se repetiam sem parar.

David tinha prometido que, quando o bebê nascesse, ele a buscaria e a levaria para casa. Assim, Cheska se consolava com a ideia de que não teria que esperar muito. Escrevia longas cartas a Bobby e as entregava a David para colocá-las no correio. Bobby nunca respondia, mas Cheska sabia que estava ocupado e procurava compreender. Quando os dois se casassem, ela teria de se acostumar com a ausência do marido.

Às vezes, no meio da noite, Cheska tinha os velhos e terríveis pesadelos. Acordava chorando, e uma das enfermeiras entrava, procurava consolá-la e lhe dava uma xícara de chocolate quente e um comprimido para dormir.

De vez em quando, fragmentos de algo terrível que ela havia feito surgiam em sua mente, mas ela barrava esses pensamentos. Deviam fazer parte do pesadelo.

No último mês de gestação, Cheska ficou confinada ao leito. Sua pressão sanguínea havia subido e o Dr. Cox recomendou que não fizesse nada além de repousar. Ela passava quase todas as noites assistindo a programas na televisão que David lhe trouxera.

Num domingo à noite, ela estava sentada na cama, vendo o noticiário noturno.

– E agora, vamos chamar Minnie Rogers, que está na Leicester Square, acompanhando a chegada das estrelas para a pré-estreia de *Por favor, professor, eu amo você*.

Cheska deu um pulo da cama e aumentou o som.

– Olá, boa noite a todos.

A repórter sorriu para a câmera. Atrás dela, Cheska viu uma multidão de pessoas paradas atrás de barreiras.

– Só estamos aguardando a chegada de Bobby Cross, o astro do filme. Cheska Hammond, que faz o papel de Ava, está de cama com um resfriado e não poderá comparecer. Ah! – A repórter se virou, deixando transparecer no rosto a empolgação. – Ali vem ele.

Uma grande limusine preta parou em frente ao cinema. Bobby apareceu, sorrindo e acenando para os fãs, que gritavam e empurravam. Os olhos de Cheska se encheram de lágrimas. Ela pôs uma das mãos na tela e afagou o rosto do rapaz.

Bobby se inclinou para o interior do carro, de onde saiu uma bela loura esguia, com um minivestido de lantejoulas. Ele a envolveu com um dos braços e lhe deu um beijo na face, e os dois caminharam para a entrada do cinema, virando-se para posar para as câmeras.

– Os fãs do Bobby estão indo à loucura! Ele nunca foi tão popular e, no momento, está com um espetáculo no Palladium, a temporada está com a lotação esgotada – informou a repórter, ofegante. – E, hoje, está acompanhando Kelly Bright, a modelo mais famosa da Grã-Bretanha. Agora, Bobby e Kelly estão entrando para se juntar ao restante do elenco. O filme entrará no circuito geral dos cinemas amanhã, e posso lhes garantir que é imperdível. Voltando a você no estúdio, Mike!

Um rosnado grave e animalesco emanou de algum lugar nas entranhas de Cheska. Ela passou repetidamente as unhas pelo rosto e começou a balançar a cabeça de um lado para outro.

– Não... não... não! Ele é meu... é meu... *é meu!*

Suas palavras se amplificaram num grito, enquanto ela se levantava. Uma enfermeira de passagem ouviu a comoção e entrou correndo no quarto.

– Mas que diabo...? – Cheska estava socando o televisor com os punhos cerrados. – Pare com isso, Cheska!

Mas ela não prestou a menor atenção. Os socos foram ficando cada vez mais ferozes. A enfermeira tentou afastá-la do aparelho.

– Venha, deixe-me ajudá-la a se deitar. Pense no bebê, Cheska, por favor!

Cheska se jogou no chão, sem forças. A enfermeira ajoelhou a seu lado, verificou seu pulso e notou a poça de líquido no chão. Levantou-se de um salto e apertou o botão da emergência.

– Por favor, meu Deus, por favor – murmurou David, entrando no estacionamento do hospital.

Quando chegou à ala da maternidade, foi cumprimentado por John Cox.

– Está tudo...? Cheska está...?

– Ela está ótima. Assim que entrou em trabalho de parto, nós a trouxemos depressa para cá. Há aproximadamente uma hora ela teve uma menininha de pouco mais de 2,7 quilos. A mamãe e o bebê passam bem.

– Graças a Deus. – A voz de David se embargou com a tensão da corrida de quatro horas na vinda de Cambridge.

– Sua mãe está com Cheska. O senhor gostaria de ver o bebê?

– Eu adoraria – respondeu David, acompanhando o Dr. Cox por um corredor até o berçário.

Uma enfermeira se levantou e sorriu quando os dois entraram.

– Estamos aqui para ver a bebê Hammond – anunciou o Dr. Cox.

– Na verdade, é Marchmont, Dr. Cox.

David o corrigiu, sentindo um nó repentino na garganta. Fossem quais fossem as circunstâncias da complexidade de seus laços familiares com essa criança, uma nova vida com o mesmo sobrenome dele acabara de chegar ao mundo.

– Com certeza – fez a enfermeira, dirigindo-se a um berço, de onde levantou uma trouxinha pequena e a entregou cuidadosamente a David.

Ele baixou os olhos para o rostinho franzido e miúdo. Os olhos da bebê se abriram e o fitaram.

– Ela parece muito esperta – disse ele.

– Sim, é pequenina, mas forte – comentou a enfermeira.

David beijou a criança na face, com os olhos marejados.

– Espero que sim. Pelo bem dela, espero que sim – murmurou.

34

Seis semanas depois do nascimento da bebê de Cheska, John Cox chamou David ao seu consultório, quando ele chegou para uma de suas visitas quinzenais.

– Creio que Cheska está pronta para ir para casa.

– Que notícia maravilhosa! – exclamou David, encantado.

– Parece que dar à luz desanuviou a mente dela. Desde então, ela parece lúcida, calma e relaxada. Demonstra ter desenvolvido uma boa relação com a bebê, e sua obstetra deu uma passada aqui ontem, para fazer o check-up de seis semanas após o parto, e declarou que ela está em perfeitas condições físicas. É óbvio que seria muito mais benéfico para as duas se Cheska pudesse morar num ambiente mais natural do que um hospital psiquiátrico, ao iniciar sua jornada pela maternidade.

– Sem dúvida. E o senhor acha que, em termos mentais, ela tem força suficiente para lidar com a situação?

– Só sei dizer que ela teve uma melhora enorme. Ainda se recusa a falar da mãe, mas poderíamos mantê-la aqui pelo resto da vida, sem que ela jamais falasse do que aconteceu naquela noite. A boa notícia é que não mencionou Bobby Cross desde o parto, o que é um sinal saudável. Ela vai precisar de muito apoio, é claro, mas acho que ter uma filha para cuidar deu um novo objetivo para Cheska.

– Ótimo. Torço sinceramente para que o senhor esteja certo.

– Só o tempo dirá, mas leve-a para casa e veja como ela evolui. Havendo qualquer problema, o senhor sabe onde me encontrar. – O Dr. Cox se levantou. –Vamos dar a boa notícia a Cheska?

Ela estava sentada em seu quarto, dando mamadeira à filha. Sorriu quando David e o Dr. Cox entraram.

– Olá, Cheska, como vão você e a bebê? As duas estão com ótima aparência – disse David, abrindo um largo sorriso para a dupla.

– Estamos bem. Ah, e não precisamos mais chamá-la de "bebê". Você vai gostar de saber que finalmente decidi o nome. Vou chamá-la de Ava, inspirado no meu personagem de *Por favor, professor, eu amo você*. Acho que cai bem nela.

– É um lindo nome – concordou David. – E tenho uma boa notícia: o Dr. Cox disse que posso levar você e Ava para casa.

– Ah, que maravilha! Mal posso esperar para mostrar Marchmont a ela.

– Vou chamar uma enfermeira para ajudá-la a fazer sua mala – disse o médico. – Vejo-a no meu consultório em uma hora, para preencher a papelada necessária.

LJ estava no quarto que era de Cheska e Jonny. Depois do telefonema de David, Mary e ela tinham se apressado a trabalhar para deixá-lo acolhedor.

– Bem, aqui está tudo pronto. Não será maravilhoso voltarmos a ter um bebê em casa? – perguntou LJ para Mary, que estava forrando com lençóis limpos o colchão do berço.

– Sim, Sra. Marchmont, será mesmo.

Vinte minutos depois, quando o sol estava se pondo, LJ avistou o carro de David subindo pela entrada.

– Eles chegaram! – exclamou, batendo palmas de alegria. – Vou descer para recebê-los.

Desceu a escada e correu para o lado de fora.

– Sejam bem-vindas, meus amores. Fico muito feliz por recebê-las aqui – disse, em tom caloroso, ajudando Cheska e a bebê a saltarem do banco de trás.

– E estou muito feliz por voltar, tia LJ. Tome, quer segurá-la?

Cheska passou sua trouxinha para LJ, que ficou brincando com a bebê enquanto a levava para dentro.

– Ela está ainda mais bonita que da última vez que a vi. Acho que tem os seus olhos, Cheska. Já decidiu que nome ela terá? – perguntou, ao entrarem na sala.

– Ava.

– Que amor, é igual ao da minha estrela favorita no cinema. A Srta. Gardner estava deslumbrante em *Tentação*.

LJ se sentou numa poltrona, aninhando a recém-nascida no colo. As feições delicadas de Ava se contraíram e ela soltou um pequeno grito.

– Ela está com fome – disse Cheska.

– Mary preparou umas mamadeiras mais cedo e as pôs na geladeira. Vamos subir para o quarto da bebê? Digo a Mary para aquecer uma delas e levá-la lá para cima.

LJ observou Cheska se sentar no quarto e amamentar sua bebê. Impressionou-se com o ar confiante com que ela parecia lidar com a filha, embora fosse pouco mais velha que uma criança. Depois de fazê-la arrotar, Cheska se levantou e, com delicadeza, deitou Ava no berço.

– Pronto, agora ela deve dormir até meia-noite. É o que costuma fazer.

– Bem, e por que você não vai se deitar? – sugeriu LJ. – Fico com ela e cuido do turno da noite. Você deve estar exausta, querida.

– Estou meio cansada. É muita gentileza sua se oferecer.

– De agora em diante, você vai ter que brigar comigo para me mandar embora. Adoro bebês! – LJ riu.

– Sabe, quando eu era pequena, este quarto me dava medo – comentou Cheska, com ar pensativo, correndo os olhos ao redor.

– Por quê, Cheska?

– Não sei. Boa noite, LJ, e obrigada.

Cheska a beijou de leve no rosto e se retirou.

Na manhã seguinte, Cheska deixou LJ e Mary com Ava e saiu para uma longa caminhada. Seu coração se animou com a simples beleza da propriedade Marchmont. A casa ficava nas colinas, suas amplas varandas repletas de vasos de gerânios escarlate. Os bosques mais abaixo eram um aglomerado verde que parecia rolar pelas encostas em torno do vale.

Voltou bem na hora do almoço e se juntou a LJ e David na varanda.

– É maravilhoso voltar a me deliciar com a comida caseira de Mary, depois de todos aqueles pratos nojentos que me davam no Medlin – disse a David.

– Bem, você ainda me parece magrinha demais, *fach* – anunciou Mary, servindo-lhe um prato generoso de uma carne suculenta de carneiro e batatas temporãs macias. – O que você precisa é de muito ar puro, para trazer uma corzinha para as bochechas. Eu me lembro de ter dito a mesma coisa para sua mãe quando chegou aqui.

LJ lançou um olhar de advertência a Mary, mas Cheska simplesmente ignorou a menção a Greta.

– Mas devo voltar em breve para Londres. Todas as minhas coisas estão lá – disse Cheska.

David olhou de relance para a mãe, num sinal que recomendava cautela.

– É assim que se faz – disse LJ, sem tomar conhecimento do filho. – Você gostaria que eu cuidasse da bebê por uns dias?

– Se você não se importar. Sabe, se não for muito incômodo, gostaria que aqui se tornasse a nossa casa por enquanto. Vou dizer a Leon que a minha carreira no cinema ficará em suspenso enquanto crio minha menininha.

– Ora, ora. Não é um incômodo. Será um prazer – falou LJ, com uma olhadela de triunfo para o filho, do outro lado da mesa. – É claro que cuido dela, querida. Nada me daria maior prazer.

– Também tenho que voltar a Londres na segunda-feira, Cheska. Você pode ir de carro comigo, se quiser – disse David, sem saber por que se sentia tão inquieto com essa ideia.

– Obrigada. Parece perfeito.

À tarde, David ligou para contar as mudanças para o Dr. Cox.

– Ela dá a impressão de estar mesmo enfrentando a realidade. É uma excelente notícia, Sr. Marchmont.

– Então, devo deixar que vá?

– Não vejo por que não. O senhor disse que vai com ela?

– Sim. Mas o que digo sobre a mãe dela?

– Houve alguma mudança?

– Não – confirmou David.

– Nesse caso, eu deixaria por conta de Cheska levantar o assunto.

– Mas ela certamente vai notar que Greta não está no apartamento das duas, não é? Devo dizer a verdade?

– Se ela perguntar onde está a mãe, sim. Mas eu sugeriria que o senhor não a deixe passar a noite sozinha.
– É claro. Vou ficar com ela.
– Se precisar da minha orientação, ligue para mim. Mas deixe-a conduzir as coisas. É importante que ela possa lidar com isso da maneira que quiser.
– Certo. Darei notícias em breve.

Na noite da véspera de sua partida para Londres com David, Cheska foi até o quarto das crianças e abriu a porta. O cômodo ainda a inquietava, mas nessa noite não havia nenhum fantasma a enfrentar, apenas uma bebê dormindo pacificamente no berço.
Cheska se aproximou e afagou o rosto da filha.
– Sinto muito ter que deixá-la. LJ vai cuidar bem de você – cochichou. – Mas eu voltarei. Adeus, Ava.
Ela se debruçou no berço, beijou a filhinha na testa e saiu do quarto.

Cheska e David conversaram agradavelmente no trajeto para Londres.
– É maravilhoso vê-la com uma aparência tão boa, mas você não deve se exceder em Londres, meu bem.
– Eu sei. É só que sinto que quero me despedir do passado e começar minha nova vida com Ava em Marchmont.
– Você está sendo muito corajosa, Cheska. Tornar-se mãe certamente a fez crescer.
– Tive de crescer, pelo bem dela. Tio David, há umas coisas... que desejo saber – disse ela, hesitante.
David se preparou mentalmente.
– Claro. O que é?
– Owen era meu verdadeiro pai?
David foi apanhado de surpresa. Certamente não era o que esperava que ela perguntasse, mas já houvera mentiras suficientes nos últimos meses, e Cheska parecia forte o bastante para absorver a verdade.
– Não. Não era.

– É você?

David deu um risinho.

– Não, infelizmente não.

– Então, quem é o meu pai?

– Um militar norte-americano. Sua mãe e ele se apaixonaram, logo depois do fim da guerra; depois, ele foi embora para os Estados Unidos e nunca mais foi visto nem se teve notícias dele. Por favor, procure não se aborrecer, Cheska. Embora não haja laços de sangue entre os Marchmont e você, LJ e eu consideramos você e Ava parte da família.

– Obrigada por me contar, tio David – disse ela, em voz baixa. – Eu precisava saber.

Chegaram ao apartamento de Mayfair às cinco horas da tarde.

– Tem certeza de que não prefere deixar isso para amanhã de manhã, Cheska? Poderíamos ir para minha casa em Hampstead e dormir cedo – disse David, quando os dois se aproximaram da entrada.

– Não – respondeu Cheska, já virando a chave na porta da frente.

David entrou com ela.

– Deixei tudo basicamente como estava, embora a faxineira venha cuidando da limpeza, como de praxe – comentou, enquanto Cheska abria a porta e acendia as luzes.

Tentou avaliar o ânimo dela, ao caminhar até a sala de visitas.

– Quer uma bebida, tio David? A mamãe sempre deixou um uísque reservado para as suas vindas aqui.

– Sim, obrigado.

Era a primeira vez, em todos aqueles meses, que Cheska mencionava Greta. Ela foi até o armário de bebidas, pegou um copo e serviu o uísque.

– Aqui está – disse. Entregou-lhe a bebida e os dois se sentaram no sofá. – Hoje eu gostaria de ficar aqui, tio David. Você pode ficar comigo?

– É claro que sim. Quer que eu a leve para comer alguma coisa? Estou morrendo de fome.

– Não estou com muita fome, para ser sincera.

– Então, que tal eu dar um pulo na loja da esquina, comprar pão, queijo e presunto, e fazermos um piquenique em casa?

– Seria ótimo, tio David.

Quando ele saiu, Cheska se levantou e caminhou lentamente até o quarto da mãe. Pegou a grande fotografia emoldurada dela mesma que ficava na mesinha de cabeceira. Foi até o guarda-roupa e abriu as portas. O aroma conhecido do perfume de Greta a atingiu. Ela afundou o rosto nos pelos macios de um casaco de visom e chorou.

O que David lhe dissera no carro havia confirmado seus mais profundos temores. A discussão com a mãe no Savoy não podia ter sido sonho. E, se a mãe não havia mentido para ela sobre seu pai verdadeiro, era muito provável que também não houvesse mentido sobre Bobby ser casado.

Depois da briga, ela havia seguido a mãe na saída do hotel. E então...

– Ai, meu Deus – gemeu. – Desculpe, mamãe, me desculpe.

Deitou-se na cama da mãe, com a respiração entrecortada e em pânico, vindo em arquejos curtos, ásperos. Afundou os punhos no travesseiro, tomada por uma raiva terrível, incontrolável.

Era tudo culpa de Bobby. Ele teria que ser castigado. Cheska ouviu a campainha, recompôs-se rapidamente e foi abrir a porta para o tio.

David preparou sanduíches na cozinha, com Cheska sentada, observando, depois colocou os pratos na mesa e se sentou.

– Deve ser estranho voltar aqui – arriscou, dando uma mordida em seu sanduíche.

– É, sim – concordou Cheska. – Tio David, a mamãe morreu?

David quase se engasgou. Conseguiu engolir, tomou um gole do vinho horroroso que havia comprado na loja da esquina e olhou afetuosamente para a jovem.

– Não, Cheska, ela não morreu.

– Mamãe está viva? Ah, meu Deus! Eu... – Olhou em volta, como se Greta fosse aparecer na porta da cozinha a qualquer momento. – Onde ela *está*?

– No hospital, Cheska.

– Ela está doente?

– Está em coma há alguns meses. Sabe o que isso significa?

– Sim, mais ou menos. Num dos meus filmes, o meu irmão caía de uma árvore, batia a cabeça e depois passava um bom tempo em coma. O diretor explicou que era como a Bela Adormecida, dormindo durante cem anos.

– É uma ótima analogia – concordou David. – Sim, sua mãe está "adormecida" e, infelizmente, ninguém sabe quando vai acordar.

– Onde ela está?

– No Hospital Addenbrooke, em Cambridge. Você gostaria de vê-la? Fica a apenas uma hora e meia daqui, de carro.

– Eu... não sei. – Cheska pareceu nervosa.

– Bem, por que não pensa no assunto? Sei que os médicos da mamãe ficariam encantados se você fosse lá. Nunca se sabe, mas talvez o som da sua voz a despertasse.

Cheska deu um bocejo repentino.

– Estou supercansada, tio David. Acho que vou me deitar. – Levantou-se e lhe deu um beijo na testa. – Boa noite.

– Boa noite, Cheska.

David esvaziou a taça de vinho e se levantou para tirar os pratos da mesa. Telefonaria para o Dr. Cox no dia seguinte, para contar o que havia acontecido esta noite e pedir orientação. Não havia dúvida de que fora um avanço, não apenas para Cheska, mas também para a sua amada Greta.

À noite, David afundou na cama, no quarto de hóspedes, cheio de novas esperanças.

Na manhã seguinte, às dez horas, David entrou no quarto de Cheska e a acordou, delicadamente.

– Como você dormiu?

– Muito bem. Devia estar cansada da viagem.

– E de ter tido um bebê, há seis semanas. Preparei um chá com torradas para você. E insisto que coma tudo, já que não tocou no seu sanduíche de ontem. – Pôs a bandeja no colo dela e se sentou na cama. – Bem, tenho de ir aos estúdios Shepperton depois do almoço, para discutir o especial de Natal deste ano. Por que não vem comigo?

– Não, obrigada. Tenho muito o que fazer enquanto estou aqui.

David franziu a testa.

– Não gosto da ideia de deixá-la sozinha.

– Não se preocupe, tio David, vou ficar bem. Por favor, procure se lembrar de que agora sou uma adulta, tenho minha própria filha.

– Tem razão – concordou ele, relutante. – Mas só vou voltar muito mais tarde, então, que tal se eu a levar ao restaurante italiano da esquina para jantarmos depois? E poderemos discutir se você quer visitar sua mãe antes de voltarmos para Marchmont, na sexta-feira. O Dr. Cox disse que pode ser uma ótima ideia.

– Está bem – concordou Cheska, abraçando-o. – E obrigada por tudo.

Algumas horas depois, à tarde, após ver David ir embora em seu carro, Cheska deixou o apartamento. Passou no banco e pegou um táxi para ir ao escritório de Leon.

– Querida! Que surpresa! Como você está?

– Perfeitamente bem.

– E como vai a bebê?

– Ah, ela é linda.

– Ótimo. Você está com uma aparência maravilhosa. Parece que a maternidade lhe caiu bem.

– Ava está em Marchmont, no momento. O tio David está hospedado no apartamento comigo.

– Sabe, recebi inúmeros telefonemas de diretores, daqui e do outro lado do oceano. Foram tão fantásticas as críticas a seu respeito em *Por favor, professor, eu amo você* que todos querem escalá-la. Talvez, quando a bebê estiver um pouquinho maior, você possa pensar em voltar ao trabalho.

– Bem – disse Cheska –, na verdade, era sobre isso que eu queria conversar. Você disse que Hollywood continua interessada?

– Sim. A Carousel Pictures quer que você faça um teste.

– Pois é, Leon, a questão é que sinto que estou precisando de um novo começo, levando em conta tudo o que aconteceu. Por isso, se eles ainda me quiserem, será um prazer fazer o tal teste.

– Querem, sim, com certeza – confirmou Leon. – Basta me dar o sinal verde que arranjo tudo. Só preciso de um telefonema.

– Que tal se eu for lá amanhã?

– O quê? – Leon pareceu perplexo. – Achei que você ia querer ficar com a sua bebê pelo menos nos próximos meses.

– Bem, não há razão para não pegar um avião e ir até lá, fazer o teste e voltar, não é? Se eles gostarem de mim, Ava e eu poderíamos nos mudar para lá em caráter permanente.

– Entendo. E o que David acha disso? – perguntou Leon, cauteloso, lembrando-se de sua última conversa com o tio de Cheska.

– Acho que ele está satisfeito por ver que melhorei. E a tia LJ ficará feliz, cuidando de Ava por uns dias.

– Certo. Bem, se você está certa disso, darei o telefonema. Hollywood vai acordar daqui a uma hora. Vamos ver o que é possível organizar.

– Ótimo. – Cheska se levantou. – Lembre-se do que você sempre disse, Leon: "Quem está em alta está em alta." Não quero perder a minha oportunidade.

– Com certeza, Cheska. Deixe comigo, que ligarei de volta com uma resposta lá pelas seis horas da noite.

Leon foi pontual. Às seis da noite, Cheska atendeu imediatamente.

– É o Leon. Está tudo providenciado. Amanhã você pega o voo que sai do Heathrow às cinco e meia da tarde. Vou mandar Barbara, minha secretária, encontrá-la com o seu visto e a passagem. Primeira classe, é claro. Um representante da Carousel vai recebê-la e levá-la ao seu hotel. Você tem uma suíte reservada no Beverly Wilshire, com todas as despesas pagas. Por falar nisso, precisa de algum dinheiro?

– Não – respondeu Cheska. – Fui ao banco hoje de manhã e fiz um saque. Tenho bastante dinheiro.

– Ótimo. Espero que corra tudo bem, querida. Mas tem uma coisa: não mencionei sua filha ao estúdio. Eles lá são muito antiquados, e não quero que você estrague suas chances antes de fazer o teste. Vamos conseguir um contrato primeiro, certo?

– Entendo, Leon.

– Tem certeza de que está pronta para isso? Podemos adiar, sem nenhum problema, até você ficar um pouco mais forte, sabe?

– Estou perfeitamente bem, Leon. Preciso tirar proveito do sucesso de *Por favor, professor, eu amo você*, antes que o público se esqueça de mim.

– Isso é verdade... Cheska, eu só queria dizer quanto lamento pela sua mãe. E por Bobby também – acrescentou.

– Por que você haveria de lamentar por *ele*?

– Porque eu sabia do casamento e da reputação dele. Eu a deixei na mão, Cheska, e me sinto mal por isso.

– Bem, pois acho que é ele quem vai se arrepender. Até logo, Leon. Ligo para você dos Estados Unidos.

David chegou em casa uma hora depois e os dois foram ao restaurante italiano.

– Teve um bom dia? – perguntou ele, enquanto pediam o jantar.

– Sim. Resolvi o que precisava – respondeu ela, com cuidado. – E isso me fez perceber que passei a vida inteira dependendo da mamãe. Agora que ela não está... aqui, tenho de aprender a andar com minhas próprias pernas.

– É – disse David. – Infelizmente, tem, sim, pelo menos por enquanto.

– Também passei no banco, já que não fazia ideia de quanto dinheiro eu tinha. Aliás, tio David, sou bem rica – acrescentou ela, com um risinho.

– Bem, sua mãe sempre foi muito cautelosa para investir bem a sua renda, e tenho certeza de que o valor aumentou com os anos. Esse, pelo menos, é um problema que você não tem.

– Não. Na verdade, tio David, decidi que quero voltar para Marchmont amanhã. Já fiz tudo que era possível por aqui.

– É claro. Se você pudesse esperar até sexta-feira, eu poderia dar uma carona, em vez de você ter que voltar de trem.

– Obrigada pela oferta, mas prefiro ir antes. Estou com saudade de Ava. Você pode me fazer um favor, tio? Vou pôr numa mala todas as coisas que quero levar para lá. Você pode levá-la quando for?

– É claro. E entendo perfeitamente que você queira voltar para Ava. Se pegar o trem das duas da tarde, digo à mamãe para buscá-la na estação de Abergavenny às seis e meia. Tenho reuniões o dia inteiro, por isso receio não poder levá-la a Paddington.

– Ficarei bem, tio David, de verdade. Pego um táxi.

– Devo dizer que eu tinha muita esperança de que você quisesse visitar sua mãe. Vou a Cambridge na quinta-feira. Tem certeza de que não quer ir comigo?

– Juro que, da próxima vez que estiver em Londres, vou até lá. É só que... ainda não posso enfrentar isso. Você entende, não é?

– É claro, meu bem. E só quero dizer que estou impressionado com seu jeito de lidar com as coisas. Foi um período terrível para você, e vê-la ter uma recuperação tão fantástica me deixa muito orgulhoso.

– Obrigada.

– Só quero que se lembre de que a mamãe e eu estaremos sempre apoiando você e Ava, haja o que houver.
Cheska olhou para David.
– Haja o que houver?
– Sim.

35

Cheska sabia que o tempo era curto. Assim que seu tio saiu do apartamento, às nove horas da manhã seguinte, ela fechou o zíper da grande bolsa de viagem e chamou um táxi para levá-la ao Hospital Addenbrooke. No começo, o taxista relutou em fazer toda a viagem até Cambridge, mas logo concordou quando Cheska ofereceu uma enorme gorjeta.

Depois de mandar o motorista esperar, ela se apresentou na recepção e foi encaminhada à Sétima Enfermaria. Tocou a campainha do lado de fora e uma enfermeira veio abrir a porta.

– Sou Cheska Hammond, a filha de Greta Marchmont – informou. – Posso ver minha mãe?

A enfermeira jamaicana a encarou, em choque.

– Cheska Hammond! Eu vi *Por favor, professor, eu amo você* há algumas semanas. – Chegou mais perto, como se quisesse conferir as feições de Cheska. – Ai, meu Deus, *é você*!

– Como eu disse, posso ver minha mãe?

– Eu... sim. Desculpe. Entre, entre – fez a enfermeira, alvoroçada. – Eu não fazia ideia de que a filha de Greta era *você*! – disse ela, baixando a voz para um sussurro ao entrarem na enfermaria.

– Obrigada.

Tudo o que Cheska pôde ouvir foi uma sucessão baixa e irregular de bipes que emanavam dos vários aparelhos e monitores ao lado de cada cama.

– Seja bem-vinda à enfermaria mais silenciosa do hospital – disse a enfermeira, parando aos pés de um leito. – Aqui está sua mãe. Tivemos um problema com escaras, mas agora elas já sararam. Vou deixá-la com ela. Fale tudo o que puder e segure a mão dela. Os pacientes respondem a vozes e ao contato físico. Acho que sua mãe só está sendo teimosa e *resolveu* que não quer acordar, porque as ondas cerebrais dela estão funcionando bem. Chame se precisar de mim.

– Obrigada.

Cheska se sentou na cadeira ao lado da cama e fitou a mãe. Greta estava pálida como um fantasma. A pele frágil de seus braços finos tinha um xadrez de tiras de esparadrapo, que mantinham no lugar as agulhas e os tubos que a ligavam aos soros e aparelhos que nutriam sua vida. Uma pequena almofada de onde saíam fios elétricos ficava presa à sua têmpora, outra a seu peito. Relutante, Cheska pôs a mão sobre a da mãe e se surpreendeu ao descobrir que estava mais quente que a sua. Decididamente, a sensação que ela transmitia era de estar viva, mesmo que parecesse morta.

– Mamãe, sou eu, Cheska. – Ela mordeu o lábio, sem saber o que dizer. – Como você tem passado?

Estudou o rosto de Greta, em busca de uma reação, mas não houve nenhuma.

– Mamãe – Cheska baixou ainda mais a voz –, eu só queria dizer que sinto muito pela briga terrível que tivemos e... por outras coisas. Nunca tive intenção de machucá-la. Eu... eu amo você.

As lágrimas surgiram antes que ela percebesse.

– Mas não se preocupe, mamãe, vou garantir que Bobby pague pelo que fez conosco. Vou fazer isto por nós duas. Agora tenho de ir, mas quero que você saiba que eu a amo muito, muito. Obrigada por tudo. Juro que vou fazer você se orgulhar de mim. Tchauzinho, mamãe. Até breve.

Cheska deu um beijo terno na testa de Greta, levantou-se e se dirigiu à saída. A enfermeira veio correndo.

– Srta. Hammond, posso pedir um autógrafo para o meu filho, por favor? Ele é um grande fã e...

Mas Cheska já havia cruzado a porta e ia se afastando. Saiu às pressas do hospital e entrou no táxi que a esperava. De volta a Londres, pediu que o motorista a deixasse em frente ao teatro Palladium, depois achou um pequeno supermercado perto da Regent Street e comprou um vidrinho do produto de que precisava. No florista, duas lojas adiante, comprou um grande ramo de rosas vermelhas. Apalpando o vidro no bolso, refez o trajeto para o Palladium.

Tinha se lembrado de uma tarde, durante a filmagem de *Por favor, profes-*

sor, eu amo você, na qual alguém a levara ao estúdio vizinho, onde estavam gravando um filme de suspense. Isso havia lhe dado a ideia. Não seria preciso muito. Dobrando a esquina em direção à entrada dos artistas, ela deu uma espiada no interior. Havia um velho sentado no cubículo do porteiro, fumando um cigarro.

– Licença, meu bem. Abra a porta para mim, sim?

Cheska se virou e viu um homem atrás dela, carregando uma caixa grande. Fez o que ele pedira e, enquanto dois homens se curvavam para examinar o conteúdo da caixa, ela se esgueirou para dentro, passando por eles e seguindo depressa pelo corredor. Sabia exatamente aonde ir. Tinha visitado o tio David no camarim em mais de uma ocasião. Abriu a porta, acendeu a luz e respirou fundo. O camarim tinha o cheiro *dele*, da loção pós-barba almiscarada que ele sempre usava.

Cheska foi direto à penteadeira e depôs o ramo de rosas vermelhas. Ali, pousado na superfície, estava um pote de creme, usado para retirar a maquiagem pesada, depois do espetáculo. Abriu a tampa; o pote tinha apenas um quarto da quantidade. Ela pegou o vidro que levava no bolso, destampou-o e derramou um pouco do líquido no pote de creme. Depois, usou uma lixa para misturar tudo.

A textura se alterou para algo parecido com queijo *cottage*, mas ela duvidou que ele notaria. Apagando a luz, refez seus passos pelo corredor. Os dois homens continuavam debruçados sobre a caixa, esvaziando o conteúdo.

Cheska passou por eles sem ser notada e voltou para a rua.

Bobby Cross chegou a seu camarim e franziu o nariz devido ao cheiro forte. Fez uma nota mental para instruir os faxineiros a não usarem tanta água sanitária no futuro. Em seguida, seus olhos pousaram no enorme ramo de rosas vermelhas na penteadeira. Ele leu o cartão que as acompanhava. Em geral, o porteiro tirava os bilhetes, para serem analisados antes que ele os visse, mas esse devia ter escapado ao escrutínio.

"Você nunca entendeu a loucura do amor, por isso nunca mais voltará a cantá-la", dizia o texto.

Bobby estremeceu. Já havia recebido bilhetes como esse de fãs enlouquecidas, e sempre o inquietavam. Rasgou o cartão e o jogou no lixo, junto com as rosas. Depois, começou a pôr a maquiagem.

Com a adrenalina a mil, como sempre ficava depois de uma apresentação, Bobby se sentou diante do espelho do camarim e pensou na noite que teria pela frente. Ia jantar com Kelly e, depois... bem, depois eles voltariam para o seu hotel, onde ela o ajudaria a relaxar. Sorrindo para seu reflexo, na expectativa da noitada, mergulhou automaticamente um chumaço de algodão no pote de creme para remover a maquiagem.

Distribuiu o creme com minucioso cuidado, depois o esfregou nas pálpebras, para retirar o delineador e a sombra. Passados alguns segundos, experimentou uma estranha sensação de ardência nos olhos, que se espalhou até ele sentir o rosto inteiro pegando fogo. Gritou com todas as suas forças diante da dor excruciante.

Captou um breve vislumbre do seu medonho reflexo no espelho, antes de desmaiar.

LJ viu os últimos passageiros saírem da estação Abergavenny e viu o trem partir. Tornou a examinar a plataforma, porém não havia sinal de Cheska. Talvez tivesse ouvido mal, quando David telefonara informando que ela chegaria no trem das seis e meia. Enfim, de nada adiantaria permanecer na estação. Não havia mais trens para aquela noite.

Ao chegar em casa, ela deu uma olhada em Ava, que dormia serenamente. Depois, entrou na biblioteca e discou o número de David.

– Oi, mamãe. Cheska chegou bem? – perguntou ele.

– Não. Ela não estava no trem.

– Que estranho. Talvez tenha resolvido passar mais uma noite em Londres. Vou dar uma ligada para a casa dela.

– Faça isso, e depois me telefone. Estou preocupada com ela.

– Combinado.

David ligou de volta, cinco minutos depois.

– E então? – perguntou LJ.

– Ninguém atendeu. Talvez ela tenha saído.

– Ah, meu Deus, David, ela realmente não deveria andar sozinha à noite pelas ruas de Londres. Você... Você não acha que aconteceu alguma coisa com ela, acha?

– É claro que não, mãe. Vou dar uma passada no apartamento agora. Eu tenho a chave.

– Ligue de volta para me dar alguma notícia, sim?

– É claro que ligo.

David acordou sobressaltado e atendeu o telefone no apartamento de Greta.

– Alguma novidade, meu querido?

– Olá, mãe. – David se espreguiçou. – Que horas são? Devo ter pegado no sono no sofá. Estava aqui, esperando para ver se Cheska voltava.

– São oito e meia da manhã.

– Bem, isso significa que Cheska passou a noite toda fora.

– Você acha que deve ligar para a polícia?

– E dizer o quê? Ela tem idade bastante para ir aonde quiser.

– Sim, mas faz poucos dias que teve alta do hospital, David. Embora parecesse calma, tenho certeza de que o psiquiatra não ficaria contente se soubesse que ninguém a viu nas últimas 24 horas. Você tentou falar com Leon? Sei que vocês se desentenderam, mas ele continua a ser o agente de Cheska. Talvez saiba de alguma coisa.

– Já liguei algumas vezes para ele ontem à noite, mas ninguém atendeu. Vou tentar de novo agora. Não vamos entrar em pânico ainda, mamãe.

– Avise-me se souber de alguma coisa.

David desligou, depois tornou a discar o número de Leon. Dessa vez, ele atendeu.

– Leon, é o David. Tentei ligar para você ontem à noite.

– Eu não estava em casa. Estava no hospital. Você soube do que aconteceu com Bobby Cross? Ele...

– Deixe Bobby para lá – rebateu David, com raiva. – Você teve notícias de Cheska?

– Ela me procurou há uns dois dias.

– Não me diga – falou David, em tom sombrio. – E quanto a ontem?

– Seria difícil, David. O avião dela deve ter acabado de pousar em Los Angeles.
– Como é? Los Angeles?
– Sim.
Fez-se silêncio do outro lado da linha.
– Ai, meu Deus, David, não me diga que você não sabia. Cheska me disse que você estava hospedado com ela em Mayfair. Que você havia concordado que era uma boa ideia. Ela me disse até que a sua mãe se ofereceu para cuidar da bebê até ela voltar.
– O que era uma boa ideia?
– O teste da Carousel Studios, em Los Angeles.
– Leon, você imagina sinceramente que eu concordaria com uma ida de Cheska aos Estados Unidos, deixando a bebê dela, apenas dias depois de sair de um hospital psiquiátrico?
– David, juro, Cheska me disse que você sabia e...
David bateu o fone no gancho com força, depois tornou a pegá-lo e discou para a mãe.

LJ o recebeu na porta de entrada do solar Marchmont, quatro horas depois.
– Pobrezinho, você parece exausto. Entre que vou mandar Mary fazer um chá para nós.
– Uma bebida forte me cairia melhor, mãe, obrigado.
Os dois entraram na sala e David se sentou. LJ buscou um uísque para ele.
– Então, conte-me tudo.
Depois de David repetir o que Leon confessara, LJ balançou a cabeça, incrédula.
– Por quê? Por que Cheska mentiria para nós?
– Talvez tenha achado que não a deixaríamos ir para os Estados Unidos, não sei.
– Bem, nós teríamos deixado?
– Provavelmente, não.
David correu a mão pelo cabelo.
– E Leon disse que ela deve voltar em alguns dias?

– É, foi o que ele disse.

– Bem, David, espero estar errada, mas meu instinto me diz que Cheska tem pouca intenção de voltar.

– Será que não podemos apenas esperar para ver? – questionou David, com um longo suspiro. – Não adianta especular, e estou cansado demais para raciocinar com lucidez agora.

– É claro. Ao menos sabemos onde ela está.

– Vou tomar um banho e me deitar. Você acha que Mary poderia me preparar alguma coisa para comer?

– Tenho certeza que sim. Mas, antes de você ir embora... – LJ entregou o jornal para ele. – Você viu o *Mail* de hoje? Há uma reportagem sobre Bobby Cross. Parece que ele sofreu um... acidente ontem.

David olhou de relance para a fotografia de Bobby na primeira página e leu a matéria abaixo dela:

ASTRO DA MÚSICA DESFIGURADO
POR ATAQUE ENLOUQUECIDO

O cantor Bobby Cross foi internado ontem à noite com graves queimaduras faciais. Os funcionários do teatro o encontraram inconsciente em seu camarim e o levaram às pressas para o Hospital Guy, onde os médicos fizeram uma cirurgia de emergência, para tentar salvar o olho esquerdo do cantor.

Um porta-voz da polícia disse que haviam acrescentado alvejante a um pote do creme facial usado pelo Sr. Cross para remover a maquiagem. Foi um ataque de "perversidade ímpar", disse o porta-voz. Suspeita-se de que tenha sido praticado por um fã enlouquecido. Um buquê de rosas vermelhas foi encontrado no camarim, acompanhado por um bilhete sinistro.

David olhou para a mãe. Sabia exatamente o que ela estava pensando.

– Não, mãe. Cheska pode ter tido alguns problemas, mas isso? Nunca. É só uma coincidência infeliz.

– Você acha?

– Tenho certeza. Como está Ava?

– Dormindo lindamente. É uma gracinha de criança.

– Bem, vamos esperar por notícias de Cheska. E para que ela volte para sua bebê. Boa noite, mamãe.

LJ ficou calada quando ele se retirou da sala. Pelo bem de Ava, rezou para Cheska ficar o mais longe possível da filha.

No dia seguinte, David saiu de Marchmont ao raiar do sol. Tinha reuniões em Londres, mas planejava primeiro dar uma passada no Hospital Addenbrooke para visitar Greta. Fazia mais de um mês que não a visitava, embora telefonasse diariamente para a enfermaria, a fim de verificar se houvera alguma alteração.

No trajeto para Cambridge, pensou em Cheska. A terrível desfiguração de Bobby Cross estava constantemente no rádio e espalhada por todos os jornais. Ele não corria nenhum perigo de morte, mas, pelo que diziam as reportagens, os olhos e o rosto não se recuperariam das lesões.

O talento de Bobby como músico tinha sido limitado, mas seu carisma era inegável. Agora que acontecera isso, por mais cruel que fosse, não havia dúvida de que seus dias de ídolo adolescente e astro do cinema terminariam. David torceu para que a mulher de Bobby ficasse ao lado dele, porque o homem precisaria dela mais do que nunca depois dessa ocasião.

– Aqui se faz, aqui se paga – murmurou David com seus botões, ao estacionar o carro em frente ao hospital.

Ainda pensando em Bobby, refletiu sobre como sua mãe sempre o criara para levar uma vida honrada e justa. Ele tinha visto amigos e colegas pegarem atalhos para conseguir o que queriam, mas agora, aos 43 anos, David sabia que esse tinha sido o melhor conselho que recebera na vida. Todos os erros cobravam o seu preço.

No entanto, Greta, que pouco fizera na vida para ferir quem quer que fosse, havia sofrido demais.

David desceu do carro, trancou-o e se dirigiu à entrada do hospital, perguntando a si mesmo se Cheska poderia ter tido alguma coisa a ver com o que havia acontecido com Bobby Cross. Sua mãe, ele sabia, achava que sim. Mas com certeza aquilo era apenas mera coincidência. Não era?

Ao pegar o elevador para a enfermaria, ele se lembrou da garotinha meiga que Cheska fora um dia. E que ainda *era*, em sua opinião. David nunca vira nada no comportamento da menina que indicasse que ela tinha uma mente psicótica e violenta que seria capaz de conceber uma coisa daquelas. Sim, ela ficara louca de tristeza nos momentos posteriores ao acidente da mãe, mas era uma reação esperada.

David tocou a campainha e viu sua enfermeira favorita, Jane, abrir-lhe um sorriso e se dirigir à porta.

– Olá, Sr. Marchmont. Faz algum tempo que não o vejo – disse ela, conduzindo-o pela enfermaria, com o rabo de cavalo louro balançando sob a touca da enfermagem.

David sabia que a moça tinha uma quedinha por ele. Era comum levar-lhe uma xícara de chá com biscoitos quando ele se sentava à cabeceira de Greta, e as brincadeiras amáveis dela traziam um alívio à ingrata conversa de mão única.

– Estive viajando. Alguma mudança?

– Receio que não, embora a enfermeira de plantão tenha notado um ligeiro movimento na mão esquerda dela hoje de manhã. Mas, como o senhor sabe, é provável que tenha sido apenas um reflexo do sistema nervoso.

– Obrigada, Jane – disse ele, sentando-se e olhando para Greta, inalterada desde a última vez que ele a vira.

Jane fez um aceno com a cabeça e se afastou.

– Olá, minha querida, como você está? – David segurou a mão de Greta. – Desculpe a minha ausência. Andei ocupado. Mas, veja, tenho uma porção de notícias para dar.

Fitou suas feições serenas, à procura de algum movimento, quem sabe um pequeno tremor numa pálpebra. Mas não houve nada.

– Greta, é ridículo que possa ser verdade, já que você não parece ter idade para ser mãe, muito menos para ter uma neta, mas Cheska deu à luz a menininha mais linda do mundo. O nome dela é Ava. Realmente acho que, quando se sentir mais forte, ela virá visitá-la. A bebê é linda. Parece muito com a mãe e, considerando-se que só tem algumas semanas, tem dormido muito bem. Cheska se acostumou com a maternidade como um patinho com a água. Até a minha mãe ficou impressionada.

David seguiu tagarelando, como sempre fazia, vez ou outra deslocando o olhar para um vaso no parapeito, para romper com a monotonia das feições brancas e imóveis da enferma. Enquanto falava, seu pensamento se perdia nas outras coisas que tinha a fazer. Vinha cogitando sobre os rostos famosos que convidaria para participar de seu especial de Natal e se perguntando se conseguiria convencer Julie Andrews.

– Você disse que a bebê recebeu o nome de Ava. É por causa de Ava Gardner, a estrela de cinema?

– Não, acho que foi inspirado em outra pessoa – respondeu David, automaticamente, ainda fitando a planta e pensando em possíveis esquetes para seu programa de televisão. – Eu...

Seu cérebro levou alguns segundos para compreender o que havia acabado de acontecer. Ele afastou os olhos da planta, devagar, com pavor da ideia de haver apenas imaginado a voz dela.

– Ah, meu Deus! – murmurou, contemplando aqueles belos olhos azuis pela primeira vez em nove meses. – Greta... você está...?

Não disse outra palavra, por ter começado a chorar imediatamente.

Dezembro de 1985

*Solar Marchmont,
Monmouthshire, País de Gales*

36

O sol tinha se posto havia algum tempo quando David enfim terminou de falar. Ele puxou o lenço e enxugou as lágrimas. Havia parado muitas vezes, olhado para Greta, que escutava atentamente cada palavra.

Ele tinha feito todo o possível para relatar com precisão os fatos ocorridos. Mas, apesar de Greta insistir que não a poupasse de nada, ele não revelou suas suspeitas sobre o envolvimento de Cheska no acidente da mãe. Outro detalhe que havia omitido fora seu pedido de casamento. Achava que isso sobrecarregaria Greta em demasia, tendo em mente todas as outras revelações.

Fitou-a então, com seu olhar perdido, e se perguntou no que ela estaria pensando. Aquela história seria o bastante para chocar um estranho, mas era a *vida* de Greta.

– Você está bem, Greta?

– Sim. Ou, pelo menos, na medida do possível, depois do que você me contou. Eu já havia me lembrado de grande parte, de qualquer maneira. Você apenas esclareceu e deu sentido a algumas coisas. O que ela fez com Bobby... – Greta estremeceu. – Podia tê-lo matado.

– Você acha que foi ela?

– Tenho quase certeza. A loucura que vi nos olhos dela quando contei que Bobby era casado, no bar do Savoy, pouco antes do meu acidente... Ela ficou muito transtornada, e não percebi – murmurou. – Eu me recusei a enxergar, David. Cometi muitos erros, Deus me perdoe. Nunca deveria tê-la forçado como forcei.

– Greta, você não deve ser tão dura consigo mesma. Neste momento, no entanto, estou precisando de uma bebida muito forte. E você?

– Talvez – concordou ela. – Só uma dose pequena.

– Vou preparar uma coisa leve com gim. Volto num instante.

David saiu do cômodo e foi à cozinha. Tor estava sentada à mesa, lendo o *Telegraph*. Após horas relatando aquela história sombria, ele teve a sensação de haver entrado num mundo de calma e normalidade.

– Como ela está? – perguntou Tor.

– Não sei, mas, depois do que acabei de lhe contar, bastante traumatizada, imagino. Desculpe-me por passar tanto tempo com ela – disse David, beijando-a. – Juro que compensarei esses dias na Itália. Falta pouco.

Tor ergueu os olhos para ele e apertou sua mão.

– Não há nada que se possa fazer. Vamos torcer para que, agora que se lembrou, Greta não seja tão dependente de você no futuro.

– É, vamos esperar que sim. Quer uma bebida? – perguntou David, indo até a geladeira e pondo um copo sob a saída de gelo.

– Não, obrigada – respondeu Tor, de novo com os olhos no jornal.

David voltou com as bebidas para a sala de estar e pôs o copo de Greta diante dela.

– Obrigada.

Ela o pegou para tomar um gole, e David notou que sua mão tremia.

– Há alguma coisa que eu possa fazer para ajudar, Greta? – perguntou ele, sentindo que devia deixá-la conduzir a conversa.

– David, parece que *tudo* o que você fez, nos últimos sabe Deus quantos anos, foi para me ajudar. A mim e a Cheska – acrescentou. – Você esteve do nosso lado durante todo o tempo em que fiquei no hospital. Não sei como conseguiu. Eu me sinto... muito culpada, e por inúmeras coisas. Como posso retribuir toda essa dedicação?

– Você acabou de fazer isso. Sabe, sempre me recusei a abrir mão da esperança, e é muito gratificante ver a comprovação de que eu estava certo. De qualquer modo, essa é a última coisa com que você deve se preocupar. Você faz parte da família, Greta, assim como Cheska. Nas horas de necessidade, nós ficamos juntos, não é? É o que as famílias fazem.

– LJ deve ter me visto como a instigadora da destruição de Marchmont. E, de certo modo, da destruição dela. Durante todos aqueles anos, Owen estava apaixonado por LJ. Isso foi algo que eu nunca soube. É muito triste, na verdade, para os dois.

– Um era tão teimoso quanto o outro. Às vezes, é assim que acontece.

Greta estremeceu, à lembrança de um momento que lhe passou como um raio pela cabeça. Soltou um arquejo involuntário, tão vívida foi a recordação.

– O que foi?

– Nada. Se você me der licença, David, vou subir e me deitar um pouco.

Levantou-se abruptamente e saiu da sala. David se perguntou de que diabo ela teria se lembrado. E se deu conta de que podia ser qualquer coisa.

– Que situação... – murmurou consigo mesmo, depois terminou o gim e foi ao encontro de Tor na cozinha.

Greta se sentou na cama, desejando voltar para perguntar a David se o que tinha visto em sua lembrança era mesmo verdade. Ele a pedira em casamento?

Tornou a fechar os olhos e a se ver com ele à mesa... sim, sim! Ele a amava. E, por alguma razão que agora lhe parecia totalmente incompreensível, ela havia recusado o pedido. Vasculhou os recônditos da mente, cobertos de teias de aranha, aflita para rememorar o motivo.

Paciência, Greta, paciência. Havia outra lembrança, algo que teria acontecido depois disso, e que ela sabia que poderia explicar as coisas com mais clareza. Fechou os olhos mais uma vez e, como quem tenta capturar uma borboleta esquiva, procurou relaxar e deixar que suas sinapses funcionassem. Já havia alguns vislumbres... era o Savoy. Ela reconheceu os talheres pesados de prata e a imaculada toalha de linho branco. David e ela conversavam no almoço e ela estava muito nervosa, porque tinha algo a dizer a ele. E, então, David contou alguma coisa *a ela*, algo que a deixou desorientada. Mas o que *foi*? Uma notícia ruim, algo que a havia chocado.

Cheska e Bobby Cross.

Greta abriu os olhos e soube então do exato momento em que havia decidido dizer a David quanto fora estúpida anos antes, ao rejeitar o pedido de casamento dele. Estivera prestes a dizer que o amava e perguntar se ele ainda sentia alguma coisa por ela...

E então, naquela noite, eles haviam combinado de se encontrar para um drinque, mas Cheska tinha chegado antes. As duas tiveram uma briga terrível. Então Greta nunca mais teve a oportunidade de se declarar para David. Havia mergulhado no esquecimento, minutos depois...

Seria tarde demais?

Talvez não, pensou, voltando à lembrança da declaração de amor dele e de sua proposta de casamento, se agarrando a isso. Com um sorriso de prazer, acabou cochilando.

– Que tal um pouco de ar fresco, meu bem? – perguntou David a Tor depois de almoçarem, no dia seguinte.

– Boa ideia. Greta está dormindo, não?

– Está.

Os dois saíram para caminhar, Tor perguntando em tom meigo sobre o que ele havia contado a Greta. David respondeu tudo de maneira monossilábica. Sentia-se protetor em relação a Greta e ao que estava acontecendo com ela, mas se sentia igualmente culpado por esse Natal não ter sido o que havia planejado. Nem para ele, nem para Tor. Já fazia meses que vinha preparando o terreno para pedi-la em casamento, por compreender que estava velho demais para se apegar a seus sonhos e visões de um amor perfeito com Greta. Tor e ele eram felizes juntos, de uma forma prática. Cabia a ele fazer o que era honrado e pôr uma aliança no dedo dela.

Todas essas intenções passavam por sua cabeça enquanto respondia às perguntas. Ao mesmo tempo, David ponderou sobre o que Greta havia acabado de recordar. Será que fazia mesmo alguma diferença? Ainda que agora ela estivesse relembrando o passado e o papel que David tinha desempenhado nele, Greta nunca o amara. Ou, pelo menos, não como ele queria que o amasse. Além disso, apesar de seus sentimentos por ela, Tor lhe dera uma sensação de estabilidade, num contraste muito reconfortante com a loucura do período em que ele havia se declarado a Greta.

Seu relacionamento atual podia não conter a mesma paixão, mas isso era realmente importante a essa altura da vida, dado o sofrimento que ele vivera no passado? Esse período de sua vida, correndo entre Greta e Cheska, quando ambas se encontravam muito doentes, tinha causado tamanha tensão que, na época, ele se perguntara se também estava meio louco.

E sabia que Tor andava inquieta, por achar que o relacionamento dos dois precisava se firmar em bases mais sólidas e permanentes. David tinha até levado o anel de noivado da mãe para Marchmont, o mesmo que levara no bolso na noite em que tinha proposto casamento a Greta. Estava guardado numa gaveta do quarto do casal. Talvez devesse esperar até a viagem para a Itália, no Ano-Novo. Até lá, tudo isso teria ficado para trás. Ao mesmo tempo, David era suficientemente intuitivo para saber que sua futura noiva ficaria tensa com a presença de Greta no solar.

– Acho que amanhã teremos um degelo, a julgar pelo calor – comentou Tor, sorrindo para ele.

– Você deve ter razão – concordou David. – Mas foi lindo enquanto durou.

– Com certeza. – Tor engachou o braço no dele e o beijou na face. – Precisamos decidir nossas aventuras para o ano que vem. Aonde gostaria de ir? Andei pensando que poderíamos voltar a percorrer a rota de Marco Polo na China, já que não conseguimos chegar lá da última vez, ou, quem sabe, ir a Machu Picchu. Poderíamos viajar no começo de junho e percorrer a América do Sul.

David ficou feliz por Tor ter dito isso. Era o antídoto perfeito contra as últimas horas. Ela não reclamou sobre o Natal e a desatenção de David. Pelo contrário. Ela o impulsionava a ir adiante, rumo ao futuro. Internamente, ele deu um suspiro. O passado se fora. E Tor tinha sido muito paciente a respeito da situação de Greta. Ele devia muito a ela.

– Qualquer um dos dois parece perfeito, o que você preferir. Além disso – prosseguiu David, por puro instinto –, quero perguntar uma coisa.

– Ah, é?

– Bem, acho que, se vamos viajar pelo exterior este ano, seria uma boa ideia mudarmos o sobrenome no seu passaporte quanto antes, em vez de mais tarde.

– O que quer dizer?

– Quero dizer que gostaria que você fosse minha mulher, Tor. E me desculpe se não posso me apoiar num dos joelhos, porque o reumatismo poderia se instaurar, por causa da neve, e você nunca mais conseguiria me levantar. Mas é isto.

– Está falando sério?

– Pergunta interessante para um comediante.

Nesse momento, ela deu um risinho.

– Bem, mas é sério?

– É claro que sim, Tor! Eu ia esperar até chegarmos à Itália, mas, neste momento, bateu uma coisa em mim e tive que perguntar. E, então, o que acha?

– Eu... você tem certeza?

Tor pareceu surpreendida, quase perplexa, com a proposta dele.

– Sim. E você?

– Acho que sim.

– Puxa vida, meu amor, faz anos que estamos juntos. Por que você está tão chocada?

Tor desviou o rosto por algum tempo e David a viu respirar fundo, antes de se virar outra vez para ele.

– Porque achei que você nunca me pediria.

Greta acordou relaxada e animadíssima. Embora tivesse que lidar com muitas coisas, o fato de David tê-la amado um dia encheu seu coração de felicidade. Afinal, se ele a havia amado naquela época, certamente poderia amá-la de novo, não?

Tomou banho e cuidou especialmente do cabelo, da maquiagem e da roupa, antes de descer e se juntar a todos na sala de visitas para um drinque antes do jantar. No momento em que entrou na sala, sentiu a animação no ar. Uma garrafa de champanhe estava pousada num balde de gelo na mesa de centro.

– Estávamos à sua espera – disse Ava, aproximando-se dela e conduzindo-a para a sala. – David tem um anúncio a fazer.

– Embora eu ache que todos nós sabemos o que será – disse Simon, com um sorriso.

– Psiu! – repreendeu Ava, dando-lhe uma cutucada nas costelas. – Tio David, faz quase uma hora que você nos mantém em suspense. – Enquanto falava, ela entregou uma taça de champanhe a Greta. – Então, vamos lá, desembuche.

– Bem, a questão é que Tor e eu resolvemos nos casar.

Ava e Simon ergueram suas taças e deram vivas.

– Até que enfim! – disse Ava.

– Parabéns – cumprimentou Simon, indo dar um beijo no rosto de Tor.

– Bem-vinda à família.

Greta ficou parada ali, perplexa, e então viu que David a observava. Os dois se entreolharam por poucos segundos, até Greta recuperar o equilíbrio, estampar um luminoso sorriso no rosto e dar parabéns ao afortunado casal.

– Que Natal! – comentou Ava, um pouco depois, quando estavam à mesa do jantar. – Primeiro, a vovó recupera a memória. Agora, tio David e Tor. Achei que não haveria muito a celebrar depois que LJ se foi, mas eu estava errada.

– É – disse Tor. – Vamos brindar a LJ.

– A LJ.

Ao esgotar sua capacidade de parecer tão encantada quanto os demais, Greta pediu licença, alegando uma forte dor de cabeça, e subiu para dormir.

Enquanto se despia e se aninhava sob o edredom, fez o melhor que pôde para se sentir feliz por David e Tor. Obviamente, o que quer que David tivesse sentido por ela era irrelevante, do mesmo modo que era irrelevante o que ela um dia sentira por Max, o pai de Cheska. O momento era agora e ela não podia esperar que ninguém mais alterasse seus planos apenas para agradá-la.

Era tarde demais.

Greta acordou cedo na manhã seguinte, após uma noite inquieta. Desceu e encontrou Tor a sós na cozinha, tomando café da manhã.

– Bom dia, Greta.

– Bom dia.

– O café está pronto, se você quiser.

– Acho que sou mais de beber chá neste horário – respondeu Greta, acendendo o fogo da chaleira. – Devem ser as minhas raízes nortistas.

– Ontem você foi se deitar mais cedo e não tive a oportunidade de pedir desculpas pelo fato de o anúncio não ter sido feito exatamente no melhor momento, dado o que aconteceu com você. Lembrar-se de tudo, assim tão depressa, deve ser muito difícil.

– É, em certo sentido. Mas é muito bom em outro.

– Então você está lidando bem com isso?

– Acho que sim. Como eu poderia saber?

Greta encolheu os ombros, num gesto defensivo.

– Entendo. De qualquer forma, eu a parabenizo por ser tão corajosa diante de tudo isso. E é mesmo algo revelador para você. Quando tiver superado o impacto, com certeza poderá levar uma vida muito mais satisfatória e ativa do que nos últimos anos.

– Sim, tenho certeza de que vou fazer isso.

– Acho que talvez essa tenha sido uma das razões de David achar que era o momento certo para me pedir em casamento. Por saber que, com o tempo, você estará apta a ser muito mais independente. Espero que não se importe por eu dizer isto.

– De modo algum. – Greta forçou um sorriso. – Agora, acho que vou tomar meu chá lá em cima. Preciso escrever umas cartas.

Greta deixou Tor na cozinha, embora sua vontade fosse de derramar sua xícara de chá quente na cabeça dela, só para fazê-la parar com os comentários bem-intencionados, mas sutilmente ferinos. Não precisava de ninguém lhe recordando do "fardo" que fora para David ao longo dos anos. E, embora não pudesse culpar Tor por se ressentir disso, não conseguia nem mesmo suportar que isso fosse esfregado na sua cara.

Encontrou Mary em seu quarto, fazendo a cama.

– Olá, *fach*, como vai?

Mary a fitou com um olhar de solidariedade. Greta não soube dizer ao certo por quê.

– Enfrentando as situações, Mary – respondeu, decidida a fazer todos pararem de sentir aquela maldita pena dela. – E o casamento de David? Não é uma notícia maravilhosa?

– É, sim. – Havia na voz de Mary um tom monocórdio, e ela lançou um olhar estranho para Greta. – Devo dizer que não é o que eu esperava.

– É mesmo? Pensei que isso estivesse escrito nas estrelas há anos.

– Bem, talvez seja isso. Na minha cabeça, *fach*, quando se acha uma pessoa que se ama, não se fica saindo com ela por tanto tempo sem tomar a decisão de se casar. Especialmente, não na idade do patrão. – A voz dela baixou para um sussurro. – Não é que eu não goste de Tor, mas... Nunca achei que ele a amasse de verdade. Bom, mas não é da minha conta, certo? Espero que eles sejam muito felizes, e que você também, Sra. Greta, finalmente consiga encontrar um pouco de felicidade. Você passou por muita coisa.

– Obrigada – disse Greta, sentindo a diferença entre a solidariedade calorosa e franca de Mary e a de Tor.

– E espero que você não torne a sumir de Marchmont depois disto. A menina Ava vai precisar de todo o apoio possível quando o bebê chegar. Eu me lembro de você ter sido uma mãe maravilhosa para os seus.

– Lembra? – Greta se iluminou de prazer. – Bem, sim, ainda que as coisas não fossem exatamente perfeitas, com os problemas de Owen e tudo. Mas eu era feliz.

Mary enrubesceu de repente.

– Posso contar um segredo? Eu sempre contava tudo da minha vida para você. Lembra-se de Jack Wallace, o administrador da fazenda?

– Sim, é claro que me lembro, Mary. Ele passava muito tempo na sua cozinha, comendo seus bolos caseiros.

– Bem, ele me pediu em casamento, e acho que vou aceitar.

– Ah, Mary, que ótimo! Você devia estar muito sozinha, desde a morte de Huw.

– Estava, e Jack também, desde que perdeu a esposa. Mas você acha que é cedo demais? Só faz três anos que fiquei viúva, sabe? Não quero ninguém achando que sou uma assanhada.

– Duvido que alguém pense isso. – Greta riu. – E, sinceramente, Mary, acabei de jogar fora 24 anos. Então meu conselho é: se você encontrou a felicidade com alguém, vá em frente e a agarre. A vida é curta demais para nos preocuparmos com o que os outros pensam.

– Obrigada, Sra. Greta – disse Mary, agradecida. – Pois então, terminei aqui. Vou descer para preparar o almoço. Sei que Tor acha que está ajudando, mas não gosto de ninguém interferindo na minha cozinha – afirmou, e saiu às pressas, bufando de irritação.

Greta bebericou seu chá, sentindo-se consolada pelas palavras de Mary. As duas tinham sido amigas um dia, e Greta esperava que pudessem voltar a ser. Terminado o chá, desceu à procura de David; achava que não lhe dera os parabéns direito na noite anterior. Além disso, antes que Tor e ele partissem para a Itália, Greta sabia que teria de pedir a ajuda dele com o resto da história.

David estava em sua poltrona habitual junto à lareira, lendo o *Telegraph*.

– Bom dia, Greta. Como se sente hoje?

– Bem, obrigada – respondeu ela, enquanto os olhos de David a espiavam com ar inquisitivo por cima do jornal. – E você?

– A não ser pelo fato de ter bebido muito mais champanhe do que deveria, estou bem.

– Eu só queria dizer, David, que fico radiante por você e Tor. Espero que sejam muito felizes. Você merece, com certeza.

– Obrigado, Greta. E espero que você saiba que isto não significa que, de repente, eu vá desaparecer da sua vida. Tor ainda está a alguns anos da aposentadoria, de modo que é muito provável que mantenhamos tudo como está agora, em relação a moradia.

– Sinceramente, David, você não deve mesmo se preocupar comigo – respondeu ela, em tom mais brusco do que pretendia. – Mas, escute, você tem algum plano para a manhã de hoje?

– Pelo que eu saiba, não. Por quê?

– Bem, é óbvio que agora há muitas coisas *anteriores* ao acidente das quais me lembro, mas estive pensando, dado o que agora sei que aconteceu antes, se você me contou tudo. É que tenho a sensação de que, com as melhores intenções, é claro – acrescentou, às pressas –, você omitiu algumas partes. Será que estou certa?

David dobrou cuidadosamente o jornal e o pôs no colo.

– Sim. Eu não queria perturbá-la. Você estava muito fragilizada, Greta.

– Bom, tudo bem se eu repassasse o que sei que aconteceu desde então e você preenchesse as lacunas para mim? Não deve demorar muito. Acho importante eu saber a história toda. Sobre Cheska – acrescentou, em tom enfático.

– Está bem. – David não soou muito animado. – Se você começar, farei o melhor possível. Só receio que seja um pouquinho demais para você.

– Não será – rebateu ela, firme. – Então, saí do hospital depois de dezoito meses. Ava estava aqui em Marchmont, e Cheska, em Hollywood, certo?

– Sim, e não aconteceu nada de especial que você precise saber, nos dezesseis anos seguintes. Infelizmente, tudo se transformou numa espécie de pesadelo, parte do qual você *já conhece*, pouco antes de Ava completar 18 anos.

Ava

Abril de 1980

37

Ava Marchmont veio subindo a alameda, depois desceu a longa entrada de veículos até Marchmont. Era uma caminhada que ela detestava fazer no inverno, especialmente quando nevava. Às vezes, quando abria a porta da cozinha, seus pés estavam dormentes de frio e ela precisava aquecê-los à beira do fogão. Graças aos céus, porém, nesse momento o inverno era apenas uma lembrança. Ela adorava a caminhada de dez minutos na primavera. Enquanto passeava, reparou nos narcisos florescendo na base das árvores que ladeavam a alameda. Os cordeiros recém-nascidos, alguns dos quais ela ajudara a trazer ao mundo, tinham começado a se firmar nas patas e saltitavam, contentes, pelas campinas próximas.

Ava ergueu os olhos para o céu azul e límpido e sentiu uma súbita onda de felicidade. Largando no chão a pesada pasta de couro, esticou os braços acima da cabeça e respirou devagar. Sentiu no rosto o sol do fim da tarde, tirou os óculos e deixou o mundo se transformar num borrão verde, azul e dourado, admirada ao perceber que sua visão da vida podia se alterar tanto. Olhos da cor dos de sua mãe, sempre dissera LJ. Ava só gostaria que funcionassem como os da maioria das pessoas. Usava óculos desde os 5 anos, quando a professora de sua turma não conseguiu entender por que uma garotinha tão inteligente vinha lutando para aprender a ler e escrever. A miopia fora diagnosticada.

Ela recolocou os óculos, apanhou a pasta e continuou a andar. O período letivo da primavera havia terminado e, durante as três semanas das férias de Páscoa, ela poderia relaxar e se comprazer, fazendo aquilo de que mais gostava.

Desde pequena, Ava ajudava na fazenda cuidando dos animais. A imagem de um bicho sofrendo sempre a enchera de tristeza e, quando os trabalhadores balançavam a cabeça, ela se recusava a desistir do animal e cuidava dele até lhe restabelecer a saúde. Como consequência, agora tinha seu próprio "minizoológico", como LJ o chamava.

Um cordeiro doente, o último da ninhada, que ela havia alimentado na mamadeira até ele ter idade para ser desmamado, tinha sido o primeiro. Agora, Henry era um felpudo e idoso carneiro aposentado, e o xodó de Ava. Depois houvera um porco gordo e cor-de-rosa chamado Fred, várias galinhas e dois gansos mal-humorados. Vieram então as lebres cobertas de ácaros, que ela salvou das garras dos gatos da fazenda, levando-as para seu quarto em caixas de sapatos e cuidando de seus ferimentos, enquanto LJ lhe dizia que havia pouca esperança. A tia-avó afirmava que os animais pequenos eram mais propensos a morrer de medo que de seus ferimentos, e via com surpresa os cuidados gentis de Ava lhes devolverem a saúde. O minizoológico ficava abrigado num grande celeiro sem uso, e a maioria dos animais lá dentro ficava mansa e saudava ruidosamente sua salvadora toda vez que ela aparecia.

Havia também um pequeno cemitério, numa área tranquila sob um velho carvalho, nos fundos da casa. Cada falecimento era marcado por uma cruz e por lágrimas copiosas de Ava.

À medida que crescia, foi ficando obstinada a respeito do que queria fazer da vida. Seu desempenho escolar era irregular, pois ela manifestava pouco interesse por temas como arte ou história, mas, quando se tratava de qualquer coisa relacionada à natureza ou biologia, ela brilhava. Os meses anteriores tinham sido de trabalho árduo, pois ela sabia que precisava tirar notas excelentes nas provas do fim do ensino médio para ingressar na faculdade de veterinária. Nas três semanas seguintes, no entanto, poderia passar o tempo com seus bichos, que lhe ensinavam muito mais do que qualquer sala de aula.

Ava chegou à curva do caminho de onde se avistava o solar Marchmont. Ao ver o sol cintilar no telhado de ardósia, ela pensou na sorte que tinha por morar ali. O solar tinha tanta personalidade e um ar tão caloroso e acolhedor que ela nunca havia desejado viver em outro lugar. Era sua intenção voltar para Marchmont assim que se formasse em veterinária e, depois, abrir uma pequena clínica. Esperava que sua reputação local de ajudar os animais desse um bom pontapé inicial em sua atividade.

Aproximou-se da casa e ficou contente ao ver que o carro da costureira ainda não estava estacionado na entrada de automóveis. Fez uma careta ao pensar na prova que teria de fazer nesse dia. Só se lembrava de três ocasiões em que tinha usado um vestido. Mas ela teria que sorrir e aguentar. Afinal, ia ser um dia muito especial. Tia LJ ia completar 85 anos. E Ava mesma faria 18 algumas semanas antes dela.

Abriu a porta que dava para a cozinha. Jack Wallace, o administrador da fazenda, estava sentado à mesa de pinho tomando um chá, enquanto Mary abria uma massa com o rolo de pastel.

– Oi, menina Ava. Como foi o seu dia? – perguntou Mary.

– Maravilhoso, porque foi o último dia de aula, e agora tenho três semanas inteiras! – respondeu a jovem com um risinho, dando um beijo afetuoso no rosto de Mary.

– Bem, se você pensa que vai ter vida fácil durante as férias, pode ir mudando de ideia – disse Jack, com um sorriso. – Vou precisar da sua ajuda no banho desinfetante das ovelhas, agora que Mickey se mudou para a cidade.

– Por mim, tudo bem – disse Ava –, desde que você prometa me levar ao leilão de gado na semana que vem.

– Negócio fechado, mocinha. Agora, tenho que ir andando. Obrigado pelo chá, Mary. Até logo, Ava.

Ava esperou Jack fechar a porta ao sair.

– Jack anda sempre por aqui, ultimamente, Mary. Acho que você talvez tenha um admirador.

– Ora, dê o fora daqui! Eu sou uma mulher casada! – Mary descartou o comentário, ruborizada. – Conheço Jack Wallace desde que éramos crianças de colo. Sou apenas um pouco de companhia para ele, agora que sua esposa faleceu.

– Bem, se fosse você, eu tomaria cuidado – implicou Ava. – A tia LJ está descansando?

– Está. Tive que ameaçar trancá-la no quarto, imagine. Sua tia-avó é voluntariosa demais. Ela precisa se lembrar de que agora está com 84 anos, e que aquela operação horrorosa que ela fez tiraria as forças de uma mulher com metade da idade dela.

– Vou levar uma xícara de chá para ela.

Ava pegou a chaleira e foi enchê-la na pia.

– Não demore muito. A costureira vai chegar às cinco horas. Juro que vou ficar contente quando essa festa de aniversário passar!

Ava escutou as reclamações de Mary enquanto ela batia e moldava a massa, sabendo que ela se comprazia em segredo com todos aqueles planos e atividades.

– Todos nós vamos ajudar, Mary. Pare de se preocupar. Ainda faltam meses. Se continuar assim, vai ter um ataque nervoso. Qual vai ser o jantar de hoje?

– Empadão de carne e rim, o favorito de sua tia-avó.

– Nesse caso, só vou comer um prato de legumes, de novo.

– Ora, não venha me culpar por essas suas ideias vegetarianas bobas, menina. O ser humano come carne há milhares de anos, assim como os gatos comem ratos. É natural, faz parte da revolução.

– Acho que você quis dizer "evolução", Mary. – Ava a corrigiu com um sorriso, enquanto vertia água fervendo no bule e o mexia.

– Pois que seja. Não é de admirar que você esteja tão pálida. Isso não é certo para uma menina em idade de crescimento, e aquelas coisas de tofu que você come não substituem um bom pedaço de carne. Eu...

Ava se esgueirou da cozinha com a bandeja de chá, enquanto Mary continuava a resmungar, distraída, e subiu para o quarto de LJ.

– Entre! – respondeu ela à batida à porta.

– Olá, querida, descansou bem? – perguntou Ava, pondo a bandeja de chá na cama da tia-avó.

– Acho que sim. – Os olhos verdes e brilhantes de LJ cintilaram ao vê-la. – Não aguento toda essa história de cochilar à tarde. Dá a impressão de que sou um bebê, ou uma inútil. Não tenho certeza de qual dos dois é pior.

– Faz só um mês que você fez a cirurgia para pôr a prótese no quadril, lembra? O médico disse que você tinha que descansar o máximo possível.

Ava serviu o chá na xícara de porcelana favorita de LJ e a entregou à tia.

– Nunca passei um dia doente na minha vida, até aquela vaca danada me acertar um coice e me mandar pelos ares!

– Está tudo sob controle, juro. Mary está na cozinha, resmungando e xingando, e a costureira vai chegar daqui a pouco. Não há nenhum motivo para você se preocupar.

– Então, você está dizendo que sou dispensável, é, mocinha?

– Não, LJ. Estou dizendo que o mais importante é você recuperar as forças. – Ava beijou amorosamente a testa da tia-avó. – Termine o seu chá. Assim que eu acabar de provar a roupa, volto para ajudá-la a descer a escada.

– De jeito nenhum que vou chegar à minha festa com aquele andador ridículo – disse LJ, veemente.

– Tia LJ! Você tem semanas para se recuperar. Pare de ser tão teimosa! Todo mundo precisa abrir mão de algo pela felicidade dos outros. Eu, por exemplo, terei que usar um vestido! – Ava revirou os olhos, horrorizada. – Certo, sei que preciso exercitar minha feminilidade.

Depois que Ava saiu do quarto, LJ pôs a xícara na bandeja e tornou a afundar nos travesseiros. Ava era praticamente um moleque, desde pequena. E tão tímida que só ficava à vontade com os familiares mais íntimos. O único momento em que sua sobrinha-neta resplandecia de confiança era quando cuidava dos seus preciosos animais. LJ a adorava.

Há dezoito anos, após várias semanas esperando que Cheska voltasse de Los Angeles, LJ havia abandonado qualquer projeto de manter uma distância afetiva da pobre bebê que fora deixada para trás. Assim, numa idade em que a maioria das mulheres se acomodava diante da lareira, com um cobertor de lã xadrez envolvendo as pernas, LJ havia trocado fraldas, engatinhado no chão atrás de uma menininha que aprendia a andar, e se juntado a mães ansiosas no pátio de recreio, quase jovens o bastante para serem suas netas, no primeiro dia de Ava na escola.

Mas isso lhe dera um novo alento na vida. Ava tinha sido a filha que ela nunca tivera. Por coincidência, as duas compartilhavam o mesmo amor pelos espaços abertos, pela natureza e pelos animais. A diferença etária era enorme, mas nunca pareceu importar.

LJ havia passado muitas horas pensando em como uma mulher como Cheska podia ter gerado uma filha tão sensata e equilibrada. Ao partir para Los Angeles, havia tantos anos, Cheska não tivera nem mesmo a decência de telefonar para dizer a David e LJ que estava bem. Dias depois, às voltas com Greta saindo do coma, David havia marcado um voo para buscá-la e trazê-la para casa.

E então chegara uma carta endereçada a LJ, em Marchmont, escrita com a letra infantil de Cheska:

*Beverly Wilshire Hotel
Beverly Hills 90212*

*18 de setembro de 1962
Queridíssima tia LJ,*

Sei que você deve estar pensando coisas horríveis de mim, considerando que abandonei Ava. Mas passei muito tempo pensando no que fazer, e acho que não seria uma boa mãe para ela neste momento. A única coisa que faço bem é representar, e o estúdio se ofereceu para fechar um contrato de cinco anos comigo.

Dessa maneira, pelo menos vou pagar pelo sustento de Ava e por seu futuro, mas estarei muito ocupada fazendo os filmes, o que significa que não teria muito tempo para passar com ela. Teria de arranjar uma babá e, além disso, acho que Hollywood não é um lugar muito bom para se criar uma criança.

Sei que é pedir muito, mas eu gostaria que Ava ficasse em Marchmont e desfrutasse do tipo de infância que eu gostaria de ter desfrutado. Você pode cuidar dela, tia LJ? Sempre me senti muito segura e protegida quando estava aí com você, e tenho certeza de que você fará um trabalho muito melhor do que eu na criação de Ava.

Se achar que isso é demais, posso mandar uma boa quantia em dinheiro para você contratar uma babá. Por favor, me informe do que precisa.

Além disso, deve estar pensando que não sinto amor nem carinho por Ava. Juro que sinto, e é por isso que estou tentando fazer o que é melhor para ela, e não para mim, para variar.

Sentirei muita falta dela. Por favor, diga-lhe que eu a amo e que voltarei para casa para vê-la assim que for possível. Por favor, perdoe-me, tia LJ, e escreva de volta quando puder.

Cheska

LJ tinha lido e relido a carta, tentando decidir se pensava o melhor ou o pior da sobrinha. Só ao telefonar para David e ler a carta para ele é que seu filho havia confirmado os piores temores dela.

– Mamãe, detesto dizer isso, mas receio que Cheska esteja pensando mais na carreira dela que em Ava. É quase certo que o estúdio não tenha conhecimento da bebê. Eles têm um código moral rigoroso para seus atores e atrizes e impõem toda sorte de cláusulas nos contratos, para que eles sejam obrigados a cumpri-las. Se Cheska ou o agente dela mencionasse que ela era mãe solteira aos 16 anos, ela pegaria o próximo avião para casa.

– Entendo. Ah, meu Deus, David. Quer dizer, é claro que não me importo de cuidar de Ava, que é uma coisinha muito querida, mas não sou nenhuma mocinha.

Houve uma pausa do outro lado da linha, antes de David responder.

– Sabe, mãe, nessas circunstâncias, acho que é mesmo o melhor para Ava. Cheska é... a Cheska. Para falar sem rodeios, se Ava fosse morar com ela em Los Angeles, nós dois morreríamos de preocupação. A grande pergunta é: você consegue dar conta?

– É claro que sim – respondeu LJ. – Tenho Mary para me ajudar, e ela adora a menina. Tenho conseguido administrar o patrimônio e a fazenda, e duvido que uma criança vá fazer muita diferença.

David, como sempre, tinha ficado surpreso com a autoconfiança da mãe. Ela era mesmo indomável.

– Bem, nesse caso, vou cancelar meu voo, e você deve escrever para Cheska, dizendo que concorda. É claro que ela deve pagar pelo sustento da filha. Também vou escrever para ela, pedindo isso. Para ser franco, mamãe, estou aliviado. Com a recuperação lenta de Greta, a última coisa de que eu precisava era pegar um avião para Los Angeles.

– Como vai Greta?

– No momento, está fazendo fisioterapia, para fortalecer os músculos. Passou tanto tempo de cama que eles praticamente definharam. Ontem ela conseguiu ficar de pé por alguns segundos.

– E a memória?

– Ainda não há grande coisa no momento, acho. Houve uma ou outra menção à infância dela. Fora isso, parece haver um grande vazio. Sinceramente, mamãe, não sei bem o que é pior, se passar meses falando com ela, sem nunca receber uma resposta, ou agora, quando ela me olha como se eu fosse um estranho.

– Meu menino, que fase você tem passado! – LJ havia contido a frustração. Era melhor guardar para si o que pensava da contínua devoção do filho a Greta. – Vamos torcer para que ela se lembre de tudo logo.

※

Desde então, Cheska não tinha voltado. E, infelizmente, a memória de Greta também não.

O único contato com Cheska, nos primeiros anos, tinha sido um cheque mensal, além de um ou outro embrulho ocasional para Ava, com caixas grandes de doces norte-americanos e bonecas de rosto muito pintado, que Ava costumava descartar, preferindo seu ursinho de pelúcia surrado. A mensagem era sempre a mesma: "Diga a Ava que eu a amo e que a verei em breve."

Quando Ava tinha idade suficiente para entender, LJ lhe explicara que os pacotes dos Estados Unidos vinham da mãe dela. Durante algumas semanas, depois disso, Ava tinha perguntando quando sua mamãe voltaria, já que ela escrevera que seria logo. Não havia nada que LJ achasse que podia fazer, além de abrir um sorriso luminoso e garantir à menina que a mãe a amava.

Com o tempo, os embrulhos tinham parado de chegar e Ava parara de fazer perguntas. LJ continuava a falar de Cheska, quando era apropriado. Queria que a menina compreendesse a situação, para a eventualidade – embora essa ideia a aterrorizasse – de Cheska efetivamente *voltar* um dia para buscar a filha.

LJ soubera por David que Cheska estava indo muito bem. Fizera vários grandes filmes que tinham sido exibidos nos cinemas britânicos – LJ se abstivera de vê-los –, e depois já se iam cinco anos, conseguira o papel principal num novo seriado norte-americano. O seriado tinha sido um sucesso internacional, e agora Cheska era uma celebridade no mundo todo.

Apesar de desaprovar a televisão, LJ achou que seria injusto impedir Ava de ter um aparelho, já que todas as suas amigas da escola tinham. Uma noite, quando Ava estava com 13 anos, LJ entrara no quarto dela e vira o rosto de Cheska assomar na tela. Tinha sentado na cama ao lado da Ava e assistido ao programa com a menina.

– Você sabe quem é ela, não sabe, querida?

– É claro que sei, tia LJ. É Cheska Hammond, a minha mãe. – Tornara a voltar calmamente a atenção para a tela. – O seriado se chama *Os magna-*

tas do petróleo e é genial. As garotas lá da escola adoram. Cheska é muito bonita, não é?

– É, sim. Você contou a suas amigas que ela é sua mãe?

Ava se virou para ela, com uma expressão de assombro no rosto.

– É claro que não! Elas iam achar que eu estava inventando.

LJ tivera vontade de rir e chorar ao mesmo tempo.

– É, imagino que sim, minha querida.

Ficara sentada lá, assistindo ao resto do episódio, vendo a mulher que um dia tinha conhecido como menina desfilar com um leque de roupas sofisticadas, transitando por uma seleção deslumbrante de casas e apartamentos.

Quando o programa terminou, LJ se virou para Ava.

– Esse programa não é meio inapropriado para você, Ava? Parece meio picante.

– Ah, tia LJ, não seja tão antiquada. Sei tudo sobre sexo. Eles ensinaram isso na escola quando tínhamos 12 anos. Chegaram até a nos mostrar um vídeo.

– Foi mesmo? – Ela havia arqueado uma sobrancelha e segurado a mão de Ava. – Quando você vê a sua mãe, tem vontade de estar lá com ela em Hollywood, levando esse tipo de vida glamourosa?

– Nossa, não! – Ava riu. – Sei que Cheska é minha mãe biológica, mas nunca a conheci e não posso dizer que sinta falta dela. Você é minha mãe e Marchmont é a minha casa – respondeu ela, envolvendo LJ nos braços. – E eu amo você muito, muito, muito.

No correr dos anos, Ava tinha se tornado a melhor parte da vida de LJ. O instinto materno era tão intenso quanto fora com David. Às vezes, LJ se repreendia por viver através da menina, tal como Greta fizera com Cheska, mas não conseguia impedir. Ava era um amor de pessoa e LJ faria qualquer coisa por ela.

Nesse momento, ouviu os passos rápidos da adolescente atravessando o corredor em direção ao quarto dela. Talvez tivesse a ver com a operação, mas, nos últimos tempos, LJ andava vivenciando uma sensação de desastre iminente. Havia tentado afastá-la, mas tinha confiado em seus instintos durante 84 anos. E raras vezes erraram.

38

Londres

– Ah, é você – disse Cheska em tom seco ao telefone. Tirou dos olhos a máscara de dormir de cetim e consultou o relógio da cabeceira. – Que diabo você está fazendo, ligando para mim a esta hora da manhã, Bill? Você sabe que este é o único dia em que posso dormir até tarde.

– Desculpe, benzinho, mas são onze e meia e nós precisamos conversar. Com urgência.

– Isso quer dizer que acertamos os 20 mil a mais por episódio?

– Escute, Cheska, podemos nos encontrar no almoço?

– Você sabe que eu descanso aos domingos, Bill. Se é tão urgente assim, é melhor você vir aqui. Minha massagista virá às duas horas, portanto, chegue às três.

– Está bem. Até lá, então, meu bem.

Cheska tornou a colocar o fone em seu sofisticado gancho dourado e creme, depois afundou nos travesseiros, sentindo-se irritada. A noite de sábado era a única em que podia ficar acordada até altas horas. No resto da semana, acordava com os passarinhos, às quatro e meia da manhã, e a limusine do estúdio a buscava às cinco.

E a noite anterior tinha sido... bem, tinha sido... Cheska deu um tapinha do outro lado do colchão da cama *king-size* e apalpou apenas lençóis amarfanhados. Virou a cabeça e viu um pedaço de papel num dos travesseiros. Pegou-o e leu: "A noite foi uma delícia. Abraços, Hank."

Cheska se espreguiçou como um gato, rememorando a noite que Hank e ela haviam acabado de compartilhar. Hank era o vocalista de uma banda nova muito boa. Tinha se apresentado como convidado na boate a que ela fora com uns amigos, na noite anterior, e, no minuto em que vira o corpo esguio, os olhos azuis e o cabelo louro-acinzentado do rapaz, Cheska soube que tinha de dormir com ele.

Na mesma noite, havia conseguido o que queria.

Normalmente, era a emoção da caçada que a deixava com as terminações nervosas formigando. O sexo em si era uma decepção. Mas a noite anterior tinha sido fantástica. Talvez, apenas talvez, ela concordasse em revê-lo. Levantou-se da cama e entrou descalça no banheiro da suíte, para encher a banheira e tomar um banho de imersão.

Quando ela se mudara para a residência no alto da Chalon Street, em Bel Air, logo depois de conseguir o papel de Gigi em *Os magnatas do petróleo*, a casa não tinha nenhuma segurança. Agora, havia uma parede de 3 metros de altura, com câmeras e alarmes que funcionavam 24 horas por dia separando-a do mundo externo. Embora a vista dos aposentos do andar de cima fosse espetacular, Cheska não abriu as persianas para deixar que o sol glorioso se espalhasse no quarto. As persianas ficavam sempre fechadas até ela estar totalmente vestida, porque, certa vez, um fotógrafo cheio de iniciativa conseguiu trepar numa escada e tirar uma foto dela de toalha. O homem vendeu a foto para os tabloides por uma fortuna. Afinal, agora ela era uma das celebridades mais famosas dos Estados Unidos e, provavelmente, do mundo.

Cheska fechou as torneiras, apertou o botão da hidromassagem e entrou na banheira. Deixou-se afundar e os jatos atingiram delicadamente o seu corpo. Ela não fazia ideia de por que era tão urgente que Bill fosse ao seu encontro. Com certeza, não devia haver nenhum problema com o novo contrato, não é? Balançou a cabeça, afastando essa ideia. É claro que não havia. Gigi era o personagem feminino mais popular de *Os magnatas do petróleo*. Cheska recebia mais cartas de fãs do que qualquer outro integrante do elenco, era requisitada para aparições públicas e roubava mais manchetes do que todos os outros atores juntos.

Sabia que, em parte, isso se devia à notoriedade de sua vida privada. O estúdio a havia advertido em várias ocasiões, quando ela era fotografada com mais um amante louro e jovem. Sempre resmungava sobre as cláusulas morais do contrato. Como é que eles podiam reclamar, se aquilo significava mais publicidade para o programa? E a vida privada dela era exatamente isso. E a porcaria do estúdio não tinha nada a ver com ela.

Olhou para seu reflexo no espelho e notou rugas em volta dos olhos. Estava cansada, desgastada por nove meses de filmagens ininterruptas. Graças a Deus, faltavam poucas semanas para o período sabático de verão. Ela precisava tirar uma folga, descansar e relaxar um pouco. Talvez seu divórcio tumultuado e muito divulgado, seis meses antes, tivesse cobrado um tributo maior do que ela imaginava. Pelas leis californianas, o marido ou a mulher tinha direito à metade de todos os bens do cônjuge. Como Cheska possuía muitos bens, e seu ex-marido roqueiro não tinha nada, ela não se saíra nada bem da situação. Havia perdido a casa de praia em Malibu e metade do seu dinheiro em espécie, além de outros investimentos, para Gene Foley, o babaca. Ele não trabalhara um dia sequer enquanto os dois estiveram casados. Passava o tempo na casa de praia com seus amigos de cabelo comprido, fumando maconha, tomando cerveja e usando o dinheiro de Cheska para se divertir, rodando por espeluncas de Los Angeles. Cheska se arrependia do dia em que decidira se casar com ele, mas os dois estavam bêbados em Las Vegas e tinha parecido uma tremenda diversão acordar um pastor às três horas da madrugada e exigir que ele os casasse ali mesmo. Gene havia usado um anel de arame para colocar no dedo dela. A repercussão tinha sido estarrecedora. A fotografia dos dois havia estampado a primeira página de todos os grandes jornais do mundo, no dia seguinte.

A verdade era que ele lhe lembrara Bobby...

Por causa de um momento de loucura, Cheska tinha sofrido um enorme prejuízo financeiro. E sempre havia levado uma vida extravagante. Comprava roupas caras de grife e oferecia recepções gigantescas, contratando os melhores profissionais do ramo para o evento. Antes do divórcio, tinha dinheiro para pagar essas coisas. Agora, estava acumulando o que seu contador chamava de "dívida magnífica".

Ele havia telefonado na semana anterior para se encontrar com Cheska, sugerindo que ela começasse a reduzir despesas. O banco se dispunha a elevar o limite do cheque especial em mais 50 mil dólares, porém só depois que ela fizesse outro empréstimo, dando a casa como garantia. Cheska havia assinado os papéis entregues pelo contador sem nem sequer ler as letras miúdas.

Era por tudo isso que ela precisava do aumento em seu novo contrato. Como Gigi era indispensável em *Os magnatas do petróleo*, negociou de modo agressivo. Bill, seu agente norte-americano, tinha recomendado cautela. Dissera que os estúdios eram voláteis e não gostavam que os atores se achassem maiores do que os programas estrelados por eles.

Cheska pegou uma toalha ao sair da banheira. Pensou em como era ridículo que a estrela de televisão mais badalada de Hollywood tivesse de economizar, contando moedas. Enquanto se vestia, ela se consolou com a ideia de que o novo contrato solucionaria todos os seus problemas financeiros.

– Entre, entre. – Cheska, no sofá, fez sinal para Bill, quando a empregada mexicana o introduziu na sala ampla e confortável que dava para a piscina. – Não posso me mexer, querido. Acabei de fazer uma massagem e pintar as unhas dos pés. Deseja algo para beber?

– Um chá gelado seria ótimo – disse Bill à empregada.

– Traga dois – disse Cheska, enquanto a moça se retirava.

Bill se aproximou e deu um beijo no rosto de Cheska.

– Como vai, meu bem?

Cheska sorriu e se espreguiçou, enquanto ele colocava a maleta na mesinha de centro de vidro e se sentava.

– Ótima. E então, qual é a novidade tão urgente que fez você deixar sua mulher e seus filhos num domingo?

– É sobre o seriado.

– Bem, imaginei que fosse. – Ela estudou o rosto de Bill e viu a tensão estampada nele. – Não há nada errado, não é, Bill?

– Cheska, o estúdio não quer renovar o seu contrato.

Cheska respirou fundo. Nesse momento, a empregada voltou com o chá gelado e os dois permaneceram em silêncio, enquanto ela colocava os dois copos na mesa e saía da sala.

– Com certeza você deve ter ouvido mal, não foi, Bill?

– Irving me telefonou na sexta-feira para que eu fosse vê-lo. Eles, bem... – Bill fez uma pausa, tentando pensar em como dar a notícia da melhor maneira. – O novo diretor do estúdio é um desses pais de família que levam uma vida regrada, e quer que seus artistas sirvam de exemplo.

– Espere um instante, Bill. Você está me dizendo que, embora os personagens de *Os magnatas do petróleo* trepem feito coelhos, tenham filhos ilegítimos, problemas com drogas e maridos violentos, os astros devem viver como santos? Caramba! – Cheska balançou a cabeça e soltou uma risada amarga. – Até onde vai a hipocrisia?

– Eu sei, eu sei – Bill a acalmou. – Mas o programa vai passar por uma mudança na próxima temporada. Uma porção dessas coisas que você acabou de mencionar vai ser retirada.

– Junto com os altos índices de audiência – murmurou Cheska. – Por que diabo ele acha que o grande público norte-americano assiste ao seriado?

– Concordo, Cheska, e só posso dizer que sinto muito por você ter sido apanhada no fogo cruzado. Mas eu a avisei várias vezes que o estúdio...

– O estúdio não gosta que suas estrelas principais sejam vistas em boates, bebendo, dançando ou, na verdade, tendo qualquer tipo de diversão ou de vida própria – concluiu Cheska, com raiva.

– Escute, vamos cair na real, meu bem. Nestes últimos meses, você tem chegado atrasada ao set, esquecido suas falas...

– Eu estava passando por um divórcio, pelo amor de Deus!

Cheska socou uma almofada com força e a jogou no chão. Quando olhou pela janela, aqueles velhos e conhecidos sentimentos, os que ela esperava que fossem uma lembrança distante, ameaçaram vir à tona. Ela os reprimiu, engoliu em seco e tornou a olhar para Bill.

– Então, como é que a Gigi, digo...

Era a pergunta crucial. Se o estúdio fizesse Gigi ter um final feliz com um homem, isso significaria haver espaço para um retorno. Caso contrário...

Bill respirou fundo.

– Acidente de automóvel. Ela chega morta ao hospital.

– Entendo.

Fez-se outro longo silêncio. Cheska lutou para se manter controlada.

– Então é isso? Acabada, liquidada, com apenas 34 anos.

– Ora, vamos, você está exagerando – rebateu Bill. – O estúdio acha melhor anunciar que você quer deixar o seriado por decisão própria, para desenvolver projetos pessoais. E não há razão para isso não ser verdade. Já tenho algumas ideias.

Bill falou com uma confiança que não sentia. As más notícias corriam céleres pelos privilegiados canais de Hollywood. E Cheska tinha ganhado fama de "encrenqueira".

– Eles não estão esperando que eu deixe que me demitam sem revidar, não é? – gritou Cheska.

– Benzinho, na verdade, não há nada que você possa fazer.

– Posso ligar para a *National Enquirer* e contar a eles o que esse produtorzinho está fazendo! Ele jamais gostou de mim, Bill, desde o dia em que me passou uma cantada e eu lhe acertei uma joelhada no saco. Se os meus fãs soubessem que a Gigi estava sendo chutada pelo estúdio, haveria uma revolta!

Bill abafou um suspiro. Já vira aquilo tudo antes: astros que se julgavam indispensáveis para o estúdio e para o público. Na verdade, ambos eram volúveis, e Gigi logo seria esquecida quando outro personagem conquistasse os telespectadores. Além disso, Cheska era muito difícil. Sempre fora. Até ali, em nome dos índices de audiência e de uma percentagem dos lucros, o estúdio e ele se dispuseram a aguentar as oscilações de humor e a volatilidade dela.

– Cheska, criar um rebu por causa disso não vai fazer bem a ninguém, muito menos a você. Pense na sua carreira. Vamos ter que engolir essa derrota, se você quiser ter algum futuro nesta cidade.

– Não consigo acreditar que isso está acontecendo, Bill. – Cheska esfregou a testa, atordoada. – Quer dizer, o programa continua com uma grande audiência, a Gigi é a personagem mais popular... Por quê?

– Eu disse o motivo. Entendo o que está sentindo, mas vamos ter que deixar isso para trás e olhar para o futuro. Não há nada que possamos fazer.

Cheska o fitou de relance, com um brilho malévolo no olhar.

– Você quer dizer que não quer que eu faça nada que prejudique a sua bela relação com o estúdio, não é?

– Ora, isso não é legal, Cheska. Fiz tudo o que pude por você. Arranjei grandes papéis nos últimos anos.

– Bem, se isso é o melhor que você pode fazer, acho que talvez esteja na hora de uma mudança. Vou ligar para a ICM. Você está despedido, Bill. Retire-se, por favor.

– Cheska, você não está falando sério. Vamos resolver isto juntos e arranjar uma coisa realmente boa para você.

– Não me venha com essa baboseira, Bill. Agora você tem peixes mais graúdos que eu com que se preocupar. Na sua opinião, sou uma atriz acabada, de má fama.

– Cheska, pare de falar essas merdas! – disse Bill.

Ela se levantou.

– De agora em diante, vou lidar com você através do meu contador. Mande todos os cheques para ele, como de praxe. Adeus, Bill.

O agente a olhou. Cheska erguia o queixo num ângulo desafiador, os olhos tomados pela raiva. Bill a havia considerado uma das moças mais lindas que já tinha visto. E era provável que fosse ainda mais graciosa, agora que havia amadurecido. Por baixo desse exterior, porém, era mesmo uma figura muito esquisita. Paranoica a respeito do que os outros pensavam dela, achando que todo mundo queria prejudicá-la, mesmo quando estava na crista da onda. Mas, afinal, a cidade era repleta de mulheres inseguras. Cheska era apenas a nata, o que havia de melhor. Bill sabia que estava se livrando de uma louca, por isso não lamentou. Era melhor desistir da luta.

– Está bem, Cheska, se é assim que você quer.

Deu um suspiro, pegou a maleta e se dirigiu à porta.

– É.

– Se você mudar de ideia, avise-me.

– Não vou mudar. Adeus, Bill.

– Boa sorte.

Fez um aceno para ela com a cabeça e se retirou da sala. Cheska esperou até ouvir a porta da frente fechar.

Em seguida, começou a gritar de ódio.

39

Passadas oito semanas, Cheska chegou em casa depois do seu último dia no estúdio. Houvera champanhe e um bolo enorme no set, após a gravação, com o resto do elenco se desmanchando em afirmações de quanto sentiria sua falta. Ela havia cerrado os dentes e sorrido até o fim da festa, fingindo que deixar *Os magnatas do petróleo* tinha sido uma decisão *sua*. Reconheceu que Bill tinha razão: era o único modo de salvar o que restava de seu orgulho e sua carreira – mesmo tendo certeza de que todos sabiam que ela fora despedida.

Todas as vezes que alguém perguntava por seu projeto seguinte, ela balançava a mão com displicência, dizendo que iria para a Europa, para um período de férias, antes de se comprometer com qualquer coisa. A verdade era que não havia nada encaminhado. Cheska tinha telefonado para todas as agências da cidade. Muitas delas, alguns anos antes, estavam desesperadas para representá-la. Mas agora, quando ela telefonava, uma secretária anotava o recado, mas os agentes nunca ligavam de volta.

Cheska pediu que a empregada lhe trouxesse uma taça de champanhe e afundou numa poltrona da sala de estar. Começara a se perguntar se tinha cometido um erro terrível ao dizer a Bill para cair fora. Deveria ligar para ele? Pedir que ele perdoasse sua decisão, tomada no calor do momento, e começasse a dar uma olhada na cidade, em busca de papéis adequados?

Não. Seu orgulho tinha levado uma surra bem grande, e agora ela não podia voltar rastejando para Bill. A única coisa que podia fazer era olhar um pouco mais para baixo, buscar um agente em ascensão que ficasse feliz por acrescentar um grande nome como o dela a sua lista.

Mas um agente de segunda classe não seria pior do que nenhum? Provavelmente.

– Merda! – exclamou Cheska.

Havia uma senhora dor de cabeça chegando.

A empregada trouxe o champanhe e Cheska bebeu um gole grande, sem se importar se ele pioraria sua dor.

E, é claro, havia o problema financeiro. Ela estava falida. Pior que falida, na verdade. Devia dezenas de milhares de dólares. Na véspera, passou pela Saks para comprar um vestido para sua festa de despedida, e o cartão de crédito fora recusado. Cheska teve que pagar com um cheque, que era quase certo que seria devolvido, e saiu da loja com o rosto vermelho, fumegando de raiva. Ao chegar em casa, ligou para o contador e pediu que ele enviasse o próximo cheque que recebesse do Bill, sem depositá-lo no banco. Seria um cheque de mais de 20 mil dólares, o que deveria custear suas despesas nas semanas seguintes, se ela fosse cuidadosa.

Cheska soltou um grito de desespero. Havia trabalhado sem parar desde os 4 anos, e o que tinha para mostrar? Uma casa que teria de ser vendida para pagar suas dívidas e um armário cheio de roupas de grife que agora ela já não tinha onde usar. Seus amigos do show business, muito felizes em aceitar a hospitalidade dela no passado, haviam-na abandonado nas últimas semanas.

Ela sabia por quê: estava ficando decadente. Não tinham espaço na vida deles para fracassados. Podia ser que fosse contagioso. Cheska passou o resto da noite tomando um grande porre, e acordou na manhã seguinte no sofá, ainda completamente vestida.

A semana seguinte foi quase insuportável.

Ela cancelou a massagista, o treinador físico particular e o cabeleireiro. Despediu a empregada e o segurança, sabendo que não conseguiria pagá-los no fim do mês. Ficou com as unhas maltratadas, o cabelo malcuidado, e parou de vestir roupas caras e chiques.

Seus problemas financeiros e o tédio já eram suficientemente ruins, mas aqueles sentimentos temidos, os que ela havia esperado e rezado para que a tivessem deixado para sempre, começaram a voltar. Seus sonhos ficaram abarrotados de gente e ela acordava transpirando e tremendo.

E então, alguns dias antes, ela havia começado a escutar aquela voz conhecida, a que a levara a fazer aquelas coisas terríveis. Não a ouvia desde que tinha saído da Inglaterra, há quase 18 anos. Mas outras vozes haviam se juntado à primeira. Não falavam de outras pessoas, mas *dela mesma*.

Você é um fracasso, não é, Cheska?
Uma garotinha boba e sem talento.
Você nunca mais vai trabalhar.
Ninguém mais a quer, ninguém gosta de você.

Cheska passava de um cômodo para outro, tentando deixar as vozes para trás, mas elas a acompanhavam, nunca lhe davam um instante de paz. Ela batia na própria testa, na tentativa de mandá-las embora. Retrucava, gritando tão alto quanto elas, mas as vozes não paravam... simplesmente não paravam.

Em desespero, ligou para o médico, uns dias antes, para pedir tranquilizantes mais fortes, porém eles não a acalmavam nem silenciavam as vozes. Cheska sabia que estava saindo dos eixos. Precisava de ajuda, mas não sabia para onde se voltar. Se falasse das vozes com seu médico, ele a trancaria num hospício, como tinham feito quando ela estava grávida.

Após duas semanas vivendo no inferno, Cheska se olhou no espelho, uma manhã, e não viu seu reflexo.

– *Não! Não!* Por favor!

Desabou no chão. Estava invisível de novo. Talvez já estivesse morta. Sonhara com isso muitas vezes. Será? Ela já não sabia. Sua cabeça estava explodindo, as vozes tamborilando sem parar, rindo dela.

Correu pela casa feito uma maníaca, pondo lençóis sobre os espelhos que eram pesados demais para ser movidos e virando os outros para as paredes. Depois, sentou-se no chão da sala de visitas, procurando controlar a respiração.

Sabia que não poderia continuar assim por muito mais tempo. As vozes estavam certas ao dizer que ela não tinha futuro.

– Alguém me ajude, me ajude, me ajude!

Não há ninguém para ajudá-la, Cheska... Ninguém a ama, ninguém quer você...

– *Parem! Parem! Parem!* – Ela começou a bater ritmadamente com a cabeça na parede, mas, ainda assim, seus torturadores continuaram.

Passado algum tempo, sentou-se e empertigou o corpo. Não havia alternativa. A paz por que ela ansiava só poderia ser obtida de uma maneira.

Lentamente, Cheska entrou em seu quarto, pegou um vidro no armário, sentou-se no chão e olhou para as pílulas amarelas. Quantas teria de tomar para ter certeza? Girou a tampa e pôs um dos comprimidos na palma da mão.

As vozes atacaram seus ouvidos mais uma vez, mas ela riu.

– Eu posso deter vocês! – gritou, triunfante. – É fácil, é muito fácil...

Levou o comprimido à boca. Pegando um copo d'água na mesa de cabeceira, engoliu o remédio. Virou mais três na mão e olhou para o céu, onde tinha certeza de que Jonny a esperava.

– Posso procurar você agora, por favor? Não quero ir para lá com elas. Se eu pedir desculpas e disser que acredito em Deus, será que elas vão deixar?

Quebrando a rotina, houve silêncio em sua cabeça. Ninguém respondeu, e uma lágrima solitária rolou por sua face.

– Desculpe, mamãe, desculpe. Não era a minha intenção, de verdade.

E quanto a Ava? Você abandonou sua filha... Quem pode perdoá-la por isso?

As vozes tinham voltado.

– Por favor! *Por favor!* – implorou Cheska.

Ela engoliu os comprimidos da palma da mão e já ia pegar mais alguns, quando houve outro barulho: um sino badalando, como se fossem as portas do inferno.

O badalar reverberou em sua cabeça.

– Pare! Pare! Por favor, pare!

Era um ruído vagamente familiar. Pouco a pouco, Cheska se deu conta de que não era o inferno a chamá-la, mas a campainha do portão da entrada. De algum modo, ela conseguiu andar até o vestíbulo, depois caiu de joelhos.

– Vá embora, vá embora! Por favor! – gritou.

– Cheska, sou eu, tio David!

Cheska olhou para a tela do vídeo. David? Não podia ser. Ele morava na Inglaterra. Eram as vozes de novo. Estavam tentando enganá-la.

– Cheska, me deixe entrar, por favor!

Ela se levantou e espiou o rosto do tio na tela, só para se certificar. Mais velho, mais pesado, com o cabelo grisalho, porém com os mesmos olhos cintilantes.

– Está bem, está bem.

Andou trôpega pelo corredor para desligar o sistema de alarme, depois apertou o interruptor para deixar David atravessar o portão.

Ele fez o melhor que pôde para disfarçar seu choque quando Cheska abriu a porta da frente. O cabelo estava escorrido e oleoso, os olhos, vidrados, com grandes e negras olheiras. As pupilas corriam de um lado para outro, dando-lhe a aparência de um animal acuado. No meio da testa havia um enorme hematoma escuro. Uma camiseta suja pendia dos ombros magros, e as pernas, antes bem torneadas, pareciam dois palitos. Ela oscilava diante do tio, como se estivesse bêbada.

– Cheska, que bom vê-la!

Ele se inclinou para beijá-la e sentiu o cheiro de sujeira.

– Ah, David, David, eu...

Os olhos azuis o fitaram, angustiados, e ela irrompeu em lágrimas, desabando no chão mais uma vez. Ele a viu sentada, balançando para a frente e para trás, e se ajoelhou para lhe dar algum consolo, mas ela gritou quando o tio tentou tocá-la. Foi quando viu o vidro de comprimidos na mão dela.

– Vou chamar um médico.

Cheska o encarou.

– Não! Eu... eu vou ficar bem, de verdade.

– Cheska, olhe para você! – David arrancou-lhe o vidro da mão e examinou o rótulo. – Quantos destes você tomou?

– Só três ou quatro.

– Jura?

– Juro, David.

– Certo. Vamos tirá-la do chão.

Rapidamente, ele pôs o vidro de remédio no bolso e ajudou a sobrinha a ficar de pé. Ela conseguiu andar até a sala, onde desabou no sofá e estendeu os braços para David.

– Por favor, venha me dar um abraço, tio David. Só me abrace.

Ele a atendeu e Cheska afundou o rosto no seu colo. Ficou um tempo deitada, em silêncio, depois o olhou, estudando seu rosto. Levantou uma das mãos e traçou o contorno dos olhos, do nariz e da boca de David.

– Você é real?

Ele riu.

– Bem, espero que sim. Por que pergunta?

– Ah, porque imaginei muitas coisas nos últimos dias. Pessoas, lugares... – Um sorriso iluminou seu rosto, de repente. – Se você *é* real, fico muito contente por estar aqui.

Com isso, Cheska fechou os olhos e adormeceu.

40

Após algum tempo, David afastou delicadamente a cabeça de Cheska, pondo-a no sofá, e a deixou dormir. Foi até a cozinha, notando as superfícies imundas, cobertas de copos e xícaras usados. Tirando do bolso o vidro de comprimidos, jogou o conteúdo no triturador de lixo. Não tinha dúvida do que Cheska estivera prestes a fazer, e agradeceu ao destino por ter resolvido parar ao passar pela casa dela, a caminho da casa de um velho amigo ator na qual ia se hospedar, um pouco mais adiante.

Nos últimos anos, ele havia trabalhado de tempos em tempos em Hollywood, e tinha visitado Cheska ocasionalmente para compartilhar uma bebida, acreditando que, apesar de ela haver abandonado Ava, era importante manter alguma forma de contato. Mas sempre achara difícil suportar a companhia da moça. Normalmente, havia um homem em algum lugar da casa, e David duvidava que houvesse passado mais de uns minutos a sós com ela em todas as suas visitas. Isso era proposital; ninguém em Hollywood sabia que Cheska tinha uma filha. Ela não desejava falar sobre Ava. E ele não faria isso na presença de estranhos.

Com todo o zelo, ele escrevera para contar que a mãe dela havia despertado do coma, logo depois de Cheska deixar a Inglaterra, e tinha tentado mantê-la informada do progresso de Greta ao longo dos anos. Mas, em todas as ocasiões em que a vira, Cheska demonstrara um singular desinteresse em falar de Greta. Quando David trazia o assunto à tona, era uma conversa de mão única, na qual ele oferecia breves lugares-comuns, do tipo "sua mãe mandou lembranças" – o que era mentira, já que Greta nem se lembrava de Cheska.

Todas as vezes que a visitara, ele sempre tinha saído da casa dela terrivelmente triste, pois era óbvio que o passado de Cheska na Inglaterra já não existia para ela. Como não existia para Greta. Isso o entristecia e frustrava, mas, como sempre dizia sua mãe, "não procure sarna para se coçar". No fim das contas, era o que ele acabava fazendo.

Lavou uma xícara e fez um chá, examinando mentalmente a situação. Tinha pouca ou nenhuma ideia do que levara Cheska a tentar o suicídio. Havia presumido que tudo estivesse correndo às mil maravilhas para ela.

David passara o mês anterior em Hollywood, gravando uma pequena participação num grande filme. A filmagem havia terminado na véspera e ele estava a caminho de casa, na Inglaterra. Ao menos temporariamente. Depois de comparecer à festa dos 85 anos de aniversário da mãe, ele pretendia partir para "férias prolongadas". David estava com 61 anos, e sua carreira – tanto nos Estados Unidos quanto na Inglaterra – havia chegado a um ponto em que ele sentia que podia tirar um tempo de folga e voltar, se quisesse. Havia conquistado isso e sabia que, se não o fizesse agora, talvez no futuro ficasse frágil demais para tentar.

E, finalmente, já não estava sozinho.

Sorriu ao pensar nela: em seu corpo miúdo, mas bem-feito, e no cabelo preto, preso num coque, os olhos castanhos brilhando de calor humano e inteligência. David gostara dela desde a primeira vez que a vira. Tinha sido num jantar oferecido por um velho amigo de seus tempos de Oxford. Por ser solteiro, nessas ocasiões ele costumava ser posto ao lado de alguma mulher desacompanhada e a maioria delas o entediava. Mas Victoria, ou Tor, como gostava de ser chamada, era diferente. A princípio, David pensara que ela devia ter uns 40 e poucos anos, mas depois descobrira que estava com mais de 50. O marido havia morrido dez anos antes, e ela nunca sentira necessidade de voltar a se casar. Era professora em Oxford, especialista em história chinesa antiga, e o marido tinha sido classicista. Tor havia passado a vida inteira confinada ao mundo acadêmico.

David tinha voltado para casa achando que uma mulher tão culta e letrada teria pouco ou nenhum interesse num artista como ele, dedicado ao entretenimento. Ele havia recebido uma excelente educação formal, mas tinha vivido num mundo muito diferente desde então.

Uma semana após aquele primeiro encontro, porém, David recebera um bilhete de Tor, convidando-o a ir a Oxford para um recital em que ele havia manifestado interesse. Ele se hospedara num hotel local, pensando em como se daria com os amigos intelectuais dela. E tinha passado uma tarde muito agradável.

Depois, num jantar tranquilo nessa mesma noite, Tor o havia repreendido por sua modéstia: "Você diverte as pessoas, David. É um grande dom, muito maior do que escrever uma tese sobre Confúcio. Fazer as pessoas rirem e ficarem felizes por alguns segundos é um talento maravilhoso. Além disso, você também frequentou Oxford. E hoje se saiu perfeitamente bem com meus amigos."

Os dois haviam começado a se encontrar com regularidade e David acabara perguntando se ela gostaria de passar um fim de semana fora com ele. Tinha levado Tor a Marchmont, e LJ havia simpatizado com ela. Se bem que, ponderou David, dada a mal disfarçada frustração da mãe ante a duradoura devoção do filho a Greta – "Pelo amor de Deus, querido, ela nem lembra quem você é!", este era o mantra constante de LJ –, ele nem de longe se surpreendera com o alívio dela, ao ver que o filho tinha finalmente uma "amiga", segundo sua formulação delicada.

– Mamãe, ela é *mesmo* uma amiga – insistira David, naquele primeiro fim de semana.

Durante os meses seguintes, ele começou a se redescobrir: seu amor pela música e pelas artes plásticas, as caminhadas de mãos dadas por uma trilha da zona rural, depois de um farto almoço de domingo, conversas até altas horas sobre livros que ambos tinham lido, saboreando uma garrafa de vinho. Mais que tudo, David sentiu que havia encontrado uma mulher que valorizava e aproveitava sua companhia, e ele a dela.

Depois, Tor anunciou que decidira tirar um ano sabático de Oxford, para visitar alguns lugares distantes sobre os quais havia lecionado e escrito textos intermináveis, mas que nunca tinha visto. Em tom de brincadeira, ela perguntou se David gostaria de acompanhá-la. E, apesar de ter rido nessa ocasião, ele começou a achar, ao refletir sobre a ideia, que talvez fosse exatamente disso que precisava. Os olhos de Tor ficaram cheios de alegria e incredulidade quando ele disse que gostaria de acompanhá-la.

– Mas e a sua carreira? E a Greta?

Tor sabia tudo a respeito dela, é claro. Greta era uma parte importante de sua vida. Quase todos os domingos, nos últimos dezessete anos, ela havia almoçado na casa dele em Hampstead, ou David a tinha visitado – se bem que, nos últimos tempos, cheio de culpa, tivesse cancelado esse compromisso algumas vezes, por ter combinado alguma coisa com Tor. David sabia quanto Greta dependia dele. Raras vezes ela saía, por achar as multidões inquietantes, e não recebia visitas, a não ser dele e de Leon, que vez ou outra ia vê-la como que por uma obrigação moral, e, ainda mais raramente, LJ e Ava, quando visitavam David em Londres. Greta considerava indefensável a ideia de passar até mesmo uma noite longe de seu apartamento em Mayfair. Vivia como uma reclusa.

O momento em que ela abrira os olhos, após todos os longos meses em coma, era algo que David jamais esqueceria. A alegria que sentira, quando todo o seu amor por ela havia irrompido e ele lhe cobrira o rosto de beijos, deixando as lágrimas pingarem livremente em sua face pálida, tinha se transformado em horror quando Greta o afastara, empurrando-o com seus braços finos, perguntado quem diabo era ele. Ao longo dos anos, ele tinha começado a aceitar as coisas tais como eram, e como talvez fossem para sempre. Não lhe restara muita alternativa, já que a memória de Greta se recusava a voltar.

David não se ressentia da dependência dela; afinal, ele a amava. Mas, como Greta nunca lhe dera uma única indicação de querer nada além da amizade e do apoio dele, a situação havia permanecido sem solução por todos aqueles anos.

Conhecer Tor havia cristalizado ainda mais a relação dos dois. David tinha enfim começado a se dar conta do que sua mãe tentava lhe dizer desde sempre: Greta era um caso perdido.

Sua mãe estava certa. Ele tinha que seguir adiante.

Depois de David garantir a Tor que estava falando sério sobre acompanhá-la em suas viagens, os dois começaram a planejar o roteiro. Decidiram visitar primeiro a Índia e, de lá, pegariam um voo para Lhasa, no Tibete. Então passariam várias semanas percorrendo uma trilha no Himalaia. Depois disso, planejavam viajar pela China, seguindo a rota de Marco Polo, viagem que Tor passara anos sonhando fazer.

David jogou na pia as folhas de chá assentadas no fundo da xícara. Quando voltasse para casa, sabia que teria de falar com Greta e lhe contar sobre a viagem. Ela estava acostumada com as idas dele a Hollywood, que duravam algumas semanas. Muitas vezes David lhe perguntara se ela gostaria de ir também e, quem sabe, visitar Cheska, mas ela sempre havia declinado. Seis meses, porém, eram muito tempo. Ele teria de pedir a LJ ou a Ava que a visitassem durante sua ausência.

E agora ali estava ele, por um completo acaso, enfrentando uma situação da qual seria difícil se livrar com rapidez. Telefonou para seu amigo Tony, dizendo que houvera um contratempo e que não conseguiria vê-lo naquele dia.

Ao colocar o fone no gancho, não pôde deixar de comparar o estado atual de Cheska, um trapo dormindo no sofá, com a linda mulher cujo rosto famoso tomava as telas de televisões e as capas de jornais e revistas do mundo inteiro.

Algo terrível devia ter acontecido para levá-la à beira do suicídio. David deu uma espiada nos nomes e números no bloco ao lado do telefone, escritos com a letra infantil de Cheska. O de Bill Brinkley era o terceiro. Esse era o agente que ela havia contratado, depois de se mudar para os Estados Unidos e de despachar Leon sem a menor cerimônia. Bill saberia o que havia acontecido com ela.

David discou o número e pediu para falar com ele.

– Bill, aqui é David Marchmont. Acho que nos encontramos numas duas recepções por aqui.

– Sim, estou lembrado. Como vai, David?

– Muito bem, obrigado.

– E o que posso fazer por você? Está procurando um novo agente? Eu teria prazer em apresentar minhas credenciais.

– Obrigado, mas não.

– Está bem. Então, se não posso representá-lo, o que mais posso fazer por você?

– Você tem visto Cheska, ultimamente? Você sabe que ela é minha sobrinha.

– É mesmo? Eu não sabia. E, como ela me despediu há uns dois meses, e deixou claro que não queria tornar a me ver, a resposta é não, não tenho visto Cheska.

– Entendo. Por que ela o despediu, se não se importa com a minha pergunta?

– Você ainda não soube? Pensei que a notícia já estivesse se espalhado por toda a cidade.

– Talvez eu conheça as pessoas erradas, mas a notícia ainda não passou pelo meu circuito, não.

– Bem, com certeza ainda não é de domínio público, portanto, guarde segredo. Vão anunciar o fim da personagem Gigi, mais ou menos um mês antes de o seriado voltar a ser exibido, em outubro. Eles esperam recordes de audiência quando o programa for ao ar. Assim, a razão de Cheska ter me despedido é que ela me culpou por ter sido cortada pelo estúdio.

– Entendo. E quem está cuidando dela agora?

– Não faço ideia. Alguém disse que ela ia à Europa, para tirar férias antes de decidir a próxima coisa a fazer.

– Certo. Você se importa em me dizer por que não renovaram o contrato dela? Esse assunto ficará entre nós, prometo. Afinal, sou tio dela e estou apenas... preocupado.

– Bem... – Bill fez uma pausa. – Está certo, já que você é parente dela. Cheska estava ficando muito complicada. Fazendo grandes exigências financeiras, chegando atrasada ao estúdio e se deixando fotografar com uns caras do tipo errado. Acho que ela mesma causou isso, David.

– Entendo. Bem, foi um prazer falar com você, Bill, e obrigado por ser tão franco.

– Não tem problema. Dê lembranças minhas à Inglaterra e, se vir Cheska, diga que mandei um abraço. Ela é uma figura muito doida, mas tenho uma quedinha por ela. Foi uma das minhas primeiras clientes.

– Pode deixar, Bill. Obrigado. Até logo.

Desligou, voltou à sala e viu que Cheska ainda dormia. Deu um suspiro. Agora entendia tudo. Bancar a babá da sobrinha, mais uma vez, era a última coisa que ele tinha previsto ao embarcar no voo para Los Angeles, mas dificilmente poderia ir embora e deixá-la sozinha nesse momento.

Foi até o carro buscar sua mala. Enquanto a desfazia, no quarto de hóspedes de Cheska, indagou-se por que o destino o havia empurrado de volta para o passado, quando, pela primeira vez em anos, ele havia ansiado tanto pelo futuro.

41

Três horas depois, Cheska acordou. Apesar de seus protestos, David insistiu em ligar para o médico que a acompanhava e pedir que a examinasse. O médico chegou pontualmente na hora marcada e, após uma conversa rápida, David o conduziu à sala de visitas, esperando encontrar Cheska no sofá. Ela não estava. David subiu a escada e bateu à porta de seu quarto. Girou a maçaneta e descobriu que estava trancada.

– Cheska, me deixe entrar. O médico quer dar uma olhada em você.

– *Não!* – A voz dela estava agitada. – Estou bem. Diga para ele ir embora!

Não houve persuasão que a fizesse abrir a porta. David acabou voltando para o térreo.

– Bem, não há muito que possamos fazer, não é? – disse o médico. – Tente convencê-la a ir ao meu consultório amanhã e, enquanto isso, incentive-a a comer alguma coisa e deixe-a dormir o máximo possível. Meu palpite é que ela está sofrendo de depressão.

– Farei o melhor possível – disse David, despedindo-se do médico.

Uma hora depois, Cheska voltou ao térreo.

– Está tudo bem. Ele já foi – disse David, calmamente, desligando a televisão. – Que diabo foi aquilo tudo?

Cheska se jogou no sofá.

– Detesto médicos. Não confio em nenhum deles. Você e LJ me puseram naquele hospício quando eu estava grávida, e as pessoas gritavam e choravam a noite inteira. Ninguém nunca mais fará aquilo comigo.

– Foram os médicos que sugeriram que você fosse para o hospital, Cheska. E só estávamos fazendo aquilo pelo seu próprio bem. E pelo de Ava, é claro.

Cheska se fixou em um ponto ao longe, como se ouvisse alguma coisa. Virou-se para David, com o olhar vidrado e opaco.

– Perdão, o que disse?

– Nada. Você terá que começar a comer e a cuidar de si mesma, Cheska. Está com uma aparência horrorosa. E sua casa parece um chiqueiro.

– Eu sei. – Ela deu um sorriso súbito e lhe estendeu os braços. – Ah, tio David, estou muito contente por você estar aqui. Não vai me deixar sozinha, vai? Não gosto de ficar sozinha.

– Bem, se você quiser que eu fique, vai ter que começar a se comportar, mocinha.

Ele se levantou e foi abraçá-la. Cheska se aninhou em seus braços, como fazia quando era pequena.

– Eu me comporto, tio David, prometo.

Os dias que se seguiram foram extremamente difíceis, à medida que a história toda começou a vir à tona. Cheska dormia muito pouco e aparecia no quarto dele em horas estranhas, tremendo de pavor, por causa de outro pesadelo. David a abraçava, consolando-a enquanto ela falava.

– Ai, meu Deus, tio David. Eles me despediram, me despediram mesmo! Eu, Cheska Hammond, a grande estrela! Acabou tudo. Agora não tenho futuro, não tenho nada. Estou completamente liquidada.

– Ora vamos, meu amor, não seja boba. Há um monte de atores que saem de uma série e tornam a fazer sucesso em outra. Vai aparecer alguma coisa, sei que vai.

– É, mas tem que aparecer *já*, tio David. Não tenho um centavo. Estou endividada até o pescoço! O banco vai tomar a minha casa!

– Mas o que aconteceu com todo o dinheiro que a sua mãe investiu para você? E com o dinheiro que você ganhou desde então?

– Gastei tudo. E o que não gastei, a merda do meu ex-marido levou. Não sobrou nada. Ah, tio David, a minha vida está uma bagunça.

David abraçou o corpo frágil de Cheska.

– Vou ajudá-la a resolver esses problemas.

– Por que você ia querer me ajudar, depois de eu ter me portado daquele jeito, anos atrás? – perguntou ela, chorando.

– Eu a vi crescer, Cheska. Você é o mais perto que já tive de uma filha. E as famílias se unem nas horas de crise.

Cheska levantou os olhos para David, o rosto banhado em lágrimas.

– E você sempre foi o pai que nunca tive. Obrigada.

Dias depois, David telefonou para Tor, que o esperava em Oxford no fim de semana seguinte, e explicou a situação.

– Não faz mal, querido. Pelo menos, aconteceu agora e você pode lidar com isso antes de viajarmos, e não quando estivermos a meio caminho da subida do Himalaia e sem possibilidade de contato. Você acha mesmo que Cheska já estará suficientemente estável para você poder deixá-la nessa ocasião, não acha?

David pôde ouvir a ansiedade na voz dela.

– Sim. Terá que estar, porque não vou cancelar essa viagem por causa de ninguém. Aviso quando estiver de volta.

– Cuide-se, David.

– Pode deixar. E você também.

Ao desligar, David torceu e rezou para que sua postura não fosse posta à prova. A viagem marcada era para *ele* e, só para variar, pretendia pôr suas necessidades e desejos em primeiro lugar.

Felizmente, a cada dia Cheska parecia um pouco melhor. O médico havia receitado uns comprimidos para dormir. Com a ajuda do remédio, ela começou a dormir a noite inteira e voltou a comer com regularidade. Ainda havia momentos em que ela desaparecia em seu mundo particular e seus belos olhos assumiam aquela estranha expressão vidrada. Cheska nunca mencionava Greta nem Ava. David a acompanhava nessa conduta e também não as trazia à tona. Absteve-se também de contar à sua mãe a verdadeira razão de estar demorando em Los Angeles. Sabia quanto a aborrecia qualquer notícia de Cheska.

Numa tarde bela e amena, David tinha acabado de se despedir de Tor em uma ligação, depois de tranquilizá-la, dizendo que Cheska parecia muito melhor e que ele esperava poder voltar logo para casa, quando se virou para trás e viu Cheska parada às suas costas.

– Com quem estava falando, tio David?

– Com Tor... Victoria, uma amiga minha.

– Estamos falando de uma "amiga" ou de uma "namorada"? - perguntou ela, com um tom malicioso na voz. – Pelo seu jeito de falar com ela, eu diria que é a segunda opção.

– Acho que ela é as duas coisas – respondeu David, com cautela.

– Estou com um vinho aberto no terraço. Quer ir até lá fora, para ver o pôr do sol e me falar dela?

David a acompanhou até o lado de fora. A vista do terraço era incrível. No vale abaixo do exclusivo topo de colina onde ficava a casa de Cheska, as luzes do centro de Los Angeles cintilavam contra o céu azul-escuro, que exibia riscas marcantes de vermelho e nuvens douradas. David se apoiou no parapeito, apreciando o espetáculo.

– Você é uma caixinha de surpresas, tio David. – Cheska sorriu e lhe entregou uma taça de vinho. – Então vamos, me conte.

E assim, David se viu contando a Cheska sobre Tor, e ela parecia ávida até pelos mais ínfimos detalhes, tudo sobre Tor e a viagem que eles planejavam fazer juntos.

– Ela parece um encanto, e você parece apaixonado – comentou Cheska.

– Talvez esteja. Mas, quando se chega à minha idade, as coisas são diferentes. Nós vamos devagar. E a viagem nos dirá muita coisa. Vamos passar seis meses juntos.

– Quando vão viajar?

– Em meados de agosto, logo depois da festa de aniversário da mamãe.

– Sabe, antigamente eu achava que você era apaixonado pela minha mãe – ponderou Cheska. – Tinha até esperança de que um dia vocês se casassem.

– Pedi a mão dela uma vez – confessou David –, mas ela me rejeitou.

– Nesse caso, foi muito burra. Qualquer um podia ver que ela também amava você.

Surpreso com esse comentário, David permaneceu calado. Queria ver se Cheska lhe perguntaria como estava a mãe dela agora, mas não a mencionou depois disso. Assim, passados alguns segundos, David prosseguiu.

– E Ava, é claro, vai fazer 18 anos no mês que vem.

– A minha filhinha, Ava, toda crescida. – Cheska proferiu essas palavras como se lembrasse a si mesma quem era Ava. – Como ela está?

– Muito bem. Inteligente, bonita e...

– Ela é parecida comigo?

— Sim, acho que é. Mas usa o cabelo curto e é muito mais alta que você. Em matéria de personalidade, para ser franco, não poderia ser mais diferente.

— Isso é uma bênção – murmurou ela com seus botões.

— Como disse?

— Ah, não foi nada. Fale-me dela, tio David. Do que ela gosta, quais são suas ambições. Ela quer ser atriz?

David riu.

— Não. Ava quer ser veterinária. Tem um talento maravilhoso para lidar com animais.

— Sei. Ela... ela sabe quem eu sou?

— É claro que sabe. LJ e eu fazemos questão de falar de você. Ava é viciada em *Os magnatas do petróleo*. Vê você toda semana.

Cheska estremeceu e David se censurou duramente pela gafe.

— E LJ? Imagino que ela me odeie, não é?

— Não, Cheska, ela não a odeia.

— Vocês devem ter achado difícil entender por que vim para cá, mas eu não tinha escolha. Se falasse com vocês, não me deixariam ir embora. Eu tinha de romper com tudo, fugir do passado e tentar começar de novo.

— Cheska, nós entendemos. Mas, para ser franco, tem sido muito difícil para LJ nos últimos anos. Ela se tornou a mãe substituta de Ava, e acho que sempre temeu que, um dia, você pudesse querer sua filha de volta. Minha mãe ama Ava como se fosse sua filha, e qualquer sentimento negativo que possa ter nutrido por você foi completamente esquecido, pelo bem de Ava.

Cheska suspirou fundo.

— Ferrei mesmo com a minha vida, não foi, tio David? Minha carreira desmoronou, não consigo manter um relacionamento e abandonei minha própria filha.

— Cheska, você só tem 34 anos. A vida da maioria das pessoas está apenas começando a desabrochar nessa idade. Você fala como se tivesse a mesma idade que eu.

— Eu me sinto com a mesma idade que você. Trabalho há 30 desses 34 anos.

— Eu sei. E gostaria de nunca ter apresentado você a Leon, anos atrás. Você pode me culpar pelo começo de tudo.

– É claro que não o culpo. Era o que a vida tinha reservado para mim. Tio David, posso perguntar uma coisa?

– Claro.

– Você... você acha que eu sou... normal?

– Depende de como você define "normal", Cheska.

– Você acha que eu sou maluca?

– Você tem tido uma vida muito inusitada. Viver sob o tipo de pressão que você experimentou, desde muito pequena, é estar fadado a causar repercussões. Se você está preocupada, podemos conversar com alguém sobre o que você sente.

– De jeito nenhum! Nunca mais! Os psiquiatras não ajudam, só se metem onde não são chamados e pioram as coisas. O negócio, tio David, é que... – Cheska respirou fundo – às vezes escuto umas... umas vozes na minha cabeça. E elas, bem, elas me mandam fazer coisas que eu... eu...

David percebeu que ela estava ficando agitada.

– Quando você escuta as vozes? – perguntou.

– Quando fico com raiva, ou nervosa, ou... – Ela estremeceu. – Não posso mais falar disso. Por favor, não conte a ninguém, sim? – implorou.

– Não vou contar, mas acho que você deveria conversar com alguém, Cheska. Talvez seja uma coisa simples, que precise apenas de repouso absoluto – disse David, com uma confiança que não sentia. – Quando você as ouviu pela última vez?

Cheska pareceu travar uma luta interna.

– Passei anos sem escutá-las, e aí... Eu disse que não posso mais falar disso, *está bem*?

– Está bem, querida, compreendo.

– E quanto... ao pai de Ava? Ela sabe quem ele é? – perguntou Cheska, mudando completamente de assunto.

– Não. LJ e eu achamos que cabia a você contar a ela.

– É melhor mesmo ela não saber quem é. – Os olhos de Cheska escureceram. – Nunca vou lhe contar.

– Talvez ela queira saber, um dia.

– Bem, eu... – Cheska passou alguns segundos olhando para o vazio, seus dedos brincando com as borlas da almofada em que havia sentado. Depois, ela bocejou. – Estou com sono. Você se incomoda se eu for me deitar?

– De modo algum. Mas realmente acho que você deveria considerar a ideia de consultar alguém sobre o seu... problema.

Cheska se levantou.

– Está bem. Vou pensar nisso. Boa noite.

Inclinou-se, beijou-o na testa e saiu do terraço.

Na manhã seguinte, David foi despertado de uma inquieta noite de sono por Cheska, que colocou uma bandeja com o café da manhã em sua cama.

– Pronto. Um verdadeiro desjejum inglês completo, com todos os acompanhamentos. Eu me lembro de como você gostava deles, quando eu era mais nova.

David se sentou, esfregando os olhos, e mirou Cheska, surpreso. Ela vestia uma elegante blusa de seda e calça jeans, estava com a maquiagem e o cabelo perfeitos, e seus olhos reluziam de vida. Parecia uma pessoa completamente diferente.

– Ora, Cheska, você está maravilhosa!

– Obrigada – respondeu ela, levemente ruborizada. – Aliás, estou me sentindo ótima. Conversar com você ontem à noite tirou um fardo da minha cabeça. – Sentou-se na cama e contemplou as próprias mãos. – Tenho sido burra e acomodada. Por isso, hoje me levantei, nadei na piscina e resolvi que está na hora de me recompor.

– Bem... se você não se importa que eu diga, é uma transformação e tanto. Estou muito feliz por você.

– Ei, que tal você e eu irmos almoçar no Ivy? Parece que faz semanas que não saio.

– Excelente ideia! Se houver espaço no meu estômago, depois deste desjejum enorme.

David sorriu.

– Tenho certeza de que haverá. – Cheska se levantou. – Vejo você lá embaixo. Vou ligar para Bill, meu agente, e pedir desculpas por tê-lo despedido. Para ver se ele me aceita de volta.

– Essa é a minha menina.

– Ah, e acho que seria uma boa ideia eu marcar uma consulta com um terapeuta. Todos os meus amigos atores têm um. Não é nada de mais, não é, tio David?

– Claro que não, Cheska. Não é mesmo.

Ela saiu do quarto e David tornou a afundar nos travesseiros, deixando escapar um suspiro de alívio. Talvez, agora que tinha falado abertamente de seus medos, Cheska fosse capaz de lidar com eles. Claro que isso era só o começo, mas havia um vislumbre de esperança.

Talvez a tão ansiada viagem acontecesse, afinal.

42

– Pegou tudo, tio David? – perguntou Cheska, quando ele desceu a escada, carregando a mala.

– Sim, acho que sim.

– Ótimo. O táxi está esperando.

Ele baixou a mala.

– Agora, mocinha, quero que me prometa que vai continuar com o bom trabalho. Tem certeza de que ficará bem? Posso continuar por aqui mais um ou dois dias, se...

– Shhh! – Cheska levou um dedo aos lábios dele. – Vou ficar ótima. Bill já organizou umas coisas para mim, de modo que estarei muito ocupada. Talvez sair de *Os magnatas do petróleo* tenha sido a melhor coisa que eu já fiz. Quem sabe?

– Só me prometa que vai continuar a ir ao terapeuta que você achou. A propósito, deixei um cheque para você na mesinha de centro. Deve cobrir suas despesas por uns dois meses.

– Obrigada. Juro que pagarei, assim que arranjar um emprego. Agora, trate de ir, senão você se atrasa para o seu voo.

Cheska acompanhou David até o táxi do lado de fora. Antes que ele entrasse, ela o abraçou.

– Muito obrigada. Por tudo.

– Não seja boba. Só trate de se cuidar.

– Eu vou. Faça uma viagem maravilhosa com Tor. E me mande uns postais!

– Até logo, Cheska. Telefono da Inglaterra.

David acenou pela janela até perdê-la de vista.

No longo voo para casa, não conseguiu relaxar.

Estaria Cheska bem o bastante para ficar sozinha? Ele deveria ter ficado mais tempo? Não havia dúvida de que a recente transformação dela tinha sido notável e, na aparência, a mulher com quem ele passara os últimos dias parecia equilibrada e calma.

No entanto, a mudança não tinha sido imediata demais? Perfeita demais? Ela havia enganado todos uma vez, ao voltar do hospital para Marchmont com Ava, e depois partir tão de repente para Los Angeles. David esperava apenas que ela continuasse a se consultar com o terapeuta, e rezou para que encontrasse depressa um novo papel ao qual pudesse se entregar de corpo e alma.

Ele também ficou angustiado sobre contar ou não a LJ onde estivera e falar do estado em que tinha encontrado Cheska. Afinal, ia passar meses fora com Tor e seria difícil entrarem em contato com ele, numa emergência. Era essa a ideia das férias para David: deixar o resto do mundo desaparecer.

Acabou concluindo que não podia contar à mãe. Isso só a deixaria preocupada e, com sua operação recente e a festa de aniversário que se aproximava, simplesmente não era justo.

Ao menos David se sentiu grato por Cheska não ter dado a impressão de alimentar o menor interesse em ver Ava. Estava a milhares de quilômetros de Marchmont e, refletiu ele, isso era ótimo.

Agora, tudo o que ele tinha de fazer era contar a Greta. Fechou os olhos e tentou dormir. Tinha feito tudo o que podia. Agora era a *sua* chance de ser feliz.

Cheska viu o táxi de David se afastar com uma mescla de alívio e tristeza. Naquela noite, depois de tentar conversar com ele sobre o que sentia e de lhe fazer confidências sobre as vozes em sua cabeça, ela fora dormir se sentindo calma e relaxada. Mas depois as vozes a tinham despertado, dizendo-lhe que ela havia deixado David chegar perto demais. Se continuasse a falar, iam trancá-la de novo num hospício.

Ela se sentara na cama, suando e tremendo. As vozes estavam certas. Tinha sido um erro confiar nele, então ela precisara garantir que David voltaria para casa. Foi um esforço enorme ignorar as vozes quando elas lhe dirigiram a palavra, mas, de algum modo, Cheska conseguiu parecer normal nos dias anteriores, e agora David estava indo embora.

A vida dela não tinha acabado. As vozes explicaram o que ela devia fazer. Ela iria a Marchmont, para ver a filha.

Como sempre fazia quando David ia visitá-la, Greta passou uma hora no salão local, cuidando do cabelo. Mesmo tendo certeza de que ele não iria notar, isso a fazia se sentir melhor. Depois, preparou um bolo rainha Vitória e pãezinhos, que sabia que David adorava. Apanhou no armário seu melhor aparelho de chá de porcelana e retirou a poeira, dispondo-o na mesa de centro. Após uma consulta ao relógio – ele deveria chegar em menos de uma hora –, foi ao quarto se trocar, e colocou a saia e a blusa que havia separado. Aplicou um pouquinho de rímel, blush e um batom rosa-claro, e foi para a sala de visitas esperar que a campainha tocasse.

Fazia semanas que não o via, porque ele estivera em Hollywood gravando um filme. Sempre se oferecia para levá-la, pobrezinho, o que ela sabia ser pura gentileza. E, depois, a ideia de ter que ir a um aeroporto, entrar num avião, passar doze horas voando em uma cabine atravancada, e ainda aterrissar num destino desconhecido era simplesmente demais para ela. Greta precisava de toda a sua coragem só para se aventurar no supermercado ao lado e no salão de beleza, uma vez por semana. Depois, voltava correndo, e suspirava de alívio ao retornar ao refúgio de seu apartamento.

David era muito meigo quando ela tentava explicar seu medo do mundo externo; dizia que isso devia ter algo a ver com a noite do acidente. Ao que parece, havia uma aglomeração na calçada em frente ao Savoy, esperando com ela que o sinal ficasse verde. E então, alguém lhe dera um empurrão por trás e ela havia caído na rua, na frente de um carro.

Greta achava que isso poderia responder em parte por sua agorafobia, somando-se ao fato de ela ter passado muitos meses internada imersa no ambiente silencioso e calmo de um hospital. Lembrava-se do dia em que tinham dito que ela podia ir para casa, e em como ficara apavorada quando David a fizera sair na ruidosa rua de Londres.

Mas existia também um sentimento que ela não conseguia explicar a ninguém. Todas as outras pessoas do mundo sabiam quem eram, carregavam suas histórias consigo, aonde quer que fossem, ao passo que ela era apenas uma casca vazia, fantasiada de ser humano. Por isso, por mais que não gostasse de aglomerações nem de barulho, a verdade era que estar com outras pessoas, pessoas normais, só a fazia se sentir mais aflita com o que faltava em seu íntimo.

A única exceção a essa regra era David, talvez por ele ter sido a primeira pessoa que ela viu ao sair do coma. Greta tinha absoluta confiança nele. No entanto, apesar de David ser sempre paciente com ela, fazendo todo o possível para instigar sua memória, vez ou outra ela intuía a frustração do homem. Ele mostrava uma das inúmeras fotografias que usava para tentar fazê-la se lembrar do passado e, uma vez que a memória de Greta continuava vazia como sempre, ela via que isso o perturbava.

Às vezes, quando fitava a rua movimentada lá embaixo, da segurança de sua janela no terceiro andar, Greta tinha a impressão de viver num mundo crepuscular. Os médicos haviam sugerido que isso era obra dela mesma. Achavam que ela *podia* recordar, pois jamais aparecera lesão alguma em nenhuma das tomografias e ressonâncias cerebrais feitas por eles. Isso significava que, de algum modo, sua perda da memória era autoimposta, decorrente do trauma.

"Sua mente consciente simplesmente decidiu que não *quer* recordar nada", certa vez um médico explicara, "mas sua mente subconsciente sabe de tudo." Ele havia sugerido a hipnose, a qual Greta tinha experimentado por uns bons três meses, sem resultados. Viera então um período de comprimidos que outro médico dissera que poderiam relaxá-la e eliminar o medo das lembranças. Eles a faziam dormir até a metade da manhã e a deixavam letárgica pelo resto do dia. Depois houvera as sessões de terapia, nas quais ela se sentava numa sala com uma mulher que lhe fazia perguntas idiotas sobre o que ela estava sentindo, ou o que comera no jantar da noite anterior. Perguntas desse tipo eram irritantes; ela podia não conseguir se lembrar de nada anterior ao acidente, mas sua memória era aguçada sobre tudo o que tinha acontecido após sua saída do coma.

No fim, por anuência recíproca, todos haviam desistido, fechado os arquivos e guardado a imperscrutável doença de Greta num armário de aço. Menos David. Ele nunca parecia abrir mão da esperança de que um dia ela se lembrasse. Apesar de ela mesma ter perdido a esperança, fazia muito tempo.

Uma das coisas mais dolorosas era que, por não conseguirem encontrar qualquer razão para o problema de Greta, restava a ela um sentimento interminável de culpa. Às vezes, Greta via nos olhos das pessoas – especialmente de LJ, nas poucas ocasiões em que ela vinha a Londres com Ava e as duas a visitavam para um chá – uma expressão que dizia que ela estava fingindo. Às vezes, nas intermináveis noites solitárias, seus olhos se enchiam de lágrimas de raiva e frustração por alguém achar que ela *queria* viver assim. Nos momentos mais sombrios, ela desejava ter morrido no acidente, em vez de ter que suportar a existência incomensuravelmente triste que havia aguentado desde então.

Não fosse por David, ela bem poderia ter feito alguma coisa para pôr fim à vida que levava. Ninguém sentiria sua falta: ela não era necessária nem útil para ninguém; era um fardo, razão por que se certificava de nunca fazer muitos pedidos a David. Mas quando ele se levantava para partir, ela sentia vontade de se atirar em seus braços, dizer que o amava e pedir que ficasse para sempre.

Era muito frequente essas palavras virem à ponta da língua, mas ela sempre se continha. A que tipo de vida o sujeitaria? Uma mulher que se sobressaltava ao som do toque do telefone, que preferia morrer a ter que sair e se mostrar sociável com os muitos amigos dele, essa mulher nunca poderia, nem em um milhão de anos, viajar até mais longe que a avenida principal de seu bairro, muito menos aos Estados Unidos ou ao apartamento recém-comprado por David na Itália.

Tudo o que tenho para oferecer são pãezinhos, suspirou, quando a campainha tocou.

– Olá, Greta, você está muito bonita hoje – disse ele, beijando-a nas faces e lhe entregando um buquê de tulipas. – Estavam tão deslumbrantes que tive de comprá-las.

– Obrigada – disse Greta, comovida com o gesto.

– Antigamente, você adorava tulipas – disse ele, enquanto se acomodava na sala e inspecionava os pãezinhos. – Meus favoritos. Era para eu estar de dieta, mas como posso resistir?

– Vou pôr a chaleira no fogo – disse Greta, correndo para a cozinha.

Fazia cinco minutos que havia apagado o fogo, sabendo que na segunda vez a água levaria menos tempo para ferver, pois não queria desperdiçar um único segundo da companhia de David. Carregando o bule de chá, colocou-o na mesa e se sentou de frente para seu convidado.

– E, então, como estava Hollywood? Você ficou fora um pouco mais do que tinha dito.

– É, a filmagem atrasou. Fico contente por estar de volta. Aquela cidade, como você sabe, não é um lugar em que eu goste de passar muito tempo.

– Bem, pelo menos você se bronzeou – disse ela, animada, servindo o chá.

– Um pouco de sol também lhe faria bem, Greta. Sei que vivo dizendo isto, mas seria bom você dar umas voltas e respirar um pouco de ar puro. O Green Park está lindo no momento, com todas as flores de verão desabrochando.

– Parece uma boa ideia. Talvez eu vá.

Ambos sabiam que ela estava mentindo.

– Enfim, você estará ocupado nas próximas semanas?

– Muito – respondeu David. – Vou a Marchmont neste fim de semana, para o aniversário de 18 anos de Ava. Depois, é claro, virá a festa dos 85 anos da mamãe, em agosto. Presumo que você tenha recebido convites para as duas, não foi?

– Sim, já escrevi para elas e mandei dinheiro num cartãozinho para Ava. Sinto muito, David. Eu... simplesmente não posso.

– Eu sei, mas é uma grande pena. Todos nós adoraríamos recebê-la.

Greta engoliu em seco, ciente de que o decepcionava mais uma vez.

– Quem sabe numa outra ocasião? – perguntou ele, compreendendo muito bem o desconforto dela. – De qualquer modo, Greta, tenho algumas notícias.

– É mesmo? O quê?

– Bem, resolvi tirar um ano sabático.

– Você vai parar de trabalhar?

– Sim, por algum tempo, pelo menos.

– Puxa, essa é *mesmo* uma novidade! E o que você vai fazer?

– Resolvi viajar e ver um pouco do mundo. Tenho uma amiga, a Victoria, ou Tor, como todos a chamam, e vamos partir numa aventura: Índia, Himalaia, Tibete, e depois a rota de Marco Polo pela China, razão pela qual eu não deveria estar pegando outro dos seus pãezinhos deliciosos. – David deu um risinho enquanto o pegava. – Eu deveria entrar em forma para a viagem.

– Bem... parece interessante – disse Greta, determinada a não o deixar saber que um punhal havia acabado de perfurar seu coração.

– Vou passar uns seis meses fora, talvez mais. E você entende, Greta, que isso significa que não nos veremos por algum tempo, mas realmente acho que é agora ou nunca. Estou ficando velho.

– É claro! – fez ela, fingindo entusiasmo. – Você merece umas férias.

– Bem, com certeza me fará bem tirar uma folga da rotina. Você vai ficar bem sem mim?

– É claro que sim. Aliás, estou perfazendo meu caminho por todos os livros de Charles Dickens, o que tem me mantido ocupada. Depois dele, vou passar para Jane Austen. Uma das poucas coisas boas sobre a minha perda da memória é que posso reler todos os grandes clássicos, como se fosse a primeira vez! – Greta abriu um sorriso luminoso. – Não se preocupe comigo, por favor. Vou ficar muito bem.

David sentiu uma enorme pena de Greta. Ele sabia que ela estava fingindo para não deixá-lo culpado. Ele era sua tábua da salvação. Ambos sabiam disso. Mais uma vez, ele vacilou em sua determinação de fazer a viagem com Tor, e Greta percebeu isso de imediato.

– Francamente, David, não é tanto tempo assim. E vai ser interessante saber de tudo, quando você voltar. Só não pegue nenhuma doença estranha nem caia de uma montanha, está bem?

– Vou tentar, juro.

Depois disso, os dois conversaram sobre LJ e sobre os planos de Ava de ir para a faculdade de veterinária, ambos se sentindo constrangidos e nervosos. Por fim, Greta encontrou coragem para fazer a pergunta que queimava a ponta da língua desde o momento em que David tinha mencionado sua "amiga".

– Você e essa moça, Tor, vocês estão namorando?

– Bem, acho que se poderia dizer que sim – respondeu ele, percebendo que a sinceridade era mesmo a melhor escolha. – Temos saído muito ultimamente. Ela é muito agradável. Acho que você ia gostar dela.

– Tenho certeza que sim.

– Enfim – David consultou o relógio –, acho que tenho de ir andando. Marquei uma reunião na BBC para daqui a meia hora.

– É claro.

David se levantou e Greta o acompanhou. Dirigiram-se em silêncio à porta da frente.

– Vou tentar dar uma passada aqui antes de viajar – disse ele, beijando-a no rosto. – Cuide-se, está bem?

– Claro. Até logo, David.

A porta se fechou quando ele saiu e Greta voltou devagar para a sala. Mecanicamente, pôs as xícaras e os pratos numa bandeja e os levou até a cozinha, para lavá-los. Olhou para o bolo, intacto, e o jogou na lata de lixo. Após lavar e guardar a louça, ela retornou à sala e se sentou no sofá. Seu olhar se perdeu enquanto se perguntava como conseguiria continuar a viver enquanto David estivesse fora.

Apesar de LJ ter feito o máximo para convencer Ava a fazer uma festa em seu aniversário de 18 anos, a menina tinha se recusado com obstinação.

– De verdade, eu preferiria um jantar em família em casa.

LJ arqueou as sobrancelhas.

– Minha menina querida, com certeza deveria ser o contrário, não é? Você dando uma festança e eu oferecendo o jantar. Poderíamos usar a tenda nos dois eventos e aproveitá-la em dobro.

– Não, LJ, pelo que todos me disseram, a universidade já vai ser uma grande festa. Prefiro o jantar, sinceramente.

E assim, numa bela noite de julho, David, Tor, Mary e LJ se sentaram na varanda para jantar e brindaram à saúde e à felicidade de Ava. Tinham feito uma vaquinha para lhe dar de presente um pingente de safira que combinava com seus olhos. Naquela noite, Ava foi dormir com a sensação de ser realmente muito amada.

43

Ava sorriu ao abrir as cortinas, um mês depois, e deixar o sol de agosto entrar. Seria um dia quente. Ela ouviu o vago som de passos no andar de baixo, fez uma careta para o vestido que estava pendurado no guarda-roupa, e foi andando descalça pelo corredor para tomar uma chuveirada.

Vinte minutos depois, estava no térreo, fazendo chá para LJ. Mary estava fatiando um salmão enorme, com o cabelo preso em rolinhos e a língua afiada.

– Sei que a sua tia disse que isso seria fácil, mas algum dia ela tentou preparar comida para mais de cinquenta pessoas? Ainda vou feder a peixe quando os convidados chegarem.

– Relaxe. – Ava a acalmou. – Você está quase acabando.

– Só quero que tudo fique perfeito, entende? Só espero que minhas duas sobrinhas não derramem as ervilhas em cima dos convidados, quando forem servir.

– É claro que elas não vão fazer isso, Mary. Beba uma xícara de chá e sente aqui por um segundo. – Ava puxou uma cadeira e pôs uma caneca na mesa. – Vou levar esta aqui para LJ, lá em cima.

Naquela manhã, mais tarde, Ava parou diante do espelho com seu vestido. Estudou seu reflexo e achou que não estava com uma aparência tão ruim. O vestido era de chiffon azul e caía em pregas suaves até pouco abaixo dos joelhos. Tor, a namorada de David, tinha dito que a cor combinaria com os olhos dela, embora naquele momento eles estivessem vermelhos e coçando, já que ela havia acabado de pôr as lentes de contato. Pegou os sapatos e saiu pelo corredor, para bater à porta do quarto de Tor.

– Oi, sou eu – disse, ao entrar. – Nossa, estou me sentindo ridícula!

Sentou-se na cama de Tor e ficou olhando enquanto ela se maquiava diante do espelho.

– Chega dessa bobagem, Ava! – Tor a repreendeu. – Simplesmente não entendo por que você se deprecia o tempo todo. Você é encantadora, tem lindos cabelos louros e os olhos azuis mais primorosos que existem. É uma pena que não use suas lentes de contato com mais frequência.

– Mas elas são muito incômodas. Você gosta de usar esse treco todo no rosto? – perguntou Ava, vendo Tor passar o batom. – Acho que LJ nunca usou maquiagem em toda a vida.

– Bem, não vejo nada de errado em dar uma ajudinha à natureza, Ava, desde que a pessoa não se esconda atrás da maquiagem, como fazem algumas mulheres. Venha cá.

Tor se levantou da banqueta diante do espelho e, delicadamente, empurrou Ava para ela se sentar. Dez minutos depois, Ava olhou para seu reflexo. Tor pusera um pouquinho de rímel em seus cílios, um blush nas faces e um toque de rosa-claro nos lábios.

– Nossa! Essa sou eu? – chegou o rosto mais perto do espelho e o examinou, incrédula.

– Sim, querida, é você. Por isso, de agora em diante, vamos acabar com essa bobagem de ser uma mocinha sem graça.

– O problema é todos aqueles pobres bichinhos sendo usados para testar cosméticos, só por causa da vaidade das mulheres – comentou Ava, ainda com os olhos fixos em seu reflexo. – Estou parecida... estou parecida...

– Sim, Ava, você está parecida com a sua mãe, considerada por muitos uma das mulheres mais lindas do mundo. Vamos ver se LJ está precisando de ajuda?

Ava sorriu.

– Sim, vamos.

Contrariando suas expectativas, Ava gostou da festa. Fazia um dia glorioso e os convidados beberam champanhe no terraço, antes de entrarem na tenda montada no jardim para almoçar. Ava se sentou à direita de LJ, com David do seu outro lado, e se deleitou com a alegria da tia-avó ao ver reunidos todos os seus velhos amigos, vindos de toda parte.

– Talvez seja minha última chance de ver muitos deles fora do caixão – murmurou LJ, a certa altura. – Deus do céu! A maioria já parece meio morta. Será que estou mesmo tão velha assim?

Depois do almoço, quando todos voltaram a se reunir no terraço, um senhor idoso de olhar vivo, muito bronzeado e segurando uma bengala, aproximou-se de LJ.

– Laura-Jane! Santo Deus, será que faz mesmo mais de sessenta anos desde a última vez que nos vimos? Acho que foi no batizado do pequeno David.

– Lawrence! – LJ enrubesceu de prazer quando ele a beijou no rosto. – Você esteve na África desde então, logo, não chega a surpreender.

– Pois agora estou em casa. Não queria meus ossos descansando no exterior.

– Não, com certeza. Agora, deixe-me apresentá-lo a minha sobrinha-neta, Ava.

– É um prazer – disse Lawrence, pegando a mão de Ava e a beijando. – E este é o meu neto, Simon.

Ava olhou para o rapaz alto que saiu de trás do avô e deu um passo à frente, para ser apresentado. Já o notara antes, principalmente por ser um dos poucos convidados do almoço abaixo dos 70 anos. Tinha ombros largos, uma farta cabeleira loura e olhos castanhos, emoldurados por cílios escuros.

Ela o olhou de relance, com timidez.

– Olá – disse.

Foi a vez dele de enrubescer.

– Ava, meu bem, você se importa se Lawrence pegar o seu lugar, para podermos nos sentar à vontade e pôr a conversa em dia? – pediu LJ.

– É claro que não – respondeu Ava, levantando-se para deixar Lawrence se acomodar na cadeira, o que a deixou sem jeito e calada junto a Simon.

– Quer uma bebida gelada? – perguntou ele. – Estou quase derretendo com este terno. O vovô me obrigou a usá-lo.

– Minha tia-avó insistiu para que eu usasse isso – respondeu Ava, apontando para o vestido.

– Bem, ela fez uma boa escolha da cor. Combina com os seus olhos. Agora, onde podemos buscar água?

Ao vasculhar o terraço à procura de Megan e Martha, as sobrinhas de Mary – que deveriam estar à mão com jarros de sucos e de água de flor de sabugueiro –, e sem encontrá-las, Ava conduziu Simon pela casa até a cozinha. Enquanto ela enchia dois copos com gelo e a água pura que jorrava da torneira, Simon se sentou à mesa, aliviado.

– Aqui é bonito. Obrigado – acrescentou, quando Ava pôs a água à sua frente.

– Sim, no inverno é tão frio que Mary, nossa empregada, diz que a residência vira um congelador.

– Você se importa se eu tirar a gravata e o paletó? Estou me sentindo um peru no forno.

– Fique à vontade, por favor.

Ava bebericou sua água, sem saber ao certo se devia ou não se sentar. Embora trabalhasse muitas vezes ao lado dos homens da fazenda, todos eram muito mais velhos, e ela frequentava uma escola exclusivamente feminina, de modo que não se lembrava de algum dia já ter ficado sozinha com um jovem.

– Alguém precisa de você em outro lugar? – perguntou ele.

– Não. Pelo menos não por enquanto.

– Bom, nesse caso, será que podemos ficar conversando um pouco aqui, antes de voltarmos lá para fora e eu ter que colocar a gravata de volta?

– É claro – respondeu Ava, contente por Simon ter tomado a iniciativa.

– Onde você mora?

– Aqui em Marchmont, com a minha tia LJ.

– Quer dizer que você é uma garota do interior?

– Sou.

– É muita sorte sua. Nasci e cresci em Londres, mas passei os últimos 23 anos querendo morar no interior. Acho que a gente sempre quer o que não pode ter.

– Bem, estou muito feliz aqui. Acho que não suportaria viver na cidade.

– É meio insuportável, concordo. Acordar aqui deve ser como ganhar um presente todas as manhãs. É muito bonito.

– Mas chove muito.

– Em Londres também. O que você faz aqui? – Simon quis saber.

– Acabei de terminar meu último ano do ensino médio. Tenho esperança de entrar no Real Colégio de Veterinária, em Londres, e, se conseguir, também vou morar na cidade – respondeu Ava, com um sorriso irônico.

– E você?

– Estou no último ano do Real Colégio de Música. Depois, vou ser lançado na grande massa dos aspirantes a músicos.

– O que você toca?

– Piano e violão, mas, na verdade, quero ser compositor. Mais para Paul Weller do que para Wagner. Mas, como diz a minha família, uma boa e sólida base na música clássica é importante. E, apesar de eu ter passado pela maioria das minhas aulas bocejando, é provável que eles tenham razão.

– Bem, eu o admiro. Não tenho um pingo de talento musical.

– Estou certo de que tem, Ava. Até hoje não conheci uma única pessoa que não tivesse, nem que seja só para cantarolar acompanhando o rádio. Você sempre morou aqui?

– Sim.

– Seus pais também?

– Eu... É uma história meio complicada, mas eu considero LJ a minha mãe.

– Certo. Desculpe ter perguntado.

Simon deu um sorriso arrependido.

– Tudo bem.

– Se você está só terminando o ensino médio, deve ter 18 anos. Pensei que fosse mais velha. Você parece muito madura.

Ava sentiu o olhar do rapaz sobre ela, avaliando-a, e se remexeu na cadeira.

– Nossa, isso deve ter soado condescendente, vindo de alguém com 23 anos! – comentou ele, rindo. – Minha intenção era fazer um elogio.

Ava abriu um sorriso.

– Obrigada. Mas agora é melhor eu voltar para LJ. O dia deve tê-la deixado exausta.

– É claro. Foi muito bom conhecê-la e conversar com você, Ava. E, se for mesmo para Londres, terei prazer em lhe mostrar a cidade.

– Obrigada, Simon.

Ava saiu da cozinha se sentindo meio aérea. Não soube dizer se teria sido o champanhe, que bebeu mais cedo, ou a conversa com Simon, que era, sem a menor dúvida, o rapaz mais bonito que ela já havia conhecido.

Os convidados tinham começado a se retirar e Ava notou que LJ parecia pálida de cansaço.

– Quer subir e descansar um pouco, LJ? – perguntou.

– De maneira alguma. Ficarei até o último minuto – respondeu ela, com ar estoico.

Ava a deixou nas mãos competentes de David e Tor e foi para a cozinha ajudar Mary a dar início à hercúlea tarefa de lavar a louça.

– Teve um bom dia, *fach*?

– Maravilhoso – respondeu Ava, arregaçando as mangas. – E o salmão e a sobremesa estavam uma delícia.

– Fez bem ao meu coração ver sua tia cercada por tantos amigos. E quem era aquele rapaz com quem você estava conversando? Ele ficou de olho em você durante os discursos – disse Mary, dando-lhe uma cutucada e uma piscadela.

– Ele se chama Simon e é neto do Lawrence não sei de quê, um dos amigos de LJ. É estudante de música, mas é muito mais velho que eu.

– Mais velho, quanto?

– Cinco anos.

– Ora, isso é perfeito! Justamente você, de todas as moças, não podia se dar bem com um jovenzinho, tendo sido criada como foi.

– Francamente, Mary, ele só estava sendo gentil. Não foi nada do que você está pensando.

– E o que estou pensando?

Mary tornou a cutucá-la.

– Você sabe. *Aquilo*. Enfim, pare de implicar comigo. Nunca mais vou vê-lo.

– Onde ele mora?

– Em Londres.

– Aonde você deve ir para a faculdade.

– Se eu for aprovada.

– Nós todos sabemos que será. Escreva o que estou dizendo – disse Mary, meneando a cabeça, com as mãos mergulhadas na água com sabão –, você vai vê-lo de novo.

Mais tarde, enquanto o sol se punha sobre o vale abaixo de Marchmont, Ava se juntou a LJ, David e Tor no terraço. Os últimos convidados tinham saído e eles conversavam sobre o dia.

– Nem sei como agradecer a vocês todos por terem organizado a festa –

disse LJ, estendendo uma das mãos para o filho. – Agora sinto que posso morrer em paz.

– Pelo amor de Deus, mamãe – respondeu David. – Você ainda é cheia de vida.

– Vamos torcer para que eu esteja aqui para ver vocês dois voltarem da sua viagem – disse ela, incomumente sentimental.

– É claro que estará – disse Tor. – Só vamos passar seis meses fora. Tenho certeza de que não vai acontecer nada estranho nesse período.

– E eu estarei aqui nas primeiras semanas – comentou Ava, vendo a expressão apreensiva no rosto de David.

– De qualquer modo, você terá o nosso itinerário, mãe. Sempre poderá deixar um recado nos hotéis em que ficaremos hospedados, de tempos em tempos – comentou David.

– David, tenho certeza de que isso não será necessário. Só estou sendo uma velha boba. Deve ser todo aquele champanhe. Certo, chegou minha hora de dormir. O dia foi mesmo maravilhoso.

– Eu a levo para o seu quarto – disse Tor, em tom firme, e os três se levantaram. – David, meu bem, fique aqui com Ava e relaxe.

Depois que LJ e Tor se retiraram, David se virou para a sobrinha.

– A mamãe está preocupada com a nossa viagem, não é?

– Um pouco. Mas acho que, quando a pessoa tem 85 anos, talvez ela se preocupe mesmo em saber se viverá para ver outro verão – disse Ava, encolhendo os ombros.

– Santo Deus, Ava, você é muito madura.

– Bem, fui criada por uma senhora muito sábia.

– Vi a sua avó em Londres, por falar nisto. Contei a ela que não estarei por aqui nos próximos seis meses.

– Não se preocupe, tio David, fico de olho nela.

– E vi sua mãe quando estive em Los Angeles.

– É mesmo? – respondeu Ava, obviamente sem interesse especial. – Como ela estava?

– Bem, mas atravessando um período difícil.

– Outro divórcio?

– Ava, francamente! Ela *é* sua mãe.

– Só a conheço das colunas de fofocas, do mesmo jeito que todas as outras pessoas. Desculpe, tio David.

– Compreendo. Foi muito melhor para você ser criada aqui com LJ. Não que isso torne as coisas certas, é claro – apressou-se a acrescentar.

– De qualquer modo, tio David, quero que saiba que a tia LJ e a vovó vão ficar bem. Viaje sem se preocupar com nada. Agora vou subir para dar um beijo em LJ, e depois vou dormir também.

– Ah, antes que eu me esqueça. – David revirou o bolso do paletó e lhe entregou um pedaço de papel dobrado. – Aquele rapaz, o neto do velho amigo da mamãe, pediu para lhe dar isto.

– Obrigada – disse Ava, pegando o papel dobrado da mão dele.

David percebeu o rubor subindo às faces da jovem e gostou.

– E, então, como é o nome dele?

– Simon.

– Ele realmente me lembrou alguém, mas não sei bem quem, neste momento. Mas enfim, Simon pediu para telefonar para ele, se acabar indo para Londres. Boa noite, minha linda.

Ava deu um beijo caloroso no rosto do tio. Enquanto caminhava para dentro de casa, David desejou poder se desfazer da sensação de angústia que experimentava. Vigiar o forte, enquanto ele estivesse fora, era muito para pedir a uma moça de 18 anos que precisava se concentrar no próprio futuro. Mas, como dissera Tor, ele estivera presente para dar apoio a todas elas durante anos, e eram apenas seis meses, afinal...

Dois dias depois, David e Tor embarcaram no avião para Nova Délhi. Quando a aeronave decolou da pista e David olhou para a paisagem da Inglaterra, que desaparecia lá embaixo, Tor segurou sua mão e a apertou.

– Está pronto para nossa grande aventura?

David descolou os olhos da janela e se virou para beijá-la.

– Estou, sim.

44

Duas semanas depois da festa, LJ estava no terraço saboreando a xícara de chá do seu ritual vespertino. Apesar de nunca ter viajado para fora da Grã-Bretanha, duvidava que, se viajasse, algum dia encontraria uma vista comparável à que tinha diante dos olhos. Por mais longeva que ainda pudesse ser sua vida, LJ sabia que morreria feliz em sua querida Marchmont. Quando o sol de fim de agosto findou, ela fechou os olhos e cochilou, aproveitando o calor e o som relaxante do rio que corria lá embaixo. Logo, logo, eles estariam em setembro, e no outono, sua estação favorita do ano.

– Olá, tia Laura-Jane.

Era uma voz conhecida, mas LJ não abriu os olhos. Achou que devia estar devaneando.

– LJ. – Uma mão sacudiu-a de leve. – Sou eu. Voltei.

LJ piscou. Quando a mulher parada diante dela entrou em foco, a cor se esvaiu de seu rosto.

– Querida LJ, sou eu, Cheska.

– Sei quem você é, minha cara. Ainda não estou senil – respondeu, da maneira mais impassível que pôde.

– Ah, que maravilha estar de volta!

– O que... por que está aqui?

Cheska se ajoelhou diante de LJ com uma expressão de mágoa.

– Porque esta é a minha casa, minha filha mora aqui, e eu queria visitar minha querida tia LJ. – Fez uma pausa. – Você não parece muito satisfeita por me ver.

– Bem, eu... – LJ engoliu em seco. – É claro que é um prazer vê-la. Só estou... Levei um pequeno susto, só isso. Por que você não escreveu para nos informar que viria?

– Porque eu queria fazer uma surpresa. – Cheska se levantou. – Ah! Olhe só para essa vista! Eu tinha me esquecido de como isto aqui é lindo. Alguma chance de uma bebida gelada? Peguei um táxi no Heathrow e vim direto para cá. Estava muito empolgada com a ideia de rever todo mundo.

– Com certeza Mary pode arranjar alguma coisa.

– Mary! Caramba, ela ainda está aqui? Nada mudou, não é? Vou dar um pulo na cozinha, buscar uma bebida e lhe dar um oi. Volto num segundo.

Enquanto Cheska desaparecia no interior da casa, LJ se descobriu com lágrimas nos olhos. Não de alegria, mas de medo. Por que agora, quando David estava fora com Tor...?

Cheska voltou depois de algum tempo, segurando um copo grande de água gelada.

– Eu trouxe uma porção de presentes para vocês. Onde está... Ava está aqui?

– Está por aí, em algum lugar da propriedade.

– Você acha que ela vai ficar surpresa ao me ver?

– É claro que vai.

Cheska começou a andar de um lado para outro.

– Ela não vai me odiar, vai? Por eu tê-la deixado, digo. Foi impossível mandar buscá-la, no começo. E depois, com o passar do tempo, achei que seria injusto desalojá-la, quando era óbvio que ela estava muito feliz aqui. Você compreende, não?

LJ assentiu, devagar. Sentia-se atordoada demais para começar uma briga.

– Mas você me odeia, LJ?

– Não, Cheska – respondeu ela, cansada. – Não a odeio.

– Ótimo, porque, agora que voltei, juro que vou compensar Ava por todos os anos em que estive longe. Puxa, que calor! Se não se importa, vou trocar de roupa e vestir uma coisa mais fresca. Estou me sentindo terrivelmente grudenta. Posso usar o meu antigo quarto?

– Agora ele é o quarto de Ava. Use o antigo quarto das crianças. Ele foi transformado num quarto de hóspedes – respondeu LJ com frieza.

– Está bem. Se Ava chegar enquanto eu estiver lá em cima, não diga a ela que estou aqui, está bem? Quero fazer uma surpresa.

Ava regressou exausta depois do dia passado na fazenda. Estava radiante porque tinha recebido suas notas finais do ensino médio, mais do que suficientes para lhe garantir uma vaga no Real Colégio de Veterinária, em Londres. Na véspera, ela fora aprovada no exame de habilitação para motoristas, o que significava que finalmente poderia dirigir o velho Land Rover de LJ.

LJ tinha ficado tão empolgada quanto ela, embora, no começo, Ava tivesse se preocupado com o custo que representariam seu curso e a moradia em Londres. As duas haviam discutido o assunto num jantar de comemoração, à noite.

— Minha menina querida, você me ajudou na fazenda desde que era pequena, e nunca me pediu uma moedinha. Além disso, existe um fundo deixado por seu avô. É muito dinheiro, e vai cobrir confortavelmente o custo de sua moradia e alimentação em Londres. Sei que isto é o que o seu avô desejaria. Estou muito orgulhosa, querida. Você realizou seu sonho.

Ava abriu a porta da cozinha e viu que Mary estava preparando uma costela de carneiro.

— Oi, Mary. Pensei que hoje LJ e eu só fôssemos comer uma salada no jantar.

Mary ergueu os olhos e balançou a cabeça.

— Houve uma mudança de planos, *fach*. Você tem uma visita. Está lá no terraço. Acho melhor você ir até lá dar um oi.

— Quem é?

Mary encolheu os ombros, sem querer se comprometer.

— Vá ver você mesma.

Ao entrar na sala de estar, Ava pôde ouvir o som da voz de LJ e outra voz vagamente familiar, de sotaque norte-americano. Desceu a escada até o terraço e viu as costas de uma mulher com uma enorme cabeleira loura, sentada numa cadeira ao lado de LJ.

Ava ficou paralisada, incapaz de se mexer. A mulher devia ter ouvido seus passos, porque virou para trás. As duas se encararam por um longo tempo. Depois, Ava escutou a voz de LJ, que soou forçada e pouco natural.

— Ava, querida, venha até aqui para conhecer sua mãe.

LJ observou as duas juntas, seu coração um caldeirão revirado de emoções. Quando Ava tinha aparecido no terraço, LJ vira a apreensão em seus olhos.

Cheska tinha se levantado e atirado os braços em volta da filha, que havia ficado aturdida, incapaz de responder. Depois, as duas haviam sentado e conversado como estranhas, o que de fato eram. Aos poucos, com o decorrer da noite e depois de tomarem o champanhe que Cheska trouxera, Ava perdera um pouco da timidez.

Durante o jantar, LJ viu que Cheska estava muito empenhada em seduzir a filha com seus encantos. Contou histórias de sua vida em Hollywood, das pessoas que havia conhecido, e do elenco de *Os magnatas do petróleo*.

LJ pensava conhecer Ava por dentro e por fora, mas era difícil saber o que ela estava sentindo. Por fora, decerto parecia estar escutando com prazer as histórias da mãe.

Mais adiante, depois do café, Cheska bocejou.

– Desculpem-me, mas estou exausta. Vou me deitar agora. Passei a noite inteira no voo e não dormi nem por um segundo. – Levantou-se e beijou LJ no rosto. – Obrigada pelo jantar. Estava delicioso. – Em seguida, aproximou-se de Ava e a envolveu nos braços. – Boa noite, meu bem. Espero que você não tenha muitas coisas planejadas para os próximos dias. Quero que passemos juntas o máximo de tempo possível. Temos muito tempo perdido para compensar, não é?

– Sim. Boa noite, Cheska. – Ava meneou a cabeça calmamente. – Durma bem.

Quando os passos de Cheska se recolheram ao interior da casa, LJ pôs a mão no braço de Ava.

– Tudo bem com você, querida? Sinto muito não ter podido avisá-la. Eu não fazia ideia de que ela viria aqui. Deve ter sido um choque.

Ava se virou, com o rosto sombreado pela luz tênue.

– A culpa não foi sua. Ela é muito bonita, não?

– Sim, mas não tão bonita quanto a filha.

Ava deu um risinho.

– Que histórias ela contou! Já imaginou levar aquele tipo de vida?

– Não, querida, eu não poderia.

– Você acha que ela vai ficar por muito tempo?

– Não faço ideia.

– Ah.

Ava observou uma mariposa que voava perto do abajur na mesa e, com delicadeza, guiou-a para a escuridão.

– Tem certeza de que você está bem?

– Sim. Quer dizer, ela é muito agradável e tudo o mais, e parece ser divertida, mas me dá a impressão de não ter nada a ver comigo. Sempre me perguntei como seria esse encontro, e o que senti foi... nada, nada mesmo. Estou me sentindo meio culpada.

– Bem, pois não deve. Vocês acabaram de se conhecer. Vai demorar um tempo até criarem uma relação. É isso que você deseja, não é?

– Eu... acho que sim. O único problema é que acho que nunca poderei vê-la como minha mãe, quer dizer, não no sentido apropriado. Minha mãe é você, e isso nunca vai mudar. Nunca. Minha querida LJ, você deve estar exausta. Quer que eu a ajude a subir para se deitar?

Depois de acomodar LJ, Ava foi se sentar em seu lugar de praxe, na beirada da cama. Beijou ternamente a testa da tia-avó.

– Não se preocupe comigo, LJ. Estou ótima. Amo você. Boa noite.

Retirou-se do quarto e fechou a porta de leve ao sair.

LJ ficou encarando a escuridão. Sentia-se confusa, apreensiva e, pela primeira vez, sentiu também o peso de cada um dos seus 85 anos. Havia coisas que queria dizer a Ava sobre a mãe dela; queria avisá-la que Cheska não era tudo o que parecia. Mas não podia fazê-lo. Soaria como inveja. Ava merecia conhecer a mãe, se quisesse. Além disso, ainda na véspera, David tinha telefonado de Nova Délhi para dizer que Tor e ele estavam de partida para o Tibete e ficariam incomunicáveis por algumas semanas. Sem ele, LJ se sentia insegura e vulnerável.

Aos poucos, acabou mergulhando num sono agitado. Em dado momento, acordou assustada, perturbada por um barulho estranho. Acendeu o abajur da mesa de cabeceira e viu que estivera dormindo por menos de uma hora. Sim, estava ouvindo alguém ou alguma coisa gemendo baixinho. Depois, ouviu uma risada estridente. Justo quando estava prestes a pegar a bengala e se levantar da cama, o gemido parou. LJ ficou deitada, escutando atentamente, mas o barulho não se repetiu.

Ela apagou a luz e procurou relaxar. Já ouvira aquela risada uma vez, fazia muito tempo, e ficou quebrando a cabeça para descobrir onde e quando.

E então se lembrou.

Fora na noite em que ela havia encontrado Cheska no quarto das crianças, estraçalhando o pobre e indefeso ursinho de pelúcia.

45

No sábado à noite, uma semana após a chegada de Cheska, Ava estava sentada no terraço com LJ, bebendo limonada e desfrutando o pôr do sol.

– Onde você foi hoje, meu bem? – perguntou LJ.

– Fazer compras em Monmouth. Cheska parece ter muito dinheiro e fica me comprando roupas que ela acha que vão me cair bem. O único problema é que as pessoas a reconhecem o tempo todo e ficam pedindo autógrafos. No começo estava tudo bem, mas agora acho isso uma verdadeira chatice. Ela é muito paciente com os fãs. Não sei como consegue viver assim.

– E você acha que está começando a conhecê-la?

– Ela é uma ótima companhia e nós rimos muito, mas não consigo assimilar a ideia de que seja minha mãe. Ela não age como mãe, na verdade, não como você. É mais como uma irmã, eu acho. Às vezes ela parece absurdamente jovem.

– Ela disse quando vai embora? – LJ se arriscou a perguntar.

– Não, mas acho que será logo. Ela tem todos aqueles compromissos em Hollywood. Para ser sincera, vou ficar contente quando ela for embora. Tenho um milhão de coisas para fazer antes de me mudar para Londres. As crianças do vilarejo virão aqui no próximo fim de semana, e eu vou levá-las numa excursão pela fazenda. Não imagino Cheska usando calça jeans e depois ajudando a preparar o churrasco – disse Ava, rindo.

– Não. Ela não foi feita para a vida do interior.

Uma hora depois, Cheska se juntou a elas com uma garrafa de champanhe que tinha trazido de suas compras, e serviu três taças.

– Para comemorar o fato de estarmos juntas, depois desse tempo todo. Saúde!

– Saúde – repetiu LJ, desanimada.

Cheska sempre parecia encontrar uma razão para abrir outra garrafa, e LJ estava ficando muito entediada de fingir que bebia. A bebida borbulhante não combinava nem um pouco com seu estômago.

– Ah, pensei que você fosse pôr aquele vestido bonito que compramos, Ava – disse Cheska, fazendo beicinho.

– Eu vivo de calças jeans – respondeu Ava. – Vou guardar o vestido para uma ocasião especial. Você comprou tanta coisa para mim que não sei o que escolher.

– Bem, abastecer o seu guarda-roupa não vai fazer mal, não é? E quanto a óculos novos? Esses realmente não a favorecem muito. Você tem olhos encantadores, da cor dos meus, eu acho. É uma pena que os esconda atrás dessa armação pesada.

– Eu tenho lentes de contato, mas os óculos são muito mais confortáveis.

– Acho que os óculos dão um caráter especial ao rosto de Ava, Cheska – disse LJ.

– Sim, é claro que dão. Enfim, tenho uma coisa para contar a vocês. Gostei tanto desta semana que resolvi esquecer a ideia de ir para casa e decidi passar mais algum tempo aqui. Quer dizer, se vocês me aceitarem.

– Mas, com certeza, você tem compromissos de filmagem do seu programa de televisão, não? Além disso, será que não vai se entediar? Marchmont está longe de ser Hollywood – disse LJ, falando devagar.

– Só vamos começar a filmar no fim de setembro, e é claro que não ficarei entediada, LJ – respondeu Cheska, com clara irritação na voz. – A tranquilidade daqui é exatamente do que preciso. É aqui que está a minha família – acrescentou, pegando a mão de Ava e a apertando. – Só fico triste por meu querido David não estar aqui.

Eu também, pensou LJ.

– Cheska, espero que você não se incomode, mas tenho umas coisas planejadas para os próximos dias, então não poderei sair com você com a frequência com que temos saído – disse Ava.

– É claro que não me incomodo. Fico feliz só de desfrutar da paisagem e relaxar. – Espreguiçou-se, depois deu um suspiro. – Ah, estou muito contente por ter voltado para casa!

Cheska havia insistido em levar Ava para almoçar num hotel de luxo, no dia seguinte, apesar de Ava ter prometido ajudar Jack na fazenda. Para manter a paz, Ava concordou em ir, na esperança de que isso a liberasse pelo resto do tempo em que a mãe permanecesse em Marchmont.

– Não acredito que você quer ser veterinária, meu bem. – Cheska estremeceu, espetando um pedacinho seleto de carne com o garfo. – A visão de sangue me faz desmaiar.

– Bem, ver você comendo um pedaço dessa pobre vaca me deixa à beira de um desmaio – respondeu Ava, com um sorriso.

Cheska arqueou uma sobrancelha, exasperada.

– A propósito, ontem você me disse que LJ vai pagar suas despesas enquanto você estiver estudando. Como é que ela vai arranjar o dinheiro? A vida em Londres pode ser muito cara. Acho que é minha obrigação pagar.

– Ao que parece, meu avô, seu pai, deixou uma herança para mim. Ela disse que é muito dinheiro e que cobrirá tudo sem dificuldade, então você realmente não precisa se preocupar, Cheska.

– Ah, mas seu avô não...

Cheska se interrompeu. Estivera prestes a dizer que Owen havia morrido antes que ela própria tivesse 10 anos, portanto, como podia ter deixado dinheiro para uma criança que ainda não tinha nascido?

Ava não se deu conta da súbita expressão de frieza nos olhos da mãe. Estava tagarelando sobre seu sonho de um dia abrir a própria clínica veterinária local.

– Bem, você está com a vida toda planejada, não é, Ava? Infelizmente, o futuro nem sempre é tão previsível quanto gostaríamos de supor. Mas estou certa de que você aprenderá isso à medida que for ficando mais velha.

– Talvez você tenha razão, mas sei o que quero. E, se eu planejar com cuidado, acho que nada pode dar realmente errado, não é?

Só que, a essa altura, sua mãe olhava fixo pela janela, com uma expressão vazia.

– Você está bem? – perguntou Ava.

Cheska olhou para a filha e deu um sorriso.

– Sim. Tenho certeza de que tudo vai correr perfeitamente bem.

A névoa de setembro pairava de maneira letárgica sobre o vale e saudava Ava todas as manhãs. Ela absorvia cada segundo daquela bela paisagem, guardando-a para quando estivesse em Londres e não pudesse vê-la. Como dissera a Cheska que faria, vinha passando a maior parte do tempo na fazenda, ajudando os lavradores a enfardar o feno para o inverno. Só via a mãe no jantar, pois já havia começado a trabalhar há muito tempo quando Cheska acordava, no meio da manhã.

Vez ou outra, ao voltar para casa pelo bosque, Ava percebia uma pequena figura na clareira, parada junto ao túmulo de Jonny. Imaginava que Cheska estava prestando homenagens ao irmão gêmeo. Ela mal conseguia acreditar na rapidez com que as férias tinham voado, e perguntava a si mesma quando a mãe voltaria para Hollywood. A qualquer momento, supunha.

Uma semana antes da data em que Ava deveria partir para Londres, Mary veio correndo pela alameda para recebê-la, em sua volta da fazenda da propriedade.

– O que houve, Mary? – O coração de Ava começou a palpitar.

– É a sua tia-avó, *fach*. Ela levou um tombo hoje à tarde. Cheska viu e disse que ela tropeçou na escada.

– Ai, meu Deus! Ela está bem?

– Sim, acho que está. Só muito abalada. O Dr. Stone está com ela agora.

Ava disparou para dentro de casa e subiu a escada correndo. Abriu a porta do quarto de LJ, muito ofegante. Cheska estava parada aos pés da cama, de braços cruzados, vendo o jovem médico aferir a pressão sanguínea de LJ.

– Ah, LJ! – exclamou Ava, correndo para o lado da cama, ajoelhando-se e observando a tez pálida da tia-avó. – O que você andou fazendo? Já disse mil vezes para não correr por aí!

LJ conseguiu produzir um débil sorriso, diante da piada que Ava e ela compartilhavam desde a época da operação nos quadris.

– Como ela está, doutor?

– Bem, nenhuma fratura, só uns hematomas feios – respondeu ele. – Mas receio que sua pressão tenha subido muito, Sra. Marchmont. Vou aumentar a dose de sua medicação e quero que a senhora me prometa passar o resto da semana de cama. – Virou-se para Ava e Cheska e instruiu: – Nada de agitação, por favor. Precisamos que a Sra. Marchmont permaneça calma e descansada, para ver se conseguimos baixar sua pressão. E, se a senhora não se comportar – balançou o indicador para LJ –, não terei alternativa senão interná-la.

– Sinceramente, doutor, vou me certificar de que ela não mexa um músculo – disse Ava, apertando a mão de LJ com força. – Posso adiar a ida para Londres.

– Não pode, não, Ava. Posso cuidar dela.

Foi a primeira vez que Cheska abriu a boca. Ava olhou de relance para a mãe e achou que ela parecia meio estranha.

– Mas eu pensava que você tinha de voltar para Hollywood, não? – questionou.

– Tenho, mas não posso deixar você lidando com isto sozinha. Vou ligar para meu agente e dizer para ele avisar os estúdios. Eles podem filmar as cenas sem mim por algum tempo, ou me tirar dos primeiros episódios. Afinal de contas, a família vem em primeiro lugar, não é? Você não deve perder o começo do curso, não concorda, LJ?

– É claro que não. – LJ balançou a cabeça, cansada. – Mas lembre-se de que eu também tenho Mary aqui. Por favor, Cheska, não se prenda por minha causa. Você deve voltar para Los Angeles, como planejado.

– Eu nem sonharia com isso, minha querida LJ, portanto, você terá de me aguentar como sua enfermeira.

– Você me leva lá fora, Ava? – perguntou o Dr. Stone.

– É claro. Volto num minuto, LJ.

– E tente se comportar por cinco minutos, Sra. Marchmont.

– Garanto que ela se comportará – disse Cheska, com um sorriso. – Até logo, doutor, e obrigada.

O médico enrubesceu e resmungou um adeus. Ava o acompanhou na descida da escada.

– Tem certeza de que ela vai ficar bem?

– Desde que fique em repouso, espero que sim. O problema da pressão alta é que ela pode causar derrames. Sua tia-avó levou um susto danado e, embora esteja em ótima forma para a idade que tem, a operação do quadril a exauriu.

O médico se virou para Ava na porta da entrada.

– A propósito, aquela era mesmo a Gigi de *Os magnatas do petróleo*?
– Era.
– Parente de vocês?
– Minha mãe.
Ele levantou uma sobrancelha.
– Eu não fazia ideia. Enfim, tenho certeza de que ela cuidará bem de sua tia-avó. É muito conveniente que ela esteja aqui, com seu tio viajando e você indo para Londres. Amanhã voltarei para vê-la. Até mais.
O médico se foi e Ava fechou a porta. Virou-se e viu Cheska parada na escada às suas costas.
– Pensei em buscar uma xícara de chá para LJ – disse Cheska.
– Boa ideia. Vou me sentar um pouco com ela. – Nesse momento, Ava notou as lágrimas nos olhos da mãe. – O que foi? – perguntou, subindo a escada em direção a ela.
– Ah, Ava, senti uma culpa desgraçada. Digo... eu estava bem atrás dela, e então... ela tropeçou e caiu.
Ava se aproximou e a abraçou.
– Não chore, Cheska. É claro que não foi culpa sua.
Cheska olhou para Ava e pegou sua mão.
– Ava, não importa o que LJ diga, amo você. Muito mesmo. Você sabe disso, não é?
– Ora, eu... sim, Cheska – respondeu Ava, confusa.
Cheska estava novamente com os olhos cravados num ponto distante.
– São tantas as coisas que a gente faz, coisas que...
Ava viu a mãe estremecer e, em seguida, recobrar visivelmente o controle.
– Desculpe, só estou nervosa, apenas isso. E gostaria muito que você me chamasse de mãe, não de Cheska.
– Eu... é claro. Vá sentar um pouco na cozinha... mãe. Vou lá em cima para ver LJ.
– Obrigada.
Cheska se levantou e foi andando com ar tristonho pelo corredor, em direção aos fundos da casa. Perplexa com o comportamento estranho da mãe, Ava subiu a escada às pressas e foi se sentar ao lado de LJ, que, apesar de pálida, parecia um pouco mais animada.
– Como está? – perguntou Ava, em tom meigo.
– Melhor, eu acho. Sua mãe está lá embaixo?

– Está.

– Ava, eu...

– O que foi?

– Bem, sei que é um horror falarmos disso, mas eu realmente acho que precisamos.

– Falar de quê?

– Do que acontecerá com você, se eu morrer.

As lágrimas brotaram nos olhos de Ava.

– Ah, por favor, LJ, agora não.

– Escute-me – disse LJ, segurando a mão dela com firmeza. – Se isto acontecer, Marchmont irá para o seu tio David, mas o testamento também diz que você pode continuar a morar aqui. David definitivamente não quer vir para cá. E, quando David morrer, nós dois concordamos que Marchmont ficará para você. Isto também está no testamento dele. Há ainda algum dinheiro, você sabe, que lhe foi legado pelo seu avô. Ele é seu, Ava, e... e de mais ninguém.

– Mas, e a minha mãe? Marchmont e o dinheiro não deviam ficar com ela, se o tio David morrer?

LJ deu um suspiro pesado.

– Ava, há inúmeras coisas que você não sabe sobre seu passado e sobre sua mãe.

– Então me conte. Quer dizer, nem sei quem é o meu pai.

– Um dia, talvez. Porém o mais importante de tudo é... por favor, tome cuidado com Cheska.

– Por quê?

LJ soltou de repente a mão de Ava e caiu de costas sobre os travesseiros, exausta.

– Pergunte ao seu tio.

– Mas, LJ, eu...

– Desculpe, Ava, estou sendo dramática demais. Ignore o que eu disse. Levei um susto, é só isso.

– Bem, não vou embora até você melhorar. De verdade, estou certa de que a faculdade vai entender, se eu tiver que atrasar minha ida por alguns dias.

– Vou melhorar – rebateu LJ, em tom firme. – E só passando por cima do meu cadáver é que vou deixar você estragar seu futuro. Ainda faltam alguns dias até você viajar.

– É, e aí veremos como você está – respondeu Ava, com a mesma firmeza.

– Pronto, uma boa xícara de chá quente. – Cheska entrou no quarto com uma bandeja. – Bem, este é um papel novo para mim, representar a enfermeira – disse, entregando a xícara a LJ.

Nessa noite, Ava rolou de um lado para outro, se lembrando do que LJ tinha dito. Ela só queria que o tio David estivesse ali para explicar o que a tia-avó quisera dizer.

LJ melhorou muito nos dias seguintes. A pressão sanguínea baixou e o médico, que tinha sido extremamente atencioso, visitando LJ todos os dias e ficando por lá para tomar uma xícara de café com Cheska, disse a Ava que estava satisfeito com a recuperação da paciente.

– Acho que você pode ir para Londres com a consciência tranquila. E a sua mãe vem mesmo cuidando de LJ de uma forma excelente, com a ajuda de Mary, é claro.

Ava fechou a mala naquela noite com o coração partido. Viajaria cedo na manhã seguinte e, além de estar nervosa por causa da vida nova, longe de tudo o que conhecia, sentia-se profundamente inquieta a respeito de LJ.

Levou para a tia-avó o seu chocolate quente noturno e bateu à porta do quarto antes de entrar.

– Olá, minha menina querida. Malas feitas. Pronta para viajar?

LJ abriu-lhe um sorriso.

– Sim.

Ava pôs o chocolate quente na mesinha de cabeceira e se sentou na cama, inspecionando a tia-avó e notando, com alívio, que a coloração cinzenta havia deixado a pele dela, e que seus olhos estavam brilhantes.

– Tem certeza de que não quer que eu fique? – insistiu Ava.

– Quantas vezes você quer que eu diga que estou ótima e em plena recuperação?

Ava engoliu em seco, sentindo as lágrimas brotarem dos olhos.

– Vou sentir uma saudade terrível de você.

– E eu de você, minha querida, mas espero que você encontre uns cinco minutinhos para me escrever uma carta, contando o que tem aprontado.

– É claro que vou escrever. E tome... Este é o número do telefone da residência universitária em que vou ficar. Se houver qualquer problema, por favor, telefone. Também dei o número a Mary. Vou colocá-lo na gaveta da sua mesa de cabeceira. E vou telefonar todos os domingos, por volta das seis horas.

– Bem, não se preocupe se não puder ligar. Minha querida Ava. – LJ levou a mão à face da sobrinha-neta e a afagou com carinho. – Você tem sido uma alegria absoluta para mim, desde o primeiro minuto em que a vi. Tenho um orgulho enorme de você.

As duas trocaram um abraço muito demorado, nem uma das duas querendo deixar suas lágrimas serem vistas.

– Bom, você tem que levantar muito cedo, então, já para a cama. Cuide-se, minha menina querida.

– Vou me cuidar. E você também. Amo você.

Até Cheska levantou cedo na manhã seguinte, às oito horas, para se despedir de Ava.

– Agora, não se preocupe com nada. Juro que vou cuidar de LJ. O Dr. Stone disse que nasci para ser enfermeira. – Deu um risinho de menina. – Então, trate de cair fora e se divirta na faculdade. Fico muito triste por nunca ter tido a chance, eu mesma, de frequentar uma universidade. – Cheska a abraçou. – Eu a amo, benzinho. Não se esqueça disso.

– Não vou esquecer – disse Ava, entrando no táxi. – Telefono logo mais. Tchau!

O táxi desceu em velocidade a alameda e se afastou de Marchmont.

46

Ava se alegrou por ser arrebatada pelo redemoinho de novidades – boas e ruins – da primeira semana longe de LJ e de Marchmont. Havia muito para aprender sobre a vida de Londres. Por exemplo, por que sua turma parecia achar divertidíssimo disputar quem bebia mais? Acima de tudo, precisava se acostumar com o zumbido incessante do trânsito do lado de fora de seu minúsculo quarto. Por outro lado, todas as pessoas do curso que ela havia conhecido pareciam agradáveis. Pouco habituada a aglomerações, Ava ainda se mostrava tímida para se enturmar. Mas os eventos organizados para as novas turmas a levaram a se sentir muito mais relaxada no fim da semana.

A melhor notícia foi que, na chegada, havia uma carta de Simon à espera dela. Ele disse estar cumprindo sua promessa do verão e que adoraria encontrá-la para lhe apresentar a cidade.

Em alguns momentos das primeiras noites longas e sufocantes, quando todos os átomos de seu ser ansiavam por voltar aos espaços amplos e frescos de Marchmont, Ava pensava nele. Havia escrito para Simon, a fim de dar seu novo endereço em Londres, mas tinha tentado reprimir qualquer ideia de que o rapaz pudesse realmente ter gostado dela. O fato de ele ter escrito de novo deu-lhe um arrepio de prazer.

Demorou até quinta-feira para ter coragem de usar o telefone público dos estudantes, no final do corredor, e ligar para ele a fim de marcar um encontro. Nesse domingo ele viria buscá-la para mostrar os pontos turísticos.

Na manhã de domingo, tendo se deitado quando já passava das três, depois do baile dos calouros, ela levantou da cama com passos trôpegos.

– Preciso aprender a não beber tudo o que puserem na minha frente – disse a si mesma, com a cabeça explodindo.

Tomou dois analgésicos e olhou para o conteúdo de seu guarda-roupa. Pela primeira vez na vida, pensou com cuidado no que usaria. Escolheu uma calça cor-de-rosa e uma blusa cara de caxemira que Cheska havia comprado, vestiu-as, concluiu que estava parecida demais com a mãe e as descartou, preferindo a calça jeans e a camiseta. Seus olhos doíam demais para usar lentes de contato nessa manhã, de modo que pôs os óculos.

Às onze horas, insegura, chegou ao saguão de entrada de seu prédio, que, para quebrar a monotonia, estava deserto. Todo mundo devia estar dormindo, para curar a ressaca da noite anterior. Simon já a esperava do lado de fora. Com o coração batendo forte, e dizendo a si mesma com firmeza que ele só tinha entrado em contato por causa da ligação entre as famílias dos dois, Ava abriu a porta da entrada e saiu para cumprimentá-lo.

– Oi, Ava. Puxa, como você está diferente! – disse Simon, beijando-a no rosto.

– Estou?

– Diferente para melhor. Essa é você de verdade. E adorei você de óculos – acrescentou. – Você está muito parecida com uma professora linda e jovem que me deu aula quando eu tinha 7 anos. Passei anos numa paixonite enorme por ela, e desde então tenho esta queda por óculos!

– Obrigada... acho – disse Ava, com um sorriso tímido, reparando no traje similar que ele usava, composto de jeans e camisa de malha.

– Bom, no caminho para cá, achei que não faria sentido levar você para as atrações turísticas habituais. Resolvi mostrar a Londres que adoro. Está bem?

– Ótimo.

Os dois foram andando de braços dados pela rua sonolenta da manhã de domingo.

Ao chegar em casa, às sete horas da noite, Ava se sentia exausta. Simon podia ser um rapaz da cidade, mas tudo o que os dois tinham feito envolvera muita caminhada. Haviam passeado pelo Hyde Park e parado no Speakers' Corner, para ouvir os aspirantes a orador exaltarem suas visões políticas radicais, algumas tão bizarras que a dupla tivera que se afastar, já que a histeria tinha levado a melhor. Passearam também à margem do Tâmisa, no trecho que ia de Westminster a Hammersmith, onde pararam num pub para almoçar.

Ava tinha adorado cada segundo, porque eles não haviam analisado monumentos antigos nem se acotovelado com turistas para conseguir a melhor visão de um quadro numa galeria. Apenas conversaram sobre tudo. E, nos amplos espaços que Simon havia escolhido como cenário para aquele dia, Ava tinha parado de sentir claustrofobia – física e mental.

O dia fora quente o bastante para os dois se sentarem na área externa do pub e, enquanto almoçavam, Simon lhe contara mais sobre o trabalho que acabara de arranjar num musical no West End.

– Não é esse, na verdade, o caminho que escolhi para minha carreira; como você sabe, quero ser compositor – admitiu ele, parecendo sem jeito. – Mas eles precisavam de músicos de verdade, que soubessem cantar e tocar uns dois ou três instrumentos, e um conhecido meu sugeriu que eu fizesse um teste. Topei a ideia e consegui o emprego. Ninguém ficou mais surpreso que eu. Por outro lado, paga as contas. E, quando o show tiver estreado, terei o dia inteiro livre para me concentrar em escrever minhas próprias coisas. Agora também tenho até um agente teatral – acrescentou, revirando os olhos.

– O musical é sobre o quê?

– Ah, sobre quatro cantores muito famosos dos anos 1950 e 1960. É cheio de sucessos deles, então é tiro e queda para satisfazer a plateia na faixa dos 30 e 40 anos.

– Quando vai estrear?

– Daqui a umas três semanas. Você pode assistir à estreia, se quiser.

– Eu adoraria.

– Veja bem, não acho que eu seja um grande ator, para ser sincero.

– Mas isso pode torná-lo famoso, Simon.

– Ser famoso é a última coisa que desejo. O que almejo é abrir meu próprio estúdio de gravação, onde eu escreva e produza música para *outras pessoas*. Prefiro ficar nos bastidores.

– Eu também – concordou Ava, com fervor.

No final do dia, Simon a escoltou de volta à república estudantil, em Camden, e a beijou no rosto.

– Boa sorte esta semana, Ava. Procure não pegar no sono em muitas aulas – acrescentou, sorridente.

– Não vou dormir. E muito obrigada por hoje. Gostei mesmo do dia.

Ela se virou para entrar, mas Simon a segurou pelo braço e a puxou de volta.

– Olhe, eu sei como são as primeiras semanas, mas, se sobrar um tempinho, eu adoraria vê-la de novo.

– É mesmo?

– É! Por que você parece tão surpresa?

– Porque achei que você devia estar fazendo isso como uma cortesia ao seu avô; achei que ele o tinha mandado sair comigo por ser amigo da minha tia-avó.

– Nesse caso, você está supondo que eu sou uma pessoa muito menos egoísta do que sou, na realidade. Então, que tal nesta sexta-feira à noite? Pego você às sete?

– Se você tiver certeza...

– Ah, *eu tenho certeza*.

Ava se deitou na cama e ficou sonhando acordada com Simon. Deve ter cochilado, porque já havia escurecido quando acordou. Virou de lado e consultou o relógio à cabeceira da cama. Passava das dez horas.

– Droga! – xingou.

Era tarde demais para ligar para Marchmont.

Foi fazer uma xícara de chá na cozinha comunitária que dava para o corredor, levou-a para o quarto e foi bebendo aos poucos, enquanto preparava o material de que precisaria para sua primeira aula, na manhã seguinte. Depois, tornou a afundar na cama, anotando mentalmente que precisava ligar para LJ no dia seguinte.

Depois de levar o chocolate quente para LJ em seu quarto, Cheska tornou a descer para a biblioteca. Após dias de buscas, tinha finalmente encontrado a chave da gaveta da escrivaninha escondida sob um vaso de plantas. O fato de estar escondida tinha confirmado suas suspeitas de que era nessa gaveta que LJ guardava seus documentos particulares.

Sentou-se à escrivaninha enfiou a chave na fechadura e a girou. Abriu a gaveta e tirou uma pasta verde. Dentro dela havia numerosos documentos. Cheska os folheou até encontrar o que procurava. Pondo a pasta de lado, para examiná-la depois, abriu o envelope grosso de papel velino e desdobrou a folha que ele guardava. Nela estava escrito: "Última vontade e testamento de Laura-Jane Edith Marchmont."

Cheska começou a ler:

> *A propriedade de Marchmont é deixada para meu filho, David Robin Marchmont. E, após a morte dele, é meu desejo que a propriedade passe para minha sobrinha-neta, Ava Marchmont, em consonância com o testamento atual de meu filho.*

Cheska sentiu a raiva fervilhar dentro dela, mas fez todo o possível para controlá-la e continuou a ler. Só num codicilo foi que finalmente encontrou seu nome.

Minutos depois, estava numa fúria incandescente. Socando a escrivaninha com o punho cerrado, tornou a ler o codicilo, só para ter certeza.

> *Como executora do fundo fiduciário de Cheska Marchmont (conhecida como Hammond), o qual lhe foi deixado por seu pai, Owen Jonathan Marchmont, é meu dever revogá-lo. Está declarado no testamento de Owen Marchmont (anexo) que a soma legada num fundo fiduciário a Cheska Marchmont só lhe seria dada sob a condição de que ela "visite Marchmont pelo menos uma vez por ano, até completar 21 anos". Confirmo que Cheska não esteve em Marchmont uma única vez desde os 16 anos, de modo que a condição estipulada não foi cumprida. Não apenas isso, mas ela também deixou sua filha aos meus cuidados e não entrou em contato com nenhuma de nós durante vários anos. Portanto, considero não ter alternativa senão seguir a estipulação de Owen Marchmont e transferir os recursos para a filha de Cheska Marchmont, Ava, que tem residido em Marchmont durante toda a sua vida. Creio que esse dinheiro cabe a ela por direito.*

O documento estava assinado por LJ e com a firma devidamente reconhecida.

– Vaca! – gritou Cheska, que então vasculhou maniacamente a pasta inteira até encontrar o que queria.

Era um extrato parcial de uma empresa corretora de valores, revelando o montante acumulado no que deveria ser o seu fundo: passava de 100 mil libras. Ela examinou vários outros extratos bancários. O mais recente mostrava que havia mais de 200 mil libras na conta da propriedade de Marchmont.

Cheska se descontrolou por completo.

– Sou filha dele! – disse, soluçando. – Tudo deveria ser meu. Por que ele não gostava de mim? Por quê? Por quê?

Lembre-se, Cheska, lembre-se... diziam as vozes.

– Não! – Ela tampou os ouvidos com as mãos, recusando-se a ouvi-las.

Numa úmida manhã de outubro, dias depois da partida de Ava, LJ acordou e viu Cheska sentada na cadeira junto à janela.

– Deus do céu, estou me sentindo grogue. Que horas são? – perguntou.

– Passa das onze.

– Onze horas da manhã? Santo Deus! Nunca dormi tanto na minha vida.

– Vai lhe fazer bem. Como está se sentindo?

– Péssima, na verdade. Velhíssima e doente. Não envelheça, Cheska. Não é uma experiência agradável.

Cheska se levantou, atravessou o quarto e sentou ao lado de LJ na cama.

– Espero que você não se importe de eu perguntar, mas o que aconteceu com o dinheiro que meu pai deixou para mim num fundo fiduciário?

– Bem, eu...

LJ se contraiu, quando uma dor aguda subiu por seu braço esquerdo.

– Quer dizer, eu ainda existo, não é? A questão é que preciso dele com urgência.

LJ mal pôde acreditar que Cheska estivesse fazendo essas perguntas agora, assomando acima dela como um belo anjo vingador, enquanto ela jazia ali, fraca, doente e indefesa. A dor se intensificou e LJ teve uma estranha sensação de formigamento do lado esquerdo da cabeça.

– Havia uma cláusula no testamento do seu pai. Dizia que você tinha de vir visitar Marchmont pelo menos uma vez por ano. Você não fez isso, fez?

O rosto de Cheska endureceu.

– Não, mas você não me impediria de receber a herança que me pertence por direito, por causa de uma porcaria de uma cláusula boba, não é?

– Eu... Cheska, será que podemos discutir isso em outra hora? Realmente não estou me sentindo bem.

– Não? – Os olhos de Cheska reluziam de raiva. – Aquele dinheiro é meu!

– Pois eu vou dá-lo a Ava. Você não acha que ela merece? Afinal, pensei que você tivesse montanhas de dinheiro. Eu...

LJ prendeu a respiração quando a dor subiu rasgando por seu pescoço e entrou na cabeça. Cheska parecia alheia à expressão aflita de LJ.

– E quanto a Marchmont? Sou a herdeira direta, por ser filha de Owen. Com certeza, ela tem que vir para mim, não é? Não para o tio David!

– Cheska, sou a proprietária legal de Marchmont e posso deixá-la para quem eu quiser. E, é claro, o herdeiro legítimo, o verdadeiro parente consanguíneo do seu pai, é meu filho David...

– Não! Eu sou filha de Owen! Tenho até uma certidão de nascimento para provar isso. Você deu o meu dinheiro para Ava e minha casa para o tio David. E eu? Quando é que alguém vai se importar comigo? – berrou.

LJ a observava por um véu de brumas vermelhas. Desenhos de cores vivas dançavam diante de seus olhos. Ela queria responder... explicar, mas, quando abriu a boca para fazê-lo, os lábios se recusaram a formar as palavras.

– Você sempre me odiou, não é? Bem, pois não vai sair ganhando, minha querida tia, porque...

LJ se projetou para a frente, soltou um pequeno gemido e caiu de costas nos travesseiros. Ali ficou, imóvel e com uma palidez mortal.

– LJ? – Cheska sacudiu a tia com brutalidade. – Acorde e me escute! Sei que você só está fingindo! LJ! LJ?

À medida que a tia permanecia imóvel, a expressão do rosto de Cheska foi se transformando, passando da fúria ao pavor.

– LJ! Acorde, pelo amor de Deus! Desculpe, eu não queria deixar você nervosa. Por favor! Por favor! Desculpe! Desculpe!

Cheska atirou os braços em volta dos ombros inertes de LJ, em um choro histérico. E foi assim que Mary as encontrou, depois de ouvir lá de baixo os gritos de Cheska. Ela chamou uma ambulância e foi com as duas para o Hospital de Abergavenny.

47

Ava achou os primeiros dias de aulas assustadores e exaustivos, embarcando numa forma inteiramente nova de aprendizagem. Sentada num anfiteatro com outros oitenta alunos, esforçando-se para captar cada palavra saída da boca dos professores, ela anotava tudo com a máxima rapidez possível. Ao mesmo tempo, estava adorando cada segundo, começando a fazer amizades e se adaptando à vida universitária.

Nos três dias anteriores, havia telefonado para Marchmont à tardinha, sem obter resposta. Isso não lhe causara demasiada preocupação, já que só havia dois telefones na casa, um no escritório e outro na cozinha. Se todos estivessem do lado de fora ou no segundo andar, ninguém os ouviria. No entanto, após ficar sem resposta na quarta noite, Ava começou a se preocupar. Na noite de sexta-feira, ela procurou o número de telefone da casa de Mary em sua agenda e ligou para lá. Foi saudada pelo sotaque carregado de Huw, o marido da governanta, do outro lado da linha.

– Lamento incomodá-lo, Huw, mas estou meio preocupada. Ninguém tem atendido o telefone em Marchmont – explicou. – Está tudo bem?

Houve um silêncio antes de Huw responder.

– Pensei que tivessem lhe avisado, Ava. Sua tia-avó teve um derrame há três ou quatro dias, e sua mãe está no hospital com ela. Mary também tem feito visitas a ela, toda noite, e deve ser por isso que ninguém atendeu na casa.

– Ah, meu Deus! É muito grave? Ela está correndo perigo? Eu...

– Ei, não fique nervosa, *fach*. Não sei todos os detalhes, exceto que sua tia está estabilizada e no melhor lugar. Por que não me dá o número de onde está ligando, e peço a Mary para lhe telefonar assim que chegar em casa? Ela deve voltar daqui a pouco.

– Certo. Enquanto isso, sabe me dizer em que hospital minha tia está? Vou ligar para lá agora mesmo.

– Hospital de Abergavenny.

– Muito obrigada, Huw.

Intrigada por ninguém ter contado que LJ sofreu um derrame, Ava ligou para o hospital. Depois do que pareceu um século, foi transferida para a enfermaria em que LJ estava. Todas as suas moedas terminaram justamente quando a enfermeira encarregada atendeu o telefone. Frustrada, Ava bateu com o fone no gancho, depois consultou o relógio e viu que eram sete horas. Tinha marcado com Simon do lado de fora. Sem querer se afastar do telefone público, para o caso de Mary ligar de volta, pediu a uma das meninas de seu corredor que fosse dizer a Simon onde ela estava. O rapaz apareceu, entrando pela porta dupla no exato momento em que o telefone tocou.

– Alô? Mary? O que aconteceu? Por que ninguém me avisou? Eu...

Ava irrompeu em lágrimas de medo e frustração.

– Calma, *fach*. – Mary a tranquilizou. – Sua mãe pediu que não contássemos, para não perturbar seus estudos. Ela achou melhor esperarmos até termos boas notícias. Enfim, como você soube por Huw, sua tia-avó teve um derrame. Passou alguns dias em tratamento intensivo, mas foi transferida para a enfermaria hoje à noite. Está fora de perigo. Está tudo bem agora, minha menina.

Ava estava chorando.

– Eu sabia que não devia tê-la deixado. Você tem certeza de que ela vai ficar bem?

– Os médicos disseram que sim.

– Vou pegar um trem para casa agora mesmo. Lá na estação pego um táxi e vou direto para o hospital.

– Não adianta fazer isso, não vão deixar que você a veja. O horário de visitas já acabou e ela está na cama para dormir. Venha para Marchmont. Contarei para sua mãe que você está a caminho.

– Está bem – concordou Ava, tentando se controlar. Pelo canto do olho, viu Simon parado. – Avise a ela que não chegarei antes de meia-noite.

– Pode deixar, *fach*. Trate de se cuidar nessa longa viagem.

– Obrigada, Mary.

Ava desligou, enxugou as lágrimas com um gesto brusco e se virou para Simon.

– Sua tia-avó está no hospital?

– Está, e não acredito que minha mãe não me contou. Sinto muito, Simon, mas tenho que ir agora mesmo para Marchmont.

– É claro. Na verdade, posso levá-la até lá. É uma viagem horrível de trem.

– É muita bondade sua, Simon, mas vou ficar bem. Preciso fazer as malas.

– Ava – Simon a segurou pelo braço quando ela lhe deu as costas para se afastar pelo corredor –, eu quero levar você. Vou dar um pulo em casa para buscar o carro e a encontro lá fora, em frente à porta de entrada, daqui a meia hora, está bem?

– Está bem – disse ela, agradecida.

– Mas vou logo avisando... Não é um Rolls Royce – acrescentou ele, enquanto se virava em direção à saída.

Cinco horas depois, Simon estava conduzindo seu calhambeque pela alameda acidentada que levava a Marchmont. O aquecimento tinha pifado no trajeto e Ava estava batendo o queixo, não sabia se de frio ou de tensão.

Mary deixara sopa e pão para os dois na cozinha. Simon devorou os seus com apetite, enquanto Ava remexeu a comida, nauseada. Não havia sinal de Cheska quando Ava levou Simon para um quarto extra no andar de cima.

– Muito obrigada pela carona.

– Sem problemas. – Simon lhe deu um abraço apertado. – Procure dormir um pouco, sim?

– Sim. Boa noite.

Na manhã seguinte, Ava encontrou Mary na cozinha.

– Como vai, *fach*? Venha me dar um abraço – disse ela, enxugando as mãos no avental.

– Ah, Mary, por que ninguém me avisou? Meu Deus, se ela tivesse morrido, eu...

– Eu sei, eu sei. Mas agora ela está fora de perigo, e tenho certeza de que ver você vai dar um ânimo extra a ela.

– Você acha que devemos entrar em contato com o tio David?

– Sua mãe disse que não deveríamos incomodá-lo nas férias. Agora que sua tia-avó está se recuperando, acho que podemos deixá-lo sossegado. Caso contrário, nós duas sabemos que ele vai cancelar a viagem e voltar para casa feito um foguete. Olhe, vou só levar o café para sua mãe... Ela sempre toma o café na cama, então, por que não sobe comigo para dar um oi?

– Só vou fazer uma xícara de chá para mim e para Simon – disse Ava, pondo a chaleira no fogo.

– Simon, é?

– É, ele fez a gentileza de me trazer para cá ontem.

– E esse seria o mesmo Simon que esteve aqui no aniversário de 85 anos de sua tia-avó?

– Sim.

– Ora, pois foi muita bondade dele, não foi? E eu disse que você o veria de novo – acrescentou Mary, com brilho nos olhos.

Como Simon ainda dormia, Ava deixou o chá ao lado da cama dele e seguiu pelo corredor até o quarto da mãe. Respirando fundo, bateu à porta e entrou. Cheska estava sentada na cama, tomando seu café da manhã.

– Ava, meu bem! Venha dar um beijo na sua mãe.

Ava a beijou e Cheska deu um tapinha na cama, indicando que ela deveria se sentar.

– Hoje estou me sentindo exausta. Desde o derrame da pobre LJ, tenho estado dia e noite no hospital. Foi mesmo uma situação crítica.

Cheska deu um bocejo dramático.

– Por que você não me contou que ela teve um derrame?

– Porque não quis preocupá-la, meu bem. E, depois, eu estava aqui para cuidar dela, de modo que realmente não faria sentido você interromper seus estudos.

– Se algum dia voltar a acontecer alguma coisa, mãe, por favor, entre em contato comigo. LJ é tudo para mim, você sabe disso.

– Sim, sei. Você já disse isso! Enfim, agora ela está se recuperando. E eu é que estou me sentindo péssima.

– Bem, não precisa se preocupar em visitá-la hoje. Eu vou.

– Se você não se importa, seria muita bondade sua. – Cheska bocejou de novo. – Acho que vou ficar aqui e recuperar um pouco as horas de sono. Você pode levar a bandeja para Mary e dizer a ela que não quero ser incomodada?

– É claro. Até mais tarde.

Simon insistiu em levar Ava ao Hospital de Abergavenny e aguardá-la do lado de fora. Na enfermaria, Ava se apresentou à enfermeira da recepção e perguntou se poderia ver sua tia-avó.

– Ainda não está no horário das visitas, mas, já que você veio de tão longe, posso abrir uma exceção – disse ela, bondosa.

– Como ela está? Minha mãe me disse que agora ela está fora de perigo.

– Está, sim. O Dr. Simmonds, o chefe do setor, está em algum lugar da enfermaria. Vou chamá-lo.

Ava ficou esperando, ansiosa. O médico chegou e apertou sua mão.

– Sou o Dr. Simmonds, Srta. Marchmont. Por que não vem comigo, para conversarmos em particular?

Ava o acompanhou até um pequeno consultório. O Dr. Simmonds fechou a porta e lhe ofereceu uma cadeira. Ava afundou nela, agradecida, pois suas pernas pareciam feitas de algodão.

– Srta. Marchmont, ou posso chamá-la de Ava? Como sua mãe deve ter explicado, sua tia-avó teve um derrame. Ela está bem, mas vai precisar de muito trabalho de reabilitação. Ficará internada por mais uma semana, ou cerca disso, mas, depois, eu sugeriria uma clínica de repouso. Lá eles poderiam fornecer o tipo de terapia intensiva de que a Sra. Marchmont vai precisar, e num ambiente menos estéril do que aqui. Tenho esperança de que, com os cuidados adequados, ela venha a recuperar a fala. É mais improvável que recupere o uso pleno do braço esquerdo, mas quem sabe? Sua tia-avó é uma senhora formidável, Ava, com uma força de vontade férrea.

– É, sim. – Ava estava horrorizada com o que acabara de ouvir. – O senhor disse que ela não pode falar?

– No momento, não. Eu diria que é um sintoma muito comum em casos de derrame. Bem, já dei uma lista de algumas das melhores clínicas para sua mãe, não muito longe daqui, nas quais acho que vocês deveriam dar uma olhada.

– Está bem. Obrigada por falar comigo. Agora preciso vê-la.

– É claro. Eu a levo.

LJ estava dormindo. Ava ficou em silêncio, observando-a. Parecia muito frágil, muito idosa.

– Fique o tempo que quiser – disse o Dr. Simmonds, ao se afastar.

Ava foi se sentar junto à cama e segurou a mão da tia-avó.

– LJ, minha querida. Acabei de falar com o médico e ele disse que você está indo muito bem. Acha até que você estará pronta para sair do hospital e ir para um lugar um pouco mais confortável enquanto se recupera. Não é maravilhoso?

Ava sentiu uma leve pressão na mão e viu que os olhos de LJ estavam abertos, cheios de alegria por verem a sobrinha-neta amada.

– Sinto muito por não ter vindo antes, mas ninguém me disse que você estava doente. Agora estou aqui, e juro que não vou embora até você sair do hospital.

Ava percebeu que LJ tentava formar palavras que simplesmente não conseguiam sair. Notou que o lado esquerdo do rosto da tia parecia meio caído.

– O médico disse que, com o tempo, você vai conseguir falar. Não se preocupe com isso agora. Em vez disso, que tal se eu contar sobre Londres e a universidade?

Durante vinte minutos, Ava falou com toda a animação possível de sua vida nova, apertando a mão esquerda de LJ e se munindo de força para não ficar nervosa ao ver a tia-avó se esforçar para responder. Acabou ficando sem assunto, e reparou que LJ gesticulava debilmente com a mão direita.

– Você está regendo uma orquestra? – brincou Ava, com ternura.

LJ balançou a cabeça, frustrada, e tornou a gesticular, até Ava finalmente compreender o que ela estava indicando.

– Você quer uma caneta?

LJ fez que sim e indicou com a cabeça a gaveta junto à cama. Depois de escrever o que queria, entregou a Ava o pedaço da folha de bloco. Em garranchos, o texto dizia: "Eu amo você."

– Como foi? – perguntou Simon a Ava no carro.

– Terrível. Por enquanto ela não consegue falar e está com o braço esquerdo paralisado. Mas o chefe do setor me avisou que ela parece muito pior do que realmente está. Eu... Eu tenho que me agarrar a isso.

– Sim.

A mão de Simon buscou a dela e a apertou com força.

Quando chegaram de volta a Marchmont, Mary estava saindo.

– Deixei carne ensopada com bolinhos no fogão para o seu hóspede, e uma salada com queijo na geladeira para você. Volto amanhã para fazer um bom almoço para vocês. Como está sua tia? – indagou, vendo o rosto pálido de Ava.

Ava só conseguiu encolher os ombros.

– Eu sei, *fach*, eu sei. Mas ela vai melhorar. Você tem que acreditar nisso.

– Você viu minha mãe hoje? – perguntou Ava, para mudar de assunto.

– Vi, há mais ou menos uma hora. Estava indo tomar banho. Até amanhã. Cuide bem de Ava, Simon. Ela levou um susto horrível.

– Eu cuidarei.

Depois que Mary saiu, Ava serviu a refeição dos dois à mesa.

– Simon, tenho que ficar aqui por enquanto. Não posso deixar LJ, pelo menos até ela sair do hospital. E sei que você tem que voltar para os ensaios.

– Bem, só preciso ir amanhã, então por que não damos uma caminhada hoje à tarde? Talvez seja bom você respirar um pouco de ar puro. E eu adoraria conhecer a propriedade.

Ava já ia responder, quando Cheska entrou na cozinha.

– Ah, você está aí! Achei que tinha ouvido um carro, mas...

A voz de Cheska se extinguiu quando ela pousou os olhos em Simon.

– Mãe, este é Simon Hardy, meu amigo. Simon, minha mãe, Cheska Hammond.

Ava notou quando o queixo de Simon caiu.

– Você quer dizer *a* Cheska Hammond? A Gigi de *Os magnatas do petróleo*?

Cheska o fitava com um olhar estranhíssimo, mas pareceu recuperar o equilíbrio e um largo sorriso surgiu em seu rosto encantador.

– Sim, eu mesma. E que maravilha vê-lo! Tenho certeza de que já nos conhecemos.

– Não. Eu certamente me lembraria.

Simon sorriu, levantando-se da cadeira e estendendo educadamente a mão. Em vez de pegá-la, Cheska lhe deu dois beijos calorosos nas bochechas.

– Bem, é um enorme prazer conhecê-lo, Bobby.

– É Simon, Sra. Hammond.

– Por favor, me chame de Cheska. – Ela caminhou pela cozinha em direção à geladeira. – Ah, acho que isso pede um champanhe.

– Para mim não, mãe.

– Nem para mim – acrescentou Simon.

– É mesmo? – Com a garrafa na mão, Cheska fez beicinho para os dois. – Mas é tão maravilhoso tê-los aqui... Deveríamos comemorar.

– Mais tarde, talvez. São só três da tarde – comentou Ava, completamente perplexa com o comportamento da mãe à luz do que havia acontecido com LJ.

– Ora, não seja tão desmancha-prazeres, Ava. Mas, tudo bem, vamos guardá-la para depois. E o que vamos fazer agora à tarde?

– Bem, Ava ia me levar para dar um passeio e me mostrar a propriedade – respondeu Simon.

– Esplêndida ideia! É exatamente disso que estamos precisando. Adoro caminhar nesta época do ano. O outono é muito bonito, não acham? Deixem-me trocar de roupa e encontro vocês em dez minutos.

Confusa, Ava ficou olhando enquanto Cheska saía aos pulos da cozinha. Até onde sabia, sua mãe nunca pusera os pés fora de casa nem para ir ao bosque vizinho, e detestava o frio.

– Caramba, Cheska Hammond é sua mãe – murmurou Simon, balançando a cabeça. – Por que você não me disse?

– Isso é importante? – rebateu Ava, e se desculpou imediatamente.

– Não, é claro que não é importante. Mas, quando uma celebridade internacional de verdade entra numa cozinha, no meio do nada, é compreensível que a gente leve um susto, não é?

– Bem, pois é isso. Essa é minha mãe.

– Aliás, isso explica por que você me pareceu familiar no momento em que a vi. É tão bonita quanto ela – acrescentou Simon, com gentileza.

– Bem, é melhor nos aprontarmos para essa caminhada. – Ava se levantou abruptamente. – Vou arranjar umas galochas de cano alto para você.

Dez minutos depois, os três desciam a escada do terraço, a mãe dela com um aspecto vagamente ridículo, usando uma velha jaqueta e galochas grandes demais.

– E, então, por onde começamos? – perguntou Cheska, segurando o braço de Simon. – O bosque é lindo, especialmente nesta época do ano. Depois podemos dar uma caminhada à margem do rio.

– Parece bom para mim – concordou o rapaz.

Ava seguiu atrás deles, admirada por Cheska ainda não haver perguntado como estava LJ de manhã, e também inquieta com a forma possessiva de sua mãe se portar com Simon. Percebeu que ele estava fascinado não só por conhecer Cheska, mas também pela atenção que a atriz lhe dedicava.

Embora Simon nunca houvesse declarado a Ava as suas intenções, e por certo nunca tivesse feito mais do que lhe dar um beijinho no rosto e um abraço, ela sentiu uma pontada de ciúme ao ver os dois rindo juntos, caminhando mais à frente. Não era possível que Cheska estivesse pensando nele dessa maneira, era? Tinha idade suficiente para ser mãe dele.

Por outro lado, Ava calculou que, se Cheska tinha apenas 16 anos ao dar à luz, isso queria dizer que, na verdade, era apenas onze anos mais velha do que Simon. Além disso, parecia dez anos mais jovem do que era. Ava estremeceu de repugnância ao ver como a mãe mudara de repente, passando da exaustão matinal para a cintilante... jovialidade, no instante em que vira Simon.

– Eles que se divirtam – murmurou com seus botões.

De volta do passeio, Ava disse que ia retornar ao hospital no horário vespertino de visitas.

– Eu levo você lá. – Simon se ofereceu prontamente.

– Ora essa, você não precisa fazer isso, Simon. Já fez o bastante por hoje – anunciou Cheska. – Ava pode levar o Land Rover e dirigir sozinha, não é, meu bem? E não se preocupe, faço companhia a Simon. Talvez até o premie com meus ovos mexidos com salmão defumado. Em Hollywood, todos vão a minha casa para um brunch aos domingos. Minha receita secreta é famosa!

– Realmente, não é problema algum...

– Está tudo certo, Simon. – Ava já havia pegado as chaves do Land Rover penduradas no gancho. – Até logo.

Ava se sentou na cadeira ao lado de LJ, procurando não pensar em Simon e Cheska juntos em Marchmont, e alegre por sua tia-avó parecer muito mais animada e alerta do que antes. Tinha ido para o hospital munida de dois blocos e canetas, além do livro favorito de LJ: *Emma*, de Jane Austen.

LJ rabiscou palavras curtas em resposta às perguntas da sobrinha.

Sim, estou melhor.

O doutor disse que posso sentar na cadeira amanhã.

E vão me dar banho de chuveiro!

Ao perceber que LJ estava ficando cansada, Ava abriu o livro e se pôs a ler para ela. Ao toque da sineta que indicava o fim do horário de visitas, Ava levantou os olhos do livro e viu que LJ havia pegado no sono. Com um beijo delicado em seu rosto, saiu do hospital, com pavor de voltar para casa.

Ao chegar, encontrou Simon e Cheska sentados na cozinha, rindo de alguma coisa. Havia uma garrafa vazia de champanhe na mesa.

– Olá, querida. Simon e eu passamos uma tarde adorável, não foi, Simon? Ele me contou tudo sobre o seu *début* no West End e me convidou para a noite de estreia. A música dos anos 1960 é da minha época, é claro – disse Cheska.

– Quem sabe vocês possam ir juntas? – disse Simon, voltando os olhos castanho-escuros para Ava.

– Se LJ já tiver saído do hospital – foi a resposta abrupta da jovem.

– Quer beber alguma coisa, querida? – perguntou Cheska, oferecendo uma garrafa recém-aberta de vinho.

– Não, obrigada. Se me dão licença, vou me deitar. Boa noite.

Ava seguiu para a porta da cozinha e os deixou sozinhos.

48

No dia seguinte, na hora do almoço, apesar dos protestos de Cheska de que ele devia ficar para almoçar, Simon se preparou para voltar a Londres.

– Vamos fazer a montagem técnica do musical no teatro a partir de amanhã, então vai ser uma semana cansativa.

– Bem, mal posso esperar para vê-lo – disse Cheska, acompanhando Simon até o carro com Ava. – Quem sabe possamos jantar fora.

– Acho que vão me esperar na festa da noite de estreia, Cheska. Mas obrigado pela hospitalidade. Ava, você me avisa quando estiver voltando para Londres?

– Sim – respondeu ela.

– Eu... – Simon a olhou, depois olhou para Cheska e encolheu os ombros. – Mande lembranças para sua tia-avó, e cuide-se.

– Pode deixar.

– Ora, ele não foi um encanto? – comentou Cheska, quando as duas voltaram juntas para dentro de casa.

– Sim.

– Muito maduro para um rapaz tão jovem.

– Já estou indo para o hospital, mãe – disse Ava depressa, não querendo ouvi-la enaltecer as virtudes de Simon. – Você vem comigo?

– Hoje não. Simon e eu fomos dormir muito tarde. E você disse, mais cedo, que ontem à tarde LJ estava muito melhor. Vou descansar um pouco depois do almoço.

Nos dias seguintes, Ava passou todo o tempo possível com LJ no hospital e ficou encantada com a melhora da tia-avó. No fim da semana, o médico a chamou em seu consultório e anunciou que LJ logo estaria pronta para receber alta.

– Você viu alguma das clínicas de repouso que sugeri?

– Não, mas vamos fazer isso, agora que o senhor acha que ela está pronta para ir embora. Obrigada, doutor. – Ava se levantou. – Sou muito grata por tudo o que fez.

– É apenas meu trabalho, Srta. Marchmont – disse ele, conduzindo-a à porta. – A propósito, como está sua encantadora mãe? Esta semana não a vi.

– Ela andou muito cansada, depois que ficou a semana passada inteira aqui com minha tia-avó.

– Bem, mande minhas lembranças para ela, sim?

– É claro.

– E me avise sobre seu contato com as clínicas de repouso. Eu faria uma reserva provisória para ela a partir da próxima quarta-feira.

Ao chegar em casa, Ava telefonou para três dos estabelecimentos sugeridos pelo médico. Um deles estava lotado, mas os outros dois disseram que poderiam receber LJ a partir da data sugerida pelo Dr. Simmonds. Depois de evitar a mãe até onde fora possível, nos dias anteriores, já entediada com os intermináveis monólogos sobre como Simon era maravilhoso, Ava foi procurá-la. Encontrou-a na biblioteca, folheando uns papéis.

– Você gostaria de ir comigo, hoje à tarde, visitar as clínicas de repouso que o médico sugeriu? LJ vai poder sair na quarta-feira.

– Eu... isto é necessário, Ava? Tenho certeza de que posso confiar na sua opinião sobre qual será o lugar mais adequado, querida. Obviamente deverá ser o mais próximo daqui, porque, quando você voltar para a faculdade, eu é que vou visitá-la o tempo todo.

Ava percebeu que a mãe estava distraída.

– Tudo bem. Vou ver as clínicas e depois informo.

– Obrigada, Ava. Mais alguma coisa?

– Não. Não é uma boa notícia que LJ está melhorando?

– Maravilhosa – disse Cheska, meneando a cabeça, os olhos outra vez em sua papelada.

Na quarta-feira, Ava foi com LJ na ambulância para a clínica de repouso que havia escolhido. Cheska tinha dito que iria no Land Rover e as encontraria lá. Fiel a sua palavra, estava parada no estacionamento quando as duas chegaram.

A clínica ficava numa área bem cuidada. A equipe médica era amável e o quarto de LJ era bem iluminado, com uma linda vista dos jardins. Em sua primeira visita, Ava ficou contente ao ver que havia pacientes jovens e idosos.

– Aqui cuidamos de todos, minha cara – explicou a chefe da enfermagem. – Somos uma clínica de recuperação para pacientes de qualquer idade.

Ava ajudou LJ a desfazer a mala e arrumou suas coisas do jeito que gostava. Cheska apenas ficou sentada numa cadeira, com ar distraído. Ava e LJ tinham desenvolvido uma forma de comunicação: LJ apertava a mão da sobrinha, ou arqueava uma sobrancelha, apontando trêmula com o braço bom para o que desejasse. Quando não conseguia se fazer entender, escrevia.

– Meu bem, acho que agora devemos ir andando, para dar a LJ a chance de se instalar – disse Cheska.

– Ah, eu tinha esperança de ficar mais um pouco, mãe. Não se preocupe, vá para casa, que eu peço um táxi.

– Não precisa, querida. Eu espero – disse Cheska, em tom firme.

LJ apertou a mão de Ava e balançou de leve a cabeça, indicando a porta.

– Tem certeza de que você ficará bem?

Ela fez que sim.

– Amanhã eu volto. Se precisar de alguma coisa, escreva e entregue o papel à enfermeira-chefe. Vou ligar mais tarde, e ela poderá me dizer o que devo trazer amanhã.

LJ tinha um ar irritado.

– Eu sei, eu sei, estou exagerando – disse Ava, e beijou a testa da tia-avó. – É que mal posso esperar para que você volte para casa. Amo você.

LJ deu seu sorriso torto e um adeusinho que trouxe novas lágrimas aos olhos de Ava. Do lado de fora, ela mordeu o lábio enquanto Cheska abria o carro.

– Puxa, vida! Detesto deixá-la aqui.

– Não seja boba, Ava. Ela está em boas mãos. Também está custando os olhos da cara, de modo que o lugar deve ser bom.

– Eu sei. Desculpe. Acho que é por eu saber que logo terei de voltar para Londres.

– Bem, eu estarei aqui, não é?

Cheska deu a partida no motor e engatou a marcha a ré no carro.

Nos três dias seguintes, Ava foi visitar LJ, certificando-se de que a tia-avó estava bem acomodada e feliz. O pessoal da clínica parecia gentil e a fisioterapia vinha sendo de grande ajuda. Embora sua fala ainda não tivesse voltado, LJ conseguia fazer pequenas caminhadas no jardim, com a ajuda de uma bengala.

Você precisa voltar para Londres. Estou melhor.

Ava leu o bilhete e viu LJ olhando para ela e acenando com a cabeça, em sinal positivo. Ela escreveu outro bilhete e o entregou à sobrinha.

Amanhã!

– Mas, LJ, não quero ir antes de você voltar para casa.

Precisa ir. Não me desobedeça.

– Não estou desobedecendo, mas...

Ainda sou sua tia.

– Está bem, se você insiste. Mas volto no próximo fim de semana.

Depois resolvemos isso.

À noite, quando Ava disse à mãe que LJ estava bem o bastante para ela voltar para Londres, Cheska anunciou que também pretendia visitar a capital.

– Tenho o musical do Bobby... digo, do Simon para assistir. Pensei em também dar uma passada para ver meu antigo agente. Já que estou na Inglaterra, parece uma pena não explorar as oportunidades.

– Mas e LJ? Pensei que você ia ficar aqui para visitá-la enquanto eu estivesse fora.

– Pelo amor de Deus, Ava! Eu só estava pensando em passar uma noite em Londres! Mary está aqui, e tenho certeza de que LJ pode sobreviver por 24 horas sem nós duas. Podemos nos encontrar no teatro para tomar um drinque antes do musical. Primeiro tenho que achar alguma coisa para vestir, é claro. Afinal, é uma *première*. Estou muito animada!

Cheska se despediu de Ava na manhã seguinte com um beijo e um sorriso.
– Até quarta à noite. E não se preocupe com LJ. Estou indo agora mesmo visitá-la.
– Está bem. Mande um beijo para ela.
– Mando, sim.

Na manhã do dia seguinte, Cheska pôs uma blusa justa e decotada de seda que combinava com seus olhos. Em seguida, desceu para cumprimentar o Dr. Stone, cujo carro havia acabado de parar do lado de fora.
Depois que ele se retirou, Cheska foi de carro a Monmouth e entrou na recepção do Glenwilliam, Whittaker & Storey, o escritório de advocacia que trabalhava para a propriedade Marchmont.
– Olá, meu nome é Cheska Hammond. Tenho hora marcada com o Sr. Glenwilliam.
– Hummm, sim... Srta. Hammond... – A recepcionista gaguejou um pouco. – Queira se sentar. Vou avisar ao Sr. Glenwilliam que a senhorita está aqui.
– Obrigada.
Um minuto depois, a porta se abriu e um homem de 30 e poucos anos entrou no aposento.
– Srta. Hammond, é um prazer. Tenha a bondade de vir ao meu escritório.
– Obrigada. Eu achava que o senhor seria rabugento e idoso – disse Cheska, com um risinho.
– Hummm, não. A senhorita devia estar pensando no meu pai. Ele se aposentou há uns dois anos e eu assumi a firma.
– Entendo – disse ela, seguindo o Sr. Glenwilliam até seu escritório.
– Sente-se, por favor, Srta. Hammond.

– Obrigada.

– E o que posso fazer pela senhorita?

– Bem, o problema é que meu tio está no exterior, num período de férias prolongadas, e inacessível neste momento. – Cheska cruzou as pernas devagar e viu os olhos do advogado seguirem seus movimentos. – E, agora que minha tia LJ está muito doente, eu...

Seus olhos se encheram de lágrimas e ela procurou um lenço na bolsa.

– Por favor, procure não se afligir, Srta. Hammond.

– Bem, é que ficou por minha conta resolver tudo, e realmente preciso de orientação.

– Tentarei ajudá-la de todas as maneiras que puder – assegurou-lhe o Sr. Glenwilliam, fitando aqueles famosos olhos azuis.

– Muito obrigada, Sr. Glenwilliam. Como o senhor com certeza sabe, administrar a propriedade Marchmont é muito trabalhoso. Minha tia conseguiu fazer isso muito bem durante vários anos, mas, ultimamente, devido à doença dela, coisas de toda sorte deixaram de ser resolvidas. Há uma pilha de contas que não foram pagas, cercas que precisam de conserto imediato. Jack Wallace, o administrador da fazenda, foi me procurar ontem. É preciso fazer alguma coisa.

– É mesmo? – O Sr. Glenwilliam ergueu uma sobrancelha. – Estou surpreso, Srta. Hammond. Estive lá visitando sua tia, não faz muito tempo, e me pareceu que tudo estava funcionando regularmente, como sempre.

– Bem, digamos que às vezes as aparências enganam. Mas, enfim, a dificuldade imediata é que preciso de dinheiro para pagar os salários e algumas contas gerais.

– Isso não será problema. Faz muitos anos que lidamos com os negócios da propriedade Marchmont. Se a senhorita me der as contas, estou autorizado a emitir cheques usando a conta da propriedade. Há dinheiro mais que suficiente. Depois, quando sua tia melhorar, ela...

– Mas o problema é esse, Sr. Glenwilliam. – Cheska deixou as lágrimas fluírem novamente. – Acho que minha tia nunca se recuperará por completo. Pelo menos, não o suficiente para administrar a propriedade. E, com meu tio fora do país, sou a parente mais próxima, e quero fazer o que puder, pelo menos até ele regressar.

– Entendo. Como a senhorita disse, administrar Marchmont é muito trabalho. E quanto a sua carreira de atriz?

– A família vem em primeiro lugar, não é? Pedi uma licença até meu tio voltar.

– Bem, acho que talvez isso seja meio drástico, Srta. Hammond. Como eu disse, este escritório já administrou a propriedade Marchmont em inúmeras ocasiões. Teremos muito prazer em fazê-lo de novo, temporariamente, é claro.

– Não, não acho que essa seja a resposta, Sr. Glenwilliam. Perdoe-me se pareço rude, mas realmente não quero ter de recorrer ao senhor toda vez que precisar de um cheque para pagar por um punhado de feno ou de ração, por mais agradável que pudesse ser este interlúdio.

– Compreendo, Srta. Hammond. – O Sr. Glenwilliam endireitou a gravata. – Então, o que a senhorita realmente precisa é de uma procuração temporária, certo?

– Preciso? O senhor poderia explicar o que isso quer dizer?

– Bem, quando alguém é considerado inapto por seu médico para administrar seus assuntos financeiros ou seus negócios, pode-se conceder uma procuração a um parente próximo ou a uma pessoa jurídica. Isto lhes dá acesso às finanças e lhes permite agir em nome da pessoa em questão.

– Entendo. O senhor poderia providenciar isto para mim?

– Em tese. Mas creio que primeiro eu deveria tentar entrar em contato com seu tio.

– Infelizmente, ele está fazendo caminhadas pela cordilheira do Himalaia, depois, pela China. Talvez o senhor leve semanas, se não meses, para conseguir entrar em contato com ele. Eu mesma já tentei, é claro, sem sorte até o momento.

Cheska tornou a descruzar e cruzar as pernas e, mais uma vez, viu os olhos de Glenwilliam correrem para essa direção.

– Compreendo que isso dificulte as coisas, Srta. Hammond. Mas tem certeza de que é isso que a senhorita quer? Marchmont é uma responsabilidade imensa, especialmente para alguém, perdoe que eu o diga, com pouca experiência nesse assunto.

– Sim, pelo menos por enquanto. A partir do momento em que meu tio voltar para casa, rediscutiremos as coisas.

– Bem, eu teria que mandar redigir uns papéis, e sua tia teria que assiná-los.

– Isso talvez seja um problema. No momento, minha tia não consegue levar uma xícara à boca, muito menos assinar seu nome. Também perdeu a capacidade da fala.

– Bem, nesse caso, teríamos que pedir ao médico encarregado dela para escrever uma carta, confirmando que, neste momento, a Sra. Marchmont está impossibilitada de conduzir seus negócios.

– Eu a tenho aqui, na verdade. O Dr. Stone examinou minha tia e confirmou em sua carta o que acabei de dizer.

– Entendo. – O Sr. Glenwilliam abriu a carta e leu o conteúdo. – Devo frisar que seria uma procuração *temporária*, até sua tia se recuperar, ou... bem, nesse caso, o testamento dela entraria em vigor, de qualquer modo.

– É claro – murmurou Cheska, baixando os olhos. – E a propriedade passa para o meu tio David, não é?

– Exatamente – confirmou o Sr. Glenwilliam. – Devo repetir que se trata de muita responsabilidade, Srta. Hammond.

– Eu sei. Mas quero fazer tudo o que puder para ajudar minha tia. Se ela souber que Marchmont está em boas mãos, isso tirará um peso de seus ombros. Conto com Jack Wallace, e o senhor estará aqui para me orientar, não é, Sr. Glenwilliam?

Ela ofereceu seu sorriso mais sedutor.

– É claro. A qualquer momento em que precisar de ajuda ou orientação, é só me ligar. Enquanto isso, mandarei preparar os papéis.

Ao chegar em casa, Cheska deu um telefonema.

– Não, ela não tem incontinência, mas, no momento, não está podendo falar. O senhor acha que teria uma vaga para ela? Ótimo. Bem, eu gostaria de levá-la na segunda-feira à tarde, se estiver bom para os senhores. Sim, farei isso. Até logo.

Nessa noite, Cheska não dormiu. Sentiu medo dos sonhos que sabia que teria.

Na segunda-feira de manhã, Cheska voltou ao escritório do Sr. Glenwilliam e buscou o envelope com a procuração temporária. Em seguida, dobrou a esquina e foi ao banco. Lá, providenciou a transferência de uma vultosa soma da conta da propriedade Marchmont, a ser creditada na dela. Depois de indagar onde poderia alugar um carro, seguiu as instruções do funcionário do banco e encontrou a locadora.

Pagou o aluguel, entrou no carro e rumou para a clínica de repouso em que estava LJ. Mais tarde, no mesmo dia, voltou a Marchmont. Subiu para o quarto e começou a fazer as malas. Em seguida, desceu e foi falar com Mary.

– Como você sabe, Mary, amanhã irei a Londres, e estive pensando que hoje você deveria sair mais cedo e também tirar o dia de folga. Você tem trabalhado muito ultimamente. Aliás – Cheska enfiou a mão na bolsa e pegou sua carteira –, por que você e seu marido não jantam fora hoje? Um presentinho meu pela ajuda – disse, estendendo duas notas de 20 libras.

Mary a olhou, surpresa.

– Mas, se você vai estar fora por uns dois dias, eu deveria dar uma olhada na casa, não acha?

– Não há necessidade, Mary. Juro que sou perfeitamente capaz de trancar a porta ao sair. É sério, eu insisto.

– Se é isso que quer, é muita generosidade, Srta. Cheska. E tem razão, será bom passar algum tempo com Huw. Vou visitar a Sra. Marchmont durante a sua ausência, é claro.

– Na verdade, quando estive com ela hoje, a enfermeira-chefe me disse que amanhã ela vai ao Hospital de Abergavenny, onde passará uns dois dias, para que seu médico possa fazer uns exames e avaliar o progresso dela. Provavelmente será melhor deixar para visitá-la no fim da semana. Ao menos uma vez na vida, esqueça Marchmont e todos nós.

Cheska deu-lhe um sorriso gentil.

– Está bem – concordou Mary, em dúvida. – Vou sair agora. Sua sopa está no fogão – disse, tirando o avental. – Divirta-se muito em Londres e mande um beijo para a minha Ava, sim?

– É claro.

Ao sair para seu chalé, Mary não pôde deixar de se sentir inquieta. A Srta. Cheska sempre tinha sido esquisita, não havia dúvida, mas era sobrinha da Sra. Marchmont. Não lhe cabia questionar as instruções dela.

À noite, Cheska vagou pelos corredores desertos de Marchmont. As vozes em sua cabeça – uma delas, em particular – estavam muito insistentes.

Devia ser seu, você tem que lutar por isso. Ela odeia você, sempre odiou...
Cheska afundou na cama do antigo quarto das crianças, o cômodo em que Jonny e ela haviam dormido serenamente em seus berços.

Ela o adorava. E ele tinha ido embora.

– Mas você não foi, não é, Jonny? E nunca irá!

Cheska chorou, com as pernas cruzadas, como sempre havia sentado quando pequena, só que agora com os punhos cerrados sobre os olhos, para conter as lágrimas e as vozes.

– Elas nunca vão parar, não é? Vocês nunca vão parar! – gritou, angustiada. – Me deixem em paz, me deixem em paz!

Quando as vozes chegaram a um nível insuportável em sua cabeça, Cheska percebeu o que tinha de fazer para detê-las.

Destruir as lembranças.

Sim, sim! Era isso!

Fechou o baú grande em que embalara suas coisas, preparando-se para ir para Londres na manhã seguinte, levantou-o e o carregou para baixo, até a porta da frente. Depois, entrou na sala de estar, foi até a lareira, pegou fósforos e tornou a subir. Com toda a calma, puxou a cesta de papéis para junto de si e a colocou embaixo do antigo cavalinho de balanço, que um dia sua tia lhe dissera ter sido de David. Pegou um velho livro ilustrado que ela adorava quando criança, arrancou as folhas, amassando-as em forma de bolas e pondo uma a uma na cesta.

Ajoelhou-se, acendeu alguns fósforos e os jogou nas bolas de papel. Pegaram fogo imediatamente. Cheska se sentou na beira da cama, vendo as chamas lamberem a tinta descascada do flanco do cavalinho de madeira. Satisfeita, levantou-se para se retirar.

– Adeus, Jonny – murmurou.

Quando saiu do quarto, o cavalinho de balanço era uma massa luminosa e incandescente de fogo.

49

Quando voltou para o quarto, depois da última aula, Ava entrou correndo no chuveiro, enfiou um vestido preto justo que Cheska comprara para ela em Monmouth, passou batom e saiu apressada, a fim de pegar o ônibus para a Shaftesbury.

O *foyer* do teatro já estava abarrotado de gente, e ela foi ziguezagueando por entre as pessoas para chegar ao bar do balcão nobre, onde sua mãe dissera que elas deveriam se encontrar.

– Querida! – Radiante, Cheska abraçou Ava e a beijou no rosto. – Ande, venha se sentar. Dorian pediu champanhe.

– Quem é Dorian?

– Dorian, minha querida, é o meu novo agente. Bem, não é realmente novo. Apenas substituiu Leon Bronowski, que cuidava de mim quando eu era atriz em Londres, anos atrás. Está doido para conhecê-la. Olhe, ele está bem ali.

– Ah.

Ava observou que um homem calvo de meia-idade, vestindo um smoking espalhafatoso de veludo escarlate, se aproximava da mesa delas.

– Srta. Marchmont... Ava. – O homem pegou sua mão e a beijou. – Eu sou Dorian Hedley, o agente que ficará responsável pela brilhante carreira de sua mãe. Deus do céu, Cheska, ela poderia ser sua dublê! Champanhe, Ava?

– Só uma taça pequena, obrigada. – Virou-se para Cheska, que estava fabulosa num longo e cintilante vestido azul-escuro. Vê-la com essa roupa a fez se sentir feia e sem graça. – Mas eu achava que você já tinha um agente em Hollywood, não?

– Tenho, sim, meu bem. Mas... Ah, faz algum tempo que venho sentindo que é hora de uma mudança. Dorian me convenceu de que estou certa, não foi, Dorian?

– Sim. Nós, britânicos, parecemos perder todos os nossos melhores produtos para os Estados Unidos, por isso estou feliz por talvez ter conseguido seduzir um deles a voltar.

– Então... mãe, você vai ficar aqui no Reino Unido em caráter permanente?

– Bem, vou tentar. Entrei no escritório de Dorian no fim da tarde de hoje, só para dar um oi, começamos a conversar e descobrimos que concordávamos em inúmeras coisas. Dorian estava vindo à estreia de hoje, pois tem um cliente no musical. Assim, saímos para tomar um drinque e ele me convenceu de que meu futuro está aqui, na Inglaterra. – Ela pegou a mão de Ava. – Não é maravilhoso? Quer dizer, agora podemos ficar juntas em Londres.

Ava franziu a testa, pensando em LJ.

– É claro – disse em voz baixa, ouvindo Cheska e Dorian dissecarem vários programas de televisão, rirem de fuxicos e meterem o malho numa atriz famosa.

Desejou não ter ido ao teatro. Sentia-se completamente deslocada.

A sineta de dois minutos enfim tocou, e Dorian as conduziu a um camarote do lado esquerdo do palco. Ava baixou os olhos para as poltronas e viu pessoas cochichando e apontando para sua mãe, no alto.

As luzes se apagaram e, pouco depois, o auditório se encheu do som do rock and roll dos anos 1950. Simon entrou em cena e os olhos de Ava não o deixaram nem por um momento, enquanto ele e os outros atores imitavam alguns dos astros populares mais famosos daquela época.

Depois do intervalo, o musical passou para a década de 1960. As luzes se apagaram e Simon avançou para se posicionar diante do microfone, usando calça jeans e um cardigã.

Ava ficou extasiada com sua voz encantadora e melodiosa, cantando uma balada. Notou que sua mãe fazia força para chegar mais para a frente, com a respiração ofegante e os olhos também concentrados em Simon.

– Sim, essa é a loucura, a loucura do amor...

Mãe e filha se sentavam lado a lado, perdidas em suas lembranças. Para Cheska, a coisa terrível que ela fizera na véspera tinha sido apagada de sua mente. Aquilo fora um sonho. Isto era a realidade. Ele tinha voltado para ela, e desta vez seria para sempre.

Ava se recordou de quando Simon e ela haviam caminhado juntos pela margem do Tâmisa e de como se sentira à vontade com ele. Ao mesmo tempo, percebeu que Simon era um homem bonito e talentoso que, depois dessa noite, teria uma horda de garotas atrás dele. Era evidente que não era para o seu bico.

O elenco foi aplaudido de pé ao final do espetáculo, e Cheska deu vivas mais altos que qualquer outra pessoa.

– Você não se importa de dar um pulo nos camarins conosco, não é, Ava? – perguntou Cheska, ao saírem do teatro. – Preciso dizer para Bobby como ele esteve maravilhoso.

– Simon, mãe. – Ava a corrigiu.

Passando pela entrada dos artistas, Dorian foi ver seu cliente e Cheska se dirigiu, saltitante, para o camarim de Simon. Sem bater, marchou em disparada para dentro e se deparou com uma multidão de admiradores já presentes. Abrindo caminho entre eles, aproximou-se de Simon, que estava conversando com alguém, pendurou os braços nos ombros dele e lhe deu um beijo em cada face.

– Meu bem, você estava maravilhoso! Que estreia! Amanhã você será o xodó da cidade, tenho certeza!

– Hummm, obrigado, Cheska.

Ava, que ficara perto da porta, por causa da aglomeração, viu que Simon tinha levado um susto com o elogio extravagante de sua mãe. Em seguida, ele a avistou e sorriu, passando por Cheska em direção a ela.

– Olá, como você está? – perguntou, baixinho.

Ela deu um sorriso tímido.

– Bem, obrigada. Você estava ótimo.

– Obrigado, eu...

Cheska quebrou o clima, com a voz incomumente estridente.

– Vejo você na festa, Simon.

– Bem, acho que é só para convidados, Cheska.

– Na verdade, vou como convidada de Dorian, meu agente. Ande, Ava, vamos dar tempo a Simon para falar com outras pessoas. – Cheska quase empurrou a filha para fora do camarim e em direção à entrada dos artistas, onde as duas encontraram Dorian à sua espera. – Ava, querida, receio que

Dorian não tenha um convite extra para você. Por que não vai ao Savoy amanhã de manhã, para tomar café comigo?

– Tenho aula, mãe.

– Bem, então para o almoço ou o jantar. Amanhã nos falamos. Boa noite, benzinho.

Ava viu a mãe dar o braço a Dorian, que lhe gesticulou um boa-noite mudo quando Cheska o puxou pela rua. Triste e cabisbaixa, Ava saiu andando pela rua para pegar um ônibus de volta à sua república estudantil.

Ao chegar a seu quarto, viu um bilhete que alguém tinha enfiado por baixo da porta:

> *Desculpe, esqueci de avisar. Mais cedo, uma mulher chamada Mary ligou para você na hora do almoço. Pediu para você ligar de volta com urgência. Helen, do quarto ao lado.*

Ava sentiu a boca seca e o coração começando a bater forte. LJ...

Pegou umas moedas e foi ao telefone público. Passava das onze da noite e ela torceu para que Mary ainda estivesse acordada e atendesse o telefone. Felizmente, foi o que aconteceu.

– Mary, é a Ava. Acabei de receber seu recado. O que houve?

– Ah, graças a Deus, Ava!

– Por favor, me diga logo! É LJ?

Ava escutou um soluço do outro lado da linha.

– Não, não é LJ.

– Graças a Deus! Ah, graças a Deus! Então, o que é?

– É Marchmont, Ava.

– O que tem Marchmont?

– Houve um incêndio terrível. Ah, Ava, Marchmont queimou inteira.

Nesse ponto, Mary desatou a chorar.

– Alguém se... se feriu?

– Não estão conseguindo encontrar sua mãe. Como o incêndio começou à noite, eles não sabem...

– Mary, minha mãe está ótima. Acabei de vê-la aqui em Londres.

– Ora, que alívio! Eu sabia que ela ia para aí, mas achei que ia viajar hoje de manhã... – A voz de Mary foi se extinguindo. – Bem, é bom saber que ela não estava na casa ontem à noite.

— Ela me disse que está hospedada no Savoy. Vou ligar agora e deixar um recado. Neste momento ela está numa festa, e não faço ideia da hora em que vai voltar.

— Ava, realmente acho que temos de tentar entrar em contato com seu tio David. Você tem a lista dos números que ele deixou, para alguma emergência?

— Tenho. Vou verificar onde é provável que ele esteja e deixar um recado. Se bem que não podemos ter certeza do tempo que o recado vai levar para chegar a ele. Acho que ele ainda está no Tibete. Escute, Mary, vou pegar o primeiro trem para Marchmont amanhã.

— Não, Ava! Você já perdeu aulas demais do seu primeiro período, e tenho certeza de que sua tia-avó diria a mesma coisa. E, depois, não há nada que você possa fazer, por enquanto. Não há mesmo.

— Mary, desculpe, mas agora tenho que desligar, porque não tenho muito dinheiro trocado e preciso ligar para minha mãe. Falo com você amanhã de manhã.

Colocou o fone no gancho e tornou a pegá-lo. Em seguida, Ava conseguiu o número do Savoy com o Serviço de Consultas às Listas Telefônicas e deixou um recado, pedindo a Cheska que ligasse tanto para Mary quanto para ela, imediatamente. Enquanto Ava voltava pelo corredor, trêmula, seus olhos se encheram de lágrimas, ao pensar em sua querida Marchmont reduzida a cinzas.

Perguntando-se como é que conseguiria dormir, enroscou-se na cama e lá ficou, refletindo como tudo parecia ter dado terrivelmente errado desde a chegada de Cheska a Marchmont.

Ava bateu à porta da suíte de Cheska no Savoy às dez horas do dia seguinte. Ela havia tentado telefonar, mas recebeu a informação de que o número da Srta. Hammond estava bloqueado. Dessa maneira, resolveu perder mais uma aula e ir pessoalmente.

— Mãe, sou eu, Ava.

Passado um momento, a porta se abriu e Cheska, com o rímel escorrendo pelo rosto e o cabelo desgrenhado, atirou-se nos braços da filha.

— Ai, meu Deus! Ai, meu Deus! Acabei de falar com Mary. LJ nunca me perdoará, nunca! Por que isso tinha de acontecer quando era eu a responsável pela casa? Elas vão me culpar! Você sabe que vão!

Ava notou a expressão nos olhos da mãe. Ela parecia totalmente louca.

– É claro que não vão. Ora essa, mãe. Com certeza foi um acidente.

– Eu... Eu não sei. Eu não sei...

– Mãe, você precisa se acalmar. *Por favor*. Isso não vai fazer bem a ninguém, muito menos a você.

– Mas eu... Ah, meu Deus!

– Escute, eu... eu acho melhor chamar um médico...

– *Não!*

A veemência da reação de Cheska assustou Ava. Ela a viu enxugar os olhos e assoar o nariz num lenço encharcado.

– Não é preciso chamar médico nenhum. Vou ficar bem, agora que você está aqui.

– Tudo bem, então, que tal um conhaque ou algo assim? – Cheska apontou para um armário num canto do cômodo requintadamente mobiliado. – Por que não vai se arrumar? Eu sirvo uma taça de conhaque para você, e aí podemos discutir o que fazer.

Cheska encarou a filha.

– Como foi que consegui dar à luz uma pessoa como você? – comentou, e se retirou para o banheiro.

Ava serviu o conhaque e se sentou no sofá, até sua mãe voltar com a tez pálida, porém imaculada.

– Bem, tudo que sei é que houve um incêndio. Você pode tentar me dizer o que aconteceu?

– Bem, saí de Marchmont na segunda-feira, mais ou menos às oito horas da noite. Jack Wallace ligou para Mary ao ver grandes nuvens de fumaça saindo das janelas do andar de cima, logo no começo da madrugada. Ele telefonou para a brigada de incêndio, mas acho que, àquela altura, o fogo já devia ter se alastrado.

– E os danos foram muito grandes?

– Sim. O telhado desabou, assim como a maior parte da área interna, mas parece que as paredes externas ainda estão intactas. Jack informou que elas foram salvas pela chuva torrencial. Suponho que devamos dar graças por isso, pelo menos.

– Eles sabem como o fogo começou?

– Mary disse que pode ter sido uma falha elétrica. Parte da fiação era muito, muito antiga. Ah, mas o pior é que eu podia ter estado lá. Só resolvi vir para Londres mais cedo, naquela noite, por um impulso. Meu plano original era viajar no dia seguinte.

– E os animais? Eles estão bem?

– Tenho certeza de que sim, e de que Jack está se certificando de que eles sejam bem cuidados. O incêndio só afetou a casa.

Cheska cobriu o rosto com as mãos.

– Não quero vê-la. Não suporto a ideia daquela linda casa toda enegrecida, ardendo em fogo lento.

– Temos de ir a Gales. Na verdade, deveríamos ir imediatamente.

Cheska tirou as mãos do rosto e olhou para Ava, horrorizada.

– Você não quer que eu dirija até Marchmont agora, quer? Não, não, eu não conseguiria suportar.

E começou a chorar de novo.

– Bem, então eu vou.

– *Não!* Por favor, Ava. Preciso de você aqui comigo. Você não pode me deixar sozinha, *por favor*. Só me dê um tempo para eu me recuperar do choque. Ainda não posso ir, simplesmente não posso.

Ava percebeu que a mãe recomeçava a ficar histérica. Chegou mais perto e pôs um braço em volta dela.

– Está bem. Não vou deixar você.

– Jack Wallace disse que não há nada que possamos fazer. Ele está cuidando da fazenda, como de praxe, e o Sr. Glenwilliam está lidando com a companhia de seguros.

– Bem, quando você estiver mais calma, teremos de ir, o mais depressa possível. Mary me disse que a polícia vai querer falar com você, para saber se você notou alguma coisa estranha antes de sair de Marchmont.

– Mas eles não podem vir aqui? Estou nervosa demais para dirigir. Além disso, tenho uma reunião importante na sexta-feira de manhã. Conheci um diretor ontem à noite. Ele está desesperado para que eu participe do seu novo seriado de televisão.

– Você não pode remarcar? – perguntou Ava, estarrecida ao ver como a mãe conseguia pensar em sua carreira numa hora dessas.

Cheska captou a expressão do rosto de Ava.

– Se necessário, é claro que remarco. E liguei hoje de manhã para a clínica de repouso. LJ está passando muito bem. É óbvio que não devemos contar nada para ela por enquanto. Acho até melhor não a visitarmos por um ou dois dias. Nenhuma de nós conseguiria esconder isto dela.

– Acho que você tem razão, embora ela precise ser informada. Graças a Deus ela está na clínica de repouso. Caso contrário... – Ava estremeceu. – E o pobre tio David. O que ele vai dizer quando descobrir que sua mãe está se recuperando de um derrame e que Marchmont queimou até virar cinzas? Deixei um recado para ele, mas não sei quando ele o receberá.

– Você deixou? Bem, nós duas teremos de lidar sozinhas com isso até ele voltar. Podemos conseguir se ficarmos juntas.

– Sim. Mãe, se não vamos a Marchmont hoje, tenho uma aula à tarde. Tudo bem se eu for? Já estou terrivelmente atrasada.

– Você volta depois, não é?

– Se você precisar.

Ava se levantou, deu um beijo na mãe e saiu do hotel, contente por estar do lado de fora, no ar cortante de outubro e nas ruas, onde tudo parecia acontecer de acordo com a normalidade.

Ava retornou obedientemente ao hotel, depois da aula, e constatou que a mãe havia pedido champanhe ao serviço de quarto.

– Pensei em vermos um filme juntas – sugeriu Cheska, enquanto servia as bebidas e levantava as cloches de um sortimento de pratos diferentes. – Eu não sabia o que você queria, então pedi uma seleção.

– Tenho um trabalho para fazer, mãe, e tenho aula amanhã cedo. Vou só comer, depois tenho de ir para casa.

– *Não!* Por favor, Ava, não quero ficar sozinha esta noite. A polícia entrou em contato comigo e alguém virá me ver amanhã à tarde. Estou apavorada, apavorada mesmo. Talvez eles digam que a culpa foi minha.

– Estou certa de que não farão isso. Só estão querendo informações.

– Por favor, durma aqui comigo. Sei que vou ter os piores pesadelos.

– Está bem – concordou Ava, relutante, ao ver o desespero nos olhos da mãe.

Jantaram e assistiram a um filme. Quando os créditos finais surgiram na tela, Ava bocejou.

– Hora de ir para a cama – disse ela. – Vou dormir no sofá.

– Você se importaria... em dormir comigo? – perguntou Cheska. – A cama é *king-size*. Só não quero ficar sozinha esta noite. Sei que vou ter pesadelos.

Ava a seguiu, indo da sala para o quarto palaciano. Cheska desapareceu e voltou de camisola de cetim.

– Não quer trocar de roupa, Ava?

– Eu não trouxe nada.

– Pode pegar emprestada uma das minhas camisolas, meu bem. Tenho várias.

Ava entrou no quarto de vestir e ficou boquiaberta. Pendurados nos cabides estavam vários terninhos e vestidos. As blusas, roupas íntimas e roupas de dormir estavam cuidadosamente dobradas em prateleiras. Até para uma pessoa tão exagerada quanto a mãe, aquilo era coisa demais para se levar para uma estadia de 24 horas.

A menos que Cheska estivesse planejando nunca mais voltar a Marchmont... Exausta, desgastada e confusa demais para pensar no assunto, Ava escolheu uma das camisolas menos reveladoras da mãe e a vestiu.

Quando voltou ao quarto, Cheska estava sentada na cama. Deu um tapinha no colchão.

– Venha para cá.

– Posso apagar a luz? – perguntou Ava, indo para a cama.

– Eu preferiria que não. Converse comigo, Ava.

– Sobre o quê?

– Ah, qualquer coisa agradável.

– Eu...

Ava não conseguiu pensar em nada para dizer.

– Então, está bem. Acho que *eu* vou contar uma história, desde que você venha me dar um abraço. Isto é divertido, não é? É como estar num dormitório – disse Cheska, acomodada nos braços da filha.

Ava pensou com angústia em seu quarto encantador em Marchmont, agora enegrecido e aberto para o céu noturno, todas as suas queridas posses destruídas. Não, isso não era divertido, não tinha a menor graça.

– Bem, então, era uma vez...

Ava escutou, com atenção reduzida, o conto de fadas que a mãe foi narrando, alguma coisa sobre um elfo chamado Shuni, que morava nas montanhas galesas.

Imagens pavorosas passavam como um raio diante de seus olhos: Marchmont em chamas, LJ numa clínica de repouso, David inacessível...

Acabou adormecendo. Ouviu vagamente a voz da mãe e sentiu a mão de alguém afagar sua testa.

– Talvez seja melhor assim, benzinho. De qualquer modo, Bobby virá amanhã para o brunch. Não será maravilhoso?

Ava soube que devia estar sonhando.

50

Ao acordar, Ava encontrou o lado da cama em que Cheska dormira vazio. Sentou-se e esfregou os olhos. Tinha bebido champanhe demais na véspera e estava com dor de cabeça. Consultou o relógio: 10h40. Com um resmungo, percebeu que havia perdido a aula.

– Oi, dorminhoca!

Cheska sorriu, saindo do quarto de vestir como se acabasse de vir do set de *Os magnatas do petróleo*. O cabelo e a maquiagem estavam perfeitos, e ela usava um de seus conjuntos mais elegantes.

– Meus convidados vão chegar em quinze minutos – acrescentou ela. – Quer tomar um banho?

Ava olhou para ela, confusa.

– Mãe, você está recebendo convidados para um brunch? Você disse que a polícia viria mais tarde, e nós temos que pensar em ir para casa o mais rápido possível.

Cheska se sentou na beirada da cama.

– Meu bem, não há nada que possamos fazer em Marchmont. Liguei para Jack Wallace há uma hora e ele me disse que está tudo sob controle. Também telefonei para a clínica de repouso e pedi para dizerem a LJ que pegamos uma gastrenterite e não queremos passar o problema para ela. É uma mentirinha, eu sei, mas agora ela não vai ficar preocupada por não a visitarmos. Vou falar com a polícia hoje à tarde e depois resolveremos as outras questões. – Houve uma batida à porta da suíte e Cheska deu um pulo da cama. – Deve ser o serviço de quarto. Pedi seis garrafas de champanhe. Acho que serão suficientes, não?

– Não faço ideia, mãe – respondeu Ava, se sentindo desamparada.

– Bem, sempre podemos pedir mais, não é?

Com isso, Cheska saiu do quarto e fechou a porta.

Ava deu um suspiro aflito diante das oscilações de humor da mãe, e com esforço se levantou da cama. Sua energia habitual parecia tê-la abandonado, e todos os músculos de seu corpo doíam quando ela entrou no banheiro luxuoso para tomar banho.

À medida que a água ajudava a repor suas energias, ela tentou dar sentido ao comportamento da mãe. Na noite anterior, Cheska estivera aflita; nesta manhã, era como se não houvesse acontecido nada fora do comum.

Enquanto se vestia, ela ouviu risos no cômodo ao lado. Sentou-se na cama e balançou a cabeça. Era impossível entrar lá. Uma lágrima rolou por sua face e ela rezou para que David voltasse.

Houve uma batida súbita à porta.

– Sim? – disse Ava.

– Oi, sou eu. Tudo bem? – indagou Simon, entrando e caminhando na direção dela.

Ava levantou a cabeça, surpresa, sem saber por que o rapaz estava ali.

– Cheska não contou o que aconteceu? – perguntou a ele.

– Não.

– Marchmont queimou inteira num incêndio. A minha linda casa virou um monte de cinzas.

Houve uma breve pausa, enquanto Simon digeria essa informação.

– Não, ela não me contou. Realmente a ouvi mencionar a Dorian, minutos atrás, que tinha havido um problema, porém foi só isso. Caramba! – Simon correu a mão pelos cabelos fartos e louros. – Marchmont foi destruída?

Ava enxugou os olhos com a mão.

– Foi. E ela nem parece se incomodar! Como pode fazer uma festa hoje de manhã? Como pode?

Simon se sentou na cama ao lado dela.

– Santo Deus, Ava, eu sinto muitíssimo. Alguém ficou ferido?

– Não. A casa estava vazia.

– Bem, já é alguma coisa, pelo menos. Tenho certeza de que num instante ela será reconstruída. Haverá o dinheiro do seguro e...

– Mas a questão não é essa! Acabou tudo! Minha tia-avó está numa clínica de repouso, só Deus sabe onde está meu tio, e minha mãe age como se estivéssemos no Natal! Eu simplesmente... não sei o que fazer.

– Ava, juro que vou ajudá-la de todas as maneiras que puder. Agora...
– Meu bem! Qual é o problema?
Cheska estava à porta, observando os dois.
– Ava está nervosa por causa do incêndio – respondeu Simon. – Como é compreensível.
– É claro que está. – Cheska veio se sentar ao lado dele na cama. – Sei que foi um choque terrível para você, benzinho, mas estou certa de que Bobby não quer ser chateado com as suas lágrimas, não é, Bobby?
– Meu nome é Simon e, na verdade, não me incomodo nem um pouco – respondeu ele, com firmeza.
– Venha comigo, Simon. – Cheska o adulou. – Quero conversar uma coisa com você.
– Vou daqui a pouco, quando Ava estiver mais calma.
– Bom, não demore muito. Há uma pessoa que quero que você conheça.
Cheska os deixou sozinhos.
– Desculpe não ter podido conversar muito com você na noite da estreia.
– Tudo bem – disse ela, encolhendo os ombros. – Você estava ocupado.
– Sua mãe é um tanto monopolizadora, com certeza. Parece querer me transformar numa estrela.
– É provável que consiga – disse Ava, muito infeliz. – Parece que ela costuma conseguir tudo o que quer.
– Talvez, mas senti falta de você. Posso levá-la para jantar uma noite dessas, depois do espetáculo?
– Eu gostaria, mas, com o que está acontecendo no momento, talvez demore um pouco até eu poder aceitar seu convite. Estou planejando ir para o País de Gales nos próximos dois dias.
– É claro. Sei que você tem outras coisas na cabeça neste momento. – Simon levantou o queixo dela na sua direção e deu um beijo de leve nos lábios de Ava. – Mas, quando tiver uma chance, podemos...
Os dois ouviram Cheska chamá-lo pelo nome na sala.
– É melhor você ir – disse Ava.
Simon deu um suspiro e assentiu.
– Ela está com um produtor de discos e quer que eu o conheça. Você vem comigo?
– Não, obrigada. Não posso enfrentar isso, desculpe.

– Tudo bem. Compreendo. Me ligue se precisar de alguma coisa. Promete?
– Prometo.
– Tchau, linda. Cuide-se, por favor.
– Vou tentar.

Ava o viu se retirar, depois foi para o banheiro, trancou a porta e deixou todas as torneiras abertas, com a água correndo a toda, para abafar o som das risadas que vinham da suíte.

Apesar de seus escrúpulos acerca da bizarrice da situação, Ava se sentira culpada por não ter aparecido no brunch, e por isso, ao sair, havia tranquilizado a mãe, dizendo-lhe que estaria livre para ir vê-la no dia seguinte. Assistira à aula matinal, mas sabia que sua concentração estava péssima, e depois voltara com relutância para o Savoy.

Cheska só falava da sua reunião daquela manhã na BBC.

– Eles estão escrevendo especialmente para mim. É muito empolgante, e quero levar você às compras para comemorar. Se vou ficar aqui em Londres, preciso de roupas novas.

– A polícia veio ontem à tarde? – perguntou Ava.

– Telefonei para cancelar – disse Cheska, distraída. – Eles virão amanhã. Agora, vamos às compras.

Esse não era um passatempo que agradasse Ava. Parecia de uma futilidade ridícula à luz do que tinha acontecido, mas, como de praxe, Cheska se recusou a ouvir um não como resposta. E assim, lá se foi Ava atrás da mãe pela Harrods, enquanto Cheska passeava entre as araras de roupas.

– Tome, meu bem, pode segurar isto?

Ela tirou mais um vestido caro da arara e o pôs nos braços já sobrecarregados da filha.

– Mas, mãe, e todas aquelas roupas que você tem no hotel?

– Estão velhas. Este é um novo começo, e quero estar com o melhor visual possível. Olhe, por que não experimenta este?

Cheska havia tirado da arara uma jaqueta vermelha com a saia combinando.

– Tenho uma porção de roupas. Não preciso de mais nada.

– A questão não é essa. Ninguém compra esse tipo de roupas para ser prático. Além disso, a maioria das suas coisas está em Marchmont, provavelmente destruída. Com certeza, você vai precisar de roupas muito mais chiques, agora que está morando em Londres.

Ava olhou de relance para a etiqueta da jaqueta vermelha, ao experimentá-la. Custava quase 800 libras.

– O que acha? – Cheska entrou no cubículo de Ava com um elegante conjunto preto e creme, de bom corte e com ombreiras grandes. – Acho que estou com muita cara de escritório, não é?

Cheska girou diante do espelho.

– Acho que você está linda, mãe.

– Obrigada. Bem, há uma pilha de outros conjuntos para eu experimentar antes de decidir. – Olhou de relance para a filha com a saia e a jaqueta vermelhas. – Isso está ótimo. Vamos levar.

Depois do que pareceram ser horas, elas saíram da loja e chamaram um táxi. Cheska não tinha conseguido decidir qual das roupas preferia e por isso havia comprado as cinco, com sapatos para combinar e mais um par de bolsas. Tudo seria entregue mais tarde na suíte do hotel.

– Beauchamp Place, San Lorenzo, por favor – disse Cheska ao motorista do táxi.

– Para onde estamos indo? – perguntou Ava.

– Encontrar Dorian para jantar mais cedo.

– Quer mesmo que eu vá com você? Preciso terminar um trabalho da faculdade.

– É claro que quero que você venha, meu bem. Dorian quer falar com você.

Dorian já as esperava em uma mesa. Levantou-se e beijou as duas, depois serviu vinho branco em suas taças. Após um tempo conversando amenidades, Dorian se virou para Ava.

– Querida, sua mãe e eu precisamos da sua ajuda.

– É mesmo? Como?

– Bem, Cheska parece ter conseguido um ótimo papel, escrito especialmente para ela, numa grande novela que vai ao ar na BBC na próxima primavera. Acontece que precisamos construir o perfil dela aqui, nos meios de comunicação britânicos. Anunciar que ela voltou para casa e dar um tom positivo a isso.

– E o que isso tem a ver comigo?

– Bem, embora a personagem dela em *Os magnatas do petróleo* seja um nome conhecido, Cheska é quase cem por cento associada àquele papel. E temos que levar o público britânico a desfazer essa associação, levar as pessoas a pensar na própria Cheska e em quem ela é. Tenho uma grande amiga no *Daily Mail* a quem costumo dar umas dicas de notícias. Ela está babando com a ideia de conseguir a história de você e Cheska.

– Que história?

– Como estou certo de que você sabe, Ava, no momento ninguém sabe que você existe. Mas, escreva o que estou dizendo, eles vão descobrir quando Cheska aparecer na TV todas as noites de domingo. Por isso, é muito melhor vocês contarem a história em suas próprias palavras: uma atriz famosa dá à luz uma filha, quando ela mesma é pouco mais que uma criança, mas tem que deixá-la para trás enquanto trata de construir sua carreira em Hollywood. A mãe volta para a Inglaterra e se reencontra com a filha. É matéria de primeira página, garanto. O que acha?

– Para mim, parece um terror. – Ava estremeceu. – Não quero que o mundo saiba da minha vida particular.

Cheska segurou a mão dela.

– Eu sei, querida. Mas o problema é que, se eu quiser ficar aqui com você, tenho de ganhar dinheiro. Minha única maneira de fazer isto é trabalhando como atriz. E a imprensa vai deitar e rolar se descobrir que você existe. Eles vão me *destruir*.

Ava teve vontade de dizer que o custo da suíte no Savoy e a conta enorme na Harrods a teriam mantido muito bem por um bom tempo.

– Bem, não direi a ninguém que sou sua filha, prometo. Eu realmente preferiria não fazer isso, mãe.

– Compreendo, Ava – intercedeu Dorian –, mas temos de lidar com isto com muito cuidado, pelo bem da sua mãe. A jornalista que tenho em mente seria... solidária. E você teria o direito de aprovar previamente a matéria, é claro.

– Você não se importaria, não é, meu bem? Só uma reportagem pequena e uma fotografia. Por favor! Preciso que você faça isso por mim. Toda a minha futura carreira depende disso.

– Não quero, desculpe – respondeu Ava, em tom firme.

– Mas você, com certeza, quer ajudar sua mãe o máximo que puder, não é? – indagou Dorian.

– Sim, é claro, mas... tenho medo. Nunca me encontrei com um jornalista na minha vida!

– Estarei com você, Ava. Pode deixar que cuido de tudo – disse Cheska.

Ava se sentiu pressionada a ceder. As caras emburradas e a adulação que ela sabia que viriam em seguida, caso se recusasse, eram demais para contemplar nesse momento. Sentia-se exausta.

– Está bem – respondeu, mas não estava nada bem.

– Obrigado, querida – disse Dorian, aliviado. – Então, está resolvido. Vou ligar para Jodie à noite e marcar um horário para ela ir ao Savoy. E, então, vamos fazer o pedido? Estou faminto.

Depois do jantar, que Ava apenas beliscou pois seu estômago dava voltas diante da ideia do que ela fora manipulada a fazer, Dorian pagou a conta e disse que tinha de sair, para ver um cliente num espetáculo. Ava ficou sentada à mesa, constrangida, esperando Cheska terminar seu café, para poder ir embora.

– Você está ocupada amanhã? – perguntou Cheska.

– Sim. O dia inteiro.

– É mesmo? – disse Cheska, enquanto saíam para a Knightsbridge Street. – Eu tinha achado que você gostaria de estar presente quando eu falasse com os policiais. Eles virão amanhã à tarde, em algum horário.

– Bem, não posso estar presente. Tenho muito trabalho atrasado para pôr em dia e preciso tomar providências para visitar LJ no fim de semana. Não quero adiar mais a visita. – Ava captou um vislumbre do rosto abalado da mãe. – Mas dou uma passada no Savoy para ver você, lá pelas cinco horas.

Cheska fez sinal para um táxi.

– Obrigada, meu bem. Tome, pegue este táxi – disse, enfiando uma nota de 20 libras na mão da filha.

– Posso ir de ônibus.

– Pode, mas quero que vá de táxi. Você sabe que eu a amo, não sabe?

Ava baixou os olhos e fez que sim. O que mais poderia fazer?

– Sabe, Ava, você não tem lembrança de quando descobri que eu ia ter você. Eu tinha 15 anos e estava muito assustada. Não tinha ninguém a quem recorrer. Você precisa se lembrar de que o aborto ainda era ilegal. Não que eu tenha pensado nisso... Eu queria ter você. Mas sua avó tinha acabado de sofrer o acidente e estava em coma, e eu não fazia ideia de como criar uma criança. Quando fui a Hollywood fazer o teste e consegui um contrato, meu agente exigiu que eu não mencionasse você a ninguém. Sei que eu deveria ter recusado, mas será que você pode tentar compreender como eu era ingênua e vulnerável? Era mais nova do que você é hoje, Ava.

Ava sentiu o olhar do taxista sobre as duas.

– Vamos falar disso em outra hora – respondeu Ava, depressa.

– Até amanhã, querida.

Cheska acenou alegremente enquanto o táxi se afastava. Ava afundou no banco, sua mente estava um caos. Ela tinha sido manipulada pela mãe mais uma vez.

De volta ao seu quarto, tentou escrever o trabalho, mas constatou que o pensamento ficava voltando à sua mãe. Tudo que Cheska era ou parecia ser, pelo menos, ia além da compreensão. Ava baixou a caneta e apoiou a cabeça sobre o trabalho semiconcluído, pensando em qual seria a pessoa a quem poderia recorrer para pedir orientação.

Não queria preocupar Mary e, por enquanto, LJ não era opção. E Simon? Ava simplesmente não sabia.

– Tio David – disse ao afundar na cama, exausta –, por favor, por favor, venha logo.

A porta da suíte se abriu e Cheska, sorridente, recebeu a filha.

– O inspetor Crosby já está de saída. Entre para dizer oi.

Ava acompanhou a mãe até a sala de estar.

O inspetor parecia relaxado, guardando um arquivo em sua maleta.

– Esta é Ava, minha filha, inspetor.

Ava cumprimentou o inspetor.

– O senhor já descobriu o que causou o incêndio?

– Os investigadores ainda estão trabalhando nisso, mas estão seguros de que foi proposital. Acham que começou num dos quartos. Não se preocupe, senhorita, estamos levando este caso muito, muito a sério. O solar Marchmont é uma peça importante do patrimônio histórico nacional, além de ser a residência da sua família e...

– Fiquei chocada, como você pode imaginar – interrompeu Cheska. – Como eu disse ao inspetor Crosby, pode ter sido um intruso que quisesse me matar. É comum celebridades atraírem perseguidores, como você sabe. E pensar que eu poderia ter morrido queimada na minha cama!

– Com certeza, há gente muito estranha por aí, Srta. Hammond – concordou o inspetor Crosby. – E Marchmont está longe de ser uma propriedade protegida. É claro que perguntei à sua mãe se ela fuma, ou se teria acendido uma vela, ou deixado cair um fósforo acidentalmente.

– Você fez isso, mãe?

– Ava! Você sabe que não fumo, e acho que eu me lembraria se tivesse feito alguma coisa que pudesse deflagrar um incêndio.

– Com certeza, foi muita sorte sua escapar, Srta. Hammond – confirmou o inspetor. – Agora, seria possível eu obter umas duas fotografias autografadas, para levar para os rapazes?

– É claro, deixe-me buscar algumas.

Constrangida, Ava ficou de pé ao lado do inspetor.

– Eu não sabia que Cheska Hammond tinha uma filha. Você é muito parecida com ela.

– Obrigada. E, então, o que vai acontecer com Marchmont agora?

– Os investigadores estão quase terminando. Vão entregar seu laudo na semana que vem. Tenho mais algumas pendências para esclarecer, e então veremos aonde isso nos leva.

– Mas o senhor acha que foi um intruso que desencadeou o incêndio, de propósito?

– No momento, não parece haver outra explicação, a menos que sua mãe tenha incendiado a própria casa – brincou ele.

– A casa não é da minha mãe, inspetor, é da minha tia.

– Pronto, aqui está.

Cheska apareceu, brandindo as fotografias.

– Obrigado. Os rapazes vão ficar muito contentes. – Guardou-as com cuidado na maleta e estendeu a mão. – Foi um prazer conhecê-la, Srta. Hammond. E a sua filha – acrescentou, com um olhar de relance para Ava.

– Eu me sinto como se tivesse passado a última hora em julgamento! – reclamou Cheska, quando a porta se fechou. Em seguida, seus olhos se encheram de medo. – Você não acha... você não acha que ele desconfiou de alguma coisa a meu respeito, acha, Ava?

– Não, mãe.

– É só que algumas perguntas que ele fez me deram a sensação de ser uma... uma criminosa.

– Eu não me preocuparia. É óbvio que ele é um dos seus maiores fãs.

– Você acha?

– Sim. Agora tenho que ir.

– Ir para onde?

– Para casa, vou fazer uns trabalhos.

– Mas você não pode! Jodie vai chegar daqui a quinze minutos.

– Quem é Jodie?

– A jornalista. Prometo que não vai demorar. Vou pedir alguma coisa do serviço de quarto para você.

– Não estou com fome.

– Então, champanhe? Vou mandar trazerem.

– Não, obrigada.

– Olhe, meu bem, sei que você não quer fazer isso, mas prometeu a mim e a Dorian que faria. Deixe que cuido de tudo. Estou acostumada com isso. Está bem?

Uma hora e meia depois, Ava saiu do Savoy com o estômago embrulhado. Cheska havia insistido em se sentar ao seu lado, enquanto Jodie as entrevistava, segurando sua mão, passando o braço em torno dos seus ombros e fazendo à perfeição o papel de mãe dedicada. Ava tinha falado pouquíssimo, respondendo monossilabicamente às perguntas que lhe foram feitas. Um fotógrafo havia chegado e, uma vez batidas as fotografias, Ava se levantara, dera um beijo na mãe e fora embora. Quando ia saindo, Cheska tinha murmurado alguma coisa sobre se encontrar com Simon no dia seguinte, e dito que depois teria boas notícias para Ava.

Sentada no ônibus, a jovem se obrigou a reconhecer que Cheska estava apaixonada por Simon. E ele por ela, talvez. Ao chegar de volta ao quarto, ficou deitada na cama por alguns minutos, com lágrimas nos olhos, mas concluiu que não fazia sentido remoer a questão naquele momento. Tomou a decisão de ir ao País de Gales no dia seguinte e visitar LJ. Mesmo sabendo que não poderia falar com ela sobre a tragédia que se abatera sobre Marchmont, sentia necessidade de estar na presença segura e equilibrada da tia. Ao fechar os olhos, cansada e torcendo para o sono chegar, pensou no lugar em que os investigadores tinham dito que o incêndio havia começado. E, de repente, com todas as células de seu corpo, soube que a mãe estava mentindo.

51

– Alô, Sr. Glenwilliam, tenho uma chamada de David Marchmont para o senhor.

– Obrigado, Sheila.

– Glenwilliam?

– David, fico muito feliz por você ter ligado.

– Acabamos de chegar ao nosso hotel em Lhasa, voltando de uma caminhada pela cordilheira do Himalaia. Encontrei recados me pedindo para entrar em contato com você e com Ava, com urgência. O que aconteceu? É algo com minha mãe?

– Não. Ela está bem. Pelo menos, está numa clínica de repouso...

– Clínica de repouso?

– Sim, mas, na situação atual é um alívio para todos nós que ela esteja lá. Uma das razões de eu tentar entrar em contato com você é que Marchmont sofreu sérias avarias devido a um incêndio, alguns dias atrás.

– Meu Deus! Alguém se feriu?

– Não.

– Graças a Deus. Obrigado por ter me procurado, Glenwilliam.

– Bem, a Srta. Hammond realmente me avisou que eu não conseguiria encontrá-lo, mas achei melhor...

– Cheska? Ela voltou ao Reino Unido?

– Sim, embora, aparentemente, esteja em Londres neste momento. E, é claro, Ava também está lá, na faculdade.

– Santo Deus! Parece que se instalou um pandemônio! Minha mãe está numa clínica de repouso, Marchmont virou fumaça e Cheska voltou à Inglaterra. Ela está com Ava, agora?

– A Srta. Hammond está hospedada no Savoy, segundo me disse a sua governanta. Telefonei para o hotel algumas vezes, mas ela ainda não retornou minhas ligações. Realmente preciso falar com ela. Agora que está com uma procuração temporária relativa a Marchmont, não posso fazer nada sem a autorização dela. Além disso...

– Procuração? Cheska? *Por quê?*

– Desculpe, David, deixe-me contar do início. A razão de sua mãe estar numa clínica de repouso é que ela teve um derrame em setembro. Os médicos e eu achamos melhor a Srta. Hammond lidar com os assuntos financeiros de Marchmont enquanto ela se recupera.

– Derrame? Qual foi a gravidade?

– Pelo que sei, ela está se recuperando bem. Mas há um outro problema de que você precisa tomar conhecimento... – Glenwilliam fez uma pausa nervosa por um momento, antes de transmitir a notícia. – Uma soma substancial em dinheiro foi retirada da conta da propriedade de Marchmont, e eu queria verificar se isso foi feito por instrução da Srta. Hammond e, obviamente, por que ela fez essa transferência.

– O quê? Por que diabo você deixou Cheska receber uma procuração? – explodiu David. – Com certeza poderia ter esperado até falar comigo, não é?

– Perdoe-me, David, mas eu não sabia quanto tempo levaria para entrar em contato com você, e a Srta. Hammond foi muito insistente. É claro que me ofereci para administrar a propriedade para ela na sua ausência, mas ela me pareceu decidida a assumir pessoalmente a responsabilidade. Não havia muito que eu pudesse fazer para impedi-la. O médico de sua mãe tinha escrito uma declaração afirmando que ela não estava apta a continuar a administrar a propriedade.

– E vocês dois ficaram hipnotizados pelo rosto famoso e pelo lendário charme dela, sem dúvida. Ela também perguntou quem herdaria a propriedade, no caso da morte de minha mãe?

Houve outra pausa.

– Creio que perguntou, sim.

– E você respondeu?

– Ela parecia já saber, David. Apenas esclareci a situação.

– Olhe, vou pegar o primeiro voo possível para casa. Primeiro irei a Londres, para falar com Cheska e descobrir que diabo está acontecendo. Entro em contato quando aterrissar. Até logo.

David bateu com o telefone e se recostou na cama, soltando um gemido.

Tor havia acabado de sair do chuveiro.

– Puxa vida! Como é bom ter alguns luxos, depois de semanas de banhos de balde, dormindo naquelas esteiras pavorosas! David, o que foi que aconteceu? Você está branco como um fantasma!

– Eu sabia que não deveríamos ter passado tanto tempo sem manter contato. Está um caos completo na Inglaterra!

– Mas, querido, a ideia toda era essa. Ficarmos longe das coisas, passarmos um tempo sozinhos.

– Se tiver acontecido alguma coisa com ela, eu vou...

Tor se sentou ao seu lado e o abraçou.

– Acontecido com quem? O quê? Fale comigo!

– Minha mãe teve um derrame. Glenwilliam disse que ela está numa clínica de repouso. E Cheska voltou para casa.

– Cheska? Ela está em Marchmont?

– Não, Tor. Houve um incêndio. A casa queimou inteira. Não sei qual é a gravidade da coisa, mas Glenwilliam deu uma procuração a Cheska, e agora ela foi para Londres depois de sacar da conta da propriedade o que o Glenwilliam chamou de "soma substancial em dinheiro".

– Santo Deus! Parece que é melhor ver se conseguimos arranjar um voo para Londres imediatamente. Vou ligar para a recepção enquanto você prepara uma bebida forte para nós dois. David se levantou e foi até o minibar. Serviu uma dose grande de gim, acrescentou um pouco de água tônica e gelo e bebeu um grande gole.

Vinte minutos depois, Tor já estava começando a enfiar as roupas na mala de David.

– Você tem reserva num voo hoje à noite. Terá de ir via Pequim e pegar a conexão para Londres. Haverá uma espera bem longa em Pequim, mas foi o melhor que pude conseguir a curto prazo. Você deve chegar ao Heathrow no começo da noite de domingo.

– E você?

– Só havia um lugar sobrando no voo, querido. Agora eles estão fazendo verificações para mim. Eu o seguirei assim que puder.

– Tudo isso é culpa minha – lamentou David, desesperado. – Se eu não tivesse ficado tão fixado em fazer esta viagem, poderia ter percebido que Cheska estava aprontando alguma coisa.

Tor o fez sentar na cama e segurou com delicadeza suas mãos.

– David, querido, você passou a vida inteira tentando cuidar de Greta, Cheska e Ava. Nenhuma delas nem sequer é sua parente. O fato de você ter se permitido dispor de algum tempo para si mesmo não o torna culpado de coisa alguma. Você tem que se lembrar disso.

– Obrigado, querida. Vou tentar.

– Agora é melhor você entrar depressa no chuveiro. Seu voo sairá daqui a algumas horas.

Ava estava sentada diante da escrivaninha, tentando desesperadamente terminar seu trabalho, para poder deixá-lo no escaninho do seu orientador antes de viajar para Marchmont, quando ouviu uma batida à porta.

– Ligação para você, Ava.

Ela foi até o telefone público.

– Alô?

– Sou eu, a Mary. Desculpe incomodar, mas não sei mais o que fazer. Tentei ligar ontem à noite, mas ninguém atendeu o telefone.

– É LJ?

Mais uma vez, o coração de Ava quase parou.

– Ava, não entre em pânico, ela não morreu. Pelo menos, não que eu saiba. Só está... desaparecida.

– Desaparecida? O que você está querendo dizer?

– Ontem à noite fui visitá-la na clínica de repouso. A enfermeira ficou surpresa ao me ver. Pensou que eu soubesse que a Sra. Marchmont tinha sido retirada de lá pela sobrinha, uns dias atrás, mas não sabia dizer para onde.

– O quê? Você está dizendo que Cheska a tirou da clínica de repouso e não nos disse nada?

– É. Na segunda-feira, antes de viajar para Londres. Ela me disse para não fazer visitas por uns dois dias, porque sua tia-avó ia ser levada ao Hospital de Abergavenny para uma avaliação.

– Então, deve ser lá que ela está, não?

– Não. Telefonei para lá e me disseram que a Sra. Marchmont só tem avaliação marcada na semana que vem.

Ava escutou Mary abafar o choro.

– Bem, é muito simples. Vou ligar agora mesmo para minha mãe e descobrir para onde ela a levou, e *por quê*.

– Tentei falar com ela no Savoy, ontem à noite, mas o recepcionista disse que ela havia bloqueado a linha até segunda ordem. Ah, Ava, o que foi que sua mãe fez com ela?

– Não sei, mas juro que vou descobrir. Procure não entrar em pânico, Mary. Tenho certeza de que ela está bem. Alguma notícia do tio David? De acordo com o itinerário da viagem, ele deve estar chegando ao hotel de Lhasa.

– Nada ainda, mas tenho certeza de que ele vai ligar assim que receber o recado.

– Precisamos dele com urgência, Mary. Ele é a única pessoa capaz de dar sentido ao que aconteceu. Eu estava planejando ir para Gales agora à noite, mas é óbvio que primeiro preciso falar com minha mãe. Entro em contato assim que encontrá-la.

– Obrigada, *fach*. Mas, por favor, tome cuidado quando for falar com ela, sim?

– O que quer dizer? – perguntou Ava.

– Eu... é só que talvez sua mãe não seja exatamente o que parece.

Ava já havia começado a descobrir isso sozinha.

Simon bateu à porta da suíte de Cheska.

– Entre!

Ele girou a maçaneta e descobriu que a porta não estava trancada.

– Olá?

– Aqui, querido – disse uma voz vinda do quarto. – Venha para cá.

– Está bem. – Abriu a porta. – Desculpe eu ter me atrasado um pouco, Cheska, eu...

A visão com que se deparou o fez se calar. Cheska estava deitada na cama, usando apenas sutiã, calcinha e cinta-liga preta. Segurava uma taça de champanhe.

– Olá, benzinho – disse ela, sorrindo.

– Onde está o produtor musical que você queria que eu conhecesse? – perguntou Simon, tentando olhar para qualquer lugar, menos para Cheska.

– Ele vai chegar mais tarde. Venha cá, meu querido. Temos muita coisa para comemorar – disse ela, abrindo os braços.

Simon afundou numa poltrona.

– Bobby, não precisa ser tímido. Você nunca foi tímido, não é?

– Não sei do que está falando, Cheska. E, pela enésima vez, meu nome é Simon.

– É claro que é. Tome, beba um pouco de champanhe. Vai relaxá-lo.

– Não, obrigado. Escute, Cheska, acho que está havendo um pequeno engano.

– Que "engano"?

– Acho... eu... – Simon lutou para encontrar as palavras certas. – Acho que você está querendo de mim coisas que eu não posso dar.

– Como o quê? – indagou Cheska, com um sorriso sedutor. – Se você se refere a seu corpo, seu coração e sua alma, então, sim, tem razão. Eu quero. Eu amo você, Bobby. Sempre amei. Sei que você está zangado comigo pelo que fiz, mas vou recompensá-lo, juro. E seu rosto está totalmente curado. – Ela se levantou e avançou em direção ao rapaz. Enquanto ele permanecia sentado, imobilizado pelo choque, Cheska montou em seu colo, uma perna de cada lado, prendendo as pernas dele. – Por favor, Bobby, me perdoe, me perdoe!

Inclinou-se para a frente e o beijou no pescoço.

– *Não!*

Recobrando a lucidez, Simon se levantou de um salto, empurrou-a para longe e por pouco não a fez cair de costas. Cheska recuperou o equilíbrio e o fitou.

– Sei que você está bancando o difícil. Sempre foi implicante. Entregue-se logo, Bobby, vamos esquecer o passado e recomeçar do zero. A vida será maravilhosa. Estou me mudando para Londres para podermos ficar juntos. Vi um apartamento fabuloso em Knightsbridge, que vou alugar para nós. Consegui um excelente papel num seriado de TV, e você vai fechar negócio com uma gravadora...

– *Pare! Pare!*

Simon segurou-a pelos ombros e a sacudiu. Cheska continuou a sorrir com seu ar sonhador.

– Lembro que às vezes você gostava de me machucar, sim. Não me incomoda. O que quiser, querido, o que quiser.

Simon sentiu o pé dela esfregando em sua perna, para cima e para baixo.

– Cale a boca! – gritou.

Sua mão a esbofeteou, não com força suficiente para machucar, mas o susto a fez se calar. Ela o fitou com uma expressão de mágoa nos olhos.

– Bobby, o que foi que eu fiz? Diga, por favor.

Simon virou-a em direção à poltrona e a fez se sentar.

– Cheska, pela última vez, meu nome não é Bobby. É Simon Hardy. Só a conheci algumas semanas atrás. Não tivemos nenhum passado e não temos futuro algum.

– Eu... puxa, você sempre foi cruel, Bobby. Não gosta mais de mim? Diga o que foi que eu fiz.

– Você não fez nada, Cheska. Só não funcionaria, apenas isto.

– Por favor, me dê uma chance de mostrar como posso fazê-lo feliz.

– Não. Você tem que entender que nenhuma relação é possível.

– Por quê?

– Porque estou apaixonado por outra pessoa!

Cheska mirou um ponto distante, depois tornou a se virar para ele, com o rosto carregado de ódio.

– Você está fazendo tudo de novo, não é?

– Não, Cheska. Nunca fiz isto antes. Nem com você nem com ninguém.

– Não minta para mim! Todas aquelas noites que passamos juntos. Você dizia que me amava, que sempre me amaria, e aí, e aí...

A voz de Cheska foi morrendo.

– Olhe, não faço a menor ideia do que você está falando, mas estou indo embora.

Simon caminhou em direção à porta.

– Quem é ela? É aquela mulherzinha que você escondeu durante anos, ou a putinha daquela maquiadora com quem você trepava?

– Não sei de quem você está falando. Lamento que as coisas tenham ocorrido dessa maneira.

– Se você sair agora, juro que vou castigá-lo como antes.

Simon se virou e viu a expressão tenebrosa em seus olhos vidrados.

– Acho que você precisa de ajuda, Cheska. Adeus.

Para Ava, sentada no ônibus para o Savoy, foi como se os pensamentos a assediassem. Houvera muitos momentos, nas semanas anteriores, em que ela vira o estado de ânimo de Cheska mudar em instantes mas sempre havia atribuído o estranho comportamento da mãe ao fato de ela ter vivido num mundo muito fugaz e de ser muito famosa. Todas as pessoas que a conheciam se sentiam honradas e espantadas com ela. Todos a adoravam. Ava sabia que, no começo, ela mesma também se deixara fascinar por Cheska.

Mas agora sabia que a mãe tinha mentido para ela e para Mary sobre a retirada de LJ da clínica de repouso. E, quanto ao incêndio, será que o inspetor realmente acreditava que Cheska pudesse não ter tido nada a ver com ele? Teria sido enganado, como todos os demais? Ava deu um suspiro ao saltar do ônibus e esperar a luz do semáforo mudar, para poder atravessar a rua.

O problema era que, tivesse ele se iludido ou não, havia pouca coisa que Ava pudesse fazer. Cheska era sua mãe. Dificilmente ela poderia telefonar para o inspetor e dizer que desconfiava dela.

Enquanto percorria o curto trecho que levava ao Savoy, tremendo no ar enevoado da noite, Ava tentou pensar no que diria a Cheska. Acusá-la de qualquer coisa sempre a deixava culpada e levava às lágrimas maternas. Enquanto pensava nessas coisas, ela viu surgir uma figura conhecida, saindo da porta giratória na entrada do hotel.

Recuou para as sombras do edifício, mas Simon já a tinha avistado e foi andando na sua direção.

– Oi, Ava.

Ela viu que ele parecia angustiado e estava com a respiração ofegante.

– Você está legal? – perguntou.

– Sim. Quer dizer, mais ou menos.

– Não me diga: você acabou de visitar minha mãe – disse Ava, desviando os olhos dele e procurando agir como se não se importasse.

– Foi. Ela tinha dito que havia alguém que eu precisava conhecer. Um produtor musical.

– Que ótimo. Espero que tudo tenha corrido bem.

– Ele não estava lá.

– Sinto muito.

– Escute, Ava, você pode parar de me tratar como um estranho? Juro que não é o que parece.

– Hoje você é a segunda pessoa a me dizer uma coisa semelhante.

– Bem, lamento ser repetitivo, mas, dado o que acabou de acontecer lá em cima, acho que sua mãe teve uma ideia completamente errada a meu respeito.

– E o que foi que aconteceu?

– Olhe, agora tenho que ir para o teatro, porque hoje vai haver uma apresentação beneficente, que começa mais cedo. E o que tenho para dizer é bem difícil de explicar.

– Por que não experimenta?

Ava estava olhando para os pés. Para qualquer lugar, menos para ele.

– Acho que sua mãe... gosta de mim.

– É mesmo? E essa foi a primeira vez que você notou?

– Foi, digo, não. Eu sabia que ela vinha sendo muito amável. Mas achei que fosse por sua causa.

– Por minha causa, por quê?

– Bem, não é incomum as mães procurarem ser acolhedoras com os namorados das filhas, não é?

– Mas você não é meu namorado, Simon. Nunca trocamos nem ao menos um beijo.

– Eu... – Simon segurou-a com delicadeza pelos braços e a puxou para si. – Olhe para mim, Ava, por favor.

– Simon, se você quiser sair com a minha mãe, o problema é seu. Mas não espere que eu goste disso.

– Eu *não quero* sair com ela, é claro que não quero, sua boba! Só estava sendo gentil por *nossa* causa. Preparando o terreno, se preferir.

– Para quê?

– Para nós! Escute, Ava, você é mais nova que eu, e eu não queria forçar nenhuma barra. Achei que podíamos ir nos conhecendo devagar, sem pressão, mas no mínimo deve ter ficado óbvio para você que eu estava interessado.

– Não sei. – Ava balançou a cabeça, triste. – Neste momento, estou muito confusa com uma porção de coisas.

– É claro que sim – disse ele, com meiguice. – Por favor, posso abraçá-la? Por favor?

Ava ainda se manteve rígida quando ele a envolveu nos braços.

– E por que você está aqui, afinal? – perguntou Simon.

– Porque, ao que parece, Cheska tirou minha tia-avó da clínica de repouso e ninguém sabe onde ela está. Por que ela faria uma coisa dessas?

– Não sei, mas, depois do que vi lá em cima, acho que ela não está batendo muito bem da cabeça.

– Não, não está. – Ava abafou o choro e Simon a puxou mais para perto. – Se ela tiver machucado LJ, juro que vou...

– Escute, Ava, não quero que você fale com a sua mãe sem mim. Encontre comigo no teatro depois do espetáculo, lá pelas nove e meia. Aí podemos voltar juntos ao Savoy e enfrentá-la. Você promete?

– Se você acha mesmo que é importante...

– Sim, eu acho.

Depois que Bobby saiu, Cheska se vestiu num instante e não tardou a descer para segui-lo até o teatro. Não era culpa dele se ressentir dela. Cheska precisava tornar a se explicar, acertar as coisas e mostrar como seria o futuro. Saiu do elevador, atravessou o saguão e saiu pela porta giratória que levava à rua. Enquanto esperava o porteiro chamar um táxi, viu Bobby pelo canto do olho, parado a alguns metros dali. Estava abraçando uma mulher, mas ela não pôde ver com clareza quem era. Bobby levantou o queixo da garota na sua direção e ela viu que era Ava, sua filha.

– Traidora! – arquejou, sentindo-se consumir por um ódio pavoroso.

Viu os dois se afastarem e começarem a andar em direção à Strand. Bobby cercava protetoramente os ombros de Ava com seu braço. Com um aceno, Cheska dispensou o porteiro e o taxista que a esperava e começou a segui-los. Na rua principal, viu quando pararam. Ele beijou Ava na testa, deu-lhe um último abraço e se virou na outra direção. Ava permaneceu na calçada, esperando mudar a luz do semáforo para poder atravessar a rua.

Nesse momento, veio uma lembrança a Cheska. Há muitos anos, ela já estivera em uma posição parecida. E as vozes lhe disseram o que fazer.

Ela andou depressa em direção à filha.

52

David chegou ao aeroporto de Heathrow completamente exausto. Assim que foi liberado pela alfândega, andou depressa até o ponto de táxi.

– Hotel Savoy, por favor.

O táxi seguiu bem até chegar ao começo da Strand, onde o trânsito ficou intenso. David permaneceu sentado, tentando desanuviar a cabeça, perguntando-se o que diria exatamente quando ficasse cara a cara com Cheska.

– Tudo bem se eu deixar o senhor aqui, chefe? Aconteceu alguma coisa lá adiante. O senhor pode andar os próximos metros. Vai ser mais rápido que esperar aqui.

– Sim, está bem.

David desceu do carro com sua maleta e começou a caminhar para o Savoy. Foi se desviando dos carros parados, um atrás do outro, e cruzou para o outro lado da rua. Algum acidente tinha acontecido no semáforo próximo à entrada do hotel.

Uma aglomeração se formara ao redor de alguém caído no chão, junto à calçada. Respirando fundo, já que aquilo lhe trazia as mais pavorosas lembranças, David passou pela aglomeração, certificando-se de desviar os olhos, mas, ao chegar à calçada, alguma coisa o fez parar e virar para trás. A maca estava sendo levada para o interior da ambulância e David vislumbrou uma cabeça loura e um perfil muito conhecido deitado nela.

– Não, meu Deus! – exclamou, abrindo caminho pela multidão.

Trepou no estribo da ambulância e explicou aos paramédicos quem era.

– Estamos saindo agora. Temos que deixar o trânsito andar. O senhor vem conosco?

– Sim. Ela está muito ferida? – perguntou David.

– O senhor mesmo pode falar com ela. Ela está acordada e consciente.

Vamos levá-la ao pronto-socorro para ver se há algum osso quebrado. O carro a atingiu no ombro e ela levou uma pancada na cabeça, mas, fora isso, parece estar inteira. O trânsito estava tão lento que o impacto foi mínimo. Ava – chamou o paramédico, em meio ao gemido alto da sirene –, olhe a visita que chegou para você.

David foi se sentar ao lado da sobrinha e segurou a mão dela.

– Ava, sou eu, o tio David.

Os olhos dela se abriram, as pálpebras trêmulas. Ava se concentrou nele e, ao registrar de quem se tratava, sua expressão se transformou em assombro.

– Tio David, é você mesmo ou estou alucinando?

– Sou eu *mesmo*, querida.

– Graças a Deus você voltou! Graças a Deus!

– Voltei e vou resolver tudo. Não quero que você se preocupe com nada. Sabe onde está sua mãe?

– Não, na verdade, não sei. Eu estava indo falar com ela no Savoy, para perguntar o que ela fez com LJ, mas Simon me deteve do lado de fora.

– O que você quer dizer com "fez com LJ"?

– Ela a tirou da clínica de repouso e não nos disse para onde a levou. Desculpe, tio David, eu...

Ava não disse mais nada até eles chegarem ao Hospital St. Thomas.

– Eu não me preocuparia demais, senhor – informou o paramédico, quando a maca foi retirada da ambulância. – Ela parece bem. Boa sorte.

Enquanto Ava era levada, David preencheu a papelada necessária. Sentado na sala de espera, ansioso, repassou mentalmente o que Ava dissera sobre LJ ter sido retirada da clínica de repouso, e ficou meio em dúvida se era um devaneio da sobrinha. Abaixou-se e pegou o caderno de telefones na maleta. Em seguida, foi ao telefone público discar o número de Mary. Apesar de só ter moedas suficientes para uma conversa rápida com ela, Mary confirmou o que Ava tinha dito e o coração de David quase parou.

Ele mandou Mary começar a ligar para os hospitais locais e outras clínicas de repouso da região, para ver se conseguia encontrar LJ. Com certeza, nem mesmo Cheska podia tê-la eliminado, não é? Sua mãe tinha que estar em algum lugar e ele a acharia. Tão logo se certificasse de que Ava estava bem, ele iria ao Savoy e falaria com a sobrinha esta noite, nem que para isso tivesse que derrubar a porta dela. A outra pergunta grave, é claro, era se o

447

acidente de Ava tinha sido apenas isso. Ou será que Cheska, por qualquer razão distorcida, esteve envolvida?

Por que é que ele teve que viajar? Devia ter imaginado que Cheska poderia pensar em voltar para a Inglaterra. Estava falida, com a carreira praticamente encerrada em Hollywood. A pobre e inocente Ava, que nada sabia sobre o lado obscuro da mãe, havia arcado com as consequências. Para não falar na mãe dele...

O médico finalmente veio procurá-lo.

– Como ela está? – perguntou David.

– A boa notícia é que não há sinal de fratura no ombro, mas ela parece ter uma leve concussão, por causa da pancada na cabeça. Vamos mantê-la em observação durante a noite. Acabei de telefonar para pedir que preparem um leito na enfermaria. Se tudo correr bem, ela terá alta amanhã de manhã. Venha vê-la. Ela está sentada, tomando uma xícara de chá.

O médico o conduziu pelo corredor e abriu uma cortina.

– Vou deixá-los à vontade. Tenho que ver outros pacientes – disse, com ar de quem pede desculpas.

David foi se sentar perto de Ava. Ela parecia muito melhor do que antes.

– Como está se sentindo, querida?

– A não ser pela dor de cabeça, não estou muito mal. O médico disse que escapei por sorte.

– Foi mesmo.

– Tio David, quando a vovó sofreu o acidente dela, também não foi ali, quase na porta do Savoy?

– Foi, sim.

Ava estremeceu.

– Que coincidência horrível, não?

– É, sim, mas, por favor, é *apenas* isso – disse David, sem a menor confiança no que dizia.

– Que horas são?

– Passa um pouco das nove.

– Ah, não! Eu tinha dito a Simon que me encontraria com ele depois da sua apresentação. Temos que descobrir onde está LJ. Estou muito preocupada com ela. Você pode se encontrar com Simon no Queen's Theatre e explicar o que aconteceu? Depois, talvez vocês possam falar juntos com a minha mãe.

– Simon? – David coçou a cabeça. – Quem é ele?

– Você o conheceu na festa de 85 anos de LJ. Na ocasião, você disse que ele se parecia com um conhecido seu.

– Ah, é! Ele é parecido com um sujeito chamado Bobby Cross – disse David, suspirando.

– Bobby? – Ava franziu a testa. – Engraçado. Cheska vive chamando Simon de Bobby.

– É mesmo?

– É, e a razão de Simon ter ido ao hotel, hoje, foi que Cheska disse que queria apresentá-lo a um produtor musical. Encontrei com ele saindo do Savoy, e ele me disse que ela o atacou.

David tinha se perguntado se as coisas poderiam piorar. Pelo jeito, tinha acabado de acontecer.

– Será que você pode ir falar com Simon por mim, tio David? Não é longe daqui.

– Ava, acho que deveria ficar aqui com você.

– Não. Estou me sentindo muito melhor. E ficaria muito mais contente sabendo que LJ está bem. Mas, por favor, tome cuidado com Cheska. Simon estava muito abalado com o jeito que ela se comportou.

– Não se preocupe comigo, Ava. Conheço sua mãe desde que ela era pequena. Mas, sim, eu gostaria de falar com Simon, para saber exatamente o que está acontecendo. Embora eu faça uma boa ideia.

A enfermeira abriu a cortina e disse que a cama de Ava estava pronta, no andar de cima.

– Você consegue sentar na cadeira de rodas, ou devemos levá-la de maca?

– Na cadeira de rodas – disse Ava, saindo da cama e ficando em pé. – Viu? Estou ótima, tio David. Por favor, vá e descubra onde está LJ.

– Receio que, de qualquer maneira, o senhor não possa subir à enfermaria a esta hora da noite – esclareceu a enfermeira. – As luzes serão apagadas daqui a vinte minutos.

– Está bem, mas pode me dar o número do telefone da enfermaria para poder ligar mais tarde e saber como Ava está?

– É claro. Eles darão o número na recepção. Agora, aqui está sua carruagem, madame – brincou a enfermeira, quando chegou um auxiliar de enfermagem com a cadeira de rodas.

Ava se sentou nela e David lhe deu um beijo no rosto.

– Se houver qualquer problema, vocês têm meu telefone – disse David à enfermeira, enquanto eles seguiam pelo corredor com Ava.

– Até logo, tio David. Por favor, venha me ver amanhã de manhã e me conte o que descobriu.

– Pode deixar – disse ele, jogando um beijo quando Ava foi empurrada para o elevador e a porta se fechou.

David chamou um táxi na porta do hospital e deu ao motorista o endereço do Queen's Theatre, na avenida Shaftesbury, tentando compreender o que Ava acabara de lhe contar.

Simon voltou apressado ao camarim depois da apresentação beneficente. A essa altura, esperava já ter trocado de roupa e estar pronto para se encontrar com Ava, mas alguns jovens membros da realeza haviam estado na plateia – patrocinadores do espetáculo beneficente –, de modo que o elenco tinha ficado esperando para ser apresentado a eles.

Simon deu uma espiada no relógio e percebeu que era melhor correr. Já ia desabotoando a camisa do traje ao abrir a porta, e por isso demorou alguns segundos para notar que tinha uma convidada muito indesejável.

– Olá, benzinho. Vim dizer que compreendo por que você está tão zangado comigo. O que fiz com você foi uma maldade, mas você tinha me magoado tanto, sabe, que eu...

– Cheska, desculpe, mas, como eu disse antes, não faço a menor ideia do que você está dizendo. E realmente preferiria que você fosse embora.

Sentou-se diante da penteadeira e deu as costas para ela.

– Ora, vamos, Bobby – insistiu ela, lisonjeira, postando-se atrás dele, de tal modo que seu reflexo aparecesse no espelho. – Você deve se lembrar do tanto que nos divertimos, não?

Pôs as mãos nos ombros de Simon e começou a massageá-los.

– Pela última vez, Cheska – disse ele, empurrando as mãos dela e se levantando para encará-la –, não faço a menor ideia de quem seja esse tal de Bobby. Meu nome é Simon. Se você não sair por conta própria, acho que terei de chamar a segurança.

A expressão no rosto de Cheska se alterou.

– Você está me expulsando? Depois de tudo que vivemos juntos? Depois do que você fez comigo? Eu o vi mais cedo, com Ava. É nojento!

– O quê? Como é que você pode dizer que é nojento? Estou apaixonado por ela! Há uma grande chance de que eu queira passar minha vida com ela. Se você não gosta da ideia, o problema é seu.

Cheska jogou a cabeça para trás e deu uma risada.

– Ora, vamos, Bobby. Você sabe que nunca poderá ficar com Ava.

– É? Por quê?

– Porque ela é sua filha! O que tem a dizer sobre isso?

Simon a fitou, horrorizado.

– Você é mesmo louca, não é?

– Louca? Dificilmente. O canalha aqui é você. Você me engravidou e me abandonou. É, me *abandonou*! E eu só tinha 15 anos!

– Cheska, acho que você está me confundindo com outra pessoa.

Simon procurou manter a voz calma. A de Cheska estava subindo para um tom histérico, e ele percebeu a loucura em seus olhos. Ele foi se esgueirando para a porta, à medida que ela avançava em sua direção.

– Você sempre foi um trapaceiro safado e mentiroso!

De repente, ela estendeu o braço e o esbofeteou com força. E de novo, e de novo, até que Simon, cambaleando com o choque, conseguiu segurá-la pelos pulsos.

– Pare com isso! – exclamou, segurando-a firme.

Ela baixou a cabeça e cravou os dentes em sua mão. Com um guincho, Simon a soltou e, no mesmo instante, ela partiu para cima dele, atacando-o como um animal selvagem, cravando-lhe as unhas vermelhas e longas no rosto. Deu-lhe uma joelhada com força nas partes íntimas e ele gritou de agonia, ficando impotente com a dor. Quando se curvou para recobrar o fôlego, sentiu as mãos de Cheska segurarem seu pescoço e começarem a apertar.

– Você não merece viver – ouviu-a afirmar.

Apareceram manchas na frente dos olhos dele, enquanto as mãos em garra foram apertando com mais força e ela o cobriu de xingamentos. Já zonzo demais para se defender, Simon caiu no chão, levando-a junto.

Ah, meu Deus, pensou, *ela vai me matar. Vou morrer aqui...*

Quando começava a perder a consciência, viu uma figura entrar pela porta e agarrar Cheska por trás. Tossindo e se engasgando, enquanto aspirava todo o ar que podia, ele viu alguém conhecido, mas que não conseguiu situar muito bem, segurando Cheska com firmeza pelos ombros, enquanto ela se debatia e chutava.

– Cheska! Pare com isso! Já chega! Sou eu, o tio David! Tudo vai ficar bem.

Cheska amoleceu nos braços do homem, como uma boneca de trapo.

– Desculpe, tio David, eu não queria machucar ninguém, não queria mesmo. É que Bobby não foi muito bonzinho comigo, sabe? Por favor, não me castigue, sim?

– É claro que não – disse ele. – Vou cuidar de você, como sempre fiz.

Simon soergueu o corpo, sentado no chão, começando a superar a tonteira, e viu o homem aninhar Cheska nos braços e lhe afagar o cabelo.

– Acho que devo levar você para casa e colocá-la na cama, não acha? Você está exausta, Cheska.

– Estou – concordou ela.

O homem olhou para Simon enquanto conduzia Cheska para uma cadeira e a sentava. Agora ela estava quase catatônica, olhos fixos no vazio, toda a agressividade sumira.

Simon se deu conta de que seu salvador era David Marchmont, o tio de Ava.

– Você está bem? – perguntou David por cima da cabeça de Cheska, apenas movimentando os lábios.

– Acho que sim. Não foi nada – disse Simon, pegando um lenço de papel para estancar o sangue da mão, onde Cheska o havia mordido. – Ela me pegou de surpresa, mas estou bem.

David deixou Cheska na cadeira e foi ajudar Simon a se levantar.

– Ava sofreu um pequeno acidente agora à noite. Está bem, mas talvez você queira ligar para o Hospital St. Thomas para saber como ela está – cochichou. – Precisaremos conversar amanhã, então podemos nos encontrar no hospital às dez horas. Vou levar...

Mas Cheska já se levantara e estava na porta, girando a maçaneta. Antes que um dos dois pudesse reagir com rapidez suficiente para detê-la, ela cruzou a soleira e foi embora. Correndo atrás dela pelo corredor, David a viu desaparecer pela entrada dos artistas e mergulhar na noite. Lá fora, segundos depois, na rua movimentada, David olhou à direita e à esquerda, mas não viu sinal dela.

– Diabo! – praguejou.

Não deveria tê-la deixado sair. Agora restava esperar que ela voltasse para o Savoy. Decidiu ir direto para lá, para o caso de Cheska tentar fazer as malas e partir às pressas. Chamou um táxi e entrou.

Na chegada ao hotel, saltou e deu uma gorjeta ao porteiro. Pensando melhor, voltou e se dirigiu a ele.

– Desculpe. Será que você viu minha sobrinha, Cheska Hammond, sair do hotel mais cedo, hoje à noite? E será que ela já voltou?

O porteiro conhecia David de longa data.

– Ela saiu do hotel mais ou menos às seis e meia e me pediu para chamar um táxi. Chamei, mas ela deve ter mudado de ideia, porque eu a vi andando na direção da Strand. Achei que tinha visto algum conhecido. Lembro-me disso porque foi pouco antes daquele acidente horrível, ali perto do semáforo. O taxista que eu tinha chamado ficou muito aborrecido, porque passou uma boa meia hora aqui, sem ganhar nada, até desimpedirem o trânsito. E não a vi voltar até agora, senhor.

– Obrigado – disse David, pondo outra nota na mão do porteiro.

Do lado de dentro, foi até a recepção, onde explicou que deveria se encontrar com a sobrinha, Srta. Hammond, na suíte dela, mas ela ainda não tinha voltado.

– Você teria a bondade de me deixar entrar, para poder esperá-la? Talvez ela demore um pouco.

– Normalmente não faríamos isso, mas, como é o senhor, tenho certeza de que vai ficar tudo bem. Deixe-me apenas confirmar com o gerente.

David esperou junto ao balcão, impaciente, atordoado com o que o porteiro acabara de lhe dizer. Decididamente precisava falar com Ava e Simon no dia seguinte, mas, se Cheska os tinha visto juntos do lado de fora do hotel...

Conseguiu dar um sorriso de agradecimento quando o recepcionista confirmou que o gerente o autorizaria a entrar na suíte de Cheska.

David perambulou pelos cômodos de decoração requintada, notando as muitas sacolas de compras da Harrods e várias outras lojas de grife, ainda intocadas. Só Deus sabia quanto estava custando aquela suíte e as compras. No entanto, David sabia *muito bem* como ela estava financiando seus excessos.

Ansiando por um banho, mas não querendo ser pego de surpresa quando Cheska voltasse, ele se serviu de um uísque puro e se sentou para esperar.

53

Greta dormia quando ouviu a campainha tocar. Ao acender a luz, viu que era quase meia-noite. A um novo toque da campainha, sentiu medo. Quem poderia ser, a essa hora da noite? A campainha voltou a tocar, uma vez e mais outra. Pouco tempo depois, a pessoa começou a dar batidas altas na porta. Vestindo o robe, Greta foi na ponta dos pés até a porta de entrada.

– Mãe, sou eu, Cheska! Me deixe entrar! Por favor, me deixe entrar!

Greta congelou de susto. Era a filha de quem David havia lhe falado, a que ela não vira durante muitos anos, porque estava em Hollywood, sendo estrela de televisão.

– Por favor, mamãe, abra a porta. Eu... – Greta ouviu um choro alto. – Eu voltei para casa.

O estremecimento provocado por um pavor repentino tomou conta de Greta.

– Mamãe, *por favor*, eu imploro. É a sua filhinha, e eu preciso de você. Preciso de você, mamãe...

Houve mais choro, e Greta continuou paralisada, dividida entre o medo irracional que sentia, o pavor de que os vizinhos fossem perturbados e o fascínio de essa filha de quem haviam lhe falado estar agora à sua porta.

Quando o choro aumentou, os vizinhos venceram. Greta foi até a porta e abriu todos os trincos, menos a corrente que a manteria fechada, para verificar pela abertura se era mesmo Cheska.

– Olá? Cheska?

Espiou pela abertura da porta, mas não conseguiu ver ninguém.

– Estou aqui embaixo, mamãe, sentada no chão. Estou cansada demais para me levantar. Deixe-me entrar, por favor.

Greta olhou em volta e viu uma loura que reconheceu imediatamente da televisão. Respirando fundo, soltou a corrente e abriu a porta devagar. Cheska, que estava encostada nela, quase caiu dentro do apartamento.

– Mamãe! Ah, mamãe, eu amo você! Venha me dar um abraço apertado como você costumava fazer. Por favor!

Cheska abriu os braços e Greta os segurou. Quase a arrastou para dentro, depois fechou a porta e tornou a trancá-la. A boa notícia era que Cheska não parecia nada assustadora. Na verdade, tinha a aparência inversa: a de uma menininha triste e assustada.

– *Por favor*, me abrace, mamãe. Ninguém me ama.

Greta ficou sem jeito, de pé diante dela, querendo ter *alguma* lembrança dessa filha que, aparentemente, ela havia trazido ao mundo. E que, de acordo com David, tinha criado e amado.

Muitas vezes ela se perguntara por que a filha nunca a tinha visitado nem entrado em contato. Olhando para essa mulher, apenas desejou que os sentimentos que um dia havia nutrido se reacendessem de repente. Mas, tal como havia acontecido com David, quando ela abrira os olhos pela primeira vez e o vira, olhar para Cheska era como ver uma estranha. Mesmo assim, ela fez o que lhe foi pedido e se ajoelhou para acolhê-la em seus braços.

– Mamãe, ah, mamãe... preciso de você. Você vai me manter segura, não vai? Não deixe eles me levarem, por favor.

Tudo o que Greta podia fazer era escutar a algaravia de Cheska. Era estranho ver uma mulher adulta se portando como uma criança. Mas talvez a maternidade fosse isso. Passado algum tempo, ela sugeriu de mansinho que as duas saíssem do chão do vestíbulo e fossem para a sala de estar.

– Você quer comer alguma coisa? Ou tomar uma xícara de chá? De noite eu gosto disso.

– Sei que você gosta, mamãe. Costumávamos tomar chá juntas, lembra? – disse Cheska, enquanto Greta a acomodava no sofá.

– É claro que me lembro – mentiu Greta e, ao ver que Cheska estava tremendo, buscou um cobertor num armário e a cobriu.

– E aqueles sanduíches que você fazia para mim, quando eu voltava tarde de uma filmagem noturna? Eu adorava aquilo.

– É? – perguntou Greta, insegura. – Bem, posso fazer uns agora, se você quiser.

Greta foi à cozinha, admirada por Cheska aparentemente não saber que ela não se lembrava de nada. Bem, teria que fingir. Enquanto acendia o fogo da chaleira, foi tomada por outro arrepio de medo, mas o descartou. Essa mulher era sua filha, e não representava ameaça alguma.

Cheska comeu os sanduíches e tomou o chá. Depois, Greta sugeriu que estava na hora de irem dormir, porque já era uma da manhã.

– Posso dormir com você, mamãe, como fazíamos antigamente? Não quero ficar sozinha. Eu tenho pesadelos...

– Todo mundo tem, mas, se você quer dormir comigo, está bem. Vou pegar uma coisa para você vestir, já que você não trouxe nada.

Greta foi ao guarda-roupa e pegou uma camisola, desejando poder contar a David que Cheska estava finalmente ali com ela. Pensou em como seria estranho dormir numa cama com uma estranha, mas era bom ter alguém de quem cuidar, alguém que parecia precisar dela.

Depois que Cheska trocou de roupa, as duas se deitaram.

– Isso é maravilhoso. Aqui eu me sinto segura. Acho que posso dormir.

– Que bom. Você parece muito cansada. Descanse bem, querida.

– Sim. Boa noite, mamãe. – Cheska se aproximou e deu um beijo na face de Greta. – Durma bem.

Greta apagou a luz e ficou deitada no escuro, ouvindo a respiração regular da filha. Tocou a própria face, onde Cheska a havia beijado, e lhe vieram lágrimas aos olhos.

Simon já estava à cabeceira de Ava quando David chegou ao hospital, na manhã seguinte.

– Olá, tio David. O médico disse que estou ótima e posso ir para casa – disse Ava, dando-lhe um beijo. – Vocês dois já se conheceram, não?

– Sim – respondeu Simon, trocando um olhar cúmplice com David.

– Na festa de LJ e ontem à noite, no teatro – sugeriu ela.

– Sim – confirmou David.

– E onde está LJ? – perguntou Ava, olhando para os dois.

– Infelizmente, não conseguimos perguntar à sua mãe – disse David. – Ela não voltou ao Savoy ontem à noite.

– Ah, meu Deus. Quer dizer que agora temos duas pessoas desaparecidas?

– David, você viu isso? – perguntou Simon, entregando-lhe um exemplar do *Daily Mail*.

David olhou para a capa e se admirou ao ver uma grande fotografia de Cheska, especialmente glamourosa, com os braços envolvendo Ava, que parecia constrangida.

> *A filha perdida de Gigi. A comovente história de como a estrela da TV Cheska Hammond voltou à Inglaterra após dezoito anos à procura da filha que havia deixado para trás.* História completa na p.3.

David foi para a página 3:

> *Cheska Hammond, outrora a maior campeã de bilheteria da Inglaterra, e que, recentemente, conquistou fama mundial como a Gigi de* Os magnatas do petróleo, *voltou à Inglaterra de vez. E a história por trás da sua volta é mais comovente que a de qualquer filme que ela já tenha estrelado.*
>
> *Conheci Cheska em sua suíte no Savoy. Tão deslumbrante em carne e osso quanto na tela, mas com uma delicadeza e uma vulnerabilidade que a fazem parecer pouco mais velha do que a filha de quem veio cuidar, Cheska me contou sua pungente história:*
>
> "Eu tinha 15 anos quando descobri que estava grávida. Acho que era muito ingênua e um homem mais velho se aproveitou de mim [ela ainda se recusa a revelar o nome do pai]. É claro que, na época, minha carreira ia muito bem. Eu havia acabado de filmar Por favor, professor, eu amo você, e Hollywood me chamava. Eu poderia ter feito o que fizeram muitas garotas na minha situação, recorrendo a um aborto, embora fosse ilegal na época."
>
> *Os lábios de Cheska tremeram diante dessa lembrança e lágrimas lhe vieram aos olhos.*
>
> "Mas eu simplesmente não pude fazer isso. Não podia matar meu bebê. Eu havia cometido um erro terrível, mas a responsabilidade era minha, e eu não podia assassinar uma coisinha inocente por causa de um erro. Na mesma época, minha mãe foi gravemente ferida num acidente de trânsito, e acho que isso me deixou ainda mais decidida a

ter minha filha. Assim, eu me escondi enquanto estava grávida e, depois que ela nasceu, combinou-se que minha tia cuidaria de Ava. Se o estúdio de Hollywood descobrisse a existência dela, minha carreira estaria arruinada e eu seria incapaz de sustentar minha filha."

Cheska fez uma pausa para respirar, reprimindo as lágrimas.

"Deixei-a no País de Gales, numa linda casa no interior, sabendo que ela estava em boas mãos. É claro que eu mandava cada centavo que podia para ajudar no sustento dela..."

Ava já tinha lido a matéria, por isso se manteve em silêncio, observando a reação de David.

"... Eu escrevia sempre para minha tia, perguntando se ela queria mandar Ava para Los Angeles nas férias, para ver se ela gostaria de lá, mas minha tia nunca fez muita questão disso. E eu compreendia seus motivos. Seria muito inquietante para uma criança pequena. Assim, mesmo ficando com o coração partido, concluí que era melhor para Ava permanecer onde estava. E foi assim até eu saber que minha tia estava gravemente enferma. Larguei tudo e voltei para cuidar dela e da minha menina. E é aqui que pretendo ficar."

Vi Cheska pôr a mão delicadamente no ombro da filha. Ava, de 18 anos, sorriu para ela. O laço entre as duas é evidente. Perguntei a Ava como se sentia a respeito do regresso da mãe.

"É maravilhoso ela estar de volta."

Perguntei se ela guardava algum ressentimento da mãe por tê-la deixado durante tanto tempo. Ava balançou a cabeça.

"Não, de modo algum. Eu sempre soube que ela estaria ao meu lado. Cheska me mandava presentes encantadores e me escrevia cartas. Compreendo por que ela agiu desse modo."

Depois, Cheska e eu discutimos seus planos para o futuro. Ela encolheu os ombros e disse:

"Bem, espero recomeçar a trabalhar o mais depressa possível. Talvez haja um seriado de televisão a caminho, e eu gostaria de ter uma experiência no teatro. Seria um desafio e tanto."

Perguntei-lhe sobre os homens em sua vida e ela deu um risinho tímido.

"Sim, existe alguém, mas eu prefiro ainda não falar disso."

Despedi-me dessa atriz que ganhou fama em Hollywood tanto por suas apresentações arrojadas na tela quanto fora dela. Ao observar a expressão serena e contente da mulher que olhava para a filha, com evidente adoração, não me restou dúvida de que agora a maternidade a amadureceu e abrandou. Seja bem-vinda à sua casa, Cheska. Nós, assim como Ava, estamos felizes por recebê-la de volta.

David terminou de ler e fechou o jornal, dobrando-o com firmeza. Olhou para Ava, a fim de avaliar seus sentimentos.

– Quase vomitei quando li. Mas não podia, porque o médico poderia pensar que eu ainda estava doente e me manter aqui por mais tempo – disse ela, com uma risada débil, fazendo todo o possível para minimizar a situação. – O mais importante é: para onde Cheska foi? Ela não estava com você, Simon?

– É claro que não!

– Posso confirmar isso – disse David. – E estou furioso com ela por ter submetido você a essa situação – acrescentou, apontando para o jornal.

– Implorei para ela não me obrigar, mas é muito difícil dizer não a ela. Agiu de modo muito esquisito nessas últimas semanas. – Ava balançou a cabeça, aflita. – Pareceu piorar depois que conheceu você, Simon.

– Ah, que ótimo, obrigado. – Simon lhe deu um sorriso, depois se virou para David. – Mas Ava tem razão. Ontem à noite, quando estava me atacando no meu camarim... desculpe, Ava, tenho certeza de que ela disse alguma coisa sobre eu ser seu pai. Caramba, que loucura é essa?

– Não é tão louco quanto parece. Cheska achou que você fosse o primeiro amor dela, Bobby Cross – explicou David. – Você realmente se parece muito com ele.

– Bobby Cross... Simon está fazendo o papel dele no musical em que está trabalhando no momento, não é, Simon? – perguntou Ava.

– Isso explica muitas coisas – murmurou David. – Cheska foi vê-lo nessa peça?

– Esteve lá na noite da estreia, com Ava. Eu a tinha convidado quando a conheci, em Marchmont. Dera uma carona a Ava até o País de Gales, para ela ver a tia-avó, depois que ela sofreu o derrame. Só estava sendo gentil com Cheska, David, mais nada – concluiu Simon, enfático.

– É claro. E você não tinha como saber do passado dela.

– Tio David – chamou Ava, que estivera escutando em silêncio –, esse Bobby Cross é meu pai?

David fez uma pausa antes de responder.

– Sim, Ava. Lamento muito por ser eu a contar isso, mas é melhor você ficar sabendo, porque isso explica muita coisa. O pobre do Simon foi vítima de uma mente muito confusa e perturbada. Nunca me perdoarei por ter deixado você. Que confusão. Sinto muito.

– Não seja bobo, tio David. O mais importante agora é encontrar minha mãe. – Ava estava atordoada com o que ele dissera, mas resolveu que se daria tempo para pensar nisso depois que Cheska e LJ fossem encontradas. – Quando você a viu pela última vez?

– Foi no camarim de Simon. Consegui acalmá-la e estava auxiliando Simon quando ela se precipitou para a porta e saiu correndo. Você faz ideia de para onde ela poderia ter ido?

– Não, mas... Andei muito nervosa nas últimas semanas, e tudo o que eu queria era correr para LJ. Qual seria o porto seguro da minha mãe?

– Não faço a mais remota ideia. E você?

David olhou para Simon.

– Eu mal conheço a mulher. Ela não pode voltar para Marchmont, então, onde seria a casa dela, além de lá?

– A vovó não continua a morar no mesmo apartamento de Mayfair em que Cheska cresceu? – perguntou Ava.

– Greta? Mas Cheska não chega perto da mãe desde o acidente – disse David.

– Mesmo assim, para onde mais ela poderia ir? – sugeriu Ava, encolhendo os ombros.

– Sabe de uma coisa, Ava? Talvez você tenha razão. Simon, posso deixá-lo cuidando de Ava?

– É claro. Vou levá-la para o *meu* porto seguro: minha quitinete insalubre no Swiss Cottage. – Ele sorriu. – Este é o meu número de telefone.

David agradeceu, deu um beijo em Ava e saiu.

– Simon – chamou Ava, baixinho.

– Sim?

– Sabe que você acabou de dizer que ia me levar para sua casa, quando eu saísse daqui?

– Sim.

– Bem, na verdade, preciso ir para a minha. Será que você pode me levar a Marchmont, mais tarde, depois da sua apresentação?

– É claro, se você tiver certeza de que está com disposição para isso.

– Tenho. Tenho que ter. Ah, meu Deus. – Seus olhos se encheram de lágrimas. – É tudo tão terrível! Desculpe-me – murmurou, envergonhada.

– Ava, você não precisa se desculpar. Você passou por uma experiência terrível – disse Simon, tomando-a nos braços enquanto ela chorava.

– Eu só... Prometa que nunca mais terei de chegar perto de Cheska. Ela é completamente louca, Simon. E fiquei muito assustada, porque não soube o que fazer.

– Prometo. Agora o seu tio voltou e vai resolver tudo, tenho certeza. E mais tarde, desde que você esteja passando bem, eu a levo ao País de Gales e vamos encontrar LJ, eu juro.

– Obrigada, Simon. Você tem sido maravilhoso.

– Você também. Você é incrível, Ava – murmurou ele, cheio de admiração, afagando-lhe o cabelo louro e macio.

54

David bateu à porta do apartamento de Greta. Como sempre, ela espiou por trás da corrente, viu quem era e lhe abriu um largo sorriso de boas-vindas enquanto soltava a corrente e abria a porta.

– David, que surpresa! Achei que você só voltaria para casa daqui a dois meses.

– Bem, as circunstâncias mudaram. Como você está?

– Muito bem – disse ela, como sempre dizia. – Aliás, estou muito feliz por você estar aqui. Tenho uma hóspede. Ela chegou ontem à noite, nas primeiras horas da madrugada. – Greta baixou a voz enquanto o conduzia à sala. – Ela ainda está dormindo.

– Cheska?

O coração de David se encheu de alívio.

– Como é que você sabe?

– Apenas sei. Ou, pelo menos, Ava achou que ela poderia procurar você. Como ela pareceu?

– Bom, para ser sincera – disse Greta, fechando a porta –, eu não saberia dizer. Ela estava meio nervosa quando chegou, e me disse que só queria vir para casa.

– Você disse que ela ainda está dormindo?

– Está. Na verdade, não se mexeu desde o instante em que fechou os olhos ao meu lado, ontem à noite. Deve estar muito cansada, pobrezinha.

– Ela não disse nada?

– Sobre o quê?

– Sobre como está se sentindo? Ou sobre o que a deixou nervosa?

– Na verdade, não. Puxa, David, você está quase falando como um policial. – Deu um risinho nervoso. – Está tudo bem?

– Sim, tudo.

– Bem, é muito bom ver você. Como foram as férias?

– Foram incríveis, fantásticas. Mas não estou aqui para falar disso. Greta, você acha que Cheska confia em você?

– Bem, parece que sim. Afinal, ela veio me procurar ontem à noite. Sou a mãe dela – disse, com ar possessivo.

– Você se lembra dela?

– Infelizmente, não. Mas ela parece bastante agradável. E, na verdade, não é problema algum ela ficar aqui comigo, se for necessário. Bem que gostei de cuidar dela ontem à noite. Fez com que eu me sentisse útil.

– Escute, Greta, preciso que você pergunte uma coisa a ela, quando ela acordar.

– Ah, é? O quê?

– Parece... – David pensou em como poderia explicar a situação – parece que ela tirou minha mãe da clínica de repouso em que ela estava e a teria levado para outro lugar. Só que não sabemos para onde.

– Ora, com certeza você pode simplesmente perguntar a ela, não, David?

– Posso, sim. Mas, se ela confia em você, é mais provável que lhe diga.

Greta franziu a testa.

– David, o que está me escondendo?

– É complicado, Greta, e juro que darei mais explicações em outro momento. Mas, por enquanto, meu medo é que, se Cheska me vir, talvez fique com medo e torne a fugir.

– Francamente, você está falando dela como se ela fosse uma criança, e não uma mulher adulta de... Quantos anos ela deve ter? – Greta fez as contas. – Trinta e quatro? Ela não está metida em nenhuma encrenca, está?

– Na verdade, não, mas, cá entre nós, não está muito bem no momento.

– O que há de errado com ela?

– A melhor maneira de explicar é dizer que ela está meio confusa – respondeu David, usando de muito tato. – Talvez esteja sofrendo de alguma forma de colapso nervoso.

– Entendo. Coitadinha. Ela disse mesmo achar que ninguém a amava, que estava inteiramente só.

– Bem, é óbvio que quero oferecer a ela a ajuda de que precisa. Mas, primeiro, será que você poderia levar-lhe uma xícara de chá e perguntar com delicadeza se ela se lembra do nome da clínica em que internou minha mãe?

– Ora, é claro que posso. Isso está longe de ser uma pergunta que ela possa achar ameaçadora, não é? Quer que eu vá acordá-la agora?

– Sim. Afinal, já é quase meio-dia.

– Está bem.

– E, Greta, não diga que estou aqui.

Quando ela se afastou para fazer o chá na cozinha, David foi de mansinho até a porta da entrada, girou a chave na fechadura e a guardou no bolso. Se Cheska tentasse fugir, não conseguiria sair. Ele se perguntou se seria melhor dizer a verdade a Greta, mas, considerando que ela não se lembrava de nada a respeito da filha, como haveria de lidar com aquilo em que Cheska se transformara, e com o papel que ela mesma teria nisso?

David ouviu Greta bater de leve à porta do quarto e entrar. Numa agonia tensa, esperou que ela voltasse. Dez minutos depois, ela o encontrou.

– Como está Cheska? – perguntou ele.

– Meio chorosa.

– Você perguntou onde estava LJ?

– Sim. E ela disse que é claro que sabe onde ela está – respondeu Greta, na defensiva. – Disse que a colocou numa bela clínica de repouso, chamada Os Louros, nos arredores de Abergavenny. Mas também disse que LJ e você não têm sido muito bons com ela ultimamente.

– Obrigado, Greta. – David experimentou uma imensa sensação de alívio. – O que ela está fazendo?

– Sugeri que se levantasse e tomasse um banho. O que está acontecendo, David?

– Nada. Cheska apenas precisa de ajuda, só isso. Anda meio... deprimida neste momento.

– Bem, sei como é isso. Ela me perguntou se poderia passar um tempo aqui comigo, e respondi que sim. É bom ter companhia. E ela é minha filha.

– Greta, por favor, você tem que confiar em mim. Cheska não pode ficar aqui com você. Tenho de levá-la comigo agora, para providenciar a ajuda de que ela necessita.

– Não vou a lugar nenhum.

Greta e David se viraram ao mesmo tempo. Cheska estava de pé junto à porta, usando calça e blusa emprestadas pela mãe.

– Olá, Cheska. Sua mãe me disse que você teve uma boa noite de sono.

– Tive, e estou me sentindo muito melhor. E vou ficar aqui com a mamãe, tio David. Você não pode me obrigar a ir embora.

– Escute, Cheska, querida, só queremos o que é melhor para você. No mínimo, deixe-me levá-la a uma consulta médica.

– *Nada de médicos!* – gritou Cheska, assustando Greta. – Você não pode me obrigar! Você não é meu pai!

– Tem razão, não sou. Mas, se você se recusar a ir comigo, receio que eu tenha de falar com a polícia e dizer quem pôs fogo em Marchmont. Foi você, não foi, Cheska?

– O quê? Como pode dizer uma coisa dessas, tio David?

Ele experimentou outra tática:

– Minha querida Cheska, se eu estivesse esperando herdar uma casa e algum dinheiro por ser o único filho sobrevivente do proprietário anterior, talvez ficasse meio aborrecido ao descobrir que não ia herdar nada. E talvez até com raiva suficiente para querer fazer uma bobagem.

Cheska o olhou com desconfiança.

– Você ficaria?

– Entendo que você tenha ficado muito aborrecida por achar que estavam roubando sua herança. Mas, se você simplesmente me pedisse, eu teria dado Marchmont a você.

Cheska o olhou, parecendo desorientada. Hesitou por um momento antes de assentir, num gesto que pareceu a David ser de alívio.

– É, fiquei aborrecida, tio David, porque a casa deveria ser minha. E eu estava cansada de gente me deixando de fora. Não era justo. Mas não foi só isso...

– O que foi, Cheska?

– Foram... as vozes, tio David. Você sabe delas. Elas não queriam parar, sabe, e eu precisava fazer com que parassem. Assim, decidi que essa era a melhor coisa a fazer. Você vai contar à polícia? Não conte, por favor. Eles poderiam me mandar para a prisão.

David viu o pavor nos olhos dela.

– Não, não vou contar, desde que você venha comigo.

– Não sei, eu...

David se aproximou dela, lentamente.

– Venha comigo, minha querida Cheska. Vamos tentar fazer você se sentir melhor.

Ele lhe estendeu a mão e, em resposta, Cheska começou a estender a sua. E então, de repente, tornou a gritar.

– *Não!* Eu já confiei em você, tio David, e você sempre me entrega! Vai me pôr de novo num daqueles lugares terríveis, e vão me trancar lá para sempre.

– É claro que não, Cheska. Eu nunca faria isso, você sabe que não. Vamos apenas procurar ajuda. Eu me certifico de que você fique em segurança, prometo.

– Mentiroso! Acha que eu não sei o que vai fazer? Não confio em você! Não confio em ninguém! Mamãe, por favor, diga que posso ficar aqui com você!

Greta estava olhando para David, chocada com o que acabara de ouvir e testemunhar.

– Se o tio David acha que você deve ir com ele, querida, talvez seja melhor assim.

– Traidora! – gritou Cheska, e deu uma cusparada na mãe. – Bom, vocês não podem me obrigar a ir! Eu não vou!

Ela se precipitou para a porta. Greta ia segui-la, mas David a conteve.

– Tranquei a porta mais cedo, para ela não poder sair. Mas é melhor você ficar aqui. Eu lido com ela.

Os dois ouviram Cheska tentar desesperadamente abrir a porta da frente. Como não conseguiu, ela a socou repetidas vezes.

– Desculpe, Greta, mas você pode chamar uma ambulância, por favor? Acho que vamos precisar de um reforço.

David saiu da sala e trancou Greta lá dentro.

– Cheska – pediu, caminhando em direção a ela –, por favor, procure se acalmar. Você não entende que quero fazê-la melhorar?

– Não quer, não! Você sempre me odiou, todos vocês! Deixe-me sair daqui, já!

– Vamos, querida. Isso não está fazendo bem a ninguém, muito menos à pobre da sua mãe.

– Minha mãe! E onde ela esteve nestes últimos anos? Isso que eu queria saber.

– Cheska, você se lembra. Ela foi muito ferida num acidente de carro, anos atrás, em frente ao Savoy. Como Ava ontem à noite. Você vai gostar de saber que pelo menos Ava está bem. Agora, quer parar de socar essa porta, antes que um dos vizinhos chame a polícia?

Ao ouvir essas palavras, Cheska se virou e voltou em disparada pelo corredor. Entrou no banheiro e trancou a porta.

– Vou ficar aqui! Você não pode me pegar! Ninguém pode! Ninguém!

– Está bem, você fica aí e eu a espero do lado de fora.

– Vá embora! Me deixe em paz!

– David? – chamou Greta da sala. – Por que você me trancou? Que diabo está acontecendo?

– Greta, você deu o telefonema? – perguntou ele, enquanto o som de um choro histérico ia aumentando no banheiro.

– Sim, eles devem chegar a qualquer momento, mas...

– Você está aí dentro para sua própria segurança, Greta. Por favor, confie em mim.

Os paramédicos chegaram cinco minutos depois. David explicou tudo brevemente e eles assentiram calmamente, como se lidassem todos os dias com aquele tipo de ocorrência – o que, pensou David, talvez fosse verdade.

– Deixe-a por nossa conta – disse um deles. – Steve, dê um pulo lá na caminhonete e pegue uma camisa de força, caso seja necessário.

– Duvido que vocês consigam fazê-la sair daí por vontade própria – comentou David.

– Vamos ver. Agora, por que o senhor não vai se sentar no outro cômodo com a mãe da paciente?

David destrancou a porta da sala e abraçou Greta, que estava sentada no sofá, pálida e trêmula.

– Sinto muito mesmo, Greta. Sei que isso é difícil de entender, mas, acredite, é o melhor para Cheska.

– Ela está louca?

– Ela está... perturbada. Mas tenho certeza de que, com tempo e ajuda, vai se recuperar.

– Ela sempre foi assim? A culpa é minha?

– Não é culpa de ninguém. Acho que Cheska sempre teve problemas. Você não deve se culpar. Alguns de nós nascem assim.

– Eu estava tão feliz hoje de manhã, quando acordei... – murmurou ela. – Era bom ter companhia. Eu me sinto muito solitária aqui.

– Eu sei disso. Pelo menos agora estou de volta. Isso já é alguma coisa, não?

Greta o olhou e deu um sorriso tristonho.

– É, sim.

No fim, depois de tentarem todas as táticas para convencer Cheska a sair, os paramédicos tiveram que derrubar a porta do banheiro. Greta e David se contraíram ao ouvirem os gritos dela enquanto era contida. Houve uma leve batida à porta da sala e um paramédico pôs a cabeça para dentro.

– Bem, senhor, estamos saindo agora. Talvez seja melhor o senhor não ir com ela na ambulância. Demos uma medicação para acalmá-la e vamos levá-la para o serviço de psiquiatria do Hospital Maudsley, em Southwark, onde ela será avaliada. Talvez o senhor ou a mãe dela queiram telefonar ainda hoje, mais tarde.

– É claro. Devo ir lá me despedir dela?

– Se eu fosse o senhor, não iria. Não é uma visão bonita.

Meia hora depois, após deixar Greta, prometendo entrar em contato com ela para transmitir qualquer novidade, David voltou ao Savoy e explicou à moça da recepção que Cheska tinha sido chamada para outro local em caráter de emergência, e não voltaria ao hotel. Esclareceu que ficaria na suíte durante a noite e que faria as malas com os pertences da sobrinha.

Uma vez lá em cima, ligou para o Serviço de Consultas às Listas Telefônicas e descobriu que havia quatro clínicas de repouso chamadas Os Louros num raio de 16 quilômetros de Abergavenny. Anotando todos os números, telefonou para cada uma delas. Finalmente a encontrou, ao ligar para o último número.

– Boa tarde – disse David. – Eu gostaria de saber se a senhora tem uma residente chamada Laura-Jane Marchmont hospedada na sua clínica.

– Quem é o senhor? – perguntou a mulher, em tom grosseiro.

– O filho dela. Ela está aí?

– Está, veio na semana passada.

– E como está passando?

– Ela vai bem. Não é de falar muito, mas disso o senhor já sabe.

David fez uma careta diante da falta de tato da mulher.

468

– Vou visitá-la. A senhora pode me dar o endereço?

– Como é que eu vou saber se o senhor é quem está dizendo? Foi uma parente que a trouxe para cá. O senhor pode ser qualquer um.

– Já disse que sou filho dela – retrucou David, começando a ficar com o ânimo exaltado. – Os parentes com certeza visitam seus residentes o tempo todo, não é?

Percebeu que estava falando sozinho. A mulher tinha desligado.

Ele telefonou para Mary, pedindo que ela verificasse o endereço no catálogo telefônico local e fosse para lá o mais depressa possível. Ela, por sua vez, contou que Simon ia levar Ava para Marchmont à noite e que os dois ficariam no chalé dela.

– Vou pegar o endereço. Simon e Ava vão para lá logo de manhã, bem cedo – prometeu Mary. – Onde está Cheska?

– No hospital. Fugiu para a casa de Greta, aqui em Londres, e teve que ser contida à força e levada numa ambulância. Foi... terrível.

– Passou, patrãozinho. O hospital é mesmo o melhor lugar para ela. Você vem logo para cá? O inspetor de polícia telefonou ontem. Contei que você tinha voltado e ele gostaria de conversar. Acho que querem interrogar Cheska outra vez. Foi ela que pôs fogo em Marchmont, não foi?

– Sim, Mary, acho que foi.

– Deus me perdoe, porque gosto dela, mas, com toda a sinceridade, espero que nem tão cedo a deixem sair do hospital. Pobre Ava, ela não sabia o que fazer com a mãe.

– Eu sei. Juro que vou me certificar de que ela nunca mais possa ferir alguém. Dê um beijo em Ava por mim, quando a vir, e diga a ela que estarei aí amanhã. Agora é só rezarmos para minha mãe ainda estar na terra dos vivos. Pelo jeito da mulher com quem falei, há alguma coisa errada. Obrigada por tudo, Mary, de verdade.

– Não precisa me agradecer, David. Ah, eu quase ia me esquecendo de dizer. Tor ligou para minha casa hoje à tarde. Está em Pequim e vai chegar ao Heathrow amanhã, às oito horas da manhã.

– Nesse caso, vou buscá-la e iremos juntos para Marchmont. Podemos ficar no Chalé das Cotovias.

– Vou ligar o aquecimento para vocês. Até logo, patrãozinho. Cuide-se, viu?

David desligou e foi até a poltrona. Sentou-se, baixou a cabeça entre as mãos e chorou de soluçar.

※

Simon parou o carro em frente à sombria casa geminada, numa ruazinha estreita de um subúrbio dilapidado de Abergavenny.

– Tem certeza de que esse é o lugar? Cheska não ia deixá-la aqui, com certeza.

Ava mordeu o lábio.

– É, sim. – Simon estendeu a mão para abrir a porta do carro para Ava. – Certo, vamos entrar e pegá-la.

Andaram até a porta da frente. Ava notou que havia sacos de lixo apodrecido empilhados num dos lados. Simon tentou tocar a campainha, que não funcionou, por isso bateu forte à porta. Ela foi aberta por uma mulher gorda de meia-idade, que usava um macacão sujo.

– Sim?

– Estamos aqui para ver a tia-avó da minha amiga, a Sra. Laura-Jane Marchmont.

– Eu não estava esperando vocês e está tudo uma bagunça. Minha faxineira acabou de me deixar na mão. Vocês podem voltar amanhã?

– Não. Queremos vê-la agora.

– Acho que não vai ser possível. – A mulher cruzou os braços. – Vão embora.

– Certo. Neste caso, terei que chamar a polícia e serão eles a fazer a visita, já que, no momento, Laura-Jane Marchmont está listada como uma pessoa desaparecida. Portanto, são eles ou nós – acrescentou Simon, em tom ameaçador.

Ava o fitou com gratidão, dando graças a Deus por ele tê-la acompanhado. Diante disso, a mulher deu de ombros e os deixou entrar. Simon e Ava a seguiram pelo corredor estreito, onde o cheio de urina e repolho cozido deixou os dois nauseados.

– Ali é a sala de repouso – anunciou a mulher, quando eles passaram por um pequeno cômodo, cheio de cadeiras caquéticas, dispostas em volta de um velho televisor preto e branco.

Quatro pacientes idosos dormiam enquanto passava *Tom e Jerry*.

Os olhos de Ava correram pelos rostos e ela balançou a cabeça.

– Ela não está ali.

– Não, ela está lá em cima, na cama dela.

Simon e Ava subiram a escada atrás da mulher.

– Aqui estamos – disse ela, introduzindo-os num quarto na penumbra.

Havia quatro camas atravancadas no cômodo, e o cheiro de sujeira fez Simon e Ava terem vontade de vomitar.

– Sua tia está naquela ali.

Ava sufocou o choro ao ver LJ imóvel na cama, com a pele cinzenta e o cabelo desgrenhado.

– Ah, LJ, o que fizeram com você? LJ, sou eu, Ava.

Os olhos de sua tia-avó se abriram e Ava notou que estavam opacos, vazios, sem esperança.

– Está me reconhecendo? Por favor, me diga que sim.

As lágrimas rolaram pelo rosto de Ava ao ver LJ tentar mexer a boca. Uma de suas mãos saiu de baixo das cobertas e se estendeu para ela.

– O que ela está dizendo, Ava? – perguntou Simon.

Ava chegou mais perto e estudou os lábios de LJ.

– Ela está dizendo "casa", Simon. Está dizendo "casa".

Dezembro de 1985

*Solar Marchmont,
Monmouthshire, País de Gales*

55

David e Greta passaram algum tempo sentados em silêncio, perdidos em seus próprios pensamentos.

– Então é isso – disse David, suspirando, enquanto terminava seu uísque. – Algum dia cheguei a lhe contar que Ava deu queixa às autoridades sobre aquele lugar pavoroso em que Cheska largou a pobre da minha mãe? Pouco depois, ele foi fechado e a dona foi processada.

– Não, acho que não. Não me admira que tenha levado algum tempo para LJ se recuperar, coitada – comentou Greta. – E, embora Cheska merecesse, fico grata por não ter havido uma acusação policial contra ela, quando os investigadores descobriram que ela havia provocado o incêndio. Acho que isso a teria destruído por completo.

– Na verdade, Greta, eles queriam processá-la. E aconselharam minha mãe, como proprietária legal de Marchmont, a fazer o mesmo. O inspetor descobriu que Cheska tinha mentido sobre a hora em que chegou ao Savoy naquela noite. Quando foi verificar com a recepção, os funcionários alegaram que passava das quatro da manhã quando ela se registrou no hotel. Depois, Mary disse a ele que Cheska a havia mandado tirar uns dois dias de folga, o que em si já era suspeito.

– Entendo. E como você impediu a polícia de levar o assunto adiante?

– Foi a mamãe, principalmente. A repercussão na imprensa teria sido um pesadelo e ela estava preocupada com Ava, que já havia passado por maus bocados. Mas o que finalmente decidiu a questão com a polícia foi o fato de que Cheska estava sob cuidados psiquiátricos e teria sido considerada inimputável num processo judicial. É claro que isso significou perdermos a indenização do seguro, mas isso estava longe de ser o mais importante.

– David – disse Greta, hesitante, sabendo que tinha que verbalizar a suspeita que vinha atormentando sua mente desde o dia em que ele falara do acidente de Ava, quase na porta do Savoy –, você acha que foi Cheska que me empurrou da calçada, naquela noite terrível?

– Eu... – David suspirou, sem saber ao certo que resposta dar. Resolveu optar pela verdade: – Acho que há chance de ter sido ela, sim. Especialmente depois do que acabei de contar que aconteceu com Ava. Seria uma coincidência lamentável. Mas é claro que não há provas, Greta, e jamais haverá. Sinto muito. Deve ser um horror pensar nisso como uma possibilidade.

– Sim, é difícil acreditar, mas tenho que admitir que Cheska precisava mesmo de ajuda. Puxa vida, David, você nem imagina como me sinto mal por ter acontecido tudo isso. Passei todos esses anos vivendo num mundo só meu, e você teve que fingir que Cheska tinha simplesmente sofrido um colapso nervoso e resolvido abandonar a carreira para levar uma vida tranquila na Suíça. Por sinal, essa é a verdade?

– Mais ou menos. Ela está na Suíça. Só não pode sair por vontade própria. Está numa pequena unidade psiquiátrica segura, perto de Genebra. Tive que interná-la, pelo bem dela e de todas as outras pessoas.

– Você... Você acha que a culpa pelos... problemas dela é minha? Eu nunca a deveria ter forçado a atuar quando ela era criança, sei disso. Acho que criei um monstro!

– Para falar sem rodeios, duvido que a infância estranha que ela teve tenha sido a melhor coisa para sua personalidade problemática. Mas você precisa se lembrar de que já havia algo errado com ela. Ela sofre de delírios e paranoia. Viveu num mundo de faz de conta quando era atriz infantil, mas você não tinha como saber que ela sempre tivera dificuldade para distinguir a fantasia da realidade. Pense em Shirley Temple. Ela viveu uma situação parecida com a de Cheska, tornando-se uma grande estrela quando muito pequena. Contudo, ao crescer, teve relacionamentos bem-sucedidos e se tornou uma pessoa do bem. Portanto, você não deve se culpar. Você fez o que achou que era certo, na época.

– Eu a deixei na mão, David. Devia ter visto o efeito que aquilo estava surtindo nela. A verdade é que ela estava vivendo o sonho que eu queria para mim.

– Todos a deixamos na mão, de um modo ou de outro – respondeu David em voz baixa. – E o fato de ela ser tão linda e famosa fez com que as pessoas ao redor, que deveriam ter visto o que ela era, ficassem cegas para isso. Ela foi uma atriz brilhante. Em todos os momentos da vida. E seu poder de manipulação era sublime. Ela era capaz de virar qualquer situação a seu favor e de fazer todos acreditarem nela. Não há dúvida de que me tapeou vezes sem conta. A única pessoa que nunca se deixou enganar completamente foi minha velha e querida mãe. Puxa, que saudade sinto dela.

– Não duvido. Ela era uma mulher incrível. Eu gostaria de ter podido agradecer a ela.

– Acho que ela estava pronta para partir – disse David. – E, pelo menos, no fim não houve nenhum hospital. Quando chegar a minha hora, espero seguir os passos da mamãe e simplesmente ir embora durante o sono.

– Nem me fale nisso, David. – Greta estremeceu. – Não consigo imaginar este lugar sem você. Pelo menos há uma vida nova chegando a Marchmont. A próxima geração.

– É, também me sinto grato por isso.

– Que devastação Cheska nos causou. – Greta balançou a cabeça. – Pense só em como sua vida teria sido diferente se você não tivesse sentido pena de mim, todos aqueles anos atrás.

– E como teria sido chata! Juro que não lamento nem por um segundo.

David pôs a mão na de Greta e a apertou. Tor entrou na sala naquele momento.

– Como está indo, Greta? – perguntou.

– Muito abalada, para ser sincera. Há muita coisa que gostaria de não me lembrar.

– Com certeza – concordou Tor. – Alguém quer uma xícara de chá ou um chocolate quente antes de dormir?

– Não, obrigado, querida – disse David.

– Bem, vou subir. Deve ser todo esse ar puro do campo que está me derrubando.

– Encontro você daqui a pouco.

– Está bem.

Tor deu boa-noite aos dois e se retirou da sala.

– Você encontrou a felicidade – comentou Greta.

– É. Tor tem sido uma joia rara. E você, Greta? Espero que, agora que voltou a estar entre nós, compense o tempo perdido.

– Foram muitos anos desperdiçados. E vai demorar um pouco para superar o que aconteceu nos últimos dias. É como se as comportas tivessem sido abertas, e tenho sentido muita dificuldade para dormir. As lembranças ficam aparecendo na minha cabeça, como um filme a que não assisto há muito tempo.

– Foi muito traumático. Você tem lidado com tudo de forma admirável. Se bem que acho que você deveria consultar seu médico quando voltar para Londres. Talvez você precise de alguma ajuda, só por um tempo. Certo! – David se levantou e se curvou para dar um beijo de boa-noite em Greta. – Estou indo para a cama. E você?

– Acho que vou ficar sentada aqui mais um pouquinho. Boa noite, David, e obrigada por... por tudo que você fez por mim e pela minha família problemática.

David se retirou da sala e Greta ficou olhando para a escuridão da noite. A menção a Londres e o final do período de festas em Marchmont encheram-na de medo. Voltar para o vazio de sua existência, mesmo *com* as lembranças que ela agora havia encontrado, era deprimente. Ela teria que lidar com a culpa, sem falar no fato de que era quase certo que sua própria filha houvesse tentado assassiná-la e a tivesse transformado numa casca oca e inútil durante os últimos 24 anos. Lidar com isso em casa, e sozinha, era uma ideia terrível.

– Ora, vamos, Greta, você já lidou com isso antes e vai lidar de novo – disse a si mesma.

Talvez o mundo não parecesse um lugar tão assustador, agora que havia recuperado a memória. Talvez David tivesse razão e isso fosse o início de uma vida nova. Greta sorriu ao pensar nele e na preciosa história que os dois haviam compartilhado. Um dia ele a havia amado... mas agora era tarde demais.

Greta se levantou e apagou as luzes. *Não devia* ser egoísta nem pensar em si. Agora David estava feliz com Tor. E merecia essa felicidade, mais do que qualquer pessoa.

– Telefone para você, patrãozinho – disse Mary, pondo a cabeça pela porta da sala, na manhã seguinte. David estava lendo o *Telegraph* junto à lareira.
– É da Suíça.

David sentiu um frio na barriga ao entrar na biblioteca para atender a ligação. Havia telefonado para o sanatório a fim de pedir notícias de Cheska e transmitir seus votos de feliz Natal. Tinham lhe dito que ela estava com uma leve bronquite, algo a que tinha sido propensa nos últimos anos, mas que se encontrava calma e tomando antibióticos.

David a visitara algumas vezes nos últimos cinco anos. Havia achado melhor tirar Cheska do país e fazê-la desaparecer do que suportar a interferência humilhante da imprensa, se fosse descoberto que ela tinha sido internada num manicômio. O lugar custava uma fortuna, estava mais para hotel de luxo do que para hospital, mas ao menos ele sabia que Cheska era bem cuidada.

Atendeu o telefone.

– Aqui é David Marchmont.

– Alô, monsieur Marchmont, é o Dr. Fournier. Lamento incomodá-lo nesta época do ano, mas preciso informar que sua sobrinha está em tratamento intensivo em Genebra. Tivemos que transferi-la para lá nas primeiras horas da manhã. Infelizmente, a bronquite se agravou e agora se transformou em pneumonia. Monsieur, creio que o senhor deveria vir.

– Ela está correndo perigo?

Houve uma pausa antes que o médico respondesse:

– Acho que o senhor deve vir imediatamente.

David olhou para o céu e praguejou. Depois, sentiu-se egoísta, pois pensara primeiro que seus planos de Ano-Novo com Tor seriam perturbados, e não no estado obviamente crítico de Cheska.

– É claro. Vou pegar o primeiro avião que for possível.

– Lamento muito, monsieur. O senhor sabe que eu não sugeriria isto se não fosse...

– Eu compreendo.

David anotou as informações sobre o hospital em que Cheska estava internada, ligou para a agente de viagens local e providenciou uma reserva no primeiro voo disponível. Quando subia a escada para jogar umas coisas numa mala, receando contar a novidade a Tor, cruzou com Greta.

– Bom dia – disse ela.

– Bom dia.

Greta o fitou.

– David, está tudo bem?

– Não, Greta. Desculpe por dar mais notícias ruins, mas é Cheska. Ela está com pneumonia, internada numa UTI em Genebra. Acabei de ligar para a agência de viagens e vou pegar um avião para lá imediatamente. Estou indo fazer a mala.

– Espere um minuto. Você disse que Cheska está gravemente doente?

– Pelo que disse o médico, sim. Para ser sincero, não entendo. Quando liguei, há alguns dias, disseram que ela estava com um leve acesso de bronquite. Agora parece ter deteriorado drasticamente.

Greta assentiu.

– Infelizmente, isso pode acontecer, David. Aconteceu a mesma coisa com Jonny. Lembra-se?

– Sim. Bem, vamos torcer para que ela se recupere.

– Eu vou.

– O quê?

– Eu vou. Cheska é minha filha. E acho que você já fez o bastante por ela. E por mim.

– Mas você passou por muita coisa nos últimos dias, Greta, sem mencionar o fato de que mal saiu do seu apartamento nos últimos 24 anos...

– David, pare de me tratar como criança! Sou uma mulher adulta. E não é apesar, mas *por causa* dos últimos dias, que eu vou. Você tem planos com Tor e eu não tenho nada marcado. Eu *quero* ir. Apesar de tudo que Cheska é e foi, eu a amo. Eu a amo... – A voz de Greta ficou embargada, mas ela se recompôs. – Quero estar com ela. Está bem?

– Se é mesmo o que deseja, vou ligar para a agente de viagens e reservar a passagem no seu nome. É melhor você fazer a mala.

– Estou indo.

Uma hora depois, Greta estava pronta para viajar. Cruzou o corredor para bater à porta do quarto de Ava, que estava deitada na cama, lendo um livro.

– Olá – disse a neta. – Simon me falou que não posso me levantar. Passei uma noite muito inquieta. O bebê parece ter uma porção de braços e pernas. Nossa, vou ficar feliz quando ele nascer.

Greta se lembrou de como tinham sido incômodas as suas últimas semanas de gestação, e uma ideia lhe passou pela cabeça.

– Sua gravidez está bem avançada, Ava, mesmo para 34 semanas. A médica não mencionou gêmeos, mencionou?

– Não, mas, para ser franca, não fiz nenhum ultrassom desde que estava com doze semanas, e... Você não pode contar isso para Simon, senão ele me mata, mas perdi minhas duas últimas consultas. Tinha coisas demais a fazer na clínica para ir a Monmouth.

– Bem, você tem que ir e fazer um check-up, querida. É muito importante. O bebê tem que vir em primeiro lugar.

– Eu sei – disse Ava. – O problema é que não estávamos planejando ter filhos tão depressa. Nós dois estamos muito ocupados com nossas carreiras.

– Bem, consigo entender isso, com certeza. Eu tinha 18 anos e estava apavorada.

– Sério? Bem, vou contar um segredo: também fiquei apavorada! Mas isso me pareceu tão egoísta que não quis contar a ninguém. Obrigada, vovó. O fato de você dizer isso faz com que eu realmente me sinta melhor. Você amou seus bebês quando eles nasceram?

– Amei. – Greta sorriu. Aquela lembrança maravilhosa estava outra vez ao seu alcance. – Agora me lembro daqueles primeiros dois anos como alguns dos melhores da minha vida. Bem, não sei se a notícia já chegou até você, mas vou pegar um avião para Genebra hoje à noite. Parece que sua mãe está na UTI.

– Ela está muito mal?

– Só vou saber quando chegar lá, mas acho que devemos encarar o fato de que o médico não teria sugerido que alguém fosse até lá se a situação não fosse crítica.

– Entendo. Não tenho certeza de como vou me sentir se ela...

– Pois eu tenho, depois de tudo por que ela a fez passar. Agora que o passado começou a voltar, Ava, eu só queria dizer quanto lamento o que aconteceu. E quanto lamento não ter estado mais presente para você como avó.

– Você não podia fazer nada, vó. A culpa é de Cheska, por quase ter matado você. Você passou por um sofrimento terrível. Nem imagino o que deve ter sido viver sem memória.

– Um horror – admitiu Greta. – Mas quero que saiba que estou aqui agora. Quero ajudá-la quando o bebê vier. É só ligar para mim.

– Obrigada, vó. É muita bondade sua.

– Agora, tenho que ir. Cuide bem de vocês dois, sim? – Greta se inclinou e deu um beijo na neta.

– Você também. Mande um beijo para Cheska – acrescentou Ava, quando Greta saiu do quarto.

– Bem, então é melhor eu ir andando.

Greta estava à porta da frente, prestes a entrar no táxi que a levaria ao aeroporto de Heathrow. Deu um abraço de despedida em David, Tor, Simon e Mary, e agradeceu a todos por terem-na recebido.

David carregou a mala de Greta para o carro e segurou sua mão quando ela abriu a porta do passageiro.

– Tem certeza de que não quer que eu vá com você? – perguntou.

– Absoluta.

Ela ficou na ponta dos pés e deu um beijo no rosto dele. Instintivamente, ele a envolveu nos braços.

– Que viagem tem sido a nossa, Greta... – sussurrou. – Cuide-se, por favor. Estou muito orgulhoso de você.

– Obrigada. Vou me cuidar. Tchau.

Greta entrou no táxi antes que David pudesse ver as lágrimas que tinham brotado em seus olhos.

Ao entrar no hospital, a primeira coisa que Greta notou foi o cheiro. Não importava em que país ficasse o hospital, nem quão dispendioso e de alta classe fosse, o cheiro era sempre o mesmo. Sempre a fazia se lembrar de sua longa internação depois do acidente. Ela se apresentou na recepção, foi conduzida num elevador por uma mulher com um terninho elegante, e entregue à enfermeira da UTI.

– Como está ela? – perguntou Greta.

O silêncio pavoroso, rompido apenas pelo som dos aparelhos, também era algo de que ela se recordava vividamente.

– Em estado crítico, eu diria. Os pulmões se encheram de líquido por causa da pneumonia. Apesar de termos feito todo o possível para remediar o problema, até agora o tratamento não surtiu efeito. Sinto muito – disse a enfermeira, com seu sotaque suíço. – Gostaria de poder dar notícias melhores. Aqui está ela.

Aparelhos cercavam a frágil figura no leito. Cheska usava uma máscara de oxigênio que parecia grande demais para seu rosto, delicadamente esculpido em formato de coração. Greta se perguntou se seria sua imaginação, mas a filha parecia haver encolhido. Os ossos do pulso eram dolorosamente visíveis sob a pele branca e fina.

– O médico tem feito a verificação dela a cada quinze minutos. Logo estará aqui.

– Obrigada.

A enfermeira se retirou e Greta passou algum tempo observando a filha. Ela parecia dormir serenamente.

– Minha menininha preciosa, como posso dizer como a amei? Você precisa saber que nada disso foi culpa sua. Eu devia ter imaginado – murmurou. – Desculpe, desculpe, desculpe...

Estendeu a mão e afagou o rosto de Cheska, que parecia tão inocente e vulnerável como nos primeiros anos de sua infância.

– Você foi uma bebê muito boazinha. Nunca me deu um minuto de trabalho, sabia? Eu a amava. Você era muito linda. E ainda é.

Cheska não se mexeu e Greta continuou:

– A questão é que agora eu me lembro, Cheska. Lembrei de tudo que aconteceu e dos muitos erros que cometi. Não pus você em primeiro lugar, sabe? Na época, achei que o dinheiro e a fama eram mais importantes. Eu a forcei porque não entendia o que aquilo estava fazendo com você. Não vi que você estava sofrendo... Me perdoe, por favor. Por tudo que entendi errado.

Cheska estremeceu de repente e tossiu – um ruído grave e viscoso, que Greta recordava muito bem daqueles agonizantes últimos dias de Jonny.

– Minha querida, não suporto a ideia de você me deixar agora, porque realmente acho que esta é a primeira vez que sou capaz de ser a mãe de que você sempre precisou. Você sofreu muitas perdas. Primeiro Jonny. Eu me lembro que você o seguia por toda parte. Depois, seu pai...

– Jonny...

Um estranho som gutural saiu do interior da máscara de oxigênio, e Greta viu que os olhos de Cheska estavam bem abertos.

– É, querida, Jonny. Ele era seu irmão, e...

Cheska estava fazendo um débil movimento para cima com o braço, levando a mão ao rosto. Bateu na máscara de oxigênio e balançou a cabeça.

– Querida, acho que não posso tirá-la. Os médicos disseram...

Cheska lutou para tirá-la.

– Deixe que eu faço isso. – Greta se debruçou sobre a filha e tirou a máscara de sua boca. – O que quer dizer?

– Jonny, meu irmão. Ele gostava de mim? – perguntou ela, com a voz rouca, ofegando com o esforço.

– Sim, ele a amava.

– Ele está esperando por mim. Ele estará lá.

A respiração de Cheska se tornou ainda mais difícil e Greta repôs a máscara de oxigênio no lugar.

– Sim, estará, mas, por favor, lembre que eu também amo você...

O médico entrou nesse momento e fez um rápido exame em Cheska. Ela parecia ter adormecido novamente.

– Podemos conversar, Sra. Hammond?

– É Sra. Marchmont, na verdade, mas é claro.

O médico indicou que eles deveriam sair do quarto.

– Tchau, minha menininha querida – disse Greta.

– Tchau, mamãe – veio um sussurro de trás da máscara. – Eu amo você.

56

Foi Mary quem atendeu o telefone, que tocou na hora do almoço da véspera de Ano-Novo.

– Alô?

– Mary, é Greta. Cheska morreu às três horas desta madrugada.

– Ah, sinto muito.

Houve silêncio por um bom tempo.

– David está aí?

– Acho que Tor e ele viajaram hoje cedo para o apartamento dele na Itália. Quer que eu lhe dê o número?

– Não. Deixe-o aproveitar as férias. Ava está por aí?

– Está descansando. Mas Simon está lá embaixo, em algum lugar.

– Posso falar com ele, por favor?

Mary foi procurar Simon. Ele ouviu o que Greta tinha a dizer e concordou em dar a notícia a Ava com delicadeza, quando ela acordasse.

– Lamento muito, Greta. De verdade.

Ele desligou o telefone e deu um suspiro.

– É o fim de uma era, não? – disse Mary.

– É. Mas vem uma nova por aí, logo, logo.

Mary o observou se afastar, mãos enfiadas nos bolsos.

Ele tinha razão.

David e Tor estavam vendo os magníficos fogos de Ano-Novo no porto de Santa Margherita.

– Feliz Ano-Novo, querida – disse David.

– Feliz Ano-Novo, David.

Depois de alguns segundos, ela se afastou e foi se sentar na pequena sacada.

– O que houve, Tor? – David franziu a testa. – Há alguma coisa errada. Você está meio distante desde que chegamos aqui. Fale comigo.

– Na verdade, David, eu... Este não é o momento.

– Se é uma notícia ruim, nunca é o momento. Então, por favor, diga.

– Bem... é sobre nós. – Ela bebeu um gole de champanhe. – Já estamos juntos há quase seis anos.

– Sim, estamos. E finalmente vou fazer de você uma mulher casada.

– E fiquei honrada e feliz por você ter me pedido em casamento... no começo. Amo você, David, amo muito. Espero que saiba disso.

– É claro que sei – disse David, intrigado. Em geral, Tor nunca instigaria uma conversa desse tipo. – Mas, o que você quer dizer com "no começo"?

– No Natal me dei conta de uma coisa.

– O quê?

– Bem, a questão é que sei que você diz que me ama e, em certo sentido, acredito nisso. Mas acho que você ama outra pessoa. Sempre amou.

– Quem?

– Querido, não me trate com condescendência. É Greta, é claro.

– Greta?

– Sim, Greta. E, o que é mais importante, sei que ela também ama você.

– Pelo amor de Deus! Quanto champanhe você bebeu? – David riu. – Greta nunca me amou. Contei que um dia pedi para ela se casar comigo, e ela se recusou.

– É, mas isso foi naquela época. Agora é outro momento. Estou dizendo, David, ela ama você. Confie em mim. Vi isso no Natal. Vi vocês juntos.

– Francamente, Tor, acho que você está exagerando.

– Não estou. Sua família inteira percebe, não sou só eu. E, quando duas pessoas se amam, a coisa óbvia a fazer é ficarem juntas. David – Tor estendeu a mão e apertou a dele –, você precisa admitir isso para si mesmo: sempre houve apenas uma mulher. Não estou tentando fazê-lo se sentir culpado, mas acho que nós dois devemos enfrentar isso. Passamos seis anos fantásticos juntos, não me arrependo de um único segundo que passou, mas acho que nossa relação chegou ao fim. E o Natal me mostrou isso com muita clareza. Francamente, não quero ser a segunda melhor opção, e acho que é assim que estou me sentindo.

– Tor, por favor, você está enganada! Eu...

– David, já havíamos decidido que, mesmo depois de casados, nada se modificaria, ao menos por algum tempo. Tenho a minha vida em Oxford e você tem a sua em Londres e em Marchmont. Fomos companheiros um do outro, e foi maravilhoso. Gosto imensamente de você, mas...

– Você está dizendo que vai me deixar?

– Ah, David, por favor, não seja tão dramático. Não, não estou deixando você. Espero que sempre sejamos amigos. E, se um dia você ou Greta reunirem coragem, e se vocês conseguirem admitir seus sentimentos um pelo outro, espero ser convidada para o casamento.

Tor tirou do dedo o anel de noivado e o entregou a ele.

– Pronto, falei. Agora, vamos para o centro da cidade comemorar o Ano-Novo.

Greta chegou ao Heathrow num dia cinzento de início de janeiro. Havia decidido não fazer um funeral formal para Cheska. Isso significaria pedir que a família fosse a Genebra, e havia também a possibilidade de que a mídia tomasse conhecimento da cerimônia. Em vez disso, ela vinha trazendo na mala as cinzas de Cheska, que levaria para Marchmont e sepultaria ao lado do túmulo de Jonny, na próxima vez que fosse lá.

Seu apartamento estava gelado, uma vez que ficara vazio por quase duas semanas. Depois de ligar a água e o aquecimento central, Greta fez uma xícara de chá e foi se sentar no sofá, aquecendo as mãos na caneca. Não sabia ao certo quando David voltaria da Itália, e tinha dito a todos em Marchmont que esperassem pela volta dele para lhe darem a notícia.

O tique-taque do relógio. O baque surdo dos canos se enchendo de água.

Fora isso, silêncio.

Greta bebeu o chá, que queimou sua língua. Pensou em quanto havia mudado desde sua partida para Marchmont, fazia duas semanas. Antes da viagem, ela estivera vazia, desprovida de sentimentos. E, agora, sentia-se tão cheia de emoções que se perguntou como poderia contê-las.

Ficara aflita para falar com David depois da morte de Cheska, sabendo que ele seria a única pessoa capaz de compreender como ela se sentia arrasada. Agora tinha perdido seus dois filhos. Mesmo que, para sua pobre e atormentada filha, talvez tivesse sido a melhor coisa se libertar de sua mente perturbadora, a perda da linda menina que um dia Greta havia adorado, tão pouco tempo depois de ela haver recuperado suas lembranças, era algo que a corroía por dentro.

Mas Greta havia decidido que a coisa fundamental que nunca mais deveria fazer era depender de David. Só depois de recuperar o passado é que ela pudera ver o que ele tinha feito e sido para ela no decorrer dos anos. Agora, ainda que nunca tivesse necessitado tanto dele, tinha que deixá-lo livre.

A semana seguinte passou com dolorosa lentidão. Para matar um pouco de tempo, ao longo do sombrio período pós-natalino, Greta escreveu uma carta para David, agradecendo por toda a sua ajuda no decorrer dos anos e explicando que Cheska havia morrido em paz. Escreveu também para Ava, contando que a mãe dela não tinha sofrido no final.

> *Nunca tive grande serventia para você, mas, como lhe disse antes de sair de Marchmont, se você precisar de mim quando o bebê nascer, ficarei muito feliz por ajudar de todas as maneiras que puder.*

David telefonou assim que leu sua carta, perguntando como ela estava e revelando que Ava ia ter gêmeos. Greta precisou de todas as suas forças para dizer que estava bem, construindo uma vida nova e movimentada para si. Ele a convidou para almoçar no Savoy dali a uns dois dias, mas ela declinou, dizendo que já tinha feito planos para um período de férias, mas que voltaria na segunda semana de fevereiro. Ava também respondeu à carta dela, reclamando de ter sido trancada em casa pelo médico e dizendo esperar que Greta fosse visitá-la depois do parto.

Greta limpou o apartamento até deixá-lo brilhando, fez bolos que ninguém ia comer e se matriculou em aulas de ioga e de pintura. Pôs-se a tricotar casaquinhos, botinhas e toucas de bebê, exatamente como havia feito, muitos anos antes, para seus próprios filhos e para passar o tempo em Marchmont. Também fez dois xales de crochê e despachou tudo numa caixa grande para Ava.

Era capaz de fazer isso, ficava repetindo para si mesma. Só levaria algum tempo.

Janeiro enfim se transformou em fevereiro, e veio de Simon a notícia de que ela já era bisavó. Ava tivera um menino, Jonathan, e uma menina, Laura.

– Você pode dizer a ela como estou radiante, Simon, por favor? E, é claro, se houver alguma coisa que eu possa fazer, terei prazer em ajudar. Sei como pode ser exaustivo quando são duas crianças.

Colocou o fone no gancho e chorou de alegria, e de tristeza por Cheska não poder estar presente para conhecer os netos. Dias depois, quando se acomodava diante da televisão para assistir a uma novela, com o jantar no colo, o telefone tocou.

– Vovó?
– Oi, Ava, como você está? Meus parabéns, querida.
– Obrigada. Acho que você sabe como estou, porque já passou por isso. Insone, radiante e me sentindo uma fábrica de leite. – Ava deu um suspiro. – Só que mais feliz do que já fui em toda a minha vida.
– Fico muito contente com isso, querida. Como você sabe, eu adorava cuidar dos meus filhotinhos.
– Foi o que Mary disse. Ela me contou que você era uma mãe maravilhosa.
– É mesmo?
– É. Aliás, obrigada pelos xales lindíssimos e por tudo o mais. Você não faz ideia de como todos têm sido úteis. Aqui está um frio danado, e tanto Laura quanto Jonathan parecem vomitar em tudo. Você é muito jeitosa. Eu queria saber tricotar assim.

Greta sorriu.

– Um dia eu posso lhe ensinar, assim como LJ me ensinou. É fácil.
– Bem, pois é... Para ser sincera, estou mesmo numa batalha no momento, e será ainda pior quando eu voltar ao trabalho, que é o que pretendo fazer daqui a uns dois meses, mais ou menos. Então, fiquei pensando... O que você acharia de vir passar algum tempo aqui e me ajudar? Sei que David disse que você acabou de voltar de férias e está muito ocupada em Londres, portanto, se não puder vir, me diga, por favor. É só que realmente não quero empregar uma pessoa estranha, então pensei em pedir sua ajuda. Estou mesmo muito aflita agora – acrescentou, com a voz embargada, que lembrava a Greta aquele cansaço que fazia todo o corpo doer.
– É claro. Eu ficaria encantada por ajudar você, querida. Quando gostaria que eu fosse?
– O mais depressa possível. Simon está atolado até o pescoço produzindo um disco, e Mary, apesar de se esforçar ao máximo, tem muito trabalho para fazer na casa, e não quero sobrecarregá-la.

– Que tal eu ir no fim de semana? Isso me dará a chance de resolver umas coisinhas por aqui.

– Seria uma maravilha. Muito obrigada, vovó. Diga-me a que horas seu trem chega a Abergavenny que eu mando alguém buscá-la.

Greta desligou e deu um pulinho de alegria.

No dia seguinte, foi ao cabeleireiro a fim de se preparar para o almoço com David. Havia passado o resto da tarde e da noite fazendo as malas. Agora, pelo menos, achava que podia enfrentar o encontro com David e as notícias sobre Tor. Para quebrar a monotonia, ela também tinha planos.

Os dois se encontraram em sua mesa habitual no Grill Room, e Greta notou imediatamente que David tinha emagrecido.

– Você anda fazendo dieta? – perguntou.

– Não. Acho que é genético. À medida que a velhice se aproxima, umas pessoas engordam, outras emagrecem. Em termos de aparência, você está extremamente bem, Greta, devo admitir. Champanhe?

– Sim, por que não? Não são maravilhosas as notícias de Ava?

– Com certeza. Você já conheceu os gêmeos?

– Não, mas estou indo para Marchmont amanhã. Ava parece exausta.

– Fico admirado por você conseguir encontrar tempo na sua nova vida atarefada – disse David, sorrindo.

– Bem, ela é minha neta e precisa de mim. E você, como tem passado?

– Ah, vou bem. Tenho trabalhado no meu livro e estou pensando na aposentadoria.

– Como vai Tor? – perguntou Greta, em tom descontraído.

– Bem, que eu saiba. Faz algum tempo que não nos vemos.

– Ela está assoberbada em Oxford?

– Suponho que sim. Na verdade, Greta, nós não estamos mais juntos.

– É mesmo? Por quê?

– A decisão foi de Tor. Ela disse que o relacionamento não estava indo a lugar nenhum e, para ser sincero, é provável que estivesse certa.

– Estou perplexa – disse Greta, quando o champanhe chegou. – Esperava ouvir todas as novidades sobre os planos para o casamento.

– Bem, é melhor que tenha acontecido antes da cerimônia. De qualquer modo – ele brindou, tocando com a taça na dela –, à saúde dos recém-chegados... E a você, Greta. Estou realmente orgulhoso de você.

– Está? É muita bondade sua, David.

– Estou, sim. Você passou por muita coisa, especialmente desde o Natal, e pelo jeito tem lidado com isso de modo magnífico.

– Eu não diria tanto. Houve momentos em que me perguntei seriamente o que vem a ser isso tudo, mas a gente tem que fazer o melhor que pode e levar a vida em frente, não é?

– Sim, é verdade. E admito que andei muito deprimido desde a morte de Cheska, principalmente por ter ocorrido tão pouco tempo depois da morte da mamãe.

– É mais ou menos como correr uma maratona, não é? Só ao atingir a linha de chegada é que a gente tem tempo para desabar. Talvez seja isso que está acontecendo com você, David.

– Pode ser. – Ele encolheu os ombros, pouco convencido. – E duvido que escrever minha autobiografia tenha ajudado. Isso significa passar todo meu tempo tendo que pensar no passado.

– Eu estou nela? – brincou Greta.

– Como prometi, tive que deixar você, Cheska e Ava fora dela. O que significa que a biografia se torna muito rasa. Vocês foram uma parte enorme da minha vida. Mas enfim, vamos fazer o pedido?

Greta almoçou com muito apetite, enquanto David apenas beliscou sua comida.

– Tem certeza de que está tudo bem com você, David? – indagou, franzindo a testa. – Você não parece o mesmo, de verdade. Deve ser por causa de Tor. Você deve estar sentindo uma falta terrível dela.

– Não, não é isso. – David se concentrou em dobrar o guardanapo num pequeno triângulo.

– Então, o que é?

– É o que ela disse, quando me falou que achava melhor terminarmos nossa relação.

– E o que foi?

– Eu...

– Desembuche, David. Nada que você possa dizer vai me chocar. Conheço você há tempo demais.

– É que... ela disse que era inútil continuarmos, porque sempre amei outra pessoa.

– Verdade? E quem é essa pessoa?

David revirou os olhos.

– Você, é claro.

– Eu? E por que ela pensava uma coisa dessas?

– Porque é verdade.

– Bem, errei quando falei que nada do que você pudesse dizer ia me chocar – falou Greta, baixinho, depois de uma longa pausa.

– Bem, foi você quem pediu. Mas enfim, é isso. Eu disse a ela que você nunca sentiu a mesma coisa por mim...

– David! É claro que eu sinto a mesma coisa por você! Faz anos que sinto. Na verdade, eu ia dizer isso naquele dia pavoroso do acidente! E depois, é claro, não pude me lembrar de nada, de modo que simplesmente me apaixonei por você de novo.

– Você está falando sério?

David a olhou com uma expressão tão apavorada que Greta teve vontade de rir.

– Não, estou brincando! É claro que estou falando sério, seu velho bobo. Fiquei longe de você nestes últimos dois meses porque não queria mais ser um fardo.

– Pensei que fosse porque, agora que se lembrava de tudo, você não precisava mais de mim.

– Como nós dois sabemos perfeitamente, sempre precisei de você. Amo você, David.

Ele viu a felicidade no rosto de Greta e, à medida que começou a assimilar o que ela dizia, foi retribuindo o sorriso.

– Bem, então...

– Bem, então...

– Aqui estamos.

– Pois é, aqui estamos.

– Antes tarde do que nunca, suponho. Demorou só quarenta anos para este momento acontecer. Mas valeu a pena esperar.

– Sim. Fui muito idiota. Não enxerguei o que estava bem diante do meu nariz.

– É comum as pessoas não enxergarem.

– Ah, galês... – disse ela, voltando de repente ao apelido carinhoso. – Se eu tivesse enxergado, como tudo teria sido diferente!

– Bem, ainda temos o resto da nossa vida pela frente, não é?

– Sim.

Pela primeira vez em anos, Greta sentiu que tinha muito a viver.

– E que tal começarmos por uma viagem a Marchmont amanhã? Podemos dar boas-vindas juntos aos recém-chegados.

David estendeu a mão por cima da mesa e ela a segurou.

– Sim – respondeu ele, sorrindo. – Seria um começo perfeito.

Nota da autora

Era o Natal de 2013 quando me perguntaram se eu gostaria de tornar a publicar *Not Quite an Angel* [*Não exatamente um anjo*], que fora publicado pela primeira vez em 1995, sob meu antigo pseudônimo literário, Lucinda Edmonds.

No ano anterior, eu tinha gostado de revisitar *A garota italiana* e, em meio às comemorações natalinas de nossa família, começou a se formar em minha mente a imagem de uma paisagem galesa coberta de neve e de uma linda casa com uma enorme árvore de Natal no vestíbulo...

Tirei a poeira do meu único exemplar do livro, cheio de marcas, li-o pela primeira vez em dezoito anos e tive a agradável surpresa de ver como era uma história cativante. Entretanto, meu estilo literário evoluiu com o passar do tempo e eu sabia que poderia torná-lo ainda melhor (hoje compreendo por que certos romances levam anos para ser escritos – às vezes, só o distanciamento realmente dá ao autor a perspectiva de um manuscrito). Assim, pus mãos à obra, mal sabendo no que me metia, e fiquei tão absorta que acabei escrevendo um romance quase todo novo: *A árvore dos anjos*.

Embora persistam muitos elementos do texto original, os personagens centrais tiveram seus papéis e seus diálogos reescritos, e diversos capítulos e linhas da trama são inteiramente novos. Cheguei até a ressuscitar um personagem que sempre havia lamentado matar no romance original. Sinto-me privilegiada pela oportunidade de instilar uma vida nova nesta história. Espero que vocês gostem.

Lucinda Riley, 2015

Agradecimentos

A Claudia Negele, da Goldmann Verlag; a Jez Trevathan e Catherine Richards, da Pan Macmillan; a Knut Gørvell, Jorid Mathiassen e Pip Hallén, da Cappelen Damm; a Donatella Minuto e Annalisa Lottini, da Giunti Editore; e a Nana Vaz de Castro e Fernando Mercadante, da Editora Arqueiro.

À "Equipe Lulu" – meu bando de "irmãs"–, Olivia Riley, Susan Moss, Ella Micheler, Jacquelyn Heslop e minha adorável irmã "de sangue", Georgia Edmonds, a quem este livro é dedicado. A minha mãe, Janet.

Um agradecimento especial a Samantha e Robert Gurney, por terem permitido que eu usasse no *book trailer* a sua casa fabulosa e suas duas lindas filhas, Amelia e Tabitha.

A Stephen, meu marido e agente, e ao meu "quarteto fantástico": Harry, Isabella, Leonora e Kit.

E aos meus maravilhosos leitores do mundo inteiro. Sem o seu apoio, este livro nunca teria tido uma segunda chance.

CONHEÇA A SAGA DAS SETE IRMÃS

"O projeto mais ambicioso e emocionante de Lucinda Riley. Um labirinto sedutor de histórias, escrito com o estilo que fez da autora uma das melhores escritoras atuais. Esta é uma série épica." – *Lancashire Evening Post*

"Lucinda Riley criou uma série que vai agradar a todos os leitores de Kristin Hannah e Kate Morton." – *Booklist*

Com a série das Sete Irmãs, Lucinda Riley elabora uma saga familiar de fôlego, que levará os leitores a diversos recantos e épocas e a viver amores impossíveis, sonhos grandiosos e surpresas emocionantes.

No passado, o enigmático Pa Salt adotou suas filhas em diversos recantos do mundo, sem um motivo aparente. Após a sua morte, elas descobrem que o pai lhes deixou pistas sobre as origens de cada uma, que remontam a personalidades importantes. Assim é que começam as jornadas das Sete Irmãs em busca de seus passados.

Baseando-se livremente na mitologia das Plêiades – a constelação de sete estrelas que já inspirou desde os maias e os gregos até os aborígines –, Lucinda Riley cria uma série grandiosa que une fatos históricos e narrativas apaixonantes.

Conheça a série:

As Sete Irmãs (Livro 1)
A irmã da tempestade (Livro 2)
A irmã da sombra (Livro 3)
A irmã da pérola (Livro 4)
A irmã da lua (Livro 5)
A irmã do sol (Livro 6)
A irmã desaparecida (Livro 7)
Atlas (Livro 8)

LEIA UM TRECHO DO PRIMEIRO LIVRO

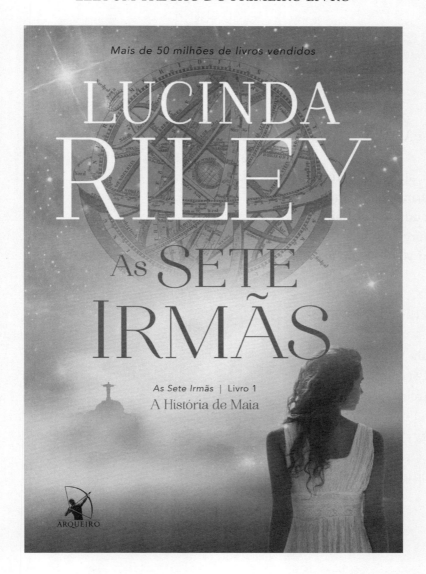

Personagens

ATLANTIS

Pa Salt – *pai adotivo das irmãs [falecido]*
Marina (Ma) – *tutora das irmãs*
Claudia – *governanta de Atlantis*
Georg Hoffman – *advogado de Pa Salt*
Christian – *capitão da lancha da família*

AS IRMÃS D'APLIÈSE

Maia
Ally (Alcíone)
Estrela (Astérope)
Ceci (Celeno)
Tiggy (Taígeta)
Electra
Mérope [não encontrada]

Maia

Junho de 2007
Quarto crescente
13; 16; 21

1

Sempre vou lembrar exatamente onde me encontrava e o que estava fazendo quando recebi a notícia de que meu pai havia morrido.
Estava sentada no lindo jardim da casa da minha velha amiga de escola em Londres, com um exemplar de *A odisseia de Penélope* aberto no colo, mas sem nenhuma página lida, aproveitando o sol de junho enquanto Jenny buscava seu filho pequeno no quarto.

Eu estava tranquila e feliz por ter tido a bela ideia de sair de casa um pouco. Observava o florescer da clematite. O sol, tal qual um parteiro, a encorajava a dar à luz uma profusão de cores. Foi quando meu celular tocou. Olhei para a tela e vi que era Marina.

– Oi, Ma, como você está? – falei, esperando que ela conseguisse notar o calor em minha voz.

– Maia, eu...

Marina fez uma pausa e, naquele instante, percebi que havia algo terrivelmente errado.

– O que houve?

– Maia, não existe uma maneira fácil de dizer isto. Seu pai teve um ataque cardíaco aqui em casa, ontem à tarde, e hoje cedo ele... faleceu.

Fiquei em silêncio, enquanto um milhão de pensamentos diferentes e ridículos passavam pela minha mente. O primeiro era o de que Marina, por alguma razão desconhecida, tivesse resolvido fazer uma piada de mau gosto.

– Você é a primeira das irmãs para quem estou contando, Maia, já que é a mais velha. Queria saber se você quer contar para suas irmãs ou prefere que eu faça isso.

– Eu...

Eu ainda não conseguia fazer nada coerente sair dos meus lábios, agora que começava a me dar conta de que Marina, minha querida Marina, o mais próximo de uma mãe que eu conhecera, nunca me falaria algo assim *se não fosse verdade*. Então tinha que ser verdade. E, naquele momento, meu mundo inteiro virou de cabeça para baixo.

– Maia, por favor, me diga que você está bem. Esta é a pior ligação que já tive que fazer, mas que opção eu tinha? Só Deus sabe como as outras garotas vão reagir.

Foi então que ouvi o sofrimento na voz *dela* e percebi que Marina precisava me contar aquilo não apenas por mim, mas também para dividir aquela tristeza. Então passei à minha zona de conforto usual, que era tranquilizar os outros.

– É claro que conto para minhas irmãs se você preferir, Ma, embora não tenha certeza de onde todas estão. Ally não está longe de casa, treinando para uma regata?

E, enquanto falávamos sobre a localização de cada uma de minhas irmãs, como se tivéssemos que reuni-las para uma festa de aniversário e não para o enterro de nosso pai, a conversa foi me parecendo cada vez mais surreal.

– Quando você acha que deve ser o funeral? Com Electra em Los Angeles e Ally em algum lugar em alto-mar, com certeza não podemos pensar nisso até semana que vem – disse eu.

– Bem... – Ouvi a hesitação na voz de Marina. – Talvez seja melhor conversarmos sobre isso quando você estiver em casa. Não há nenhuma pressa agora, Maia, por isso, se preferir passar seus últimos dias de férias em Londres, não tem problema. Não há mais o que fazer por ele aqui... – Sua voz falhou, tomada pela tristeza.

– Ma, é claro que vou estar no primeiro voo para Genebra que eu conseguir! Vou ligar para a companhia aérea imediatamente e depois vou fazer o máximo para entrar em contato com todas elas.

– Sinto tanto, *chérie* – disse Marina com pesar. – Sei como você o adorava.

– Sim – eu disse, a estranha tranquilidade que eu sentira enquanto debatíamos o que fazer me abandonando como a calmaria antes de uma tempestade violenta. – Ligo para você mais tarde, quando souber a hora que devo chegar.

– Por favor, cuide-se, Maia. Você passou por um choque terrível.

Apertei o botão para encerrar a ligação e, antes que as nuvens em meu coração derramassem uma torrente e me afogassem, subi até meu quarto para pegar minha passagem e entrar em contato com a companhia aérea.

Enquanto esperava ser atendida, olhei para a cama em que eu tinha acordado naquela manhã para mais *um dia como outro qualquer*. E agradeci a Deus por os seres humanos não terem o poder de prever o futuro.

A mulher intrometida que acabou atendendo não era nem um pouco prestativa, e eu sabia, enquanto ela falava sobre voos lotados, multas e detalhes do cartão de crédito, que minha barragem emocional estava prestes a se romper. Finalmente, quando consegui que me garantisse, com muita má vontade, um lugar no voo das quatro horas para Genebra – o que significava ter que jogar tudo na minha mala imediatamente e pegar um táxi para Heathrow –, sentei-me na cama e olhei por tanto tempo para a ramagem que decorava o papel de parede que o padrão começou a dançar diante dos meus olhos.

– Ele se foi… – sussurrei. – Se foi para sempre. Nunca mais vou vê-lo.

Esperando que dizer essas palavras fosse provocar uma torrente de lágrimas, fiquei surpresa em ver que nada aconteceu. Em vez disso, permaneci ali sentada, paralisada, a cabeça ainda cheia de questões práticas. Seria horrível ter que contar às minhas irmãs – a todas as cinco –, e revirei meu arquivo emocional para decidir para qual ligaria primeiro. Tiggy, a segunda mais jovem de nós e de quem eu sempre fora mais próxima, foi a escolha inevitável.

Com dedos trêmulos, toquei a tela para achar seu número e liguei. Quando caiu na caixa postal, não soube o que dizer além de algumas palavras confusas lhe pedindo que me ligasse de volta com urgência. Ela estava em algum lugar das Terras Altas, na Escócia, trabalhando em uma reserva para cervos selvagens órfãos e doentes.

Quanto às outras irmãs… Eu sabia que as reações iam variar, pelo menos externamente, da indiferença ao choro mais dramático.

Como não sabia bem para que lado *eu* penderia na escala de emoção quando falasse de fato com alguma delas, escolhi o caminho covarde de mandar para todas uma mensagem pedindo que me ligassem assim que pudessem. Então arrumei apressadamente a mala e desci a escada estreita que levava à cozinha para escrever um bilhete para Jenny explicando por que tive que partir tão de repente.

Resolvi arriscar a sorte e pegar um táxi na rua, então saí de casa andando rapidamente pela verdejante Chelsea Crescent como qualquer pessoa normal faria em qualquer dia normal de Londres. Acho que cheguei a dizer oi para um cara com quem cruzei, que passeava com um cachorro, e até consegui esboçar um sorriso.

Ninguém poderia imaginar o que tinha acabado de acontecer comigo, pensei enquanto entrava num táxi na movimentada King's Road, instruindo o motorista a seguir para Heathrow.

Ninguém poderia imaginar.

❋ ❋ ❋

Cinco horas depois, quando o sol descia vagarosamente sobre o lago Léman, em Genebra, eu chegava a nosso pontão particular na costa, de onde eu faria a última etapa da minha viagem de volta.

Christian já esperava por mim em nossa reluzente lancha Riva. Pela expressão em seu rosto, dava para ver que ele já sabia o que acontecera.

– Como você está, mademoiselle Maia? – perguntou, e percebi a compaixão em seus olhos azuis enquanto ele me ajudava a embarcar.

– Eu... estou feliz por ter chegado aqui – respondi sem demonstrar emoção.

Caminhei até a parte de trás do barco e me sentei no banco de couro cor de creme que formava um semicírculo na popa. Normalmente eu me sentava com Christian na frente, no banco do passageiro, enquanto atravessávamos as águas calmas na viagem de vinte minutos até nossa casa. Mas, naquele dia, queria um pouco de privacidade. Quando ele ligou o potente motor, o sol cintilava nas janelas das fabulosas casas que ladeavam as margens do lago. Muitas vezes, quando fazia esse trajeto, sentia que entrava num mundo etéreo, desconectado da realidade.

O mundo de Pa Salt.

Notei a primeira vaga evidência de lágrimas arder em meus olhos quando pensei no apelido carinhoso de meu pai, que eu tinha criado quando era mais nova. Ele sempre adorou velejar e, às vezes, quando voltava para nossa casa à beira do lago, cheirava a mar e ar fresco. De alguma forma, o nome pegou e, à medida que minhas irmãs mais novas foram chegando, passaram a chamá-lo assim também.

Conforme a lancha ganhava velocidade, o vento quente passando pelo meu cabelo, pensei nas centenas de viagens que eu tinha feito para Atlantis, o castelo de conto de fadas de Pa Salt. Como ficava em um promontório particular, atrás do qual se erguia abruptamente uma meia-lua de montanhas, inacessível por terra: só se podia chegar lá de barco. Os vizinhos mais próximos ficavam a quilômetros de distância pelo lago, então Atlantis era nosso reino particular, isolado do resto do mundo. Tudo o que havia naquele lugar era mágico, como se Pa Salt e nós – suas filhas – tivéssemos vivido ali sob algum encantamento.

Cada uma de nós tinha sido adotada por Pa Salt ainda bebê, vindas dos quatro cantos do mundo e levadas até lá para viver sob sua proteção. E cada uma de nós, como Pa sempre gostava de dizer, era especial, diferente... éramos *suas* meninas. Ele tirara nossos nomes das Sete Irmãs, sua constelação preferida. Maia era a primeira e a mais velha.

Quando eu era criança, ele me levava até seu observatório com cúpula de vidro no alto da casa, me levantava com suas mãos grandes e fortes e me fazia olhar o céu noturno pelo telescópio.

– Ali está – dizia enquanto ajustava a lente. – Olha, Maia, aquela é a linda estrela brilhante que inspirou seu nome.

E eu a *via*. Enquanto ele explicava as lendas que eram a origem dos nomes das minhas irmãs e do meu, eu mal escutava, simplesmente desfrutava da sensação de seus braços apertados à minha volta, completamente atenta àquele momento raro e especial quando o tinha só para mim.

Com o tempo percebi que Marina, que eu imaginava enquanto crescia que fosse minha mãe – eu até encurtara seu nome para "Ma" –, era apenas uma babá, contratada por Pa para cuidar de mim porque ele passava muito tempo fora. Mas é claro que Marina era muito mais do que isso para todas nós, garotas. Era ela quem secava nossas lágrimas, nos repreendia pelo mau comportamento à mesa e nos orientara tranquilamente durante a difícil transição da infância para a idade adulta.

Ela sempre estivera por perto, e eu não a teria amado mais se tivesse me dado à luz.

Durante os três primeiros anos da minha infância, Marina e eu moramos sozinhas em nosso castelo mágico às margens do lago Léman enquanto Pa Salt viajava pelos sete mares cuidando de seus negócios. E então, uma a uma, minhas irmãs começaram a chegar.

Normalmente, Pa me trazia um presente quando voltava para casa. Eu escutava o motor da lancha chegando e saía correndo pelos vastos gramados e por entre as árvores até o cais para recebê-lo. Como qualquer criança, eu queria ver o que ele tinha escondido em seus bolsos mágicos para me encantar. Em uma ocasião especial, no entanto, depois de me presentear com uma rena de madeira primorosamente esculpida, assegurando que vinha da oficina do Papai Noel no polo Norte, uma mulher uniformizada apareceu saindo de trás dele, e em seus braços havia um pequeno embrulho envolto em um xale. E o embrulho se mexia.

– Desta vez, Maia, eu lhe trouxe o mais especial dos presentes. Agora você tem uma irmã. – Ele sorrira para mim enquanto me pegava nos braços. – E não vai mais ficar sozinha quando eu tiver que viajar.

Depois disso, a vida mudou. A enfermeira que Pa trouxera com ele foi embora em algumas semanas, e Marina assumiu os cuidados da minha irmãzinha. Eu não conseguia entender como aquela coisinha vermelha que berrava e que por vezes cheirava mal e desviava a atenção de mim poderia ser um presente. Até que, certa manhã, Alcíone – que recebeu o nome da segunda estrela das Sete Irmãs – sorriu para mim de sua cadeira alta no café da manhã.

– Ela sabe quem eu sou – falei fascinada para Marina, que lhe dava comida.

– É claro que sabe, querida. Você é a irmã mais velha, aquela que ela vai admirar. Caberá a você lhe ensinar tudo que ela não sabe.

À medida que crescia, ela ia se tornando minha sombra, seguindo-me para todos os lugares, o que me agradava e me irritava em igual medida.

– Maia, me espere! – pedia gritando enquanto cambaleava atrás de mim.

Apesar de Ally – como eu a apelidara – ter sido originalmente um acréscimo indesejado à minha vida de sonho em Atlantis, eu não poderia ter desejado uma companhia mais doce e adorável. Ela raramente chorava e não tinha os ataques de pirraça das crianças de sua idade. Com seus cachos ruivos caindo pelo rosto e os grandes olhos azuis, Ally tinha um encanto natural que atraía as pessoas, incluindo nosso pai. Quando Pa Salt voltava de suas viagens longas ao exterior, eu notava como seus olhos se iluminavam quando ele a via, de uma maneira que eu tinha certeza que não brilhavam por mim. E, enquanto eu era tímida e reticente com estranhos, Ally tinha um jeito sempre receptivo, sempre disposta a confiar nos outros, e isso encantava todos.

Ela também era uma daquelas crianças que parecem se sobressair em tudo – especialmente na música e em qualquer esporte que tivesse a ver com água. Lembro-me de Pa ensinando-a a nadar na nossa ampla piscina. Enquanto eu lutava para me manter na superfície e odiava ficar embaixo d'água, minha irmãzinha parecia uma sereia. E, enquanto eu não conseguia me equilibrar direito nem no *Titã*, o imenso e lindo iate oceânico de Pa, quando estávamos em casa Ally implorava que ele a levasse para dar uma volta no pequeno Laser que mantinha atracado em nosso cais particular. Eu me agachava na popa estreita do barco, enquanto Pa e Ally assumiam o controle e cruzávamos rapidamente as águas cristalinas. Aquela paixão comum por velejar os conectava de uma forma que eu sentia que nunca conseguiria.

Embora Ally tenha estudado música no Conservatório de Genebra e fosse uma flautista altamente talentosa, que poderia ter seguido carreira em uma orquestra profissional, desde que deixara a escola de música tinha escolhido ser velejadora em tempo integral. Agora participava regularmente de regatas e representara a Suíça em diversas competições.

Quando Ally tinha quase três anos, Pa chegou em casa com nossa próxima irmã, a quem deu o nome de Astérope, como a terceira das Sete Irmãs.

– Mas vamos chamá-la de Estrela – disse Pa, sorrindo para Marina, Ally e para mim, que observávamos a recém-chegada deitada no berço.

Naquela época, eu tinha aulas todas as manhãs com um professor particular, por isso a chegada da minha mais nova irmã me afetou menos do que a de Ally havia afetado. Então, apenas seis meses depois, outra bebê se juntou a nós, uma garotinha de doze semanas chamada Celeno, nome que Ally imediatamente reduziu para Ceci.

Havia uma diferença de apenas três meses entre Estrela e Ceci e, desde que me lembro, as duas forjaram uma estreita ligação. Pareciam gêmeas, conversando em uma linguagem de bebê só delas, e continuavam se comunicando desse jeito. Elas viviam em seu próprio mundo particular, que excluía todas nós, suas outras irmãs. E mesmo agora, na casa dos 20 anos, nada havia mudado. Ceci, a mais nova das duas, era sempre a chefe, atarracada e morena, em contraste com Estrela, pálida e muito magra.

No ano seguinte, outra bebê chegou – Taígeta, que apelidei de "Tiggy", porque seu cabelo escuro e curto nascia em ângulos estranhos de sua cabecinha e me fazia lembrar do porco-espinho da famosa história de Beatrix Potter.

Eu tinha então 7 anos e me liguei a Tiggy desde o primeiro momento em que coloquei os olhos nela. Ela era a mais delicada de todas nós e, na infância, enfrentara uma doença atrás da outra, mas, mesmo ainda bem pequena, fora sempre serena e complacente. Depois que Pa trouxe para casa, alguns meses mais tarde, outra neném, que recebeu o nome de Electra, Marina, exausta, muitas vezes me perguntava se eu me importaria de ficar com Tiggy, que continuamente tinha febre ou tosse. Depois que a diagnosticaram como asmática, raramente a tiravam do quarto para passear em seu carrinho, de modo que o ar frio e a névoa pesada do inverno de Genebra não atingissem seu peito.

Electra era a mais nova das irmãs, e seu nome combinava perfeitamente com ela. Eu já estava acostumada com bebês e toda a atenção que exigiam, mas minha irmã mais nova era, sem dúvida, a mais desafiadora de todas. Tudo relacionado a ela *era* elétrico. Sua habilidade natural de mudar em um instante da água para o vinho e vice-versa fazia nossa casa, antes tão tranquila, reverberar diariamente com seus gritos agudos. Os ataques de pirraça ressoavam na minha cabeça de criança e, quando ela cresceu, sua personalidade impetuosa não se suavizou.

Ally, Tiggy e eu tínhamos, secretamente, nosso próprio apelido para ela: nossa irmã caçula era chamada entre nós três de "Difícil". Todas pisávamos em ovos perto dela, tentando não fazer nada que pudesse deflagrar uma repentina mudança de humor. Sinceramente, havia momentos em que eu a odiava por toda a perturbação que trouxera a Atlantis.

Porém, quando Electra sabia que uma de nós estava em apuros, ela era a primeira a oferecer ajuda e apoio. Assim como era capaz de um enorme egoísmo, sua generosidade em outras ocasiões era igualmente marcante.

Depois de Electra, toda a família esperava a chegada da Sétima Irmã. Afinal, tínhamos recebido nossos nomes em homenagem à constelação preferida de Pa Salt e não estaríamos completas sem ela. Até sabíamos seu nome – Mérope – e nos perguntávamos como ela seria. Mas um ano se passou, depois outro, e outro, e nosso pai não trouxe mais nenhum bebê para casa.

Lembro-me claramente de um dia em que estava com ele no observatório. Eu tinha 14 anos, e entrava na adolescência. Esperávamos para assistir a um eclipse, que, explicara Pa, era um momento seminal para a humanidade e geralmente trazia alguma mudança.

– Pa – disse eu –, o senhor nunca vai trazer para casa nossa sétima irmã?

Ao ouvir isso, sua figura grande e protetora pareceu congelar por alguns segundos. De repente, parecia que ele carregava o peso do mundo nos ombros. Embora não tivesse se virado, pois estava ajustando o telescópio para o eclipse que ia acontecer, percebi instintivamente que o que eu dissera o deixara angustiado.

– Não, Maia, não vou. Porque eu nunca a encontrei.

❂ ❂ ❂

Quando pude enxergar Marina de pé no cais, perto da cerca viva de abetos que escondia nossa casa de olhares curiosos, finalmente senti o peso da verdade inexorável que era a perda de Pa.

Então percebi que o homem que tinha criado o reino em que todas havíamos sido princesas não estava mais lá para conservar o encantamento.

CONHEÇA OUTROS LIVROS DA SÉRIE

A IRMÃ DA TEMPESTADE

Em *A irmã da tempestade*, segundo volume da série As Sete Irmãs, as vidas de duas grandes mulheres separadas por gerações se entrelaçam numa história sobre amor, ambição, família, perda e o incrível poder de se reinventar quando o destino destrói todas as suas certezas. Ally D'Aplièse é uma grande velejadora e está se preparando para uma importante regata, mas a notícia da morte do pai faz com que ela abandone seus planos e volte para casa, para se reunir com as cinco irmãs. Lá, elas descobrem que Pa Salt – como era carinhosamente chamado pelas filhas adotivas – deixou, para cada uma delas, uma pista sobre suas verdadeiras origens.

Apesar do choque, Ally encontra apoio em um grande amor. Porém, mais uma vez seu mundo vira de cabeça para baixo, então ela decide seguir as pistas deixadas por Pa Salt e ir em busca do próprio passado. Nessa jornada, ela chega à Noruega, onde descobre que sua história está ligada à da jovem cantora Anna Landvik, que viveu há mais de cem anos e participou da estreia de uma das obras mais famosas do grande compositor Edvard Grieg. E, à medida que mergulha na vida de Anna, Ally começa a se perguntar quem realmente era seu pai adotivo.

A IRMÃ DA SOMBRA

Em *A irmã da sombra*, terceiro volume da série As Sete Irmãs, duas jovens igualmente determinadas, porém de séculos distintos, conectam-se por meio de diários que retratam uma vida intensa de superação, amor e perdão.

Estrela D'Aplièse está numa encruzilhada após a repentina morte do pai, o misterioso bilionário Pa Salt. Antes de morrer, ele deixou a cada uma das seis filhas adotivas uma pista sobre suas origens, porém a jovem hesita em abrir mão da segurança da sua vida atual.

Enigmática e introspectiva, ela sempre se apoiou na irmã Ceci, seguindo-a aonde quer que fosse. Agora as duas se estabelecem em Londres, mas, para Estrela, a nova residência não oferece o contato com a natureza nem a tranquilidade da casa de sua infância. Insatisfeita, ela acaba cedendo à curiosidade e decide ir atrás da pista sobre seu nascimento.

Nessa busca, uma livraria de obras raras se torna a porta de entrada para o mundo da literatura e sua conexão com Flora MacNichol, uma jovem inglesa que, cem anos antes, morou na bucólica região de Lake District e teve como grande inspiração a escritora Beatrix Potter. Cada vez mais encantada com a história de Flora, Estrela se identifica com aquela jornada de autoconhecimento e, pela primeira vez, está disposta a sair da sombra da irmã superprotetora e descobrir o amor.

A IRMÃ DA PÉROLA

Em *A irmã da pérola*, quarto volume da série As Sete Irmãs, duas jovens de séculos diferentes têm seus destinos cruzados numa emocionante história sobre amor, arte e superação.

Ceci D'Aplièse sempre se sentiu um peixe fora d'água. Após a morte do pai adotivo e o distanciamento de sua adorada irmã Estrela, ela de repente se percebe mais sozinha do que nunca. Depois de abandonar a faculdade, decide deixar sua vida sem sentido em Londres e desvendar o mistério por trás de suas origens. As únicas pistas que tem são uma fotografia em preto e branco e o nome de uma das primeiras exploradoras da Austrália, que viveu no país mais de um século antes.

A caminho de Sydney, Ceci faz uma parada no único local em que já se sentiu verdadeiramente em paz consigo mesma: as deslumbrantes praias de Krabi, na Tailândia. Lá, em meio aos mochileiros e aos festejos de fim de ano, conhece o misterioso Ace, um homem tão solitário quanto ela e o primeiro de muitos novos amigos que irão ajudá-la em sua jornada.

Ao chegar às escaldantes planícies australianas, algo dentro de Ceci responde à energia do local. À medida que chega mais perto de descobrir a verdade sobre seus antepassados, ela começa a perceber que afinal talvez seja possível encontrar nesse continente desconhecido aquilo que sempre procurou sem sucesso: a sensação de pertencer a algum lugar.

CONHEÇA OS LIVROS DE LUCINDA RILEY

A garota italiana
A árvore dos anjos
O segredo de Helena
A casa das orquídeas
A carta secreta
A garota do penhasco
A sala das borboletas
A rosa da meia-noite
A luz através da janela
Morte no internato

Série As Sete Irmãs

As Sete Irmãs
A irmã da tempestade
A irmã da sombra
A irmã da pérola
A irmã da lua
A irmã do sol
A irmã desaparecida
Atlas

Para saber mais sobre os títulos e autores da Editora Arqueiro,
visite o nosso site e siga as nossas redes sociais.
Além de informações sobre os próximos lançamentos,
você terá acesso a conteúdos exclusivos
e poderá participar de promoções e sorteios.

editoraarqueiro.com.br